Die Windsbraut

Das Buch

Um sich aus der engen Welt der Wiener Maler, Modelle und Sammler zu lösen, heiratet die junge Serena, angeblich eine illegitime Tochter von Gustav Klimt, den Hamburger Schiffbauer Rudolf Max Magnussen. Einen Mann mit internationalen Beziehungen und einem besten englischen Freund, der auch in Serenas Leben bald eine wichtige Rolle spielen wird. Sie ahnt nicht, dass sie sich durch dieses Beziehungsgeflecht in eine noch größere Enge begibt. Auf der Elbinsel, wo sich alles nur um Schiffe, um Geschäfte dreht, flüchtet sie sich in Phantasien und Träume, nimmt immer neue Rollen an, um der Realität ein Schnippchen zu schlagen. Doch der Krieg, der auch von den Schiffbauern dramatische Entscheidungen verlangt, setzt ihren Spielen ein Ende. Erst ihre Tochter Nana, ein Kind der Nachkriegszeit, das auf der Werft aufgewachsen ist, wird sich aus den von der Mutter geknüpften Abhängigkeiten lösen können. Sie wird das alte Spiel um Liebe, um Besitz und Macht selbst in die Hand nehmen …

Die Autorin

Helga Hegewisch hat in Lausanne und Hamburg Literaturwissenschaften studiert. Sie ist Mutter von sechs Kindern, hat fünf Romane, mehrere Kinderbücher, Sachbücher und Fernsehspiele verfasst und war Mitherausgeberin und Autorin der Kulturzeitschrift *Der Monat*. Helga Hegewisch lebt mit ihrem zweiten Mann, dem amerikanischen Publizisten Melvin Lasky, in Berlin.

In u[illegible] Hause sind von Helga Hegewisch bereits erschienen:

Der fremde Bruder
Die Totenwäscherin

Helga Hegewisch

Die Windsbraut

Roman

List Taschenbuch

Besuchen Sie uns im Internet:
www.list-taschenbuch.de

Umwelthinweis:
Dieses Buch wurde auf chlor- und säurefreiem Papier gedruckt.

Ungekürzte Ausgabe im List Taschenbuch
List ist ein Verlag der Ullstein Buchverlage GmbH, Berlin.
1. Auflage Juni 2005

Umschlagkonzept: HildenDesign, München
Umschlaggestaltung: Hauptmann und Kompanie Werbeagentur,
München
Titelabbildung: © Joanna T. Steichen
Reprinted With Permission Of Joanna T. Steichen
Satz: MPH, Wasserburg
Gesetzt aus der Minion
Druck und Bindearbeiten: Clausen & Bosse, Leck
Printed in Germany
ISBN-13: 978-3-548-60540-1
ISBN-10: 3-548-60540-0

Für meine Töchter
Susanna, Katharina, Ariane,
Clementina und Jessika.

Teil I

SERENA

Serena war sehr schön. Sie hatte drei Väter.

Albert, der Kohlenhändler, dessen Namen sie trug, war grobschlächtig, und seine wenig markanten Gesichtszüge verschwanden nicht nur unter Kohlenstaub, sondern mehr noch unter Fettpolstern.

Der Maler Gustav Klimt, den sich ihre Mutter zum Kindsvater erkoren hatte, ähnelte mit seiner gedrungenen Gestalt, dem kurzen Hals und den zusammengekniffenen Äuglein eher einem pfiffigen Bauarbeiter als einem Adonis. Und Hugo ten Broich, Serenas »bester Vater«, sah aus wie ein frühzeitig gealterter Don Quijote.

Herma, ihre Mutter hingegen hatte schlanke Waden, extrem lange, feste Oberschenkel, einen Hintern, der laut Klimt intelligenter war als bei den meisten Mädchen das Gesicht, und einen zierlichen runden Busen, der während der Schwangerschaft noch schöner wurde. Eine Idealfigur. Dazu zarte Handgelenke und dünne Finger und nicht nur auf dem Kopf üppige rotblonde Haare. Das Gesicht jedoch ließ zu wünschen übrig, die Nase war zu kräftig, der Mund zu schmal, das Kinn zu lang, wären da nicht ihre Augen gewesen, groß und blau, zwar oft verschleiert, doch von geheimnisvoller Intensität. Vermutlich hat Athene, die Göttin mit den blauen Augen und dem Eulenblick, ihre Partner und Opfer auf ähnliche Weise fixiert. Allerdings dürfte die sich ihrer Wirkung bewusster gewesen sein als Herma.

An einem nasskalten Montag im Februar des Jahres 1902 ging Herma zum ersten Mal, geschoben und gezogen von ihrer Freundin Caroline, in die Modellbörse der Wiener Kunsthochschule.

Was sie zu tun beabsichtigte, passte nicht zu ihrem Leben. Sie wusste, was sich gehörte, sie hatte Prinzipien. Albert, ihr Ehemann, würde einen Wutanfall kriegen, wenn er davon erführe.

Herma war ganz steif vor Aufregung.

»Ich sollt aber nicht hier sein«, flüsterte sie immer wieder.

Caroline, die sehr viel Jüngere, aber offenbar Erfahrenere, rollte die Augen gen Himmel.

»Bist aber hier«, sagte sie, »und du weißt auch, warum. Willst dein eigenes Geld, willst dein eigenes Leben. Willst was aus dir machen.«

»Aber der Albert …«

»Der Albert hat auch sein eigenes Leben. Geht einen trinken, wenn er Lust drauf hat. Und manchmal sitzt er nach der Kohlenlieferung an das Palais Katz unten in der Küche und macht der Mamsell schöne Augen. Und die revanchiert sich dann mit einem Kaffee.«

»Der Albert ist ein Mann.«

»Und du bist eine schöne Frau. Bloß merkt das keiner, weil du dich ja nie so recht herzeigst. Und natürlich auch, weil der Albert keinen Blick für Schönheit hat und dich behandelt wie ein Möbelstück, wie …«, Caroline hielt einen Moment inne, »na, sagen wir mal wie eine alte Couch, auf der er jeden Abend nach der Arbeit ein paar Liegestütze macht.«

»Abends nie«, flüsterte Herma, »immer nur morgens, wenn ich noch nicht ganz aufgewacht bin.«

Caroline lachte. »Na, komm schon, gehen wir ein Stück den Flur entlang. Oder die Treppe rauf und runter, damit man sehen kann, wie du dich bewegst. Und die Schultern zurück und den Hals lang machen. Wenn einer Interesse an dir findet, dann nicht etwa zusammenknicken und den Kopf senken, sondern ihm direkt in die Augen schauen, denn er muss unbedingt sehen, was für einen Blick du hast.«

»Wieso Blick? Ich dachte, der will … also dem geht's nur um die Figur. Um das rein Körperliche, dachte ich.«

»Klar geht's ihm darum. Aber das reicht eben nicht.«

»Jesus Maria, was denn noch?«

»Der braucht was Innerliches. Was, das ihn inspiriert – sagt er. Und die Augen sind nämlich das Schaufenster der Seele – sagt er auch. Und ich sag, dass deine Augen ganz was Besonderes sind, und der Blick, den du manchmal hast … also, wenn du's heute schaffst, deinen Augen genau diesen Blick zu geben, du weißt schon, also dann wird er nicht anders können, er muss ins Geschäft kommen mit dir.«

»Ich hätt nicht herkommen sollen«, sagte Herma weinerlich. »Das Ganze ist ein Unding. Ist irgendwie pervers.«

»Ja, ja, das hast du schon hundertmal gesagt, bist aber trotzdem mitgegangen. Sieh mal, da kommt er.« Sie deutete den Gang entlang, wo beim Treppenabsatz zwei Männer auftauchten, ein junger, magerer mit tief liegenden dunklen Augen und ein untersetzter, bärtiger, der eine Mappe unter dem Arm trug. »Und er ist nämlich nur hier, weil ich ihn gebeten hab. Aber es ist ihm grad recht so gekommen. ›Caroline‹, hat er gesagt, ›ich bräucht mal was Neues. Das, was sich hier bei mir so zeigt, das kenn ich zu gut, nichts Überraschendes mehr.‹«

Caroline hüpfte auf die beiden Männer zu und stellte sich ihnen in den Weg. Herma blieb zurück, umklammerte das Treppengeländer.

»Ich hab sie also hergebracht«, sagte Caroline und lachte grundlos. »War gar nicht so einfach. Sie hat partout nicht gewollt. Erst als ich ihr gesagt hab, dass sogar der Kaiser zu Ihnen ins Atelier kommt, da hat sie sich's anders überlegt.«

Die beiden Männer blieben stehen. »Nicht zu mir ins Atelier«, sagte der ältere, »in die Sezession ist er gekommen, der Kaiser. Und auch nur ein einziges Mal.«

»Ist doch egal«, sagte Caroline. »Hauptsache, dass.«

»Ist leider nicht egal. Könnt man dem Kaiser ein echtes Interesse nachweisen, ihn vielleicht gar bereden, ein paar Bilder zu kaufen – ja, das wär dann schon was. Und wen hast du mir eigentlich hergebracht?«

»Sie haben gesagt, Sie bräuchten was Neues. Da steht sie.«

Der Blick des Malers folgte Carolines ausgestrecktem Finger, der auf Herma deutete. »Die da?«

Caroline nickte eifrig.

»Was hat sie denn an Erfahrung?«

»Nix.«

»Und warum sollte ich mich für sie interessieren?«

»Wegen die Augen. Und was nützt denn Erfahrung, wenn man keinen guten Körper hat. Aber die da, die hat einen. Und sie könnt auch ein Zubrot gebrauchen.«

»Ist sie denn in Not?«

»Nein, ist sie eigentlich nicht. Aber ihr Mann ist ein Geizhals.«

»Verheiratet ist sie also auch. Und was sagt der Mann, wenn sie ins Atelier kommt?«

»Er wird's nicht wissen.«

»Ich will aber keinen Ärger.«

»Kriegen S' auch nicht, ich garantier. Der Mann ist den ganzen Tag bei der Arbeit und abends in der Kneipe.«

»Was Professionelles wär mir aber lieber. Da sind doch genug andere. Ich brauch ja bloß in die Nissenstraße zu gehen.«

Der junge Gefährte, der mit dem eingefallenen Hungergesicht, war inzwischen weitergegangen. Vor Herma blieb er stehen, sehr nah. Er starrte sie an. Herma sackte in sich zusammen, doch dann erinnerte sie sich an das, was Caroline ihr eingeschärft hatte, sie hob den Kopf, streckte sich, machte einen langen Hals und starrte dem Mann, den sie für den berühmten Kunstmaler Klimt hielt, mit ihren herausfordernd blicklosen Augen ins Gesicht.

»Jesus und Maria«, sagte der Mann, wandte sich ab und ging zurück. »Wenn ich du wäre, ich tät's probieren. Augen hat das Mädel ...«

»Und einen Hintern hat sie auch!«, fiel Caroline ein.

»Na gut, dann bring sie mir. Ein Versuch kann ja wohl nicht schaden.«

»Wann?«

»In zwei Stunden bin ich zurück im Atelier.«

So wurde Herma ein Klimt-Modell und hat später durch ein sehr ungewöhnliches Aktbild eine gewisse Berühmtheit erlangt. Dabei hat sie sich anfangs aufgeführt, als wollte man ihr die Haut abziehen.

Im Zimmer neben dem Atelier saßen immer ein paar von den Mädchen herum, die darauf warteten, dass Klimt sie brauchen könnte. Manche in Kleidern, manche nackt, manche in ein Tuch gehüllt. Ins Atelier durften sie erst, wenn sie gerufen wurden. Der Maler selbst jedoch kam oft ins Nebenzimmer – um sich zu erholen. Vor allem, wenn im Hauptatelier eine feine Dame zur Sitzung erschienen war, eine von den jüdischen Jour-Damen, wie er sie hinter vorgehaltener Hand nannte, vermutlich als Unterscheidung von jenen, die ihm gelegentlich die Nächte versüßten. Die Porträt-Sitzungen strengten ihn an, oft hatte er Schweißtropfen auf der Stirn. Kam er dann nach nebenan, setzte er sich nicht etwa und ruhte sich aus, ganz im Gegenteil. Er lehnte seinen großen Skizzenblock an die Staffelei und zeichnete, zeichnete wie besessen, ganze Figuren, einzelne Gliedmaßen, einen gerüschten Saum, Kringellocken über einem Ohr, zeichnete abwechselnd mit der rechten und der linken Hand, das war so, als müsste er sich nach dem Krampf mit der in ihrer Pose erstarrten Jour-Dame nun wieder gelenkig machen.

Anfangs schaute Klimt an Herma vorbei, doch dann beschäftigte er sich – wie nebenher – mit ihr. »Greif dir mal mit der Rechten ins Haar«, sagte er und zeichnete ihr Profil, die Schulter und einen Teil des hochgestreckten Armes. Oder: »Hock dich hier auf den Stuhl, zieh die Knie hoch und leg die Arme um die Beine. Gut so, beweg dich nicht.« Und manchmal sagte er ihr auch, dass sie erst einmal ihre eigene Schönheit begreifen müsse, um die anderen Menschen davon zu überzeugen.

Bald hatte Herma das Gefühl, der Zeichenstift würde zu einem Zauberstab: Hatte der Magier einen Teil von ihr aufs Papier gebannt, dann waren ihr Hals oder ihr gebeugtes Knie oder ihr langer, dünner Oberschenkel tatsächlich schön geworden. Indem sie die Schönheit der Zeichnung erkannte, wurde ihr die eigene bewusst. Dass sie sich daraufhin in Klimt verliebte, war nur eine natürliche Folge dieser Entwicklung.

Ein paar Mal schlief er auch mit ihr, wie mit vielen seiner Modelle. Doch als Herma dann schwanger wurde und behauptete, das Kind sei von ihm, da lachte er nur und sagte: »Aber du bist doch verheiratet!«

Herma bemühte sich um einen klaren Blick: »Verheiratet bin ich. Aber das Kind ist von Ihnen!«

Daraufhin schickte Klimt, um Ärger zu vermeiden, wie er sagte, Herma fort. Schließlich war kein Mangel an willigen Modellen. Herma aber blieb, sie äußerte sich auch nicht zu des Meisters Worten. Sie kam nur einfach immer wieder. Wie eine Katze strich sie lautlos kreuz und quer durchs Atelier, manchmal mit einem dünnen Tuch um die Hüften, meistens nackt. Und Klimt konnte nicht umhin, sie zu beobachten, zu registrieren, wie sich ihr Körper langsam veränderte. So entstand »Die Hoffnung I«, das lebensgroße Aktbild der hochschwangeren Herma.

Die Dargestellte wirkt, als wäre sie sich ihrer Sache sicher – und das war Herma tatsächlich. Sie wusste, dass es für jeden Zustand auf dieser Welt verschiedene Erklärungen und Wahrheiten gibt, und so kam sie gar nicht auf die Idee, den Kohlenhändler Albert an seiner Vaterschaft zweifeln zu lassen. Albert wünschte sich ein Kind, seine Ehefrau Herma würde es für ihn zur Welt bringen, auf dass er sich an der Frucht seiner Lenden erfreuen könnte. Im Atelier des Herrn Klimt jedoch galt eben dieser als Vater des Kindes, ob er es nun anerkannte oder nicht.

Laut Taufschein hieß die Kleine Albertine, nach dem Ehemann-Vater Albert, im Atelier jedoch wurde sie auf Hermas Wunsch Serena genannt, nach der liebreizenden und reichen Serena Lederer, geborene Puchter, die Klimt im Jahr 1899 gemalt hatte.

Wenn Herma ins Atelier kam, brachte sie die Kleine mit, die schon als Baby sehr geschickt darin war, Zuneigung zu erwerben und zu erhalten. Instinktiv erfasste sie die Rangordnung der Menschen, und dass dieser bärtige Mann, dessen struppige dunkle Haarbüschel rechts und links der Stirnglatze wie Teufelshörner abstanden, dass dieser Teufelsmann also der Herr über das kleine Reich war, wusste sie schon, bevor sie richtig sprechen konnte. Sie reagierte darauf vor allem in dem komischen Bemühen, ihn zu imitieren. Eines der Mädchen hatte für sie eine kleine Staffelei gebastelt und ihr einen Zeichenblock und ein paar Stifte geschenkt. So stand sie bereits als Dreijährige in einer dunklen Ecke des Ateliers, gekleidet in ein altes Hemd von Albert, das bei ihr bis auf den Boden reichte – genau wie Klimts berühmter langer Malerkittel –, und strichelte mit konzentrierter Miene und flinken Fingern auf ihrem Zeichenblock herum. »Ganz der Papa!«, flüsterten die Mädchen lächelnd.

Als Serena fast vier Jahre alt war, wurde Herma wieder schwanger und diesmal gewiss nicht von Klimt. Der hatte sein Interesse an ihr längst verloren. Es war keine gute Schwangerschaft, Herma fühlte sich matt und krank, kam aber dennoch ins Atelier in der Hoffnung, durch ihren anschwellenden Leib das Auge des Meisters zurückzugewinnen, was allerdings nicht gelang.

»Kannst keinen Staat mehr machen mit deinem Körper«, sagte Klimt schließlich, »so wie du momentan ausschaust, gehörst du nicht ins Atelier. Also geh nach Haus und bleib da, du verdirbst hier die Stimmung.«

Und diesmal folgte sie seiner Aufforderung. »Ich hab's ja auch gar nicht mehr nötig«, sagte sie gekränkt, »mein Mann beschäftigt inzwischen vier Arbeitsmänner. Und meine Serena, die nehm ich auch mit. Dann haben S' eben kein Modell mehr, wenn's mal um ein Kindchen geht.«

Aber das Kindchen wollte nicht weg. Es machte ein großes Geschrei und musste schließlich mit Gewalt fortgebracht werden. Am nächsten Tag aber kam die Kleine wieder, hatte ganz allein den Weg zurück in die Josefstädter Straße 21 gefunden. Die Mädchen waren gerührt, und sogar der Meister zeigte sich beeindruckt.

»Ein komisches kleines Ding«, sagte er, »sieht aus wie ein weiches Püppchen und hat dabei einen so stählernen Willen. Lasst sie also hier.«

Das ging so lange gut, bis eines Tages ein Holländer namens Hugo ten Broich im Atelier von Klimt erschien. Er war um die fünfzig, groß und dünn, mit schütteren grauen Haaren, mit Spitzbart und Pincenez und mit langen, knochigen Fingern, die nachlässig die Hunderter und gar Tausender hinblättern konnten. Er war durch die Kunstwelt gefahren wie ein Mann auf Freiersfüßen, der unter all den schönen Künsten nach der allerschönsten suchte, um sie zu freien. Und er war äußerst wählerisch. Die englischen Präraffaeliten und die Nazarener zogen ihn an, und er besaß mehrere Rossettis und eine Version der klugen und törichten Jungfrauen von Burne-Jones. Letztlich jedoch wagte er nicht, sein ganzes Herz an sie zu hängen. »Das kitschige Element darin ist doch zu offensichtlich, das darf ich mir nicht gestatten«, sagte er. Die Glasgower mit ihrem Macintosh bewunderte er, aber sie waren ihm zu begrenzt. »Immer wieder diese säuberlich stilisierten Rosen, da sehnt man sich schließlich nach einem wilden Bauerngarten!« Eine Zeit lang hatte er für die Berliner Sezession geschwärmt und sich sogar von Liebermann porträtieren lassen, bis ihm ein Bild von Edvard Munch vor die Augen gekommen war, da hatte es ihn machtvoll nach Skandinavien getrieben, viel hätte nicht gefehlt, und er wäre dort geblieben.

Aber die schreckliche Verzweiflung in Munchs Seele war schließlich drauf und dran gewesen, den im Grunde wohl temperierten Geschäftsmann aus Holland mit eigener Verzweiflung zu infizieren, und so hatte sein Abschied von der nordischen Düsternis wohl eher einer Flucht geglichen als dem geordneten Aufbruch zu weiterer kultureller Information.

In Wien blieb er dann wirklich hängen. Besonders Klimts Zeichnungen hatten es ihm angetan, und er kaufte alles, was Klimt bereit war, ihm zu überlassen. Und ganz nebenbei begann er, sich auch mit der kleinen Serena zu beschäftigen.

Die inzwischen fast Fünfjährige mit ihrem untrüglichen Instinkt für Machtverhältnisse hatte sehr schnell begriffen, dass dieser Herr, der das Atelier nun fast täglich besuchte, in gewisser Weise dem Klimt überlegen war, denn der Maler duldete ihn nicht nur, er hofierte ihn sogar. Woraufhin Serena den Mann ebenfalls hofierte. Und es dauerte nicht lange, da stand sie nicht mehr malend hinter ihrer Spielzeugstaffelei, sondern saß bei Hugo auf dem Schoß. Und den zwar welterfahrenen, kunstklugen, in Gefühlsdingen jedoch sehr naiven und unschuldigen Menschen erfasste ein vollkommen unerwartetes Gefühl. Der alte Mann verliebte sich in das Kind und hätte es sich am liebsten gleich einem Kunstwerk angeeignet.

Herma erfuhr von einem der anderen Modelle, was sich im Atelier tat. Es ging ihr immer noch schlecht, doch nicht so sehr, dass sie die Situation zwischen Hugo und dem Kind nicht hätte erfassen und für sich nutzbar machen können. Sie verbot Serena, weiterhin ins Atelier zu gehen und sperrte das Kind zu Hause ein. Daraufhin schickte Hugo Caroline vor.

»Dieser holländische Herr hat nämlich keine Kinder«, begann Caroline das Gespräch mit Herma.

»Traurig für ihn«, sagte Herma ungerührt.

»Aber er hat ziemlich viel Geld«, fuhr Caroline fort, »und das würde er gern nutzbringend verwenden.«

»Tut er doch, er kauft Bilder.«

»Weiß ich. Aber Bilder sind kein Ersatz für Kinder, man kann sie nicht erziehen.«

Herma wurde ungeduldig. »Nun sag schon, was du willst.«

»Es ist so, dass er deine Albertine für hoch begabt hält. Er würde sie gerne erziehen.«

»Zu was?«

»Zu einer jungen Dame.«

»Die Tochter eines Kohlenhändlers kann nie eine junge Dame werden.«

»Aber die Tochter Gustav Klimts kann es – das meint der holländische Herr jedenfalls.«

»Wirklich?« Herma lächelte geschmeichelt. »Er hält sie für Klimts Tochter?«

»Das tun wir doch alle!«, sagte Caroline enthusiastisch.

»Also gut. Ich hab ja schon immer gedacht, dass meine Serena Besseres verdient hat. Obgleich ... es wär doch wohl nicht richtig, wenn die Kleine zukünftig in Saus und Braus leben soll, während bei der Mutter nach wie vor Schmalhans Küchenmeister ist.«

»Ich dachte, dein Albert verdient inzwischen genug?«

»Lass den Albert aus dem Spiel, der ist nicht verantwortlich. Weil ich doch ... hast du ja selbst eben gesagt! Bloß, dass der feine Herr von Klimt nie was für mich getan hat.«

»Aber der Holländer, der würde nun gerne etwas für dich tun. Wie wär's mit zwanzig Schilling pro Tag.«

»Fünfzig«, sagte Herma schnell, »darunter geb ich mein Kind nicht in fremde Hände.«

Sie einigten sich auf dreißig Schilling pro Wochentag, unter der Bedingung, dass Serena die Sonntage stets zu Hause verbringen müsste. »Albert und ich wollen schließlich den Kontakt nicht verlieren«, sagte Herma.

Hugo war für Carolines Vermittlung sehr dankbar. Er hoffte, durch das finanzielle Arrangement seinen beängstigenden Gefühlen eine solide Basis geben zu können und machte sich, eifrig wie ein junger Bräutigam, sogleich an die Organisation seines neuen Lebens. Er gab seine Junggesellenwohnung auf und bezog im Ersten Wiener Bezirk am Ring eine helle, große Wohnung, in der er dem Kind ein zweites Zuhause bereiten wollte. Da er sich immerhin zu der Meinung bequemte, das kleine Mädchen bräuchte neben der erzieherischen Liebe seines Ziehvaters auch noch die lenkende Hand einer Frau, bat er die inzwischen zweiundzwanzigjährige Caroline zu ihm zu ziehen und diesen Part in Serenas Leben zu spielen. Und Caroline, die schon lange vor Hugo Serenas Charme verfallen war, willigte glücklich ein.

Hermas Baby wurde dann per Kaiserschnitt geboren, es war ein Junge, und er lebte nur ein paar Tage. Herma war außer sich vor Kummer. Da ihr nichts anderes einfiel, suchte und fand sie Trost in der Kirche.

Albert hingegen war vor allem zornig. »Da kriegt man nun endlich einen Sohn, und dann stirbt er einem gleich wieder weg.«

»Du hast ja mich, Papa«, tröstete Serena.

»Nicht wirklich. Deine Mutter sagt, du musst eine junge Dame werden.«

»Aber doch nur unter der Woche. Am Sonntag bin ich bei dir.«

Serena gab sich große Mühe, für Albert ein ebenso gutes Töchterchen zu sein wie für Hugo.

Allerdings konnte sie es nicht leiden, wenn er sie nach dem Mittagessen, wenn Herma in die Küche gegangen war, um den Abwasch zu machen, mit seinen nie ganz sauberen Händen zu sich auf den Schoß zog.

»Caroline schimpft, wenn mein Sonntagskleid dunkle Flecken kriegt«, sagte sie.

»Was geht mich Caroline an!«, sagte er. »Du gehörst zu mir, und ich kann's mir inzwischen leisten, dir selbst ein schönes Kleid zu kaufen, sogar zwei, wenn du eine gute Tochter bist.«

Serena-Albertine wusste sehr wohl, dass Albert die Macht hatte, ihrem anderen Leben ein Ende zu bereiten. Und da ihr inzwischen Hugos große Wohnung sehr angenehm war – sie liebte die weichen Teppiche und die Badewanne mit den vergoldeten Füßen, liebte ihre Spielsachen und liebte wohl auch Hugo –, nahm sie dafür Alberts Kohlenhändlerhände in Kauf und blieb nach dem Mittagessen brav auf seinem Schoß sitzen, bis er eingeschlafen war. Dann allerdings schlüpfte sie umgehend aus seinen Armen und lief in die Küche, um für Herma das Geschirr abzutrocknen.

Auf Carolines Anraten bot Hugo für die Sonntage den doppelten Tagespreis, leider jedoch ohne Erfolg. Zwar hätte sich Herma, die jetzt für die Bekehrung eines Negerknäbleins sparte, gern auf den Handel eingelassen, aber Albert bestand auf seinen väterlichen Rechten.

»Was machst du denn so am Sonntagnachmittag?«, fragte Caroline.

»Ich spiel mit meinem Papa ›Mensch ärgere dich nicht‹«, sagte Serena.

Die Spiele, in die Hugo sein Ziehtöchterchen verwickelte, waren anderer Natur: Konservatorium, Ballettunterricht und bald auch neben der privaten Grundschule ein Hauslehrer für Englisch und Französisch. Serena kam Hugos Ansprüchen genauso gutwillig nach wie denen Alberts.

Daneben verbrachte sie nach wie vor viele Stunden im Atelier bei Klimt, der sie inzwischen nicht nur duldete, sondern dazu übergegangen war, wohl angeregt durch Hugo ten Broichs Interesse, ihr höchstpersönlich Zeichenunterricht zu geben.

»Du musst nämlich wissen, dass der Herr von Klimt dein eigentlicher Vater ist«, flüsterten ihr die Mädchen hinter vorgehaltener Hand zu.

»Das weiß ich doch längst«, sagte das Kind.

So pendelte Albertine-Serena zwischen ihren Welten hin und her, sie passte nicht nur ihre Vornamen den jeweiligen Situationen an, sondern auch die Sprache, die Gesten, ja ihr ganzes Verhalten. Geschickt hielt sie auseinander, was nicht zusammengehörte, und sie verwechselte ihre Rollen nie. Im Laufe der Jahre gelang es ihr, sich auf die liebenswürdigste Weise von ihrem Namensgeber zu distanzieren, in ihrem Lehrer Gustav Klimt endlich Vatergefühle zu erwecken und ihrem Ziehvater Hugo ein pädagogisches Erfolgserlebnis nach dem anderen zu bereiten.

Caroline war ihr dabei eine große Hilfe. Sie hielt sich stets im Hintergrund, doch wirkte sie durch ihre bodenständige Art wie ein Sprungtuch, das der Heranwachsenden bei ihren Lebenskunststücken die nötige Sicherheit gab. Nur bei Caroline konnte Serena sich schwach zeigen, und sie nutzte das gründlich aus, weil sie genau wusste, dass Caroline, komme, was da wolle, unverbrüchlich auf ihrer Seite stehen würde.

»Ich hab langsam keine Lust mehr zu dem ewigen ›Mensch-ärger-dich-nicht‹ am Sonntag«, murrte die Zehnjährige.

»Verständlich. Aber Albert könnte dir große Schwierigkeiten bereiten!«

Die Zwölfjährige jammerte über den ständigen Hausunterricht, den sie neben der Schule zu absolvieren hatte.

»Wenn du erwachsen bist, machen wir beide große Reisen miteinander«, tröstete Caroline, »dann wirst du für mich übersetzen.«

Und die Dreizehnjährige erklärte ihrer mütterlichen Freundin allen Ernstes, dass der Klimt ihr nichts mehr beibringen könne. »Inzwischen bin ich nämlich ebenso gut wie er!«

Caroline sah sie nur an und holte ihr Serenchen durch anhaltendes Gelächter auf den Boden der Tatsachen zurück. »Sei froh, dass er sich überhaupt mit dir befasst!«, sagte sie. »Er gehört nämlich zu den ganz Großen, aber du bist nur eine begabte kleine Nachahmerin.«

»Und du verstehst überhaupt nichts von Malerei!«, tobte Serena, doch fiel Carolines Bemerkung auf sehr fruchtbaren Boden und sollte dort starke Wurzeln schlagen.

Einmal, als der Meister besonders guter Laune war, veranstaltete er mit ihr ein Wettzeichnen. Das gutmütige, dicke Aktmodell Henriette musste sich aufrecht hinstellen, Beine leicht gespreizt, Hände locker auf den Oberschenkeln. Auf die Plätze, fertig, los. Lachen, Schreien, aufmunternde Rufe der anderen Mädchen. Klimt machte Witze, jonglierte mit seinem Stift, benutzte abwechselnd die rechte und die linke Hand und versuchte es sogar mit geschlossenen Augen. Serena hingegen zeichnete voll verbissenem Eifer, korrekt und ohne jede Ironie, dabei mit zielstrebiger Geschwindigkeit. Bis sie dann zu den Händen kam, da stockte sie, wischte, korrigierte und versuchte es von neuem – Klimt konnte sie lässig überholen und den Sieg davontragen.

»Und natürlich war es gerecht«, gestand Serena später Hugo, »er kann's einfach besser, der Herr Klimt, sogar mit all seinen Faxen. Aber ich war schneller – ehrlich! Bis auf die Hände … da ist mir nämlich eingefallen, dass er einmal gesagt hat: ›An den Händen erkennt man den Meister!‹ Und da konnte ich dann plötzlich nicht mehr weiterzeichnen.«

»Aha«, sagte Hugo, »und was hat er noch gesagt?«

»Dass von den Händen oft mehr ausgeht als vom übrigen Körper und dass man mit den Händen *alles* ausdrücken kann. Und dann hat er auch noch gesagt, dass der beste Händekünstler, den er kennt, der Egon Schiele ist.«

Hugo, dem der so leidenschaftliche wie verrückte Schiele unheimlich war, wehrte ab: »Bei dem sehen die Hände doch immer gleich aus, lange, dünne Glieder und knochige Gelenke. Absolut keine Variationsbreite.«

Dennoch versuchte er umgehend, den jungen Verrückten für einen speziellen Zeichenunterricht zu engagieren. Und Schiele, stets in Geldnöten, sagte zu.

»Aber nur die Hände, wenn ich bitten darf«, sagte Hugo. »Und zwar jede Art von Händen, kleine, große, kluge, dumme, gierige, großzügige, schwache, wütende Hände und sonst nichts. Der Gustav Klimt hält viel von Ihren Fertigkeiten, und ich wünsche mir, dass Sie diese an meine Tochter weitergeben.«

Serena betrachtete voller Interesse den hageren, glutäugigen Mann, von dem sie bereits manches für junge Mädchen nicht ganz Passende gesehen und gehört hatte. Sie knickste brav, doch bevor sie ihm noch die Hand reichen konnte, zog Hugo sie energisch an den Zeichentisch. »Also dann«, sagte er.

Schieles Blick traf den des jungen Mädchens, ein glühender Blick, dessen Strahlwirkung Serena überrascht in ihrem ganzen Körper spüren konnte. Leider war es das einzige Mal, dass er sie so direkt ansah, von da an galten seine Blicke einzig ihren zeichnenden Händen.

»Dass du auf gar keinen Fall dem Mann je erlaubst, deine Hände zu berühren!«, hatte Hugo sein Töchterchen gewarnt, und um Schlimmes zu verhindern, war er bei den Unterrichtsstunden stets anwesend, schweigend saß er in einer Ecke und bewachte Lehrer und Schülerin. Serena fand das zwar lustig, aber vor allem doch seltsam aufregend. Und als er einmal während des Unterrichts kurz aus dem Zimmer gerufen wurde, streckte sie sofort sanft lächelnd ihrem Lehrer beide offenen Hände entgegen. Der nahm sie, und sie spürte erneut diesen heißen Strom, viel intensiver noch als beim ersten Mal, als einzig sein Blick der Auslöser gewesen war. Der Mann atmete schwer, Serena ebenfalls, und als Hugo wieder hereinkam, wirkten Lehrer und Schülerin, als wären sie beide einer Ohnmacht nahe.

Selbstverständlich kündigte Hugo ten Broich daraufhin den Lehrvertrag, doch hatte Schiele zuvor Zeit genug gehabt, Serena beizubringen, was alles man mit den Händen ausdrücken kann. Und Hugo redete niemals mehr über die mangelnde Variationsbreite von Egon Schieles Umgang mit Händen.

Stattdessen verkündete er, dass Serena mit ihren vierzehn Jahren zu alt sei, im Klimtschen Atelier weiterhin das Kindchen zu spielen und an den Wochenenden dem Kohlenhändler Albert schönzutun. Ihr Leben müsse nun eine altersgemäße Wende nehmen.

Serena, die die verschiedenen Notwendigkeiten und Vorteile besser übersah als Hugo, wehrte sich. Doch bevor es noch zu einem ernsten Konflikt kommen konnte, geschah das Unvorhersehbare und bereitete Serenas Tripelexistenz und damit ihrer Kindheit ein Ende.

Am elften Januar 1918 erlitt Gustav Klimt frühmorgens in seiner Wohnung in der Westbahnstraße 26 einen Schlaganfall, der ihn halbseitig lähmte. Er wurde in das Sanatorium Löw gebracht, und Serena beschloss, ihn dort zu besuchen.

Hugo war dagegen. »Der Mann liegt im Sterben, nur seine engste Familie hat Zugang.«

»Ich bin seine Tochter!«

»Meines Wissens hat er sich nie zu dieser angeblichen Vaterschaft geäußert. Also belaste ihn nicht noch auf seinem Totenbett mit emotionalen Forderungen.«

»Das ist eine sehr persönliche Sache zwischen Klimt und mir. Tut mir Leid, Onkel Hugo, aber dein angebliches Wissen hat damit überhaupt nichts zu tun.«

Serena ging also ins Sanatorium und traf vor der Tür zum Krankenzimmer auf Klimts langjährige Gefährtin Emilie Flöge, die das junge Mädchen misstrauisch beäugte. Beide wussten natürlich voneinander, gaben jedoch vor, sich nicht zu kennen.

»Was wollen Sie hier?«, fragte Emilie unfreundlich.

Serena knickste wohlerzogen. »Ich möchte gern den Herrn Kunstmaler besuchen.«

»Das kann ich leider nicht gestatten. Sein Zustand erlaubt ihm nicht, Besuche zu empfangen.«

»Dann sind Sie sicher seine Gattin?«, fragte Serena, die im Atelier viele boshafte Geschichten gehört hatte über Emilies erfolglose Bemühungen, ihren Jugendfreund Gustav zur Ehe zu bewegen. »Es tut mir so schrecklich Leid für Sie!«

Emilie warf Serena einen giftigen Blick zu. »Es ist doch wohl allgemein bekannt, dass der Meister es vorgezogen hat, Junggeselle zu bleiben. Und sowieso wüsste ich nicht, was das mit seiner momentanen Kondition zu tun haben soll.«

Serena lächelte entschuldigend. »Überhaupt nichts, verzeihen Sie bitte. Ich hatte nur Sorge, Ihnen noch zusätzlichen Kummer zu bereiten. Aber wenn Sie nicht seine Frau sind, dann kann ich's Ihnen ja auch freiweg gestehen: Ich bin nämlich seine Tochter. Und darum habe ich doch gewiss vor allen anderen das Recht, mich von ihm zu verabschieden.«

Mit diesen Worten schob Serena sich an der konsternierten Emilie vorbei und schlüpfte ins Krankenzimmer. Die Tür verriegelte sie von innen.

Als sie Stunden später aus dem Sanatorium zurückkam, war sie zwar sehr aufgewühlt, doch gleichzeitig strahlte sie ein neues Selbstbewusstsein aus.

»Er hat mir gesagt, dass ich für ihn schon immer seine einzige wahre Tochter gewesen sei, dass er es nur nicht hätte öffentlich machen können, um die Emilie nicht zu betrüben«, sagte sie .

»Dann wird es jetzt wohl nie mehr öffentlich werden«, erwiderte Hugo bissig.

»Wozu auch«, sagte sie, »Hauptsache er und ich wissen es.«

Klimt starb am sechsten Februar, und zwar allein. In der Folge beanspruchten vierzehn illegitime Kinder sein Erbe. Selbstverständlich war Serena nicht darunter – das hatte Hugo verhindert. Die vierzehn Illegitimen wurden ohnehin nicht anerkannt, das Erbe wurde aufgeteilt zwischen Klimts beiden Schwestern und Emilie.

»Die Flöge muss sich auch immer in den Vordergrund drängeln«, sagte Serena ärgerlich. »Was ist die denn schon – eine Schneiderin!«

Hugo, der es nicht leiden konnte, wenn Serena sich hochmütig gab, korrigierte sie: »Eine geniale Modeschöpferin ist sie. Eines Tages wirst du vielleicht froh sein, ein Kleid von ihr tragen zu dürfen.«

Klimts Tod war nur der Anfang eines langen Totenreigens, denn nach dem Krieg mit all seinen schrecklichen Folgen fiel nun auch noch die Spanische Grippe über Europa her – siebenundzwanzig Millionen Tote. Die Wiener Sezession verlor ihre wichtigsten Mitglieder – Klimt starb am sechsten Februar, Otto Wagner im April, Koloman Moser und Egon Schiele starben im Oktober. Trauer, Verzweiflung, schöne Totenreden, gereimt und ungereimt. Unter den siebenundzwanzig Millionen waren auch zwei Menschen, denen niemand eine Rede hielt: Der Kohlenhändler Albert aus dem 14. Bezirk und Herma, die kuhäugige Schwangere von der Hoffnung I.

»Ich hatte drei Väter«, sagte Serena, »das war doch manchmal etwas anstrengend. Zwei sind gestorben, wie gut, dass mir der beste geblieben ist.«

Eines von Klimts letzten Bildern, »Adam und Eva«, von 1917 zeigt die dreizehnjährige Serena. Die lockigen Haare hängen ihr bis zur Taille, um den Mund hat sie ein winzig kleines verführerisches Lächeln, am Körper jedoch hat sie nichts als ihre jugendliche Haut. Sie steht also da in ihrer ganzen Pracht, und als Hugo, der sanfte, zurückhaltende, höfliche Hugo es sah, bekam er einen regelrechten Wutanfall. Serena jedoch blieb ganz ruhig. Voller Interesse betrachtete sie den tobenden Mann und sagte schließlich: »Aber Onkel Hugo, mein Lieber, worüber regst du dich denn so schrecklich auf? Das ist zwar mein Gesicht, aber es ist absolut nicht mein

Körper. Oder willst du vielleicht behaupten, dass ich derartig breite Hüften und fette Oberschenkel habe?«

Das verschlug Hugo die Sprache. »Woher soll ich denn wissen, wie genau deine Hüften und Oberschenkel aussehen!«, stöhnte er.

»Natürlich, das kannst du nicht wissen«, sagte Serena, »aber ich zeig's dir gerne, damit du dich nicht weiter aufregen musst.« Und sie begann ganz umstandslos, ihr Kleid aufzuknöpfen.

Da stieß Hugo einen Fluch aus und verließ Türen schlagend das Zimmer. Und Serena sah hinter ihm her, knöpfte ihr Kleid wieder zu und sagte: »Der arme Hugo!«

Das war der Tag, an dem sich Hugos Verhalten gegenüber Serena änderte, er behandelte sie nicht mehr wie ein Kind, sondern wie eine junge Frau. Und Serena nannte ihn auch nie wieder Onkel.

Niemand wusste etwas Genaues über Hugos Herkunft, seinen Familienstand, den Ursprung seines Reichtums. Innerhalb Wiens pflegte er keine Beziehungen und war auch keiner Gruppe zugehörig: Er war kein Jude, er war kein Aristokrat, er war keiner von den traditionell Besitzenden. Ein reicher Ausländer, der erst durch seine Bewunderung Gustav Klimts für die Wiener überhaupt existent geworden war. Und da sie sich nicht zufrieden geben wollten mit einem Mann ohne Vergangenheit, dichteten sie ihm eine an, so anrüchig wie möglich: heimlicher Sklavenhandel in der Südsee, Börsenmanipulationen in den USA, afrikanische Diamantenminen, in denen die armen Neger nie das Tageslicht erblickten. Und dazu noch eine Ehe in Holland mit einem Haus voller Kinder, um die er sich nicht kümmerte. Dieser Mann also hatte sich ein kleines Mädchen gekauft, das inzwischen kein kleines Mädchen mehr war – man musste den beiden ja nur dabei zuschauen, wie sie einander schöntaten.

Manchmal verschwand Hugo ten Broich allein und mit ungenanntem Ziel. Dass er von diesen Reisen stets ein weiteres Kunstwerk mit nach Hause brachte, hielten die Wiener für Verschleierung. Hinter Kunst konnte man vieles verbergen.

Mit Serena erlebte Hugo ten Broich die glücklichste Zeit seines Lebens. Sie zeigte wenig Bedürfnis, die Gepflogenheiten heiratsfähiger junger Mädchen zu imitieren, ihr reichte Hugos Liebe vollkommen, eine Liebe, deren Ausschließlichkeit sie sehr wohl begriff. Hugo zu Gefallen wurde sie eine gebildete junge Dame und eine Expertin in Sachen bildende Kunst. Ihm zuliebe wäre sie wohl auch gerne eine eigenständige Malerin oder Bildhauerin geworden, zumal sie spürte, wie sehr es ihn danach verlangte, in ihr nicht nur seine Schöpfung, sondern dazu noch eine eigenständige Schöpferin zu sehen.

»Du musst dich doch nur weit genug öffnen«, sagte er, »dann wird dir schon etwas einfallen, etwas Eigenes und Originelles, etwas, das ganz und gar du selber bist.«

So saß sie manchmal stundenlang in ihrem Zimmer, öffnete sich so weit es irgend ging, und alles, was ihr in den Kopf kam, waren zuvor mit Hugo erlebte Kunstwerke, waren die Gemälde der italienischen Renaissance, waren die Niederländer, die Romantiker, waren auch immer wieder Werke von Klimt und Schiele. Sie fand, dass es weiß Gott schon genug Bilder auf der Welt gäbe und dass sämtliche Motive bereits erschöpfend verarbeitet worden wären. Und wenn sie sich dann, wieder Hugo zuliebe, daran machte, etwa eine Madonna mit Kind zu malen, wobei sie der Madonna ihre eigenen Züge geben wollte, dann sah es später eben doch nur wieder so aus, als hätte sie einen El Greco oder einen Botticelli abgemalt – die Technik dafür beherrschte sie ja.

»Es ist eben leider so«, sagte sie zu Caroline, »dass meine Netzhaut bereits voll besetzt ist mit alldem, was Hugo dort unbedingt ansiedeln wollte. Was ich einmal gesehen habe, das werde ich eben nicht wieder los.«

Im Jahr 1922 konnte Hugo nicht länger übersehen, dass sein Vermögen erheblich geschrumpft war.

Zwar hatte er am Krieg noch kräftig verdient, doch war dann die Inflation vernichtend über seine Rücklagen hergefallen, was ihn, im Hinblick auf seine Haupteinnahmequellen, nämlich den

Erzabbau und die Holzwirtschaft in Brasilien, nicht allzu sehr beunruhigt hatte. Als diese Quelle dann allerdings plötzlich und unerwartet zu sprudeln aufhörte – man hatte ihm in Brasilien ganz einfach den Hahn zugedreht –, traf ihn dies doch sehr spürbar.

Wäre er, so wie in früheren Jahren, immer noch an finanziellen Eroberungen interessiert gewesen, hätte er sich wohl dem Kampf gestellt, wäre umgehend nach Südamerika gereist und hätte sich die Aussperrung, die von seiner dortigen Familie inszeniert worden war, nicht bieten lassen.

So jedoch, mit der aufblühenden Serena an seiner Seite, hatte er den Sinn für finanzielle Machtspiele verloren.

»Wir werden uns einschränken müssen«, sagte er.

»Warum denn?«, fragte Serena.

»Weil mir inzwischen die Lust am Geldverdienen abhanden gekommen ist.«

»Schade«, sagte Serena. »Ich fand es sehr angenehm, reich zu sein.«

»Mach dir keine Sorgen, Kind. Wir werden in eine etwas bescheidenere Wohnung umziehen und nicht mehr so viel für überflüssigen Luxus ausgeben, das ist alles.«

»Schade«, sagte Serena noch einmal und verließ das Zimmer.

Während der nächsten zwei Jahre zogen sie dann viermal um. Serena flehte Hugo an, doch wieder etwas Lust und Leidenschaft fürs Geldverdienen zu entwickeln. Doch Hugo sagte nur: »Unmöglich, alle meine Energien sind anderweitig festgelegt.«

Serena wusste sehr wohl, was er damit meinte, und zum ersten Mal fand sie, dass er es mit ihr doch etwas übertrieben hätte.

Abends saß er nun oft am Küchentisch, vor sich eine Mappe mit Zeichnungen. »Komm zu mir, mein Töchterchen«, sagte er, »bring deinem besten Vater ein Glas Bier.«

»Du solltest ein paar Zeichnungen verkaufen«, sagte Serena.

»Ganz im Gegenteil. Ich sollte versuchen, noch ein paar Zeichnungen dazu zu kaufen. Ich bin kein Kunsthändler, sondern ein Sammler. Und das werde ich auch bleiben.«

»Aber dafür haben wir kein Geld.«

»Was ist schon Geld, gemessen an künstlerischen Kostbarkeiten. Ich habe mich mein Leben lang gewundert, dass man mit Geld tatsächlich Kunst erwerben kann.«

»Womit denn sonst, Hugo«, sagte sie ungeduldig.

Er zog sie an sich. Das tat er jetzt sehr viel öfter und ungezwungener als früher.

»Ich werde mir etwas einfallen lassen«, sagte er tröstend.

Serena machte sich von ihm los. »Ich mir auch.«

Er schmunzelte über ihren entschlossenen Tonfall. »Was denn?«

»Ich könnte zum Beispiel heiraten, einen reichen Mann. Der würde mit mir in ein großes Haus ziehen, und du bekämst dort deine eigenen Zimmer. Und er würde dir genügend Geld geben, damit du weiter sammeln kannst.«

»Dich werde ich genauso wenig verkaufen wie meine Zeichnungen«, sagte Hugo. »Aber ich habe eine andere Idee. Vor ein paar Tagen nämlich habe ich Emilie Flöge getroffen.«

»Die Schneiderin?«

»Die Modeschöpferin. Sie ist im Besitz einiger Zeichnungen, für die ich … also die in mir das alte Feuer noch einmal entfacht haben. Und die Flöge wäre tatsächlich bereit, sie mir zu überlassen.«

»Nur dass du ja leider kein Geld hast«, sagte Serena.

»Aber ich habe dich. Würdest du mir bitte noch ein Glas Bier bringen?«

Als Serena das Glas vor ihm absetzte, legte er wieder den Arm um ihre Taille. »Dich habe ich doch, oder …?«

Serena machte sich steif. »Du hast mich, Hugo. Aber ich will nicht, dass du mich, nur weil wir jetzt arm sind, anfasst wie Albert es manchmal getan hat.«

Hugo zuckte zurück. »Was hat Albert getan?«

»Albert ist seit vier Jahren tot. Ich habe ihn schon fast vergessen, und ich will nicht, dass du mich an ihn erinnerst. Erzähl mir lieber von der Frau Flöge. Ich wollte schon immer gerne ein Kleid von ihr haben.«

Serena setzte sich Hugo gegenüber an den Tisch und sah ihn erwartungsvoll an. »Also …«

»Nie im Leben kann es mit mir so sein wie bei Albert!«, murmelte Hugo.

»Hab ich das etwa behauptet? Nun erzähl mir, was du mit der Frau Flöge besprochen hast.«

»Dass sie ... dass du ... also dass sie dringend jemanden braucht, der ihre Kleider vorführt. Jemanden von natürlicher Eleganz, der graziös ist und selbstsicher, der alles richtig macht und der zum Kaufen anregt, dabei jedoch vollkommen unprofessionell wirkt, also jemand, der es aus Spaß tut, aus Freude an der Sache, aus ... jedenfalls nicht für Geld, sondern ...«

»Sondern eventuell für eine kleine Klimt-Zeichnung?«, vollendete Serena den Satz und lachte. »Du willst mich also doch verkaufen.«

Hugo war dankbar für ihr Lachen und versuchte einzustimmen. »Nicht verkaufen, nur kurzfristig verleihen.«

»Das klingt doch alles sehr vernünftig«, sagte Serena, »aus Spaß und Freude und für die Sammelleidenschaft. Allerdings kann ich mir nicht vorstellen, dass die Frau Flöge mich einstellen will. Sie mag mich nämlich nicht.«

»Unsinn. Sie weiß doch überhaupt nichts von dir!«

»Aber sie weiß, dass ich Klimts Tochter bin.«

Hugo lachte etwas gequält. »Ach Serenchen, könntest du nicht diese alte Geschichte endlich begraben?«

»Könnte ich schon, wenn die Flöge es kann. Aber du wirst schon sehen, sie nimmt mich nicht.«

Da irrte Serena. Emilie Flöge war eben alles andere als eine kleine Wiener Schneiderin. Sie stammte nicht nur aus einer gutbürgerlichen Familie – ihr Vater betrieb eine Fabrik für Meerschaumpfeifen –, sie war auch eine kluge Geschäftsfrau, in deren Werkstatt über achtzig Frauen arbeiteten. Ihr Verhältnis zu Klimt hatte ihr – neben der Frustration, nur seine Freundin, nicht aber seine Gattin zu sein – viele Vorteile eingebracht, vor allem war sie durch des Meisters Stoff- und Kleiderentwürfe aufgestiegen von einem reinen Handwerksbetrieb in die Höhen künstlerischen Anspruchs. Zu dem Gesamtkunstwerk eines engagierten Lebens, wie es die Sezession propagierte, gehörte eben auch die passende Kleidung.

Natürlich wusste Emilie, dass ihr Freund den Modellen im Atelier nicht nur künstlerisch zugetan gewesen war, das fand sie zwar überflüssig, doch es betraf sie nicht weiter. Diese Mädchen bewegten sich mitsamt ihrer Nachkommenschaft in einem vollkommen anderen Milieu. Es gab keine Berührungspunkte.

Diese Albertine Schwarzbach jedoch – den meisten Kunstinteressierten war sie bereits als Serena ten Broich bekannt – hatte sich nicht an die alten Klasseneinteilungen gehalten. Eine junge Dame war sie geworden, aufgewachsen in einem Luxus, den Klimt ihr gewiss nie hätte bieten können, falls er's denn gewollt hätte. Nun allerdings war dem verliebten alten Hagestolz ten Broich das Geld ausgegangen, und das kleine Fräulein musste selbst etwas zu seinem Lebensunterhalt beitragen. Welch eine Gelegenheit für Emilie. Sie würde die hurenhafte Mutter in der Tochter strafen und dem Mädchen das Leben so schwer wie möglich machen.

Serena aber ließ überhaupt nichts mit sich machen. Schon als sie das erste Mal in den Salon in der Mariahilferstraße kam, trat sie auf wie jemand, der sich einzig aus Spaß mit schönen Kleidern beschäftigte. Emilies Versuchen, sie zu verunsichern oder gar zu schikanieren, begegnete sie mit einem derartig ungläubigen Lächeln, dass die im Grunde ihrer Seele freundliche Frau gar nicht anders konnte, als einen Rückzieher nach dem anderen zu machen.

»Sie wollen doch nicht wirklich, dass ich ausgerechnet dieses Kleid hier vorführe«, sagte Serena etwa, »es passt doch überhaupt nicht zu mir, und es tut auch Ihrer Schneiderkunst keine Ehre.«

Serena hatte einen untrüglichen Sinn für das, was ihr stand. Führte sie ein Kleid vor, waren die Kunden davon meist so angetan, dass sie kaum noch auf den hohen Preis achteten. Die Kleider jedoch, die Serena für unangemessen hielt, verloren plötzlich jedes Flair und wurden unverkäuflich.

Emilie begriff schnell, dass ihr die Kooperation mit dem schönen Kind sehr viel mehr einbrächte, als die Befriedigung eines kleinlichen Rachebedürfnisses, und so strich sie den ganzen »Hoffnung-I-Komplex« aus ihrem Gedächtnis, was letztlich auch ihrem Geschmack entsprach: Sie hatte das Bild von Anfang an als peinlich und dem Genie ihres Freundes nicht angemessen empfunden.

Serena ihrerseits war klug genug, ihre zweifelhafte Herkunft nie wieder zu erwähnen. Sie war einzig und allein die Ziehtochter des Kunstliebhabers Hugo ten Broich, dessen Verehrung für Gustav Klimt ihn mit Emilie verband.

Angetan mit dem jeweils allerschönsten Flöge-Modell, schlenderte Serena nun Tag für Tag durch die von den Wiener Werkstätten eingerichteten Empfangsräume, sie gab sich lässig und in Anwesenheit der Ehegatten oder Freunde von Emilies Kunden auch mal lasziv, sie richtete es stets so ein, dass die oft unentschlossenen Käufer sie mehrmals sahen, indem sie so tat, als hätte sie in dem Raum etwas zu erledigen. Manchmal fragte sie auch, ob sie vielleicht einen Mokka bestellen könnte oder ein Tässchen Schokolade, und wenn sie dann einschenkte, schlug sie entweder die Augen schüchtern nieder – sie wusste, dass sie sehr schöne, bläulich schimmernde, fast durchsichtige Lider hatte –, oder sie bedachte den jeweiligen Mann mit einem verführerischen Lächeln und kam ihm beim Einschenken so nahe, dass er ihr Parfüm riechen konnte.

Als Provision für verkaufte Roben brachte Serena nun monatlich eine oder zwei Klimt-Zeichnungen nach Hause. Zum ersten Mal in ihrem Leben konnte sie etwas für Hugo tun, und das machte sie genauso glücklich wie ihn.

Jeden Vormittag verließ sie leichten Herzens ihren besten Vater und Caroline, um sich in den luxuriösen Salon Flöge zu begeben, wo alles luftig, offen, klar und sehr wohl durchdacht war. Der große Vorführraum mit den spiegelnden Vitrinen voller Spitzen und Stickereien, dazwischen die von Koloman Moser entworfenen Figurinen, zusammengeklebt aus getunktem Papier. Die Wände waren mit hellgrauem Filz bespannt, der dem Licht alle Grellheit wegschluckte und dadurch auch den Älteren und weniger Hübschen schmeichelte. Hinter dem Vorführraum lag das in schlichtem Schwarzweiß gehaltene Comptoir und auf der anderen Seite der Empfangsraum mit den hohen Sesseln und Hockern und dem großen Drachen über dem Gaskamin.

Serena hielt sich am liebsten im Comptoir auf. Sie hatte noch keine Lichtschmeicheleien nötig, ganz im Gegenteil, die strenge Linienführung und die harten Kontraste des Raumes brachten ihre immer noch kindliche Weichheit besonders gut zur Geltung.

An dem Tag, als Rudolf Max Magnussen, Junior eines alten Hamburger Werftbetriebes, im Schlepptau seiner gegenwärtigen Geliebten im Salon Flöge auftauchte, trug Serena ein so genanntes Gartenkleid, gefertigt aus zartem, weißem Mousseline. Als reizvollen Gegensatz zu dem anschmiegsamen Material hatte es eine strenge, aus schwarzen und weißen Quadrätchen à la Hoffmann zusammengesetzte Passe mit einem hohen steifen Stehkragen.

Serena begegnete dem Paar im Empfangsraum, brachte dem heftig rauchenden Fräulein einen Aschenbecher, stellte Mokka in Aussicht, beachtete den jungen Mann kaum, lächelte der munteren Dame jedoch schwesterlich zu und entfernte sich dann in Richtung Comptoir, wobei ihr der hohe Stehkragen eine aufrechte, nahezu hochmütige Kopfhaltung abverlangte, während der fast durchsichtige Stoff ihre langen Schenkel und den kleinen »intelligenten Hintern«, das Erbstück ihrer Mutter, wirkungsvoll zur Geltung brachte.

An der Tür blieb sie kurz stehen und wandte sich zurück. Da traf sie Rudolfs Blick, ein hingebungsvoller und unverstellt besitzergreifender Blick. Verstört und fast ängstlich schloss sie die Augen und verschwand.

»Was ist denn, Kind?«, fragte Emilie.

»Der hat mich angesehen, als ob er mich in der nächsten Minute in sein Bett zerren wollte.«

»Das kann ich kaum glauben. Mir erschien er höflich und zurückhaltend.«

»So darf aber kein Mann eine Frau ansehen!«

Emilie lächelte nachsichtig. »Ach Kind ... also geh wieder rein und ignorier seine Blicke. Mit der jungen Frau allerdings solltest du dich verbünden. Sie scheint ganz wild darauf zu sein, das Geld des jungen Mannes auszugeben.«

»Ich möchte bitte lieber hier bleiben«, Serenas Stimme klang, als müsste sie gleich weinen.

»Also gut, ich hol dir ein Glas Wasser und werde mich dann selbst um die Kunden kümmern«, sagte Emilie.

Kaum war sie gegangen, betrat Rudolf Max Magnussen das Comptoir. »Während man an der Dame Maß nimmt«, sagte er, »würde ich gerne hier mit Ihnen die Preise und Zahlungsbedingungen aushandeln.«

Serena sprang auf. »Die Bedingungen …«, stammelte sie, »die Preise …«

Rudolf räusperte sich. »Gehe ich recht in der Annahme, dass Sie Frau Flöges Tochter sind?«

»So ungefähr«, flüsterte Serena.

»Dann werden Sie doch sicher die Preise kennen.«

Serena schüttelte den Kopf. Ihre Augenlider flatterten.

Rudolf Max Magnussen bewegte sich auf sie zu, behutsam, als wäre sie eine Libelle, die sofort abschwirren könnte. Serena wich nicht vor ihm zurück.

»Reden wir nicht mehr über Preise«, sagte er in geschäftlichem Tonfall, »ich bezahle, was verlangt wird. Essen Sie gern Tafelspitz? Der soll im Sacher besonders gut sein.«

»Tafelspitz?«, sagte Serena, als könnte sie sich nicht an den Sinn des Wortes erinnern.

»Wäre Ihnen morgen Abend um acht Uhr recht? Ich würde Sie dann hier im Salon abholen.«

»Nicht hier. Fräulein Emilie mag so etwas nicht.«

»Also dann von daheim.«

»Daheim ist Hugo. Ich will ihn nicht traurig machen.«

»Wer ist Hugo?«

»Mein bester Vater. Und dann ist da noch Caroline, die würde sich über mich lustig machen.«

»Caroline?«

»Meine andere Mutter. Sie hat sehr viel Erfahrung, sie kennt das Leben. Wohnen Sie im Sacher?«

Er nickte. »Ein angenehmes Hotel.«

»Und nach dem Essen wollen Sie mit mir ins Bett gehen?«

Rudolf stutzte, er lachte etwas gezwungen. »Darauf könnte es hinauslaufen, jedenfalls was meine eigenen Wünsche anbelangt.«

»Ich glaube aber nicht, dass ich daran Spaß hätte.«

»Das kommt wohl auf einen Versuch an.«

Er stand jetzt so nahe vor ihr, dass sie seine Körperwärme spüren konnte. Es war ihr nicht unangenehm. »Und was machen wir mit Ihrer Freundin?«, fragte sie.

»Da sehe ich kein Problem. Sie ist mit mir hierher gefahren, damit ich ihr ein Flöge-Kleid und den passenden Schmuck dazu kaufe. Und das werde ich tun. Zu mehr fühle ich mich nicht verpflichtet.«

Als er sie auf die Wange küsste, zuckte sie zurück. »Also morgen Abend im Sacher«, sagte sie, »um acht Uhr. Ich werde jetzt Fräulein Emilie holen wegen der Rechnung.«

Serena saß bereits um halb acht auf einem der durchgesessenen blauen Sessel, die der kleinen Halle des Sacher so ein angenehm schlampiges Aussehen gaben. Vor ihr stand das übliche Kännchen Kaffee. Sie trug einen grauweiß gestreiften Wickelrock aus Seide, der später das Entkleiden leicht machen würde. Dazu einen Gürtel mit Silberschnalle von Koloman Moser, eine graue Jacke und darunter eine brave weiße Bluse mit nicht zu vielen Knöpfen.

War der reiche Mann aus Hamburg tatsächlich der, auf den sie gewartet hatte und mit dessen Hilfe sie aus diesem engen Wien herauskommen konnte? Sicher besaß er ein großes Haus, in dem auch Caroline und Hugo sich wohl fühlen würden. Dass sie dafür mit ihrer Jungfräulichkeit zu bezahlen hätte, fand sie nicht überteuert. Der Mann war ja nicht unsympathisch, er hatte gut gerochen, nach Tabak und teurer Seife, seine Lippen waren weich und trocken gewesen, und er hatte sich ohne zu zögern von seiner Freundin distanziert.

Langsam schob Serena ihre Hand unter Jacke und Bluse und berührte kurz die nackte Brust. Sogleich lief ein warmer Strom durch ihren Körper und landete zielsicher im Unterleib. Sie konnte wohl nicht voraussetzen, dass er es genauso geschickt machen würde wie sie selbst, doch hatte er gewiss viel Erfahrung und würde sich wahrscheinlich nicht allzu tölpelhaft anstellen.

»Das erste Mal ist immer fürchterlich«, hatte Caroline gewarnt, »viele Kerle sehen in dem Blut der Frau eine Bestätigung ihrer siegreichen Männlichkeit, und dann stochern sie umso wilder in ihr herum. Du solltest gut überlegen, wann und aus welchem Grund du dir diese Prozedur zumuten willst.«

Rudolf trat aus dem Lift und kam auf sie zu. Er küsste ihr die Hand.

»Ich bin froh, dass Sie Herrn Hugos Trauer und Frau Carolines Witzen unbeschadet entkommen sind«, sagte er lächelnd.

Immerhin, dachte Serena, er hat zugehört. »Und wie sind Sie Ihrer Freundin entkommen?«, fragte sie.

»Ebenfalls ziemlich unbeschadet, wenngleich ich die Produkte des Hauses Flöge recht teuer fand. Haben Sie Hunger?«

»Ja. Aber ein Stündchen halte ich es wohl noch aus. Erledigen wir doch das andere vorher.«

»Welches andere?«

»Hatten Sie denn nicht gesagt, dass Sie mit mir ins Bett gehen wollen?«

Rudolf starrte sie an und plötzlich errötete er. Mit beiden Händen griff er nach ihr, zog sie hoch und umarmte sie heftig. »Was ist los mit Ihnen?«, flüsterte er verwirrt. »Warum sind Sie so?«

»Wie … so?«

»So direkt und dabei doch so naiv. So vollkommen unraffiniert.«

»Unraffiniert?«, Serena hielt ganz still in seinen Armen. »Ich werd's schon lernen, ich bin doch noch ganz am Anfang.«

Im Lift dann fragte sie: »Was haben Sie Ihrer Freundin gesagt?«

»Die Wahrheit. Ich habe ihr gesagt, dass ich mich verliebt habe.«

Serena nickte. »Das wird uns die Sache erleichtern.«

»Haben Sie sehr große Angst?«

»Natürlich.«

»Aber warum wollen Sie's dann?«

»Weil es nun mal dazu gehört.«

Oben in dem kühlen Hotelzimmer mit dem riesigen altmodischen Doppelbett waren die schweren Vorhänge zugezogen, nur im Spiegel brannten zwei kleine blütenförmige Lampen und verbreiteten ein stilles Dämmerlicht. Steif und vorsichtig, als befürchtete sie, dass ihr Körper in dem weichen Plumeau eine Spur hinterlassen könnte, setzte sie sich auf den Bettrand und faltete ergeben die Hände im Schoß. Da bemerkte sie auf den beiden Kopfkissen, genau dort, wo vermutlich später sein und ihr Kopf liegen würden, je ein in durchsichtiges Papier gewickeltes Stückchen Sachertorte. Mit einer unkontrolliert heftigen Bewegung wischte sie die freundlichen Gaben des Hotels vom Bett. Weder wollte sie Sachertorte essen, noch sich ihren Kopf neben dem seinen vorstellen. Langsam zog sie sich die vielen Nadeln, mit denen Caroline ihr noch am Nachmittag die elegante Frisur aufgesteckt hatte, aus den Haaren.

Als Rudolf zu ihr kam, ihr die Jacke auszog und die Bluse aufknöpfte, fing sie an zu weinen.

»Warum weinst du?«, fragte er und streichelte ihre Brüste. »Noch kann ich aufhören. Obgleich es mir sehr schwer fallen dürfte.«

»Es ist, weil jetzt etwas zu Ende ist«, sagte sie kläglich, »unwiderruflich vorüber. Und weil ich nicht weiß, was danach kommt.«

»Aber ich weiß es. Und ich verspreche dir, dass das Neue besser sein wird als das Alte.«

»Der arme Hugo«, flüsterte sie.

Er öffnete ihre Gürtelschnalle und schlug den Rock auseinander. Darunter trug sie eine kindliche weiße Batisthose mit Spitzeneinsätzen.

»Warum ist er arm?«

»Weil ich kein Kind mehr bin.«

Dann saß sie nackt da. Sie empfand keine Scham, konnte jedoch nicht aufhören zu weinen. Die offenen Haare hingen ihr bis zur

Taille. Rudolf stand vor ihr, auch er hatte sich inzwischen seiner Kleider entledigt. Sie sah ihn nicht an. Gleich wird er mich berühren, dachte sie, hoffentlich beeilt er sich, damit wir bald nach unten gehen können zum Essen. Ich werde widerstandslos alles tun, was er von mir verlangt, und ich werde versuchen, dabei an etwas anderes zu denken, vielleicht an die Mädchen in Klimts Atelier, wenn die sich küssten und mit weichen Händen streichelten. Es wäre mir lieber, wenn er mich nicht küssen würde. Sie schloss die Augen und steckte ihre Hände zwischen die Knie, um ihr Zittern zu verbergen.

Da zog er sie vom Bett hoch, nahm sie an beiden Schultern und schob sie quer durchs Zimmer zu dem großen Standspiegel.

»Mach die Augen auf«, sagte er. »Das bist du, und du bist schön. Der Mensch hinter dir, der so viel breiter und größer ist als du, das bin ich. Und ich glaube, ich könnte dich lieben.«

Er neigte seinen Kopf nach links und bettete ihn in ihre Haare. »Durch deine Nähe bin sogar ich ein wenig schön geworden.«

Serena spürte die Wärme seiner Haut in ihrem Rücken, und das Neue erschien ihr nun schon weniger fremd und beängstigend. Als ihre Tränen nicht mehr flossen und sie endlich wagte, die Augen zu öffnen, schloss er die seinen wie in Andacht.

Ein Wiedererkennen durchfuhr sie. Die Szene, die ihr der Spiegel darbot, hatte sie schon einmal gesehen, sie kannte sie gut. Vorne Eva mit den aufgelösten Haaren, hinter ihr der lachende, ganz und gar an sie hingegebene Adam. Es war das Bild, über das Hugo so empört gewesen war, weil Klimt der nackten Eva ihre Gesichtszüge gegeben hatte. Sie lächelte. Ihr anderer Vater war ihr zu Hilfe gekommen, er hatte ihr ein Bild gemalt, und alles, was sie jetzt noch tun musste, war, sein Bild nachzustellen. Sie stand bewegungslos und imitierte das verheißungsvolle Klimtsche Eva-Lächeln.

»Mach doch die Augen wieder auf«, flüsterte sie.

Als es vorüber war und ihrer beider Köpfe nun tatsächlich dort ruhten, wo vorher die Sachertorte gelegen hatte, sagte Serena leise: »Caroline hat sich aber doch geirrt.«

Rudolf wandte sich ihr zu. »Verzeih mir, ich konnte nicht wissen, dass du noch Jungfrau bist.«

»Hätte das denn etwas geändert?«

»Ich weiß nicht. Nein … doch ja, ich wäre vorsichtiger gewesen, hätte dir nicht so wehgetan.«

»Du hast mir nicht sehr wehgetan«, sagte sie, »und es blutet auch schon kaum noch. Mir geht's gut, ehrlich. Und ich habe jetzt schrecklichen Hunger.«

Er richtete sich auf, stützte sich auf die Ellbogen und schaute ihr ins Gesicht. »Warum ausgerechnet ich?«

»Das hat wohl an deinem Blick gelegen, und weil du's ja eigentlich schon gestern versucht hast, in Gedanken, meine ich. Außerdem glaube ich an Vorgefühle.«

»Vorgefühle?«

Sie lachte und gab sich schnippisch. »Und weil's doch endlich mal passieren musste.«

»Und weil ich zufällig grad verfügbar war?«

»Auch.«

»Und wenn nicht ich, dann eben ein anderer?«

Serena sprang lachend aus dem Bett und lief zum Badezimmer. »Es war doch kein anderer da, du warst es. Aber glaub deshalb nur ja nicht, dass ich mich so ohne weiteres in Besitz nehmen lasse. Ein wenig Blut, was ist das schon.«

Serena beschloss, Rudolf Max Magnussen zu heiraten. Er war offenbar sehr reich, er war attraktiv und er lebte in einer großen Hafenstadt, deren weltoffene Bürger gewiss Besseres zu tun hatten, als sich über ihre, Serenas, unklare Herkunft den Kopf zu zerbrechen.

Vor ein paar Jahren war sie einmal zusammen mit Hugo nach Hamburg gereist, um die Kunstschätze dort zu inspizieren. Die Kunsthalle, ein großer kühler Bau, direkt an der Eisenbahnlinie gelegen, war Serena nicht gerade anheimelnd erschienen, doch Hugo hatte die Solidität der Sammlung gelobt. »Rundum gute Qualität, zwar kein leidenschaftliches Engagement für Risikoreiches, aber auch keine Schaumschlägerei, damit kann man leben.«

Und er hatte ihr die schönen Villen an der Elbe gezeigt und die Stadtpalais in Harvestehude. Damals war ihr die kühle, strenge, übersichtliche Hansestadt als vollkommener Gegensatz zu dem schlampigen, vertratschten, verlogenen Wien erschienen. »Würdest du dich in so einer Stadt wohl fühlen können?«, hatte sie Hugo gefragt, und er hatte ausweichend geantwortet, dass er, um sich wohl zu fühlen, nichts weiter bräuchte, als hervorragende Kunst und die Nähe seines Töchterchens.

»Würdest du mich denn vermissen?«

»Höchstens deine negativen Seiten«, hatte er lächelnd geantwortet.

Serena kam bei der Planung ihrer Zukunft gar nicht auf die Idee, diese etwa allein, ohne Hugo und Caroline antreten zu müssen. Sie sah sich bereits in einem dieser wunderschönen hellen Häuser an der Binnenalster, alle Wände voller Bilder, oben ein ganzes Stockwerk für Hugo und Caroline, und unten eine elegante Terrasse, auf der Rudolf und sie Tee tranken. Emilie Flöges Gartenkleid würde sich hier sehr gut machen.

Vorerst allerdings schien Rudolf Max Magnussen nicht an Heirat zu denken. Er wollte nur immerfort mit ihr schlafen, und da sie es ihm beim ersten Mal so leicht gemacht hatte, schien er daraus zu schließen, dass sie überhaupt leicht zu haben sei – eben nur eine Vorführdame in einem Modesalon.

Serena begriff, dass da etwas falsch lief. Ihre Männerkenntnis bezog sie einzig von ihren Vätern, um deren Engagement sie sich nie hatte bemühen müssen – es war sozusagen naturgegeben.

Auch bei diesem, ihrem ersten jungen Mann, spielte die Natur eine große Rolle – doch ihre Großzügigkeit verpflichtete ihn offensichtlich nicht.

Caroline, deren Wissen über diese Dinge zwar groß, doch rein theoretisch war – sie hatte sich der praktischen Überprüfung nie ausgesetzt –, erklärte ihrem Schützling: »Den Köder hat der Fisch jetzt im Maul, er scheint ihm gut zu schmecken. Wenn du zu heftig an der Leine ziehst, kann es passieren, dass er den leer gefressenen

Haken ausspuckt. Erst wenn er ihn runtergeschluckt hat, ist der Fisch dir hilflos ausgeliefert.«

»Und wie bring ich ihn dazu?«, fragte Serena.

»Der Fisch muss glauben, dass er den Angler zu sich zieht, nicht umgekehrt.«

Serena lernte schnell. Sie begann sich rar zu machen, manchmal ließ sie die Angelleine so weit durchhängen, als hätte sie jegliches Interesse an dem Fischfang verloren. Sie wurde unzuverlässig, war oft überhaupt nicht auffindbar, vergaß Verabredungen, gab dafür fadenscheinige Erklärungen, bis sie dann wieder mit halb offener Bluse, geschürztem Rock und einem unwiderstehlichen Sehnsuchtslächeln auf ihn zurannte.

Rudolf, der Zielstrebige, der immer genau Bescheid wissen musste, dem alles Vage verdächtig war, erlebte dadurch Momente tiefster Verunsicherung. Doch kaum sah er Serena wieder, etwa im Café Mozart, wo sie allein an einem Zweiertischchen saß, umwerfend elegant, mit Handschuhen, Hut und Schleier, und ihm wohlerzogen entgegenlächelte, fand er zu sich selbst zurück. Er zog ihr den rechten Handschuh von den Fingern, um den bloßen Handrücken zu küssen.

Manchmal verbrachte Rudolf eine ganze Woche in Wien, ohne Serena auch nur zu Gesicht zu bekommen. Und wenn sie dann endlich doch bei ihm war, vielleicht an seinem allerletzten Tag, in seinem Zimmer, in seinem Bett, in seinen Armen, wenn sie dann lachte über die Dringlichkeit seines Begehrens und sich möglicherweise schon nach wenigen Minuten unter ihm hervorrollte und sagte, sie müsse jetzt gehen, habe eine wichtige Verabredung, dann wusste er kaum noch was er tat.

Einmal erhob er sogar die Hand gegen sie, schlug dann allerdings nicht zu, weil ihm ihr Blick in die Quere kam. In dem Aufruhr seiner Gefühle fragte er sie noch im gleichen Moment, ob sie ihn nicht endlich heiraten wolle.

Serena jedoch war klug genug, den Antrag nicht ernst zu nehmen. Sie wandte sich ab und sagte: »Ich glaube nicht, dass ich jemanden heiraten möchte, der die Hand gegen eine Frau erhebt.«

»Ich habe doch nicht zugeschlagen«, sagte er kläglich.

»Aber fast«, war ihre Antwort, und sie kleidete sich wortlos an und verließ ihn.

Inzwischen war Caroline der Meinung, dass Serena das Hin- und Hergezerre übertrieb.

»Anscheinend bist du dir selbst nicht ganz im Klaren darüber, was du willst.«

»Ich will ihn heiraten, damit wir alle zusammen in einem großen schönen Haus leben können. Hugo mit dir und mir und seiner Kunst, du mit Hugo und mir und ich mit Hugo und dir.«

»Offenbar vergisst du dabei, dass du in erster Linie mit dem Mann zusammenleben musst. Tag für Tag und vor allem Nacht für Nacht. Dann wird's keine vergnügliche Weigerung mehr geben, mit der Eheschließung hast du dich per Unterschrift zu jeder Art sexuellen ›Frondienstes‹ verpflichtet. Und falls du mal keine Lust hast, kann er dich ohne weiteres zwingen. Kein Richter würde ihn deshalb belangen, weil nämlich in der Ehe der Tatbestand einer Vergewaltigung nie gegeben ist.«

»Was redest du denn von Vergewaltigung. Erstens würde Rudolf so etwas nie tun, und zweitens schlaf ich ganz gerne mit ihm.«

»Ach ja?«

Unter Carolines spöttischem Blick kamen Serena die Tränen. »Jedenfalls manchmal«, schluchzte sie.

Caroline ließ nicht locker. »Mit ›manchmal‹ wird er sich dann nicht mehr zufrieden geben.«

»Aber mir muss ›manchmal‹ eben reichen, weil ich es nämlich satt habe, in dieser stickigen kleinen Wohnung zu leben und ansehen zu müssen, wie Hugo mehr und mehr verschlampt, und weil ich keine Lust mehr habe auf Fräulein Emilie Flöges tantige Nörgeleien, und weil ich weg will aus dieser engen Stadt, weg von meinen Erinnerungen an Herma und Albert, weg von Klatsch und Tratsch und Neid und Missgunst.«

»Glaubst du etwa, dass es das alles in Hamburg nicht geben wird?«

»In Hamburg wird alles neu sein«, sagte Serena zuversichtlich.

»Neu vielleicht, aber nicht sehr anders. Und überhaupt, hat er dir denn schon die Ehe angetragen?«

»Ja – aber das war nur aus Versehen. Ich arbeite jetzt daran, dass er's im Ernst tut.«

Rudolf führte Serena in die Oper. Es gab »Figaros Hochzeit«. Serena hörte andächtig zu, Rudolf langweilte sich. Seine Hand schob sich zu ihr hinüber, streichelte ihren Schenkel, drückte ihn, versuchte dann vorsichtig, ihre Knie ein wenig auseinander zu schieben.

»Lass das«, zischte sie.

Er ließ seine Hand wo sie war, beugte sich zu ihr, küsste ihr Ohrläppchen und flüsterte: »Vor oder nach dem Tafelspitz?«

In der Pause gingen sie. Serena wirkte erhitzt. Rudolf, mit Siegermiene, hatte den Arm um sie gelegt. Als er sie in der Taxe küsste, wusste sie, dass heute wohl »manchmal« sein würde.

Nach dem »Figaro«-Abend gab sie sich wieder spröde, ließ sich nicht zu Besuchen in Rudolfs Zimmer überreden und erklärte ihm allen Ernstes, dass sie es sich nicht leisten könne, bei der Wiener Gesellschaft in Verruf zu geraten.

Daraufhin begann er ihr kurzes Leben zu erforschen. Und was ihm da, besonders durch die Unterstützung von Emilie Flöge, zu Gehör kam, erstaunte ihn doch sehr: Sie habe absolut keine verwandtschaftliche Verbindung mit der großbürgerlichen Familie Flöge, stattdessen sei sie Tochter eines Kohlenhändlers und eines Klimt-Modells, das sich nicht nur für Geld dem Maler angedient, sondern auch noch versucht hatte, ihm ihr Baby als seines unterzuschieben. Nachdem sie damit auf Klimts entschlossenen Widerstand gestoßen sei, habe sie die Kleine an den reichen Hagestolz Hugo ten Broich verkauft, angeblich als Pflegetochter, doch müsse man die beiden nur zusammen sehen, um zu begreifen, dass dies keine normale Vater-Tochter-Beziehung sei.

Beim nächsten Tafelspitz im Restaurant des Sacher stellte Rudolf Serena zur Rede. Sie hörte sich seine Anschuldigungen schweigend an, faltete sodann ihre Serviette, bevor sie sie in die Meerrettichsoße warf, erhob sich und verließ ohne ein Wort zu sagen das Restaurant.

In den nächsten Wochen war sie für Rudolf nicht zu sprechen. Sie ging auch nicht mehr zu Emilie. Sie saß daheim in der Wohnküche und schaute gemeinsam mit Hugo Zeichnungen an.

»Klimt war der Größte«, sagte Hugo.

»War er wirklich der Liebhaber meiner Mutter?«, fragte Serena.

»Unwichtig. Er hat viele Kinder gezeugt. Aber dich und mich hat er zusammengebracht.«

Serena nickte. »Und ich werde dich nie verlassen.«

Um sich die Zeit zu vertreiben und um Hugo zu erfreuen, kopierte sie einige seiner Lieblingszeichnungen, immer mit geringfügigen Änderungen: War ein Kopf im Original nach links geneigt, drehte sie ihn vielleicht nach rechts, endete ein Spitzengeriesel am Fußknöchel, probierte sie aus, ob es nicht oberhalb des Knies reizvoller wäre.

»Wie begabt du bist, mein Töchterchen«, sagte Hugo, »du brauchst nur noch einen winzig kleinen Anstoß, dann wirst du zu dir selber finden.«

Am 14. März 1925 gab Serena Rudolfs Drängen nach und akzeptierte einen Rosenstrauß. Am Abend des nächsten Tages durfte er sie dann im Café Mozart treffen.

Serena sah blass aus und wirkte sehr zart. Sie trug keinen Hut, ihre rötlich-blonden Haare waren am Hinterkopf locker zusammengerafft, eine kaum gezähmte Unordnung. Sie trank ihren Kaffee, lächelte konventionell, sah Rudolf kein einziges Mal in die Augen, und als er versuchte, die Initiative zu ergreifen und etwas ungeschickt das Wort Tafelspitz in die Unterhaltung warf, hob sie verwundert den Kopf und sagte, dass Tafelspitz nicht zu ihren bevorzugten Gerichten gehöre.

»Ich dachte nur …«, sagte Rudolf.

»Und was denkst du noch?«

»Dass morgen mein bester Freund nach Wien kommt, David Finchbury aus Liverpool, und dass er dich unbedingt kennen lernen will.«

»Als was?«, fragte Serena.

»Als meine Liebste«, sagte er.

»Als deine Liebste, ein Hurenkind, selbst eine Hure?«

»Wie kannst du nur so etwas sagen!«

»Du warst es doch, der es gesagt hat.«

Sie ging an diesem Abend nicht mit ihm, doch erklärte sie sich immerhin bereit, am nächsten Tag seinen Freund zu treffen.

Rudolf Max Magnussen und David Finchbury waren befreundet seit Rudolf ein zwölfmonatiges Volontariat auf der Finchbury-Werft in Liverpool absolviert hatte. Sogar Blutsbrüderschaft hatten sie damals getrunken, David in romantischer Verzückung und Rudolf im Suff.

Von Serena war David schon in der ersten Minute bezaubert und Serena von ihm. Plötzlich erschien ihr alles ganz klar und einfach. David war Rudolfs Alter Ego, die andere Seite seines Wesens, und wenn sie sich in Zukunft in Rudolfs Armen verloren fühlen würde, benutzt und unbefriedigt, dann würde sie eben an David denken und sich in seine Arme träumen.

Der junge, schüchterne Engländer, der noch nie mit einer Frau geschlafen hatte, kam überhaupt nicht auf die Idee, dass Rudolfs Beziehung zu Serena etwa nicht auf eine Ehe hinauslaufen könnte.

»Hast du aber ein Glück«, sagte er zu seinem Freund, den er manchmal zärtlich Rudimax nannte, »ein unverdientes Glück, dass dieser Engel überhaupt bereit ist, dich zu nehmen. Solch ein Glück möchte ich wohl auch einmal haben.«

Woraufhin Rudolf, dem momentan das Nehmen und Genommenwerden ziemlich durcheinander ging, selbstgefällig grinste und antwortete: »Sie hat mich nicht nur genommen, sondern mit beiden Händen nach mir gegriffen. Aber vergiss nicht, auch die glänzendste Medaille hat ihre Kehrseite.«

Rudolfs Prahlereien veranlassten David zu einem seiner ungeschickten Witze: »Und wenn sie nur aus Kehrseiten bestünde, ich würde sie dir sofort abnehmen.«

Es waren wohl Davids rückhaltlose Bewunderung Serenas und sein freundschaftlicher Neid auf Rudolfs Eroberung, die letztlich den Ausschlag gaben: Rudolf traf seinen Entschluss, den er auch sogleich durch ein geschäftliches Arrangement mit Hugo ten Broich – selbstverständlich hinter Serenas Rücken – zu festigen bemüht war. Nachdem er dies erledigt hatte, kaufte er den obligaten Verlobungsring und machte Serena einen offiziellen Antrag, ernst, nüchtern und sogar ein wenig melancholisch.

»Selbstverständlich werden wir deine Vergangenheit außer Kraft setzen müssen«, sagte er.

»Wie willst du denn das machen?«

»Indem wir uns ganz auf die Zukunft konzentrieren. Und darauf, dass Wien und Hamburg sehr weit voneinander entfernt liegen.«

»Aber Hugo …?«

»Hugo ist die Vergangenheit, von der ich spreche, Hugo vor allem. Väter haben sich damit abzufinden, dass ihre Töchter das Haus verlassen.«

»Aber Hugo war kein normaler Vater! Er war …«

»… dein bester Vater, was immer ich darunter zu verstehen habe. Jedenfalls ein Grund mehr, ihn aus deinem Leben zu entfernen.«

»Entfernen!?« Serena verlor ihre Gelassenheit, Tränen schossen ihr in die Augen. »Hugo ist alt, er braucht mich!«

»Aha, sehr interessant. Mynheer ten Broich braucht dich also. Und wozu, wenn ich fragen darf? Um sich noch ein paar mehr Kunstwerke leisten zu können? Der Mann hat dich doch immer nur benutzt – anfänglich zur Unterhaltung und später … also darüber will ich lieber nicht nachdenken.«

»Du bist gemein, Rudolf. Hugo hat mich von Anfang an geliebt und ich ihn. Ohne jeden Hintergedanken!«

Sie zerrte an dem Ring, der schon sehr fest auf ihrem Finger saß.

»Umso mehr muss mir an klaren Verhältnissen liegen«, sagte

Rudolf ungerührt. »Übrigens ist dein bester Vater keineswegs ein armer Mann. Ich habe mich erkundigt: In seinem Keller lagern Schätze! Er hätte nur gelegentlich ein Bild verkaufen müssen, um dir den gewohnten Komfort bieten zu können.«

»Das verstehst du nicht. Ein Sammler sammelt, er verkauft nicht.«

Rudolf leistete sich ein ironisches Lächeln. »Dich jedenfalls hat er verkauft. Und du warst nicht ganz billig. Als Bezahlung verlangte er ein Bild von diesem Gustav Klimt. Fräulein Emilie Flöge war so liebenswürdig, es mir zu besorgen und an Herrn ten Broich weiterzugeben. Er soll sehr angetan gewesen sein und für die Zukunft jeden väterlichen Anspruch aufgegeben haben. Letztendlich doch ein vernünftiger Mann.«

»Das glaube ich dir nicht, du machst mir etwas vor.«

»Ach Serena, meine Liebste! Warum gehst du nicht einfach zu ihm und fragst ihn?«

»Das kann ich nicht. Hugo ist verreist.«

»Eben. Du musst ihn ja auch gar nicht fragen, denk nur in Ruhe über alles nach.«

Das tat Serena. Sie weinte ein wenig und konnte nicht umhin, die enge Dreizimmerwohnung im vierzehnten Wiener Bezirk mit der Hamburger Villa zu vergleichen, die so viele Zimmer hatte, dass Rudolf nicht einmal die korrekte Anzahl kannte. Hugo hatte sein Töchterchen verkauft? Das glaubte sie zwar nicht, aber in der kleinen Wohnung wollte sie auch nicht bleiben.

So ließ sie den Ring an ihrem Finger.

Noch am Abend des gleichen Tages überreichte Rudolf Serena eine große flache Schachtel mit dem Emblem des Salon Flöge. »Dein Brautkleid«, sagte er, »zuerst war die Flöge ja etwas merkwürdig, fragte mich tatsächlich, ob ich mir auch über die Tragweite meines Schrittes im Klaren sei, aber dann hat sie doch mitgespielt. ›Na gut, wenn's denn sein soll‹, hat sie gesagt, und sie würde dir auch gern die Garderobe für die Hochzeitsreise zusammenstellen, du hättest ja eine ideale Figur, für dich zu arbeiten würde für jeden Couturier ein Vergnügen sein.«

»Du hast mir ein Brautkleid gekauft?«

Er öffnete die Schachtel, weiße Spitze, halblang, dazu ein kurzer Schleier. »Ein letzter Gruß aus Wien«, sagte er.

Schon wieder füllten sich ihre Augen mit Tränen. »Ich kann nicht«, flüsterte sie.

»Was kannst du nicht?«

Sie nahm das Kleid aus der Schachtel und hielt es sich gegen den Körper.

»Es steht dir gut«, sagte er.

»Ich kann aber nicht ohne Caroline heiraten!«

»Wenn das dein einziges Problem ist, werden wir sie eben zur Hochzeit einladen«, sagte er großzügig. »Sie muss sich aber verpflichten, dir die Feier nicht durch zynische Witze zu verderben.«

Sie feierten keine große Hochzeit. Weil Rudolf evangelisch und Serena natürlich katholisch war, gab es nur eine standesamtliche Trauung mit nachfolgendem, sehr privatem Diner in der Villa Magnussen auf der Elbinsel, ein weiterer Grund für die Hamburger, ihre Köpfe zu schütteln. Hätte das Mädchen denn nicht wenigstens konvertieren können, schon allein der zukünftigen Kinder wegen! Und überhaupt, diese unbotmäßige Eile legte doch vor allem den Verdacht nahe, dass sie bereits schwanger wäre.

Zwei Tage nach der Hochzeit brach das junge Paar auf zu der obligaten Hochzeitsreise nach Venedig – und David Finchbury fuhr mit ihnen.

Eine Hochzeitsreise zu dritt, wer von ihnen hatte den Vorschlag gemacht? Keiner, es hatte sich einfach so ergeben, und alle drei hatten es als richtig und natürlich empfunden.

Serena genoss den Beginn ihrer Ehe.

Sie war schon einmal mit Hugo in Venedig gewesen, war im Eiltempo von einer Kirche zur anderen geführt worden, vom Palazzo Grassi zur Accademia, nicht etwa im öffentlichen Vaporetto – Hugo hasste es, wenn »diese Italiener« hinter seiner Ziehtochter herpfiffen –, sondern im privaten Wassertaxi. So war sie zwar gut unterrichtet über venezianische Kunstschätze, die sinnlichen Reize dieser Stadt, ihre verwunschenen Gässchen und die verführerische O-sole-mio-Romantik jedoch kannte sie nicht. Nur durch gelegentliche literarische Bezüge hatte Hugo dem allgemein Menschlichen Rechnung getragen, etwa durch die bissige Bemerkung, dass hier sogar der junge Gustav Klimt ein Opfer romantischer Geschmacksverirrung geworden sei: Er habe sich der Alma Schindler anverlobt, diesem Kunstflittchen und späteren Mahler-, Gropius-, Werfel- et cetera-et cetera-Gespielin.

»So war er eben, mein anderer Vater!«, hatte Serena nur gesagt. Und Hugo hatte geantwortet: »So war er nicht, und dein Vater war er auch nicht.«

Nun also war Serena wieder in Venedig, ganz ohne die zwei Väter, dafür mit ihren zwei Männern, von denen der eine gar nicht genug kriegen konnte von den romantischen Aspekten der Stadt und der andere von ihren kulturellen.

Anfangs fürchtete Serena, dass sich aus ihrem doppelten Engagement Eifersüchteleien ergeben könnten, und sie bemühte sich sehr, Rudolf bevorzugt zu behandeln. Doch der junge Ehemann zog offenbar den Liegestuhl im Garten des Hotels Cipriani den ewigen Kunstexpeditionen vor. »Aber du musst unbedingt gehen, schon allein David zuliebe. Ich habe meinen alten Freund noch nie so glücklich gesehen.«

Die Nächte mit Serena, die abendlichen Gondelfahrten, wenn sich die Gondolieri gar nicht genugtun konnten mit ihrer Bewunderung für diese bellissima Signorina, die vergnüglichen Einkaufstouren zu dritt – besonders die Spitzenwäsche hatte es Rudolf angetan –, erfüllten den jungen Ehemann offenbar mit der glücklichen Sicherheit des Besitzenden, die durch einen Zuschauer und Teilhaber nur noch gesteigert wurde.

Rudolfs junges Glück war vollkommen.

Wieder daheim jedoch musste er begreifen, dass der Gang zum Standesamt und diese wohl temperierte Hochzeitreise zu dritt keineswegs ausgereicht hatten, seinem Engel die Flügel zu stutzen.

Heiter und unzuverlässig verweigerte Serena sich Rudolfs Verplanung und tat grundsätzlich nur das, was sie tun wollte, obgleich sie ihrem Gatten nie direkten Widerstand leistete.

Sie wehrte sich auch nicht ernsthaft, in das düstere, riesengroße alte Haus auf der Elbinsel einzuziehen, in dem zurzeit ihr verwitweter Schwiegervater Wilhelm Magnussen residierte und vor ihm bereits Generationen von Magnussens gelebt, geliebt und gelitten hatten. Nur ganz zu Anfang hatte sie eingewandt, dass es drüben auf dem Festland, von wo man die Elbinsel mit der Werft gut im Blick habe, sicher heller und luftiger sei. Nachdem Rudolf ihr jedoch klargemacht hatte, dass es zu den unumstößlichen Prinzipien der Familie Magnussen gehöre, direkt am Arbeitsplatz zu wohnen, ließ sie nur ein paar hellere Gardinen anbringen, kaufte etliche neue Lampen, um wenigstens einen Teil der Düsternis zu vertreiben, und installierte mehrere Grammophone, aus denen nun den ganzen Tag Musik ertönte, je nach Wetter und Stimmung die Vivaldischen Jahreszeiten oder die Brandenburgischen Konzerte oder die Schöne Blaue Donau.

Von ihrem Schwiegervater hatte sie sich zur Hochzeit nicht etwa kostbaren Schmuck gewünscht, sondern einen Flügel, der nun in seiner schwarz lackierten Pracht dem großen Herrenzimmer eine ganz neue Note gab. Dass Serena darauf nicht spielen konnte, offenbarte sie erst nach der Rückkehr von der Hochzeitsreise. Auf Rudolfs verblüffte Reaktion hin sagte sie nur: »Aber David kann doch spielen, und ich kann singen. Es wird uns beiden großes Vergnügen bereiten, hier zusammen zu musizieren.«

Darauf fiel Rudolf keine andere Antwort ein als der nüchterne Hinweis, dass David ja leider in Liverpool lebe und sie hier in Hamburg, und dass darum die Gemeinsamkeit wohl nicht sehr oft praktiziert werden könne.

»Irrtum, mein Lieber. David wird mehr und mehr hier sein. Auf die Dauer kann er doch überhaupt nicht ohne uns auskommen – du wirst schon sehen.«

Und Rudolf sah, und er war froh darüber, dass es David tatsächlich im Laufe der kommenden Monate und Jahre immer öfter nach Hamburg zog.

Auf dem Dachboden des Hauses richtete Serena sich eine kleine Malerwerkstatt ein, in der sie oft vom frühen Morgen bis in die Nacht verschwand. Ihrem Mann untersagte sie den Zutritt zu diesem Refugium, nicht jedoch ihrem alten hinfälligen Schwiegervater, den sie sogar liebevoll beim Arm nahm, um ihn die vielen Stufen hinaufzuführen.

Kurz nach der Hochzeit hatte man bei dem Alten Leberkrebs diagnostiziert und die Familie darüber aufgeklärt, dass seine verbleibende Lebensdauer weniger als ein Jahr betragen würde.

»Ist doch großartig«, hatte er daraufhin gesagt, »dass mir in diesem Jahr durch meine Schwiegertochter ein ganz neues Leben beschert werden soll.« Und nun wartete er täglich voller Ungeduld auf die Atelierstunden.

»Was macht ihr denn nur da oben so allein?«, fragte Rudolf seine Frau. Die Antwort war abweisend und endgültig: »Wenn wir wollten, dass du daran teilnimmst, hätten wir dich nicht ausgeschlossen.«

Eines Tages schlich Rudolf sich nach oben und schaute durch einen Spalt der morschen Zimmertür. Sein Vater saß still da, der Kopf war ihm auf die Brust gesunken und es sah aus, als schliefe er. Serena stand am Fenster, halb von der Staffelei verdeckt, und malte. Ihr Blick streifte kurz die Tür und sie lächelte spöttisch, als könnte sie Rudolf dahinter sehen. Er errötete vor Scham. Dennoch war es ihm schier unmöglich, seine Neugier zu unterdrücken.

Das nächste Mal ging er nach oben, als Serena zur Schneiderin gefahren war und sein Vater sich zum Mittagsschlaf ins Bett gelegt hatte.

Mit einem Dietrich öffnete er die Tür und drang ein in das verbotene Reich. Was er vorfand, war jenseits aller ausgedachten Möglichkeiten. An der Wand lehnten sechs oder sieben Bilder in verschiedenen Stilrichtungen sehr sorgfältig gemalt, alles Porträts des alten Magnussen, seltsam unrealistisch zwar, doch klar zu identifizieren. Das eigentlich Schockierende daran jedoch war, dass Rudolf meinte – nein wusste –, dass er jedem Bild schon einmal begegnet war, in einer Galerie, im Museum, in Büchern. Der alte Magnussen im Gewand und der Pose der italienischen Renaissance, des deutschen Mittelalters, der Niederländer, der Romantiker, der Impressionisten, Expressionisten und so weiter.

Anstatt nun froh zu sein über die relative Harmlosigkeit des Vorgefundenen, drückte die Neugier Rudolf noch schwerer, zumal es ja unmöglich war, von Serena Aufklärung zu erbitten, ohne sich dabei selbst zu verraten.

Obgleich die wirtschaftliche Lage im Schiffbau keineswegs rosig war und auch die Magnussen-Werft dringend neue Aufträge brauchte, konnte sich Rudolf während seiner ersten Ehemonate nicht dazu durchringen, von Hamburg wegzufahren. Vor sich selbst ironisierte er sein Zögern als übergroße Angst vor dem Ende der Flitterwochen, und als dann ein Geschäftstermin in Oslo nicht mehr aufzuschieben war, bat er seinen Vater, doch ja ein wachsames Auge auf Serena zu haben, was bei diesem ein amüsiertes Kopfschütteln hervorrief. Während seiner Verhandlungen in Oslo war Rudolf nervös und unkonzentriert.

Am fünften Tag gegen elf Uhr morgens kam er zurück, außer sich vor Sorge, Serena für immer verloren zu haben. Aber sie war da, durchaus irdisch und gerade mit dem Umtopfen ihrer Azaleen beschäftigt. Grob nahm er sie beim Arm und zog sie nach oben ins Schlafzimmer. Dort stellte er sie zwischen die beiden einander gegenüberliegenden Spiegel und begann sie mit fahrigen Bewegungen auszuziehen.

Serena lachte nur und sagte: »Sollte ich mir nicht wenigstens zuvor die Blumenerde von den Händen spülen?«

Rudolf beachtete ihre Worte nicht. Und als er begann sie abzutasten, Stück für Stück, hatte dies kaum etwas mit Erotik zu tun, sondern mit Kontrolle und Bestandsaufnahme.

Er gestattete ihr keine Bewegung, nicht die geringste Eigeninitiative. Sie sollte nur so dastehen, tausendfach gespiegelt, tausendfach seinen Blicken ausgesetzt.

»Rudolf, bitte!«, flehte sie. Doch er schien sie überhaupt nicht zu hören.

Erst als sie zu weinen begann und ein Zittern nicht mehr unterdrücken konnte, kam er zu sich und murmelte verlegen: »Alles in Ordnung, entschuldige bitte.« Sorgsam hüllte er sie in ein großes Umschlagtuch, das er ihr aus Norwegen mitgebracht hatte.

»Die Schlafräume in diesem Haus waren schon immer zu kalt, ich werde ein paar weitere Heizkörper installieren lassen. Wir treffen uns dann um ein Uhr zum Mittagessen«, sagte er und verließ das Zimmer, in dem eine durchaus angenehme Temperatur herrschte.

Um den Haushalt kümmerte sich Serena so gut wie überhaupt nicht, sehr zur Zufriedenheit der alten Haushälterin, die bereits seit vielen Jahren uneingeschränkt in der Küche regierte. Stattdessen begann sie, zusammen mit dem ihr sehr ergebenen Familienfaktotum Knut Lorenzen einen Blumengarten anzulegen.

Lorenzens Vater und Großvater hatten bereits auf der Magnussen-Werft gearbeitet, und er selbst war mit fünfzehn Jahren als Lehrling in der Gießerei eingestellt worden, hatte dort zwei Jahre gearbeitet, bis ihm ein glühendes Eisenstück auf den Fuß gefallen war und ihn so unglücklich verletzte, dass der Fuß amputiert werden musste. Als er wieder einigermaßen hergestellt und mit einer Prothese versorgt worden war, hatte der alte Magnussen beschlossen, dass Lorenzen in Zukunft die Familienbarkasse fahren sollte, eine leichte Arbeit, bei der seine reduzierte Beweglichkeit kaum ins Gewicht fiel. Ohnehin war er bald so geschickt mit seiner Prothese, dass man die Behinderung kaum noch bemerkte.

So wurde er also mit neunzehn Jahren ein Fährmann, ein Barkassenkapitän, ein Wasserchauffeur, und er fuhr die Familie und deren Gäste zwischen Teufelsbrück und der Elbinsel hin und her. Nebenbei versuchte er sich auch in der Villa nützlich zu machen, ein Mann für alles, dessen Hilfsbereitschaft von der Familie und den Hausangestellten ständig gefordert war. Auch von Serena. Und ihr half er lieber als allen anderen.

Um den Garten anzulegen, fuhren die beiden häufig aufs Festland und kamen erst nach Stunden mit einem Boot voller Büsche und Stauden und Setzlinge zurück.

Einmal wollte Rudolf gerade während dieser Zeit zu einer Besprechung in die Stadt und musste dringend übersetzen. Doch fand er weder Lorenzen noch das Boot vor und sah sich darum gezwungen, den offiziellen großen Werftdampfer, der die Leute zur Arbeit und zurück brachte, zu benutzten, was er höchst ungern tat. Später stellte er Lorenzen ärgerlich zur Rede: »Wieso waren Sie den ganzen Nachmittag nicht am Anlieger?«

»Hier auf der Insel gibt's ja keine Gewächshäuser«, sagte Lorenzen und sein Ton klang vorwurfsvoll. »Schließlich kann die Chefin die Büsche und Blumen nicht allein auf die Insel transportieren.«

Rudolf wollte den jungen Mann streng zurechtweisen, ließ es dann aber und sagte am Abend zu Serena: »Hier ist noch nie jemand auf die Idee verfallen, einen Blumengarten anzulegen.«

»Na, da wird's ja Zeit, wenn dein Vater noch etwas davon haben soll.« Und sie ließ einen Lehnstuhl in den Garten bringen, in den sie den Alten setzte, damit er ihr zuschauen könnte.

»Vielleicht würde auch mir ein wenig Gartenarbeit gut tun«, sagte Rudolf, »zumal ich ja sonst keinen Sport treibe.«

Serena amüsierte sich über sein unbeholfenes Angebot: »Bestimmt nicht. Das würde dich nur nervös machen. Und ich kann mir kaum vorstellen, dass meine Pflanzen einen nervösen sportlichen Gärtner mögen.«

Sie empfand Rudolfs ständiges Bedürfnis nach Nähe als einengend, und wenn sie sich laufend Alleingänge gestattete und überhaupt rundum unzuverlässig war, so geschah dies vor allem, um nicht vollkommen in Rudolfs Besitz unterzugehen.

Schon Hugo war mit ihrem Freiheitsdrang zusammengestoßen, doch hatte sie dem Vater mehr Einflussnahme zugebilligt als dem Ehemann. Hugos Verplanung hatte vor allem ihrer Erziehung gegolten, von deren Notwendigkeit er sie überzeugen konnte. Rudolfs Kontrollen jedoch dienten einzig ihm selber, fand sie, nämlich seinem Besitztrieb, der Linderung seiner Eifersucht.

Dass es sich bei Rudolfs Gefühlen um sorgende Liebe, wenn

auch um leicht pervertierte Nebenerscheinungen, handeln könnte, kam ihr überhaupt nicht in den Sinn – wohl weil sie selbst noch keine Erfahrungen mit der Liebe gemacht hatte.

So spielte Serena mit ihrem Mann und lachte über ihn und verweigerte ihm jede Sicherheit. Auch in Momenten großer Intimität gelang es ihr oft, sich zu entziehen: Ihr Blick ging dann an ihm vorbei, ihr Lächeln wurde konventionell.

Andererseits zeigte sie, meist in den unpassendsten Momenten, eine fast zügellose Leidenschaft, ein Zeichen dringenden Verlangens, das der überraschte Liebhaber dann gelegentlich nicht erfüllen konnte.

Einmal, als sie mitten während des Beischlafs plötzlich laut auflachte, steigerte sich Rudolfs Verwirrung zu einem Wutausbruch.

»Was gibt's denn da zu lachen?!«, schrie er.

»Ja, tatsächlich, da gibt's nichts zu lachen«, sagte sie und konnte doch nicht aufhören. »Entschuldige Rudolf, aber ich find's wirklich komisch, was zwei Menschen miteinander treiben, um sich fortzupflanzen.«

Es gab Tage, da wollte sie sich am Morgen überhaupt nicht von ihm trennen und behauptete weinend, dass sie es auf gar keinen Fall auch nur eine Stunde länger ohne ihn auf dieser gottverlassenen Insel aushalten könne.

Dann wieder verbrachte sie eine ganze Woche lang täglich viele Stunden im Atelier und kam nicht einmal zum Essen herunter. Oder aber sie verkündete ihm beim Frühstück, dass er bis zum Abend nicht mit ihr rechnen könne, sie wolle den ganzen Tag in der Kunsthalle verbringen.

»Verschieb's doch aufs Wochenende«, bat er, »dann kann ich mit dir gehen.«

Darüber lachte sie nur. »Das würde dir doch nicht den geringsten Spaß machen, und obendrein würdest du mir noch allen Spaß verderben, indem du die ganze Zeit über mit mürrischem Blick und verständnisloser Kritik neben mir her läufst. In Venedig bist du doch auch nie mit in die Museen gegangen.«

»Wieso Venedig. Da war doch David mit dir. Ich find es einfach nicht gut und auch nicht passend für eine junge Frau, dass du immer alles allein machen willst.«

»Ich könnte zum Beispiel deinen Vater mitnehmen«, schlug sie vor. »Im Gegensatz zu dir ist er nämlich sehr an Malerei interessiert.«

»Wie schön für ihn! Aber für solch einen Ausflug ist er inzwischen doch wohl zu hinfällig.«

»Keine Sorge, ich passe schon auf ihn auf.«

Und tatsächlich unternahm Serena am Arm des alten Herrn – oder besser er an ihrem – einen Ausflug in die Kunsthalle und ging anschließend sogar mit ihm ins »Vierjahreszeiten« zum Essen. Es sollte das letzte Mal sein, dass er für ein paar Stunden seine Insel verließ.

»Wie geht's dir denn nun wirklich hier bei uns, Tochter?«, fragte der Alte sie beim Kaffee.

Und da sie es selbst nicht so genau wusste, antwortete sie ausweichend. »Ich wünschte mir, Rudolf wäre etwas gelassener. Sein Bedürfnis nach Eifersucht macht vor nichts Halt, nicht vor meiner Vergangenheit, nicht vor der Malerei, nicht vor den Pflanzen im Garten und nicht mal vor Lorenzen.«

»Und auch nicht vor mir«, ergänzte der Alte und lächelte melancholisch. »Aber ein Bedürfnis ist das ganz gewiss nicht, sondern eine Krankheit, deren Ursprung, du magst es glauben oder nicht, in der Liebe zu suchen ist. Er liebt dich wirklich, und dieses große unbekannte Gefühl verunsichert ihn zutiefst. Mit der Heirat hat er sich in ein großes Abenteuer gestürzt. Und nun muss er sich selbst in jeder Situation beweisen, dass er richtig gehandelt hat. Sei freundlich mit ihm, Tochter, er ist momentan sehr verletzlich. Und wenn ich bei meinem Schöpfer noch einen letzten Wunsch frei hätte, dann würde ich ihn bitten, dass er auch in dir einen Funken entzündet.«

»Wieso ich …«, begann Serena verwirrt. Er unterbrach sie. »Lass gut sein, Kind. Ich weiß, dass du dir große Mühe gibst. Aber Liebe ist keine Tugend, um die man sich bemühen kann, sie ist ein geschenkter Gaul, dazu einer, dem man auf gar keinen Fall ins Maul schauen sollte.«

Neben ihren Unabhängigkeitsspielchen erfüllte Serena jedoch sehr ernsthaft und effektiv alle Aufgaben, die ihre neue Position an sie stellte. Elegant, aber nicht mondän gekleidet, absolvierte sie an Rudolfs Seite die obligaten Besuche, kümmerte sich um den Verein zur Unterstützung von Seemannswitwen, ging ins Theater, in die Oper und empfing auch selber Gäste. Zu ihrer Überraschung fühlte sie sich dabei immer mehr als Schwiegertochter denn als Gattin. Sie hoffte, dass ihr Mann nichts merkte, sie wollte nicht unfair sein.

Rudolf jedoch genoss ihre Auftritte viel zu sehr, um sich mit derart sensiblen Details abzugeben. Voller Stolz erzählte er ihr immer wieder, wie sehr sie bereits die Hamburger Herren charmiert habe, und dass ihm trotz allem von den gestrengen Damen bislang noch keine negativen Bemerkungen überbracht worden seien.

Was dieses »trotz allem« bedeutete, erfuhr Serena von ihrem Schwiegervater, der ihr gegenüber kein Blatt vor den Mund nahm: »Du stammst nicht nur aus keiner der guten Familien, du bist auch nicht mal in Hamburg geboren worden. Deine Sprache mit dem anmutigen Wiener Akzent wirkt auf die Hamburger ziemlich operettenhaft, deine Vergangenheit und Herkunft sind in tiefes Dunkel gehüllt, du hast offenbar keine Familie, und was noch viel schlimmer ist, du hast kein Vermögen in die Ehe gebracht, obgleich die Magnussen-Werft doch dringend eine solide Mitgift gebraucht hätte.«

Alle Punkte leuchteten Serena ohne weiteres ein, bis auf den letzten. »Wieso«, sagte sie, »ich dachte, ihr wäret reich?! Eure Insel, eure Werft, euer großes Haus – und Rudolf hat mir noch nie gesagt, dass ich sparen müsste.«

Der Alte lachte. »Das wäre wohl auch etwas zu viel verlangt. Und sowieso macht Liebe blind, hast du das nicht schon mal irgendwo gehört?«

»Mach dich nicht lustig über mich, Vater. Und wenn du mir schon vorwirfst, deinen Sohn um die Möglichkeit einer reichen Mitgift gebracht zu haben, dann hätte ich auch gerne gewusst, wofür diese denn so nötig gewesen wäre.«

»Ich werfe dir überhaupt nichts vor, weil du genau die Schwiegertochter bist, die ich mir gewünscht habe. Und damit basta. Alles weitere kannst du dann nach meinem Tod mit deinem Mann besprechen.«

»Nein, jetzt.«

Der Alte lachte über ihre energische Neugier. »Was wird's dir denn nützen, wenn ich dich jetzt mit materiellen Details belaste, die noch nicht einmal Rudolf klar sind.«

»Es würde mir nützen, dass ich es vor ihm weiß, durch dich. Damit ich mich nachher nicht zu sehr erschrecke.«

»Ach, Serenchen. Ich wünsche dir wirklich Glück mit meinem Sohn. Das Materielle wird er schon schaffen. Er hat's nämlich in sich, geschäftlich meine ich, auch wenn man es momentan noch nicht so merkt. Aber nach meinem Tod wird er loslegen – und niemand wird ihn dann noch bremsen können. Glaub mir, diese Sorte Glück ist ihm in die Wiege gelegt worden, die brauche ich ihm nicht auch noch zu wünschen. Für das eigentliche Glück bist du zuständig. Und ich hoffe sehr, dass es dich nicht überfordert.«

Im März 1923, sechs Monate nach ihrer Hochzeit, stellte Serena fest, dass sie schwanger war. Rudolf reagierte überglücklich, ganz so, als könnte eine Schwangerschaft nun all seine Unsicherheiten vertreiben.

»Und das ist ja nur der Anfang«, jubelte er, »bestimmt werden wir viele Kinder bekommen, mindestens vier oder fünf. Ich habe mir immer eine große Familie gewünscht.«

Serena amüsierte sich über seine Begeisterung. »Und ich weiß auch, warum. Weil die Kinder die sichersten Anker sind, um das Mutterschiff an seinem Liegeplatz festzuhalten.«

Rudolf ließ sich seine Freude nicht verderben. »Wie schön, dass du bereits Metaphern aus der Schifffahrt benutzt!«, sagte er.

Der alte Magnussen freute sich mindestens so sehr wie Rudolf, und auch er schien der Ankertheorie zugeneigt. »Endlich brauch ich mir keine Sorgen mehr zu machen, dass du uns eines Tages auf und davon schwimmst. Jetzt kann ich beruhigt sterben.«

Und das tat er. Ruhig und ohne großen Aufwand. Versorgt von

einer Krankenschwester blieb er daheim, und als er ins Koma fiel, saßen Serena und Rudolf abwechselnd bei ihm und hielten seine Hand. Den letzten Atemzug tat er dann in Serenas Armen, sie hatte es nicht anders erwartet. Eine ganze Weile noch blieb sie mit ihm allein im Sterbezimmer, bis sie schließlich die Schwester rief, um mit ihr zusammen den Toten zu waschen und neu zu betten. Sie hatte dabei keineswegs das Gefühl, indiskret zu sein, nein, ganz im Gegenteil: Sie war froh, ihrem Schwiegervater diesen letzten Dienst erweisen zu können und ihrem Mann dadurch die direkte Konfrontation mit dem Tod zu ersparen.

Danach konzentrierte sie sich auf das Äußere, das sie ablenkte und tröstete und von dem Rudolf meinte, dass sie es doch sehr übertreibe. Sie verhängte alle Spiegel im Haus, hüllte sich in tiefes Schwarz und verlangte auch vom Personal Trauerkleidung.

Während der Beerdigung dann fiel sie vor aller Augen in Ohnmacht, was Rudolf äußerst peinlich war.

»So etwas kannst du dir vielleicht in Wien erlauben«, sagte er später, »aber in Hamburg wird man nicht ohnmächtig – und schon gar nicht in Schifffahrtskreisen.«

David, der zur Beerdigung gekommen war, sagte zu Rudolf: »Gönn Serena doch ihre Trauer! Sie hat deinen Vater offenbar sehr geliebt.«

»Ich etwa nicht?«

»Keine Ahnung«, sagte David, »hast du?«

»Natürlich hab ich ihn auch geliebt – im Rahmen des Üblichen. Aber deshalb muss ich ja nicht gleich in Ohnmacht fallen.«

Darüber lächelte David. »Nein, das musst du nicht. Und du musst auch nicht eifersüchtig sein auf einen Toten.«

Sehr früh am Morgen nach der Beerdigung schreckte Serena hoch aus wirren Träumen. Sie hatte ihren Schwiegervater gesehen, im Atelier auf seinem Sessel links vom Fenster. Er saß da in Gestalt des jungen Mannes von Batista di Jacopo, mit dem Augenwinkelblick. »Ich hätte dich sorgfältiger geliebt«, sagte er, »natürlich auch dankbarer.«

Doch dann waren zwei Krankenschwestern gekommen und hatten ihn in einen Sarg gelegt. Er trug seinen dunklen Gesellschaftsanzug mit Weste und Plastron. Aber es war nicht ihr Schwiegervater, es war Hugo. Hugo im Sarg. Seine alten Augen standen weit offen. Tränen flossen ihm über die Wangen. Man hatte vergessen, ihm die Augen zu schließen.

Serena sprang aus dem Bett. Hugo wartete auf sie, damit er endlich die Augen schließen könnte.

Sie ging ins Bad und machte sich so schnell es ging reisefertig. Als sie so weit war, weckte sie Rudolf. Der setzte sich schlaftrunken auf und starrte sie an.

»Ich muss für ein paar Tage fort«, sagte sie.

»Wohin? Es ist mitten in der Nacht!«

»Es ist schon fast Morgen. Und ich komme zurück, sobald ich kann.«

»Für derlei exzentrische Späße habe ich keinen Sinn«, sagte er. »Selbstverständlich wirst du nicht fortgehen.«

»Wenn du mich nicht fortlässt, komme ich überhaupt nicht wieder.«

Trotz der offensichtlichen Unlogik dieser Antwort war Rudolf beeindruckt. »Schließlich bist du schwanger!«, sagte er.

»Genau. Und deshalb möchte ich auch zurückkommen.«

»Aber wohin willst du? Und warum?«

»Wenn du dir Sorgen machst, kann ich ja David bitten, mich zu begleiten.«

»Wieso David und nicht mich?«

»Weil du nicht dorthin gehörst und stören würdest.«

»Aber David stört dich nicht?«

»Nein, David nicht.«

Mit diesen Worten stand sie auf, verließ das Zimmer, ging in den Gästeflügel und weckte David. Er war sofort hellwach.

»Rudolf wäre es lieber, wenn du mich begleitest«, sagte sie.

»Natürlich tue ich das. Willst du zum Friedhof?«

»Auch. Aber nicht hier.«

»Und warum geht dein Mann nicht mit dir?«

»Weil er sich geschworen hat, nie wieder dorthin zu gehen.«

David fragte nicht weiter nach. Bevor sie das Haus verließen, ging er nur noch kurz zu Rudolf und versprach, ihn auf dem Laufenden zu halten. »Schwangere Frauen sind manchmal merkwürdig, habe ich gehört«, sagte er, »aber ich werde schon auf sie Acht geben.«

Caroline verbarg ihre Rührung über Serenas unverhofftes Auftauchen hinter Schroffheit.

»Du hättest eher kommen sollen«, sagte sie, »jetzt ist es zu spät.«

»Ist er tot?«

»Noch nicht ganz, er liegt im Koma.«

»Warum hast du mich nicht rechtzeitig gerufen?«

»Weil du nicht gerufen werden wolltest, hast nie nach ihm gefragt.«

»Hugo hat mich eingetauscht für ein Bild von Klimt.«

»Unsinn. Dein Mann hat ihm ein Bild offeriert, und er hat's genommen – und natürlich weiterhin auf deine Liebe vertraut.«

Serena stürmte in das Sterbezimmer. Sie rüttelte Hugo, schrie ihn an, flehte, weinte, sagte, sie würde auch ganz gewiss zu ihm zurückkommen, wieder bei ihm leben, ihn nie mehr alleine lassen. Aber er hörte sie nicht, sein Atem rasselte.

»Hättest eben eher kommen sollen!«, sagte Caroline noch einmal. »Nun lass ihn gefälligst in Frieden!«

David nahm Caroline beim Arm und zog sie aus dem Zimmer. »Sie ist nämlich schwanger«, sagte er leise, »man sollte ihr jede Aufregung ersparen.«

»Wieso ist sie denn überhaupt jetzt hier, wer hat sie benachrichtigt?«, fragte Caroline.

»Das muss wohl der Sterbende selbst gewesen sein. Sie hat von ihm geträumt.«

Im Sterbezimmer wurde es ruhig. Man hörte weder Hugos Atem noch weiteres Geschrei von Serena. Nach ungefähr einer Stunde kam sie heraus, sie weinte. »Er ist noch einmal zu sich gekommen«, sagte sie, »er hat mich erkannt, hat ›endlich‹ gesagt und aufgehört zu atmen. Ich habe ihm die Augen zugedrückt.«

Schon am nächsten Tag fuhren David und Serena nach Hamburg zurück.

Serena war sehr still. Als Rudolf versuchte, mit ihr über ihren Ausflug zu reden, sagte sie nur: »So leicht lässt sich die Vergangenheit eben doch nicht außer Kraft setzen.«

Von dem alten Magnussen war nirgendwo ein Testament zu finden, und wozu auch, es würde ja sowieso alles an den einzigen Sohn übergehen. Doch im Familiensafe war ein Brief für Serena hinterlegt und dazu ein Kästchen mit hundert Goldmünzen. »Davon, meine liebe Tochter, sollst du dir ein Stück Eigenleben erkaufen«, hatte er geschrieben.

Rudolf war gekränkt. »Was soll denn das heißen, geb ich dir etwa nicht genügend Geld und gestatte dir kein eigenes Leben?«

»Dein Vater war der Meinung, dass ich immer nur anderer Menschen Leben nachspiele.«

»So ein Unsinn!«

Auf weitere Fragen reagierte sie nicht mehr und verschwand einen ganzen Tag lang im Atelier. Sie zog die Vorhänge zu, umhüllte alle Bilder mit weißen Tüchern und verschloss die Tür. Den Schlüssel verbarg sie zuunterst in ihrer Knopfschachtel im Nähkasten. Dort würde Rudolf nicht suchen. Auf die Idee, er könnte einen Dietrich benutzen, kam sie nicht. »Ich werde diesen Raum nie mehr betreten«, sagte sie.

Ein paar Wochen später verkaufte sie die Goldmünzen und richtete sich auf dem Festland in einer Seitenstraße der Ottensener Allee ein neues Atelier ein.

»Warum?«, fragte Rudolf verwirrt. »Hier in der Villa ist weiß Gott genug Platz.«

»Dein Vater hat mir ein eigenes Leben verordnet, und du hast betont, dass du nichts dagegen hast.«

Es blieb Rudolf nichts anderes übrig, als sich in seines Vaters Planung zu fügen. Dabei tröstete er sich mit der Hoffnung auf Serenas Mutterschaft. Wäre da erst einmal ein gemeinsames Kind und dann in ein paar Jahren noch ein oder zwei oder drei weitere kleine Magnussens, dann würde sie ohnehin keine Zeit mehr haben für Eigenleben-Eskapaden.

Er glaubte, dieses Wesen mit dem flatterhaften Gebaren endlich fest verankert und ihm das Engelhafte ausgetrieben zu haben. Denn Engel werden nicht schwanger.

Kaum hatte sich Rudolf Max Magnussen, der neue Chef und allein verantwortliche Besitzer der Magnussen-Werft, Einsicht verschafft in die katastrophale Lage der Firma, in die hohe Verschuldung und die unverantwortlichen finanziellen Manipulationen seines Vaters, wäre er nur allzu gerne wenigstens einen Teil seiner neuen Rechte und Pflichten wieder losgeworden. Natürlich war ihm klar gewesen, dass es um die Werft nicht zum Besten stand, veraltete Technik, schlechte Auftragslage, lasches Management, doch hatten ihm die Ärzte ja gesagt, dass der Alte nicht mehr lange zu leben habe, und so hatte der Sohn alle Entscheidungen aufgeschoben.

Nun machte er sich bittere Vorwürfe und schob die Schuld für sein langes Zögern Serena in die Schuhe. Sie und die Sorge um sein fragiles junges Eheglück hätten ihm schlichtweg die Sicht verstellt.

»Ohne dich hätte ich die miserable Lage der Werft schon viel früher erkannt und entsprechende Maßnahmen ergriffen«, sagte er.

Serena lachte. »Welche denn? Übrigens habe ich das meiste gewusst, die hohe Verschuldung und so weiter. Dein Vater hat oft mit mir darüber gesprochen.«

»Und warum zum Teufel hast du mir nichts davon erzählt?«

Darauf schaute sie ihn nur an mit diesem weitäugigen, konzentrierten Fahndungsblick, von dem er nie das Gefühl hatte, dass er tatsächlich ihm galt, und sagte: »Warum sollte ich? Du würdest es doch noch früh genug erfahren. Und so lange dein Vater lebte, wollte er die Fäden in der Hand behalten. Deshalb hat er ja auch noch kurz vor seinem Tod Kontakt aufgenommen zu John Finchbury wegen einer möglichen Beteiligung der beiden Werften aneinander. Natürlich hat er in aller Ehrlichkeit zugeben müssen, dass die Magnussen-Werft fast pleite sei. Der alte John hat darüber nur gelacht und gesagt, dass sei Finchbury leider auch, aber zwei Pleite-Werften im Verbund hätten gewiss größere Überlebenschancen als eine allein. Und außerdem sei da ja noch die göttliche Louise, die notfalls zum Nachschießen bereit sei, man müsse sie nur zu überzeugen wissen.«

Rudolf stöhnte. »Ich kann's einfach nicht fassen, dass er dir das alles erzählt hat.«

»Warum nicht. Dein Vater redete so gern, und mir machte das Zuhören Freude. Dabei habe ich dann auch erfahren, dass die göttliche Louise Davids Mutter ist, eine steinreiche sentimentale Österreicherin, etwas verrückt zwar, doch schien dein Vater sie nicht nur ihres Geldes wegen zu verehren.«

Serena war im dritten Monat schwanger, als Rudolf beschloss, einen Besuch bei den Finchburys in Liverpool zu machen. Er bat sie, ihn zu begleiten, und sie willigte gerne ein.

Als sie Davids Mutter, der göttlichen Louise in deren Tanzsaal großem Wohnzimmer vorgestellt wurde, ließ die ihren scharfen Blick über Serenas Erscheinung gleiten, lächelte dann, nickte und sagte: »Gut, gut, er hat nicht übertrieben. Und dass Sie nun endlich schwanger sind, freut mich für ihn, freut mich für uns alle. Schließlich ist die Fortpflanzung der Sinn des familiären Zusammenlebens.«

»Wer hat nicht übertrieben?«, fragte Serena verwirrt.

»Mein Sohn natürlich, wer denn sonst.«

»Und wieso hat er Ihnen erzählt, dass ich schwanger bin? Ich hatte ihn doch gebeten, vorerst noch darüber zu schweigen!«

»Na und? Ich kann bei einer Frau, die mir nahe steht, diesen Zustand bereits erfühlen, bevor die Frau es selber weiß.«

Serena fragte sich, wieso sie eigentlich Mrs. Finchbury nahe stand, und bekam auch sogleich eine Erklärung: »Sie wissen ja wohl, wie sehr mein Sohn Sie liebt, Sie beide liebt! Offenbar hat er sich dazu entschlossen, in Ihnen seine zukünftige Familie zu sehen, also ist die Rolle, die mir dabei zukommt, doch ziemlich klar. Nachdem ich Sie jetzt endlich kennen gelernt habe, bin ich auch sehr glücklich darüber. Und ich verspreche Ihnen, ich werde eine sehr großzügige, tolerante, offenherzige Schwieger- und Großmutter werden.«

Noch am Abend dieses ersten Tages rief Louise ihren Sohn zu sich ins Boudoir. Sie saß an ihrem Frisiertisch und wühlte in der übervollen Schmuckschatulle.

»Eine entzückende Person«, sagte sie, »etwas undurchsichtig, aber das erhöht nur ihren Reiz. Und ich finde es ausgesprochen elegant, wie sie ihre zwei Männer handhabt. Wie steht es denn dabei mit dir, mein Sohn? Gibst du auch genügend Acht, dass du nicht untergehst?«

Aus dem Wirrwarr ihrer Schatulle kramte sie ein zartes Collier aus Saphiren und Brillanten hervor und drückte es David in die Hand.

»Hier, das kannst du ihr bei Gelegenheit schenken. Als kleines Mittel zur Bestechung.«

»Warum sollte ich Serena denn bestechen wollen?«, fragte David irritiert.

Sie lachte. »Wenn du das nicht weißt … aber vielleicht wird's dir ja eines Tages noch einfallen.«

David legte den Schmuck in sein Kästchen für Manschettenknöpfe und bemühte sich, ihn dort zu vergessen.

»Dass Sie tatsächlich Serena heißen!«, jubelte Louise Finchbury eines Tages. »Wie mich das an die schöne Frau Lederer erinnert.«

Serena lächelte bescheiden. »Meine Mutter hat das Klimt-Porträt von Serena Lederer sehr geliebt. Deshalb hat sie mir diesen Namen gegeben.«

»Ihre Mutter hat ein Bild von Klimt sehr geliebt?!«

»Sie war nämlich eng mit ihm befreundet und ging in seinem Atelier ein und aus.«

Dass diese angebliche Freundschaft vor allem ein Arbeitsverhältnis gewesen war, verschwieg Serena. Sie gab nur das preis, was ihrer Rolle als wohlerzogener Wiener Bürgerstochter zuträglich war, so zum Beispiel, dass sie selbst als Kind sehr oft in Klimts Atelier gewesen, ja quasi dort aufgewachsen sei. Und auch, dass sie dem Maler bei der Arbeit zugeschaut und viel von ihm gelernt habe.

»Gelernt? Was denn gelernt?«

Serena errötete. Nun, sie sei ja selbst eine Art Malerin, nicht sehr professionell leider, nur so zum Zeitvertreib, und wenn Mrs. Finchbury es ihr erlauben würde, dann könne sie sich vielleicht an einem Porträt versuchen.

Selbstverständlich erlaubte Mrs. Finchbury. Sie hätte ihrem jungen Gast inzwischen so ziemlich alles erlaubt. Das Malen des Porträts hatte Serena zum Einstimmen gedacht und um ihr Gelegenheit zu vertraulichen Gesprächen mit der reichen alten Dame zu geben. Rudolf hatte sie darum gebeten.

Jetzt war er verblüfft, wie perfekt sie ihre Rolle spielte. Sie war eben seine Frau, sie trug sein Kind, und nun würde sie also dazu beitragen, seine Werft vor dem Konkurs zu retten.

Serena stand im Boudoir der göttlichen Louise vor der hohen Staffelei, bereitete die Leinwand vor und fühlte sich eingeengt von Erwartungen, die ihr fremd waren.

»Auf welche Weise wollen Sie mich denn malen, liebes Kind?«, fragte Louise.

»Wie hätten Sie sich denn gern?«, fragte Serena zurück.

Louise lächelte verträumt. »Ach wissen Sie, sehr schön war ich ja nie. Aber immerhin war ich einmal jünger, und die Jugend gibt ja sogar unschönen Zügen einen gewissen Reiz.«

Serena verstieg sich nicht zu Komplimenten, sie sagte nur: »Soll ich also versuchen, die Louise von vor dreißig Jahren zu porträtieren?«, und sie war erstaunt über Louises rasche, entschiedene Antwort: »Vor neunundzwanzigeinhalb Jahren, um genau zu sein. Die Louise vom Frühjahr 1898.«

Serena ergriff ihren Skizzenblock und begann mit schnellen Strichen zu zeichnen. »Wie alt war diese Louise damals?«

»Achtundzwanzig, unberührt, exzentrisch, hochfahrend, und aus sehr reichem jüdischem Haus, dazu dick, hässlich und entschlossen, sich nie mit dem Zweitbesten zufrieden zu geben. Und nun wagen Sie nur nicht, mir etwa meine Heirat mit Finchbury vorzuhalten« – Louises Lachen war wie ein aus dem Bauch heranziehendes Gewitter, das sich in ihrem Kehlkopf entlud –, »von dem Zweitbesten konnte bei ihm keineswegs die Rede sein. He wasn't first class nor second class, he had no class at all, jedenfalls nicht in dem Sinn, der damals einzig für mich zählte. Und er war nicht einmal mehr ein richtiger Jude. Schon sein Großvater hatte den Namen Finkelstein in Finchbury umgewandelt und seine Kinder taufen lassen. Aber Jude bleibt Jude, befanden meine Eltern. John Finkelstein-Finchbury also mochte große, dicke Frauen, er mochte mich, ich hab ihn genommen, und es ist gut gegangen. Die etwas zu frühe Geburt meines einzigen Kindes hat der gute John nie kommentiert, und er ist David ein sehr guter Vater geworden. Ihm zuliebe bin ich dann sogar zur Church of England konvertiert. Inzwischen gebe ich zu, dass er eben doch first class ist, wenn auch nach anderen Maßstäben als jenen, die damals für mich einzig Geltung hatten.«

Serena bemühte sich, nicht neugierig zu wirken. »Aha«, sagte sie. »Und wie trug Louise damals ihre Haare?«

»Aufgesteckt.«

»Welche Farbe?«

»Die gleiche wie jetzt, abzüglich der weißen Strähnen.«

Serena zeichnete. »Hohe, geschwungene Augenbrauen«, murmelte sie, »die Augen meist skeptisch zusammengekniffen, was Überlegenheit demonstrieren sollte, der Mund weniger streng als vorgegeben. Kleider?«

»Wenn irgend angebracht, mit viel Dekolleté. Natürlich wäre ich sehr viel lieber mager und zierlich gewesen, so wie diese knochigen Frauen à la Adele Bloch-Bauer, die Klimt später so gerne gemalt hat, aber ich bin schon groß und dick zur Welt gekommen, was mir jedoch wenigstens zu einem perfekten Dekolleté verhalf. Und da es leider sonst nichts Perfektes an mir gab, wollte ich es auch zeigen.«

»Schmuck?«

»Als einziges Kind eines steinreichen Maschinenfabrikanten besaß ich jede Menge kostbaren Schmuck, den ich jedoch meist nur ein paar Stunden trug, an dem Tag, an dem ich ihn bekommen hatte. Danach verschwand er dann in der Schatulle. Sehr zum Kummer meiner Eltern hielt ich mich nicht für schmuckfähig.«

Serena lächelte. »Also ein üppiges, weißes Dekolleté und ein nackter Hals?«

»Nicht ganz. Ich hatte nämlich schon früh ein Doppelkinn und das gefiel mir überhaupt nicht. Also habe ich mir ein breites, gerüschtes Stück Spitze um den Hals geschlungen und es mit einem schwarzen Samtband festgehalten.«

»Verstehe. So wie auf dem Bild von Amalie Zuckerkandl.«

Wieder das grollende Lachen. »Falls Sie meinen, ich hätte die Zuckerkandl imitiert, irren Sie sich in der Zeit. Denn das Bild ist erst zwanzig Jahre nach meiner Halsbandmode entstanden. Also konnte höchstens die Amalie mich imitieren.«

»An Imitation hab ich überhaupt nicht gedacht. Mir ist nur das Bild vor Augen gekommen.«

»Sie scheinen wirklich ein ausgezeichnetes Gedächtnis zu haben.«

Serena sah von ihrer Zeichnung hoch. »Wieso auch nicht? Das war doch meine Welt, bis zu Klimts Tod, und in gewisser Weise auch noch bis Rudolf Magnussen aufgetaucht ist. Ich könnte Ihnen noch heute jedes einzelne Bild genau beschreiben.«

Louise nickte. »Ein Göttergeschenk und gut zu gebrauchen, so lange es nicht die eigene Phantasie blockiert. Aber sagen Sie, liebes Kind, wieso ist es Rudolf Magnussen eigentlich gelungen, Sie von Wien fortzuholen? Sie waren doch nicht zufällig schwanger?«

»Nein. Ich war nur sehr arm.«

»Ein vernünftiger Grund. Magnussen ist ja auch nicht das Schlechteste, zumal Sie meinen David gleich mit geheiratet haben. Zwei Männer für den Preis von einem – das hätte mir nach der Sache damals auch sehr gefallen.«

Was »die Sache damals« war, erfuhr Serena erst im Laufe der kommenden Wochen, als das Porträt langsam Gestalt annahm, ihr Bauch sich zu wölben begann, die Männer im Büro mithilfe zweier Anwälte die verschiedenen Möglichkeiten einer gegenseitigen Beteiligung der Werften besprachen und dabei bereits – so großzügig wie vorerst hypothetisch – über einen guten Teil von Louises Erbschaft verfügten.

Nachts, wenn Rudolf mit Serena in dem riesengroßen Himmelbett im Gästeflügel der Finchbury-Lodge lag, fragte er sie immer wieder, wie sie denn mit der göttlichen Louise vorankomme. Serena, die natürlich genau wusste, was er meinte, antwortete ausweichend: »Solch ein Bild braucht seine Zeit.«

»Seid ihr euch denn näher gekommen?«, fragte er.

»Kann schon sein«, sagte sie.

Und während seine großen Hände vorsichtig über ihren Bauch tasteten, sagte er versonnen: »Sie ist nämlich wirklich sehr reich. Und ich wünsche mir, dass mein Erbe davon profitiert.«

Serena schob seine Hände zur Seite. »Ist das nicht ein wenig so, als ob du unser Kind an die Finchburys verkaufst?«

Darüber lachte Rudolf. »Warum denn nicht, wenn der Preis stimmt. Einen besseren Käufer kann man sich doch gar nicht vorstellen.«

Serena arbeitete sehr konzentriert. Sie hatte Louise gebeten, sich ihr Bild nicht anzuschauen, bevor es fertig wäre, und erstaunlicherweise hielt Louise sich daran.

Nach der Erwähnung von gekräuselter Spitze und schwarzem Samtband als Halsschmuck zur Doppelkinnverdeckung hatte das Zuckerkandlsche Bildnis energisch die Führung übernommen. Aus Erfahrung wusste Serena, dass Gegenwehr umsonst sein würde, und sie hatte sich ziemlich bald in das Diktat des Vorbildes geschickt, eines Spätwerkes Gustav Klimts, das unvollendet geblieben war. Der geraffte Schal, das weite Kleid, die Arme und die im Schoß liegenden Hände – alles bei Klimt nur angedeutet – ließen ein wenig Freiraum für Serena, den sie mit ihrer eigenen Intuition füllen konnte. Als das Bild fertig war, musste sie sich eingestehen, dass trotz aller Sorgfalt hinter dem glatten Gesicht der fast dreißigjährigen Louise das der Amalie aufschimmerte.

Nervös beobachtete sie die Porträtierte, als sie endlich die Staffelei zu ihr umdrehte. Doch Louise war hellauf begeistert: »Ach, meine liebe, kluge junge Freundin! Wie gut Sie meine Träume getroffen und durchschaut haben. Damals nämlich, vor neunundzwanzigeinhalb Jahren, da hab ich in wenigen Monaten mehr geträumt als während meines ganzen Lebens davor und danach. Und vermutlich hab ich sogar wirklich so ausgesehen wie auf Ihrem Bild. Sonst hätte er sich wohl nicht in mich verliebt – oder?«

»Wer …?«, fragte Serena zaghaft.

»Wer? Ach, lassen wir das. Nur so viel: Er war verheiratet, er hatte ein Kind, er war arm, er war fünf Jahre jünger als ich, er war krank, er war katholisch und er war ein künstlerisches Genie. Natürlich gab es von Anfang an nicht die geringste Chance für uns beide. Kennen Sie das jüdische Sprichwort: ›Du hast keine Chance, aber nutze sie‹?«

Louise sprang auf und begann im Zimmer wild hin und her zu laufen. Ihre Augen und Wangen glühten wie im Fieber. »Und wir haben diese nicht vorhandene Chance genutzt, bis zur Selbstaufgabe, bis zum Exzess, bis zum Wahnsinn …« Mit einem Ruck blieb sie vor Serena stehen, starrte sie an, als müsste sie sich mühsam an sie erinnern, stieß die Luft aus und sagte: »Ja, bis ich dann Finchbury geheiratet habe, weil der grad da war und weil er dicke, hässliche Frauen liebt.«

Serena fühlte sich unbehaglich. Sie wusste nicht, wie sie reagieren sollte, aber anscheinend wurde auch keine Reaktion von ihr erwartet. Louise ging ans Fenster und schaute hinaus. »Ich muss sorgsam umgehen mit meiner Erinnerung«, sagte sie wie zu sich selber. »Ich bemühe sie ja nun schon seit bald dreißig Jahren und ich gedenke, mich ihrer weitere dreißig Jahre zu bedienen. Also muss ich sie gut verwahren und pfleglich behandeln. Damit sie sich nicht abnutzt oder gar verändert.« Sie drehte sich zu Serena um. »Wenn Sie verstehen, was ich damit meine. Doch, Sie verstehen das, denn Sie haben ja auch Ihre Erinnerungen.«

»Nein«, sagte Serena.

»Nein? Na, dann werden Sie noch welche bekommen, das garantiere ich Ihnen. So einer wie Rudolf Max Magnussen wird nicht in der Lage sein, Ihr Leben auszufüllen. Nicht einmal gemeinsam mit meinem David. Obgleich zwei natürlich besser sind als einer.«

In der Nacht sagte Serena zu Rudolf: »Ich glaube, Davids Mutter ist verrückt – richtig geistesgestört.«

»Kann schon sein. Aber vor allem ist sie reich, das hab ich dir ja schon mehrmals erklärt. Und wir sind arm. Wie weit bist du mit ihr?«

»Mrs. Finchbury ist begeistert.«

»Wovon?«

»Von dem Porträt, obgleich es ihr leider überhaupt nicht ähnlich sieht. Es erinnert sie an ein Klimt-Porträt, und da sie sich in ihrer Jugend sehnlich eins gewünscht, jedoch, wie sie selber sagt, den Schönheitsansprüchen des Malers leider nicht genügt hat, wird sie mein Bild nun wohl als Ersatz nehmen. Und weil ich ein hübsches Bild gemalt habe, ist sie momentan begeistert von sich selber und natürlich auch von mir.«

»Dann sind wir ja auf dem besten Wege. Gut gemacht, meine Kleine. Und ob die Frau wirklich verrückt ist oder nur exzentrisch, macht keinen Unterschied.«

Louises Vermögensverwalter war entsetzt. »Sie können doch nicht in einen derartig maroden Betrieb investieren! Es geht hier um Ihr Erbe, Mrs. Finchbury! Fühlen Sie sich denn überhaupt nicht Ihrem verehrten Vater verpflichtet?«, hielt er ihr vor.

»Mein Vater ist seit Jahren tot. Das, was mich verpflichtet, ist das Leben. Und dem bin ich in den letzten Wochen überraschend nahe gekommen.«

Gegen seinen Widerstand erwarb Louise schließlich zwanzig Prozent der Magnussen-Werft zu einem Preis, den Rudolf festgesetzt hatte und der weit über dem realen Wert lag. Nur anfangs hatte John Finchbury darüber gelacht und Rudolf gefragt, worin denn seiner Meinung nach für Finchbury der wirtschaftliche Sinn eines solchen Kaufes liege. »In meiner Person«, hatte Rudolf geantwortet, »denn mit dem Werftanteil kaufen Sie vor allem mich.«

»Zwanzig Prozent von Ihnen?«

»No Sir. Denn ich fühle mich momentan stark genug für zweimal hundert Prozent, die eine Hälfte für Liverpool, die andere für Hamburg.«

John Finchbury sah dann tatsächlich in Rudolfs Person eine große Aufwertung der miserablen Magnussen-Bilanzen und entschied zudem noch, dass die zwanzig Prozent Finchbury-Anteile im Gegenzug zu einem Preis an Magnussen gingen, der weit unter dem eigentlichen Wert lag.

»Was würde denn dem Jungen das ganze Geschäft nützen, wenn das Geld, das er für seine Anteile kriegt, gleich wieder draufgeht für unsere?«, sagte er zu Louise. »Außerdem können wir ja mit dem lieben David keinen zweihundertprozentigen Vorwärtsstürmer ins Rennen schicken, oder was meinst du?«

Louise war mit dem Geschäft einverstanden, warnte jedoch ihren Mann davor, Davids Qualitäten zu unterschätzen. »Erfolge werden nicht immer im offenen Parcours errungen! Und auf die Dauer sollte man doch besser auf Davids hundert Prozent bauen als auf zweihundertprozentigen Ehrgeiz.«

»Ich weiß, meine Liebe. Und ich kann nur hoffen, dass ich lange genug leben darf, um unseren David doch noch als Ersten durchs Ziel gehen zu sehen. Vorerst allerdings brauchen wir den deutschen Hitzkopf. Er stellt genau das dar, was uns leider momentan fehlt.«

Nach ihrer Rückkehr ordnete Rudolf an, dass dem Werftsignet von nun an ein & Co. hinzuzufügen sei. Doch als er das erste Mal unter den neuen großen Metallbuchstaben hindurch das Werftgelände betrat, machte ihn das keineswegs glücklich, und er sagte am Abend zu Serena: »Ich wünschte, es wäre nicht notwendig geworden. Man soll Freundschaft nicht mit Geschäft verquicken.«

»Und man soll seine ungeborenen Kinder nicht verkaufen, meinst du das?« Serena lächelte. »Aber da es ja nun mal notwendig war, sind die Finchburys bestimmt die zuverlässigsten Partner. Der alte John liebt dich wie einen Sohn, und David würde nie im Leben das Geschäft über die Freundschaft stellen.«

Während der nächsten Monate war Rudolf oft in Liverpool, David jedoch mehr und mehr in Hamburg. Zwar verbrachte er täglich ein paar Stunden in den Werftbüros, um sich mit der neuen Partnerfirma vertraut zu machen, doch war es offensichtlich, dass sein eigentliches Interesse privater Natur war. Er deckte im Garten die Blumenbeete mit Tannenzweigen ab, begleitete Serenas Gesang auf dem Flügel und ging oft mit ihr spazieren.

Als die Wehen einsetzten, zwei Wochen vor dem errechneten Termin, sang Serena gerade das Heideröslein. Sie brach ab und griff sich mit beiden Händen an den Bauch. Verängstigt wirkte sie nicht, nur neugierig.

»So fühlt sich das also an«, murmelte sie. »Wenn's nicht schlimmer wird, kann ich es leicht ertragen.«

David sprang von seinem Klavierhocker hoch.

»Wenn was nicht schlimmer wird?«

»Zwei Wochen zu früh«, sagte Serena, »da hat mein lieber Rudolf doch wenigstens eine Ausrede dafür, dass er nicht hier ist.«

David war blass geworden. »Mein Gott Serena, wir müssen sofort nach drüben fahren.«

»Ach was, nur keine Eile. Beim ersten Mal dauert's sehr lange, das hat man mir jedenfalls so erklärt.«

Als sie schließlich die Stufen zum Anlieger hinuntergingen, kamen die Wehen schon alle fünf Minuten. Serena klammerte sich an Davids Arm. »Ist wohl doch nicht so ganz ohne«, stöhnte sie.

Lorenzen sah ihnen entgegen. »Soll ich Sie etwa jetzt sofort nach drüben bringen, Frau Magnussen?«, fragte er.

»Nun stellen Sie doch nicht so dumme Fragen«, sagte David, der sich sonst nicht zu Unhöflichkeiten hinreißen ließ. »Sehen Sie denn nicht, dass … also helfen Sie Frau Magnussen an Bord.«

»O Mann«, sagte Lorenzen, packte Serena kurzerhand um die Taille und schwenkte sie ins Cockpit.

»Danke Lorenzen, aber ich hätt's auch allein gekonnt.«

»Na klar.«

David sprang hinter ihr her.

»Willst du etwa mitkommen?«, fragte Serena.

»Was denkst denn du. Ich lass dich doch jetzt nicht allein.«

»Aber es kann ewig dauern, das hab ich dir doch gesagt.«

»Umso notwendiger, dass ich bei dir bin.«

»Zwei Väter«, sagte Serena. »Der eine hat es gezeugt, der andere bringt es zur Welt. Deine Mutter wäre begeistert über dieses Arrangement.«

Es wurde eine lange, schwere Geburt, und Serenas anfänglicher Frohsinn verlor sich bald. Sie lag auf dem harten Kreißsaalbett und wand sich und kämpfte und schrie. Weil das Kind eine falsche Lage hatte, erwog der Arzt einen Kaiserschnitt, gegen den Serena sich jedoch heftig zur Wehr setzte.

Draußen auf dem Flur ging David auf und ab. Er war halb verrückt vor Sorge und Angst. Wenn sie stirbt, dachte er immer wieder, was sag ich dann Rudolf?

In der dreißigsten Stunde endlich gelang es der Hebamme, das Kind zu drehen, und dann glitt es heraus wie ein Aal, ganz schnell und unkompliziert, als wollte es die vorherigen Schwierigkeiten rasch wieder gutmachen. Es war ein Mädchen, und es stieß sogleich den notwendigen kleinen Schrei aus.

Die Schwester nahm es bei den Beinen und schwenkte es hin und her. »Das ist aber zierlich«, wunderte sie sich, »und ich hätte gedacht, wir kriegen hier einen Neunpfünder.«

Serena atmete aus. Es war vorüber. Und dann war es doch nicht vorüber, eine neue Wehe überfiel sie, und diesmal schrie Serena mehr aus Wut als aus Schmerz. »Wieso hört es denn nicht endlich auf?«

Der Arzt drückte ihr mit beiden Händen auf den Leib. »Weil nämlich noch eins kommt, es sind Zwillinge.«

Das zweite Baby war ein Junge.

Als David endlich zu ihr durfte, sah sie so bleich und matt aus, dass er von ihrem baldigen Ende überzeugt war. Erschüttert beugte er sich über sie.

Die Säuglingsschwester, die, in jedem Arm ein Bündel, dabeistand und zuschaute, sagte gerührt: »Es gibt tatsächlich Väter, die leiden bei der Geburt genauso wie die Mutter.«

»Dieser hier bestimmt!«, sagte Serena.

Die Schwester streckte David die beiden Bündel entgegen.

»Ich hätte nichts gegen einen Vaterkuss«, sagte Serena, »für jedes Kind einen, damit sie von Anfang an wissen, wohin sie gehören.«

Gehorsam küsste David die verschrumpelten Stirnen. Die Schwester nickte befriedigt. »Das wär's dann. Ich bring die Kleinen jetzt ins Babyzimmer.«

»Ich hätte auch nichts gegen einen Kuss«, sagte Serena, als sie mit David allein war. David beugte sich über sie. Nur für den Bruchteil einer Sekunde zögerte er, bevor er sie auf den Mund küsste, und es war kein verhuschter Freundeskuss.

»David …«, sagte Serena, »ich wusste gar nicht, dass du das kannst.«

»Es war ja auch nur, damit du weißt, wohin du gehörst.«

Zwei Tage nach der Geburt erschien ganz unerwartet Caroline in Serenas Krankenhauszimmer. Sie trug einen dunkelgrünen Plüschmantel über einem kniekurzen, leuchtend roten Hängerkleid, ihr rundes Gesicht war halb verborgen hinter einem hochgeschlagenen Pelzkragen.

Am Fußende des Bettes stehend, betrachtete sie gelassen die Wöchnerin – und Serena brach umgehend in Tränen aus.

»Ich hab mich aber wirklich nie von dir und Hugo trennen wollen!«, schluchzte sie.

Caroline nickte. »Für das gute Leben nimmt man eben manches in Kauf.«

»Aber wieso wusstest du überhaupt …«

»Wieso denn nicht? Ich stehe in laufendem Kontakt mit dem netten Herrn Finchbury. Für eine Weile hab ich mich ja beherrscht und fern gehalten, aber jetzt, nachdem ich Großmutter geworden bin, wollte ich doch wenigstens mal sehen, was du da in die Welt gesetzt hast. Und hör bitte auf zu heulen.«

»Caroline …«

»Ja?«

»Ich will zurück nach Wien!«

»Unsinn. Zumal ich grad beschlossen hab, nach Hamburg umzuziehen.«

Serenas Tränen versiegten schlagartig. In einer Mischung aus Jubel und Schrecken starrte sie Caroline an. »Aber Rudolf …«, flüsterte sie.

»Was hat denn dein Mann damit zu tun? Er kann mir schließlich kein Stadtverbot erteilen, und er braucht ja auch gar nicht zu merken, dass ich hier bin.«

»Er wird's aber merken, weil er doch so misstrauisch ist. Und Hamburg ist seine Stadt, und ich bin seine Frau.«

Caroline lachte. »Mädchen, Mädchen, was ist bloß aus dir geworden. Dabei warst du immer so eine wunderbar natürliche Schwindlerin! Eine kleine Angelegenheit wie mich wirst du doch wohl in deinem Lügengespinst noch unterbringen können.«

»Wie kommst du denn nur darauf, dass ich immerfort lüge?«

»Hauptsache, dass die anderen nicht darauf kommen.«

»Und was ist mit dir? Erwartest du nicht sogar, dass ich für dich lüge? Und wovon überhaupt willst du hier leben?«

»Nach wie vor von Hugo. Er war ja doch ein großer Heimlichtuer. Kisten und Kästen voller Bilder und Kunstgegenstände hatte er sorgsam geordnet in einem Möbellager deponiert. Wir hätten weiß Gott nicht so beengt wohnen müssen. Aber wahrscheinlich war es genau das, was ihm gefiel, dieses Herumhocken in unserer engen Wohnküche mit der erzwungenen Nähe zueinander – Nähe zu dir vor allem. Er hat dich abgöttisch geliebt, das weißt du ja wohl.«

»Ich bin zu ihm zurückgekommen!«

»Bist du? Na ja. Ich kann nur hoffen, dass er's noch gemerkt hat.«

Serena erholte sich schnell. David brachte sie nach Hause und dann kam auch Rudolf. Er strahlte selbstbewusst, gleich zwei für den Anfang, das sei ja ein hervorragendes Ergebnis! Befriedigt stellte er fest, dass statistisch gesehen nur zweieinhalb Prozent aller Geburten Zwillingsgeburten wären. Vor lauter Vaterstolz versuchte er sogar, seine kleine Tochter – der Sohn interessierte ihn weniger – zu windeln. Serena und David beobachteten ihn lächelnd, das Baby weinte.

»Durch deine Hände fließt zu viel Energie«, sagte Serena, »das ängstigt das Kind. Du musst dich etwas bremsen.«

»Unmöglich«, sagte er, nahm das Baby hoch und drückte es David in die Arme, »hier, mach du«, und sogleich beruhigte sich die Kleine.

»Wenn's bei dir Energie ist, was fließt dann wohl durch meine Hände?«, fragte David, während das Kind die winzigen Fingerchen um seinen großen Daumen klammerte.

»Die pure Liebe«, sagte Serena, »das wissen wir doch seit langem.«

Nach einer Woche musste Rudolf wieder fort. »Jetzt erst recht fühle ich mich unserer Zukunft verpflichtet. So viel Arbeit, so viele Ideen, absolut keine Zeit für Ruhepausen. John Finchbury und ich, wir werden die beiden Werften schon wieder auf die Beine bringen, das garantiere ich euch.«

»Bleib doch noch ein wenig, Rudolf«, bat Serena ungewohnt zärtlich, »wenigstens noch eine weitere Woche. Ich hab dich wirklich sehr vermisst.«

Rudolf konnte nur mit Mühe ein zufriedenes Lächeln unterdrücken. Es war geschehen, was er es erhofft hatte, seine ungreifbare Flatterliebste war endlich im Irdischen gelandet und hatte nun sogar das Bedürfnis, sich an ihn anzulehnen. Also hatte er erst recht keinen Grund, seine dringenden Geschäftspläne aufzugeben.

»Ich lass dir ja David hier«, sagte er.

Wenn Serena stillte, den Knaben links, das Mädchen rechts, saß David oft dabei und schaute zu. Sie hatte ihm gegenüber keine Hemmungen.

Serena erzählte ihm oft von ihrer Mutter Herma und von Gustav Klimt.

»Angeblich hat er sie viele Male gezeichnet mit ihrem Baby an der Brust. Und dieses Baby war ich.«

»Besitzt du so eine Zeichnung?«

»Leider nicht. Ich hatte nie die Gelegenheit, eine Klimt-Zeichnung zu erwerben.«

»Hm …«, sagte David. »Also werde ich mal einen Ausflug durch die Kunsthandlungen machen, könnte ja sein, dass ich fündig werde.«

»Lieber David!«, sagte Serena.

Einmal kam Rudolf etwas früher als erwartet von einer Geschäftsreise heim und traf im Babyzimmer auf eine dieser friedlichen Familienszenen: Serena stillte die Kinder, David saß dabei und las ihr vor. Verblüfft sah Rudolf auf Serenas nackte Brüste.

David stand auf. »Dann will ich lieber gehen«, sagte er.

»Warum denn?«, fragte Serena.

»Weil dein Mann zurück ist.«

»Aber du störst ihn doch gar nicht.«

»Ich weiß«, sagte David, lächelte traurig und ging.

»Du hättest ihn zurückhalten sollen«, sagte Serena, »er wirkte irgendwie deprimiert.«

»Und du solltest in Gegenwart eines Mannes nicht mit bloßem Busen dasitzen.«

»David ist David und kein Mann«, sagte Serena, »das weißt du so gut wie ich.«

Rudolf zuckte die Schultern. »Irgendwie geht's mir gegen den Strich.«

Nach ein paar Tagen jedoch hatte er die Sache wieder vergessen.

Während der nächsten Wochen durchforstete David alle einschlägigen Kunsthandlungen, ohne jedoch das Gewünschte zu finden.

»Warum fragst du nicht einfach Caroline?«, sagte Serena, als er ihr enttäuscht davon erzählte. »Gut möglich, dass unter Hugos Nachlass eine solche Zeichnung existiert.«

Tatsächlich konnte Caroline behilflich sein: Eine sehr anrührende Zeichnung, Hermas vornübergebeugte Figur nur angedeutet, das Baby jedoch voll ausgeführt, die Händchen umklammern die Mutterbrust, und aus den Gesichtszügen kann man bereits eine Ähnlichkeit mit der heutigen Serena herauslesen. David war absolut hingerissen und zahlte ungefragt einen sehr viel höheren Preis als marktüblich. Als er Serena das Blatt zeigte, bremste sie seinen Enthusiasmus nicht, denn sie fand, dass die Zeichnung ihr sehr gut gelungen war.

Am zufriedensten jedoch war Caroline. »Da eröffnen sich ja großartige Perspektiven, denn ewig kann ich schließlich nicht von Hugos Nachlass leben«, sagte sie.

Als die Kinder vier Monate alt waren, fuhr die Familie zur Taufe nach Liverpool. Die göttliche Louise hatte darum gebeten, und Rudolf wäre nicht im Traum eingefallen, ihr etwas abzuschlagen.

In Magnussenscher Tradition sollten die Kinder die Namen ihrer Urgroßeltern väterlicherseits erhalten. Dazu die der Taufpaten und die von Mutter oder Vater.

Gudrun Louise Serena – das gefiel allen gleichermaßen.

Aber Johannes John Rudolf? Das gefiel sehr viel weniger, besonders der junge Vater war dagegen. »Johannes und John ist schließlich das Gleiche, und einen Rudolf Magnussen gibt's ja schon, seht mich an.«

So kam es, dass das entzückende kleine Mädchen drei Namen erhielt, der Junge jedoch nur einen.

»Meine junge Familie«, jubelte Louise.

Auf jedem Arm ein Baby wandelte sie stundenlang durch die Finchbury-Lodge, die der Villa Magnussen nicht nur durch ihre Größe überlegen, sondern auch heller und wärmer war. Die über zwanzig offenen Kamine im Haus, die auf den Dächern in entsprechenden kleinen Schornsteinen mit verschiedenen Krönungen gipfelten, wurden auch im Sommer täglich von extra dafür angestellten sehr jungen Kaminmädchen geheizt.

Für die Babys hatte Louise eine Nanny eingestellt, eine kompetente, wenn auch etwas schroffe Person, die später dann mit nach Hamburg fahren sollte.

Fünfmal am Tag bekam Serena nun die Kleinen gewaschen, gewindelt und nach Lavendelcreme duftend in die Arme gelegt, eine Stunde später wurden sie ihr wieder fortgenommen.

Hier in der Finchbury-Lodge saß sie meist allein beim Stillen. David hatte ihr erklärt, dass seine Eltern doch konventioneller seien als es den Anschein habe und dass man sie besser nicht überfordern solle.

Serena vermisste ihn sehr.

Sie begann wieder zu zeichnen. Anfangs versuchte sie es draußen auf der Werft, an Motiven war ja kein Mangel. Die steil aufragenden, schlanken Kräne über plumpen Schiffsrümpfen, auf denen ameisengleich unzählige Arbeiter herumwerkelten, im Hintergrund die Liverpool-Bay. Doch kannte Serena kaum einen großen Maler, der sich dieser Motive angenommen hatte, jedenfalls keinen, bei dem sie die notwendigen Anleihen hätte machen können. Also verzog sie sich mit ihrem Zeichenblock in die Lodge, wanderte suchend durch die Wohn- und Wirtschaftsräume, bis ihr eine bekannte Szene vor die Augen kam und ihre nachschöpfenden Energien freisetzte. Am besten gelang ihr die Studie von einem kleinen Mädchen beim Feueranzünden. Nur sie selbst wusste, dass es sich dabei um die kaum veränderte Wiedergabe einer Zeichnung von Philipp Otto Runge handelte.

Im April gab es ein paar überraschend warme Tage. David packte einen Picknickkorb mit Wein, Wasser, gebratenem Huhn und Gurkensandwich in seinen Wagen und machte mit Serena einen Ausflug in den Upper Forest, wo der Waldboden mit Bluebells übersät war und die Zweige der hohen Buchen bereits grünlich schimmerten.

Er breitete sein Reiseplaid aus, und als sie endlich zur Ruhe kamen, füllte sich die anfänglich als fremd empfundene Stille bald mit den Geräuschen des Waldes. Serena dachte, dass David der einzige Mensch wäre, mit dem sie friedlich schweigend auf einer Decke im Wald sitzen könnte, ohne sich Gedanken über die Situation machen zu müssen.

»Es ist nicht gut, dass wir in Liverpool so wenig voneinander haben«, sagte sie.

David legte seine Hand auf ihre. »Und wie geht's momentan meinem Freund Rudimax?«, fragte er.

»Von dem hab ich noch viel weniger als von dir, aber daran bin ich ja gewöhnt. Ich glaube, er ist sehr glücklich hier, nicht zuletzt, weil er sich von dem alten John so viel mehr anerkannt und inspiriert fühlt als zuvor von seinem eigenen Vater. Und natürlich auch, weil es ihn beruhigt, dass ich hier nicht in mein Atelier ausweichen kann, sondern den ganzen Tag im Zimmer sitze und auf ihn warte.«

»Tust du das?«

»Im Moment jedenfalls warte ich nicht auf ihn. Und ohnehin fehlst du mir sehr viel mehr als er – du hast an meinem häuslichen Leben teilgenommen und mir dadurch vorgegaukelt, dass die Geschlechtertrennung wohl doch nicht so rigoros gehandhabt werden muss.«

David beugte sich zurück und sah in die Zweige. »Sogar das Tschilpen der Spatzen klingt im Frühling verheißungsvoll«, murmelte er.

Serena lachte. »Wenn ich dich nicht besser kennen würde, müsste ich das jetzt auf mich beziehen!«

»Aber du kennst mich besser«, sagte David. Er zog den Picknickkorb heran und öffnete den Wein. »Willst du auch ein Glas?«

»Ich darf nicht, Wein regt die Milchproduktion zu sehr an, sagt die Nanny. Und vor allem ist er schädlich für die Babys. Überhaupt geht, laut Nanny Burnes, alles, was ich esse und trinke und auch was ich denke und tue, Gutes und Nicht-so-Gutes, Freud und Leid und so weiter durch die Milch über auf meine Kinder. Da muss man sich schon sehr zusammennehmen.«

David leerte genüsslich sein Glas und schenkte sich noch einmal nach. »Schade, dass ich nicht dein Kind sein kann«, sagte er, »dann würde ich dich vielleicht endlich begreifen.«

»Wer weiß«, sagte Serena, »vielleicht würdest du mich dann nicht mehr lieben können.«

»Unwahrscheinlich. Du wirst immer meine liebste Freundin bleiben, auch, wenn sich in dir plötzlich Abgründe auftun würden. Allerdings hätte ich gerne, dass du sie mir rechtzeitig zeigst.«

»Warum?«

»Aus Neugier. Und um vorbereitet zu sein und dir dann meine Standfestigkeit zu beweisen.«

»Ach David!« Serena lehnte sich zurück gegen den Baumstamm, David trank seinen Wein. Ihre Hände lagen immer noch ineinander.

»Wenn meine Brust mir nur nicht so wehtäte«, sagt Serena. »Und ich garantiere dir, das kommt nicht etwa von bösen Gedanken, sondern nur, weil Nanny Burnes beschlossen hat, dass ich abstillen muss. Sie lässt die Kinder nicht mehr leer trinken.«

»Wieso denn das?«

»Weil meine Milch angeblich nicht mehr gut genug ist. Die Nanny muss wohl gemerkt haben, wie gern ich stille. Und jetzt krieg ich meine Strafe, indem sich die Brust entzündet. Die Kinder weinen, weil ihnen die Mutterbrust fehlt, und ich weine, weil mir ihre kleinen Münder fehlen.«

Sie knöpfte ihre Bluse auf. »Die Brust ist schon ganz heiß.«

»Sollten wir nicht lieber nach Hause fahren?«

»Möchtest du das?«

Er schüttelte den Kopf, befeuchtete ein Taschentuch mit kaltem Wasser und legte es ihr auf die Brust. »Besser?«

Serena schloss die Augen. Ein Bild war ihr in den Kopf gekommen, eine Caritas Romana. Sie erinnerte sich weder an den Maler noch an die Legende, dafür umso deutlicher an die Figuren: eine blühende junge Frau, ein vor ihr kniender Mann, der aus ihrer rechten Brust trinkt. Dem Mann sind die Hände auf dem Rücken gefesselt, die Frau stützt seinen Kopf und hält die Brust, damit sie seinem Mund nicht entgleitet.

Die folgenden zehn Jahre waren Jahre des Aufstiegs. Für Rudolf Max Magnussen ging alles viel zu langsam. Sogar der alte Finchbury, dem sein Wunschsohn Rudolf inzwischen wohl näher stand als David, mahnte zur Geduld. »Du weißt doch, wie das damals mit deinem Vater war: Nach 1918 hat er zu aufgeregt und sorglos investiert, dann kam die Inflation, und der Aufschwung erwies sich als Luftblase.«

»Und dann kam die Rentenmark und dann kam ich«, sagte Rudolf fröhlich, »und somit ging es wieder aufwärts.«

»Gott schütze dich und deine Chuzpe, mein Junge!«, sagte John und befürwortete dann sogar noch einen weiteren Zuschuss von Louise, einen Kredit von einer Million Reichsmark, diesmal allerdings verlange er von Rudolf fünf Prozent Zinsen.

»Dann könnte ich ja auch gleich zu einer deutschen Bank gehen«, sagte Rudolf enttäuscht.

John nickte wohlwollend. »Dann tu's doch. Aber die deutschen Banken nehmen es sehr genau mit den Garantien.«

Rudolf tat es nicht. Und er wusste warum.

Mindestens ein Drittel des Jahres verbrachte er in Liverpool. Und weil er nicht immer unter den strengen Augen von Louise leben wollte, kaufte er sich in der Stadt eine eigene kleine Wohnung, in die alsbald eine junge Frau einzog, nichts Ergreifendes, doch sorgte sie dafür, dass er während seiner langen Abwesenheit von zu Hause Serena nicht allzu sehr vermisste.

War er dann wieder in Hamburg, beobachtete er seine Frau voller Misstrauen. Wenn er selber, der doch von seiner Liebe zu ihr felsenfest überzeugt war, sich schon so umstandslos von einer anderen Frau trösten lassen konnte, wie sollte er da sicher sein, dass Serena nicht ähnliche Auswege aus ihrer Einsamkeit suchte?

»Letztlich ist sie doch vollkommen unbegabt für die Monogamie«, sagte er zu seinem Freund David, »sie könnte leicht mehrere Nebenleben führen, ohne dass je eines das andere berührte.«

»Das einzige Nebenleben, das sie sich leistet, ist das mit mir«, sagte David darauf. Und Rudolf lachte. »Du weißt ja gar nicht wie froh ich bin über deine Freundschaft zu ihr. Je mehr du Serena ausfüllst, umso weniger Energien wird sie frei haben für Seitensprünge. Bist du je in ihrem Atelier gewesen?«

»Ja, natürlich.«

»Und? Wie ist es da?«

»Wie soll's schon sein. Ein großer, ziemlich nüchterner Dachraum, Nordlicht, ein Tisch, zwei Stühle, ein verschlissenes altes Sofa, eine kleine Küche. Und natürlich jede Menge Malutensilien.«

»Was malt sie denn?«

»Keine Ahnung, die Bilder sind immer mit Tüchern verhüllt.«

»Und zeigt sie dir nichts?«

»Nein, tut sie nicht. Sie sagt, ihr Schwiegervater habe ihr diesen kleinen verhängten Eigenbereich verordnet, da sie ja sonst ein absolut durchsichtiges Leben führe.«

Rudolf, der sich nach den beschämenden Erfahrungen mit Serenas und seines Vaters Heimlichtuereien inzwischen standhaft bemühte, nicht noch einmal seiner Neugier in die Falle zu gehen, sagte nur: »Na hoffentlich.«

Selbstverständlich wollte Serena eine gute Mutter sein, obgleich ihr diese Rolle von allen, die sie zu spielen hatte, am wenigsten lag. Die Kinder schienen das zu spüren und reagierten jedes auf seine Weise: Der kleine, zarte Johannes kämpfte tapfer um Serenas Liebe und versuchte, ihr die seine, je unerreichbarer die Mutter für ihn war, umso heftiger zu beweisen. Und Gudrun, stabiler und trotziger, flüchtete sich früh in unkindliche Selbstständigkeit. Ihr liebster Spielplatz war Serenas Flügel, auf dem sie so ausdauernd und entnervend herumklimperte, dass Serena sich nicht anders zu helfen wusste, als ihr ein eigenes Klavier für ihr Zimmer zu schenken.

»Ich werde eine berühmte Pianistin«, sagte Gudrun.

Auch Rudolf konnte vorerst mit den Kindern nur wenig anfangen und opferte ihnen kaum Zeit. Er schien sie zwar zu lieben und war stolz auf sie, wenn sie zum Beispiel bei der Weihnachtsfeier den Werft-Angestellten kleine Geschenke überreichten, ansonsten beschränkte sich sein väterliches Engagement vor allem auf Regeln, die er für sie aufstellte. Während sich Gudrun jedoch, ihrem Vater zur Freude, Kräfte schonend anpasste, litt Johannes unter den Forderungen und versagte ständig. Er fürchtete sich vor Wasser, er mochte nicht segeln, er rannte nie freiwillig – wie Rudolf in seiner Kindheit – auf dem Werftgelände herum, und wenn ein Schiff vom Stapel lief, schloss er vor lauter Aufregung und Angst die Augen.

Wäre David nicht gewesen, hätten die Zwillinge eine noch einsamere Kindheit gehabt. Mit leichter Hand griff der Ersatzvater in die Erziehung ein, er sorgte dafür, dass Gudrun bereits mit sechs Jahren Klavierunterricht bekam, legte mit Johannes einen kleinen heimlichen Garten an und schenkte ihm das dazu passende Kaninchen, er ging mit den beiden in den Zirkus oder ins Kino und machte während der Weihnachtszeit mit ihnen Ausflüge in die Spielwarenabteilungen der großen Kaufhäuser.

»Der Junge ist aus der Art geschlagen«, sagte Rudolf zu David, »nie im Leben wird der ein ordentlicher Schiffbauer!«

»Und falls er es doch versuchen sollte, dann nur dir zuliebe.«

»Der Beruf ist zu hart, in dem kann man nur sich selbst zuliebe etwas werden.«

»Willst du damit sagen, dass du auf die bewährte Magnussensche Familientradition verzichten und dir einen Nachfolger von außen heranziehen wirst?«

»Nachfolger!«, Rudolf lachte. »Erstens werd ich die nächsten zwanzig oder dreißig Jahre sehr gut ohne Nachfolger auskommen, und zweitens muss es ja nicht bei diesem einen Sohn bleiben.«

Serena aber wurde nicht wieder schwanger. Rudolf, der anfangs ihrem Körper nach den Zwillingen eine Ruhepause zugebilligt hatte, wurde, je länger diese dauerte, immer ungeduldiger. Serena erschien ihm schöner denn je. Die Schwangerschaft hatte ihr nicht die erhoffte Bodenschwere gegeben, sondern sie nur selbstbewusster gemacht, und Rudolf litt darunter, dass sie ihre Reize so wahllos an alle Welt verschwendete. Einerseits sollte natürlich jeder Mensch seine Frau bewundern, andererseits brauchte er immer mehr Beweise dafür, dass sie einzig ihm gehörte.

Er schickte Serena von Arzt zu Arzt, immer wieder musste sie die ganze schmerzhafte Prozedur der Analyse und Schwangerschaftsstimulierung durchlaufen, und alles, was diagnostiziert wurde, war, dass sich ihr Körper in einem kerngesunden, empfangsbereiten Zustand befand.

»Es könnte ja auch an Ihnen liegen«, sagte der Gynäkologe – es war bereits der fünfte – in einem vertraulichen Gespräch zu Rudolf.

»Ausgeschlossen. Ich bin voll funktionsfähig.«

Der Arzt, der solche Antworten kannte, lächelte boshaft. »Sie meinen, Sie haben keine Potenzschwierigkeiten? Die haben manche Eunuchen auch nicht. Dennoch sind sie nicht zeugungsfähig, sonst würde man sie ja nicht als Haremswächter einsetzen. Ich gebe Ihnen hier die Adresse eines ausgezeichneten Urologen, Spezialist für männliche Unfruchtbarkeit. Verschaffen Sie sich Klarheit, das sind Sie doch auch Ihrer Frau schuldig.«

»In erster Linie ist das ja wohl mein Problem«, sagte Rudolf und bat Serena, noch ein weiteres Mal ihren Arzt zu wechseln.

Erst Wochen später überwand er sich, zu dem Urologen zu gehen.

Am Tag danach saß er mit David mittags in Schümanns Austernkeller. »Diese Tests und all die Fragen, ob und wie oft und wie lange und so weiter – einfach entwürdigend«, begann er das Gespräch.

»So ist das eben. Glaubst du etwa, dass es für Frauen angenehmer ist? Und Serena muss das andauernd über sich ergehen lassen. Hauptsache, es kommt zu einem Resultat. Also, was ist bei der Untersuchung herausgekommen?«

»Dass ich gestern Abend zum ersten Mal im Bett versagt habe.«

»Wieso, haben die Tests dich impotent gemacht?«

»Ach Blödsinn, das war rein psychisch. Nein, volle Potenz bei immer geringerer Fruchtbarkeit. Irgendetwas mit Krampfadern in den Hoden, die die Blutzufuhr abwürgen. Es scheint zwar operabel zu sein, aber selbstverständlich kommt das für mich überhaupt nicht infrage.«

»Warum denn nicht, wenn dadurch deine Probleme gelöst werden könnten.«

»Werden sie eben nicht! Oder kannst du dir etwa vorstellen, dass ich Serena erkläre, ich hätte leider Krampfadern in den Hoden, und die müssten nun herausoperiert werden wie aus einem alten Weiberbein? Sehr anregend, solch ein Geständnis! Außerdem hat er ja nicht gesagt, dass ich absolut zeugungsunfähig bin, nur reduziert. Also werde ich eben noch öfter mit ihr schlafen müssen, und ansonsten bleibt alles beim Alten. Übrigens hat es gestern Abend zum Schluss doch noch hervorragend geklappt. Serena musste natürlich annehmen, es läge alles an ihr, und hat sich daraufhin endlich einmal richtige Mühe gegeben. Das war letztlich die Sache wert.«

David sah seinen Freund ungläubig an.

»Willst du ihr etwa nichts von deinem Urologenbesuch erzählen?«

»Natürlich nicht.«

»Und willst sie weiterhin diesen gynäkologischen Eingriffen aussetzen?«

»Warum denn nicht? Für sie macht es keinen großen Unterschied, und ärztlicherseits muss ihr Körper schließlich unter Kontrolle bleiben.«

Im Juli 1937 reisten die Kinder gemeinsam mit David und Nanny Burnes nach Liverpool, um die Ferien wie immer bei Großmama Louise und Grandpa John zu verbringen, Serena hatte beschlossen, noch eine Weile in Hamburg zu bleiben und auf Rudolf zu warten, der noch in Skandinavien zu tun hatte.

Als Rudolf kam, hatte er den Auftrag für zwei Stückgutfrachter in der Tasche und war bester Laune. Sogar an ein Mitbringsel hatte er gedacht – zwei schöne norwegische Weißfüchse, die wie ein schmales Cape aussahen, wenn man sie zusammen trug. Serena und Rudolf tranken Champagner und erklärten einander, dass sie für ein paar Tage gut ohne die Kinder auskommen könnten.

Im Schlafzimmer dann schaute er ihr beim Ausziehen zu. Serena war heiter und lieferte ihrem Ehemann einen etwas albernen, aber durchaus erotischen Striptease. Danach legte er ihr die Füchse auf die nackte Haut und zog sie vor den Spiegel. »Sieh mal«, sagte er, »das bist du, und du bist schön! Und der Mensch hinter dir, das bin ich. Und ich liebe dich immer noch.«

Fast so wie damals vor zwölf Jahren im Hotel Sacher. Serena wandte sich ihm zu. Als er sie umarmte, streichelte das Fuchsfell ihre Haut.

Am Morgen beim Frühstück zog Rudolf mit stolzer Miene ein dickes Kuvert aus der Jackentasche und warf es lässig auf Serenas Teller. »Fast hätte ich dies hier vergessen«, sagte er.

Es waren zwei Einladungen, die eine vornehm gedruckt auf schwerem doppelseitigen Bütten, die andere mit Schreibmaschine auf einer billigen Karte. Die vornehme lautete: »Sonntag, 18. Juli, 11 Uhr. Feierliche Weihe des Hauses der Deutschen Kunst und Eröffnung der Großen Deutschen Kunstausstellung. Der Führer spricht.« Auf der kargen stand nur, dass man gebeten werde, zur Ausstellung »Entartete Kunst« in München, Galeriestraße 4, am 19. 7. 1937, nachmittags um 5 Uhr zu erscheinen.

»Ich dachte, das könnte dich interessieren«, sagte er. »Es war gar nicht so einfach, an die Einladung heranzukommen. Aber was tut man nicht alles! Für David habe ich übrigens auch eine – das war noch schwieriger. Wenn sich der englische Handelsattaché, den ich zufällig kenne, nicht eingemischt hätte …! Jedenfalls werden wir uns ein nettes Wochenende in München machen, in der laut Hitler deutschesten aller deutschen Städte, dem Isar-Athen. Ich hab schon im Bayerischen Hof bestellt.«

Serena war so gerührt über Rudolfs Mühe, dass ihr nichts anderes einfiel als zu sagen: »David ist doch mit den Kindern in Liverpool.«

»Na und? Er fährt ja auch sonst immer hin und her.«

»Gudrun wird's ihm aber schrecklich übel nehmen, wenn er sie allein lässt.«

»Und wenn schon! Also was ist, freust du dich wenigstens etwas?«

Als sie seine Hand nahm und sich gegen die Wange legte – eine Geste, von der er wusste, dass sie Nähe und Zufriedenheit bedeutete –, da strahlte er.

Serena gab sich große Mühe mit ihrer Kleidung. Die blasse Pfirsichfarbe des strengen, schmalen Kostüms brachte ihre Haare zum Leuchten. Dazu ein passender kleiner Hut, weiße Unterarmtasche, weiße Handschuhe, sehr hochhackige, schlichte Schuhe. Als ihnen die Plätze im Auditorium zugewiesen wurden, war Rudolf ärgerlich, weil sie so weit hinten saßen. »Was hast du dir denn gedacht?«, sagte David grinsend. »Etwa, dass sie uns nach vorn zu den NS-Größen setzen?«

»Immerhin repräsentieren wir einen wichtigen deutschen Industriebetrieb!«

»So wichtig nun auch wieder nicht. Und hier geht's ja heute sowieso um Höheres, nämlich um die kulturelle Neugeburt Deutschlands. Da bleibt die Industrie weit abgeschlagen.«

»Alles Wichtigtuer«, zischte Rudolf.

Er mochte zwar die Nazis nicht, aber zur Elite wollte er dennoch gehören.

Im Publikum waren wenig Frauen, aber viele Uniformen. Etwas gedämpft Weihevolles lag über dem Raum, und die Stimmung war keineswegs heiter und aufgeregt wie sonst bei einer Vernissage.

Und dann kamen sie und nahmen in der ersten Reihe Platz – Hitler und Göring und Goebbels, ein paar Kunstoffizielle, die man aus der Zeitung kannte – Adolf Wagner, Adolf Ziegler – und vor allem Heinrich Hoffmann, Reichsbildberichterstatter und oberster Verantwortlicher der Jury. Dazu Frau Professor Gerdy Troost, Witwe des Ersten Germanischen Baumeisters Paul Ludwig Troost, gekleidet in ein strenges weißes Kostüm, die schräg gerückte große Baskenmütze auf dem Kopf, Handschuhe, Tasche, Spangenschuhe. Sie sah ziemlich elegant aus, das musste sogar Serena zugeben.

Die Hitler-Rede war, wie erwartet, missionarisch, wortreich, endlos und blendend einstudiert. Als er sagte, dass der Kreis derer, die sich bewusst mit kulturellen Dingen befassten, nicht annähernd so groß sei wie die Zahl jener, die sich wirtschaftlichen Aufgaben widmen müssten, nickte Rudolf zustimmend und griff nach Serenas Hand. Bereits im nächsten Satz aber beschimpfte Hitler zornbebend – wenn auch nicht ganz so geifernd wie oft in den großen öffentlichen Veranstaltungen – das Judentum, dem es gelungen sei, durch seine Stellung in der Presse das allgemeine gesunde Volksempfinden zu zerstören und die Aufgaben der Kunst zu verwirren. Serena zuckte zusammen und griff schnell nach Davids Hand. Der sah kurz zu ihr hin und lächelte beruhigend.

Mehr als eine Stunde lang saß sie still da, ließ Hitlers Weih- und Hetzrede über sich ergehen und hielt die Hände der beiden Männer fest in den ihren.

»Schwätzer, Kunstbetrüger und Kulturzersetzer«, wetterte Hitler. Serena dachte an ihre Jugend, an Hugo und Klimt und an Schiele, dachte an die Sezessionisten und an die Sammler – allen voran an die Jüdin Serena Lederer, der sie ihren Namen verdankte.

Als es endlich vorbei war, sagte David: »Mach dir keine Sorgen, dein Wien ist nicht Deutschland!«

Ein Mann in Majorsuniform, der vor ihnen saß, drehte sich abrupt zu ihnen um. »Nicht mehr sehr lange«, sagte er nur.

Am liebsten hätte Serena der Ausstellung den Rücken gekehrt, ohne sie überhaupt gesehen zu haben, aber David und Rudolf waren dagegen.

»Nun sind wir schon mal hier«, sagte David, »nun wollen wir doch auch lernen, worin denn diese wunderbare Neugeburt liegt.«

Und Rudolf fand, dass es einen allzu schlechten Eindruck machen würde, die neuen heiligen Hallen vor den Honoratioren zu verlassen.

»Übrigens planen sie in London eine Gegenausstellung«, sagte David.

»Die Neugeburt der englischen Kunst?«

»Blödsinn. Denen geht's um den schönen Abschaum. Ob der allerdings Anerkennung finden wird im Volk, möchte ich auch bei meinen Landsleuten stark bezweifeln.«

Sie wanderten durch die hohen Räume, Rudolf links, David rechts, Serena in der Mitte, und sahen Kunstwerke, die wie eine Wiederbelebung der längst überwunden geglaubten Genremalerei des 19. Jahrhunderts wirkten, ordentlich gemalte, nette Landschaften, menschliche Körper in allen möglichen unverfänglichen Posen, weibliche Anmut neben herrisch-muskulöser männlicher Willenskraft, Tierplastiken jeglicher Art, wobei es sich meistens um Haustiere handelte.

Schon nach den ersten fünf Minuten schaute Serena kaum noch hin. Diese edel präsentierte Langeweile lenkte sie nicht ab von dem, was sie schon während Hitlers Rede empfunden hatte – Angst und eine schwer erträgliche Abschiedsstimmung. Ihr war so elend, dass sie über ihre eigenen Füße stolperte und umknickte. Beide Männer griffen gleichzeitig nach ihren Armen.

»Du hast mal wieder zu hohe Absätze«, sagte Rudolf.

»Vielleicht ist ihr ja schlecht geworden«, sagte David.

Sie schoben sie ein wenig zur Seite heraus aus dem Strom der Ausstellungsbesucher. Da standen sie, hielten sich aneinander fest und Serena ahnte, dass sie diesem Moment für den Rest ihres Lebens nachtrauern würde: Rudolf und David ganz nahe, sicher und zweifelsfrei zu ihr und zueinander gehörend.

Im Hotel dann überreichte der Concierge ihnen ein Telegramm aus Liverpool von Nanny Burnes. Sie schrieb, dass Gudrun an einem unerklärlichen Fieber erkrankt sei, jede Nahrung verweigere und immer nur nach Mama und Onkel David verlange und dass der Hausarzt und auch sie, Nanny Burnes, sich nicht mehr zu helfen wüssten. COULDN'T AT LEAST ONE OF YOU COME IMMEDIATELY?

Dass die erfahrene Nanny in Sorge geriet, war außergewöhnlich. »Ich fahre«, sagte Serena.

Daraufhin schüttelte David energisch den Kopf. »Es reicht, wenn ich meinen Besuch in der Stadt der Bewegung vorzeitig abbreche. Das Pflaster hier ist mir ohnehin zu heiß. Aber du musst selbstverständlich bleiben, musst dir morgen die ›Entartete‹ anschauen und Abschied nehmen. Vermutlich wirst du manches davon nie wieder sehen.«

»Nach mir verlangt mal wieder keiner«, sagte Rudolf.

»Deine Tochter weiß doch genau, dass du fast immer geschäftlich unabkömmlich bist«, sagte David.

»Leider hat sie Recht. Ich muss morgen früh nach Hamburg zurück. Aber dass Serena hier bleibt, steht außer Frage.« Er nahm ihre Hand. »Schließlich habe ich die ganze Sache nur deinetwegen arrangiert, und es war mühsam genug.«

»Ihr wollt mich tatsächlich hier alleine lassen?«, fragte Serena erschrocken.

»Wieso denn wollen«, sagte Rudolf, »du wirst dich doch auch ohne uns zurechtfinden.«

Serena war noch nie allein in einer fremden Stadt gewesen. Während ihrer Jugend hatte Hugo sie begleitet und ihre Reisen waren genauestens und ohne jeden Leerlauf verplant gewesen: Galerien, Museen, Kunstdenkmäler, Ateliers und dazu zwei Hotelzimmer mit Zimmerservice. Später dann war sie mit Rudolf oder David gereist, am liebsten mit beiden zusammen, die es jetzt so dringend zu anderen Aufgaben trieb.

Am ersten Vormittag blieb sie im Hotel. Voller Unruhe wechselte sie mehrfach die Kleidung – alles schien ihr zu auffallend für diese triste Gelegenheit, bis sie sich dann entschloss, aus dem Abschiednehmen ein Fest zu machen.

Also doch wieder das Pfirsichfarbene und sogar die dreireihige helle Korallenkette, die Hugo ihr geschenkt hatte, diesmal auch mit all ihren Ringen und einem größeren, mondänen Hut.

Als sie mit ihren langen Haaren nicht zurechtkam, bat sie den Hotelfriseur ins Zimmer, damit er sie ihr aufstecke.

»Sicher ist gnä' Frau zu einem der Empfänge im neuen Haus der Deutschen Kunst geladen, womöglich gar in Gegenwart des Führers?«

»Ich gehe zur Eröffnung der Ausstellung ›Entartete Kunst‹«, sagte sie.

»Jesus Maria«, stöhnte der arme Mann verwirrt, »so viel Aufwand für eine solche Scheußlichkeit?«

»Ehre, wem Ehre gebührt«, sagte sie und gab dem Mann ein großes Trinkgeld.

Die Ausstellung fand in den extra freigestellten Räumen der Gipssammlung des Antiken Museums unter den Hofgartenarkaden statt. Enge, schmale Gelasse, die Bilder über- und untereinander gehängt, das ohnehin kärgliche Tageslicht oft noch durch Stellwände fast ausgeschlossen.

Die Einführungsrede hielt der Präses der Reichskammer der Bildenden Künste, Adolf Ziegler. Er variierte Hitlers Ausfälle vom Tag zuvor nur schwach: Schweinische Verhöhnung, stupide Blödheit, die deutsche Mutter als geile Dirne, pfui Teufel! Das Publikum, dem man wohl bewusst jede Bequemlichkeit versagen wollte, stand im Halbkreis um ihn herum. Serena, in ihrer unpassenden Kleidung, zog fragende Blicke auf sich. Sie fühlte sich äußerst unwohl.

Kaum hatte Ziegler seinen letzten Satz gesprochen: »Deutsches Volk komm und urteile selbst!«, versuchte sie sich zwischen den hinter ihr stehenden Menschen hindurchzuschieben. Sie riss sich den Hut vom Kopf und drückte ihn gegen die Brust, wobei ihr die Handtasche wegrutschte und aufging. Der Inhalt ergoss sich über den Boden. Am liebsten hätte sie alles so liegen lassen, doch das wäre wohl noch auffallender gewesen, also beugte sie sich hinunter und sammelte die einzelnen Utensilien wieder ein. Niemand half ihr, der Strom der Besucher machte einen Bogen um sie.

Als sie wieder hochkam, sah sie einen Mann, jung, dünn, dunkelhaarig, fremd. Offenbar waren es seine Hosenbeine gewesen, die sie beim Herumsuchen auf dem Boden behindert hatten. Mäßig interessiert betrachtete er sie und raffte sich immerhin zu einem höflichen Satz auf: »Wenn ich Ihnen irgendwie helfen kann ...«

»Jetzt nicht mehr«, sagte sie wütend.

»Gut«, sagte er und wandte sich ab. Sie sah hinter ihm her.

Dabei fiel ihr Blick auf ein Beckmann-Bild, »Kreuzabnahme«, das sie gemeinsam mit Hugo in Frankfurt gesehen hatte. Hugo war das Bild unangenehm gewesen, doch hatte er es immer wieder angesehen. »Wie kann man auch eine Kreuzabnahme mögen«, hatte er gesagt, »gequälte, in Todesstarre verkrampfte Glieder, Trauernde, die in ihrer Verzweiflung alles andere als schön sind. Max Beckmann ist ein großer Künstler, aber er macht es einem schwer. Wäre er weniger groß, könnte ich ihn gewiss leichter lieben.«

»Dann liebst du wohl den Klimt so sehr, weil er weniger groß ist als dieser Beckmann?«, hatte die damals fünfzehnjährige Serena gesagt.

Und Hugo hatte geantwortet: »So wird es wohl sein, Töchterchen. Klimt kommt mir entgegen, Beckmann überfordert mich.«

Jetzt stand Serena lange vor dem Bild und fühlte dankbar Hugos Nähe.

Neben der »Kreuzabnahme« hing ein weiterer Beckmann: »Christus und die Ehebrecherin« von 1917. Auf einem Schildchen unter dem Bild stand, dass es 1919 von der Städtischen Kunsthalle in Mannheim zu RM 8000 erworben worden war. Ganze 8000 Reichsmark für Frechheit und Nichtkönnertum, abgezweigt von den kärglichen Spargroschen des deutschen Volkes! – wie Ziegler es ausgedrückt hatte. Die Ehebrecherin, klein und mager und unglücklich, kniet und versucht nach Christus zu greifen. Der aber hat sich abgekehrt. Er wirkt müde und grimmig. Auch für Christus ist Güte nicht so ohne weiteres verfügbar, er muss darum ringen.

Ganz deutlich konnte sie jetzt Hugos beschützende Gegenwart spüren, und er würde ihr schon zeigen, welche Bilder sie für ihn aufbewahren sollte. Sanft wurde sie durch die Räume dirigiert. Nolde, Jankel Adler, Marc Chagall. Im dritten Raum hing an der linken Seitenwand ein Liebespaar von Otto Müller, nicht ganz Hugos Geschmack, damals in Breslau hatte er es als zu gefällig abgelehnt, jetzt aber blieb sie dennoch bewundernd stehen und entschuldigte sich damit, dass sie sich von dem Sujet und der Haltung der Liebenden angesprochen fühle.

Serena blieb lange in der Ausstellung, es gab zu viele Bilder, die sie sich einprägen musste. Kirchner, Pechstein und Schmidt-Rottluff, die herrliche »Windsbraut« von Kokoschka und immer wieder Beckmann. Doch seltsamerweise fühlte sie kaum Trauer, stattdessen war sie ganz erfüllt und freudig erregt von ihrer Aufgabe, das, was sie hier sah, in sich festzuhalten. Und sie war nicht allein, jemand ging hinter ihr. Manchmal kam er ihr so nahe, dass sie seinen Atem im Nacken spüren konnte. Vielleicht wollte der Fremde ihr doch irgendwie helfen.

Als sie dann schließlich auf der Straße stand und sich langsam auf den Weg zurück ins Hotel machte, berührte er kurz ihre Schulter. »Wo wohnen Sie denn überhaupt?«

Folgsam gab sie Antwort: »Im Bayerischen Hof.«

»Ach du meine Güte!«

»Wieso?«

»Da wohnen die Bonzen.«

Er nahm ihren Arm. »Ein schöner, warmer Abend«, sagte er. »Wollen wir nicht noch ein wenig spazieren gehen? Da drinnen war es ja ziemlich stickig. Sie, meine Dame, erfreuen Ihre Mitmenschen wenigstens durch ein gutes Parfüm. Worth, nehme ich an?«

»Warum haben Sie vorhin tatenlos zugesehen, während ich auf dem Boden herumgerutscht bin, um meine Sachen wieder einzusammeln?«

»Hab ich das? Das war wohl, weil ich gern von oben auf etwas herunterschauen mag. Vorausgesetzt natürlich, dass sich der Anblick lohnt. Also was ist, kleiner Spaziergang gefällig?«

Sie zögerte. »Ich kenne mich hier nicht aus.«

»Im Englischen Garten«, sagte er, »da gibt es schöne weite Rasenflächen für Kinder und Hunde und uns.«

»Meine Schuhe haben aber zu hohe Hacken.«

»Dann ziehen Sie sie eben aus – wie vorhin Ihren Hut.«

Fröhlich und seltsam unbekümmert lief sie neben ihm her, kreuz und quer über die Wiesen. Als sie schließlich die Schuhe wieder anzog, waren ihre Strümpfe zerrissen. Missbilligend schüttelte er den Kopf. »Solche Verschwendung. Warum haben Sie die Strümpfe nicht auch noch ausgezogen?«

Im Hotel stieg er dann ganz selbstverständlich mit ihr in den Lift, schaute sich aufmerksam in ihrem Zimmer um – »ziemlich pompös, aber sicher bequem« –, öffnete die Balkontür und sagte, dass er gern ein leichtes Abendessen hätte, vielleicht Seezunge oder Zander, dazu einen kleinen Riesling.

Zimmerservice also, wie bei Hugo.

Nach dem ersten Glas Wein fragte er sie, mit wem sie vorhin beim Betrachten der Bilder gesprochen habe.

»Wieso? Ich habe mit überhaupt niemandem geredet.«

»Jedenfalls haben Sie mehrfach die Lippen bewegt, haben auch manchmal gelächelt, wenn's auf den Bildern überhaupt nichts zu lächeln gab.«

»Dann habe ich mich wohl mit Hugo unterhalten.«

»Ihr Mann?«

»Nein, mein Vater.«

Das Telefon klingelte. Es war Rudolf. Ungewöhnlich liebevoll sagte sie ihm, dass sie ihn schrecklich vermisse, dass sie sich einsam fühle, dass sie besorgt sei, dass er auf sich aufpassen, nicht so viel trinken, zeitig ins Bett gehen solle. Rudolf reagierte beunruhigt. »Geht's dir auch wirklich gut?«

»Doch, doch. Aber ich fühle mich sehr allein ohne euch.«

»Wann kommst du nach Hause?«

»In ein paar Tagen.«

»So lange noch?«, wunderte er sich.

»Das Abschiednehmen, du weißt schon. Das braucht seine Zeit.«

»Ich muss für zwei Tage nach Zürich«, sagte er. »Louises Finanzen. Auf Davids Anraten will John in großem Stil umdisponieren. Ich könnte dann auf dem Rückweg vielleicht in München vorbeikommen und dich abholen, was hältst du davon?«

Serena erschrak.

»Nett von dir, und es wäre wirklich schön. Aber ich weiß genau, du hast sehr viel anderes zu tun und bist in Eile.«

»Das stimmt leider.«

Rudolf beendete das Gespräch mit einem »Ich liebe dich«. Und ihr »Ich dich auch« kam Serena ganz leicht über die Lippen. Als sie auflegte spürte sie, dass ihr Gesicht heiß geworden war.

Der Fremde beobachtete sie schweigend.

Minuten später wurde ein Gespräch aus Liverpool durchgestellt.

»Alles in Ordnung«, sagte David fröhlich, »Gudrun hat ihre Krise überwunden.«

»Was war's denn nun?«

»Keine Ahnung. Inzwischen lacht sie wieder und isst und trinkt und sagt, dass sie wirklich langsam zu alt sei für Nanny Burnes. Und wie kommst du zurecht?«

»Ich vermisse dich«, sagte Serena mit gefühlvoll schwankender Stimme, »ich fühle mich einsam ohne dich. Wie lange bleibst du denn jetzt in Liverpool?«

»Ich kann die Kleine nicht gleich wieder alleine lassen. Aber du kommst doch bald hierher, oder?«

»Ja, bestimmt, das werde ich tun. Ich umarme dich, mein Lieber.«

Als sie geendet hatte, sagte der Fremde: »Sie vermissen ja ziemlich viele. Da kann ich nur hoffen, dass Sie eines Tages auch mich vermissen werden.«

Nur den oberen Knopf ihrer pfirsichfarbenen Kostümjacke öffnete er, den Rest erledigte Serena selbst.

Sie schloss die Augen. Er wird mich doch wenigstens vorher küssen wollen, dachte sie, irgendein sanftes Überredungsritual, wenigstens konventionelle Zärtlichkeit. Für derlei charmante Umwege jedoch schien er nicht bereit zu sein. Mit geübtem Handgriff streifte er sich ein Kondom über und dann stieß er ohne weitere Präliminarien in sie hinein. Es tat ihr weh. Als sie aufschrie, zuckte er verwundert zusammen. »O verdammt«, murmelte er.

Sie spürte, wie sein Glied in ihr zusammenschrumpfte und hatte sofort ein schlechtes Gewissen. Mit beiden Beinen umschlang sie seine Hüften. »Ist ja gut«, flüsterte sie, »alles ist gut. Mach dir nichts draus, ich habe mich nur erschrocken.«

»Du … dich!«, murmelte er gekränkt und wandte den Kopf zur Seite.

Als sie seinen warmen Atem in ihrer Halsbeuge spürte, überkam sie ein Gefühl begeisterter Zärtlichkeit. Auf gar keinen Fall sollte er denken, dass ihr Körper etwa nicht rückhaltlos für ihn bereit wäre, für ihn, der in diesem Moment der wichtigste Mensch auf der ganzen Welt für sie war. Sie wollte seine zerbrechliche Lust schützen und stärken, wollte seine Bedürfnisse zu ihren eigenen machen. »Na komm schon«, flüsterte sie, »komm zu mir zurück. Ich warte auf dich.«

Sanft wiegte sie ihn hin und her und streichelte mit federleichten Händen seinen Rücken. Ihre hingebungsvollen Worte schienen ihm gut zu tun, und als er dann wieder zu sich kam, war sie so beglückt, dass ihr versehentlich ein kleiner Triumphschrei über die Lippen rutschte, gefolgt von einem atemlosen »Ich liebe dich«.

Darauf hob er den Kopf und sah sie kurz an – ein ironisch zweifelnder Überraschungsblick.

»Na dann …«, murmelte er, »also zeig's mir!«

Später, als sie sich voneinander lösten, sagte er anerkennend: »Du hast was drauf, das muss man dir lassen. Hätt ich gar nicht erwartet. Viel zu schade für den täglichen Ehegebrauch. Dein Mann ist doch sicher mit einem Fass Bier genauso glücklich wie mit deinem fabelhaften Botticelli-Körper.«

»Mein Mann trinkt kein Bier.«

Der Fremde grinste anzüglich. »Vermutlich hat er auch keine Ahnung, wer Botticelli war. Na, sei's drum, er hat ja dich. Und jetzt hab ich dich auch, und mein Kunstsinn macht mich ihm beim Vögeln überlegen. Stimmt's?«

Serena antwortete nicht. Sie stand auf, ging ins Bad, weinte ein wenig, duschte und besprühte sich anschließend üppig mit Parfüm – es war tatsächlich Worth.

Als sie zurückkam, lag er auf der Seite und war eingeschlafen. Vorsichtig legte sie sich neben ihn, zwei Handbreit von ihm entfernt.

Sie schlief lange und fühlte sich beim Aufwachen heiter, fast glücklich. Die Sonne schien ins Zimmer, der Platz neben ihr im Bett war leer. Sie dehnte sich ausgiebig, zog die Decke fest an ihren Körper – war da noch ein fremder Geruch? –, und versicherte sich voll Zärtlichkeit ihrer Gefühle für Rudolf und David.

Auf dem Sofatisch stand noch das Geschirr vom Abend. Der fremde Gast hatte seine Seezunge makellos ohne die kleinsten Reste von der Gräte getrennt. Serena wollte diese Gräte als Erinnerung aufbewahren. Selbstverständlich würde sie den Mann nie wiedersehen. Sie kannte ja nicht einmal seinen Namen, und am Abend würde sie den Nachtzug nach Hamburg nehmen.

Das Telefon klingelte, nein, es war nicht der Fremde, sondern wieder Liverpool, die göttliche Louise, die wissen wollte, wann Serena denn komme.

»Bald, sehr bald«, sagte sie und lachte verlegen, weil ihr plötzlich bewusst wurde, dass sie log.

»Was ist denn mit dir los?«, fragte Louise.

»Erinnerungen«, sagte Serena.

Louise zögerte sekundenlang. Dann sagte sie energisch: »Ich bin dagegen.«

»Natürlich, Louise, ich auch. Es sollte auch nur ein Witz sein.«

»Na hoffentlich! Du hast Verpflichtungen, vergiss das nicht. Und zwei Männer binden dich mehr als einer!«

»Das weiß ich doch. Also bis bald, Louise.«

Sie begann sich anzukleiden. Sie wollte noch einmal in die Galeriestraße.

Heute tut's ein leichtes Sommerkleid, dachte sie, als sie vor dem Kleiderschrank stand. Es war aus blauweiß gestreiftem dünnen Hemdenpopeline, das Jäckchen dazu aus leuchtend rotem Leinen. Sie hatte es Rudolf zu Gefallen mitgenommen. »Das sind ja unsere Werftfarben!«, hatte er lachend gesagt, als sie's ihm zum ersten Mal vorführte. »Ich sehe das als Bekenntnis.«

Also das Bekenntniskleid, leichte, halbhohe Riemchensandalen, kein Schmuck, kein Hut, keine Handschuhe. Und die Haare nicht aufgesteckt, das würde viel zu viel Zeit in Anspruch nehmen. Es reichte, wenn sie die Locken im Nacken mit einem Band zusammenhielte.

Mit schnellen Schritten ging sie durch die Theatinerstraße, lief fast, konnte es kaum erwarten, in die »Entartete« zu kommen.

Diese Menschenschlange! Alles Abschiednehmende? Natürlich nicht, sie drängeln sich, weil sie hier das, was ihnen schon immer zuwider oder zumindest unverständlich war, so recht von Herzen verhöhnt sehen dürfen.

Später las sie in der Zeitung, dass die »Entartete« während ihrer fünfmonatigen Laufzeit eine Rekordzahl von 2 009 899 Besuchern zu verzeichnen hatte – ungefähr dreimal so viel wie die Große Deutsche Kunstausstellung. Verordnete Schadenfreude ist eben allemal lustiger als die ebenfalls verordnete reine Freude, zumal dann, wenn diese langweilig und vollkommen unlustig ist.

Sie reihte sich ein in die Schlange, die langsam vorwärts rückte und rasch an Länge zunahm.

Und dann stand, wie aus dem Boden gewachsen, der Fremde neben ihr.

»Da bist du ja endlich«, sagte sie.

Er gab ihr einen flüchtigen Kuss auf die Wange und schob seinen Arm unter den ihren. Ein paar Leute murrten: »Der soll sich hinten anstellen. Vordrängeln gibt's hier nicht.«

Er wandte sich um, lächelte charmant. »Ich habe extra meine Frau hierher geschickt, damit sie für mich den Platz reserviert. Sie werden doch jetzt nicht von uns verlangen, dass wir getrennt in diese grässliche Ausstellung gehen!«

Die Leute beruhigten sich, sein Arm lag warm in ihrem.

Sie betrachtete ihn von der Seite.

»Was schaust du?«, fragte er.

»Nur so«, sagte sie.

»Also schau nur, ich halt's aus.«

Grauer Anzug – derselbe wie gestern –, etwas abgetragen, aber nicht unelegant. Wahrscheinlich verdiente er noch nicht viel, er war ja noch jung, sicher ein paar Jahre jünger als sie. Sein breiter, voller Mund bemühte sich um einen ironischen Ausdruck, dieser Mund, der sie gestern nicht küssen wollte. Er fragte sie, wie's ihr gehe, und sie konnte kaum antworten vor lauter Sehnsucht nach einer intimen Berührung.

»Wollen wir tatsächlich bleiben?«, flüsterte sie.

»Was denn sonst?«, antwortete er, »oder hat Hugo etwas dagegen?«

»Du riechst nach Kaffee«, sagte sie und war überzeugt, noch nie einen interessanteren, verführerischeren Geruch wahrgenommen zu haben.

»Vier Tassen heute Morgen, das war auch nötig.«

»Warum bist du in der Nacht fortgelaufen?«

»Wenn ich auf Reisen bin, ruft Alice mich täglich an, sehr früh am Morgen, bevor sie zur Arbeit geht. Sie braucht das.«

»Alice?«

»Meine Frau. Sie ist Lehrerin und muss schon kurz nach sieben aus dem Haus.«

»Ist sie hübsch?«, fragte Serena flüsternd.

»Weiß nicht. Ja, doch vermutlich. Weil ich mich nämlich noch nie für eine hässliche Person erwärmt habe. Und dein Mann, wie sieht der aus?«

»Groß, blond, blauäugig, breitschultrig.«

»Ein germanischer Recke?«

»So ungefähr.«

»Nazi?«

»Nein, nein, das nun ganz bestimmt nicht.«

»Immerhin! Und wie steht's um den anderen, den du vermisst?«

»Der liebt mich auch. Und ist überhaupt kein Recke. Eher das Gegenteil.«

Dann schwiegen sie. Sein Arm lag immer noch in ihrem. Als die Tür schließlich aufsprang und sie in das Haus hineingedrängt wurden, griff sie noch zusätzlich mit der freien Hand nach ihm, damit sie nicht auseinander gerieten.

»Ist ja gut«, sagte er und hielt sie fest. »Wir stehen das hier gemeinsam durch. Du und ich und Hugo.«

Stundenlang wanderten sie dann durch die Ausstellung und Serena traf ihre Wahl. Wieder war Hugo dabei und begleitete sie von Bild zu Bild.

»Was willst du eigentlich erreichen?«, fragte der Fremde. »Willst du die Bilder in deiner Gehirnkammer aufhängen, einzig für dich existent, oder gönnst du ihnen auch mal etwas Auslauf?«

Sie lachte über seine Formulierung. »Jede Menge Auslauf«, sagte sie, »allerdings nur in meinem Atelier. Ich male sie mir.«

»Ach du meine Güte!« Er wirkte ehrlich erschrocken. »Du meinst, du kopierst sie?«

»Man könnte es so nennen – aber es ist doch anders.«

»Wie anders?«

»Das Wort stimmt nicht ganz.«

»Welches Wort würde denn stimmen?«

»Vielleicht Erinnerungsarbeit, Kreditrückzahlung – etwas in der Richtung. Oder auch Zitieren. Aber keines der Worte passt wirklich.«

Sie standen vor der »Windsbraut«, Kokoschkas Selbstbildnis mit Alma Mahler. Die Geliebte, selig träumend, er dagegen wach und grübelnd, die Hände verkrampft im Schoß.

»Liebt er sie oder liebt er sie nicht?«, fragte Serena.

»Natürlich hat er sie geliebt, bis zum Wahnsinn. Hat sich nach ihren Maßen eine lebensgroße Puppe von der Puppenmacherin Hermine Moos machen lassen, wobei er besonderen Wert auf das handschmeichlerische Material für die Haut gelegt hat. Die Affäre war ja hinreichend öffentlich. Erst hat sie ihn verführt, und dann hat sie ihn hängen lassen.«

»Sie ihn?«

»Wie denn sonst? Das Weib muss einen enormen sexuellen Appetit gehabt haben. Sieh doch nur, wie sie sich an ihn schmiegt, so hingebungsvoll. Alles Lüge. Und er weiß es bereits.«

»Und was tut er?«

»Was kann er denn schon tun? Er versucht, das flüchtige Original durch die Puppe zu ersetzen, und als das nicht recht funktioniert, zerfetzt er den Puppenkörper und reißt ihm den Kopf ab.«

»Lass uns gehen«, flüsterte Serena.

»Warum?«, fragte er, drehte sie zu sich um und sah sie an. Verwirrt schlug sie die Augen nieder. »Ich fahre heute Abend mit dem Nachtzug zurück nach Hamburg«, sagte sie.

»Und Hugo? Und ich?« Aus seiner Stimme klang Amüsement, vielleicht sogar Bosheit.

Abrupt ließ er sie los, wandte sich um und ging weg. Sie hatte Angst hinzufallen und hielt sich am Rahmen der »Windsbraut« fest. Ein Wärter kam und maßregelte sie: »Lassen Sie das Bild los, junge Frau, das hat den deutschen Steuerzahler zwölftausend Mark gekostet!«

»Mir ist nicht gut«, stöhnte sie.

»Selbstverständlich«, sagte er. »Aber was soll ich denn sagen, der ich diesen Dreck hier den ganzen Tag ansehen muss!«

Immerhin brachte er ihr einen kleinen Klapphocker mit einem Segeltuchsitz. Da saß sie dann zwischen der »Windsbraut« und Rohlfs »Totentanz«, zusammengekauert, und schämte sich.

Verzweifelt schluckte sie gegen die Übelkeit an, musste sich dann aber doch übergeben, ins Taschentuch, und da das Taschentuch zu klein war, in die Handtasche.

Mit dem Handrücken wischte sie sich den Mund ab, stand auf und schob den Hocker zusammen.

Der Fremde kehrte nicht zurück.

»Na, geht's denn wieder, junge Frau?«, fragte der Wärter und sah ihr väterlich ins Gesicht. »Richtig blass sehen Sie aus! Man muss das alles nicht so persönlich nehmen, und bald sind wir den Schund ja los. Wenn die Not am Größten, ist die Hilfe am Nächsten, das sag ich mir immer wieder.«

Sie konnte die Toilette nicht finden, also machte sie sich auf den Weg zurück ins Hotel. Der Concierge überreichte ihr ein Telegramm aus England.

MACHE MIR SORGEN STOP VERGISS DIE ERINNERUNGEN STOP KOMM LIEBER HIERHER STOP WIR WARTEN STOP LOVE LOUISE.

Recht hast du, liebe Louise. Ich werde von jetzt ab ernsthaft versuchen, keine weiteren Erinnerungen zu produzieren.

Sie zog sich aus und ging unter die Dusche. Abwechselnd heiß und kalt, immer wieder, bis ihre Haut brannte. Noch zwei Stunden bis zur Zugabfahrt.

Halb nass schlüpfte sie in ihre Kleider. Er wird kommen, ganz gewiss, er hatte doch gemerkt, dass es ihr nicht gut ging.

Sie warf die Sachen in den Koffer, telefonierte mit dem Portier, er möge ihr Gepäck holen lassen und die Rechnung fertig machen.

Als es nach ein paar Minuten an der Tür klopfte, geriet sie in Panik. Er war tatsächlich gekommen, aber sie würde ihn nicht ins Zimmer lassen, die Tür war abgeschlossen, sollte er doch klopfen, bis ihm der Finger abfiel. Aber sie zog schon mal ihre Jacke aus und öffnete die Blusenknöpfe und den Reißverschluss des Rockes, dann würde es schneller gehen.

Ein Schlüssel drehte sich im Schloss, der Hausboy erschien, sah sie: »O Verzeihung, gnä' Frau, der Portier hat aber gesagt ...«

»Ja, ja, machen Sie nur, nehmen Sie das Gepäck.«

Sie raffte ihre Bluse zusammen und mühte sich mit dem Reißverschluss. Unter ihren Achseln und im Nacken brannte der Schweiß. »Ich komme dann gleich«, sagte sie, »in zehn Minuten, bin noch nicht ganz fertig.«

Also wieder ins Bad, den Oberkörper waschen und die Handtasche. Sie riss das Futter heraus, wusch die einzelnen Gegenstände, und als der Geruch nicht vergehen wollte, nahm sie eines der

Spitzendeckchen von der Sessellehne, schüttete das ganze vom Hotel bereitgestellte Kölnisch Wasser hinein und benutzte das Deckchen als Ersatztaschenfutter.

Sie lief im Zimmer auf und ab, verschloss und verriegelte die Tür, riss sie wieder auf und ließ sie angelehnt, damit er nicht noch durch die Tür aufgehalten würde.

Ihr Schoß tat ihr weh.

Fünf Minuten vor der Abfahrt stieg sie schließlich in den Zug nach Hamburg, abgehetzt und keuchend. Der Schaffner verglich ihren Fahrschein mit der Passagierliste.

»Ich dachte schon, gnä' Frau würde den Zug versäumen«, sagte er. »Wär aber auch nicht so schlimm gewesen, wir sind überbelegt heute Nacht, ich hätte Ihr Abteil gleich noch mal vergeben können.«

»Aber schlimm für mich wär's gewesen«, sagte sie.

»Ja, ja, sicher. Gehen Sie noch in den Speisewagen?«

»Ich glaube nicht.«

»Dann werd ich Ihr Bett richten, sobald wir abgefahren sind. Vielleicht noch ein halbes Fläschchen Rotwein gefällig, damit Sie besser einschlafen können?«

»Danke, das wäre schön.«

Der Zug setzte sich in Bewegung.

Eine ganze Weile blieb sie noch draußen am Fenster stehen, die Stirn gegen die kühle Scheibe gelehnt, und dachte an ihre Familie. Sie versuchte sich Rudolfs Gesicht vorzustellen, die blauen Augen und die senkrechte Falte über der Nasenwurzel, die kräftige Nase mit den leicht geblähten Nüstern, die vollen Lippen, die er oft anfeuchtete, die dichten, mittelblonden Haare, deren störrische Lockigkeit er mit Brillantine zu bändigen suchte. »Locken passen nicht zu meinem Beruf«, sagte er.

Ein Mann kam den Gang entlang. Sie drückte sich eng gegen das Fenster, damit er hinter ihrem Rücken vorbei könnte. Aber er hielt bei ihr an, berührte ganz leicht ihren Arm und sagte: »Frau Magnussen, gnädige Frau! Welch eine Freude, Sie hier zu treffen.

Und der Herr Gemahl, ist der auch im Zug? Ich hätte einiges mit ihm zu bereden.«

Erschrocken drehte sie sich um. Sie kannte den Mann, sie erinnerte sich sogar an seinen Namen, Meier-Diercks. Rudolf hatte ihn einmal zum Mittagessen eingeladen, in die Villa, nicht etwa ins Direktionscasino. Eine Geste seltener Bevorzugung, normalerweise hielt Rudolf das Private und Geschäftliche strikt auseinander.

Seit bei Magnussen die drei Minensuchboote auf Helge lagen, besuchte dieser Meier-Diercks – ein Inspektor aus dem Marineministerium – die Elbinsel regelmäßig. Serena hatte schon ein paar Mal beobachtet, wie er herumwanderte, meistens allein, manchmal auch in Begleitung eines jungen Leutnants. Entsprechend Rudolfs strikter Anweisung hatte er überall Zutritt. Von Lorenzen wusste sie, dass die Leute ihn »Schnüffelmeier« nannten. Direkt unbeliebt schien er nicht zu sein, dafür gab er sich zu höflich. Offiziell leitete er die Bauaufsicht der Minensuchboote, er schien sich aber für weit mehr zu interessieren.

Rudolf hofierte ihn dezent, aber deutlich, die Magnussen-Werft brauche nun endlich größere Marine-Aufträge, hatte er gesagt, und da sie nichts zu verbergen hätten und es ergo auch nichts auszuspionieren gebe, könne man problemlos einen Spion in den Betrieb integrieren – wenn denn der Staat die Kosten dafür übernehme.

Serena murmelte eine Begrüßung und reichte Meier-Diercks die Hand, die er mit festem Druck und einem formvollendeten Handkuss entgegennahm.

»Mein Mann ist wie immer geschäftlich unterwegs«, sagte sie. »Wir hatten nur einen Tag zusammen in München, dann musste er schon wieder los.«

»Wohin?«, fragte Meier-Diercks.

»Ich weiß nicht genau, nach Oslo glaube ich, aber morgen Abend ist er wieder zurück.« – Ich werde diesem Mann nicht erzählen, dass sich Rudolf in Sachen Louise Finchbury in Zürich aufhält! – »Müssen Sie ihn dringend sprechen, soll ich ihm etwas ausrichten?«

»Nein, nein, so eilig ist es auch wieder nicht. Vorerst freue ich mich sehr, Sie hier getroffen zu haben. Welch unerwartetes Vergnügen! Machen Sie mir die Freude, nachher mit mir im Speisewagen zu essen?«

»Ich … ich weiß nicht so recht, eigentlich bin ich sehr müde.«

»Ruhen Sie sich doch zuvor ein wenig aus. Ich habe den zweiten Durchgang gebucht, der beginnt erst um neun. Und irgendetwas müssen Sie ja zu sich nehmen.«

Krampfhaft suchte sie nach einer Ausrede. Doch dann fiel ihr plötzlich ein, dass ein Abendessen mit diesem wichtigen Mann genau das passende Willkommensgeschenk für Rudolf sein könnte. Vielleicht gelänge es ihr, ihm irgendeine nützliche Information zu entlocken. »Also gut«, sagte sie und bedachte Meier-Diercks mit einem strahlenden Lächeln, »um neun im Speisewagen.«

Er schien sich zu freuen.

In ihrem Abteil war das Bett schon gemacht. Sie zog sich aus, legte ihr Nachtzeug bereit und hängte das Kostüm auf einen Bügel. In ihren Morgenrock gehüllt stand sie vor dem Spiegel, um sich zu schminken und die Haare frisch aufzustecken. Sie wollte ihre Sache heute Abend so gut wie irgend möglich machen.

Plötzlich wurde die Abteiltür geöffnet und gleich wieder geschlossen. Hinter ihr stand der Fremde. Mit einem Seufzer der Erleichterung ließ er sich aufs Bett fallen, lachte und sagte: »Das hätten wir geschafft.«

»Bist du verrückt? Du kannst hier doch nicht einfach hereinkommen! Wenn dich nun jemand gesehen hat.«

»Keine Sorge, ich hab Acht gegeben.«

»Bitte geh wieder. Ich will dich hier nicht haben. Außerdem bin ich zum Essen verabredet.«

»So, so, noch ein Galan, aber macht nichts, ich bin nicht kleinlich und warte bescheiden, bis du wiederkommst und deine Gunst mir zuwendest.«

»Was tust du überhaupt hier im Zug?«, fragte sie.

»Dasselbe wie du. Ich fahre nach Hause. Drei Tage intensiver Kunstgenuss müssen vorerst reichen.«

»Du wohnst in Hamburg?«

»Natürlich nicht, dann würdest du mich doch längst kennen.«

Sie sah ihm zu, wie er aufstand und sich ohne einen Funken Ironie verbeugte: »Gestatten, Rainer Wittacker, Kunsthändler, Berta-von-Suttner-Weg 10, Hannover-Vorstadt. Neunundzwanzig Jahre alt, verheiratet, keine Kinder.«

»Rainer?«, sagte sie. »Das passt überhaupt nicht zu dir. Rainer ist ein blonder Name.«

»In Frankreich, wo ich ein paar Kunden habe, nennen sie mich René. René Vitrac. Gefällt dir das besser?« Sie antwortete nicht.

Er zog sich die Jacke aus, riss ungeduldig den Schlips herunter und öffnete das Hemd. »Herrgott, das war ein anstrengender Tag.«

Sie wandte sich wieder dem Spiegel zu.

»Dich zu finden war leicht«, plauderte er. »Du hattest ja erwähnt, dass du mit diesem Zug fährst. Also habe ich in die Liste geschaut, und da stand dann groß und breit dein Name, vollkommen unproblematisch.«

»Du kannst auf gar keinen Fall hier bleiben!«, sagte sie.

»Unsinn.« Er umfasste sie von hinten und legte seinen Kopf mit andächtig geschlossenen Augen auf ihre Schulter.

So wie Rudolf.

Sie fuhr herum und stieß ihn weg: »Wenn du nicht gehst, schreie ich!«

Sekundenlang war er verblüfft, dann lächelte er und sagte: »Schade.«

Mit gespreizten Fingern griff er sich in die vollen dunklen Haare am Hinterkopf, ließ die Hände dort sekundenlang liegen und sah sie an. Seine Haltung wirkte auf Serena – sollte vielleicht so wirken –, als würde er sich ergeben.

»Maria …«, sagte er leise.

»Warum nennst du mich Maria? Ich heiße Serena.«

»Das weiß ich doch. Aber Maria passt so gut zu dir, wegen Maria Magdalena, weißt du, weil du so schön reuevoll bist.«

»Reuevoll?«

»Warum denn sonst bist du in der Ausstellung zusammengebrochen.«

»Und warum hast du mir nicht geholfen?«

»Das hätte doch genau das Gegenteil bewirkt. Außerdem war ich zu sehr beschäftigt mit den Bildern, wer weiß, wann ich die einmal wieder zu sehen bekomme.«

Es klopfte an der Tür. »Gnä' Frau, Ihr Beaujolais«, rief der Schaffner.

Das Blut schoss ihr in den Kopf, ihre Hände zitterten. Der Fremde jedoch rutschte ganz ruhig ins Bett. »Eine Situation wie im Kino!«, flüsterte er und zog sich die Decke über den Kopf.

Sie öffnete die Tür einen Spalt, gerade so viel, um das kleine Tablett mit Glas und Flasche in Empfang nehmen zu können.

»Du bringst mich in eine unmögliche Situation«, flüsterte sie, als sie es auf dem Nachttisch absetzte. »Sobald der Gang wieder frei ist, musst du gehen.« An dem kleinen Becken stehend, tauchte sie die Hände in kaltes Wasser, das abgestanden roch, und kühlte ihr Gesicht.

»Nett, wenn du dich so aufregst«, sagte er, goss sich ein Glas Wein ein und trank. »Der typische Schlafwagen-Beaujolais, der wirkt wie ein Sedativum. Wenn du bei deiner Verabredung nachher einen guten Eindruck machen willst, dann solltest du den Wein nicht anrühren. Wer ist es denn?«

»Was geht's dich an.«

»Hugo und ich wollen es aber gerne wissen. Wir fühlen uns verantwortlich für dich.«

Er griff nach ihrem Arm und zog sie zu sich. »Komm, setz dich wenigstens einen Moment und sieh mir beim Trinken zu. Der zweite Durchgang im Speisewagen beginnt doch erst um neun, wir haben noch genügend Zeit.«

So saß sie tatsächlich auf dem harten Rand ihres Schlafwagenbettes, während er, bequem ausgestreckt und auf seinen Ellbogen gestützt, ihren Wein trank.

»Maria ...«, sagte er wieder und strich mit sanften, kundigen Fingern ihren Hals entlang. »Es ist doch alles ganz einfach.«

Seine Berührung bereitete ihr eine Gänsehaut.

»Ist es eben nicht«, sagte sie.

»Dann mach es einfach und leg dich zu mir. So unaufschiebbar kann keine Verabredung sein.«

»Doch«, sagte sie und schmiegte sich gegen seine Hand. »Es handelt sich um einen Major oder so was. Er ist wichtig für die Werft.«

»Und dein Mann hat dir aufgetragen, ihn zu verführen?«

»Genau das«, flüsterte sie.

»Großartig, eine vernünftige Ehe. Tust du immer alles, was dein Mann von dir verlangt?«

Sie schob seine Hand unter ihren Morgenrock. »Selbstverständlich«, sagte sie.

Danach ging alles ganz schnell. Nicht mal Hose und Schuhe zog er aus, es genügte ihm, ein paar Knöpfe zu öffnen. Wieder stieß er schmerzhaft in sie hinein, ohne jede Vorbereitung. Sie biss die Zähne zusammen, Tränen sprangen ihr in die Augen. Um dem Schmerz zu entkommen, steigerte sie sich in übertriebenes Lustgehabe, sie umklammerte mit den Beinen seine Hüften, warf stöhnend den Kopf hin und her und stieß kleine Begeisterungsschreie aus. Unversehens verwischten sich in ihr die Grenzen zwischen wahrer oder vorgetäuschter Lust, sie begann sich selbst zu glauben, der Schmerz wurde zur Lust, und als der Mann ziemlich bald entkräftet auf sie herunterfiel, ein von ihrer Hitze aufgeweichter Ikarus, da hatte sie tatsächlich einen Rausch erlebt, den sie so schnell nicht wieder hergeben wollte.

Er jedoch rutschte unmissverständlich zur Seite. »Jetzt bin ich wirklich müde«, sagte er. »Und du musst dich beeilen, sonst verpasst du noch dein Rendezvous. Wir können es uns nicht leisten, deinen Mann zu enttäuschen.«

»Wieso wir?«, fragte sie lächelnd, »mein Mann ist einzig und allein meine Sache.«

»Na umso besser. Schließlich heißt du nicht umsonst Maria.«

Mechanisch machte sie sich zurecht und band die Haare im Nacken nachlässig zusammen, während er ihr im Spiegel zuschaute und den Rest des Weines trank.

»Nimm reichlich Parfüm, damit du nicht nach mir riechst. Manche Männer haben etwas gegen diesen speziellen Geruch.«

Als sie an der Tür stand, bereit zu gehen, raffte sie sich zu einer letzten Mahnung auf, die jedoch kaum noch überzeugend klang: »Wenn ich zurückkomme, will ich dich hier nicht mehr vorfinden!«

Er grinste und antwortete: »Wenn du zurückkommst, sei bitte leise und lass mich schlafen. Und übrigens, bevor ich's vergesse, sei so nett und weck mich zehn Minuten vor Hannover. Wär doch zu dämlich, wenn ich an meinem Heimathafen vorbeisegle.«

Meier-Diercks, der Major, erwartete sie bereits. Er kam ihr ein paar Schritte entgegen und geleitete sie zum Tisch, als handele es sich um ein Staatsbankett.

»Ich freue mich«, sagte er mehrmals, »ich freue mich wirklich.«

Als sie saßen, nahm er seine randlose Brille ab, legte sie ordentlich über den Dessertlöffel oberhalb des Tellers und sah sie an. Seine Augen waren grau, die Gesichtsfarbe ungewöhnlich hell, die schmalen Lippen blass. Nichts Auffälliges war an ihm. Mit einem forschenden Lächeln betrachtete er sie.

»Schön wie der junge Morgen«, sagte er, »direkt verwegen.«

Das Wort alarmierte sie.

»Was meinen Sie mit verwegen?«

»Das Haar wahrscheinlich«, sagte er lächelnd, »als ob Sie durch den Wind gelaufen wären – durch einen ganz speziellen Wind.«

Sie errötete, doch bevor sie antworten konnte, erschien der Kellner, um die Bestellung aufzunehmen. Der Major drängte Serena einen Sherry auf und bestellte dann zur faden Spargelcremesuppe ein Glas süßen Rheinwein und zum ledertrockenen Steak den teuersten Burgunder. Sie trank schnell und aß wenig.

Meier-Diercks erwies sich als lebhafter Plauderer, und es schien ihn weder zu verwundern noch zu stören, dass sie anfangs sehr schweigsam war und später übertrieben viel lachte und gestikulierte.

Sie war entsetzlich nervös.

»Vorgestern habe ich Sie und Ihren Gatten in der Großen Deutschen gesehen. Leider war ich nicht abkömmlich, sonst hätte ich Sie gerne begrüßt und ein wenig mit Ihnen über die Ausstellung geplaudert.«

»Ach ja? Und wie fanden Sie's?«

»Langweilig«, sagte er, griff nach ihrer Hand, drückte sie und zwinkerte ihr zu. »Ich denke, ich kann auf Ihre Diskretion zählen!«

»Ja, ja«, sagte Serena, »natürlich, ist doch selbstverständlich.«

»Und Sie auf meine«, sagte er.

»Wieso … was soll …«, stotterte sie, »was soll ich denn mit Ihrer Diskretion?«

Plötzlich wurde sein Blick hart und scharf. »Nur so«, sagte er, wandte die Augen ab und schenkte ihr Wein nach. »Diskretion kann man ja immer gebrauchen und einen diskreten Freund sowieso.«

Er weiß Bescheid, dachte sie, er weiß, dass in meinem Abteil ein Mann liegt, der nicht dort hingehört.

»Was war denn los?«, fragte er. »Hatten Sie einen Schwächeanfall?«

»Einen Schwächeanfall? Wieso … wo?«

»Bei der Ausstellung. Sie haben sich zurückgezogen.«

»Nein, nein, ich war nur gestolpert, mein Fuß tat mir weh.«

»Gestolpert, natürlich. Wie gut, dass Ihr Mann und Mister Finchbury zur Stelle waren. Leider ist es ja so, dass die Finchbury-Verbindung der Magnussen-Werft nicht gut tut, jedenfalls nicht, wenn es um Staatsaufträge geht. Und was Herrn Finchbury anbelangt – ein Mann von fast gefährlicher Intelligenz –, also ich würde ihm raten, nicht mehr so oft nach Deutschland zu kommen, vielleicht am besten gar nicht mehr. Sie wissen schon …« Wieder tätschelte er ihre Hand. »Nicht traurig sein, liebe Frau Serena, Sie können ihn ja in England treffen – sofern man Sie lässt.«

»Mein Mann ist beteiligt an der Finchbury-Werft, genau wie Finchbury bei uns. Das wissen Sie doch sicher.«

»Ja, ja, natürlich. Aber bei Finchburys werden U-Boote gebaut.«

»Bei Magnussen leider nicht«, sagte sie.

»Das könnte sich aber ändern«, sagte er.

Ihre linke Hand schien es ihm angetan zu haben, er streichelte und drückte sie verschwörerisch, als wollte er ihr damit etwas zu verstehen geben.

Der Mann ist eigentlich ganz nett, dachte Serena, wenn auch vollkommen unattraktiv, zu bleich, zu ältlich, zu trocken und bieder. Immerhin hatte er ihr gestanden, dass er Hitlers Kunstschau langweilig fand. Sie würde weiter freundlich sein zu ihm.

Ein paar Sekunden hielt sie still und überließ ihm ihre Hand, bis er sie plötzlich hochnahm und küsste. Die linke Hand! Dabei hatte Caroline ihr erklärt, dass ein Herr in der Öffentlichkeit einer Dame immer nur die rechte Hand küssen dürfe, die linke sei viel zu intim.

»Ja«, sagte der Major leise, »so ist das nun einmal, wir leben in großen Zeiten, und große Zeiten erfordern oft bittere Kompromisse.«

Sorgsam legte er ihre Hand auf den Tisch zurück, als sei sie ein kostbarer, zerbrechlicher Kunstgegenstand.

Dann wechselte er abrupt das Thema. »Übrigens war ich auch in der ›Entarteten‹«, sagte er, »am ersten Tag und heute noch einmal mehrere Stunden lang.«

Starr vor Schreck begriff sie, dass er sie dort gesehen haben musste, Arm in Arm mit René von Bild zu Bild gehend, flüsternd und tuschelnd, als wären sie ein Liebespaar. Sie wollte etwas sagen, aber der Major redete schon weiter.

»Mein Gott, was ist das für eine schreckliche Ausstellung. Von Anfang an war ich dagegen, konnte überhaupt nicht begreifen, warum das Ganze nötig sein sollte. Aber leider hatte ich keinen Einfluss. Wir wären wirklich sehr viel besser damit gefahren, die Künstler, jedenfalls die deutschen, zu unseren Genossen zu machen, anstatt sie zu verhöhnen.«

»Es gehört wohl nicht zum künstlerischen Selbstverständnis, sich anzupassen«, sagte sie. Es klang hölzern und ungeschickt.

»Aber ich bitte Sie, Frau Serena! Zu allen Zeiten sind Künstler erpicht gewesen auf den Applaus der Mächtigen. Nicht nur aus Eitelkeit, sondern vor allem, weil sie mitspielen wollen. Dass Adolf Hitler Geschichte machen wird, steht außer Frage. Er hat den Deutschen ihren Stolz zurückgegeben. Glauben Sie etwa im Ernst, dass solche Künstler wie Barlach oder Nolde sich nicht vor diesen Karren hätten spannen lassen, wenn man sie nur mit ein wenig Entgegenkommen und Großzügigkeit geködert hätte?«

Was für ein merkwürdiger Mann, dieser Major, dachte Serena. Er sah ihr jetzt direkt in die Augen. »Ich weiß, wie sehr Sie die moderne Kunst lieben. Ich liebe sie auch, man will es mir nur nicht gestatten. Aber natürlich liebe ich vor allem unseren Führer, und es schmerzt mich, dass er sich für den großen Misserfolg seines Lebens, nämlich für die eigene fehlgeschlagene Malerkarriere, nun so sinnlos an jenen Künstlern, die es zeitweise wenigstens geschafft hatten, rächen muss. Übrigens heiße ich Friedrich, meine Freunde nennen mich Fritz.«

Er füllte sein Glas und trank es hastig leer. Aufgeregt begann er, von seinen Lieblingsmalern zu reden – von Klee vor allem, aber auch von Kokoschka, Beckmann, den Brücke-Malern. »Nicht zu fassen, dass man denen so etwas antut! Und dann der Fotograf Hoffmann, dieser Idiot, der sich anmaßt, das letzte Urteil zu fällen über eine Kunst, von der er nicht das Geringste begriffen hat.«

Angst überkam Serena. Der Mann war gefährlich. Im Moment schien er wohl nicht ganz bei sich, hatte zu viel getrunken, aber später würde er sich erinnern und sie bestrafen dafür, dass er sie zum Mitwisser seiner aufrührerischen Gedanken gemacht hatte. Sie stand auf.

»Was? Sie wollen doch nicht etwa schon ins Bett?«

Er blickte so enttäuscht, dass sie ihm zulächelte und sagte: »Nein, nein, ich will mich nur frisch machen, bin gleich wieder bei Ihnen.«

Als sie zurückkam, wirkte er etwas gelassener. Auf dem Tisch stand eine Flasche Sekt.

»Tut mir Leid, dass ich Sie mit meinen Problemen überrollt

habe, tut mir wirklich sehr Leid! Aber wenigstens weiß ich, wo meine Prioritäten liegen.« Er schenkte zwei Gläser voll. »Und darauf wollen wir trinken, auf die Prioritäten.« Er hob sein Glas. »Prost, meine Schöne, ich weiß, dass ich mich auf Sie verlassen kann.«

Ihr blieb nichts anderes übrig als mitzutrinken. Beide lachten sie und redeten Unsinn. Immer wieder sagte er, wie glücklich er sei, dass er mit ihr über alles sprechen könne – »man fühlt sich doch manchmal sehr allein in dieser Situation«.

Erst als die Flasche leer getrunken war und sie als letzte Gäste bereits den Ärger der Kellner erregten, entschlossen sie sich zum Aufbruch.

Vor ihrer Abteiltür hielt er sie plötzlich am Arm fest und betrachtete sie kühl und abschätzend. Dann zog er sie mit einer ungeschickten Geste an sich, schob sie gegen die Abteilwand und presste seinen Körper gegen den ihren. Momentan war sie ganz starr vor Schreck, erst als sie seine nassen Lippen auf ihrem Mund spürte, fand sie die Kraft zur Gegenwehr. »Bitte nicht«, flüsterte sie und befreite sich aus seinen Armen.

Er räusperte sich, stand jetzt militärisch stramm vor ihr und sagte: »Nun, nun, so ernst war's nicht gemeint. Nur ein Freundschaftskuss, um unseren Pakt zu besiegeln. Vertrauen gegen Vertrauen.«

»Ja«, sagte sie, »bestimmt. Und vielen Dank für den Abend, gute Nacht.«

Sie schlüpfte durch die Tür und schloss hinter sich ab. Erleichtert sank sie auf die Bettkante. Natürlich war René nicht fortgegangen. Er lag auf der Seite, zusammengerollt, in Abwehrstellung, wie ein Igel, und schlief fest. Sie entkleidete sich, beugte sich zu ihm und fuhr ihm mit dem bloßen Oberkörper über den schlafwarmen Rücken. Bevor sie sich zu ihm legen konnte, musste sie noch einmal zur Toilette gehen. Als sie, nun angetan mit ihrem Morgenrock, auf den Gang hinaustrat, stand dort immer noch Meier-Diercks. Er rauchte und sah nicht zu ihr hin. »Sollten Sie nicht auch schlafen gehen, Herr Major?«, sagte sie.

»Friedrich, liebes Kind, Friedrich«, murmelte er. »Darauf hatten wir uns doch geeinigt.« Sein Gesicht wirkte jetzt müde und verlebt. »Es wär wohl für uns beide gut gewesen, wenn Sie mich diese Nacht hätten brauchen können.«

Ihr fiel keine Antwort ein, und sie sah betreten zu Boden. Sie verstand diesen Mann nicht und hatte nach seinem groben Annäherungsversuch auch keine Lust mehr, sich weiterhin mit ihm zu beschäftigen. Alles, was sie jetzt wollte, war so schnell wie möglich an ihm vorbeizukommen, hin zur Toilette und dann endlich zurück zu René.

Dies schien aber nicht in Meier-Diercks Sinn zu sein.

»Da ist noch etwas«, sagte er in geschäftlichem Tonfall. »Ich habe es vorhin bei unserem Gespräch über die Finchbury-Connection vergessen zu erwähnen. So viel ich weiß, hat Mrs. Louise Finchbury der Magnussen-Werft einen Millionenkredit gewährt – zu einem sehr hohen Zinssatz. Im Kriegsfall würden ausländische Vermögenswerte selbstverständlich eingezogen und treuhänderisch verwaltet werden, in Ihrem Fall durch mich. Ich bin bereits im Vorfeld zum Treuhänder der Finchbury-Kredite und -Anteile bestimmt worden, in meiner Eigenschaft als Marineexperte und Magnussen-Kenner. Und Jurist bin ich übrigens auch noch.«

Trotz ihrer Ungeduld hatte Serena sehr genau zugehört. »In erster Linie sind Sie doch wohl Soldat!«, sagte sie.

»In erster Linie? Das würde ich so nicht sagen. Aber Uniformen sind sehr nützlich, sie schützen und sie geben einem Prestige, das kaum jemand zu hinterfragen wagt. Ihr Mann auch nicht.«

»Wieso mein Mann?«

Er sah ihr direkt in die Augen. »Ach lassen wir das. Nur so viel: Sie sind eine faszinierende einflussreiche Frau, und ich bin bereit, Sie zu beschützen, Ihrem Mann gegenüber und auch sonst. Aber zurück zu Finchbury. Da es sich bei den Krediten um jüdisches Geld handelt, wären wir, laut Nürnberger Gesetz, bereits jetzt berechtigt, die Gelder einzuziehen. Das tun wir aber nicht so gerne, vor allem nicht, so lange Finchbury noch zwanzig Prozent der Magnussen-Anteile hält. Bei internationalen Geschäften müssen wir doch nach wie vor auf unser Ansehen bedacht sein. Warten wir also auf den Krieg, dann würde sogar der verehrte Mr. Finchbury junior die Annektierung akzeptieren müssen.«

»Sie glauben also wirklich, dass es Krieg gibt?«

»Nein, nein, natürlich nicht. Ich wollte nur erwähnen, dass Umdispositionen ausländischen Geldes sich für Ihren Mann ungünstig auswirken könnten. Nur auf lange Sicht, versteht sich. Schließlich muss man vorbereitet sein. Im Kriegsfall würden wir dann als Erstes auf diese lästigen Zinsen verzichten – das versteht sich von selbst. Wäre doch eine hübsche Ironie, wenn wir Finchbury-Gelder dafür verwenden würden, Finchbury-Produkte zu bekämpfen. Zum Beispiel Magnussen-U-Boote gegen Finchbury-U-Boote.«

»U-Boote? Bislang werden noch keine bei Magnussen gebaut.«

»Ach ja? Kommt Zeit, kommt Rat. Aber ich will Sie jetzt nicht länger um Ihren Schlaf bringen. Gute Nacht, Frau Serena.«

Er trat zurück, sodass sie an ihm vorbei konnte. Mit klappernden Pantoffeln und wehendem Morgenrock lief sie den Gang entlang, an dessen Ende der Schaffner auf seinem Hocker saß und schlief.

Als sie zurückkam, war der Major verschwunden.

Sie war todmüde, wollte nichts weiter als neben René schlafen. Doch kaum lag sie und umfasste von hinten seinen zusammengerollten Körper, da fiel ihr ein, dass sie ihn ja wecken sollte, zehn Minuten vor Hannover. Laut Fahrplan würden sie dort um fünf Uhr zwanzig ankommen. Wie sollte sie es schaffen, rechtzeitig aufzuwachen. Einen Wecker hatte sie nicht, und den für Weckdienste zuständigen Schaffner konnte sie schließlich nicht bitten.

Sie versuchte einzuschlafen, schreckte immer wieder hoch und schaute auf die Uhr. Im Bett war kaum Platz für sie, René schien wie erstarrt in seiner Igelhaltung. Dennoch war sie froh, bei ihm zu sein, mit den Fingerspitzen fuhr sie sein gekrümmtes Rückgrat entlang, atmete ganz bewusst seinen Geruch ein und drückte ihren Mund in seine feuchten Nackenhaare.

Als sie ihn dann endlich weckte, genau fünf Minuten nach fünf, war er mürrisch und ärgerlich. »Du hättest mich ruhig noch zehn Minuten weiterschlafen lassen können!«

Er zog sich an, wusch sich nicht, schnitt im Spiegel eine Fratze – »widerlich, solch ein Morgen!« – und zerrte die Reisetasche aus dem Gepäcknetz. Der Zug lief in Hannover ein. In seiner Ungeduld, von ihr wegzukommen, wartete er nicht einmal, bis sie sich vergewissert hatte, dass der Gang frei war, er ging einfach, so als wäre dies sein eigenes Abteil. Er ließ sogar die Tür offen.

»Also bis dann«, sagte er.

Sie wagte nicht, hinter ihm herzuschauen und schloss die Tür.

Auf dem Hamburger Hauptbahnhof stand wie immer pünktlich und mit einem erwartungsvollen Lächeln Knut Lorenzen, um sie abzuholen. Sie war so froh, ihn zu sehen, fast wäre sie ihm um den Hals gefallen.

»War wohl doch sehr anstrengend, diese Reise?«, fragte er.

»Es geht«, sagte sie und lächelte.

Auf dem Weg zur Treppe kamen sie an dem Major vorbei. Neben ihm bemühte sich sein junger Leutnant um das Gepäck. Als der Major sie sah, nahm er kurz Haltung an und grüßte militärisch mit der Hand an der Mütze. Der Leutnant starrte sie an, Serena erwiderte den Gruß mit einem höflichen Nicken, dann waren sie auch schon vorbei.

»Das war ja der ›Schnüffelmeier‹«, sagte Lorenzen überrascht.

»Nennen Sie ihn bitte nicht so, Lorenzen«, sagte sie. »Der Mann tut nur seine Pflicht.«

»Ach so«, sagte Lorenzen.

Am Abend hockte Serena in ihrem schönsten Negligé auf dem Sofa vor dem Kamin und wartete auf Rudolf. Als er dann in der Wohnzimmertür stand, noch im Mantel, müde und staubig, stürzte sie auf ihn zu und umarmte ihn heftig, küsste ihn, klammerte sich an ihn und wollte ihn nicht wieder loslassen. Er machte sich frei, hielt sie bei den Oberarmen von sich weg und sagte irritiert: »Serena …?«, als ob er Mühe hätte, sie zu erkennen. »Ist irgendetwas passiert?«

»Du hast mich allein gelassen!«, sagte sie.

»So ist das eben, wenn man mit einem Geschäftsmann verheiratet ist.«

Er ging nach oben, um sich frisch zu machen. Als er zurückkam, trug er Pyjama und Morgenrock, setzte sich neben sie auf das Sofa und legte einen Arm um ihre Schultern.

»War's denn so schlimm in München?«

»Ziemlich.«

»Warum?«

»Die Bilder in der ›Entarteten‹ … das ist, als ob man lauter Freunde von mir an den Pranger gestellt hätte und das Publikum drauf loshetzen würde, um sie zu verhöhnen.«

Rudolf unterdrückte ein Lachen. »Das klingt ja entsetzlich dramatisch!«

»Das war es auch, jedenfalls für mich.«

»Meine arme Kleine«, sagte er und drehte sie zu sich um. »Also, was ist wirklich, komm, spuck's schon aus.«

»Nichts ist. Außer dass ich einsam war und mich gefreut habe auf deine Rückkehr und … dass ich diesen Major im Zug getroffen habe.«

»Welchen Major?«

»Diesen Meier-Dingsda, den du neulich zum Mittagessen mitgebracht hast.«

»Ach?«, sofort war er voller Aufmerksamkeit.

»Der Mann heißt Meier-Diercks und ist nicht Major, sondern Korvettenkapitän.«

»Von mir aus.«

»Ich hoffe, du hast ihn wenigstens freundlich begrüßt.«

»Ja, natürlich. Daraufhin hat er mich zum Abendessen eingeladen.«

»Im Speisewagen?«

»Wo denn sonst. Das Essen war furchtbar schlecht.«

»Aber du warst nett und höflich zu ihm?«

»Warum sollte ich denn nicht. Ich weiß, dass er für dich sehr wichtig ist.«

»Und worüber habt ihr geredet?«

»Über Hitlers Kunst. Und über die ›Entartete‹. Er hat nämlich beide Ausstellungen besucht. Er scheint sich sehr dafür zu interessieren.«

Rudolf sah sie scharf an. »Du hast ihm doch nicht etwa deine wahre Meinung mitgeteilt?«

»Glaubst du im Ernst, dass ich mit so jemandem ehrlich über Dinge sprechen könnte, die mich bewegen? Ich hab ihm auch nicht gesagt, dass du nach Zürich gefahren bist. Aber ich glaube, er wusste es.«

»Wie kommst du denn darauf?«

»Nur so ein Gefühl. Er hat über Geldgeschäfte geredet, über Finchburys Beteiligung bei Magnussen, und darüber, was im Krieg mit ausländischem Kapital passieren würde.«

»Im Krieg? Rechnet der etwa mit Krieg?«

»Ich weiß nicht. Er tat so, als wäre das rein hypothetisch, aber ich glaube, es war doch mehr dran. Übrigens hat er sehr viel getrunken.«

»O gut. Und du?«

»Ich natürlich nicht, ich wollte sein Gerede ganz genau mitkriegen.«

»Gut, meine Kleine, also dann erzähl mir mal ganz genau, möglichst Wort für Wort, was du so mitgekriegt hast.«

Serena berichtete ihrem Mann ausführlich von den Gesprächen des vergangenen Abends. Dass sie dabei einiges ausließ und anderes leicht abschwächte, war für sie selbstverständlich. Sie wusste, dass Meier-Diercks' erstaunliche Konfidenzen und sein Gerede über Prioritäten und über einen Vertrauenspakt zwischen ihm und ihr nur Rudolfs Argwohn erregt hätten.

Aber ihr Mann fragte immer wieder nach den Details in Meier-Diercks' Äußerungen über ausländische Vermögenswerte, die im Kriegsfall selbstverständlich eingezogen und treuhänderisch verwaltet werden würden.

»Und in unserem Fall hieße der Treuhänder also Meier-Diercks?«

»Das hat er jedenfalls behauptet. Übrigens ist er auch Jurist. Ein vielseitiger Mann – Soldat, Jurist, Schifffahrtsmann, Kunstexperte. Auf der Werft nennen sie ihn Schnüffelmeier – das hat mir Lorenzen erzählt.«

»Lorenzen soll sich gefälligst zurückhalten. Und mir ist es ziemlich egal, was er sonst noch ist. Das Einzige, was für mich zählt, ist sein Wichtigkeitsfaktor. Und dass er mir über dich eine Warnung zukommen lassen wollte. Es war doch eine Warnung, oder?«

»Es klang so. Irgendwie scheint er mitgekriegt zu haben, dass du damit befasst bist, Louises Geld aus der deutschen Einflusszone abzuziehen. Es passt ihm nicht.«

»Das ist ein Geschäft zwischen Österreich, England und der Schweiz, vollkommen legal.«

»Es passt ihm trotzdem nicht.«

»Zu spät«, sagte Rudolf, »das meiste Geld ist bereits transferiert.«

»Aber das Geld, das die Magnussen-Werft Finchbury schuldet?«

»Auf Johns Bitte hin habe ich mich bemüht, den englischen Kredit durch einen deutschen abzulösen, aber die Banken hier schalten auf stur. Und ich kann leider auf das Geld nicht verzichten, trotz der hohen Zinsen und Johns Anliegen.«

»Es scheint den Major sehr zu amüsieren, dass Finchburys U-Boote und die von Finchbury finanzierten Magnussen-U-Boote aufeinander losgelassen werden und sich gegenseitig versenken.«

»Magnussen baut keine U-Boote.«

»›Kommt Zeit, kommt Rat‹«, hat er gesagt. Und sowieso ist das doch alles nur hypothetisch, das hat er auch gesagt. Weil es ja keinen Krieg geben wird.«

Während der nächsten Tage spürte Serena, dass Rudolf sie beobachtete, nicht eigentlich misstrauisch, sondern auf ungewohnte Weise nachdenklich.

»Du bist wirklich sehr oft allein«, sagte er, »und das wird noch schlimmer werden, wenn David nicht mehr nach Deutschland kommen kann.«

»Es wäre schon sehr viel besser, wenn du nicht mehr so oft verreisen müsstest.«

»Muss ich aber leider, das lässt sich nicht ändern. Deshalb habe ich mir etwas überlegt – für dich und auch ein wenig für mich. Du hast dich doch so gut verstanden mit dem Korvettenkapitän. Er interessiert sich für Kunst, er ist wichtig für mich, er ist ein Mann. Und wenn du willst, kannst du unwiderstehlich sein.«

Sie war zu verblüfft, um sich sogleich mit aller Vehemenz zu wehren.

»Lieber nicht«, sagte sie lahm.

»Warum denn nicht? Du könntest ihm dein Atelier zeigen, das wäre doch ein plausibler Einstieg. Vermutlich verfügt er über sehr gute Beziehungen zum Kunsthandel und würde dir helfen, dich endlich aus deiner künstlerischen Isolation zu lösen und einen Galeristen zu finden.«

»Wieso, mir geht's doch ganz gut, so wie es ist. Ich brauche keinen Galeristen.«

»Aber ich brauche den Korvettenkapitän. Dass er von der Geschichte mit Louises Geldern weiß, ist schon schlimm genug. Ich muss ihn irgendwie besänftigen. Also tu mir den Gefallen und kümmere dich um ihn.«

Serena antwortete ausweichend. »Wie kann ich mich denn um ihn kümmern, wenn ich ihn nie sehe?«

»Das ist das geringste Problem. Soviel ich weiß, kommt er in drei Tagen zur Inspektion. Ich werde ihn zu Drinks in die Villa bitten.«

Mit diesen Worten brach Serenas scheinbare Gelassenheit in sich zusammen. Wie hatte sie sich vorgaukeln können, die Sache mit dem Fremden durch Vergessen aus der Welt zu schaffen. Sie hatte ja einen Mitwisser, dem sie immer wieder begegnen und der ihre Erinnerung wach halten würde. Plötzlich war auch die Sehnsucht nach dem anderen Körper wieder da, nach seinen Versprechungen, seinem Selbstbewusstsein, sogar seinem Egoismus.

»Es ist dir doch recht, oder?«, fragte Rudolf.

Eine ungewohnte Frage seitens ihres Mannes, die ihr zeigte, wie wichtig sie ihm war in dem Spiel, das jetzt beginnen sollte.

»Ja, ja, natürlich«, sagte sie, »wieso nicht?«

Die nächsten beiden Tage vergingen quälend langsam. Sie hatte sich nicht vorgestellt, dass die Aussicht, Meier-Diercks zu treffen, sie in ein derartiges Gefühlschaos stürzen würde. Diesen seltsamen Mann, charmant und dann wieder schroff, melancholisch, sensibel, und dann Casinowitze erzählend, verschlagen und sich freiwillig entblößend, diesen Oberst oder Major oder Korvettenkapitän, Friedrich oder Fritz, Mitspieler, Mitwisser oder sogar Beelzebub.

Sie rannte im Garten herum, hockte stundenlang auf der Bank am Anlieger und starrte aufs Wasser.

Sie sah René vor sich in der »Entarteten«, wo er gelassen und vollkommen unbeteiligt zusah, wie sie am Boden herumrutschte und den Inhalt ihrer Handtasche aufsammelte. René, der mit Spott in seiner Stimme über Kokoschkas Puppe sprach. René, der umstandslos mit ihr in den Lift im Bayerischen Hof stieg, der vor dem Sex ein leichtes Abendessen brauchte und danach sofort einschlief. René im Schlafwagen, sein langer, gekrümmter Rücken, Igelhaltung, hochmütig und abweisend.

Schließlich rief sie sogar die Telefonvermittlung an. Rainer Wittacker, Kunsthändler: es gab ihn wirklich, und er hatte Telefon. Der Mann war erreichbar. Sie meldete ein Gespräch an, nach zehn Minuten war die Verbindung hergestellt. Sie wollte ja nur seine Stimme hören, ganz kurz, dann würde sie sofort auflegen. Sie ließ es lange klingeln – keine Antwort.

Meier-Diercks erschien drei Tage später in der Villa. Zwei Schritte hinter ihm, wie eine japanische Ehefrau, ging sein junger Leutnant.

»Ich habe mir erlaubt, meinen Assistenten mitzubringen«, sagte er, »Leutnant Ruthard Deegen. Ich wünsche mir sehr, dass man ihn auf der Werft genauso offen und freundlich behandelt wie mich.«

Rudolf warf einen kurzen skeptischen Blick in das weiche Jünglingsgesicht, sagte: »Warum nicht«, und schüttelte beiden Männern die Hände.

»Im Gegensatz zu mir ist Leutnant Deegen Hamburger und stammt aus der Schifffahrt, das heißt aus einem der Schifffahrt nahe stehenden Familienbetrieb.«

»Deegen & Co., Schiffsausrüster?«, fragte Rudolf.

Der junge Mann nickte nur. Ihm war diese familiäre Zuordnung offenbar peinlich.

»Sehr gesunder Betrieb«, sagte Rudolf anerkennend, »einer der wenigen, die die mageren Jahre einigermaßen heil überstanden haben. Einziger Sohn?«

Bevor der junge Mann antwortete, warf er seinem Chef einen kurzen Blick zu, als müsste er sich vergewissern, ob er auf eine so persönliche Frage überhaupt eingehen dürfte. Da Meier-Diercks' Gesicht keine Reaktion zeigte, sagte er leise: »Ich habe zwei ältere Brüder.«

Rudolf lachte jovial. »Der erste erbt den Hof, der zweite wird Priester, der dritte Soldat?«

Der Leutnant errötete. »So ungefähr.«

Serena reichte ihm die Hand, die er mit einer kleinen Verbeugung entgegennahm, und sagte: »Wir sind uns schon neulich kurz begegnet, auf dem Hauptbahnhof.«

»Ach ja«, sagte der Leutnant und seufzte erleichtert, als hätte sie ihn gerade aus einer großen Peinlichkeit gerettet, »am Münchner Zug. Das war solch ein wunderschöner frischer Sommermorgen.«

»Ein schöner Morgen nach einer mühsamen Nacht. Mir gelingt es einfach nicht, im Schlafwagen zur Ruhe zu kommen. Haben Sie denn wenigstens gut geschlafen, Herr Major?«

Rudolf räusperte sich, verkniff sich aber wenigstens die Korrektur, und Beelzebub küsste ihr die Hand. Am Blick des Leutnants sah sie, dass er fürchtete, mit seinem schlichten Händedruck nicht ganz auf der Höhe ihrer gesellschaftlichen Konventionen gewesen zu sein.

»Doch, doch, ich hatte eine friedliche lange Nacht, obgleich es mir gewisse Schwierigkeiten gemacht hat, die Schauerlichkeiten der ›Entarteten‹ aus meinem Gedächtnis zu verbannen.«

Rudolf mischte sich ein. »Waren Sie auch auf der ›Großen Deutschen‹?«

»Natürlich, ein phantastisches Projekt!«

Rudolf und Meier-Diercks setzten sich, jeder mit einem Glas Champagner, auf das große halbrunde Sofa im Erker und vertieften sich in ein Gespräch über technische Probleme.

Leutnant Deegen stand abwartend neben dem Sofa, bis der Korvettenkapitän sich ihm kurz zuwandte und wortlos die Hand ausstreckte. Der junge Mann zog ein paar Pläne aus seiner Mappe und reichte sie dem Chef. Der warf einen kurzen Blick darauf und fuhr den Leutnant an: »Doch nicht diese, die anderen.«

»Verzeihung«, murmelte der Leutnant, »ich dachte …«

»Hören Sie um Gottes willen auf zu denken, und geben Sie mir die Pläne für das Minensuchboot, ich hab nicht alle Zeit der Welt.«

Serena atmete erleichtert auf, als der schüchterne junge Mann beim zweiten Versuch das Richtige zutage förderte.

»Na endlich!«

Meier-Dierks breitete die Pläne über dem Sofatisch aus.

Bislang hatte sie ihre Rolle erstaunlich gut beherrscht, fand Serena, es war ihr sogar gelungen, ganz lässig auf die unruhige Schlafwagennacht anzuspielen. Aber nun wusste sie nicht weiter und spürte plötzlich, dass ihre Hände zitterten. Wäre nicht der junge Leutnant gewesen, hätte sie sich unauffällig zurückziehen können. Aber ihn durfte sie hier nicht alleine stehen lassen, er wirkte jetzt schon unsicher genug. Also versenkte sie ihre verräterischen Hände tief in den Jackentaschen und sagte: »Kommen Sie, wir werden hier nicht gebraucht. Wenn Sie mögen, zeige ich Ihnen den Garten.«

Meier-Diercks sah auf von den Plänen und fixierte den Leutnant und Serena mit kühlem Blick. Sogleich kam sie sich vor wie ertappt. »Es sei denn, Sie brauchen Leutnant Deegen noch«, murmelte sie.

Großzügig winkte er ab: »Gehen Sie nur.« Dann fügte er mit einem Anflug von Häme hinzu: »Es ist ja solch ein wunderschöner frischer Sommerabend.«

Sein Tonfall ärgerte Serena. »Etwa nicht?«, sagte sie.

»Meine Frau ist nämlich sehr stolz auf ihren Garten«, sagte Rudolf.

Serena lächelte und nahm den Leutnant beim Arm.

Vor ihnen lag der weitläufige, kurz geschorene Rasen, der von Blumenbeeten gesäumt war. Da ihr Begleiter von sich aus offensichtlich nicht zum Reden bereit schien, musste sie versuchen, die Konversation irgendwie in Gang zu halten.

»Als ich hierher kam, gab's in diesem Garten keine Blumen, und niemandem hier ist aufgefallen, dass etwas fehlt«, plauderte sie, während sie die langen Rabatten entlanggingen. »Diese Bank da hinten hatte ich eigentlich für meinen Schwiegervater gedacht, aber er ist gestorben, bevor die Stauden und Sträucher so recht angewachsen waren. Wollen wir uns nicht ein wenig setzen?«

»Ich weiß nicht«, sagte er und warf einen nervösen Blick zurück zur Villa.

»Hat Ihr Chef Ihnen etwa verboten, sich in fremden Gärten hinzusetzen?«, spottete sie.

»Natürlich nicht.«

Dann saßen sie schweigend da und gaben vor, den Abend zu genießen. Je intensiver Serena des Leutnants Nervosität spürte, umso ruhiger wurde sie.

Plötzlich sprang der junge Mann auf – »ich bin ja im Dienst, bestimmt werde ich noch gebraucht!« – und hastete zum Haus zurück.

Serena blieb noch eine Weile draußen, holte sich die Blumenschere aus dem Schuppen und schnitt ein paar Rosen ab, die sie sorgfältig entdornte, bevor sie sie mit Bast zu einem Strauß zusammenband. Als sie über die Terrasse ins Wohnzimmer ging, blickte Rudolf ihr ungeduldig entgegen. Der Leutnant war nirgends zu sehen.

»Was hast du denn so lange im Garten gemacht?«, tadelte Rudolf sie.

»Einen Strauß gepflückt für unseren Gast.«

Der Gast nahm den Strauß höflich in Empfang und sagte: »Meine Frau wird sich freuen. Ich bringe ihr so selten Blumen mit.«

Merkwürdig, auf die Idee, dass er eine Ehefrau hatte, war sie überhaupt noch nicht gekommen.

Rudolf deutete auf die Konstruktionspläne, die immer noch auf dem Sofatisch ausgebreitet lagen. »Ich sollte noch mal kurz ins Büro gehen. Meine Frau begleitet Sie dann zum Anlieger.«

Schweigend gingen Serena und der Major den Gartenweg hinunter. Die Familienbarkasse lag nicht an ihrem gewohnten Platz.

»Ihr Bootsmann hatte drüben noch etwas zu erledigen, ich habe ihm sagen lassen, dass er sich nicht zu beeilen braucht. Außerdem ist in einer halben Stunde Schichtwechsel, ich könnte auch den Werftdampfer nehmen. Der Leutnant ist schon vorausgegangen, zum großen Anlieger. Er soll ein wenig mit den Leuten reden, sich umhören. Die Stimmung hier scheint ja ganz gut zu sein, die Leute arbeiten gerne bei Magnussen.«

»Die Leute würden hier noch lieber arbeiten, wenn sie wüssten, dass wir einen größeren Auftragsbestand haben«, sagte Serena.

Meier-Diercks lachte. »Ganz die getreue Ehefrau, das gefällt mir. Ja, ein paar mehr Aufträge wären hilfreich – ich werde sehen, was ich tun kann. Aber wissen Sie, was noch hilfreicher wäre? Wenn die Eigentumsverhältnisse endlich etwa durchsichtiger würden. Nach wie vor findet ja ein reger Personalaustausch zwischen der Elbinsel und Liverpool statt. Das muss die Leute doch verunsichern.«

»Meinen Sie wirklich? Ist es den Arbeitern nicht vollkommen gleichgültig, für wen sie die Schiffskörper zusammenklopfen, solange sie nur Arbeit haben und die Arbeitsbedingungen einigermaßen gut sind?«

Der Major grinste. »Sie hören wohl nie die Reden unseres Reichspropagandaministers, was?«

»Doch, doch«, sagte Serena, ich höre sie ständig. Allerdings höre ich meistens nicht zu. Sie etwa?«

»Danke für Ihr Vertrauen«, sagte Meier-Diercks. »Nein, ich höre auch oft nicht zu. Ich kenne den Inhalt ja sowieso.«

Serena wartete, dass er sich verabschiedete, doch ihm schien noch an einer kleinen Plauderei gelegen zu sein: »Das war wirklich ein reizendes Bild vorhin, Sie und Leutnant Deegen auf der Gartenbank unter dem Jasmin.«

»Genau das hatte er befürchtet. Darum ist er so schnell geflohen.«

»Sehr aufmerksam von ihm«, sagte Meier-Dierks. »Übrigens, wie geht's Ihnen seit Hannover?«

Umgehend reagierte ihr Herz mit wilden Sprüngen. Irgendetwas abstreiten zu wollen, wäre nur lächerlich, also schwieg sie, und der Major fuhr fort: »Welch ein liebloser Abschied dort auf dem Bahnhof im grauen Morgenlicht. Klarer formuliert, überhaupt kein Abschied.«

»Und warum mussten Sie unbedingt in Hannover auf den Gang schauen?«

»Wir haben einen Pakt geschlossen, erinnern Sie sich nicht? Gegenseitige Diskretion und Loyalität. Und da ich Sie nicht von dem bewussten Gefahrenherd hinüber in die Sicherheit meines Abteils locken konnte, musste ich wenigstens ein Auge auf Sie haben.«

»Sicherheit bei Ihnen?«

»Selbstverständlich. Ich weiß doch, was ich tue.«

Er stand auf, machte ein paar Schritte zur Spitze des Anliegers, um Ausschau zu halten.

»Ich glaube, da kommt die Barkasse. Schade, ich hätte Ihre Gegenwart gern noch ein wenig länger genossen. Aber wir werden uns jetzt sicher öfter treffen. Ihr Mann hat das dringende Bedürfnis, Sie und mich in Freundschaft vereint zu sehen. Erfüllen Sie ihm doch den Wunsch. Was halten Sie von einem Besuch in der Kunsthalle am kommenden Sonntag um zwölf?«

»Ich werd's versuchen.«

Wieder das spöttische Lächeln. »Dann kann ich mich also darauf verlassen.«

Er sprang an Bord und grüßte militärisch, Hand am Mützenschirm. Die Barkasse legte ab.

»Und um Hannover kümmere ich mich dann«, rief er. »Wir machen das schon!«

Die nächsten Stunden vergingen, dann auch die nächste Nacht und noch mehr Tage und Nächte. Serena dachte fast ununterbrochen an René, aber sie versuchte nicht mehr ihn anzurufen. Ihr Freund Friedrich hatte die Sache übernommen, und sie hatte, was den Fall René betraf, volles Vertrauen in ihn.

Sie ging nun auch wieder in ihr Atelier und arbeitete mit Feuereifer an den Bildern, die sie auf der »Entarteten« für Hugo ausgesucht hatten. Es war, als triebe ihr bester Vater sie zur Eile an, und sie ließ sich willig von ihm treiben.

An drei aufeinander folgenden Sonntagen traf sie sich mit Meier-Diercks in der Kunsthalle. Er kannte den politischen Leiter gut, SS-Untersturmbannführer Werner Kloos. »Ein kunstsinniger Mann«, sagte er, »allerdings einer, der nicht hin und her taumelt wie ich, sondern sich ganz entschlossen auf die Seite der offiziellen Kunstpolitik geschlagen hat.« Dieser Kunstsinnige gab ihnen immerhin die Gelegenheit, die bereits aussortierten Stücke, die nicht in der »Entarteten« hingen, noch einmal anzusehen.

Sie redeten fast ausschließlich über die Bilder. Der Major wusste genau, welche aus welchen Museen von den neuen Kunstkommissaren entfernt – geraubt nannte er das – worden waren.

Um ihre neue Freundschaft zu vertiefen, schenkte sie ihm eine kleine Arbeit, die sie für ihn angefertigt hatte, die Vorzeichnung zu Klees »Rechnendem Greis« von 1921. Er hatte die Lithographie, die in der »Entarteten« ausgestellt gewesen war, mehrfach erwähnt.

»Wie kommen Sie denn nur an solche Kostbarkeiten?«, fragte er begeistert.

»Mein Ziehvater Hugo hat mir beigebracht, wie man an Kostbarkeiten kommt«, antwortete sie.

Seine Freude war so überwältigend, dass sie selbst sofort vergaß, wie wenig Arbeit ihr die Zeichnung gemacht hatte.

Rudolf war zufrieden mit ihr. Eines Abends sagte er, Meier-Diercks habe ihm berechtigte Hoffnung auf drei U-Bootjäger gemacht. Er sei der Auffassung, dass im Vergleich zu den anderen Werften bei Magnussen doch noch sehr viel leerer Platz sei.

»Das hat er zu mir auch schon gesagt.«

»Gut, gut, meine Kleine, wir sind auf dem richtigen Weg.«

Noch nie zuvor hatte Rudolf sie so oft »meine Kleine« genannt. Sie konnte das nicht ausstehen, ebenso wenig wie die Rolle, in die er sie gedrängt hatte. Und dennoch wurden ihr die Begegnungen mit dem Mitwisser lebensnotwendig, sie brauchte das Gefühl, dass da jemand war, der Bescheid wusste, mit dem sie reden konnte. Durch ihn erfuhr sie auch, dass René sich seit einiger Zeit in Frankreich aufhielt. »Dort ist der Markt für das zwanzigste Jahrhundert momentan nicht schlecht, und sei es auch nur deshalb, um Deutschland zu demonstrieren, wie unkultiviert und rückständig wir sind.«

Eines Tages stellte er dann die Frage, die das Ende ihrer Wartezeit einläuten solllte: »Haben Sie eigentlich einen Galeristen? Jemanden, der sich um die Vermarktung Ihrer Bilder kümmert?«

»Wozu, bei mir gibt's ja nichts zu vermarkten.«

»Dann sollte man das vielleicht ändern«, sagte er lächelnd. »Ich finde, Sie haben jetzt lange genug allein gearbeitet.«

Am Sonnabend, dem 24. September, kurz nach siebzehn Uhr, war es dann so weit. Tag und Stunde würde Serena nie vergessen.

Ein grauer, windiger Nachmittag, an dem das Licht bereits Herbstgefühle weckte. Im Haus war es kalt – Rudolf gestattete nicht, dass vor dem ersten Oktober geheizt wurde. Die Kinder waren beschäftigt. Johannes war beim Jungvolk, Gudrun übte in ihrem Zimmer Klavier.

Serena hatte eine Weile oben in ihrem Zimmer unter zwei Wolldecken auf der Chaiselongue gelegen und gelesen und kam nun, nachlässig frisiert und ungeschminkt die Treppe herunter, um wie üblich mit Rudolf den sonnabendlichen Five o'Clock Tea einzunehmen.

Neben Rudolf in der Halle stand René.

»Ah«, sagte Rudolf, »da kommt sie ja. Ich wollte gerade Mamsell nach dir schicken.«

Sie hielt sich am Geländer fest und schaffte den Abstieg ohne auffällig zu werden. René betrachtete sie mit neutraler Höflichkeit.

»Das ist Herr Wittacker«, sagte Rudolf, »ein Freund von unserem Freund, dem Korvettenkapitän Meier-Diercks. Herr Wittacker hat irgendetwas mit Kunst zu tun« – Rudolf klopfte René jovial auf die Schulter –, »und gleich beim Tee wird er uns erklären, worum es genau geht.«

Da sie sich nicht von der Treppe weggerührt hatte, kam René jetzt auf sie zu.

Sie starrte auf seinen Mund, der tonlos das Wort »Maria« formte.

»Ich freue mich sehr, Sie kennen zu lernen«, sagte er. »Freund Meier-Diercks hat mir von Ihnen erzählt, Sie müssen eine großartige Malerin sein.«

Er nahm ihre Hand, die noch auf dem Geländer lag, schüttelte sie übertrieben heftig und zog Serena dabei ein Stückchen vorwärts.

»Also nun kommen Sie«, sagte Rudolf, nahm Renés Arm und geleitete ihn ins Wohnzimmer. Mamsell tauchte auf und fragte, ob sie noch ein Gedeck auflegen solle.

»Ja bitte«, sagte Serena – immerhin zwei klare Worte. Ihre Stimme jedoch schien merkwürdig zu klingen, Mamsell warf ihr einen besorgten Blick zu. »Wenn das mal keine Erkältung wird, Frau Magnussen. Ist ja auch eiskalt in diesem Haus!«

Serena löste sich von der Treppe und lief in die Küche. Dort ließ sie sich einen großen Cognac einschenken, gegen die Erkältung.

Als sie zurück ins Wohnzimmer kam, fühlte sie sich bereits etwas sicherer.

»Was tust du denn so lange?«, beschwerte sich Rudolf unwillig. »Herr Wittacker hat nämlich nicht sehr viel Zeit.«

»Ach so«, sagte sie, goss sich Tee ein und nahm sehr viel Rum dazu. Das heiße Gemisch brannte ihr in der Kehle. Ungerührt beobachtete René sie bei ihren Bemühungen, nicht zu husten.

»Ich muss heute Abend noch nach Hannover zurück, meiner Frau geht's nicht gut«, sagte er. »Vermutlich kriegt sie die Grippe.«

»Ich auch«, sagte Serena.

Rudolf lachte. »Ach was, du bist doch nie krank, meine Kleine.« Und zu René gewandt, fuhr er fort: »Sie sagt das nur, weil sie findet, ich sollte das Haus schon im September heizen lassen. Dabei ist es hier doch überhaupt nicht kalt, oder?«

»Absolut nicht«, sekundierte René dem Hausherrn und knöpfte sich zur Bestätigung sein Jackett auf. Er trug den gleichen grauen Anzug wie in München.

»Ihnen geht's aber gut?«, fragte sie zaghaft.

»Gewiss doch«, antwortete er. »Und noch besser wird's mir gehen, wenn ich erst einmal Ihre Bilder gesehen habe. Meier-Diercks ist der Meinung, ich sollte Sie als Galerist vertreten. Das ist natürlich ganz in meinem Sinne, zumal ich den Kunstverstand unseres guten Korvettenkapitäns sehr hoch schätze. Aber natürlich muss ich mir zuvor selbst ein Urteil bilden.«

»Das Atelier meiner Frau ist drüben in Ottensen«, sagte Rudolf. »Bislang hat sie ihre Bilder immer strikt unter Verschluss gehalten, aber wir sind wirklich dafür, dass sie sich endlich einmal mit einer Expertenmeinung auseinander setzt.«

René hob beide Hände hoch und ließ sie in einer Gebärde der Resignation zurücksinken. »Schade. Ich hatte gedacht, ich könnte mir hier im Hause etwas anschauen. Leider stehe ich sehr unter Zeitdruck. Übermorgen muss ich nach Paris und anschließend nach Luzern. Sie wissen vielleicht, dass bei der dortigen Galerie Fischer … ach, reden wir ein andermal darüber.«

Er stand auf und knöpfte sich das Jackett wieder zu. »Tut mir wirklich Leid, diese Hektik. Freund Meier-Diercks hat es sehr dringend gemacht, und ich war der irrigen Meinung, dass das Haus hier voll gehängt wäre mit den Produkten der Hausfrau.«

Für Serena klang das zynisch, nahezu unverschämt – üppige Villa, malende Hausfrau, Kunstdilettantismus –, aber Rudolf schien nichts zu bemerken.

»Nein, nein«, sagte er, »nicht ein einziges Bild hängt hier, meine Frau war da immer sehr zurückhaltend. Allerdings gibt es oben auf dem Dachboden ein altes Studio, sozusagen ein Geheimkabinett, in dem sie während der ersten Jahre unserer Ehe viel gemalt hat, und mein alter, kranker Vater durfte ihr dabei zuschauen. Dort müssten noch etliche Bilder herumstehen. Ich meine, wenn es Ihnen so wichtig ist, einen vorläufigen Eindruck zu gewinnen …«

»Nein«, sagte Serena.

»Aber warum denn nicht?«, fragte René.

»Weil ich diesen Raum seit über zehn Jahren nicht mehr betreten habe, und weil …«, ihre Worte gerieten ins Stolpern, »weil das dort oben etwas ganz und gar Privates war, und weil die Bilder sowieso nicht gut sind und … und bestimmt ist alles furchtbar verstaubt.«

René lächelte boshaft. »Schlechte private Bilder für den Schwiegervater – interessant!«

»Interessant gewiss«, sagte Rudolf mit jenem selbstsicheren Besitzerstolz, dem auch das »meine Kleine« entsprang, »schlecht auf gar keinen Fall und nicht mal verstaubt, weil du doch alles mit Tüchern verhängt hast.«

»Wieso … woher weißt du überhaupt …«

»Nicht nur interessant«, fuhr René fort, »direkt aufregend erscheint mir die Angelegenheit jetzt, Stoff für eine dieser fabelhaften Entdeckergeschichten, von denen jeder Kunstliebhaber träumt. Also geben Sie Ihrem Herzen einen Stoß, Frau Magnussen, lüften Sie Ihre Erinnerungen ein wenig durch, und bieten Sie mir die Möglichkeit, Ihre Werke anzusehen.«

Rudolf war schon an der Tür. »Vater wäre bestimmt nicht dagegen gewesen. Du musst endlich raus aus der Isolation, und die Sache ist überreif. Also geh und hol den Schlüssel.«

»Nein.«

Rudolfs Stimme wurde scharf. »Hör auf, dich zu zieren, Serena, das ist doch lächerlich. Der Korvettenkapitän wollte dir einen Gefallen tun, er hat sich die Mühe gemacht, für dich nach einem Galeristen Ausschau zu halten, und den willst du jetzt unverrichteter Dinge wieder fortschicken?«

René sah von einem zum anderen. Versonnen nickte er und murmelte leise vor sich hin: »Maria …«

»Wie bitte?«, fragte Rudolf.

»Ach nichts, mir ist nur grad ein Bild in den Kopf gekommen. Also dann ..., es hat mich gefreut, Sie kennen zu lernen. Vielen Dank für den Tee.«

»Dann hole ich jetzt den Schlüssel«, sagte Serena.

Die Tür knarrte und klemmte, Spinnweben, Staub, Spuren von Mäusen, trübes Licht. Rudolf stieß die Fenster auf. Mit vorsichtigen, sanften Bewegungen, als ob er eine Frau entkleiden würde, nahm René die Tücher von den Bildern. Serena hielt sich im Hintergrund und flehte ihren Schwiegervater um Verzeihung an und Hugo und dann auch David. Und während René und Rudolf ihre Bilder betrachteten, verließ sie ganz leise hinter ihnen den Raum, schlich die Treppe hinunter und setzte sich vor das Kaminfeuer.

Die Männer nahmen sich Zeit. Rudolf erschien zuerst. »Na, siehst du!«, sagte er und rieb sich begeistert die Hände. »Ich hab's ja gewusst. Der junge Mann ist ganz außer sich vor Begeisterung. Er sagt, so etwas habe er überhaupt noch nie gesehen, du seiest eine ganz große Begabung. Ja wirklich, das hat er gesagt. Und dass er morgen unbedingt deine anderen Arbeiten sehen müsse.«

»Aber seine Frau ist doch krank«, sagte Serena und stand auf.

»Wohin willst du denn jetzt?«, fragte Rudolf.

»Ich möchte mich gerne zurückziehen. Die ganze Sache hat mich doch sehr angestrengt.«

Rudolf sah sie an. »Hast du etwa geweint?«

René kam am frühen Nachmittag, er kam einfach herein, er klingelte nicht, er klopfte nicht, er betrat ihr Atelier und verriegelte hinter sich die Tür. »Du solltest nicht so unvorsichtig sein, ich nehme an, du hast hier etliche Kostbarkeiten stehen, so wie in deinem Atelier auf der Elbinsel.«

Er machte ein paar Schritte in den Raum und sah sich um, wobei er den Blick auf sie vermied. »Apropos Elbinsel: Das ist ja eine prächtige Residenz, die du dir da drüben angelacht hast«, sagte er, »dazu der passende Prachtkerl von einem Ehemann, der seinen liebenden Blick kaum von dir lassen kann.«

»René …«, sagte sie.

»Zeig mir, woran du gerade arbeitest.«

»René …!«

Jetzt endlich sah er sie kurz an, schaute dann aber gleich wieder an ihr vorbei. »Ja«, sagte er, »du bist eine schöne Frau, aber du solltest nicht zu viel Seele in deine Augen legen. Das muss doch jeden, der davon getroffen wird, in die Flucht schlagen.«

»Und weil du nicht in die Flucht geschlagen werden willst, macht es dir Schwierigkeiten, mich anzusehen?«

Er seufzte. »Ach Maria … ich bin ein gefühlsarmer Mensch, mit meiner Liebe kannst du nicht rechnen. Mein Körper funktioniert einwandfrei, meine Seele ist leider stark behindert.«

Das klang nicht zynisch, eher so, als ob jemand einen Geburtsfehler zugeben würde.

»René …«, sagte sie zum dritten Mal und ging auf ihn zu. Er wich vor ihr zurück, bis er gegen die Wand stieß. »Wieder dieser Blick …«, beschwerte er sich. Sie lehnte sich gegen ihn.

Vor Aufregung und Verlangen begann sie zu zittern, die Knie wurden ihr weich und sie hatte Angst, an ihm abzurutschen und hinzufallen.

»Halt mich fest«, flüsterte sie, und tatsächlich legte er die Arme um ihre Taille.

Sie öffnete den langen Reißverschluss ihres Rockes. »Aber nicht im Stehen«, flüsterte sie, trat aus dem heruntergerutschten Rock und ging hinüber zur Couch. Er würde ihr jetzt folgen, das wusste sie, es war, als zöge sie ihn an einer kurzen Leine hinter sich her. Nach wenigen Sekunden lag sie nackt auf dem verschlissenen lila Samt, der gut zu ihrer hellen Hautfarbe passte.

René fingerte aus der Brusttasche seines grauen Jacketts ein Kondom.

»Lass doch«, sagte sie und hielt seine Hand fest, »ich werde nicht mehr schwanger.«

»Es geht mir nicht ums Schwangerwerden«, sagte er und streifte sich das Ding über. Sie kam nicht mehr dazu, ihn zu fragen, worum es ihm denn sonst gehe.

Als er schließlich erschöpft von ihr abließ, brach sie in Tränen aus. Eine Weile lag er still da, dann stemmte er den Oberkörper hoch und sah sie wütend an. »Nun lass bloß diese Heulerei. Schließlich warst du es, die unbedingt mit mir schlafen wollte, oder etwa nicht? Und falls es dir missfallen hat, kann ich das auch nicht ändern. Ich hab getan, was ich konnte. Mehr ist nicht drin.«

»René …«, sagte sie schon wieder, mehr Worte fielen ihr nicht ein.

»Ich hab inzwischen kapiert, dass du beschlossen hast, mich wie die Franzosen zu nennen«, sagte er, »René statt Rainer, bitte sehr. Aber mach mir keine Vorwürfe, dass ich es nicht schaffe, dich wie ein Franzose zu vögeln. Ich kann's nur auf meine simple direkte Art, und bisher hat die mir immer ausgereicht.«

»Mir auch«, sagte sie.

»Und was soll dann die Heulerei? Weibertränen gehen mir schrecklich auf die Nerven. Wo gibt's hier ein Waschbecken?«

»In der Küche, zweite Tür links.«

Sie blieb auf der Couch liegen, in Nana-Pose wie auf dem Bild von Goya. Keine Tränen mehr, nur noch dieses zwanghafte Glückslächeln, das – so viel Urteilsvermögen war ihr immerhin noch geblieben – ziemlich blöde wirken musste.

Den frisch gewaschenen René jedenfalls schien ihre Pose nicht zu beeindrucken.

»Ich hab ja schon gesagt, dass du eine schöne Frau bist. Du musst es mir nicht immer wieder demonstrieren. Nun steh endlich auf, wir haben zu tun. Und während du dich anziehst, entkleide ich schon mal deine Bilder.«

»Tu das nicht, René, bitte lass meine Bilder in Ruhe.«

Er lachte. »Das klingt ja fast, als ob es sich um deine jungfräulichen Töchter handeln würde. Dabei sind's doch vermutlich nur die Hugo-Bilder aus der ›Entarteten‹.«

Ohne sich noch einmal nach ihr umzuschauen, machte er sich daran, die Hüllen von den Bildern zu nehmen.

Er brauchte eine Weile, betrachtete Stück für Stück sehr sorgfältig, nahm sogar eine Lupe zu Hilfe, inspizierte auch die Rückseiten der Leinwände.

Serena lag immer noch auf dem Sofa und beobachtete ihn. Das Herz schlug ihr bis zum Hals.

»Ja …«, sagte er schließlich, »ja, du kannst etwas. Du kannst sogar erstaunlich viel. Es ist nicht nur die Technik, du hast die Fähigkeit, dich in die einzelnen Maler einzufühlen. Bei Kokoschka hapert's noch ein wenig, aber das machen wir schon. Außerdem müssen wir vorsichtig sein bei den Malern, die noch am Leben sind. Schließlich könnten die Käufer auf die Idee kommen, sich gelegentlich mit dem Künstler kurzzuschließen – der normale Sammler sonnt sich ja gerne in diesem persönlichen Kontakt, auch wenn der Maler momentan in Misskredit steht. Darum sollten wir uns lieber auf die Toten konzentrieren, das ist sicherer. Jedenfalls werde ich aus dir eine ausgezeichnete Fälscherin machen.«

»Eine Fälscherin, bist du verrückt?!«

»Wofür sonst könnte denn deine wunderbare Begabung gut

sein? Um den allerliebsten Hugo brauchst du dich wirklich nicht mehr zu bemühen, dem kannst du es auch nachträglich nicht recht machen. Diese passionierten Sammler haben doch alle einen irrationalen Hang zum Original, und du warst, bei all seiner Verliebtheit, letztlich eine große Enttäuschung für ihn.

Natürlich begreife ich inzwischen auch, warum du dich so abgeschottet hast gegen neugierige Augen. Dein alter Galan hat dich mit seiner Verachtung infiziert, und nun verachtest du dich selbst. Es ist dir so furchtbar peinlich, dass du künstlerisch auf Pump leben musst, ohne das geringste Eigenkapital dagegensetzen zu können. Stimmt's? Aber quäl dich nicht länger, jetzt wird alles anders. Denn das, was du kannst, ist genau das, was ich brauche und was dich einzigartig macht. Gelangweilte Damen deiner Klasse, die mit eigenen Ideen dilettieren, gibt es weiß Gott schon genug. Du hingegen bist etwas Besonderes, du bist fabelhaft, absolut großartig, ein Phänomen!«

In seiner Begeisterung zog er sie hoch vom Sofa und umarmte sie heftig. »Und daneben bist du auch noch wunderschön, das muss ja mal gesagt werden, du mit deiner Cranach-weißen Haut, deinem Odalisken-Busen und mit dem farblich so exquisit darauf abgestimmten präraffaelitischen Haaren, die fast bis auf deinen Wiener Hintern hinunterreichen. Das Beste an dir ist allerdings deine Hurenhaftigkeit, die hat mich von Anfang an fasziniert. In deinem tiefsten Inneren bist du eine Schlampe, vollkommen unmoralisch, eine, die nichts mitbringt und immer nur auf den richtigen Kick von außen wartet. Alles an dir ist falsch, oder, besser gesagt, zweiter Aufguss, sogar deine Reue. Als du mich damals in München abgeschleppt hast, wusste ich noch nicht so recht, was ich mit dir anfangen soll. Jetzt weiß ich's.«

Serena lachte. »Jetzt weißt du's also. Und was ist, wenn ich nicht will?«

»Doch, doch, du willst. Begreif nur erst einmal das ungeheure Potenzial, das in deiner Veranlagung steckt. Alle großen Huren müssen etwas davon gehabt haben, wenngleich sie in der Ausübung natürlich meist sehr beschränkt waren – immer nur das

Körperliche! Sie konnten eben nicht malen, nicht komponieren, nicht dichten.«

»Was redest du denn da. Eine Hure muss in allererster Linie Sinn fürs Geld haben.«

»Klar – fürs Geld als Endprodukt. Aber Geldgier alleine nützt dir überhaupt nichts. Außerdem: Was hast du gegen Geld? Nur weil du selbst im Geld schwimmst, heißt das doch noch lange nicht, dass ich keins brauche. Aber du, meine Moralschlampe, meine hurenhafte Schöne, du wirst mir dazu verhelfen.«

Das Wort Hure hatte eine erstaunliche Wirkung auf Serena. Die Knie wurden ihr weich. »Was bin ich?«, flüsterte sie.

»Hure«, sagte er, »Schlampe, Dirne, Flittchen, Schwalbe. Mir fallen noch mehr Worte ein, wenn dir das Spaß macht: Freudenmädchen, Gunstgewerblerin, Nutte, Horizontale – genug jetzt?«

»Halt mich fest, René!«

»Na klar. Ich lass dich nie wieder gehen. Weil du nämlich die erstaunliche Fähigkeit besitzt, dich in deinen Freier einzuleben, seine Möglichkeiten zu erkennen, seine produktiven Kräfte aus ihm herauszukitzeln, ihn aggressiv zu machen, schöpfungswillig, bis es schließlich aus ihm heraus explodiert und er samt allen seinen Geheimnissen hilflos und offen vor dir daliegt. Dann kannst du ihn ausnehmen wie eine Weihnachtsgans.«

»Will ich doch gar nicht.«

»Aber ich will. Und darum wirst auch du es wollen.«

»Na gut«, lachte Serena, »dann werde ich eben deine Hure.«

»Meine doch nicht«, sagte er und schob sie ein wenig von sich. »Du hast ja überhaupt nicht zugehört. Ich allein wäre doch mit deiner Potenz vollkommen überfordert. Ich bin dir nicht gewachsen, meine Liebe, bin kein großer Erotiker, und mein Sexbedürfnis hält sich in Grenzen. Ich bin nur ein kleiner Händler, ein Mittler, ein Verwerter. Alles, was ich will und kann, ist für dich ein guter Zuhälter zu sein, der beste aller Zuhälter, für dich!«

Serena spürte sehr wohl, dass es ihm, so verrückt seine Worte auch klangen, ernst war mit seiner Begeisterung. Sie zog ihn zurück zur Couch.

»Mein Zuhälter willst du sein«, sagte sie leichthin, »na gut, warum eigentlich nicht. Aber nur, wenn ich die Einzige bin und bleibe, die für dich anschaffen geht. Und auf welche Sorte Freier willst du mich ansetzen?«

»Es kommt darauf an, welcher Sorte du dich am besten bemächtigen kannst. Die Renaissance-Maler? Schön wär's ja, aber ich glaube, das schaffst nicht mal du. Natürlich könntest du es auch mal mit Cranach versuchen, ein ziemlich übersichtliches Werk, die Frage ist nur, ob er sich deinen Bemühungen öffnen wird. Rubens würde es dir da sicher leichter machen. Der hat sich doch an jedem Bild persönlich aufgegeilt und kann nicht genug kriegen von der eigenen Lust. Am nächsten kommt deinem Einfühlungsvermögen wohl doch das letzte Jahrhundert und die ersten zwei Jahrzehnte von diesem. Das liegt dir, diese schrägen Lüste unter dem Deckmantel tiefer Trauer, diese selbstbefriedigende soziale Anklage.«

»Schlaf mit mir, René.«

»Wieso, wir haben doch gerade zusammen geschlafen.«

»Dann lieg wenigstens bei mir und halt mich in den Armen. Und erzähl mir, was ich alles für dich tun soll. Ich werde mir große Mühe geben, auf deine Wünsche einzugehen. Versprochen.«

»Hure!«, sagte er und streichelte gedankenverloren ihre Brust. »Kunsthure, Künstlerhure, sie werden sich dir alle ausliefern, und ich werde reich sein.«

Während der folgenden Wochen und Monate gelang es Serena tatsächlich, Renés Wünsche zu den ihren zu machen. Dabei änderten sich ihre bisherigen künstlerischen Ambitionen vollkommen.

Hugo hatte ihr früher immer wieder geraten, Herz und Seele weit zu öffnen, dann würden schon von Gottes schöpferischem Feuer ein paar Funken in sie hineinfallen, zur ganz persönlichen Verwertung. Wenn sie jetzt daran zurückdachte, begriff sie, dass es mit ihren Öffnungsbemühungen nie weit her gewesen war. Sie hatte ihren ganz persönlichen göttlichen Gaben misstraut und war der Überzeugung gewesen, dass jeder mögliche auf sie niedergehende Funkenregen ihrer angestrebten Originalität nur schädlich sein könnte.

Jetzt endlich musste sie sich keine Sorgen mehr wegen der Überflutung mit fremden Produkten machen. Ganz im Gegenteil: Eigene Ideen waren nicht mehr gefragt, und so erlebte sie nun unverhofft Momente allergrößten Nachschöpfungsglücks, das einer sexuellen Befriedigung kaum nachstand.

Großzügig gestattete René ihr ein wenig Tendelei: »Um Erfahrung zu sammeln und perfekt zu werden«, sagte er, »kannst du ruhig mal ein Weilchen herumprobieren, kannst einen Abstecher zu den Holländern machen, wenn's sein muss auch zu den Surrealisten. Aber ich sage dir, die sind nichts für dich – die einen zu schwerfällig, die anderen zu wichtigtuerisch. Nimm es als Lernprozess, als eine Vorstufe zu dem, was dir wirklich liegt. Und lass es vor allem nicht zu lange dauern.«

Er erklärte ihr bestimmte Techniken, besorgte ihr die notwendigen Leinwände, Holzplatten, Farben und Stifte. Besonders für alte Papiere schien er ein Händchen zu haben. Voller Bewunderung breitete er sie vor Serena aus, glättete und liebkoste sie, roch an ihnen, und manchmal riss er sogar winzig kleine Stückchen ab und steckte sie sich in den Mund.

»Woher hast du nur all dieses Material?«, fragte sie misstrauisch, »und überhaupt, wieso verfügst du über solch ein Spezialwissen? Könnte es etwa sein, dass du dich schon mal als Kunstzuhälter betätigt hast?«

»Leider nein. Ich hab dir doch gesagt, wie einzigartig du bist! Allerdings bin ich schon immer an Fälschungen interessiert gewesen und habe sogar zeitweilig in einer Fälscherwerkstatt gearbeitet. Mein absoluter Idealberuf! Leider war ich nie wirklich gut genug, selber zum Erfolg zu kommen. Aber jetzt habe ich ja dich.«

Dass René sie in Besitz genommen hatte, bedeutete nicht, dass sie auch ihn besaß – jedenfalls nicht physisch. Er war viel unzuverlässiger als sie selbst es Rudolf gegenüber je gewesen war. Er kam und ging nach Belieben und hielt weder Entschuldigungen noch Kommentare je für nötig. Sie nahm es hin, weil der Reiz, den er auf sie ausübte, diese wunderbar gefährliche Anziehungskraft, keineswegs nur von seinem Körper ausging. Als er ihr gesagt hatte, er sei kein großer Erotiker, hatte sich das einzig auf seine körperlichen Fähigkeiten bezogen, denn seine Leidenschaft, das Begehren, die sinnliche Bewunderung war voll auf ihre künstlerische Arbeit gerichtet, für dieses »fabelhaft rücksichtslose Ausbeuten fremder Energien«, wie er das nannte.

Wenn er mit ihr schlief, fühlte er sich gelegentlich ausgebeutet. Er mochte das nicht, es erzeugte Unsicherheit, auf die er mit Ruppigkeit reagierte.

»Hure!«, schrie er dann.

Im Grunde hatte René ganz normale, seinem jugendlichen Alter entsprechende sexuelle Bedürfnisse, die er, eher belästigt als beglückt, möglichst energiesparend zu befriedigen suchte. Serena begriff das und entwickelte eine Technik, ihn zuerst aufzureizen und sich ihm dann spielerisch zu entziehen. Das verunsicherte ihn und machte ihn wütend, und Serena liebte seine Wut, sie liebte dieses gefährliche Entlangschlittern auf dem Grad seines Jähzorns, doch blieb sie immer beherrscht genug, um im rechten Moment eine elegante Kehrtwendung zu machen und ihn wohlbehalten in ihrer Nachgiebigkeit landen zu lassen.

»Hure!«, murmelte er dann noch einmal, bevor er umgehend erschöpft einschlief.

Das Zusammenleben mit ihrem Ehemann gelang ihr nun viel besser als zuvor, sie war liebevoller mit ihm, toleranter, nachgiebiger. Und vor allem wurde sie absolut zuverlässig. Wenn man ein Doppelleben führt, liegt es im eigenen Interesse, sich an feste Regeln zu halten, damit man nicht die Übersicht verliert.

»Dir scheint's ja momentan gut zu gehen«, stellte Rudolf zufrieden fest.

»Warum auch nicht«, sagte sie, »ich hab doch alles, was ich mir nur wünsche.«

Rudolf war mehr unterwegs als zu Hause. »Der Zug rollt, meine

Kleine«, frohlockte er, »und für mich gibt's keine Endstation. Vielleicht ist dieser Hitler ja doch nicht so mies, wie wir angenommen haben.«

»Aber David ....«, sagte sie dann.

»Ja, unser David ...«, sinnierte Rudolf, und sein Gesicht bekam einen weichen Zug. »Du wirst sehen, auch das renkt sich eines Tages wieder ein. Auf die Dauer können wir gar nicht auskommen ohne unsere Juden.«

Wenn er in Hamburg war, nahm sie mit ihm am gesellschaftlichen Leben teil und verbrachte die Wochenenden – sofern Meier-Diercks sie nicht beanspruchte – zu Hause. Meist war sie mit Rudolf allein, die Kinder hatten beide keine Lust mehr auf gemeinsame Unternehmungen.

Immer wieder erkundigte Rudolf sich nach »deinem neuen Galeristen«.

»Der ist wohl noch unterwegs in Frankreich«, sagte Serena dann, »jedenfalls hat er sich nicht wieder bei mir gemeldet.«

»Lass mich wissen, wenn du etwas von ihm hörst.«

Dann kam Weihnachten, zum ersten Mal ohne David. Das Fest und mehr noch die langen Tage zwischen den Jahren wurden für Serena schier unerträglich. René war mit seiner Frau Alice zu einem vierzehntägigen Urlaub in den Harz gefahren – Serena wusste also genau, dass sie ihn nicht sehen konnte. Und ins Atelier konnte sie auch nicht – Rudolf erwartete während dieser Tage, dass sie sich ganz und gar ihm widmen würde. Sie fühlte sich eingesperrt im verordneten Familienleben, tagsüber fand sie keine Ruhe und nachts wälzte sie sich schlaflos im Bett. Das Einzige, was ihr Bewusstsein besetzt hielt, waren Renés Aufträge: Sie sollte für ihn zwei Bilder malen, ein kleines Pastell von Munchs krankem Mädchen – »Das Motiv hat Munch so oft und in den verschiedensten Techniken variiert, vermutlich kann er's selbst kaum noch überblicken« – und einen frühen Vuillard: zwei Mädchen, deren geblümte Kleider mit dem Muster der Tapetenwand konkurrieren.

Als er nach drei Wochen zurückkam, waren die beiden Bilder fertig. Ungeduldig wartete sie auf seine Reaktion.

Er sagte nichts, doch konnte sie aus seinen Blicken und vor allem seinen Gesten Zufriedenheit ablesen. Er hatte so seine eigene Art, mit bewunderten Gegenständen umzugehen. Sie selbst gehörte nicht dazu.

Endlich drehte er sich zu ihr um und sagte: »Wenn die Zeiten nur nicht so schlecht wären für den Kunsthandel! Da wird zu viel von dem, was die Sammler loswerden wollen, auf den Markt geschmissen. Wer kauft in Deutschland schon noch zwanzigstes Jahrhundert!«

»Aber in Frankreich«, sagte sie hoffnungsvoll.

»Eben. Da versuche ich es ja auch immer wieder. Von irgendetwas muss ich schließlich leben.«

»Und wie war's mit Alice im Harz?«

»Das geht dich nichts an.«

»Warum nicht? Ich erzähl dir ja auch, wie es bei mir zu Weihnachten war. Nämlich grauenhaft. Ich hab dich so sehr vermisst, keine Nacht konnte ich ruhig schlafen.«

Er seufzte, schien aber doch geschmeichelt. »Zieh dich aus«, sagte er, und es klang diesmal fast etwas zärtlich.

Sie wusste, dass er es gern hatte, wenn sie nackt war, während er sich selbst höchstens seiner Hosen entledigte, oft nicht einmal das. Anscheinend gab es ihm ein Gefühl von Überlegenheit. Sie tat ihm den Gefallen, umschmeichelte ihn, reizte ihn, und als sie ihn dann endlich so weit hatte, dass er nach ihr griff und sie auf die Couch warf, rutschte sie unter ihm weg, rannte lachend durchs Zimmer, ließ sich wieder einfangen, entzog sich erneut – und schon war seine Wut da, oft zuvor provoziert und erfahren als probates Mittel zur Luststeigerung.

Heute jedoch glitt ihr zum ersten Mal das Spiel aus der Hand. Ohne dass sie es eigentlich wollte, steigerte sie sich in einen erbitterten Widerstand. Er stöhnte vor Verlangen, setzte all seine physische Übermacht ein, schlug sie sogar, und schließlich traf er sie so hart, dass sie sich benommen ein Kissen über den Kopf zog und ihm willenlos ihren Körper überließ. Als sie endlich unter dem Kissen wieder auftauchte, stand René an die Wand gelehnt und betrachtete sie abschätzend. Ihr war schwindelig, sie hatte ihre eigenen Spielregeln gebrochen, sie fühlte sich schuldig an seinem Zorn. Eine Weile schwiegen sie beide. Dann sagte er: »Du hast wirklich eine erstaunliche Ähnlichkeit mit den Frauenfiguren der Präraffaeliten.«

»Das waren zivilisierte Leute«, sagte sie, »die haben ihre Frauen nicht verprügelt.«

»Wer weiß. Ohnmächtig waren diese Damen garantiert andauernd, vermutlich so wie du, aus allzu großer Geilheit.«

»Gott, René!«

Er setzte sich zu ihr auf den Couchrand, wirkte plötzlich besorgt und ordnete liebevoll ihre zerwühlten Haare. Mit neugierigen Fingern tastete er über ihr Gesicht, nahm das Kinn in die Hand, korrigierte ihre Kopfhaltung und sagte: »Ja, genau so hat Rossetti seine Proserpina gesehen – der gleiche kitschige Sehnsuchtsblick, die gleichen wortlosen Schwüre, auf die Männer so gern hereinfallen. Du bist wie geschaffen dafür, meine Liebe, die Bilder von Rossetti nachzuempfinden. Mir ist nämlich zu Ohren gekommen, dass sich sogar die Nazis neuerdings für die Präraffaeliten interessieren.«

»Und was ist mit Munch, in den ich mich gerade mühsam eingearbeitet habe, und vor allem mit Vuillard, für den französischen Kunstmarkt?«

»Ja, ja, das können wir auch weiter verfolgen. Aber so ganz und gar hast du die beiden noch nicht rumgekriegt. Die halten etwas vor dir zurück – vermutlich ist der eine zu verzweifelt und der andere zu bürgerlich. Jedenfalls sind beide nicht so ganz deine Sorte. Rossetti hingegen und Burne-Jones und auch Watts und Leighton – das bist genau du, sinnlich, mystisch, unergründlich. Bist du natürlich im Grunde überhaupt nicht, aber du tust so als ob, und das reicht vollkommen.«

»Was bin ich denn wirklich, René?«, fragte Serena.

»Na was schon. Eine Hure, eine Schlampe, eine Anschafferin.«

»Komm her, René, leg dich noch einmal zu mir.«

Am nächsten Tag brachte er ihr ein paar große Reproduktionen, und Serena machte sich an die Arbeit.

Die Vorlagen hätte sie nicht gebraucht, Rossetti hatte zu Hugos Lieblingsmalern gehört, aber da sie die Blätter als Geschenk von René ansah, hängte sie sie im Atelier rund um die Couch an die Wand und versuchte die Welt von Rossettis Frauen zu begreifen. Hat Proserpina je Lust empfunden, als Hades sie auf dem Boden der Hölle festnagelte, hat Pandora den Hauch aus ihrem Kästchen nie selbst eingeatmet? Und was hat Mariana gedacht, wenn sie so selbstverloren den musizierenden Knaben zuhörte?

Wie immer wollte Serena über Ostern nach Liverpool fahren, um Louise und John zu besuchen und diesmal vor allem, um David wiederzusehen. Als sie René davon erzählte, antwortete er mit seiner üblichen autoritären Kälte: »Das wirst du nicht tun.«

»Was ist denn, René?«, fragte sie erschrocken.

Er stand auf und ging im Zimmer hin und her. Schließlich sagte er mit ungewohnt sanfter Stimme: »Du hast deinen Nebenmann ja wirklich lange nicht gesehen. Das muss auffallen.«

»Wem auffallen? Außerdem gibt es Gründe, warum er nicht mehr nach Deutschland kommt, das weißt du doch.«

»Natürlich, Meier-Diercks hat mir davon erzählt. Nicht gerade sehr couragiert, dieser Mr. Finchbury.«

»Warum sollte er sich unnütz in Gefahr begeben?«

»Vielleicht deinetwegen?«

»Wir schreiben uns lange Briefe und telefonieren manchmal miteinander.«

»Ja, ja. Also fahr nur und erfreue ihn mit einem intimen Osterspaziergang. Liebt er übrigens die schönen Künste?«

»Du willst ihn doch nicht etwa mit einer echten Fälschung beglücken?«

»Wenn er wüsste, dass die Fälschung von dir stammt, würde sie für ihn sofort zum begehrten Original werden. Übrigens, ich habe neulich eine Frau aus deinem Haus kommen sehen mit einem

Bild unter dem Arm. Arbeitest du etwa noch für jemand anderen?«

Serena erschrak. »Caroline, das war doch nur Caroline, eine mütterliche Freundin aus Wiener Zeiten. Vollkommen harmlos.«

»Eine alte Freundin, also eine zum Tratschen! Und was war mit dem Bild?«

»Ich hab's ihr geschenkt, warum nicht.«

»Weil wir es uns nicht leisten können, Bilder so einfach zu verschenken. Und erst recht nicht, dass wir ins Gerede kommen. Ich will nicht, dass du sie weiterhin siehst.«

»Aber René! Sie ist doch meine …«

Er unterbrach sie abrupt. »… deine Vertraute eben! Und dabei dachte ich, du hättest dich für mich entschieden.«

Plötzlich umarmte er sie mit großer Zärtlichkeit. »Maria … versprich mir, dass du den Kontakt zu der Frau abbrichst. Ich bitte dich, ich flehe dich an …«

Als Caroline das nächste Mal vor der Ateliertür stand, ließ Serena sie nicht herein.

Anfangs grinste Caroline nur. »Hast du nicht schon genug Mühsal mit deinem Ehemann zu Hause, musst dich auch hier noch von einem Kerl benutzen lassen! Aber mach nur, wirst es schon selbst eines Tages kapieren. Ich komm dann morgen wieder.«

»Nein«, sagte Serena.

»Nein, wieso?«

»Es geht nicht mehr, tut mir Leid. Ich habe Verpflichtungen.«

Caroline sah sie erschrocken an. »Mädchen …?!«

»Bitte frag mich nicht, ich kann dich im Moment einfach nicht gebrauchen. Also tu mir den Gefallen …«

»Gewiss doch, nichts leichter als das, ein kleiner Gefallen. Raus aus meiner Liebe, raus aus meinem Leben. Als ob ich's nicht schon immer gewusst hätte. Reine Dummheit von mir, es noch einmal zu versuchen.«

Sie kehrte sich um und ging. Serena, die an der Tür stehen geblieben war, hörte ihre tapferen, energischen Schritte auf der langen Holztreppe, vom dritten Stock bis zum Parterre. Kein einziges Mal kam Caroline aus dem Rhythmus oder stolperte gar, bis unten die Haustür hinter ihr zuflog.

Kurz bevor Serena abreisen wollte, baten Vorstand und Direktion der Howaldt-Werke die Repräsentanten der Hamburger Schifffahrt und Industrie mit ihren Gemahlinnen zum Stapellauf des Kraft-durch-Freude-Schiffes »Robert Ley«.

Als Rudolf am Sonnabendmittag nach Hause kam, warf er die Einladung wütend auf den Sofatisch. Wieder einmal empörte ihn die Tatsache, dass eine andere Werft diesen repräsentativen Auftrag, der allerdings Magnussens Kapazität weit überschritten hätte, für sich verbuchen durfte. Dennoch wollte er an der Feier teilnehmen.

Serena sagte: »Warum tust du dir das an? Erfinde irgendeine Ausrede, man wird dich nicht vermissen.«

»Das ist es ja gerade«, sagte er. »Magnussen rangiert bei denen unter ›ferner liefen‹. Aber eines Tages wird sich das ändern, darauf können die Gift nehmen. Jedenfalls werde ich mich durch nichts davon abhalten lassen, an dem gesellschaftlichen Ereignis des Jahres teilzunehmen. Der Führer wird die Taufrede halten.«

Sie versuchte es mit Lachen. »Dann kann man ja nur froh sein, dass Magnussen das Schiff nicht gebaut hat.«

Rudolf betrachtete sie nachdenklich. In seinem Blick lag etwas, das sie unangenehm an das Ritual vor dem Spiegel erinnerte. »Du hast dich während der letzten Zeit vernachlässigt«, sagte er.

»Was willst du denn damit sagen?«

»Du lässt die teuren Kleider im Schrank, ziehst immer nur Rock und Bluse an, wie meine Sekretärinnen. Es ist, als ob du dich deiner Eleganz schämst.«

»Ich mag eben nicht so aufgeputzt durch Ottensen gehen.«

»Du gehst ja jetzt sehr viel öfter als früher ins Atelier.«

»Hättest du es lieber, wenn ich zur NS-Frauenschaft ginge und dort warme Unterhosen strickte fürs Winterhilfswerk? Außerdem bist du doch sowieso die meiste Zeit verreist. Woher willst du überhaupt wissen, was ich tue und wie ich aussehe?«

»Ich weiß und sehe mehr als du denkst, meine Liebe. Außerdem macht sich unsere Tochter Sorgen.«

Daher wehte also der Wind. Die frühreife kleine Gudrun hatte sich bei ihrem Papa wichtig getan.

»Wieso Sorgen?«

»Du hast dich verändert, hat sie gesagt.«

Serena bemühte sich, seinem inquisitorischen Blick standzuhalten. »Haben wir uns nicht alle verändert, seit David nicht mehr zu uns kommt?«

Rudolf stieß einen tiefen Seufzer aus und wandte sich zum Barschrank. Nachdem er getrunken hatte, blätterte er, nun sichtlich entspannter, die pompöse Einladung durch.

»Nach dem Stapellauf der übliche Sektempfang und später dann Smoking und Abendkleid im »Vierjahreszeiten«. Wie ungemein passend für ein KdF-Schiff, mit dem man braven Minderbemittelten auf Firmen- oder Staatskosten ein paar langweilige Urlaubstage zukommen lassen will.«

»Also bleiben wir besser zu Hause. Du wirst dort nur die ganze Zeit über schlecht gelaunt sein.«

»Ich hab ja dich«, sagte Rudolf. »Wenn ich auch nicht die fettesten Staatsaufträge einkassiere, so habe ich immerhin nach wie vor die schönste Frau.«

Serena wusste, was das bedeutete: Ein neues Tageskostüm mit Hut und ein weiteres Abendkleid, obgleich sie das letzte erst zweimal getragen hatte.

Wenn René davon erführe, würde er wieder eine Bemerkung machen wie: »Von so einem Hut könnte eine Arbeiterfamilie eine ganze Woche lang leben.«

Sie ging zu Louisa Meier, der zartgliedrigen ältlichen Modistin in den Hamburger Colonnaden. Obgleich Deutsche, sprach sie mit französischem Akzent und verfügte über die Fähigkeit, französische Modellkleider haargenau zu kopieren.

»Das Abendkleid nehmen wir von Madame Coco«, sagte sie. »Chiffon rouge passt herrlich zu Ihren Haaren, hoch geschlossen, aber sehr durchsichtig, das Unterkleid tiefstens dekolletiert, weich und fließend. Und das Kostüm? Was wählen wir denn da? Alors ma chère Madame, da wählen wir Sciaparelli, schwärzestes Schwarz, hauteng auf den Leib geschneidert, sodass Sie kaum etwas darunter tragen dürfen, und mit Taschen, die wie kleine Schubladen wirken. Die Männer werden dann sogleich das dringende Bedürfnis entwickeln, die Schubladen aufzuziehen.« Madame Louisa kicherte wie ein Backfisch. »Der Hut dazu winzig klein, nur so eine Andeutung von einem Hut, aber streng in die Stirn gedrückt.«

Serena beschloss, sich rückhaltlos in Louisa Meiers Hände zu begeben.

»Qu'est ce qu'il y a, ma chère?«, zwitscherte Madame beim Maßnehmen. »Sie wirken so nervös. Und Sie sind auch noch viel dünner als vor einem Jahr, als wir das Pfirsichfarbene kreiert haben. Irgendwelchen Ärger mit dem Herrn Gemahl?«

»Und was machen wir mit den Haaren?«, fragte Serena, sie hatte keine Lust mit der Modistin zu plaudern.

»Abschneiden«, sagte Madame kategorisch.

»Das würde mein Mann nie erlauben.«

Madame seufzte. »Der beste Hamburger Friseur befindet sich momentan in Othmarschen. Er kommt auch ins Haus. Übrigens ein Neffe von mir, lassen Sie sich von ihm beraten.«

Bei ihrer ersten Begegnung mit dem neuen Friseur riet auch er zur Schere. »Schließlich wollen Sie sich ja nicht Ihre Flechten um den Kopf legen so wie unsere Reichsfrauenführerin, oder?«

»Nein, will ich nicht. Aber was sonst? Abschneiden kommt jedenfalls nicht infrage.«

Er überlegte. »Also dann, abends ein strenger Knoten, und morgens lassen wir die Haare lang herunterwallen, nur mit Kämmen am Hinterkopf zusammengehalten. Wie finden Sie das?«

»Die Haare offen? Nein, das geht auf gar keinen Fall.«

Doch er war bereits voller schöpferischer Begeisterung. »Natürlich geht das. Und ich garantiere Ihnen einen großen Erfolg. Solch ein KdF-Schiff regt ja nicht direkt zur Phantasie an. Da haben die Herrschaften bei Ihrem Anblick wenigstens über etwas zu reden. Und Tante Louisas schwarzes Kostüm ist so hoch zugeknöpft, dass der Betrachter Ihnen absolut nichts vorwerfen kann – außer natürlich die eigenen Gedanken. Honni soit qui mal y pense.«

»Ich mag aber nicht auffallen«, sagte sie.

»Und der Herr Gemahl? Mag der auch nicht, dass Sie auffallen?«

Also erschien sie tatsächlich zu diesem hochoffiziellen Stapellauf mit offenen Haaren. Von vorne konnte man kaum etwas davon sehen, die Andeutung von einem Hut hockte bescheiden auf einem straffen Scheitel. Hinten jedoch bauschte sich eine rotblonde, parfümierte Wolke, die jeder Rossetti-Geliebten zur Ehre gereicht hätte.

In den Augen der anwesenden Damen las sie gereizte Verwunderung, die Herren schaute sie sich lieber gar nicht erst an.

Auf der Taufkanzel schob Rudolf sie energisch nach vorn, sodass sie ganz nahe bei Hitler stand.

Am Abend dann bei der großen Festtafel saß sie neben Meier-Diercks.

»Ich habe um dieses spezifische Placement gekämpft«, sagte er und drückte vertraulich ihren Arm. »Die halbe Hamburger Männerwelt hat sich darum beworben.«

»Unsinn«, sagte sie, war aber doch ganz froh über seine Gegenwart, mit ihm konnte sie wenigstens reden.

Zur Feier des Abends trug er ein Monokel, das in seinem sonst so graumäusigen Gesicht tatsächlich etwas Charakter vortäuschte. Dazu die Ausgehuniform und ein sehr exklusives Herrenparfüm. Nicht schlecht, dachte Serena.

Sie strahlte ihn an, er strahlte zurück und applizierte einen sehnsuchtsvollen Kuss auf ihren Handschuh.

»Aber mein Mann sieht gerade zu uns rüber«, sagte sie lächelnd.

»Den hat's doch bisher auch nie gestört, dass ich Ihnen den Hof mache. Notfalls würde er noch viel mehr in Kauf nehmen.«

»Notfalls?«, fragte sie.

»Wenn sich's lohnt«, sagte Meier-Diercks, »nämlich für Führer, Volk und Vaterland.«

»Und was darf ich mir denn so unter ›noch viel mehr‹ vorstellen?«

»Alles«, sagte Meier-Diercks und sah ihr tief in die Augen. »Nun aber bleiben diese drei, Herz, Seele und Leib, aber der Leib ist der größte unter ihnen! Oder sieht man das in Hannover etwa anders?«

Anstatt auf diesen Angriff mit Schreck und Defensive zu reagieren, ritt sie plötzlich der Teufel. »Ach Fritz!«, zwitscherte sie und schlug ihm mit dem Handrücken gegen die Ordensbrust. Statt zurückzuweichen, lachte er kokett auf, und genau in diesem Moment wurde ihr klar, was es war, das er bislang so gut verborgen hatte: Der Korvettenkapitän Meier-Diercks war homosexuell.

Betreten schwiegen sie beide, auch er hatte begriffen, dass sie einen Blick hinter seine Fassade geworfen hatte.

Meier-Diercks fasste sich als Erster. »So ist es nun mal«, sagte er, und ehe Serena noch etwas antworten konnte, nahm er gewohnt freundschaftlich ihren Arm und zog sie vom Tisch weg an den Rand der schwafelnden Festgemeinschaft, wo einige jüngere Offiziere herumstanden, darunter auch Leutnant Deegen. Auf Meier-Diercks' angedeuteten Gruß lächelte er schüchtern zurück.

»Was haben Sie denn gedacht?«, fragte Meier-Diercks.

»Keine Ahnung«, sagte sie und begriff wieder einmal nicht, wieso sich dieser Mensch erneut in ihre Hände begab. Konnte es etwa sein, dass er sich mit ihr ehrlich befreundet fühlte?

»Jetzt haben wir wenigstens die Möglichkeit, über alles zu reden«, sagte er.

»Aber damals, im Schlafwagen …«, stotterte sie, »da wollten Sie doch …«

Er lachte ironisch. »Man lässt eben nichts unversucht. Außerdem war ich mir bereits Ihrer Ablehnung so gut wie sicher.«

Als Mamsell am nächsten Morgen zusammen mit der Kaffeekanne das Hamburger Fremdenblatt brachte, wirkte sie seltsam aufgeregt und stolperte über den Teppich, an den ihre Füße seit dreißig Jahren gewöhnt waren.

»Ist etwas?«, fragte Serena. »Geht's Ihnen nicht gut heute?«

»Aber ganz im Gegenteil«, jubelte Mamsell, hielt Serena die Zeitung hin und deutete auf die Vorderseite. »So was hätte ich mir ja nu doch nicht träumen lassen!«

Serena auch nicht. Denn gleich unter dem Aufmacher prangte ein Bild vom gestrigen Stapellauf. Doch nicht etwa die vom Stapel rauschende »Robert Ley« war zu sehen, sondern »der Führer und Reichskanzler Adolf Hitler und mit ihm Frau Serena Magnussen, die Gattin des Werftdirektors Rudolf Max Magnussen«. Hitler hielt den Kopf geradeaus und machte wie immer ein grimmiges Gesicht, doch seine Augen waren in ihre Richtung gedreht, eine raffiniert verschobene Perspektive, denn so sah es aus, als stehe sie direkt im Licht seines neugierigen Blicks und bemühe sich, süßlich verkrampft lächelnd, ihre flatternden Haare zu bändigen.

Rudolf nahm ihr die Zeitung aus der Hand.

»Entsetzlich!«, sagte Serena.

»Idiotischer Reporter«, sagte Rudolf. »Mich als Werftdirektor zu bezeichnen! Das sieht ja so aus, als wäre ich ein Angestellter von Howaldt. Aber ansonsten – es kann uns nur nützen!«

Später rief Meier-Diercks an. »Mir ist ja von Anfang an klar gewesen, was ich an Ihnen habe!«, sagte er in vertraulichem Ton. »Und wie ist das Foto bei Hannover angekommen?«

Plötzlich hatte Serena das Gefühl, dass sie den verschiedenen Leben und Bedürfnissen nicht mehr gewachsen wäre, und sie sagte abwehrend: »Das ist doch egal. Ich fahre über Ostern nach Liverpool, mit Rudolf und den Kindern.«

»Ja, ja, ich habe davon gehört. Allerdings wird Ihr Mann wohl kaum mitfahren können. Er hat zu tun.«

»Über Ostern?«

»Und wir fänden es auch nicht sehr geschickt, wenn er in England zu sichtbar werden würde. Schlafende Hunde soll man bekanntlich nicht wecken. Wann wollen Sie fahren?«

»In vier Tagen.«

»Vorher muss ich Sie unbedingt noch sehen.«

»Ich bin momentan etwas unter Druck. Aber ich werde versuchen, es möglich zu machen.«

»Übermorgen Nachmittag um drei bei Ihnen im Atelier«, sagte er. Seine Stimme klang kühl und autoritär.

»Bei mir?«, fragte sie erschrocken. »Und was ist mit … Hannover?«

»Der ist anderweitig unterwegs«, sagte er. »Also bis dann.« Ohne ihre Zustimmung abzuwarten, legte er auf.

Rudolf würde also hier bleiben, und beim Abendessen teilte ihr dann Johannes mit, dass er leider unabkömmlich sei, sein Fähnlein gehe auf Osterfahrt.

»Ich fahr aber auf jeden Fall«, verkündete Gudrun. »Ob du mich nun begleitest, Mama, oder nicht.«

Wie angekündigt erschien Meier-Diercks in Serenas Atelier. Er tat, als handelte es sich um einen ganz normalen Künstlerbesuch.

Plaudernd ging er von Bild zu Bild, zog die Tücher zur Seite, lobte vor allem »diesen nur für Eingeweihte erkennbaren Hauch von eigenständiger Ironie, den Sie Ihren klugen Adaptionen beimischen«, vergaß auch nicht, sich nochmals für die kleine Klee-Zeichnung zu bedanken: »Für mich ist sie Klee-typischer, als käme sie vom Meister selbst!«, und steigerte sich schließlich zu einer vertrauensvollen Bitte: »Wenn Sie mir einmal eine ganz besondere Freude machen wollen, dann malen Sie mir Rossettis Jane Morris als Jüngling. Das dürfte nicht allzu schwer sein, alle seine Figuren haben ja etwas Androgynes – finden Sie nicht auch?«

Serena stand schweigend und wartete. Schließlich wandte er sich ihr zu und sagte leutselig wie ein Schuldirektor vor den großen Ferien: »Und morgen soll's also losgehen, zu den Finchburys? Wie schön für Sie! Das Anwesen in Liverpool ist ja äußerst herrschaftlich, der riesengroße Park, der unmittelbar an das Werftgelände stößt – sehr praktisch! – und auf dem Dach der Lodge die siebenunddreißig Kamine, einer für jedes Zimmer. Da sollte es doch ein Leichtes sein, auch für Hannover ein Plätzchen zu finden!«

Serena krampfte die Hände auf dem Rücken zusammen. »Hannover? Was hat Hannover dort zu suchen?«

»In erster Linie natürlich Sie. Außerdem ist er ein sehr kontaktbedürftiger Kunsthändler, und die alte Mrs. Finchbury ist eine bekannte Sammlerin. Es dürfte Ihnen doch klar sein, wie schwierig es in England für einen Newcomer ist, in der Gesellschaft Fuß zu fassen. Und ganz nebenbei soll er sich unauffällig auf der Werft umschauen. Nur zur Information, versteht sich, damit wir etwas genauer wissen, womit wir es zu tun haben. Falls eines Tages wider Erwarten die Grenzen geschlossen werden sollten.«

»Nein!«, sagte Serena. »Nein, das will ich auf gar keinen Fall. Die Finchburys sind meine Familie, David ist mein einziger Freund.«

»Außer mir! Sie sollten nie vergessen, dass wir einen Pakt geschlossen haben, Sie und ich, einen Freundschaftspakt, der gestützt wird von äußeren Abhängigkeiten – ich wüsste kaum etwas Stabileres.«

»Aber Sie können doch nicht von mir verlangen, dass jemand unter meinem Schutz bei meinen Freunden spionieren soll, und das auf einer Werft, die nach wie vor zum Teil meinem Mann gehört?«, sagte Serena aufgebracht.

»So einfach ist das alles nicht. Erstens einmal existiert der Besitz Ihres Mannes nur noch pro forma, und die deutschen Austauschingenieure sind – leider – schon vor geraumer Zeit abgezogen worden, jedenfalls bevor sie noch einen Blick auf die neuen U-Boote werfen konnten. Außerdem hätte der alte John Finchbury das sowieso zu verhindern gewusst. Er findet zwar nichts dabei, dass seine U-Boote Magnussen-Schiffe versenken, für den umgekehrten Vorgang will er jedoch auf gar keinen Fall verantwortlich sein. Er ist nämlich ein größerer Patriot als er je zugeben würde. Sein Sohn übrigens auch.«

»Nun lassen Sie doch wenigstens David aus dem Spiel!«

Meier-Diercks lachte. »In Ordnung, solange er sich selbst aus dem Spiel lässt.«

»Wissen Sie was, mein Herr Korvettenkapitän – es macht mir überhaupt keine Mühe, die Reise abzusagen!«

»Das werden Sie gewiss nicht tun, meine liebe gnädige Frau«, sagte Meier-Diercks sanft. »Bedenken Sie doch: Eine ganze Woche oder sogar länger könnten Sie täglich Hannovers Gegenwart genießen. Und darüber hinaus dürften Sie sich auch noch in dem Gefühl sonnen, deutsche Menschenleben gerettet zu haben. Denn die Torpedos besagter U-Boote würden vor allem auf Deutsche gerichtet sein, das ist Ihnen doch wohl klar. Ihr Patriotismus gegen den anderen – leuchtet Ihnen das nicht ein? Zumal es hier auf jeden Fall einzig um die Defensive geht.«

David holte sie ab am Flugplatz London-Croydon. Als er Serena umarmte, fühlte sie sich steif und unsicher. Er schien es nicht zu bemerken, weil Gudrun an ihm zerrte und ihrerseits eine Umarmung einforderte.

»Du wirst deiner Mutter immer ähnlicher, Prinzesschen«, sagte er, und das kleine Mädchen wich nicht mehr von seiner Seite. Während der Bahnfahrt nach Liverpool legte sie ihr hübsches Köpfchen auf seinen Schoß und schlief sofort ein.

»Ich hätte dir so viel zu erzählen«, sagte Serena.

David legte einen Finger auf die Lippen und flüsterte: »Wir wollen sie nicht aufwecken. Reden können wir später.«

Auf dem großen Rasen vor der Finchbury-Lodge blühten die Osterglocken. Louise, inzwischen weit über siebzig und immer noch gekleidet wie ein Klimt-Modell, hatte sich die Haare kurz schneiden und schwarz färben lassen. Sie belegte Serena sofort und ganz und gar mit Beschlag.

»Was ist los mit dir?«, fragte sie als Erstes. »Du bist hohläugig und schmal, siehst aus wie eine überstrapazierte Jour-Dame, die sich auch noch die Nächte um die Ohren schlägt. Was sagt denn dein Mann dazu?«

»Rudolf geht's gut, er ist viel unterwegs.«

»Und wenn er zu Hause ist?«

»Dann geht's ihm auch gut. Er hat über nichts zu klagen.«

»Aha.« Louise betrachtete Serena mit zusammengekniffenen Augen. »Wer ist dein Liebhaber?«

Es war Serena unmöglich, die Wahrheit zu sagen. Und lügen wollte sie auch nicht. So beugte sie sich zu Louise und sagte in ihren inquisitorischen Blick hinein: »Wie wär's denn mal wieder mit einem kleinen Porträt?«

Louise war sogleich Feuer und Flamme, und es stellte sich heraus, dass sie alles schon sorgfältig vorbereitet hatte: eine bereits grundierte Leinwand, die Farben und ein großes Foto des Vorbilds.

Diesmal ging es um eins von Klimts letzten Bildern, das die damals vierunddreißigjährige Johanna Staude darstellte. Serena wunderte sich über Louises Auswahl. Das Gesicht, das der Meister gemalt hatte, wirkte unfertig, auch nicht besonders schön, und er schien mehr Mühe auf das Muster der Bluse und den feurig orangefarbenen Hintergrund als auf das Modell verwandt zu haben.

»Kennst du die Person?«, fragte Serena.

»Natürlich nicht. Eine kleine Sprachlehrerin, wie sollte ich die kennen. Aber sieh mal, was ich hier habe!« Wie ein geübter Taschenspieler zauberte sie hinter ihrem Sessel eine Bluse hervor, auffallend gemustert mit lila- und türkisfarbenen Blättern, wie auf dem Bild.

»Woher hast du denn die?«, fragte Serena.

»So was hat man eben«, sagte Louise mit einer komisch wegwerfenden Handbewegung. »In diesem Fall bereits seit zwanzig Jahren.«

»Und was hat man noch?«, fragte Serena lächelnd.

»Zum Beispiel den passenden Fellkragen, der Halsfalten und Doppelkinn verdeckt. Und vor allem hat man in dem Klimtschen Vorbild das ziemlich leere Gesicht eines geduldigen Modells, dessen Züge sich nicht dagegen sträuben werden, die meinen in sich aufzunehmen.«

Noch nie zuvor war Serena sich ihrer Liebe zu der alten Frau so bewusst gewesen, und sie hätte sich ihr nur allzu gerne anvertraut, hätte ihr alles gebeichtet, die Leidenschaft für René und die Rolle, die Meier-Diercks dabei spielte. Aber sie musste vorsichtig sein, denn indem sie Rudolf betrog, betrog sie auch David. Und war Louise etwa nicht zuerst und vor allem Davids Mutter?

Dennoch hoffte Serena, hinter der Staffelei zur Ruhe zu kommen. Schon der vertraute Raum und Louises Wärme würden ihr helfen, René aus ihren Gedanken zu verdrängen.

Am dritten Tag bat der alte John sie zu einem Inspektionsgang über die Werft. Er stützte sich schwer auf ihren Arm und nannte sie »Tochter«, so wie es Rudolfs Vater getan hatte.

Voller Stolz zeigte er ihr die sechs großen U-Boot-Rümpfe, die halbfertig nebeneinander an Land thronten.

»Sie sind schneller, wendiger und sicherer als ihre Vorläufer«, sagte er.

»Auf mich wirken sie nur bösartiger und bedrohlicher.«

»Genau das sind sie ja auch, liebe Tochter. Die erste der sechs Schönen wird bereits Ende des Jahres in die Verantwortung der Admiralität übergehen. Dann kommen noch endlose Tauchversuche. Zuvor jedoch darf irgendeine auserwählte Honoratiorengattin sie auf den Namen »Clio« taufen, »Clio«, die Muse der Geschichte. Unsere Admiralität hat einen Hang zum Griechischen, wohl um den Unterschied zum einfachen Mann noch klarer zu machen.«

»Du kannst doch den Namen vor der Taufe nicht preisgeben«, sagte Serena irritiert, »das bringt Unglück.«

Er lachte. »In puncto Aberglauben hast du dich also auch schon angepasst. Bei der »Clio« sehe ich das aber ganz leger: Kriegsgerät soll schließlich Unglück bringen.«

»Unglück zum Beispiel, indem diese »Clio« ihre Torpedos auf Magnussen-Schiffe abfeuert?«

»Warum nicht, jedenfalls hypothetisch. Die Überlegung, dass Finchbury und Magnussen fiktiv, aber gewinnbringend gegeneinander aufrüsten, hat mich schon immer glücklich gemacht. Dabei glaube ich natürlich fest an die menschliche Vernunft. Es wird keinen Krieg geben!«

Am Ostersonntag saßen John und Louise in zwei bequemen Korbstühlen auf dem Rasen vor der Lodge. Louise hatte sich nach der langen Sitzung am Morgen nicht umgezogen und trug immer noch die lilatürkise Porträtbluse mit dem Fellkragen. David war nicht da, Gudrun hatte ihn überredet, mit ihr in ein Konzert in der St.-Annen-Kathedrale zu gehen und Serena schnitt Osterglocken. Seit sie die Finchburys kannte und mit ihnen die Ostertage verbrachte, war es ihre Aufgabe, am Sonntag nach dem Mittagessen so viele dieser gelben Blumen zu schneiden, wie sie in einem Arm tragen konnte. Auf Louises Wunsch hatte sie dabei auch immer das gleiche Kleid an, hellgelb, mit einem mädchenhaften weißen Kragen.

Als sie diesmal inmitten der Osterglocken auf dem Rasen hockte und Louise gerade aufgestanden war, um ihr zu helfen, hörten sie ein Taxi den Kiesweg heraufgescheppert kommen und vor dem Portal bremsen. Ein Mann stieg aus.

»Frau Magnussen, gnädige Frau«, rief er schon von weitem, »welch reizender Anblick. Der Herr Gemahl hat mir gesagt, dass Sie hier sind, und weil ich gerade …«

»Wer ist denn das?«, zischte Louise.

Da stand er auch schon bei ihnen, verbeugte sich korrekt vor der Hausherrin und sagte mit einem ganz leichten österreichischen Akzent, den Serena noch nie an ihm wahrgenommen hatte: »Rainer Wittacker, Kunsthändler. Küss die Hand, gnä' Frau.«

»Wie wär's, wenn du vom Rasen aufstehst«, sagte Louise zu Serena. »Und Sie, junger Mann, hätten Sie sich nicht anmelden können?«

René lächelte. »Tut mir Leid, aber Ihre Büros waren nicht besetzt. Und die Privatnummer hatte ich leider nicht. Guten Tag, liebe Frau Magnussen. Ihr Mann lässt Sie herzlich grüßen. Er wäre nur allzu gern mitgekommen.«

Louises aufmerksamer Blick wanderte von einem zum anderen. »Na«, sagte sie, »dann wollen wir mal gemeinsam Tee trinken.«

Auf dem Weg zum Haus über den langen Rasen stützte René fürsorglich Louises Ellbogen, ganz als ob sie wacklig auf ihren Beinen wäre. Und sie ließ es sich gefallen. Serena ging hinter ihnen her und hörte, wie er sagte: »Der Stoff Ihrer Bluse – ganz hinreißend! Wiener Werkstätten um 1918, wenn ich nicht irre. Entwurf Martha Alber, stimmt's?«

Louises Begeisterung war sogar von ihrem sich straffenden Rücken abzulesen, obgleich sie versuchte, ihrer Stimme einen ironischen Tonfall zu geben: »So, so, Sie sind ein Experte. Und Sie wollen mich vermutlich zu irgendetwas überreden. Zu was, wenn ich fragen darf?«

»Es hat«, sagte René geheimnisvoll, »mit der Gegenausstellung zu tun.«

Während der nächsten Tage war René vollkommen damit beschäftigt, die Herrin der Finchbury-Lodge für sich einzunehmen, was ihm erstaunlich schnell und umfassend gelang, und Serena beobachtete voller Sorgen, wie verführbar Louise war. »Er hat mich sehend gemacht!«, jubilierte die alte Dame. »Und darüber hinaus ist er ja nicht nur Kunsthändler, sondern auch Künstler. Er zeichnet.«

»Dich?«, fragte Serena. Ihr etwas ruppiger Tonfall schien Louise nicht zu irritieren. Sie lachte geziert. »Wie käme ich denn dazu, einem relativ Fremden gleich mein Gesicht anzuvertrauen. Allerdings hat er schon einen Vorstoß gewagt, sehr charmant! ›Zeigen Sie mir doch erst einmal, was Sie können, junger Mann‹, habe ich gesagt, und daraufhin hat er mir ein paar ganz erstaunliche Skizzen gebracht, Schiffsrümpfe, Helgen, Kräne und so weiter, sehr modern, sehr eindrucksvoll. Ein wenig wie Fernand Léger.«

»Und nun soll er dich à la Leger porträtieren?«, fragte Serena bissig.

»Natürlich nicht. Stattdessen soll er unsere Werft porträtieren – aus allen möglichen Sichtwinkeln. Endlich habe ich ein passendes Geburtstagsgeschenk für meinen John zum Fünfundsiebzigsten. Der junge Mann kommt mir wie gerufen.«

»Schick ihn weg, Louise, er nutzt dich doch nur aus.«

Louise warf Serena einen verständnislosen Blick zu. »Könntest du einer alten Frau nicht auch mal ein kleines Vergnügen gönnen? Was ist denn los mit dir, Serena?«

»Nichts. Außer dass der Mann einfach nicht hierher passt.«

»Das finde ich ganz und gar nicht. Er ist zivilisiert, höflich, zurückhaltend, und er versteht etwas von Kunst. Selten habe ich mich in Gegenwart eines jungen Mannes so wohl gefühlt. Also tu mir den Gefallen und misch dich nicht ein.«

Serena hoffte verzweifelt, dass Renés Besuch in Liverpool tatsächlich der Kunstmäzenin Louise galt. Wie leichtherzig würde sie dann ihr falsches Spiel als erotische Eskapade, die letztlich niemandem schadet, abtun können. Schließlich hatte ein junger Händler von momentan nicht sehr populärer Kunst jede Karrierehilfe bitter nötig. Dass er ihretwegen gekommen war, schloss sie aus, obgleich er ihr eben dieses Nacht für Nacht zu beweisen versuchte, wenn er, meist spät und abgehetzt und frierend, in ihr Bett kam.

Sie hatte René nie vertraut, und sie konnte inzwischen gut mit seiner Unaufrichtigkeit umgehen. Willig akzeptierte sie, von ihm benutzt zu werden, und sie hatte auch nichts dagegen, dass er Louise benutzte – solange er sie glücklich machte.

Aber er wollte hier noch etwas anderes, und das erschien Serena so ungeheuerlich, dass sie nicht einmal wagte, darüber ernsthaft nachzudenken.

»Die alte Hexe hat mich ganz bewusst so weit entfernt von dir untergebracht«, sagte er eines Nachts, als er sich atemlos und zitternd vor Kälte in ihre Arme drängte. »Ein stundenlanger Fußmarsch durch eiskalte Flure, ebenso gut könnte ich durch den Ärmelkanal schwimmen!«

»Warum hast du's denn überhaupt auf dich genommen«, fragte sie, während sie ihn dicht an sich zog und mit Armen und Beinen umschlang. »Hättest dir doch den weiten Weg sparen und in Hamburg bleiben können.«

»In Hamburg haben wir nie eine ganze Nacht für uns gehabt.«

»Hier doch auch nicht. Du kommst nach Mitternacht und gehst vor Tagesanbruch. Was machst du da draußen, René?«

»Wieso draußen? Ich verzieh mich in mein Bett, das mir die Alte zugewiesen hat. Sie kontrolliert mich! Jeden Morgen in aller Hergottsfrühe schickt sie ein kleines Mädchen, nach mir zu sehen.«

»Das ist das Kaminmädchen, es geht in jedes Zimmer und zündet das Feuer an.«

»Ich brauch kein Feuer, ich hab ja dich.«

»Red keinen Blödsinn, das passt nicht zu dir. Erzähl mir lieber endlich, warum du mir hinterhergefahren bist.«

»Die alte Jüdin reicht dir wohl nicht als Grund? Sie hat viel Geld, ist kunstvernarrt und außerdem so schön verrückt.«

»Und sie geht spätestens um neun Uhr schlafen. Also sag's mir endlich. Du weißt doch, dass du dich auf mich verlassen kannst.«

René lachte. Ich mich auf dich verlassen – das ist ein guter Witz. Das einzig Verlässliche an dir ist doch deine Lüsternheit, und auf die muss ich eben aufpassen. Jeder gute Zuhälter würde das tun. Und in diesem Haus leben ja nicht nur Frauen. Was treibst du zum Beispiel während dieser langen Stunden, wenn du dich in Mrs. Finchburys Privaträumen versteckst?«

»Ich male ihr Porträt. Louise Finchbury als Klimt-Modell.«

»Pervers! Was zahlt sie dir dafür?«

»Nichts, das ist doch wohl klar.«

»Na siehst du, da haben wir's. Und ihr Sohn, als wen oder was malst du den? Wir wär's mit einem Heiligen Sebastian, hübsch nackt und von Pfeilen durchbohrt.«

»Hör auf, René. Lass David aus dem Spiel.«

»Na gut. Aber er ist scharf auf dich, der vögelt dich mit seinen Blicken, wenn du ihm auch nur in die Nähe kommst. Ich hab's genau beobachtet. Und du bist immer so zuckersüß mit ihm – ›oh David-Darling, Darling-Sweety-Herzensschatz!‹ Wenn ich nicht zu dir komme, wirst du ihn wahrscheinlich in dein Bett einladen.«

»Du solltest doch inzwischen bemerkt haben, was mit David los ist. Der hat kein Interesse an Frauen – jedenfalls nicht in deinem Sinne.«

»Unter dem Deckmantel der Schwulität kann man ganz schön rumvögeln, da wär er nicht der Erste. Und dein frühreifes Töchterchen würde ihn bestimmt nicht so umgarnen, wenn er eine vollkommen taube Nuss wäre. Das Mädchen hat Instinkt, das kann sogar ich merken. Und sie ist ganz wild auf ihn.«

»Er war dabei, als sie geboren wurde, er ist ihr zweiter Vater!«

»Umso schlimmer. Weißt du übrigens, was dein Freund momentan so treibt – ich meine, wenn er sich nicht gerade an Mutter und Tochter aufgeilt? Seine offizielle Funktion ist die Kontaktpflege zwischen Handels- und Kriegsmarine, so was Ähnliches wie Meier-Diercks, allerdings ist dein David viel eleganter und schlauer. Deshalb hasst ihn der Schnüffelmeier ja auch so. ›Vornehm-verschlagen‹ nennt er ihn – das find ich richtig gut.«

»Wenn David etwas bestimmt nicht ist, dann verschlagen.«

»Oh Gott, Maria! Es muss schön sein, von dir geliebt zu werden.«

»Aber ich …«

»Schluss jetzt, ich weiß doch, was du sagen willst. Aber es funktioniert nicht, weil ich nicht liebenswert bin, weder elegant noch vornehm. Deshalb schläfst du ja auch so gerne mit mir: Mein mieser Charakter macht dich scharf. Der Sex mit dir ist in Ordnung – aber mehr ist bei mir nicht drin. Und bei dir ist der Rest ja sowieso schon vergeben – ich meine das, was man so Liebe nennt.«

Renés Bemerkungen über die kleine Gudrun brachten Serena immerhin dazu, sich etwas intensiver mit ihrer Tochter zu beschäftigen. Elf Jahre alt, lange, rotblonde Locken, strahlend blaue Augen. Offenbar war sie vorzeitig in die Pubertät gekommen, sie hatte bereits einen kleinen Busen und betonte ihre schmale Taille neuerdings mit breiten Gürteln.

»Hast du eigentlich schon deine … ich meine, menstruierst du schon?«, fragte Serena ihre Tochter.

»Gott, Mama! Kannst du's nicht noch etwas komplizierter ausdrücken. Ja, ich habe meine Tage seit knapp drei Monaten. Und Nanny hat mir Binden besorgt. Alles in Ordnung.«

»Nanny, aha. Und wieso weiß ich nichts davon?«

»Weil du dich nicht dafür interessierst. Weil du nie Zeit für mich hast, weil du anderweitig beschäftigt bist – immer!«

»Aber … ich bin doch fast immer zu Haus.«

»Bist du? Ist mir nicht aufgefallen. Aber nun mach dir bloß nicht noch nachträglich Sorgen. Ich weiß, was das bedeutet. Und ich weiß, wie man damit umgeht.«

Die Überlegung, dass ihre Tochter sie an einem so wichtigen Ereignis in ihrem Leben nicht hatte teilnehmen lassen, bedrückte Serena, aber nur für kurze Zeit. Gudrun würde schon zurechtkommen, sie war energiegeladen, ehrgeizig, klug und rücksichtlos. Und René hatte wohl Recht, sie war verliebt in David. Serena dachte, dass für so eine frühe erste Passion, wenn sie denn schon passierte, David wohl das beste, zuverlässigste Objekt war. Aber wie zuverlässig war David eigentlich?

Einmal kam David – ohne Gudrun – zufällig auf die Terrasse der Lodge, als Serena dort stand und mit einem Fernglas René beobachtete, der, einen Zeichenblock unter dem Arm, unten zwischen den Helgen herumlief.

»Was siehst du?«, fragte David, als er von hinten an sie herantrat.

Sie fuhr zusammen. »Mein Gott, hast du mich erschreckt!«

Er nahm ihr das Glas aus der Hand und sah nun selbst hindurch. »Da läuft ja Mutters neuer Kunstvermittler. Ist der ein Freund von dir?«

»Ein Freund von Rudolf. Ich kenne ihn nur flüchtig.«

»Und magst du ihn?«

»Jedenfalls gefällt er deiner Mutter. Die ist richtig aufgeblüht, seitdem er hier ist. Und das freut mich für sie.«

David legte seinen Arm um Serenas Schultern. »Und du bist auch aufgeblüht. Woran liegt das?«

Zum ersten Mal war Serena Davids vertraute Nähe unangenehm. Sie machte einen Schritt zur Seite, sodass sein Arm von ihr abglitt.

»Ich blühe immer auf, wenn ich hier bei euch bin. Ist dir das noch nie aufgefallen?«

»Diesmal ist es anders.«

»Ach ja? Woher willst du denn das wissen? Du hast doch nie Zeit für mich.«

»Hast du denn Zeit für mich, Zeit und auch Gedanken?«

Serena wandte sich ab. »Wir haben uns eine Ewigkeit nicht gesehen, fast neun Monate. Solange waren wir noch nie getrennt. Inzwischen ist viel geschehen, vor allem bei dir.«

»Und bei dir etwa nicht?«

»Lass das, David, das ist wirklich zu blöd. Ich stelle etwas an dir fest, und schon drehst du den Spieß um und stellst dasselbe an mir fest. Also erzähl mir von den Veränderungen in deinem Leben. Und sag jetzt bloß nicht, ich soll dir erst mal von meinen Veränderungen erzählen. Was für ein neuer Job ist das, der dich so einnimmt?«

Er sah sie nachdenklich an. »Früher haben wir nie über irgendwelche Jobs gesprochen.«

»Früher hast du auch nie irgendwelche Jobs gehabt.«

»Doch. Ich hab mich um die Finanzen gekümmert, um die Buchhaltung, um technische Planung. Aber das war dir alles zu trocken. Und wenn du jetzt unbedingt wissen willst, was ich momentan tue, dann erscheint mir das wie eine vorgeschobene Ablenkung, damit ich dich nicht frage, was du momentan tust.«

»Du willst also nicht drüber reden?«, fragte Serena seufzend. »Ich hab's begriffen.«

»Willst du denn etwa darüber reden?«

Zum Glück kam in diesem Moment Gudrun angelaufen. »Hier bist du ja, David«, rief sie schon von weitem, »ich hab dich überall gesucht. Es ist doch schon nach sechs Uhr.«

Sie sprang ihm wie ein Kind in die Arme, und er schwenkte sie herum.

»Findest du nicht, dass sie für so etwas inzwischen zu groß ist?«, nörgelte Serena.

»Woher willst du denn das wissen, Mama?«

In ihrer siebten gemeinsamen Nacht wirkte René nervös. Beim Hereinkommen achtete er nicht auf Geräusche, und er vergaß die Tür hinter sich abzuschließen. Als er sich in Serenas Arme drängte, erschien er ihr noch kälter als sonst.

»Wo bist du denn gewesen?«, fragte sie und rieb und streichelte und massierte ihn.

»Jetzt bin ich ja bei dir«, flüsterte er – ungewohnte Worte mit einem ungewohnt sanften Klang. Als sie dann noch einmal aufstehen wollte, um die Zimmertür abzuschließen, klammerte er sich wie in Panik an sie. »Geh nicht, lass mich hier jetzt nicht allein. Und ich bin die ganze Nacht bei dir gewesen, ist das klar?«

»Was?«

»Vom Abend bis zum Morgen, ohne Unterbrechung. Falls dich jemand fragt.«

»Versteh ich nicht, wer sollte mich denn danach fragen? Und wenn, dann ist es doch wohl klar, dass ich alles abstreiten würde.«

»Eben nicht! Du würdest mir ein Alibi besorgen.«

»Auf Kosten meiner Ehe?«

»Ach Blödsinn. Dein Mann würde dich nie verstoßen. Dazu ist er viel zu stolz auf dich.«

»Was hast du da draußen gemacht, René?«

»Willst du das wirklich wissen?«

Er drängte sich noch näher an sie, flüsterte: »Maria …!«, und als er sie dann küsste, lösten sich ihre Fragen und Bedenken in nichts auf.

Später in der Nacht weckte sie ihn noch einmal. Erschreckt fuhr er hoch. »Was ist, hat jemand geklopft?«

»Nein, nein, ich wollte dir nur etwas geben, einen Ring, den ich für dich habe machen lassen.«

»Und dafür weckst du mich auf, mitten in der Nacht?«

Sie reichte ihm ein Kästchen. »Sieh ihn dir an, die kleine Gemme ist alt, römisch angeblich. Die Fassung ist natürlich neu. Ich dachte, er könnte dir gefallen.«

Müde nahm er ihr Geschenk, wurde dann immerhin etwas aufmerksamer, als er die auf der Gemme dargestellte erotische Szene wahrnahm. Ein Faun in unmissverständlicher Position über eine weibliche Figur gebeugt. »Ziemlich schwer, so etwas zu finden«, sagte er, »das muss dich ein Vermögen gekostet haben – sofern es echt ist.«

»Ich hab es jedenfalls als echt gekauft.«

Er drehte den Ring hin und her. »Bei Steinschnitzereien kann man Fälschungen kaum erkennen. Schade, dass du dich einzig auf Malerei und Zeichnungen konzentrierst.«

»Wirst du ihn denn auch tragen?«, fragte Serena.

»Na klar. Ehrlich gesagt hat mir noch nie jemand einen Ring geschenkt.«

Am folgenden Vormittag verkündete René, dass er nun endlich abreisen müsse. Louise war untröstlich. Er versprach ihr, auf jeden Fall wiederzukommen, wenn die Sache mit der Gegenausstellung weiter gediehen sei.

Serena stand mit ihm vor der Eingangstür, sie warteten auf das Taxi. Ein kurzer Moment der – vermutlich jedoch nicht unbeobachteten – Zweisamkeit.

Sie suchte seinen Blick, er jedoch sah, wie so oft, haarscharf an ihr vorbei. Mit gespreizten Fingern griff er sich in die üppigen Haare am Hinterkopf. Dabei bemerkte sie, dass er ihren Ring trug. »Also dann, Frau Magnussen. Es hat mich sehr gefreut.«

»Wann sind Sie wieder in Hamburg?«, fragte sie.

»Weiß man's«, sagte er und setzte dann immerhin lautlos hinzu: »Maria?!«

»Bis bald«, flüsterte sie.

Zwei Minuten später war das Taxi hinter der Gartenmauer verschwunden.

Serena und Gudrun blieben noch einen weiteren Tag, dann mussten auch sie aufbrechen. Unter Louises inquisitorischem Blick löste Serena das fast fertige Porträt aus dem Keilrahmen, um es zu Hause zu vollenden. »Ich schick's dir dann«, sagte sie.

Louise drückte ihr ein in Seidenpapier gewickeltes Päckchen in die Hand. »Das ist die lilatürkisene Bluse. Zieh sie auf eine Kleiderpuppe und denk dir meinen Kopf dazu. Das wird dir beim Malen helfen. Und bring sie mir später persönlich wieder zurück. Zusammen mit dem Bild.«

Serena versprach es und wusste gleichzeitig, dass sie nicht wiederkommen würde.

Ob David das auch wusste? Er war nur zur Verabschiedung kurz aus dem Büro herübergekommen. Nach London würde er Serena und Gudrun diesmal leider nicht begleiten können, hatte er gesagt, zu viel Unaufschiebbares sei zu erledigen.

»Langsam bist du schon genau wie Papa«, sagte Gudrun gekränkt, »immer ist irgendetwas wichtiger als die Familie.«

David lächelte sein melancholisches, kluges David-Lächeln. »Letztendlich ist für deinen Vater und mich nichts wichtiger als die Familie. Und gerade deshalb müssen wir manchmal Dinge tun, die uns von euch fern halten.«

»Pah ...!«, sagte Gudrun. »Das hab ich auch schon tausendmal von Papa gehört. Von dir allerdings noch nie.«

»Bei mir passiert eben immer alles etwas langsamer. Aber inzwischen bin ich fest entschlossen, mich für den Familienzusammenhalt einzusetzen. Bevor es zu spät ist. Schließlich will ich mich nicht ein Leben lang von euch fern halten müssen.«

»Dann komm doch jetzt gleich mit.«

»Das geht leider nicht.«

»Ist es, weil wir in Hamburg aufrüsten?«

Serena wurde ungeduldig. »Komm jetzt, Gudrun, wir müssen los. Und rede nicht über Dinge, von denen du nichts verstehst.«

Gudrun beachtete sie nicht. »Mach dir keine Sorgen, David, in der Schule haben sie uns erklärt, dass Deutschland nur aufrüstet, um sich zu verteidigen.«

»Dann ist ja alles in Ordnung«, sagte David und küsste das Mädchen auf beide Wangen. »Mach's gut, Prinzesschen, ich denke jeden Tag an dich.«

Als er dann Serena umarmte, flüsterte er – und es klang ebenso besorgt wie verschwörerisch: »Pass auf dich auf, meine Freundin, pass um Gottes willen auf dich auf.«

Lorenzen stand am Flugplatz und sah seiner Chefin erwartungsvoll entgegen.

Serena stellte ihre übliche Frage: »Im Hause alles wie immer, Lorenzen?«

»Gott Mama«, sagte Gudrun, »was kann sich denn geändert haben? Papa ist verreist, Nanny ist schlecht gelaunt, Johannes ist beim Jungvolk und Mamsell hat geschwollene Füße. Nur dass David nicht mehr da ist, das hat sich geändert.«

»Noch was, Fräulein Gudrun«, sagte Lorenzen und zwinkerte fröhlich, »was sehr Schönes!«

»Was denn?«

»Überraschung!«

Serena lächelte. »Hat mein Mann sich vielleicht endlich zu einem Haustier bereit gefunden? Sagen wir mal zu einer winzig kleinen Bulldogge?«

»Das wär doch nicht schön, oder?«

Als Serena die Überraschung dann sah, verschlug es ihr die Sprache. Voller Schrecken und Zorn betrachtete sie ihr Proserpina-Bild, das im Wohnzimmer über dem Kamin prangte.

»Und der Chef war ja so begeistert«, schwatzte Lorenzen, »weil es Ihnen doch so ähnlich sieht! ›Das muss ich haben, Lorenzen‹, hat er gesagt, ›und wenn es auch noch so teuer ist!‹ Und dann hat er's selbst aufgehängt, mit meiner Hilfe natürlich, und er hat immer wieder gesagt: ›Das wird eine Überraschung für meine Frau, nämlich dass ein Maler sie schon längst vor ihrer Geburt so gemalt hat, wie sie jetzt aussieht.‹«

»Nun hängt Papa dich auch noch als Bild an die Wand!«, sagte Gudrun seufzend und setzte sich an den Flügel. Erst als die ersten Fingerübungen ertönten, kam Serena zu sich.

»Du gehst jetzt sofort in dein Zimmer und schließt die Tür hinter dir. Dieses Geklimper ist ja unerträglich.«

»Was kann ich denn dafür, dass dir Papas Überraschung nicht gefällt«, sagte Gudrun.

Wieder einmal hielt René sich fern. Serena wartete und vertrieb sich die Zeit mit der Arbeit an dem Klimtschen Porträt. Dabei folgte sie Louisens Rat und zog die lilatürkise Bluse auf eine Schneiderpuppe. Sich den Kopf dazu zu denken, fiel ihr zwar leicht, bei der Übertragung auf die Leinwand jedoch stand ihr wieder einmal das ursprüngliche Bild im Wege. Eine Vorstellung gegen die andere, und keine trug den endgültigen Sieg davon. Als das Bild fertig war, nahm sie's mit nach Hause, um es Rudolf zu zeigen.

»Sehr schön«, sagte Rudolf, »aber es ist nicht wirklich Louise.«

»Es ist das, was Louise momentan sein möchte«, sagte Serena.

Nach drei Wochen endlich erschien René wieder im Atelier. Inzwischen hatte sich Serenas Zorn auf ihn etwas gelegt. Sie wollte ihm keine Vorwürfe machen. Sie fragte nur: »Auf wie viel belief sich dein Judas-Lohn?«

Aber schon das war zu viel. »O Gott«, sagte er, »nun werd bloß nicht sentimental. Du bist reich, ich bin arm. Da du dich weigerst, mich auf direktem Weg an eurem Reichtum teilhaben zu lassen, zum Beispiel durch eine kleine Apanage, zwingst du mich, es auf indirekte Weise zu versuchen.« Mit forschendem Blick sah er sich im Atelier um.

»Wieso hast du dir denn die alte Finchbury hierher geholt? Die Wochen mit ihr waren schon anstrengend genug, muss sie uns nun auch noch hier auf die Nerven gehen?«

»Das ist doch bloß ihre Bluse«, sagte Serena.

»Ich kenne dich, Maria. Für dich reicht schon ein Fetzen Stoff, um dir die ganze Person gegenwärtig zu machen. Und ich fühle mich nicht gern beobachtet.« Er warf ein Leintuch über die Puppe. »So«, sagte er, »von mir aus können wir jetzt zusammen schlafen. Zieh dich aus.«

Später dann hatte er keine Mühe, Serena noch zu einem dritten Rossetti zu überreden, diesmal ging es um die Beata Beatrix, mit der Rossetti einst seine verstorbene Frau hatte ehren wollen. Ein trauriges Bild. Die bereits ziemlich jenseitige Schöne sitzt mit geschlossenen Augen da, in ihrem Schoß hält sie eine große rote Blüte des Schlafmohns, aus dessen Frucht bekanntlich das Opium gewonnen wird. Mrs. Rossetti war an einer Überdosis Laudanum gestorben. Als das Bild fertig war, ritt Serena der Teufel und sie produzierte eine hübsche Unterschrift, mit der sie ganz gewiss verhindern würde, dass Rudolf noch einmal auf René hereinfallen würde: »To my late beloved wife who passed away, alas, in an ecstatic nightmare.«

Grimmig betrachtete René ihre Eigenmächtigkeit.

»Was soll denn das? Rossetti hat so etwas nie geschrieben.«

»Er hätte es aber tun können. Und du findest sicher einen reichen Witwer, der des Malers Homage an seine schöne Frau gerne auf die eigene verstorbene übertragen würde.«

»Ecstatic nightmare …«, sagte René kopfschüttelnd.

»So was gibt's«, sagte sie. »Und man kann daran sterben.«

In diesem Sommer wollte Rudolf sich für zehn Tage freimachen und mitfahren nach Liverpool. Sogar Johannes fand sich bereit, seine Jungschar alleine auf Fahrt gehen zu lassen. Eine Familienreise wie früher, Serena versuchte sich drauf zu freuen. Louise hatte ein paar Mal angerufen und überdies lange Briefe geschrieben. Sie war sehr aufgeregt wegen ihres finanziellen und vor allem persönlichen Engagements für die so genannte Gegenausstellung, die »Exhibition of Twentieth Century German Art«, die am achten Juli in London in den Burlington Galleries eröffnet werden sollte. »Ohne diesen jungen Mann, den Rudolf mir geschickt hat«, schrieb sie, »würde ich noch immer der Zeit hinterherhinken. Warum hast du mir nie davon berichtet? Ich bin absolut hingerissen.«

Einen Tag vor der geplanten Abreise stolperte Serena dann auf dem Anlieger über ihre eigenen – hochhackig beschuhten – Füße. Hätte Lorenzen sie nicht aufgefangen, wäre sie ins Wasser gefallen. So brach sie sich nur ihren rechten Knöchel. Lorenzen brachte sie ins Krankenhaus, der Bruch war kompliziert und sie sollte ein paar Tage dort bleiben.

Rudolf nahm die Gelegenheit wahr, den Liverpool-Urlaub ebenfalls abzusagen. »Ich fühl mich nicht mehr wohl in England«, sagte er. »Sogar auf der Werft kann ich inzwischen eine unterschwellige Aggression spüren. Und unser David scheint voll eingestiegen zu sein in die uralte splendid isolation. Britannia rules the Waves, ich kann damit nicht gut umgehen.«

So fuhren also die Kinder mit Nanny Burnes allein in den Urlaub. Das Louise-Porträt nahmen sie mit.

Als Meier-Diercks sie im Krankenhaus besuchte, dekorierte er ihr Gipsbein mit roten Rosen und salbaderte: »Auch noch unter Schmerzen strahlend schön. Inzwischen schwärmt sogar meine Frau von Ihnen – besser gesagt natürlich von der Pandora, die seit kurzem unser Wohnzimmer ziert. Eigentlich sollte jeder Mann, der Sie liebt, einen Rossetti an der Wand haben.«

Diesmal war Serena kaum noch schockiert. Sie fragte nur: »Haben Sie viel dafür bezahlen müssen?«

»Aber nein, es war ein Geschenk.«

»Wie großzügig. Ich meine, weil er doch so dringend Geld braucht. Für seine kranke Frau.«

Meier-Diercks schüttelte boshaft lächelnd den Kopf. »Nun ist sie auch noch krank geworden«, sagte er, trat ans Fenster, als wollte er hinaussehen und wechselte abrupt das Thema. »Diese Engländer lassen doch nichts unversucht, um uns zu provozieren! Und die Familie Finchbury gehört zu den Hauptgeldgebern, wodurch natürlich auch die Magnussen-Werft involviert ist. Gegen Führer und Vaterland und vor allem gegen die offizielle deutsche Kulturpolitik!«

Sie lachte ihn aus. »Als ob Sie nicht auch dagegen wären.«

»Aber ich solidarisiere mich nicht mit dem Feind.«

»Dann werden Sie die Gegenausstellung in London also nicht mit Ihrer Gegenwart beehren?«

»Wie kommen Sie denn auf die Idee?«, nun lachte auch er. »Ich muss mich doch darüber informieren, was der Feind im Schilde führt. Hannover ist natürlich auch dort. Mrs. Finchbury hat ihn eingeladen.«

Serena wollte nicht über René reden. »Wird der junge Deegen Sie begleiten?«, fragte sie.

»Leider nicht. Wir müssen vorsichtig sein. Aber vielleicht könnten Sie sich in der Zwischenzeit ein bisschen um ihn kümmern?«

»Könnte ich zwar, aber ich glaube, mein Kümmern würde ihn zu Tode erschrecken.«

»Er wird's ertragen. Ein wenig provokante Weiblichkeit dürfte seinem Ruf sehr gut tun. Und würde auch den Blick der neugierigen Umwelt von Hannover ablenken.«

»Wer schaut schon nach Hannover.«

»Zum Beispiel Ihr Mann? Das Eigenleben, das Sie sich durch Ihr Atelier ertrotzt haben, muss ihm doch suspekt sein.«

»Ist es wohl auch. Darum hat er ja versucht, sich einzumischen. Er hat Hannover zu meinem Händler bestimmt.«

»Was?«, Meier-Diercks bekam einen Lachanfall, »der Ehemann engagiert den Geliebten seiner Frau, um sich selbst zu beruhigen! Ein guter Witz, den Hannover mir vorenthalten hat.«

»Dabei wissen Sie doch sonst immer alles.«

»Aber leider nicht alles über Sie, meine Liebe. Hannover kann ziemlich schweigsam sein. Dabei muss ich doch dringend dafür sorgen, dass da nichts aus dem Ruder läuft.«

»Wieso eigentlich Sie?«, fragte Serena.

»Weil ich mich für Sie verantwortlich fühle. Deshalb habe ich ja auch Ihrem Mann in Berlin eine Freundin besorgt, so ein kesses junges Ding mit hübschen Beinen und einem ziemlich vulgären Plappermäulchen.«

Meier-Diercks beobachtete Serena. Falls er sich eine heftige Reaktion erhofft hatte, wurde er enttäuscht.

Serena blieb kühl und beherrscht. »Na ja«, sagte sie, »das entlastet mich.«

»Sehr gut«, lobte Meier-Diercks, »genau dafür habe ich das Arrangement gedacht.« Offenbar gefiel er sich in der Rolle eines Marionettenspielers.

In Serena jedoch regte sich Widerstand. Gut, sie würde also tun, worum Meier-Diercks sie gebeten hatte. Gleichzeitig nahm sie sich vor, dem Puppenspieler einige seiner Fäden aus den Fingern rutschen zu lassen.

Sie rief den jungen Deegen an und bat ihn in die Villa. »Dem Korvettenkapitän liegt sehr daran, dass Sie sich unser Rossetti-Bild anschauen, im Vergleich zu seinem. Er scheint großen Wert auf Ihr Urteil zu legen.«

Selbstverständlich kam der Leutnant dem Auftrag seines Vorgesetzten nach, wenn auch – bereits am Telefon hörbar – mit Zittern und Zagen.

Wegen des bis zum Knie eingegipsten rechten Beins ruhte Serena dekorativ in halb sitzender Stellung auf dem Sofa. Ihre Hilflosigkeit weckte in dem jungen Mann Beschützerinstinkte, er schenkte den Tee ein, reichte ihr die Schale mit den Keksen und hüllte sie schließlich, als frühabendliche Kühle von der Elbe her durch die weit geöffneten Terrassenfenster wehte, auf ihre Bitte hin in eine leichte Decke – wobei er ihr notgedrungen sehr nahe kam.

»Als ob der Maler Sie gekannt hätte!«, sagte er zaghaft beim Anblick des Rossettis. In der Schule habe man ihn zwar ausgiebig über die alten Griechen und Römer belehrt, die neuere Kunst jedoch als irrelevant beiseite gelassen. Und weil sein verehrter Vorgesetzter ja ein großer Kunstexperte sei, würde ihm die Lückenhaftigkeit des eigenen Wissens immer wieder schmerzlich bewusst werden.

»Aber Meier-Diercks hält sehr viel von Ihrem guten Geschmack.«

»Ach ja?!«, ein schüchternes Strahlen.

»Und das mit der Lückenhaftigkeit werden wir zu ändern versuchen. Ihr Vorgesetzter hat mich ganz explizit gebeten, Ihnen eine kleine Lehre angedeihen zu lassen. Nehmen wir uns als Erstes die Kunsthalle vor.«

»Wir?«, fragte er überrascht.

»Sie und ich. Morgen ist Sonntag, da haben Sie hoffentlich frei.«

»Ja, aber Sie sind doch … Sie können nicht … also Sie sind schließlich eingegipst!«

»Ach, das wird schon gehen. Was ich brauche, ist eine kräftige Stütze.«

Drei Tage später schon stand der junge Deegen in hellen Flammen. Am vierten Tag dann verriet er seinen Liebhaber.

»Er ist so menschenverachtend«, sagte er. »Er hat etwas Teuflisches!«

»Aber ich dachte, Sie lieben ihn.«

»Er hat mir Wünsche erfüllt, das stimmt. Und ich habe wohl zeitweilig Dankbarkeit mit Liebe verwechselt.«

»Und er, liebt er sie?«

Deegen lächelte melancholisch. »Kann der Teufel denn überhaupt lieben?«

»Vielleicht ist seine Beziehung zu Ihnen das einzig Nichtteuflische an ihm«, sagte Serena, »der schwache Punkt, der ihn verletzbar macht?«

»Wollen Sie ihn etwa verletzen?«, fragte Deegen. »Dieser Mann hat keine Angst, und es kommt ihm überhaupt nicht in den Sinn, dass er zu weit gehen oder ihm irgendetwas misslingen könnte. Wahrscheinlich liegt darin der Grund für seinen Erfolg.«

Leutnant Ruthard Deegen war wohl doch nicht so naiv, wie Serena gedacht hatte. Und er war auch sensibler, zarter und sehr leicht zu kränken.

Gleich am ersten Tag nach seiner Rückkehr machte Meier-Diercks einen Besuch bei Serena und erzählte ihr begeistert von den Wundern der englischen Ausstellung, auch von der Rede Max Beckmanns – »als Mensch arrogant und politisch naiv, dabei als Maler einer der Größten!« –, und von Hannover, der inzwischen die alte Jüdin Finchbury erstaunlich geschickt um den kleinen Finger gewickelt habe.

»Wann kommt Hannover zurück?«, fragte Serena.

Meier-Diercks lächelte ironisch. »Hält er Sie etwa nicht auf dem Laufenden? Soviel ich weiß, will er noch eine ganze Weile dort bleiben. Es gibt viel zu schauen im Feindesland.«

»Aber seine Frau ist doch krank!«

»Das macht Ihnen Sorgen? Die Dame wird wohl auch ohne ihn wieder gesund werden. Und er muss schließlich Geld verdienen.«

Nach sechs Wochen, der Gips war inzwischen von ihrem Bein entfernt worden, fühlte Serena sich immer noch als ein Teil von Meier-Diercks' Marionetten-Theater. Sie wehrte sich nicht dagegen und fand sogar, dass sein Fädenziehen ihrem Leben etwas erleichternd Irreales gab und sie von Verantwortung entband.

Ihre Rolle als Ruthard Deegens Angebetete hatte sie weitgehend perfektioniert, und der Gedanke an René hatte ihr dabei sehr geholfen, sie brauchte sein Verhalten nur zu kopieren. Herrisch, unzuverlässig, ständig fordernd, kaum je gebend. Da sie kein Mitleid hatte mit sich selbst in ihrer Leidenschaft für René, wollte sie auch kein Mitleid haben mit Deegen in seiner Leidenschaft für sie.

Als die Kinder aus den Ferien nach Hause kamen, wirkte Gudrun strahlend und glücklich, Johannes ungewöhnlich schlecht gelaunt. »Du hast uns doch versprochen, dass du nachkommst«, sagte er.

»Mein Fuß«, sagte Serena.

»Das glaubst du doch wohl selber nicht«, sagte Johannes.

Keine Nachricht von René. Wiederholtes Treffen mit Deegen, einmal sogar im Atelier. Rudolf meldete vorsichtig Einwände gegen Serenas neuen ständigen Begleiter an.

»Dieser hübsche dritte Sohn von Deegen & Co. scheint es dir ja angetan zu haben.«

»Eine angenehme Begleitung«, sagte sie, »wohlerzogen, bildungshungrig und vom anderen Ufer. Meier-Diercks hat mich gebeten, dem Wissen seines jungen Adjutanten in Sachen Kunst etwas auf die Sprünge zu helfen.«

»Übertreib es nicht«, sagte Rudolf.

»Was gibt's denn da zu übertreiben? Meinst du, die strengen Hamburger Herrschaften könnten auf die Idee kommen, mir einen jungen Liebhaber anzudichten – jetzt, wo du so viel Zeit in Berlin verbringst?«

»Du weißt genau, warum ich dort sein muss.«

»Ja natürlich, das weiß ich. Und wenn dich meine Beziehung zu dem jungen Mann stört, kann ich sie ohne weiteres abbrechen. Ich werde Meier-Diercks sagen, dass du das Gefühl hättest, die Sache liefe aus dem Ruder.«

»Das wirst du nicht tun. Und es geht hier doch überhaupt nicht um meine Gefühle, sondern um deinen guten Ruf. Dass ich dir in jeder Beziehung vertrauen kann, das weiß ich.«

Serena strahlte ihn an. »Und ich vertraue dir. Also was wollen wir mehr.«

Im Oktober kam René zurück. Er betrat ihr Atelier, setzte sich aufs Sofa und gähnte.

»Gott, war das wieder anstrengend mit der alten Frau. Täglich musste ich sie neu überzeugen. Und geizig ist sie und wählerisch. Die ›Beata Beatrix‹ war ihr zu deprimierend. Und natürlich mochte sie auch das Motto nicht. Ihrer Erfahrung nach könnte eine Ekstase keine nightmare sein. Also, ich brauche dringend einen weiteren Rossetti – romantisch, verträumt, erotisch. Mit der Erotik hat sie's nämlich.«

»Da ist noch frisch gebrühter Kaffee«, sagte Serena, »willst du eine Tasse?«

Immerhin bedachte er sie nun mit einem Blick. »Ist das alles, was dir dazu einfällt, eine Tasse Kaffee?«

»Was erwartest du von mir. Deine Beziehung zu Liverpool und Louise Finchbury ist deine Sache, damit will ich nichts zu tun haben.«

»Hast du aber doch, denn ohne dich wäre ich überhaupt nicht in Kontakt mit der Dame gekommen.«

»Aber du bist ohne mich bei Louise hängen geblieben!«

»Ich muss schließlich meine Bilder verkaufen. Und die sind bei weitem nicht alle so sehr gefälscht wie deine.«

Irrte sie sich, oder klang aus seiner Stimme so etwas wie Verachtung? »Also was ist«, fragte sie, »Kaffee oder nicht?«

»Na meinetwegen.«

Als sie, die Kaffeetasse in der Hand, ins Zimmer zurückkam, stand René aufrecht in der hinteren Ecke des langen Atelierraums. Mit geblähten Nasenflügeln zog er die Luft ein und ließ seine Augen in kalter Aufmerksamkeit umherschweifen.

»Es war jemand hier«, sagte er.

Serenas Hand begann zu zittern, sie musste die Tasse absetzen, damit der Kaffee nicht überschwappte.

»Ja ja, dein Freund Meier-Diercks war hier. Er hat so eine aufdringliche Art, muss unbedingt alles wissen … René?!«

»Nicht dieser alternde Schwule, den meine ich nicht. Du hast mich verraten.«

Serena musste sich setzen. Eine tiefe Niedergeschlagenheit breitete sich in ihr aus. »Ich habe dir nie etwas versprochen«, flüsterte sie.

»O doch, das hast du, nicht in Worten, die waren dafür ja auch nicht nötig. Und ich habe dir geglaubt, zum ersten Mal in meinem Leben habe ich an die Loyalität einer Frau geglaubt. Vielleicht hätte ich dich schließlich sogar lieben können, auch gegen meinen Willen.«

Er ging zur Couch, zog seine Jacke aus. »Ich bin entsetzlich müde«, sagte er, legte sich hin, rollte zur Seite und bedeckte sein Gesicht mit dem Arm.

Serena saß da und wartete.

Als er sich nach vielen Stunden wieder aufrichtete, sah er sie mit fremden Augen an.

»Was sitzt du denn da?«

»Ich hab dir beim Schlafen zugesehen.«

»Na und? War's interessant?«

»René …«

»Ich weiß, ich weiß. Erzähl mir jetzt keine Geschichten. Du warst einsam, du brauchst immer mal was Neues. Aber was soll's, mir kann es doch gleichgültig sein. Ich wollte dich ja sowieso nie lieben.«

»Schlaf mit mir, René.«

»Von mir aus. Für ein kurzes Vergnügen warst du schon immer gut. Also zieh dich aus.«

Er kam ihr nicht entgegen, und als sie unter ihm lag und die Augen schloss, herrschte er sie an: »Mach verdammt noch mal die Augen auf. Sonst verwechselst du mich noch.«

Serena hatte Angst. Ihre verschiedenen Rollen, die sie früher so spielend leicht auseinander gehalten hatte, begannen ein Eigenleben zu entwickeln und sie mehr und mehr zu bedrängen. Sie saß in der Falle, die sie sich selbst gestellt hatte.

René kam unregelmäßig. Mal wochenlang gar nicht und dann wieder drei Tage hintereinander. Doch wenn sie früher sein »Zieh dich aus« als einen erregenden Aufruf zu gemeinsamer Lust empfunden hatte, klang es ihr jetzt nur noch wie eine simple Anweisung.

In kürzester Zeit produzierte sie zwei weitere Rossettis – sie wurde immer besser, aber für René war es nie gut genug.

Nebenher musste sie auch noch ein paar Vorzeigebildchen malen, um Rudolf einen plausiblen Grund für ihre langen Atelierstunden zu geben: Die Elbe aus den verschiedenen Blickwinkeln, das Ufer, die Elbinsel, die Werftgebäude und Kräne. Er verschenkte diese Bilder gern an bevorzugte Kunden, es ging ja auf Weihnachten zu.

Und dann war da auch noch der verliebte junge Deegen, der aus den kleinen Intimitäten, die sie ihm gewährt hatte, auf ihre Gegenliebe schließen wollte.

»Mein Mann ist misstrauisch geworden«, erklärte sie ihm, »wir müssen vorsichtig sein. Außerdem hat Meier-Diercks seine Augen überall. Auch in meinem Atelier.«

»Soll er doch«, sagte Deegen trotzig, »schließlich war er es, der mich in deine Arme und dich in meine getrieben hat. Jetzt lass ich dich nicht mehr los.«

Meier-Diercks indessen sagte warnend zu Serena: »Ich denke mir, Sie haben meinem jungen Leutnant inzwischen genug beigebracht. Romantische Seelen wie er können allzu leicht aus der Kontrolle geraten. Es ist nun dringend an der Zeit, die Sache abzubrechen.«

»Wie Sie wollen. Ich habe nur getan, worum Sie mich gebeten haben.«

»Der Junge brauchte dringend etwas Erfahrung, einen kleinen Schmerz, eine bekömmliche Portion Tragik – nun reicht's aber.«

»In Ordnung, pfeifen Sie ihn zurück. Sie wissen doch, wo meine eigentlichen Interessen liegen.«

Der Major betrachtete sie, kühl abschätzend und wie immer überlegen. »Ja, das weiß ich. Und notfalls muss ich eben das eine gegen das andere ausspielen.«

Serena sehnte sich nach David, ihrem Freund, von dem René gesagt hatte, sie habe all ihre Liebe an ihn vergeben. Er würde sogar das verstehen und verzeihen, was ihr selbst unverständlich und unverzeihlich erschien. Obgleich sie bei ihrem letzten Gespräch in Liverpool beide so gestelzt herumgeredet hatten, schrieb sie ihm lange Briefe, in denen allerdings wenig stand. Ihn telefonisch zu erreichen wurde immer schwieriger. Als sie ihn endlich einmal am Apparat hatte, wusste sie nicht, was sie sagen sollte. Also bat sie ihn nur flehentlich, nach Hamburg zu kommen, er fehle ihr so sehr.

Er jedoch schien ihre Bitte nicht ernst zu nehmen, machte Ausflüchte, plauderte über dies und das und sagte, dass seine neuen Aufgaben ihn sehr ausfüllten. Hilflos und enttäuscht beendete Serena schließlich das Gespräch mit einem »Aber wir lieben dich wirklich immer noch sehr«.

Erst als sie den Hörer aufgelegt hatte, bemerkte sie, dass Rudolf hinter ihr stand.

»Wen liebst du sehr?«

Sie erschrak. »Wir – habe ich gesagt, wir lieben ihn sehr, nämlich David.«

»Das war David? Was wollte er?«

»Ich wollte etwas von ihm, wenigstens seine Stimme hören. Er fehlt mir.«

»Mir auch. Warum fährst du nicht hin?«

»Ach, ich weiß nicht. Irgendwie rückt Liverpool immer weiter weg.«

Er mischte sich seinen Abenddrink. »Die Politik, die Umstände«, sagte er. »Unsere Schuld ist es jedenfalls nicht. Und Freund David arbeitet inzwischen für die englische Marineverwaltung.«

»Ja, ich weiß. Anscheinend ist er in Liverpool so etwas ähnliches wie Meier-Diercks hier. Macht dir das Probleme?«

»Er ist mein einziger Freund. Und ob ich will oder nicht, muss ich ihn jetzt wohl als meinen Feind ansehen. Übrigens hat er mir vorgeschlagen, unsere Partnerschaft zu lösen. In Freundschaft und eigener Regie, bevor man uns die Entscheidung aus den Händen nimmt.«

»Und? Das ist doch genau das, was uns von offizieller Seite schon längst nahe gelegt worden ist.«

»Stimmt. Aber Liverpool, das bedeutet für mich doch nicht nur irgendeinen Geschäftsanteil, das ist meine Aufbauarbeit, meine Familie, meine Werft, das ist ...«

»Nur zwanzig Prozent davon«, unterbrach Serena.

»Ohne mich wären sie nie zu dieser neuen Blüte gekommen! Ohne mich würden sie zum Beispiel heute keine U-Boote bauen können.«

»Ach so, das ist es also, was dir gegen den Strich geht.« Serena lachte. »Finchbury baut die lukrativen neuen U-Boote, und Magnussen muss sich immer noch mit lächerlichen U-Bootjägern zufrieden geben – wenn überhaupt.«

»Die U-Boote stören nicht nur mich, die stören vor allem die deutschen Behörden. Aber der alte John lacht ja nur darüber. Grundsätzlich sei Aufrüsten doch etwas Großartiges, meint er, und außerdem friedensförderlich. Denn je waffenstrotzender unsere beiden Länder seien, desto unwahrscheinlicher würde es Krieg geben. Und er habe sich schon immer gewünscht, seinen Profit auf beiden Seiten machen zu können. Nicht mal die Nazis würden so blöd und irrational sein, auf ein hochgerüstetes England loszugehen. Entsprechend ist er strikt gegen eine Trennung.«

»Und du?«

»Ich wünschte mir, ich könnte ebenso zynisch sein wie John. Aber es gelingt mir nicht. Teils, weil ich zu sentimental bin, teils, weil unseren Kriegsherren hier der Doppelprofit sehr suspekt ist. Du weißt ja selbst, was Meier-Diercks darüber denkt. Außerdem kenne ich die Nazis natürlich besser als John. Und ich traue ihnen jede Unvernunft zu.«

»Ist David deshalb für die Trennung?«

»David verstehe ich momentan überhaupt nicht mehr. Er hat früher nie darüber nachgedacht, dass er jüdischen Ursprungs ist. Jetzt scheint sein Judentum in den Vordergrund gerückt zu sein. Er will mit diesem Deutschland nichts mehr zu tun haben. Und vermutlich hat er Recht.«

»Also ziehst du die Auflösung eurer Partnerschaft doch in Erwägung?«

»Wer weiß. Und wenn ich sie gegen Johns Willen ertrotze, würde sich das wohl auch auf Louises Kredit auswirken. Zuerst einmal bräuchte ich große Marineaufträge, damit ich mir die Trennung überhaupt leisten könnte. Marineaufträge kriege ich aber nicht, solange ich noch mit Finchbury verquickt bin. Ich müsste mir also dringend Geld besorgen für eine Zwischenfinanzierung – und alles, was mir hierzu einfällt, ist wieder mal Louises Erbe, das inzwischen wohlbehalten in der Schweiz liegt.«

Serena lachte ungläubig. »Du glaubst doch nicht im Ernst, dass Louise ihr Geld hergeben wird für eine Entwicklung, die weder sie noch John wollen.«

»Sie müsste es ja nicht merken.«

»Was?!«, sagte Serena erschrocken.

Gedankenverloren schwenkte Rudolf die Eisstücke in seinem Drink. »Seit dem Transfer von Wien nach Zürich habe ich alle Vollmachten. Und es wäre doch nur für den Übergang. Später zahle ich ihr alles mit Zinsen zurück.«

»Die Finchburys sind unsere Familie, das hast du doch gerade wieder betont, David ist dein bester Freund!«

»Eben. Von wem denn sonst kann man Verständnis in einer Notlage verlangen, wenn nicht von seiner Familie.«

»Dann rede wenigstens mit David.«

»Das werde ich nicht tun. Ihm muss ich den Konflikt ersparen. Wegen seiner Eltern könnte er es nicht zulassen, dass ich die Magnussen-Werft mit Louises Geld saniere, und um seiner Freundschaft willen müsste er meine geheime Anleihe tolerieren.«

»Und was ist mit *deiner* Freundschaft?«, fragte Serena.

»Hab ich doch schon gesagt: Ich vertraue auf sein Verständnis.«

Im Oktober erfuhr Serena von Meier-Diercks, dass in Paris nun auch eine Ausstellung »Freie Deutsche Kunst«, in der Maison de la Culture geplant würde.

»Nicht so aufwändig wie die englische«, sagte er, »denen fehlt offenbar eine zahlungswillige französische Mrs. Finchbury, aber peinlich dennoch. Am besten, man übergeht's mit Schweigen.«

»Aber Sie fahren hin?«

»Natürlich.« Meier-Diercks grinste. »Das ist doch ein Politikum, ich muss mich auf jeden Fall informieren. Und Deegen nehme ich mit. In Zukunft werde ich seine Erziehung in Sachen Kunst wieder selber in die Hand nehmen.«

Serena hörte kaum noch zu, denn bei der Erwähnung von Paris war ihr ein Gedanke durch den Kopf geschossen, der eine Glücksvision auslöste.

»Wird Hannover auch dort sein?«, fragte sie vorsichtig.

»Vermutlich. Er hat ein paar sehr wichtige Kunden in Frankreich.«

Mit René in Paris, das müsste sich doch irgendwie arrangieren lassen!

Also ein weiteres Gespräch nach Liverpool. »David«, sagte sie aufgeregt, »ich habe eine wunderbare Idee: Wir treffen uns in Paris. Bitte, David! Ich weiß schon gar nicht mehr richtig, wie du aussiehst.«

»Paris ...«, sagte er, »ja, das wär schon was! Du und ich und Rudolf, so wie früher. Ich werde versuchen, ein paar Tage Urlaub zu kriegen.«

David hatte den Köder geschluckt. Jetzt ging es nur noch um den passenden Termin.

»Was hältst du von der dritten Woche im November?«, fragte sie. »Vorher haben wir hier noch einen kleinen Stapellauf, und danach geht es schon zu sehr auf Weihnachten zu. Meinst du, dass du das schaffen könntest?«

»Ich werd's versuchen«, sagte David, »und ich freue mich schon sehr!«

Die Pariser Ausstellung sollte am 25. November eröffnet werden, und Rudolf musste sich am 26. bei einer Schifffahrtskonferenz in Danzig sehen lassen. Er würde also auf gar keinen Fall mitkommen können.

Voll hysterischer Erwartung und Aktivität gab Serena sich ihren Zukunftsträumen hin. Sie begann sogar alles Geld, das sie zusammenraffen konnte, in französische Francs umzuwechseln, illegal natürlich. Madame Louisa Meier und ihr Neffe, der Friseur, halfen ihr dabei.

»Paris …«, schwärmte Madame, »wie gern würde ich Sie begleiten! Aber unsere Regierung ist ja gegen fremde Einflüsse, sogar auf dem Gebiet der Mode. Schauen Sie sich um in Paris, bringen Sie Ideen mit nach Haus, und Modejournale, so viel sie tragen können. Wie lange bleiben Sie?«

»Weiß nicht«, sagte Serena lächelnd und malte sich aus, dass sie vielleicht überhaupt nicht wieder nach Hause kommen würde.

Kaum hatte sie in Paris ihre Koffer ausgepackt, sich von David umarmen lassen und mit ihm eine kleine Mahlzeit eingenommen, schützte sie Kopfschmerzen vor und machte sich voller Ungeduld auf den Weg in die Rue d'Anjou zur Freien Deutschen Kunstausstellung.

Als sie die Maison de la Culture betrat, war ihr ganz übel vor Aufregung. Aber René war nicht da – wieso auch, er wusste ja nicht, dass sie ihn hier treffen wollte. Während der letzten drei Wochen hatte er sich nicht bei ihr sehen lassen.

Im Hotel wartete David auf sie. »Nun erzähl mal, wie geht's dir, was hast du inzwischen getrieben?«

Sie wusste nicht, was sie antworten sollte. Sein freundschaftliches Interesse erschien ihr plötzlich als unerträgliche Neugier.

Um von sich selber abzulenken, sagte sie: »Rudolf hat seit einiger Zeit eine Geliebte in Berlin.«

»Ach was, wer hat dir denn den Blödsinn erzählt?«

»Egal. Aber es stimmt leider, meine Informationen sind absolut zuverlässig.«

»Wenn du dir tatsächlich so sicher bist, wieso kannst du dann so ruhig darüber reden?«

»Was würdest du denn als passender ansehen? Eine große Szene, soll ich mich vielleicht verzweifelt in deinen Armen ausheulen? Rudolf ist mein Mann, und das wird er auch bleiben. Weil er mich nämlich liebt. Und diese Person in Berlin ist eine vorübergehende Angelegenheit. Ich muss sie nicht ernst nehmen. Offenbar brauchte er mal etwas Abwechslung.«

»Manchmal versteh ich dich wirklich nicht, Serena.«

»Und was ist mit Rudolf, verstehst du den?«

Während der nächsten Tage erfand sie immer wieder neue Ausreden, um sich für Stunden von David losmachen zu können und in die Ausstellung zu laufen.

Nur an einem einzigen Nachmittag ging sie mit ihm einkaufen – Lingerie –, und da war's Gott sei Dank fast so wie früher. Sie schwelgte in der feinen bestickten Seidenwäsche, hielt sie sich vor den Körper, damit er sich vorstellen konnte, wie sie darin aussähe, und lachte über seine Schüchternheit.

»Für Monsieur ist das wohl alles noch sehr neu«, kicherte die Verkäuferin.

»Aber keineswegs«, antwortete Serena, »wir sind seit fast vierzehn Jahren verheiratet!«

Die Verkäuferin seufzte anerkennend. »Und immer noch verliebt! Sicher hat auch unsere Wäsche ein wenig dazu beigetragen.«

Als sie nach dem Einkaufen in einem kleinen Bistro saßen, zog David plötzlich ein Collier aus der Tasche und warf es nachlässig auf Serenas Dessertteller. »Hier, das sollte ich dir schon seit langem geben.«

»Wieso?«

»Louise wollte, dass du es trägst. Ich hab's zu meinen Manschettenknöpfen getan und dort leider vergessen. Heute früh ist es mir zufällig wieder in die Finger gekommen.«

Sie fischte das Collier aus ihrer Eiscreme, wischte es mit der Serviette ab und sagte: »Wirklich, David! So was vergisst man doch nicht!«

Er zuckte die Schultern. »Ich weiß ja, dass Schmuck dich nicht sonderlich interessiert.«

»Das stimmt. Aber wenn er von dir kommt ...!«

»Von Louise«, korrigierte er.

»Außerdem ist er bestimmt ziemlich wertvoll.«

Sie klappte ihre Handtasche auf und ließ den Schmuck hineinfallen. »Man weiß ja nie, ob man nicht vielleicht doch mal einen Notgroschen braucht.«

Serena hatte die Hoffnung, René in Paris zu treffen, schon fast aufgegeben, da erschien wenigstens Meier-Diercks in der Galerie. Sie war so froh, ihn zu sehen, dass sie auf ihn zustürzte und ihn sogar umarmte.

»Na endlich! Ich fürchtete schon, Sie kämen überhaupt nicht mehr.«

Er wich vor ihr zurück und betrachtete sie kühl.

»Eine kleine Verzögerung. Da war noch das Begräbnis, das meine Teilnahme erforderte.«

»Ach ja? Wer ist denn gestorben?«, fragte sie munter.

»Offenbar waren Sie nicht in Kontakt mit zu Hause. Nun ja, es handelt sich um einen Freund von Ihnen, um einen intimen Freund.«

Ihr Herz begann zu rasen. »René?«, flüsterte sie.

»Nein, nein, Herr Wittacker ist wohlauf, soweit ich weiß. Es handelt sich um Leutnant Ruthard Deegen. Er ist bei einer Inspektion von der Helling sieben auf die Pier gestürzt, gebrochenes Rückgrat, sofortiger Tod.«

»Grauenvoll, wie konnte denn das passieren?«

»Tja. Ich nehme an, dass vor dem Rückgrat sein Herz gebrochen ist, das hat wohl seine Standfestigkeit etwas beeinträchtigt.«

Meier-Diercks nahm ihren Arm. »Sie sehen blass aus, anscheinend lässt die Nachricht Sie doch nicht ganz kalt. Kommen Sie, wir gehen nach nebenan ins Bistro und trinken einen Kaffee.«

Als sie an dem Marmortischchen saßen und der Kaffee vor ihnen stand, fragte sie: »Ist er gesprungen?«

»Haben Sie Grund, das anzunehmen?«

»Ja. Nein. Ich weiß es nicht, als ich ihn das letzte Mal gesehen habe, wirkte er überhaupt nicht verzweifelt. Ich habe ihm auch keinen Anlass dazu gegeben.«

»Nicht direkt, das mag sein. Jedenfalls nicht, solange Sie seine rührenden Illusionen genährt haben. Nachdem er mir allerdings gestanden hat, dass er sich nun leider endgültig von mir trennen müsste, weil er sich inzwischen mehr vom weiblichen Geschlecht und vor allem von dem schönsten, besten, edelsten Geschöpf dieser Spezies angezogen fühle, konnte ich nicht umhin, ihn ein wenig aufzuklären.«

Nach vorn gebeugt, hing Meier-Diercks in seinem Stuhl, eine ungewohnt schlaffe Haltung. Es wirkte, als spräche er nicht zu Serena, sondern zu der Tischplatte.

»Sie haben …«

»Ich habe ihm nur ein paar Fotos gezeigt. Das reichte.«

»Was für Fotos?«

Er zuckte die Schultern. »Fotos eben, ziemlich intim. Die Gesichter gut zu erkennen, vor allem das der Frau.«

»Aber … wieso existieren solche Fotos?«, fragte sie hilflos. »Ich meine, wer hat die gemacht?«

»Ist das so wichtig? Man hat doch vielerlei Möglichkeiten heutzutage. Hannover kennt sich da bestens aus. Wenn Sie sich den Anblick der Fotos zumuten wollen, kann ich sie Ihnen gerne zeigen.«

Ihr wurde übel. Sie sprang auf und stürzte zur Toilette. Als sie zurückkam, saß Meier-Diercks in der gleichen Haltung wie zuvor am Tisch.

»Eine würdige Beerdigung«, murmelte er, »viele Schifffahrtsleute, viel Marine. Verunglückt in Erfüllung seiner Pflicht. Rudolf Max Magnussen konnte sich leider nicht freimachen. Seine Gattin weilte gerade in Paris mit ihrem englischen Freund, der ja nicht einmal ihr einziger Freund ist. Vor allem treibt es sie bekanntlich nach Hannover. Aber in Zukunft wird sie nun wohl auf beide verzichten müssen. Sie hat meinen jungen Mann auf dem Gewissen – also werde ich mich von jetzt an etwas intensiver um ihre jungen Männer kümmern. Zu viel Freiheit ist allemal schädlich.«

»Bitte nicht«, flüsterte sie, obgleich sie doch wusste, dass Bitten hier nutzlos war. »René hat wirklich nichts damit zu tun. Er wusste ja nicht einmal von mir und Deegen.«

»Umso schlimmer«, sagte er, »so etwas hat ein Mensch wie er einfach zu wissen.«

Der Major schwieg einen Augenblick, starrte noch immer nachdenklich auf den Tisch vor sich. Dann sagte er: »Es geht hier nicht um Gerechtigkeit. Aber Rache ist eine verführerische Droge, nicht sehr langlebig, wie man weiß, kurzfristig jedoch hilfreich. Apropos Droge ...« Er schob ein schmales Päckchen über den Marmortisch. »Ich weiß schon, dass Sie ohne meine Veranlassung die Sache nicht begonnen hätten. Schuldig sind Sie erst geworden, weil Sie das rechte Maß nicht einhalten konnten. Und jetzt geht's Ihnen schlecht, aus verschiedenen Gründen. Betäuben Sie sich ein wenig, das reicht für eine Weile, Gebrauchsanleitung anbei. Wenn Sie Nachschub brauchen, lassen Sie's mich wissen.«

Der letzte Abend in Paris. Serena sah bleich und elend aus. Auf Davids besorgte Fragen zuckte sie nur die Schultern. »Hab Geduld mit mir, David. Es wird schon wieder. Ich muss nur etwas schlafen!«

Er trank in der Hotelbar einen doppelten Whisky ohne Wasser und ging gegen zwölf Uhr nach oben in sein Zimmer, das wie üblich stark überheizt war. Am offenen Fenster stehend, schaute er auf die endlosen Lichterketten hinunter und dachte an Louises Saphircollier, das Serena so achtlos in ihre Tasche geworfen hatte.

Die kühle Dezemberluft tat ihm gut. Schließlich ging er ins Bett, verschränkte die Hände unter dem Kopf, lag still da und wartete.

Es war nach ein Uhr, als Serena an seine Tür klopfte. Sie trug das Negligé, das sie tags zuvor gemeinsam gekauft hatten, dazu das Saphircollier.

»Hast du noch einen Augenblick Zeit für mich?«, fragte sie.

»Natürlich«, sagte er, »wir sind doch nach Paris gekommen, damit wir endlich wieder einmal Zeit füreinander haben.«

»Du und ich«, sagte sie, »nicht du und ich und Rudolf, so wie sonst.«

Er spürte eine Erwartung, fast schon eine Forderung hinter ihren Worten, die ihn erschreckte. In bemüht sachlichem Ton sagte er: »Wenn man alle unsere Begegnungen während der letzten vierzehn Jahre zusammenzählt, waren wir sicher häufiger zu zweit als zu dritt. Und wir haben darin nie ein Problem gesehen.«

»Ich sehe auch heute kein Problem«, sagte Serena, »du etwa?«

Sie ließ ihre Augen langsam durch das Zimmer wandern, als müsste sie sich erst einmal mit der Umgebung vertraut machen.

»Es ist kalt bei dir«, sagte sie.

»Soll ich das Fenster schließen?«

Darauf antwortete sie nicht. Sie machte ein paar Schritte in den Raum und begann sich mit geschlossenen Augen um sich selbst zu drehen.

David setzte sich im Bett auf und sah sie an. Er hatte auf sie gewartet, vierzehn Jahre lang, und jetzt spürte er Angst und, schlimmer als das, eine zittrige Aggression, so wie man sie einem schönen Tier gegenüber empfindet, dessen unkalkulierbare Macht den Menschen Schauer über den Rücken jagt.

»Warum bist du gekommen?«, fragte er.

»Ich dachte, du würdest gern sehen, wie es mir steht. Schließlich war es ja ziemlich teuer.«

Sie sah fremd aus und jünger als am Tag ihrer Hochzeit. David dachte, dass er nur die Hand ausstrecken müsste, um sie zu sich ins Bett zu ziehen.

Plötzlich öffnete Serena die Augen und löste gleichzeitig den Bindegürtel ihres Negligés. Darunter trug sie eine fein bestickte seidene Hemdhose.

»Die haben wir gestern auch gekauft«, sagte sie. »Die Verkäuferin fand, dass diese matte Pfirsichfarbe besonders gut zu meinen Haaren passt.«

David streckte seine Hand aus, die sie sogleich ergriff. »Wir haben das alles doch gar nicht nötig«, sagte er leise. »Es war so gut zwischen uns, so vertraut. Warum sollen wir das jetzt zerstören? Du weißt genau, wie sehr ich dich liebe, und du weißt auch, dass es mir vollkommen gleichgültig ist, ob dieses mondäne Gebilde, das du auf deinem Körper trägst, auch zu der Farbe deiner Haare passt.«

Plötzlich brach Serena in Tränen aus. »Ich kann es ja ausziehen«, schluchzte sie, »wenn es hier nur nicht so eiskalt wäre.«

David stand auf, holte den dicken, weißen Hotelbademantel und zwang Serena, ihn anzuziehen. Dann schob er sie unter die Bettdecke und setzte sich neben sie. Ihre Augen, eben noch voller

Tränen, glänzten fiebrig, die Pupillen waren riesengroß. David hatte keine Erfahrung mit Drogen, aber er war sicher, dass sie irgendetwas eingenommen hatte. Vielleicht Opium oder Kokain – aber woher sollte sie das haben?

»Du musst mir endlich sagen, was mit dir los ist«, sagte er.

Sie stützte sich auf den Ellbogen, ihr Gesicht war stark gerötet, die Haare hingen ihr über die Augen.

»Ich hab nämlich den Boden unter den Füßen verloren, hab keinen eigenen Willen mehr, kann meine einstudierten Rollen nicht mehr spielen. Ich versuche dagegen anzukämpfen, aber ich schaffe es nicht allein. Deshalb bin ich zu dir gekommen.«

»Ja, natürlich«, sagte er, »deshalb bist du also zu mir gekommen, und wir werden es zusammen schaffen. Erzähl weiter.«

»Es ist …«, sagte sie und lachte plötzlich verlegen, wie jemand, der etwas Unanständiges zu beichten hat, »es ist, als ob ich auf der Bühne stehen und die Mutter und die Gattin und die Freundin und so weiter spielen soll, und das Publikum ist versammelt, und das Stichwort fällt, und ich weiß meinen Text nicht mehr. Plötzlich bin ich auf diese mir vollkommen fremde Person zurückgeworfen, die angeblich mein Ich ist, ohne jede schützende Kostümierung und schließlich auch ohne Haut und ohne Fleisch und … überhaupt ohne alles. Und in dieses Ich … also, was davon noch übrig ist … dringt irgendetwas tiefer und tiefer ein und macht auch noch den kläglichen Rest kaputt. Und das Grauenvollste ist, dass ich dabei ein perverses Glück empfinde, jedenfalls glaube ich, dass es Glück ist, ich weiß keinen anderen Namen dafür, weil mir Vergleichbares ja noch nie passiert ist.«

Sie redete immer schneller, wie gehetzt. »Alles, was früher richtig war, das ist jetzt falsch, ich bin krank, David, ich hab meinen Weg verloren, und weil du doch … ich meine, weil ich mich immer auf dich verlassen konnte, und weil du das Sicherste und Richtigste und Bleibende in meinem Leben warst, mehr sogar als die Kinder, denn die werden ja eines Tages fortgehen, mehr als Rudolf sowieso, deshalb hab ich gedacht, du bist auch der Einzige, der mich zurückholen kann, wieder auf den Boden, auf den richtigen Weg, weil du ja der Einzige ... ich meine, weil ich außer dir überhaupt niemanden habe, du musst es für mich tun, wie du immer alles für mich getan hast, weißt du noch damals, als meine Brüste so entzündet waren, dass ich vor Schmerz geweint habe, und da bist du gekommen und hast das einzig Richtige gemacht, weißt du noch, David, damals in Upper Forrest?«

Sogar durch die Bettdecke und den dicken Bademantel hindurch konnte er spüren, wie heiß sie war. »Und wie soll ich dir deiner Meinung nach diesmal Linderung verschaffen?«

»Ist doch klar, wie du das machen sollst«, sagte sie, »nämlich auf die simpelste Weise. Zeig mir endlich, wie es ist, wenn man sich ausliefert an jemanden, den man wirklich liebt. Nicht unter dem Zwang unwiderstehlicher Begierde und auch nicht, weil der Ehemann schließlich auf seine Rechte pocht, sondern freiwillig und aus einer Liebe, die anders ist, aber Liebe doch auf jeden Fall. Bitte, David, hilf mir, schlaf mit mir ...«

David fuhr zurück. Schon damals, nach der Geschichte mit der Milch, hatte er noch tagelang das Gefühl gehabt, von ihren Brüsten erstickt zu werden. Wie nun, wenn jetzt ihr ganzer Körper ihn bedrängen würde, ihr Bauch, ihre Hüften, ihre Schenkel, ihr Schoß ...

»Nein!«, sagte er wütend, stand auf, holte sich aus dem Barschrank eine Whiskyflasche und nahm mehrere große Schlucke. »Nein, das werde ich ganz bestimmt nicht tun. Und du bist weder krank noch wirst du verrückt, du hast dich nur voll gepumpt mit irgendwelchen elenden Drogen, und ich bringe dich jetzt in dein Zimmer und stelle dich unter die Dusche, und dann ruf ich den Hotelarzt, der wird schon eine Lösung finden ...«

Plötzlich schnellte sie hoch, riss sich Bademantel und Negligé herunter und stand nackt neben dem Bett. »Wenn du den Hotelarzt holst«, schrie sie, »dann werd ich ihm sagen, dass du ... dass du ...« Und ehe David sie noch zurückhalten konnte, hatte sie sich auf den Fenstersims geschwungen. »Ich könnte ja auch gleich rausspringen, das wär das Einfachste, ein hübscher kleiner Skandal, schrecklich traurig für Rudolf und dich, aber ihr werdet euch schon gegenseitig trösten.«

Sie hielt sich am Fensterrahmen fest und ließ ihren Körper hin und her pendeln. David zwang sich zur Ruhe und näherte sich ihr mit kleinen, fast unmerklichen Schritten.

»Komm da weg, Serena, das ist keine Lösung.«

Sie lachte schrill. »Keine Lösung wofür? Du weißt doch nicht mal, um was es geht.«

»Dann sag es mir endlich.«

»Ich hab's ja versucht, aber du kapierst es einfach nicht. Ich bin drauf und dran, mich selbst zu verlieren, und das Einzige, was mir helfen könnte, verweigerst du mir.«

»Ich verweigere dir überhaupt nichts. Aber erst einmal musst du da runterkommen.«

»Du versprichst mir ...?«

Er stand jetzt nahe vor ihr, aber nicht so nahe, dass er nach ihr greifen konnte. Aus lauter Hilflosigkeit breitete er seine Arme aus. »Ich verspreche dir, was immer du von mir verlangst. Komm, Serena, spring.«

»Du versprichst mir ...?«, wiederholte sie.

»Natürlich.«

Ein Lächeln erhellte ihr Gesicht, ein zaghaftes, vertrauensvolles Lächeln. »Ach David«, sagte sie und ließ sich in seine Arme fallen.

Als er am nächsten Morgen aufwachte, war Serena aus seinem Bett und Zimmer verschwunden. Sie hatte, wie er später feststellte, in aller Herrgottsfrühe das Hotel mitsamt ihrem Gepäck verlassen.

David wurde erst in ein paar Tagen in Liverpool zurückerwartet. In Paris konnte er nicht bleiben, übergangslos in sein altes Leben zurückzugehen, schien ihm jedoch vollends unmöglich. Er flog also zurück nach London, nahm den Bus in die Innenstadt und ging in ein kleines Hotel in Soho.

Seit vierzehn Jahren seien sie verheiratet, hatte Serena zu der Verkäuferin gesagt. Vierzehn glückliche Jahre, die nun ihr abruptes Ende gefunden hatten. Der Schmerz, den David darüber empfand, erschien ihm unerträglich, er wusste nicht einmal, womit er sich ablenken könnte, weil immer und überall Erinnerungen an Serena auftauchten.

Er lief bis zur völligen Erschöpfung in der Stadt herum, betrank sich während der Pub-Stunden mit lauwarmem Bier, ließ sich von Prostituierten ansprechen und gab ihnen dann Geld, damit sie ihn nicht weiter bedrängten.

In jedes Schaufenster sah er hinein, in einem Wäschegeschäft erstand er eine baumwollene Damenhemdhose, die er Minuten später in den nächsten Abfalleimer warf, und schließlich landete er bei einem Trödler, dessen Geschäft den hochtrabenden Namen »Antiques – from all over« führte. Dort war er dann länger als eine Stunde, bis ihm schließlich ein eleganter, schlanker Bambusstock in die Hände fiel, nicht länger als sechzig, höchstens siebzig Zentimeter, oben und unten mit einer silbernen Platte abgeschlossen. Der Händler tat sich sehr wichtig mit dem Stöckchen und vertraute dem offenbar zahlungsfähigen Kunden hinter vorgehaltener Hand an, dass es sich um ein Drogenstöckchen handele, mitgebracht von einem englischen Kolonialbeamten aus Indien.

»Ein Drogenstöckchen?«

»Genau.« Die obere Deckplatte sei zu öffnen, darunter befinde sich ein langer, dünner Hohlraum, ideal zur Aufnahme eines Pülverchens, das der Konsument natürlich nicht vorzeigen, doch gern jederzeit zur Hand haben würde.

Ob von dem besagten Pülverchen noch etwas in dem Hohlraum verblieben sei?, fragte David.

»Nicht sehr viel«, antwortete der Händler, »aber für ein- oder zweimal dürfte es schon noch reichen.«

Er bediente einen feinen Mechanismus, durch den sich die Deckplatte zur Seite schieben ließ, und den Innenraum freigab.

»Kokain?«, fragte David.

»Schon möglich«, sagte der Händler. Er selber tippe eher auf Opium, das sei ja in Indien sehr beliebt und vielseitig verwendbar. Ein wenig davon in Alkohol aufgelöst, und schon habe man das gute alte Laudanum und könne der Wirklichkeit problemlos entfliehen. Und falls dem Herrn an einer Nachfüllung gelegen sei, so würde er, der diskrete Händler, gern mit einer entsprechenden Adresse behilflich sein.

David bezahlte den verlangten hohen Preis, notierte die Adresse, klemmte sich das Stöckchen unter den Arm und ging. Auf dem Weg ins Hotel erstand er eine Flasche hochprozentigen Gin.

Während der folgenden drei Tage lag David meist ausgestreckt auf seinem Hotelbett, die Arme hinter dem Kopf verschränkt. Wie oft hatte er während der vergangenen Jahre so dagelegen und an Serena gedacht, hatte sich das Zusammenleben mit ihr vorgestellt, eine perfekte Gemeinschaft voller Verständnis, Loyalität und Freiheit, hatte auch an die Schönheit ihres Körpers gedacht, den zu entweihen er sich hüten würde.

Auf seinem Nachttisch stand die Ginflasche, daneben ein silberner Reisebecher, den Serena ihm einmal geschenkt hatte. Immer wieder nahm er das Drogenstöckchen in die Hand, bediente spielerisch den Verschlussmechanismus, tippte sogar mit dem Finger ein paar weiße Körnchen auf und probierte sie. Der Geschmack war ihm seltsam vertraut.

Er wollte nicht mehr an Serena denken, nicht an die vergangenen vierzehn Jahre und schon gar nicht an die letzte Nacht. Er wollte sich lösen, seine Schmerzen betäuben, wollte vergessen. Warum er sich nicht selbst dazu verhalf, begriff er anfangs nicht. Aber dann wurde ihm klar, dass es wohl unvernünftig wäre, die eine Droge mit der anderen bekämpfen zu wollen.

Denn das war Serena für ihn gewesen: eine ständig verfügbare Droge, eine Lebenslüge. Wie weit die entfernt war von der Realität, hatte Serena ihm gestern unwiderruflich bewiesen.

Natürlich hätte er es zuvor schon wissen können, doch er war so wild entschlossen gewesen, sich seine Illusionen zu erhalten. Dennoch hatte sein Entschluss, Deutschland für eine Weile zu meiden, anfangs weniger mit Hitlers geiferndem Judenhass als mit der heilsam schmerzlichen Entfernung von der realen Liebsten zu tun gehabt.

Sein Judentum als Motor für eine Lebensveränderung hatte erst nach und nach eine Rolle gespielt, vor allem nach Gesprächen in

Liverpool mit dem örtlichen Marinekommandanten, Colonel Winterbottom, einem alten Freund der Familie Finchbury.

Dieser Winterbottom war sehr behutsam vorgegangen, hatte anfangs mehr über deutsche Kultur als über deutsche Aggressionen gesprochen, über seine Sorge, dass da etwas unwiderbringlich zerstört werden könne, war dann auf Davids Erfahrungen mit deutscher Lebensart, deutschen Umgangsformen zu sprechen gekommen, auf seine exzellenten Deutschkenntnisse, und hatte schließlich ganz nebenbei erwähnt, dass man darüber nachdenke, eine kleine Spezialeinheit zusammenzustellen, die ihr Deutschlandwissen gemeinsam perfektionieren solle, damit man es später – im Falle eines Falles – nutzbringend einsetzen könne.

»Reden Sie von einer Spionageeinheit, Sir?«, hatte David gefragt.

So direkt wolle er es nicht gleich benennen. Vorerst heiße es ganz simpel SOE – Special Operations Executive. Und alles sei noch nicht ganz ausgegoren. Im Moment wolle er David nur vorschlagen, einen Übergangs- und Alibijob anzunehmen, als Verbindungsmann zwischen den Werften und der Kriegsmarine. Das würde bei seinen Gegebenheiten jedem einleuchten. Oder etwa nicht?

»Wollen Sie mich etwa in eine Uniform stecken? Ich bin achtunddreißig Jahre alt und ein passionierter Zivilist.«

Uniformen seien in vieler Hinsicht nützlich, hatte Winterbottom dagegengehalten, vor allem schafften sie Distanz, wenn man sie brauche.

David war darauf nicht näher eingegangen, hatte sich nur erkundigt, welche Aktivitäten man denn von ihm erwarten würde.

»Das bleibt Ihnen selbst überlassen, Hauptsache, Sie beschäftigen sich glaubhaft. Und nebenher werden wir Sie dann nach und nach mit ihren neuen Kollegen von der Spezialeinheit bekannt machen und in Ihre wirkliche Aufgabe einführen.«

David war lange unschlüssig gewesen, und Winterbottom hatte ihn nicht bedrängt. Stattdessen hatte er ihm Dokumente über die Judenverfolgung in Deutschland verschafft, was schließlich dazu führte, dass David sich zur Mitarbeit bereit fand.

Den Job als Mittler zwischen der Admiralität und der Liverpooler Werftindustrie hatte er korrekt, wenn auch ziemlich lustlos ausgeführt, und auch dessen verborgene Kehrseite, die SOE, hatte ihn anfangs nicht besonders fasziniert. Alles war ihm zu vage erschienen, zu unernst, zu dilettantisch. Ein Haufen witziger, schlauer Männer – fast alle jünger als er selbst – hatten sich mit Planspielen beschäftigt, trial and error, vor allem zum eigenen Vergnügen. So jedenfalls war es ihm vorgekommen.

Jetzt jedoch, während der qualvollen Stunden auf dem Hotelbett, wurde eben diese Männergemeinschaft zu einem Rettungsanker, der ihm einen gewissen Halt gab und der ihn schließlich nach Hause zurückzog.

Das Drogenstöckchen behielt er von nun an immer bei sich. Er hatte einen Juwelier gebeten, die silberne Verschlussplatte mit seinen Initialen zu gravieren, und nun lag es neben seinen Papieren auf den Schreibtisch. Während seiner Inspektionsgänge über die Werft trug er es unter dem Arm, und er benutzte es als eine Art Zeigestock, wenn er etwas demonstrieren wollte. Anfangs erschien es den meisten Menschen, mit denen er zu tun hatte, als eine Marotte. Aber da er sehr geschickt damit umging und elegante Bewegungen hatte, fand er bald einige Nachahmer.

Entsprechend seiner Funktion konzentrierte er die Kontrollarbeit während der nächsten Monate auf das, was sein Vater »die lukrative Beschäftigung mit dem Krieg« genannt hatte, nämlich die sechs U-Boote der neuen T-Linie. Das am weitesten vollendete, die »Clio«, lag bereits am Ausrüstungskai. David beließ es nicht bei dem intensiven Studium der technischen Pläne, er kroch auch täglich an Bord herum und kannte das Boot schließlich mindestens so gut wie die Menschen, die darauf arbeiteten.

Colonel Winterbottom zeigte sich zufrieden mit ihm. »Sehr gut, Finchbury, für den Anfang sehr vernünftig. Hoch entwickelte Technik auf kleinstem Raum. Die offizielle Probefahrt mit Tauchdemonstration in der Liverpool-Bay ist für den siebten Februar vorgesehen. Eine Angelegenheit von zwölf, höchstens achtzehn Stunden, vermutlich sogar weniger. Wenn Sie Lust haben, fahren Sie doch mit raus.«

David bemühte sich, sein Unbehagen nicht zu zeigen. »Sind diese Probefahrten nicht ausschließlich für die zukünftige Besatzung gedacht?«, fragte er. »Das Boot ist doch ohnehin eng genug.«

»Stimmt. Aber für die paar Stunden kann man es ertragen. Sogar wenn noch fünfzig Zivilisten mitkommen, Beobachter, Techniker, Werftleute und drei Angestellte von Billy's Catering-Service, damit das Ereignis auch gebührend begangen werden kann.«

»Die werden einander auf die Füße treten.«

»Und wenn schon. Ich glaube, es könnte sich lohnen, auch für Sie, Finchbury. Bedenken Sie, noch gehört das Boot Ihrer Werft, erst bei endgültiger Abgabe geht es in den Besitz der Marine über.«

»Ist das ein Befehl, Sir?«, fragte David vorsichtig.

»Nein, nur ein Vorschlag. Und Sie können sich Zeit nehmen zum Überlegen. Grundsätzlich macht's ja keinen großen Unterschied, ob Sie nun dabei sind oder nicht. Aber ich denke, einen guten Eindruck machen würde es schon.«

Winterbottoms Vorschlag versetzte David in große Unruhe. Alles in ihm sträubte sich gegen so ein Unterwasserabenteuer, und seine detaillierte Kenntnis der Bedingungen an Bord machten die Aussicht darauf nicht gerade angenehmer. Die drangvolle Enge, die knappe Luftzufuhr, dazu die vielen Gäste, deren Neugier höflich befriedigt werden musste. Seit er sich so intensiv mit dem U-Boot und dem Leben an Bord beschäftigte, malte er sich Horrorszenarien aus, die ihn bis in seine Träume verfolgten. Schreckliche Nächte, und wenn er dann wach lag, fühlte er sich immer wieder zurückgestoßen in das Pariser Hotelzimmer, sah Serena vor sich, nackt im Fensterrahmen, Serena, die sich in seine Arme fallen ließ, die ihn umklammerte, die ihren Körper dem seinen aufdrängte. Ein erbitterter Kampf, aus dem er nie als Sieger hervorging. Nahezu jede Nacht verriet er seinen Freund, seine Liebe und sich selbst von neuem.

Je länger er aber über Winterbottoms Vorschlag nachdachte, umso mehr begriff er die Angelegenheit als Herausforderung und schließlich sogar als Chance, seine Ängste zu überwinden.

So ging er zu Colonel Winterbottom und teilte ihm mit, dass er entschlossen sei, an der Probefahrt teilzunehmen.

Am fünften Februar erhielt David überraschend ein Telegramm von Rudolf: »Muss dich dringend sprechen, bin morgen Mittag in London, Treffen im Connaught«.

David erschrak. Seit über zwei Monaten hatte er nichts von dem Freund gehört. Er war bemüht gewesen, es auf die geschäftliche Belastung zu schieben, und er selbst hatte ja auch nichts von sich hören lassen. Was ihm so ungewöhnlich erschien, war Rudolfs Wunsch, ihn in London zu treffen, ohne vorher anzurufen. Gab es etwas, das weder per Telefon noch in Liverpool besprochen werden könnte? Noch waren sie rechtmäßige Partner, und Freunde waren sie doch wohl auch noch.

David bat seinen Colonel um zwei Tage Urlaub. Er müsse in einer dringenden Familienangelegenheit nach London, würde sich jedoch auf jeden Fall am siebten Februar morgens zur verabredeten Zeit auf der »Clio« einfinden.

»Familienangelegenheit?«, fragte Winterbottom. »Ich war der Meinung, Ihre einzige Familie bestünde aus Ihren Eltern.«

»Es gibt da noch diese Familie in Hamburg, Sir, die meinen Eltern und mir genauso nahe steht, als wären wir verwandt. So betrachten meine Eltern deren Kinder auch als ihre Enkelkinder. Und … schließlich leben wir ja noch im Frieden.«

Winterbottom nickte bedächtig. »Ja, ja, noch ist Frieden. Und die Hamburger Werft hat ihre Partnerschaft mit der Liverpooler noch nicht aufgehoben, obgleich die deutsche Marineleitung daran ebenso interessiert ist wie unsere hier. Also die Familie, die Magnussens, Vater, Mutter und zwei zwölfjährige Kinder. Erst kürzlich hat es ein fünftägiges Treffen mit Ihnen in Paris gegeben, an dem Rudolf Max Magnussen leider nicht teilhaben konnte. Seitdem kein Kontakt mehr.«

David starrte seinen Vorgesetzten an.

»Sir, ich …«

Der Colonel unterbrach ihn. »Sie haben doch nicht etwa gedacht, dass wir Sie hier nicht kontrollieren?! Diese Partnerschaft behagt uns keineswegs, auch wenn es inzwischen keine Zusammenarbeit mehr gibt. Aber natürlich werden wir nicht in Ihre Geschäfte eingreifen – im Frieden. Darum machen wir Mr. Magnussen auch keine Schwierigkeiten bei der Einreise. Eine rechtzeitige Trennung allerdings wäre hilfreich, nicht zuletzt für Sie selber. Das kann doch nicht so schwierig sein, zwanzig Prozent gegen zwanzig Prozent, Anteil gegen Anteil. Also fahren Sie, Finchbury, fahren Sie nach London, reden Sie mit Ihrem Quasi-Verwandten. Und schaffen Sie klare Verhältnisse.«

David kam am Spätnachmittag des sechsten Februar in London an. Rudolf erwartete ihn in der Bar des »Connaught«. Vor ihm auf dem Tresen stand eine Whiskyflasche, aus der bereits ein Viertel fehlte.

»Ich sitze hier seit fast drei Stunden und warte auf dich!«, sagte er zur Begrüßung.

»Noch schneller konnte ich's nicht machen.«

»Na ja, man muss wohl schon dankbar sein, wenn dich deine neuen Herren überhaupt mal laufen lassen. Immerhin aufmerksam, dass du in Zivil gekommen bist.«

David schob sich auf den Barstuhl neben Rudolf.

»Was gibt's?«

»Willst du auch einen Whisky?«

»Klar.«

»Mit Eis und ohne Wasser?«

»Wie denn sonst.«

Er schenkte ihm ein und warf ein paar Eisstücke dazu.

David hatte nicht erwartet, dass die Nähe des alten Freundes ihn so berühren würde. Er spürte den kaum zu beherrschenden Drang, seinen Arm um Rudolfs Schulter zu legen. So viele Male hatten sie nebeneinander an einem Bartresen gehockt, so viele Whiskys zusammen getrunken. David blickte auf Rudolfs Hand, die das Glas hin und her bewegte, um die Eiswürfel klickern zu lassen. Der Ärmel des Jacketts aus Harris-Tweed – Rudolf pflegte sich englischer zu kleiden als er, der Engländer –, darunter der Rand der gestreiften Manschette mit den goldenen Knöpfen. Der Ehering. Als David sah, dass die sorgfältig manikürten kurzen, breiten Fingernägel nicht ganz sauber waren, kamen ihm plötzlich die Tränen, und er leerte sein Whiskyglas mit einem hektischen Zug.

»Seit wann trinkst du denn so gierig?«, fragte Rudolf.

»Ach lass doch. Aber weißt du, in Paris ... da hab ich dich sehr vermisst, Serena wollte immerfort in Galerien gehen – ohne mich. Sie sagte, ich würde sie ablenken. Also wusste ich den ganzen Tag nichts Rechtes mit mir anzufangen. Und ich hatte doch gehofft ... ich meine, ich hatte mich auf euch beide eingestellt. Fünf Tage Ferien zusammen, so wie früher. Davor und danach bin ich kaum zum Atemholen gekommen.«

»Dann hat die Admiralität euch also tatsächlich im Griff?«

»Und wie ist es bei euch? ›Denn wir fahren gegen Engeland?‹«

»Lass das nicht zwischen uns kommen«, sagte Rudolf und fügte dann, ganz beiläufig, so als gäbe er einen Kommentar zum Wetter, hinzu: »Und übrigens, Serena ist schwanger.«

Davids Herz begann wild zu klopfen. »Serena ist was?«

»Schwanger, du hast richtig gehört. Im zweiten oder dritten Monat. Und ich weiß es nicht etwa von ihr, sondern von ihrem Gynäkologen. Der hat mich angerufen, der war so stolz drauf, als wäre er selbst der Vater. Vielleicht ist er's ja sogar. Von mir jedenfalls kann das Kind nicht sein.«

»Was redest du denn da? Serena hat sich nie für irgendeinen anderen Mann interessiert.«

»Das hab ich auch gedacht, nur für dich und mich. Und da das Kind ja wohl nicht von dir ist ...«

»Aber es könnte doch tatsächlich von dir sein, du hast immer gesagt, dass es noch eine kleine Möglichkeit gibt ...«

»Ja, ja, hab ich gesagt. Aber seit einiger Zeit weiß ich, dass die Chance gleich null ist. Also muss sich irgendjemand dazwischen gedrängt haben. Aber das lass ich mir nicht bieten, auf so ein Spiel geh ich nicht ein. Serena ist meine Frau, und ich schwöre dir, ich werde sie während der Schwangerschaft immer wieder vögeln, so oft und so hart, bis ich den anderen aus ihr rausgestoßen habe, aus ihrem Körper und ihrem Gedächtnis und ihrem Herzen – falls sie überhaupt eins hat.«

»Wenn das Kind sicher nicht von dir ist ...«, begann David.

Rudolf unterbrach ihn. »Von mir oder nicht von mir, aber es ist meins. Das ist mir gerade jetzt aufgegangen, siehst du, David, deshalb wollte ich dich unbedingt sprechen. Um meine Gedanken zu klären. Zugegeben, ich war ziemlich durcheinander.«

»Du willst tatsächlich mit einer Lüge leben?«

»Ach mein Gott, sei nicht so theatralisch. Mit einer Lüge leben, was heißt denn das! Ich hab dir doch gerade gesagt, wie ich es machen werde, nämlich diese verdammte Lüge schlichtweg zur Wahrheit umfunktionieren. Außerdem ist es ja gar nicht so schlecht, wenn mit dem Baby in Serena auch Schuldbewusstsein und Dankbarkeit mir gegenüber heranwachsen. Und falls wir irgendwann einmal miteinander in Schwierigkeiten geraten sollten – man weiß ja nie! –, dann könnte ich als letzten Ausweg diese Dankbarkeit immer noch einfordern.«

»Und ihr sagen, dass du nicht der Vater bist?«

»Notfalls. Aber natürlich werd ich es nicht tun. Die Möglichkeit alleine reicht mir schon.«

»Übrigens glaubt Serena, dass du sie betrügst!«

»Was?! Wer hat ihr denn den Blödsinn eingeredet?«

»Stimmt es oder stimmt es nicht?«

»Natürlich nicht. Solch eine kleine läppische Affäre kann man doch nicht als Betrug bezeichnen.«

»Also stimmt es. Ich versteh nicht, wieso du das brauchst.«

»Brauch ich ja gar nicht, es ist mir nur angenehm. Und mit Serena hat das absolut nichts zu tun.«

»Manchmal frage ich mich, ob du Serena überhaupt liebst. Oder ob es dir nur darum geht, sie zu besitzen.«

Rudolf lachte. »Du scheinst ja heute deinen Tag der großen Worte zu haben. Liebe, Besitz ... also wenn es dich beruhigt, ich liebe meine Frau. Aber vielleicht liebe ich sie vor allem, weil sie meine Frau ist.«

Der Nachtzug nach Liverpool sollte kurz nach Mitternacht abfahren. Als die Freunde gegen halb zwölf vor die Tür traten, stellten sie fest, dass heftiges Schneetreiben eingesetzt hatte.

»Nimm dir doch ein Zimmer für die Nacht«, schlug Rudolf vor.

»Geht nicht. Ich muss morgen früh um neun Uhr an der Pier in Birkenhead sein.«

»Wozu?«

»Probefahrt.«

»Eins von euren neuen U-Booten?«

»Woher weißt du das?«

»Wieso sollte ich das denn nicht wissen? Nach wie vor habe ich einige Freunde in Liverpool und einen gewissen Anteil an der Finchbury-Werft. Ich begleite dich zum Taxi.«

»Kein Taxi weit und breit, Sir«, sagte der Portier. »Aber Sie können das Hotelauto nehmen.«

»Na, umso besser.«

Das Auto, ein überlanger Rolls-Royce, fuhr vor, David stieg ein. Er drehte das Fenster runter und sagte: »Noch ist kein Krieg, alter Junge, noch kannst du jederzeit zu uns nach Liverpool kommen.«

Rudolf schüttelte den Kopf. »Ich glaube kaum, dass ich dort noch willkommen sein würde.« Er beugte sich in den Wagen und fügte in leisem, vertraulichem Tonfall hinzu: »Was ich dich noch fragen wollte, du hast nicht vielleicht zufällig mit Serena geschlafen, im Dezember, in Paris?«

David zuckte zusammen. »Was soll denn diese idiotische Frage. Wenn es mir je darum gegangen wäre, dann hätte es tausend Gelegenheiten zuvor gegeben. Nicht erst jetzt in Paris, sondern während der letzten vierzehn Jahre. Wir haben einander immer vertraut.«

»Ja natürlich, entschuldige. Ich bin wohl nicht mehr ganz nüchtern. Also mach's gut, mein Freund. Und pass schön auf, gegen wen du deine Torpedos richtest.«

Serena war sich dem jungen Deegen gegenüber keiner Schuld bewusst. In ihren Armen hatte er sein unerwartetes Paradies erlebt, und erst als er brutal daraus vertrieben wurde, war er ein Opfer tödlicher Verzweiflung geworden.

Meier-Diercks, nicht sie, hatte die delikate Balance zerstört, und dafür musste er nun leiden. Dass er in seiner Ohnmacht versuchte, sie mitleiden zu lassen, konnte sie verstehen, glaubte jedoch nicht an die Wirksamkeit einer solchen Rachemaßnahme. Auf die Dauer würde er René nicht von ihr fern halten können.

An die Nacht mit David konnte sie sich kaum erinnern. Sie wusste nur noch, dass sie plötzlich das Gefühl gehabt hatte, er wäre ihre einzige Rettung.

Zurück in Hamburg hatte sie voller hysterischer Wut die Wände in ihrem Atelier nach heimlichen Kameras und Mikrofonen untersucht, war aber nicht fündig geworden. Auch als sie die Hülle von Louises Porträtpuppe abgezogen hatte, war ihr anfangs keine gravierende Veränderung aufgefallen. Aber dann: Sie konnte sich nicht erinnern, die lilatürkise Bluse aufgeknöpft gelassen zu haben, und auch der breite Riss im Pappmaché des Puppenkörpers war ihr zuvor nie aufgefallen. Und als sie im Leintuch ein großes Loch entdeckt hatte, war es ihr nicht mehr gelungen, quälende Zweifel von sich fern zu halten. René, die Puppe, das Tuch. Hatte er etwa nur Louises fiktive Blicke fern halten wollen, um reale Blicke zu ermöglichen?

Jede Umarmung, jeder Kuss waren ihr nachträglich suspekt geworden. Sein Telefon in Hannover war tot, den Anschluss gebe es nicht mehr, hatte das Fräulein vom Amt gesagt. Schließlich war sie sogar nach Hannover gefahren, aber unter der angegebenen Adresse hatte man ihn nicht gekannt.

Dann war die »Entartete« nach Hamburg gekommen, ins Schulhausgebäude. Fast jeden Tag war Serena hingelaufen, hatte ihre Erinnerung ertragen und die Schadenfreude der vielen Besucher, die jene Bilder, vor denen sie mit René gestanden hatte, nun verhöhnen durften.

Auch Meier-Diercks hatte sich von ihr fern gehalten. Zwar war er noch gelegentlich auf der Werft erschienen, doch hatte er sich strikt auf seine Aufgabe beschränkt. Wenn es unvermeidbar gewesen war, hatte er sie militärisch gegrüßt und dabei an ihr vorbeigesehen.

Das Pülverchen, das sie von ihm bekommen hatte, war trotz großer Sparsamkeit inzwischen aufgebraucht, und sie hatte nicht gewagt, ihn um Nachschub zu bitten.

Müßig hatte sie in ihrem Atelier gesessen, und weil René ihr keinen Auftrag hinterlassen hatte, war ihr nichts Besseres eingefallen, als einen weiteren Rossetti zu malen, damit er gleich etwas hätte, woran er sich freuen könnte. Das Bild war ihr nicht gelungen. Als sie das dicke, kostbare Papier zerrissen hatte, war sie in hysterisches Schluchzen ausgebrochen.

Wenigstens für das tröstende Pülverchen hatte sich dann eine überraschende Lösung gefunden: Als ihr bei einem ihrer wöchentlichen Friseurbesuche Dieter Meier, dem ihre Nervosität aufgefallen war, eine lange, entspannende Kopfmassage gegeben hatte, war sie für kurze Zeit nahezu glücklich gewesen, und sie hatte ihm mit den Worten gedankt: »Man kann direkt süchtig danach werden!«

In einer Mischung aus List und Vertraulichkeit hatte er dann geantwortet: »Da weiß ich aber etwas noch sehr viel Besseres.«

Er war ein guter Lieferant geworden, unkompliziert, diskret und zuverlässig.

Während der Weihnachtsfeier dann, in der Werkskantine, war ihr plötzlich schwarz vor Augen geworden, gerade in dem Augenblick, als ihr die kleine Tochter des Hauptbuchhalters einen Blumenstrauß entgegengestreckt hatte. Bevor sie zusammengesackt und kopfüber in die Blumen hineingefallen war, hatte sie noch gedacht: Rosen, Nelken, Iris – wie üblich, unsere Werftfarben, der jährliche Bekenntnisstrauß.

Die Vermutung des alten Werftarztes, dass es sich vielleicht um eine Schwangerschaft handeln könnte – »damals bei der Beerdigung Ihres Schwiegervaters, als die Zwillinge unterwegs waren, sind Sie da nicht auch ohnmächtig geworden?« –, hatte sie kaum erschreckt, sondern eher wütend gemacht.

Anfang Februar dann war ihr halbjährlicher Kontrollbesuch beim Gynäkologen, auf dessen Einhaltung Rudolf immer strikt geachtet hatte, fällig geworden.

»Ich hab's ja schon immer gewusst, Frau Magnussen«, hatte der begeistert gesagt, »ein Körper wie der Ihre kann sich auf die Dauer überhaupt nicht gegen die Mutterschaft wehren. Und wann werden Sie die glückliche Neuigkeit Ihrem Mann überbringen?«

»Erst, wenn ich ganz sicher bin.«

Am Abend dann hatte Rudolf sie, entgegen seiner sonstigen Gewohnheit, nicht nach irgendwelchen gynäkologischen Ergebnissen gefragt, er war überhaupt sehr schweigsam gewesen. Beim Essen hatte er gesagt: »Merkwürdig, dass David nichts von sich hören lässt, ich kann ihn auch telefonisch nicht erreichen.«

»Dann schick ihm doch ein Telegramm und fahr einfach hin.«

Rudolf hatte sie merkwürdig angesehen. »Meinst du? Aber vielleicht will er den Kontakt zu uns lieber abbrechen. Man kann ja nie wissen …«

»Das ist doch Unsinn. David ist dein ältester Freund, und er ist immer für dich da gewesen. Es gibt überhaupt keine vorstellbare Situation, die zu einem Bruch zwischen euch führen könnte.«

»Stimmt eigentlich. Also werd ich es versuchen.«

Als Rudolf gefahren war, hatte Serena Meier-Diercks auf der Werft abgepasst in einem Moment, als er ihr nicht ausweichen konnte.

»Es war doch wirklich nicht Renés Schuld«, hatte sie gesagt.

Seine Miene war unbewegt geblieben. »Aber Ihre! Und den

Wittacker schlagen Sie sich doch besser aus dem Kopf. Er hatte hier eine Aufgabe zu erfüllen, das war alles. Letztendlich ist er nichts weiter als ein kleiner Gauner, attraktiv offenbar, und er versteht etwas von Kunst. Er hat Banknoten gefälscht, nicht mal besonders gut, ist dabei aufgeflogen, und ich hätte ihn für Jahre hinter Gitter bringen können. Stattdessen habe ich seine Fähigkeiten genutzt. Übrigens ist er auch nicht verheiratet – das war alles nur vorgetäuscht, um zu vermeiden, dass Sie ihm zu nahe kommen. Sind Sie aber leider doch. Zu dumm, dass Sie das rechte Maß nicht einhalten konnten.«

In ihrem Schrecken hatte Serena dann gesagt: »Aber ich bin schwanger!«

»Tatsächlich! Also kriegen Sie Ihr Kind und seien Sie Ihrem Mann eine gute Frau. Vielleicht wird's ja ein Junge. Unser Führer braucht Soldaten. Im Sinne der Familienpolitik könnte ich sogar noch ein Letztes für Sie tun, nämlich die Berliner Affäre Ihres Mannes beenden. Falls Ihnen überhaupt daran gelegen ist.«

Als Rudolf nach vier Tagen aus England zurückkam, wirkte er blass und hohläugig und war überhaupt nicht ansprechbar, so hatte Serena ihn noch nicht gesehen.

»Du bist krank«, sagte sie, »du musst dich irgendwo angesteckt haben. Geh nach oben und leg dich ins Bett. Ich rufe den Arzt.«

Mit seltsam verschleierten Augen sah er sie an. Dann zog er das Hamburger Fremdenblatt aus der Tasche, warf es auf den Tisch und deutete auf die Schlagzeile. »David war an Bord«, sagte er und verließ das Zimmer.

Die Überschrift des Artikels lautete: »Beileidstelegramm Hitlers an den englischen König«. Und darunter erging sich der Berichterstatter in hämischem Mitleid über das englische U-Boot »Clio«, das durch einen schweren technischen Fehler bei einem Probetauchen in der Liverpool-Bay nicht wieder an die Oberfläche gelangt sei. Fünfzig Mann Besatzung und dreiundfünfzig Gäste seien dabei erstickt oder ertrunken. Die Admiralität nahm an, dass es sich hierbei um einen Sabotageakt handele.

David tot – erstickt oder ertrunken. Und Serena hatte sich nicht mit ihm versöhnt.

Gudrun schloss sich in ihr Zimmer ein und verweigerte zwei Tage lang jegliche Nahrung. Danach setzte sie sich ans Klavier, riss alle Türen weit auf und füllte das ganze Haus mit ihrer Trauer, fortissimo. Es war kaum auszuhalten.

Rudolf wanderte wie benommen durch das Haus, sah immer wieder in Davids Zimmer und redete dabei vor sich hin: »Ich hab ihn doch grad noch gesehen, hab mit ihm geredet, getrunken … es hat geschneit … er ist noch in London … David ist in London geblieben.«

Dann saß er stundenlang am Schreibtisch, den Kopf auf die Hände gestützt. Er weinte.

Serena trat von hinten an ihn heran und legte die Hand auf seine Schulter. Sie dachte, dass dies der geeignete Moment sei, es ihm endlich zu sagen – vielleicht würde es ihn ablenken und sogar ein wenig trösten.

»Weißt du«, sagte sie leise, »ich bin nämlich schwanger.«

Rudolf zuckte zusammen. Er sprang auf und wandte sich ihr zu. Seine Augen waren voller Hass, seine Stimme klang dumpf vor unterdrückter Wut.

»Ach ja? Von wem ist denn das Kind? Von mir jedenfalls nicht, ich bin nämlich, nur damit du es endlich weißt, ich bin zeugungsunfähig.«

»Was?!«, sagte sie fassungslos. »Das ist unmöglich, das glaube ich dir nicht.«

Noch bevor sie zurückweichen konnte, hatte er sie an der Schulter gepackt.

»Es ist aber so«, schrie er, »und zwar seit Jahren. Ich hab dich an der Nase herumgeführt, wieso auch nicht, sollte ich mir etwa den Spaß mit dir verderben? Wer treibt's schon gerne mit einer Niete!«

Vergeblich versuchte sie, sich von ihm loszureißen. »Dieses ganze Gynäkologentheater«, stammelte sie, »nur damit du dir den

Spaß nicht verdirbst? Nein, das glaub ich dir nicht, das hast du mir nicht angetan, ich hätte doch … sowieso …«

»Genau, sowieso!«, er lachte laut auf, »sowieso und nebenher noch mit jedem, auf den du Lust hattest, mit dem jungen Deegen, der sich deinetwegen umgebracht hat, mit irgendwelchen Kunstfritzen, die freien Zugang hatten zu deinem Atelier, mit dem hochanständigen Herrn Meier-Diercks sogar, du hattest ja die Wahl …«

Er schüttelte sie, ihr Kopf flog hin und her. Seine hilflose Trauer war in Wut umgeschlagen. »Mit wem noch?«, schrie er immer wieder. »Mit wem noch?«

Da plötzlich kochte es in ihr hoch, Angst, Zorn, Selbstverteidigung, sie wusste nicht mehr, was sie tat, er sollte seine Hände von ihr nehmen, er sollte sie in Ruhe lassen, sollte das Kind nicht aus ihr rausschütteln.

»Wer kann's denn schon gewesen sein?«, schrie sie zurück. »Was meinst du wohl, wer? David war's, mein einziger Mann, mein Geliebter …«, entsetzt hörte sie, wie ihre Stimme sich hysterisch steigerte, »David, David, David, und du hast nie irgendetwas begriffen, warst viel zu borniert, David, dein Freund, dein einziger, liebster, loyaler Freund, aber er hat mir gehört, mir allein, und jetzt ist er tot, und jetzt hast du überhaupt nichts mehr, aber ich habe wenigstens sein Kind!«

Rudolf erstarrte. Mit einem letzten Stoß schleuderte er sie gegen die Wand, an der sie zu Boden rutschte. Er stand über ihr.

»Du lügst, meine Kleine«, sagte er mit schneidender Stimme, »der Kummer um unseren Freund hat dich verwirrt. Und mich auch. Natürlich bin ich nicht unfruchtbar, was für eine absurde Idee, vollkommen verrückt. Und natürlich hast du nicht mit David geschlafen. Wie denn auch, David liebte doch die Männer, das wissen wir beide nur zu genau. Und du bist ja sowieso keine Rumschläferin, bist eher der treue Typ. Tut mir Leid, das Gerede. Dir hoffentlich auch.«

Mit einem Ruck zerrte er sie vom Boden hoch. »Also nimm dich jetzt zusammen.«

Als sie stand, fühlte sie, dass es warm an der Innenseite ihrer Beine hinunterrann.

»Ich habe Blutungen«, flüsterte sie.

Rudolf brachte sie ins Krankenhaus. Dort lag sie zwei Monate, hing am Tropf, durfte sich kaum bewegen. Man legte ihr eine Schlaufe um den Gebärmutterhals, der Fötus wurde eingesperrt, eine neue Methode, dabei so archaisch wie ein Keuschheitsgürtel. Im neunten Monat würde man die Schlaufe wieder lösen und dem Kind die Freiheit geben.

Rudolf besuchte Serena jeden Tag, ganz der liebende Gatte, der sich auf das Baby freut. Er ging sogar so weit, die Hand auf ihren schwellenden Bauch zu legen und zu sagen: »Mein Kind. Meine Frau. Natürlich wird es ein Sohn. Und diesmal werde ich mich intensiv seiner Erziehung widmen.«

Serena bemühte sich, die Welt um sie herum in einen dichten Nebel zu hüllen und dabei auf schonende Distanz zu sich selber zu gehen. Vom frühen Morgen an, nachdem sie notgedrungen aufgewacht war, richtete sich ihr ganzes Verlangen einzig auf das Ende des Tages mit der Möglichkeit, wieder einzuschlafen.

Rudolfs Plaudereien, seine lockeren Alltagsberichte von den Kindern, der Werft, der Politik und so weiter kommentierte sie kaum. Nicht einmal die beiläufige Mitteilung, er habe nun endlich ihr Atelier stillgelegt und die Tür mit sicheren Schlössern versehen lassen, konnte sie aus ihrer Lethargie befreien. Rudolf bemühte sich immerhin um eine kleine Rechtfertigung: »Wenn das Baby erst einmal da ist, wirst du keine Muße mehr haben für ein derart zeitraubendes Hobby, jetzt, nachdem Nanny Burnes uns verlassen hat.«

»Ich wüsste ja auch gar nicht, was ich dort noch malen sollte«, sagte Serena.

Nur als er ihr kurz mitteilte, dass er inzwischen die Partnerschaft mit der Finchbury-Werft aufgelöst habe und endlich wieder Herr im eigenen Laden sei, wurde sie kurz aufmerksam.

»Wie geht es Louise und John?«, fragte sie.

»Keine Ahnung, und es ist mir auch egal. Die Liverpool-Periode ist für mich endgültig vorüber – je weniger ich daran erinnert werde, umso besser.«

Nach zwei Monaten durfte sie nach Hause. Falls von ihrer Liebe zu René noch irgendetwas in ihr hängen geblieben war, würde es mit der Geburt aus ihr herausgetrieben werden. Sie wartete nicht mehr auf René, sie wartete auf ihr Kind.

Am 15. Juli 1939 kam Serena dann so überraschend und heftig in die Wehen, dass es nicht mehr möglich war, sie ins Krankenhaus zu bringen. Nur mit Hilfe einer Finkenwerder Hebamme, die Lorenzen geholt hatte, kam das Baby ohne Komplikationen im großen Schlafzimmer der Villa Magnussen zur Welt. »Die erste Eingeborene der Elbinsel«, sagte Lorenzen stolz.

Wenngleich Rudolf auf einen Jungen gehofft hatte, nahm er dieses Kind sogleich mit aller Entschiedenheit in Besitz. Serena wehrte sich nicht. Ihr war sehr schnell klargeworden, dass das kleine Mädchen keineswegs in der Lage sein würde, als ein Ersatz für den schönen Geliebten herzuhalten, und so begann sie sehr bald wieder, auf René zu warten.

Ihre Schuldgefühle dem Säugling gegenüber hielten sich in Grenzen. Was konnte denn sie dafür, dass dieses Kind so wenig attraktiv war. Sie umsorgte es, vielleicht sogar mehr als nötig war – sie wollte sich nichts vorwerfen müssen.

An einem Herbstnachmittag 1940 klingelte es an der Tür zur Villa. Rudolf war nicht in Hamburg, und da Serena nie unangemeldeten – unzensierten – Besuch bekam, durchfuhr sie sofort ein freudiger Schreck: René, endlich war er zurückgekommen!

Ehe sie noch zum Eingang stürzen konnte, hatte Mamsell schon geöffnet und führte mit allem gebotenen Respekt den Korvettenkapitän ins Wohnzimmer.

»Tee, Frau Magnussen?«, fragte sie.

»Ich bleibe nicht lange«, sagte Meier-Diercks. »Aber ich könnte einen Cognac vertragen.«

Seine Miene war ernst. Er starrte ihr weder inquisitorisch ins

Gesicht, noch machte er einen seiner ungeschickten Flirtversuche. Er sah sich um im Raum.

»Also keinen Tee«, sagte Serena.

Die Mamsell verließ das Zimmer und Serena schenkte mit zitternden Händen Cognac in zwei Gläser.

»Kein neuer Rossetti«, stellte Meier-Diercks fest. »Eigentlich schade. So viel ungenutzte Energien. Da fehlt eben ein guter Händler. Das Geld dafür hätte Ihr Mann inzwischen natürlich, nicht nur für einen, für ein ganzes Haus voller Rossettis – sogar echter. Seit er auf die Kredite keine Zinsen mehr zu zahlen braucht, geht's ihm finanziell erheblich besser. Und nicht nur deshalb.«

Meier-Diercks trank seinen Cognac und füllte sich selber nach. »Die Trennung von dem englischen Partner ist ja leider reichlich spät vollzogen worden«, plauderte er weiter, »etwas früher wäre uns viel lieber gewesen. Aber Ihr Mann hatte damals sentimentale Skrupel. Keine Skrupel hatte er Gott sei Dank bezüglich gewisser jüdischer Konten in der Schweiz, an die wir sonst nicht herangekommen wären. Dafür sind wir ihm natürlich zu Dank verpflichtet. Was ist denn, gnä Frau, trinken Sie heute gar nichts?«

»Sagen Sie mir, warum Sie hier sind!«, sagte Serena.

»Ich dachte, ich sollte doch einmal nach Ihnen schauen. Schließlich sind wir alte Freunde und mir liegt daran, unsere Unstimmigkeiten zu begraben. Wo haben Sie denn nur Ihren entzückenden Säugling versteckt, ich hätte ihn so gern an der Mutterbrust gesehen.«

»Meine kleine Tochter ist inzwischen über ein Jahr alt. Sie kann schon laufen.«

»Aha, das Kind macht sich bereits unabhängig. Sehr klug in der momentanen Situation. Lassen sich denn charakterliche Ähnlichkeiten zu einer der infrage kommenden männlichen Personen feststellen?«

Serena konnte sich kaum noch beherrschen. »Hören Sie auf, Meier-Diercks, sagen Sie mir endlich, was Sie von mir wollen.«

»Trinken wir erst einmal auf das Wohl des Kindes. Und hoffen wir, dass es seine drei Väter überlebt und dabei auch noch glücklich wird. Bei zweien ist es ihm ja immerhin schon geglückt.«

»Wieso?«, fragte Serena. »Was ist ihm geglückt?«

»Das Überleben. Rudolf Max Magnussen war natürlich von Anfang an in der besten Position, ganz abgesehen von seiner Durchhaltementalität. An ihm wird sich Freund Hein noch die Zähne ausbeißen. Und ich hoffe sehr für Ihren Gatten – für sie beide als Ehepaar! –, dass er sich seiner nunmehr konkurrenzlosen Vaterschaft noch lange erfreuen kann. David Finchbury ist ertrunken, und der junge Mann aus Hannover … tja …«, Meier-Diercks räusperte sich und griff erneut nach dem Cognacglas. »Also das ist der Anlass meines Besuches, ich wollte es Ihnen doch gerne selber sagen, so schonend wie möglich. Denn die Ausflüge nach Hannover wird es nun tatsächlich nie mehr geben – mein herzliches Beileid.«

Serena sprang auf. »Nein«, flüsterte sie, »nein, nein, das glaube ich Ihnen nicht, Sie lügen, Sie haben immer gelogen. Wenn er gestorben wäre, hätte ich es bestimmt gemerkt.«

»Ach du meine Güte«, sagte er, »Telepathie oder so etwas? Scheint in diesem Fall nicht geklappt zu haben. Vielleicht ist es ja auch zu schnell gegangen. Er wurde erschossen, aus dem Hinterhalt. In Paris, im vierzehnten Arrondissement. Ein Jammer, wirklich. Wollen Sie sich nicht lieber wieder setzen?«

Er ergriff ihren Arm und drückte sie wieder in ihren Sessel zurück.

»Nein …«, sagte sie noch einmal.

»Aber liebe Frau Serena! Ich werde Ihnen doch in einer so subtilen Angelegenheit keinen Bären aufbinden. Sehen Sie, der Mann war uns ja sehr nützlich, wenngleich ich in der letzten Zeit manchmal Anlass hatte, an seiner Zuverlässigkeit zu zweifeln. Es zog ihn gar zu sehr zurück in die nordischen Gefilde, will sagen in unsere Stadt hier. Die Liebe, die Liebe! Nun trinken Sie schon, Sie wissen doch, dass es Ihnen hilft.«

Wie ein strenger Arzt hielt er ihr das Glas an die Lippen und nahm es erst wieder fort, als sie ausgetrunken hatte.

»Eine traurige Pflicht«, murmelte er. »Und was diesen feigen Todesschützen anbelangt, ich verspreche Ihnen, dass wir alles tun werden, ihn zu finden und zur Rechenschaft zu ziehen.«

»Ich weiß ja, dass Sie lügen«, flüsterte sie.

Er seufzte, griff in seine Jackentasche und brachte ein kleines Päckchen zum Vorschein, das er ihr lässig in den Schoß warf.

»Dies dürfte Sie überzeugen. Übrigens ein seltenes Stück, sehr reizvoll.«

Es handelte sich um den Ring mit der geschnitzten Gemme, den sie René in Liverpool geschenkt hatte.

»Wollen Sie's sich vielleicht etwas genauer ansehen?«, fragte Meier-Diercks und reichte ihr eine kleine Taschenlupe. Das muntere Paar auf dem Achat tanzte vor ihren Augen.

»Eine Fälschung«, sagte sie, ich weiß, dass es eine Fälschung ist.

»War's das nicht schon immer?«

»Auf gar keinen Fall kann es Renés Ring sein. Den hätten Sie nämlich nicht von seinem Finger abziehen können, er war wie eingewachsen.«

»Ach wissen Sie ...«, Meier-Diercks' lauernder Blick war jetzt voll auf sie gerichtet, »mit einem Toten kann man ja unbekümmerter verfahren als mit einem Lebenden. Und ehe man auf ein wichtiges Beweisstück verzichtet, benutzt man schon mal ein Messer.«

Ihr wurde übel. Sie stürzte hinaus in die Halle, wo sie sich in die große chinesische Vase erbrach.

Als sie endlich wieder ins Wohnzimmer kam, probierte Meier-Diercks gerade das wichtige Beweisstück an seiner eigenen Hand aus. Wütend versuchte sie den Ring an sich zu reißen.

Meier-Diercks lachte. »Bei mir sitzt er nicht ganz so fest, und ich lebe ja noch, ich trenne mich freiwillig von dem guten Stück, ohne Schmerzen. Obgleich ich mir manchmal gewünscht hätte ... ach, lassen wir das.«

Er gab ihr den Ring zurück.

Sie umschloss ihn so fest, dass er ihr in die Hand schnitt. Meier-Diercks schob ein weiteres Glas Cognac über den Tisch.

In ihrem Kopf schien es jetzt nur noch einen einzigen Satz zu geben: »Sie haben ihn umgebracht.«

»Aber nein, das haben mir die Franzosen abgenommen, die wackeren Widerständler, die ihre Wichtigkeit immer mal wieder unter Beweis stellen müssen. Zugegeben, unser Mann aus Hannover wäre auf die Dauer nicht zu halten gewesen, ein kleiner Gauner eben, der es nicht lassen konnte, auf eigene Rechnung zu arbeiten. Und er wusste zu viel, so zum Beispiel, dass die aus den französischen Museen konfiszierten Bilder, die wir öffentlich verbrannt haben, sogleich in den internationalen Kunsthandel eingefädelt worden sind. Das, was in den reinigenden Flammen aufgegangen ist, war nichts als Pappe und Lumpen.« Er lachte zufrieden. »Auch wenn unsere Kulturbanausen den ideellen Wert nicht zu schätzen wissen, den Devisenwert kennen sie sehr wohl. Und je unseriöser derlei Geschäfte sind, umso seriöser müssen natürlich die Eingeweihten sein. Und genau in diesem Punkt zeigte unser junger Mann eine gewisse Uneinsichtigkeit. Es ging ihm plötzlich kaum mehr um das devisenbedürftige Vaterland, sondern vor allem um die eigene Tasche. Auf meine Warnung hin versuchte er den Spieß umzudrehen und mir mit seinem Wissen zu drohen. Das kann natürlich nicht geduldet werden.«

»Sie haben ihn umgebracht!«, sagte Serena noch einmal.

Er stand auf und streckte ihr die Hand hin. Als sie nicht zugriff, nahm er Haltung an und grüßte militärisch. »Auf Wiedersehen, gnädige Frau, wie immer war's mir ein Vergnügen, mit Ihnen plaudern zu dürfen. Und passen Sie nur gut auf sich und Ihren Gatten auf. Ein Toter ist vorerst genug – finden Sie nicht auch?«

»Ein Toter!«, flüsterte Serena. »Auf Ihre Kappe gehen jetzt schon mindestens zwei, dazu noch eine ganze U-Boot-Besatzung.«

Meier-Diercks lächelte boshaft: »Diese Bemerkung von Ihnen, verehrte Frau Serena, war den ganzen Aufwand wert.«

Teil II

NANA

Auf Serenas Wunsch erhielt ihre Tochter den Namen Renate, sie wurde jedoch meist Nana genannt. Nur der Fährmann Knut Lorenzen nannte sie von Anfang an Frolleinchen.

Nanas früheste Erinnerungen hatten viel mit Luftangriffen zu tun, mit dem Heulen der Alarmsirenen, dem Motorengeräusch näher kommender Flugzeuge, dem Pfeifen und Krachen der Bomben, und mit dem leicht modrigen Geruch und der Notbeleuchtung im feuchtkalten Werftbunker.

Die beiden Großen waren fort, kinderlandverschickt, wie es hieß, mit ihren Schulklassen. »Hauptsache, dass sie da auch ein Klavier haben«, hatte Gudrun gesagt. Und Johannes hatte von der Organisation militärischer Hilfsdienste geträumt und vom Lagerfeuer und Sportabzeichen und ausgedehnten Kameradschaftsabenden.

Knut Lorenzen und die meisten Werftleute hatten sich gewundert, dass die Chefin mit der Kleinen nicht auch fortging, schließlich könnte die Elbinsel mit ihren Helgen und Kränen und Docks eine gute Zielscheibe für die englischen Bomber abgeben.

Wenn Rudolf Magnussen nicht da war, saß im Bunker stets Lorenzen neben Serena mit dem Kind, das hatte der Chef so bestimmt. Und Lorenzen fühlte sich verantwortlich.

Einmal, nach einem besonders schweren Angriff, war Serena unfähig, die Treppe nach oben zur Bunkertür zu gehen – die Beine rutschten ihr weg. Da nahm der Fährmann sie ohne große Umstände auf die Arme und trug sie nach draußen und dann weiter zur Villa.

Die Leute von der Werftfeuerwehr, die Zeugen ihrer Schwäche

geworden waren, glaubten, dass sie nun, ob sie wollte oder nicht, vom »Alten« aufs Land verbannt werden würde.

Aber Serena blieb. Sie wurde auch nicht wieder ohnmächtig. Im fünften Kriegsjahr allerdings war sie nur noch ein Schatten ihrer selbst. Die ständige Angst hatte ihn ihr gewütet wie eine zerstörerische Krankheit.

Das Kind Nana jedoch war ganz arglos. Es war in den Krieg hineingeboren worden und erlebte das Dröhnen der Flugzeuge und den Lärm der Geschütze und Bombeneinschläge fast schon als Normalität.

Ihr Vater hatte ihr eingeschärft, dass sie im Bunker absolut sicher sei, und sie glaubte ihm. Schließlich war er ja der Chef hier und alle auf der Insel mussten tun, was er ihnen sagte.

Und wenn die Angst das Mädchen dann doch einmal bedrängte, wich sie aus in ihre eigene Märchenwelt: Der König, die Königin, deren Kind und der treue Diener kämpften gegen die Feuer speienden fliegenden Ungeheuer, die das friedliche Königreich zerstören wollten. Am Ende würde der König ganz gewiss der Sieger bleiben, so stand es in ihrem Märchenbuch, das sie oft mit in den Bunker nahm und während der Angriffe fest in ihrer Hand hielt.

Am dritten Mai 1945 um zehn Uhr dreißig wurde die Magnussen-Werft von den Engländern besetzt. Versteckt in den Fliederbüschen, die außerhalb der Gartenmauer wuchsen, sah Nana, wie die Soldaten ihre Insel stürmten, und wieder einmal triumphierte ihre Phantasie begütigend über die Realität.

Die englischen Soldaten mit ihren stachelähnlichen Maschinenpistolen, den tief in die Stirn gezogenen Helmen und den schnellen, zielgerichteten Bewegungen hatten etwas von großen Insekten, und als einer dieser Insektenmenschen Nana in ihrem Fliederbusch entdeckte, sie hochnahm und zum Gartentor transportierte, nicht etwa freundlich auf dem Arm, sondern unter dem Arm wie eine Beute, zappelte sie nicht etwa, sondern machte sich schlaff und stellte sich tot.

Aus den Augenwinkeln konnte sie sehen, dass der König und die Königin in der offenen Haustür standen und hoheitsvoll den Feinden entgegensahen. Jedenfalls Papa gab sich absolut königlich, während Mama mit hängenden Armen daneben stand. Immerhin trug sie ein elegantes dunkles Kleid und hatte ihre langen Haare ordentlich zu einem Knoten zusammengesteckt.

Hinter den Eltern stand Lorenzen. Er trug eine weiße Kellnerjacke und hatte ein Tablett mit Gläsern in der Hand. Sein Gesicht wirkte verkniffen und war fast so weiß wie die Jacke.

Der Soldat setzte Nana ab und sagte etwas, das sie nicht verstand. Laut aufschluchzend riss Serena ihre Tochter aus den Händen des Mannes und schob sie hinter sich, als wollte sie das Kind mit ihrem Körper decken. Rudolf Magnussen bemühte sich den Zwischenfall zu übersehen, und erst als Nana ebenfalls in geräuschvolles Schluchzen ausbrach, wandte er sich zu ihnen um und zischte seine Frau an: »Nimm dich gefälligst zusammen und hör auf mit dem Geheule.«

Der Schreck, der Nana daraufhin durch die Glieder fuhr, war keineswegs ein Märchenschreck. Sie hatte ihren Vater noch nie auf diese Weise zu ihrer Mutter sprechen hören.

Die Königin hatte versagt, und der König hatte die Beherrschung verloren.

Der erste Engländer, der die Villa Magnussen betrat, putzte sich sorgfältig auf der Fußmatte mit dem eingewebten WELCOME die Schuhe ab. Als Nana das sah, hörte sie sogleich auf zu weinen. Auch Serena, den starren Blick auf die Schuhe des Offiziers gerichtet, fand zu ihrer verordneten Haltung zurück.

»Wir haben den Befehl, dieses Haus zu durchsuchen«, sagte der Offizier.

Rudolf zuckte die Schultern. Es ärgerte ihn, dass der Engländer deutsch sprach, und er antwortete in lässigem Englisch: »Well, Captain, just go ahead and do your duty, I don't mind it at all. But you won't find anything. And I really prepared welcome drinks for you.«

»Warum?«, fragte der Mann.

»To celebrate the end of the war.«

»Noch ist der Krieg nicht zu Ende«, sagte der Captain.

»The war perhaps not, but the time for distroying everything. Now comes the time for reconstruction. Isn't that worth celebrating?«

Der Captain zuckte die Schultern. »An Ihrer Stelle wäre ich mir da nicht so sicher.«

Der König versuchte es mit einem Witz: »But anyway the drinks are on the house.«

Der Captain lächelte nicht. Er wandte sich seinen Leuten zu, die außerhalb der Villa gewartet hatten, und machte ihnen ein Zeichen. Sogleich drangen ungefähr zehn oder fünfzehn Mann ins Haus ein und verteilten sich schweigend und schnell. Alle hielten ihre Maschinenpistolen im Anschlag, keiner putzte sich die Stiefel ab. Ein paar Männer gingen nach oben, der Captain folgte ihnen.

Immer noch hielt Lorenzen das Tablett mit den Gläsern in der Hand, sein Gesicht begann wieder eine normale Farbe anzunehmen.

»Was nu, Herr Magnussen?«

»Nichts. Wir warten.«

Serena fragte zaghaft: »Kann ich jetzt zurück in mein Zimmer gehen?«

»Kannst du nicht. In deinem Zimmer sind Soldaten. Wahrscheinlich haben sie gerade alle Schubladen aufgemacht und wühlen in deiner Wäsche herum.«

Sie senkte den Kopf. »Wir müssen ihnen sagen, dass wir … dass du und ich … also wir müssen ihnen das mit David sagen.«

»Was meinst du, wie viele Leute jetzt plötzlich versuchen, sich irgendeinen David aus dem Hut zu zaubern. Und ohnehin wäre es mir lieber, wenn in diesem Hause der Name David Finchbury nicht mehr erwähnt würde.«

Nana zog an Serenas Kleid. »Ich will aber nicht, dass die Soldaten in mein Zimmer gehen.«

»Man kann sie nicht hindern«, sagte Serena.

»Soll ich hier stur stehen bleiben mit all den Gläsern, Chef?«, fragte Lorenzen.

Nana löste sich von ihrer Mutter und rannte die Treppe hoch. »Ich seh mal nach, was die da oben machen.«

»Nana«, rief Serena ängstlich.

»Lass sie. Die werden doch einem Kind nichts tun. Und vielleicht beschleunigt es die Prozedur etwas.«

»Was ist denn nun mit den Gläsern, Chef? Soll ich sie in die Küche zurückbringen?«

»Nun gehen Sie mir nicht auch noch auf die Nerven, Lorenzen. Setzen Sie das Tablett ab oder halten Sie es weiter in der Hand, wie Sie wollen. Irgendwann wird der Mann sich schon zu einem Drink bequemen. Jedenfalls habe ich noch keinen Engländer gesehen, der ein Glas Champagner zurückweist. Er muss nur erst mal begreifen, dass wir hier wirklich an Normalisierung glauben.«

»Ja, Chef«, sagte Lorenzen nur und stand da, das Tablett weiterhin auf seinen steifen Armen, meilenweit entfernt von jeder Normalität.

Rudolf wurde von Minute zu Minute ärgerlicher. Als der Captain schließlich oben auf der Treppe erschien, das Kind Nana an der Hand, konnte er sich kaum noch beherrschen.

»Die haben mein Zimmer auch durchsucht«, rief Nana stolz, »weil nämlich die Nazis manchmal ihre Gewehre in den Kinderbetten verstecken. In meinem Bett war aber keins. In Mamas und Papas Betten auch nicht. Und der Mann hier ist gar kein Feind. Der ist ein Kapitän und spricht wie wir und hat mir ein Stück Schokolade geschenkt.«

»Du weißt genau, dass du von Fremden nichts annehmen darfst!«, fuhr Rudolf seine Tochter an. »Gib sofort die Schokolade zurück.«

Nana erschrak. »Aber … aber ich hab sie doch schon …«, sagte sie kläglich.

»Ist gut, Kleine«, der Offizier drückte beruhigend ihre Hand, »wir haben zusammen die Schokolade gegessen, ich ein Stück und du ein Stück, eine Friedensschokolade, wie bei den Indianern mit der Friedenspfeife, dagegen hat dein Vater bestimmt nichts einzuwenden.« Er strich ihr über die Haare. »Dagegen kann er gar nichts haben, weil er doch unbedingt das Kriegsende feiern will.« Seine Stimme klang sanft und freundlich.

Dann wandte er sich an Rudolf und sagte im gleichen Tonfall: »Wie viele jüdische Häftlinge haben auf der Werft für Sie Sklavenarbeit verrichtet?«

Rudolf, nach wie vor entschlossen, die Konversation auf Englisch zu führen, war weit weniger entspannt: »We never employed any slave-labour in our yards.«

»Auch keine Polen und Russen? Oder vielleicht Zigeuner oder Homosexuelle oder Kommunisten oder sonst irgendwelche so genannte Untermenschen?«

»Non at all. Und ich habe keinen dieser Unglücklichen je für einen Untermenschen gehalten.«

»Waren Sie Parteimitglied?«

»No Sir.«

»Aber Sie standen dem Marineministerium nahe?«

»Obviously. Schließlich waren wir abhängig von Staatsaufträgen.«

»Also waren Sie ein Rüstungsbetrieb?«

»Nicht im Sinne des International Law. Wir haben vor allem Fischereiboote gebaut, Truppentransporter und Minensuchboote. No attack-ships.«

»Reparaturen für die Marine?«

»Ja natürlich, aber nichts davon fällt unter die Kategorie der military or arms production.«

»Wir werden das zu klären wissen.«

»Do that. Die Waffenindustrie unterliegt internationalen Gesetzen.«

Der Captain seufzte. »Ja, ja. Und der Sieger entscheidet, wie dieses Gesetz ausgelegt wird.«

Darauf ging Rudolf nicht ein. In einem letzten Versuch, der Anwesenheit des englischen Offiziers doch noch einen gesellschaftlichen Anstrich zu geben, sagte er: »If you've put all your questions, how about drinks now?«

Der Captain zögerte sekundenlang, dann nickte er. »All right then.«

Lorenzen schenkte ein.

»And drinks for your men?«, fragte Rudolf.

Die Frage schien den Captain zu verblüffen. »Are you referring to the other ranks? Was soll mit denen sein? Sie haben ihren Job getan.«

Er wechselte ein paar kurze Worte mit seinen Leuten und schickte sie aus dem Haus. Als sie gegangen waren, murmelte er: »We will see, we will see ...«, hob gedankenverloren das Glas und trank, ohne Serena und Rudolf zuzuprosten.

»Exzellenter Champagner«, sagte er. »Persönliches Beutegut aus Frankreich?«

»Ich bin während des Krieges nicht in Frankreich gewesen und ich war auch nie Soldat. Wir Werftleute galten in Deutschland als indispensible, unabkömmlich von unseren Arbeitsplätzen.«

»Sie waren also UK gestellt. Eben doch ein Rüstungsbetrieb. Und außerdem muss ich mich natürlich fragen, wieso Sie trotz Ihrer Unabkömmlichkeit an der Heimatfront eine so große Summe französischen Geldes in Ihrem Haus aufbewahren?«

»Französisches Geld?«, fragte Rudolf überrascht. »Schon möglich, aber so viel kann es nicht gewesen sein.«

Nana, die während der ganzen Zeit dabeigestanden und versucht hatte, dem Gespräch zu folgen, wollte hilfreich sein und sagte: »Doch, Papa, oben in Mamas Wäscheschrank da lag ein ganzer Packen fremdes Geld. Das haben die Soldaten mitgenommen. Aber vielleicht war das ja nur Spielgeld. So wie das in meiner Kinderpost.«

»Spielgeld, ganz sicher«, sagte der Captain lächelnd. »Und die hübsche französische Wäsche – auch zum Spielen.«

Plötzlich kam Leben in Serena, die zuvor gewirkt hatte, als ginge sie das Ganze nichts an. Sie hob den Kopf und sah mit unruhigem Blick zwischen dem Captain und Rudolf hin und her. »Französisches Geld? Daran kann ich mich nicht erinnern«, flüsterte sie.

Der Captain nickte. »Natürlich nicht, Madam. Es muss sich um einen Irrtum gehandelt haben. Darauf sollten wir trinken.«

Lorenzen füllte die Gläser erneut, diesmal prostete der Captain Serena zu. »Auf die Frauen, Madam, auf ihre Irrtümer und natürlich auf Frankreich. Möge es bald zu seinem alten Glanz zurückfinden.«

Ohne abzusetzen, leerte er das Glas. Serena nahm nur einen winzig kleinen Schluck. Ihre Hand zitterte.

»Das wär's vorerst«, sagte der Captain. »Die Werft bleibt selbstverständlich besetzt. Es ist auch sehr gut möglich, dass wir Ihr Wohnhaus beschlagnahmen müssen. Ich will, dass meine Leute es endlich einmal bequem haben.«

Serena begann hektisch zu atmen, so als befürchtete sie, im nächsten Moment keine Luft mehr zu kriegen. Nervös griff sie sich an die Kehle. »Und wir?«, fragte sie.

»Sorry, that's your problem, Madam.«

»Aber wir sind ... wir sind kein normaler deutscher Betrieb, wir haben persönliche Beziehungen zu England, die Finchbury-Werft in Liverpool, enge Freunde von uns, nahezu verwandt ...«

Der Captain betrachtete sie ungerührt. »Es ist wirklich erstaunlich, wie viele Deutsche plötzlich englische Verwandte haben!«

»Misch dich nicht ein, Serena«, sagte Rudolf, »und erzähl unserem Gast nicht diese alten Geschichten.«

»Er ist kein Gast«, rief sie mit schriller Stimme, »er ist ein Besatzer. Und er behauptet, dass wir hier französisches Geld versteckt haben, nur damit er uns aus unserem Haus verjagen kann. Warum spricht er überhaupt so gut deutsch? Vermutlich ist er Jude, und er will jetzt an uns Rache nehmen. Jude wie David, aber der würde das nie tun, nie, der weiß ja, wie wir sind, und dass wir kein französisches Geld ...«

Rudolf nahm ihren Arm, um sie zu beruhigen. »Schluss jetzt, Serena, nimm dich zusammen und hör auf mit dem Geschrei.«

Aber sie war nicht zu bremsen. Ihre Augen glitzerten wie im Fieber. »Ich spreche von David Finchbury, Captain, dem Junior von der Finchbury-Werft, unser engster Freund, der damals in diesem U-Boot ertrunken ist. Er hat in den zwanziger Jahren die Magnussen-Werft vor dem Konkurs gerettet, jawohl, ohne ihn hätten wir nämlich überhaupt keine Schiffe mehr bauen können, weder militärische noch zivile, und … und … dann kamen die Nazis und David musste gehen, … und als er schon weg war, da wurde dann doch noch ein Kind geboren …«

Ganz plötzlich brach Serena ab. Es war, als ob ihr die Luft weggeblieben wäre. Ein gehetzter Blick zu ihrem Mann, dann sackte sie in sich zusammen, und wenn Rudolf und Lorenzen nicht gleichzeitig zugegriffen hätten, dann wäre sie wohl hingefallen.

»Was soll das, Serena«, stieß Rudolf zwischen den Zähnen hervor, »lass endlich David aus dem Spiel. Es interessiert niemanden, wir haben das doch alles schon besprochen. David ist tot, dabei wollen wir's belassen. Er existiert nicht mehr in unserem Leben.«

Kraftlos hing sie zwischen den beiden Männern. »Ja«, flüsterte sie, »das haben wir besprochen. Entschuldige bitte, Rudolf. Aber …«, sie richtete sich auf, »David würde bestimmt verhindern, dass man heimlich in meiner Wäscheschublade Geld deponiert, um uns auf die Straße setzen zu können.«

»Wir brauchen keinen Grund, um ein Haus zu beschlagnahmen, Madam«, sagte der Captain, »weil wir ja Besatzer sind, wie Sie so richtig bemerkt haben.«

»Lorenzen«, sagte Rudolf, »bringen Sie bitte Frau Magnussen nach oben. Sie fühlt sich nicht wohl.«

Lorenzen nickte. »Mach ich, Chef. Na, wie ist es, Frau Magnussen, Sie wollten doch vorhin schon auf Ihr Zimmer gehen.«

»Die haben meine Wäscheschubladen durchwühlt«, flüsterte Serena.

»Wenn's weiter nichts ist«, sagte Lorenzen freundlich. »Und unsere Kleine war ja dabei, die hat aufgepasst, dass nichts wegkommt.«

»Aber die Briefe …«

»Nein Mama«, mischte Nana sich voller Eifer ein, »da waren gar keine Briefe, und da ist auch wirklich nichts weggekommen. Weil ich ja aufgepasst habe.«

»Na, was ist, gehen wir nach oben?«, fragte Lorenzen. »Wenn Sie wollen, kann ich auch Mamsell rufen. Die hat sich vor lauter Angst irgendwo im Keller versteckt.«

»Wer hat sich im Keller versteckt?«, fragte der Captain.

»Unsere Köchin«, sagte Lorenzen, »weil sie keine guten Nerven hat.«

»Diese Dame hier anscheinend auch nicht. Also bringen Sie sie nach oben, ich habe nichts dagegen.«

»Na prima«, sagte Lorenzen wütend, »wenn Sie mal bloß nichts dagegen haben, dann ist ja alles gut.«

»Ich schaff's schon alleine, Lorenzen«, murmelte Serena, »bleiben Sie doch lieber hier bei meinem Mann.«

Langsam begann sie die Treppe hinaufzusteigen. Lorenzen warf Rudolf einen fragenden Blick zu, der bedeutete ihm durch ein Zeichen, bei Serena zu bleiben.

Der Captain und Rudolf Max Magnussen sahen den beiden nach.

»Entschuldigen Sie meine Frau«, sagte Rudolf. »Die letzten Wochen haben zu sehr an ihren Kräften gezehrt. Nacht für Nacht diese grauenvollen Luftangriffe.«

»Warum haben Sie nicht versucht, sie zu evakuieren?«

»Sie wollte sich nicht von mir trennen.«

»Sehr rührend, in der Tat«, sagte der Captain und gönnte sich ein unerwartetes Lachen. »Das treue deutsche Weib, das ihrem Gatten nicht von der Seite weicht, vorzugsweise bis zum Endsieg, aber, wenn's denn gar nicht anders geht, auch in den Untergang.«

Die Magnussens mussten ihr Haus nicht räumen, nur der große alte Teil des ehemaligen Verwaltungsgebäudes, den die Familie seit langem nicht mehr benutzte und der mit Aufenthalts- und Waschräumen dem Werftpersonal zur Verfügung gestanden hatte, wurde beschlagnahmt und mit englischen Soldaten belegt.

Der Captain der ersten Stunde tauchte nicht wieder auf. Ein neuer kam, Captain O'Connell, und bezog mit zwei jungen Lieutenants das Gästehaus der Villa.

Selbstverständlich wäre es für die Engländer ein Leichtes gewesen, das ganze Haus zu beschlagnahmen. Warum sie das nicht taten und sich mit dem, was die Familie ohnehin nicht brauchte, beschieden, war Rudolf ein Rätsel. Den Gedanken an die Finchburys verbot er sich.

Die Soldaten, denen Nana nun überall auf der Elbinsel begegnete, erschienen ihr durch ihre kriegerische Kostümierung immer noch gefährlich und fremdartig, im Haus jedoch saßen ihr Vater und immer wieder neue Offiziere zusammen und redeten und rauchten und tranken Champagner aus den schönen geschliffenen Familiengläsern, von denen schon einige zu Bruch gegangen waren.

Nana war überall im Haus unterwegs, und da sie klein war und still und leichtfüßig, wurde sie kaum bemerkt. Unter dem Flügel hatte sie sich aus Kissen ein Nest gebaut, dort saß sie und beobachtete die Männer. Der eine oder andere nickte ihr manchmal zu oder fuhr ihr durch die Haare, einer gab ihr sogar, als ihr Vater gerade nicht im Zimmer war, ein wenig Champagner zu trinken, der ihr ein sehr angenehmes Gefühl im Bauch verursachte. Meist aber kümmerte sich niemand um sie.

Rudolf, dem die Engländer bislang keine persönlichen Einschränkungen auferlegt hatten, lief täglich stundenlang auf der Werft herum. Die Totenstille in den Werkhallen und auf den Helligen brachte ihn schier um den Verstand. Er vibrierte vor Ungeduld, wollte endlich mit den Reparaturen beginnen, war aber zum Nichtstun verurteilt.

Die Verbitterung über die Sieger, die sich so lange Zeit ließen mit ihren Entscheidungen über die deutsche Werftindustrie, fraß sich tief in seine Seele. Warum hingen diese Engländer hier in seinem Haus herum, was hatte das zu bedeuten? Sie gaben sich als Freunde, und dabei hatten sie doch diesen schleichenden, hinterlistigen Blick. Er war überzeugt, dass einer von ihnen ihm stets folgte, wenn er, anscheinend frei und jedenfalls ungehindert, über das Werftgelände und auch drüben auf der anderen Seite durch das zerstörte Hamburg ging. Was suchten sie, wessen wollten sie ihn so dringend überführen, wieso wurde er so viel besser behandelt als die Kollegen von den Nachbarwerften?

Oben im Haus lebte Serena, sie kam nie herunter ins Herrenzimmer, wenn er dort mit den Engländern saß und zechte. Immer noch wirkte sie elend, und sie war krank auf eine Weise, die Rudolf nicht begriff. Sie hatte doch alles, ein Haus, ein eigenes Bett, genügend zu essen, einen Mann, der für sie sorgte und ein Kind, das er als das seine akzeptiert hatte. Wieso nahm sie sich nicht endlich zusammen und wurde wieder wie früher.

Der alte Werftarzt, der Serena schon so lange kannte, untersuchte sie und konnte keine körperlichen Symptome feststellen. Für das Seelische sei er nicht zuständig, aber dass sie unter Depressionen leide, das sei ja nur zu offensichtlich. Jedenfalls müsse man auf sie Acht geben und dürfe sie nicht so viel alleine lassen. Ob man denn keine Nachricht von den beiden älteren Kindern erhalten habe?

Noch nicht direkt. Aber über die Schule sei den Eltern mitgeteilt worden, dass in den Heimen in Oberbayern so weit alles in Ordnung sei, man warte nur noch auf einen sicheren Rücktransport.

Rudolf hatte weiß Gott schon Sorgen genug, die verordnete Friedhofsstille auf der Werft, die Unfähigkeit, wenigstens sein Stammpersonal zu halten, die gesperrten Konten, die fremden Autoritäten, denen er sich unterordnen musste. Und selbstverständlich machte er sich auch Sorgen um die Kinder – ein sicherer Rücktransport, so etwas gab es doch heutzutage überhaupt nicht mehr. Mit den Depressionen seiner Ehefrau konnte er sich nicht auch noch beschäftigen.

Also engagierte er eine der vielen ostdeutschen Flüchtlingsdamen, die inzwischen die holsteinischen Gutshäuser bevölkerten, als Gesellschaftsdame für Serena. Es war die Erste von fünfen, die einander in kurzen Abständen folgen sollten. Die Elbinsel mit dem cholerischen Rudolf Magnussen und seiner schweigsamen, lebensunwilligen Frau schien ihnen nicht zu gefallen.

Nana, die keine Lust hatte, sich die fremd klingenden Namen zu merken, nannte die Damen alle gleich: Frau von Irgendwer.

»Wozu haben wir so was überhaupt nötig«, sagte Lorenzen zu seinem Frolleinchen, dem gegenüber er nie ein Blatt vor den Mund nahm, »eine Gesellschaftsdame, wohl eher eine Aufpasserin! Dabei wissen wir selbst doch am besten, wie wir die Chefin wieder auf die Beine bringen. So was braucht vor allem Zeit und Geduld, und genau das hat der Chef leider überhaupt nicht. Aber wenn die Werft erst mal wieder läuft und die Kinder gesund zurück sind, dann wird auch die Chefin gesund, das garantier ich dir.«

Gudrun Magnussen, Nanas große Schwester, kam am siebten Juli 1945 nach Hause zurück. Sie war jetzt achtzehn Jahre alt und kaum weniger ungeduldig als ihr Vater. So hatte sie auch das lange Warten auf einen Rücktransport nicht ausgehalten und sich alleine auf den Heimweg gemacht.

Für die rund achthundert Kilometer hatte sie siebzehn Tage gebraucht. »Und der längste Tag war der letzte«, erzählte sie, »als ich nämlich die Elbinsel schon sehen konnte und keine Möglichkeit hatte, mich bemerkbar zu machen. Bis dann endlich eine von den Barkassen kam, die sah genau aus wie früher, und Lorenzen, der am Steuer stand, auch. Er hat mich angestarrt, als wäre ich ein Geist, und dann hat er mich doch tatsächlich umarmt.«

Gudrun Magnussen kam den Weg vom Anlieger zur Villa hinauf. Hinter ihr trug Lorenzen einen abgeschabten roten Kinderkoffer, der mit den blass goldenen Buchstaben G. M. verziert war. Nana hockte auf den Stufen vor der Haustür.

»Das hier ist unsere Nana«, stellte Lorenzen feierlich vor. »Sie ist jetzt fast sechs Jahre alt.«

Nana hatte nur noch eine schwache Erinnerung an ein Mädchen mit langen Zöpfen, das sie manchmal auf den Armen herumgetragen hatte, aber nie sehr lange, weil sie sich dann immer wieder ans Klavier setzen musste – »keine Zeit, keine Zeit, wenn man nicht übt, dann wird man nichts«.

Gudrun trug die Haare kurz geschnitten, war hoch gewachsen und wirkte trotz ihrer seltsamen Aufmachung – sie hatte eine viel zu große Männerjacke an und eine Männerhose, die mit einem Strick in der schmalen Taille zusammengehalten war – wie eine junge Dame. Sie warf Nana einen kurzen Blick zu, sagte: »Aha. So siehst du also aus«, wandte sich ab und ging ins Haus. Nana lief hinter ihr her. »Und du siehst genauso aus wie Mama!«, rief sie.

»Ja, das sagen alle, die Mamas Foto auf meinem Nachttisch gesehen haben. Wo ist sie?«

»Oben in ihrem Zimmer.«

»Und Papa?«

»Unten mit den Besatzern.«

»Aha«, sagte Gudrun wieder und ging schnurstracks auf die Tür des Herrenzimmers zu. Nana hielt sie an der Jacke fest. »Besser nicht, Mama geht da auch nicht rein. Das ist nichts für Frauen, sagt Onkel Lorenzen.«

Gudrun lachte. »So ein Unsinn! Und hat man dir nicht beigebracht, dass es Herr Lorenzen oder nur Lorenzen heißt und ganz gewiss nicht Onkel?« Dann riss sie die Tür auf.

Außer Rudolf saßen auf dem halbrunden Sofa und in den schweren Sesseln sieben oder acht uniformierte Männer. Der Tisch war überladen mit Gläsern und Flaschen und vollen Aschenbechern, dichte Rauchschwaden hingen in der Luft. Der Gesprächslärm, der zuvor bis nach außen gedrungen war, erlosch schlagartig.

Rudolf sprang auf. »Serena«, rief er, »ich hatte dich doch gebeten …«

»Papa!«, sagte Gudrun. »Was ist denn mit dir los? Bist du etwa betrunken? Und wieso wird hier nicht mal gelüftet?« Sie ging an den Männern vorbei und riss die Terrassentüren auf.

»Gudrun …«, sagte Rudolf mit unsicherer Stimme, »Gudrun, mein Kind …«

»Na, wer denn sonst«, sagte sie. »Und nach der langen Trennung könntest du mich ja auch mal umarmen.«

Nana schaute neiderfüllt zu, wie Vater und Tochter einander in den Armen lagen. Als Rudolf Gudrun schließlich losließ und sich an seine Gäste erinnerte – »Gentlemen, this is my long lost daughter Gudrun« –, klang seine Stimme merkwürdig.

»And he took me for my mother«, sagte Gudrun kopfschüttelnd.

Die Offiziere begrüßten Gudrun, als wäre sie ein willkommener neuer Partygast. Einer gab ihr sogar einen Handkuss. »We have never seen your mother«, sagte er, »he kept her away from us.«

Gudrun nickte: »Er wird seine Gründe dafür haben«, was den Handkussoffizier zu der Bemerkung ermutigte: »When she is as beautifull as you, Fräulein, then his reasons are justified.«

»My daughter is not a Fräulein«, fuhr Rudolf den Mann an.

Der stutzte, schien nicht so recht zu begreifen, was an dem Wort »Fräulein« falsch sein sollte, fing sich jedoch schnell und sagte: »Well, she is definitely dressed like a man.«

»Und was ist mit Johannes?«, fragte Rudolf. »Ist er nicht mit dir gekommen?«

»Der kommt vorerst überhaupt nicht«, antwortete Gudrun. »Aber es geht ihm gut. Ich erzähl's dir später.«

Der Handkussoffizier schenkte Champagner in eines der Familiengläser, reichte es Gudrun und sagte höflich: »May I offer you a welcome drink«, ganz als ob er der Hausherr wäre.

Nana dachte, dass ihr Vater Gudrun gewiss nicht erlauben würde, Alkohol zu trinken, doch der schien es gar nicht zu bemerken. Er starrte seine Tochter an, als machte es ihm große Schwierigkeiten, zu glauben, was er sah. Gudrun leerte das Glas, der selbst ernannte Hausherr füllte es erneut, und Gudrun trank auch dieses aus.

Dann wandte sie sich erneut ihrem Vater zu.

»Papa, ich bin's, deine Erstgeborene. Es stört dich doch nicht etwa, dass ich Champagner trinke?«

Rudolf antwortete nicht. Ohne eine Erklärung wandte er sich ab und verließ den Raum. Nana lief hinter ihm her. Mit schweren Schritten ging er hinauf in Serenas Zimmer, die halb ausgezogen auf dem zerwühlten Bett lag. Am Toilettentisch saß Frau von Irgendwer und schob Serenas Schmuckstücke hin und her. Als Rudolf hereinkam, stand sie auf. »Sie sehen nicht sehr wohl aus, Herr Magnussen«, sagt sie, »kann ich etwas für Sie tun?«

»Allerdings«, sagte Rudolf, »Sie können uns jetzt allein lassen.«

»Wie Sie wünschen, Herr Magnussen, soll ich das Kind mitnehmen?«

»Welches Kind?«, fragte er.

Nana hatte sich bereits hinter dem Stuhl mit Serenas Kleidern versteckt. Frau von Irgendwer zuckte die Schultern und ging.

Schwerfällig ließ Rudolf sich zu Serena aufs Bett fallen.

»Was ist?«, flüsterte sie.

»Ich will«, sagte Rudolf, »dass wir endlich wieder zusammenleben wie früher, dass du dich wieder benimmst und so aussiehst wie früher. Ich lasse mir mein Leben nicht aus der Hand schlagen, von keinem Menschen, von keinem Ereignis, auch nicht von Rache oder Eifersucht und schon gar nicht von der Zeit.«

»Von welcher Zeit?«, murmelte Serena.

»Unsere Tochter ist zurückgekommen«, antwortete er. »Und sie sieht genauso aus, wie du endlich wieder aussehen solltest.«

»Ich bin eine alte Frau«, sagte Serena gleichgültig.

»Du bist nicht alt, das lass ich nicht zu.«

Plötzlich zog er ihren Körper mit einer groben Gebärde in seine Arme. Als er sie zu küssen begann, versuchte Serena den Kopf zur Seite zu drehen. »Ich kann nicht«, flüsterte sie.

»Du kannst!«, sagte er. »Du hast gewusst, was du tust, und du musst jetzt endlich die Konsequenzen ertragen.«

Dem Kind Nana wurde ganz übel vor Schreck. Sie zog Serenas Kleid über sich und drückte beide Hände fest auf ihre Augen. Aber das half ihr nicht allzu viel, hören musste sie dennoch. Es schien sich um einen erbitterten Kampf zu handeln, der immer heftiger wurde. Ihr Vater stöhnte, ihre Mutter wimmerte, und schließlich schrie sie sogar laut auf. Dann war es still, totenstill.

Nana wartete. Als sie endlich den Kopf ein Stückchen hinter dem Kleid hervorschob und zu Mamas Bett hinschaute, sah sie ihre Eltern eng beieinander liegen. Rudolf, immer noch in Hemd und Jacke, hatte einen Arm fest um seine Frau gelegt. Er schlief, er schnarchte sogar ein wenig. Serenas Gesicht war tränennass. Auch sie hielt die Augen geschlossen.

Auf allen vieren wie eine junge Katze kroch Nana zur Tür, öffnete sie lautlos und schob sich hindurch. Ein letzter Blick zu den Eltern, Papa lag genauso da wie zuvor, doch Serena hatte den Kopf leicht gehoben und sah Nana mit weit aufgerissenen, entsetzten Augen an.

Unten im Herrenzimmer saß Gudrun am Flügel und spielte. Die Besatzer standen eng um sie herum. Nana drängte sich zwischen ihnen durch zu ihrer Schwester und stieß sie in die Seite.

»Du hast Mama noch gar nicht begrüßt«, sagte sie zornig. »Du kannst doch nicht hier unten mit den Besatzern spielen, wenn Mama oben … wenn sie oben …«

»Wenn sie oben auf mich wartet, meinst du?«

Seufzend ließ Gudrun die Hände sinken. Der Handkussbesatzer beugte sich zu ihr. »Please don't stop, Miss.«

Gudrun achtete nicht auf ihn. Sie strich mit beiden Händen über die Tastatur. »Ein wunderbares Instrument. Wie konnten sie es nur so verstimmen lassen«, sagte sie und schloss den Deckel.

»Don't go Miss, please!«

»Mama geht's nicht gut«, sagte Nana.

»Wieso? Ist sie krank?«

»Nein … ich weiß nicht. Aber sie hat sich furchtbar mit Papa gestritten. Die haben richtig gekämpft miteinander, und Mama hat laut geschrien.«

»Das ist ja immerhin neu. Bevor ich wegging, hat sie nie mit Papa gestritten, sondern immer zu allem ja gesagt.« Gudrun stand auf. »Kommst du mit, Kleine?«

Nana schüttelte energisch den Kopf. »Ich bleib lieber hier.«

»Ganz allein bei den bösen, bösen Soldaten? Pass nur auf, dass sie dich nicht auch betrunken machen so wie mich.«

Lachend verließ sie den Raum.

Einer der Offiziere wandte sich an Nana.

»Wie alt ist die beautiful lady?«

»Weiß nicht«, sagte Nana mürrisch.

»Will sie kommen wieder zurück?«

»Weiß ich auch nicht. Aber sie ist ja jetzt wieder da. Sie wohnt nämlich hier bei uns, weil sie meine Schwester ist.«

»Dann wir warten«, beschloss der Offizier.

Es dauerte nur ein paar Minuten und Gudrun war wieder da. Sie ergriff Nana beim Arm, zog sie auf den Flur und sagte streng: »Wie konntest du mich nur nach oben in das Zimmer schicken.«

»Aber … Papa hat ihr doch wehgetan. Und ich hab doch gedacht, dass du vielleicht helfen könntest.«

Mit zusammengekniffenen Augen betrachtete Gudrun ihre Schwester. »Merk dir, Kleine, diese Art Kampf ist normal unter Erwachsenen. Und wie sie das machen und was da passiert, das geht niemanden etwas an.«

»Aber Mama hat geschrien.«

»Das geht dich auch nichts an.«

»Woher weißt du überhaupt, dass so etwas unter Erwachsenen normal ist?«

»Das weiß ich, weil ich inzwischen dazugehöre.«

»Zu den Erwachsenen? Und du musst nun auch kämpfen?«

Gudrun verbiss sich ein Lächeln. »Jedenfalls erwartet man das von mir.«

Plötzlich kamen Nana die Tränen. Sie rannte die Treppe hoch und verschwand in ihrem Zimmer. Gudrun folgte ihr, setzte sich neben sie aufs Bett und legte ihr einen Arm um die Schultern.

»Früher hab ich viel über die Eltern nachgedacht«, sagte sie, »jetzt nicht mehr.«

Nana sah sie erstaunt an. »Jetzt denkst du nicht mehr über Papa und Mama nach?«

»Wozu? Sie wollen ja gar nicht verstanden werden. Und ich hab so viel anderes zu tun.«

»Ist das andere deine Musik?«, fragte Nana schüchtern.

Gudrun lehnte sich zurück in die Kissen und verschränkte die Hände hinter ihrem Kopf. »Genau«, sagte sie, »das ist meine Musik. Und ich werde weiterlernen, auf jeden Fall. Nicht mit dem Lehrer von damals. Der war gut für den Anfang. Aber jetzt brauch ich mehr. Deshalb werde ich nach Paris gehen oder nach London oder nach Mailand. Hier im besiegten Deutschland bleibe ich jedenfalls nicht.«

»Das wird Papa nicht erlauben.«

»Papa? Ich hab dir doch gesagt, dass ich erwachsen bin.«

Eine Weile schwiegen sie. Nana bewunderte ihre große Schwester sehr. »Und wie ist das mit Johannes?«, fragte sie. »Ist der auch erwachsen?«

»Noch viel mehr als ich. Der hat sein Leben ziemlich gut im Griff.«

»Warum ist er nicht mit dir zurückgekommen?«

»Weil er nicht wollte. Ihm geht's nämlich sehr gut, da wo er ist. Er arbeitet auf einem großen Bauernhof, und die Tochter vom Bauern ist verknallt in ihn. Darum hat er immer genug zu essen.«

»Hier hat er auch genug zu essen.«

»Vielleicht. Aber hier hat er keine Bauerstochter.«

Gudrun stieg aus dem hässlichen Männeranzug in die Kleider ihrer Mutter, die ihr passten, als wären sie für sie gemacht.

Rudolf konnte seine Augen nicht lassen von der schönen jungen Tochter, die genauso aussah wie damals Serena, als er ihr vor einundzwanzig Jahren im Salon der Emilie Flöge zum ersten Mal begegnet war.

Mit Gudrun konnte er sanft und sogar zärtlich sein, er befahl ihr nichts, er ordnete nicht einmal an, er bat.

»Meine Gäste hätten so gern, dass du für sie spielst. Weißt du … diese Männer sind äußerst wichtig für mich. Also wenn du nichts dagegen hast …«

»Solange der Flügel derart verstimmt ist, hab ich etwas dagegen«, sagte Gudrun.

Binnen zwei Tagen trieb Rudolf einen Klavierstimmer auf, Lorenzen brachte ihn in die Villa.

»Ein ungewöhnlich gutes Instrument«, sagte er.

Rudolf gab ihm ein ganzes Pfund Bohnenkaffee und dazu noch eine Flasche Wein.

Als Gudrun danach das Ergebnis der Arbeit ausprobierte, machte sie eine Glücksmiene, als hörte sie Engelsgesänge.

Sie übte nun jeden Vormittag viele Stunden, und abends spielte sie Jazz und Tanzmusik für die Engländer. Manchmal sang sie auch dazu. Die Männer waren begeistert.

»Seit Fräulein Gudrun zurück ist, saufen sie nicht mehr so viel und benehmen sich sehr viel besser«, sagte Lorenzen zu Nana. »Und der Chef kann endlich wieder auf was stolz sein.«

An den Abenden saß Nana meist in ihrem Kissennest unter dem Flügel und hörte zu und beobachtete die Erwachsenen, für die sie selber unsichtbar zu sein schien. Der Handkussengländer stand immer ganz nahe bei Gudrun, und manchmal legte er ihr die Hand auf die Schulter.

Eines Tages im August sah Nana, die wieder einmal auf den Stufen vor der offenen Haustür hockte, wie ein englischer Offizier aus der Military-Police-Barkasse stieg und vom Anlieger nach oben kam. Er war groß, sehr schlank, trug eine Brille, hatte dichte, dunkle, von weißen Strähnen durchzogene Haare und hielt ein Bambusstöckchen in der Hand. Hinter ihm ging ein junger Soldat mit einer Mappe. Die Sonne schien, ein leiser Wind brachte das Wasser zum Glitzern, und in der Luft hing ein intensiver Jasminduft.

Der Offizier schien nicht in Eile zu sein, er schaute sich um, atmete tief und klopfte sich mit dem Stöckchen gegen das Hosenbein. Auf seiner Uniform prangten ein paar mehr Streifen und Sterne als bei den übrigen Engländern, an deren Aufzug Nana inzwischen gewöhnt war, und sie dachte, dass es sich bei diesem hier mindestens um einen General handeln müsste.

Schade, dass der Vater am Morgen nach drüben gefahren war. Hätte er gewusst, dass ein General die Werft besuchen wollte, wäre er gewiss hier geblieben.

Als der Mann das Kind da sitzen sah, zögerte er einen Moment.

»Hast du vielleicht eine Ahnung«, sagte er in fließendem Deutsch, »wo das ›& Co.‹ geblieben ist?«

»Was?«, fragte Nana verblüfft.

Er deutete auf das Werfttor mit dem großen Magnussen-Emblem. »Na das, was früher noch hinter dem Namen gestanden hat, die großen Metallbuchstaben.«

»Ach das meinen Sie.« Nana war froh, dass sie Auskunft geben konnte. »Die Buchstaben stehen bei Lorenzen hinter dem Bett. Manchmal putzt er sie. Es sind sehr schöne große Buchstaben. Lorenzen sagt, dass mein Vater sie kurz vor dem Krieg, nämlich vor meiner Geburt, abgenommen hat. Er brauchte sie nicht mehr und wollte sie wegwerfen. Aber Lorenzen hat sie aufbewahrt, weil das so gute Zeiten waren, sagt er. Also ich weiß nicht …«

»So«, sagte der Fremde, »du weißt also nicht. Wieso auch, das war ja noch vor deiner Geburt.«

Mit diesen Worten ging er an ihr vorbei ins Haus und gleich weiter ins Wohnzimmer.

Nana rannte hinter ihm her. Obgleich Rudolf Magnussen nicht zu Hause war, lümmelten sich fünf oder sechs Engländer redend und rauchend auf dem halbrunden Sofa. Etwas abseits hockte ein blasser, bebrillter Lieutenant in Rudolfs ledernem Ohrensessel, der viel zu wuchtig zu sein schien für den schmalen jungen Mann. Nana hatte gehört, dass der Vater dieses Mannes ein Bekannter ihres Vaters aus England sei. Von vor dem Krieg natürlich. Ihr Vater habe damals viel in einer Stadt namens Liverpool zu tun gehabt. Das seien glückliche Zeiten gewesen. Auf der Armlehne des Ohrensessels saß Gudrun, sie redete auf den jungen Offizier ein und lachte und beugte sich vertraulich zu ihm hin, was ihn zu verwirren schien.

Beim Eintritt des neuen Gastes sprangen alle Offiziere auf. Gudrun drehte sich langsam um und betrachtete den Neuankömmling, ihre Augen weiteten sich in ungläubiger Überraschung. »David …«, murmelte sie. »Du siehst zwar anders aus, aber mich kannst du nicht täuschen. Du bist David!«

Der Fremde ging auf sie zu, ergriff sie beim Arm und zog sie langsam von der Sessellehne hoch, sehr vorsichtig, so als befürchtete er, dass ihre einzelnen Glieder nicht fest miteinander verbunden wären und er plötzlich den Arm ohne den Körper in der Hand halten könnte.

»Gudrun …!«, sagte er.

Vor lauter Aufregung blieb Nana fast die Luft weg. Sie sah, wie ihre große Schwester völlig aus der Fassung geriet, wie sie in Tränen ausbrach, ihren Körper gegen den des Unbekannten warf, ihn umarmte und küsste und sich an ihn klammerte. Dabei stammelte sie immer wieder: »David ... o mein Gott, David ...«

Der Fremde stand schweigend und hielt sie in den Armen. Sekundenlang schloss er sogar die Augen.

»Aber wieso ...«, flüsterte Gudrun, »wieso bist du denn nicht mit diesem Boot untergegangen?«

»Weil ich überhaupt nicht auf dem Boot war.«

»Und was ist jetzt mit dir?«

Der Fremde lächelte. »Jetzt ist der Krieg vorüber.«

Gudrun nahm sich zusammen. »Du musst mir alles erzählen!«, sagte sie, ergriff seine Hand und zog ihn durch die Terrassentür in den Garten.

Als die beiden gegangen waren, herrschten einen Augenblick vollkommene Ruhe und Bewegungslosigkeit im Zimmer. Bis dann plötzlich, wie auf ein geheimes Kommando hin, die Engländer ihre Sachen zusammensuchten und sich davonmachten. Der dünne bebrillte Lieutenant stellte noch die Aschenbecher und die Gläser auf ein Tablett, dann ging auch er.

Nana schaute hinaus in den Garten. Sie sah ihre Schwester und den Engländer, hinten bei den Jasminbüschen stehen. Gudrun redete wild gestikulierend auf ihn ein, es sah fast so aus, als machte sie ihm Vorwürfe, während er schweigend dastand, beide Hände in den Hosentaschen, und ihr lächelnd zuhörte.

Auf dem Parkett im Wohnzimmer lag sein Stöckchen. Nana hob es auf und betrachtete es genau. Es war aus Bambus, offenbar hohl, und auf der einen Seite mit einer kleinen Silberplatte abgeschlossen, in die die Buchstaben D. F. eingraviert waren. Wozu brauchte ein so großer, erwachsener Mann nur so ein kleines Stöckchen?

Während Nana es noch in Händen hielt, hörte sie plötzlich schnelle Schritte die Treppe herunterkommen. Einem Impuls folgend, schob sie das Stöckchen unter den Teppich, in letzter Sekunde, bevor ihre Mutter ins Zimmer stürmte.

Zum ersten Mal kam Serena während der Besucherzeit – so nannte Frau von Irgendwer die Stunden, während derer die Engländer das Haus bevölkerten – ins Wohnzimmer. Nicht einmal ein Kleid hatte sie sich angezogen, und ihr alter seidener Morgenrock war nur nachlässig zugebunden. Das Haar hing ihr strähnig ins Gesicht.

»Aber Mama«, sagte Nana warnend, »sie sind ja noch gar nicht alle weg, einer ist da geblieben.«

»Ich hab's gewusst«, rief Serena, »ich hab's ja gewusst. Wo ist er?«

»Im Garten. Mit Gudrun.«

Ohne das Kind noch weiter zu beachten, stürzte Serena auf die Terrasse und die Gartentreppe hinunter, wobei sie sich mit einem Fuß im Saum ihres Morgenmantels verfing und gestürzt wäre, hätte sie sich nicht ans Geländer geklammert. Der Pantoffel rutschte ihr vom Fuß, sie schleuderte den anderen hinterher und lief barfuß über den Rasen.

»David ...«, rief sie, »David!«

Der drehte sich um, nahm langsam die Hände aus den Hosentaschen und starrte sie an.

Serena verhielt in ihrem Lauf und blieb kurz vor ihm stehen. Es sah aus, als wäre es ihr unmöglich, den letzten Schritt zu gehen, sie schaffte es gerade noch, ihren Arm zu heben und ihm mit ausgestreckten Fingern über das Gesicht zu streichen.

»David ...!«, sagte sie noch einmal. »Du hast Narben im Gesicht!«

Er hielt ihre Hand fest und legte sie sich gegen die Wange. Den Blick immer noch ungläubig auf ihr Gesicht gerichtet, murmelte er: »Was haben sie nur mit dir gemacht! Deine Tochter sieht dir inzwischen ähnlicher als du selbst. Nur sechs Jahre ...«

»Sechs grausame Jahre«, sagte Serena.

Sie sah sich unruhig um, als suchte sie etwas. Plötzlich schien ihr bewusst zu werden, wie nachlässig sie angezogen war. Sie raffte den Morgenmantel enger um sich und strich nervös die Haare aus dem Gesicht. »Ich ... ich gehe besser wieder nach oben«, sagte sie und wandte sich dem Haus zu. Bei der Terrassentreppe drehte sie sich noch einmal um. »Verzeih mir, David ...«, sagte sie leise, »du warst doch tot ...«

»Was soll ich dir denn verzeihen?«, rief er hinter ihr her, aber sie antwortete ihm nicht und ging ins Haus.

Am ersten Abend nach Davids Rückkehr wartete Nana unten am Anlieger auf ihren Vater, um ihn auf den Besuch vorzubereiten. Rudolf war noch nicht ganz an Land, da rief sie ihm schon zu: »David ist zurückgekommen! Und er ist jetzt ein General oder so was.«

Worauf ihr Vater sie anfuhr: »Was für ein David? Ich kenne keinen.«

Nana wusste gleich, dass er nur so tat, als würde er diesen David nicht kennen, sie sah es an seinem Gesicht, das ganz rot wurde, vor Schrecken oder auch vor Ärger.

»Und Gudrun hat ihn umarmt«, redete Nana schnell weiter, »und er hat ein Spielzeugstöckchen in der Hand gehalten, aber das ist ihm wegen der Umarmung aus der Hand gerutscht, und wir mussten nachher stundenlang danach suchen. Und Mama ist in den Garten gelaufen und hat sein Gesicht gestreichelt.«

»Hör auf!«, schrie Rudolf. »Hör sofort auf mit dem Unsinn.« Und er riss seine Hand hoch, als wollte er Nana schlagen. Doch dann kam er abrupt zu sich, wandelte seine Handbewegung sogar um in ein kurzes Wangenstreicheln und sagte: »Kein Grund zur Aufregung, Tochter, der Mann wird es nicht wagen, unser Familienleben zu stören. Er muss wieder gehen, mach dir keine Sorgen.«

Colonel David Finchbury jedoch blieb.

Zwar wohnte er nicht in der Villa in seinem alten Zimmer, in dem Mamsell ihm das Bett frisch bezogen und einen Blumenstrauß auf den Nachttisch gestellt hatte, sondern zog in das kleine alte Gästehaus, wo auch Captain O'Connell und seine beiden Lieutenants ihre Räume hatten.

»Dabei könnte der uns ohne weiteres verjagen und unser Haus beschlagnahmen«, sagte Lorenzen, »so wie die Besatzer das mit den beiden Blohm-Brüdern gemacht haben. Aber er tut's nicht, weil er ja zur Familie gehört.«

»Und warum ist er dann immer so komisch?«, fragte Nana. »Mit mir redet er ja sowieso nie, für den bin ich Luft. Bloß als er sein

Stöckchen vermisst hat, da hat er mich mindestens fünfmal gefragt, ob ich es nicht vielleicht doch genommen hätte. Wieso denkt der so was? Was soll ich denn mit so einem Rohrstock anfangen? Mamsell hat ganz Recht, wenn sie sagt, dass Siegen den Charakter verdirbt.«

»Jedenfalls hat er sich sehr verändert«, sagte Lorenzen. »Und die Einzige, die das nicht zu merken scheint, ist unsere Gudrun. Die weicht ihm ja überhaupt nicht mehr von der Seite.«

»Aber der Papa will ihn hier nicht haben, und gleich am ersten Abend hat er ihn schrecklich angeschrien, weil er ein Lügner ist und ein Verräter und ein Schuft, ich hab Papa noch nie so schreien hören. Und dieser David hat sich überhaupt nicht gewehrt.«

»Der braucht sich auch nicht zu wehren, weil er ja sowieso schon gesiegt hat. Und dein Papa kann schreien so viel er will, nützen wird's ihm gar nichts.«

Das Leben auf der Elbinsel begann sich zu ändern. Zwar ging Rudolf immer noch über das Werftgelände, traf Anordnungen hier und da und verbrachte täglich viele Stunden in seinem provisorischen Büro hinter der großen Werkhalle, doch war überall die Anwesenheit des ehemaligen Mitbesitzers zu spüren, und für Außenstehende mochte es tatsächlich so wirken, als hätte David Finchbury inzwischen die Leitung übernommen.

Wenn Rudolf Max Magnussen abends nach Hause kam, ging er fast nie mehr ins Wohnzimmer, sondern zog sich in sein kleines Privatbüro oder nach oben ins Schlafzimmer zurück.

»Jeden Abend betrinkt er sich«, sagte Mamsell zu Lorenzen.

Im Wohnzimmer saß David und hörte Gudrun beim Klavierspielen zu. Manchmal hockte Nana in ihrem Nest unter dem Flügel, das schien die beiden nicht zu stören. Die anderen Offiziere, die zuvor rauchend und trinkend den Flügel umlagert hatten, kamen nicht mehr, und niemand vermisste sie.

Oben im ersten Stock wanderte Serena herum. Sie kam nur noch nach unten, wenn David nicht im Haus war.

Manchmal schloss Nana sich in ihrem Zimmer ein, holte das Stöckchen aus seinem Versteck und hielt es eine Weile in den Händen. Sie wusste inzwischen, dass sich in seinem Inneren ein weißes Pulver befand, das aussah wie Mehl. Vermutlich ist es so eine Art Zauberpulver, dachte Nana, etwas, mit dem man sich größer oder kleiner machen kann. Ausprobieren wollte sie es nicht, der Diebstahl allein war ja schon Risiko genug.

Der Winter kam mit grausamer Kälte. Auf der Elbe trieben dicke Eisschollen, und die Familienbarkasse lag vertäut und eingefroren hinter dem Anlieger.

»Hier ist es so furchtbar langweilig«, beklagte sich Nana bei Lorenzen, »kein einziges Kind zum Spielen, bloß immer Soldaten. Dabei könnte ich jetzt sogar zu Fuß nach drüben kommen, von Eisscholle zu Eisscholle springen. Das würde mir Spaß machen!«

»Bei so was ist schon manches Kind ertrunken. Also komm mir bloß nicht auf dumme Gedanken! Und überhaupt solltest du froh sein, dass du hier auf der Insel sein darfst. Drüben gibt's nichts als Hungern und Frieren und Krankheit. Hier haben wir wenigstens zu essen. Und manchmal wird sogar geheizt. Dafür sorgt Mr. David.«

»Ich dachte, du magst ihn nicht.«

»Wie kommst du denn darauf? Bloß, dass er jetzt zu den Besatzern gehört und dass dein Papa ihn nicht hier haben will, das ist nicht so gut. Aber langsam wird er wieder zu dem alten Mr. David, den haben wir ja früher immer den guten Chef genannt. Und ohne ihn würde es hier nämlich ganz anders aussehen, so wie bei Blohm & Voss, da haben sie alle Helgen gesprengt. Aber bei uns, da wird sogar wieder produziert.«

»Kochtöpfe und Kessel und Siebe und so was. Papa sagt, das ist eine Schande, weil man doch so dringend neue Schiffe braucht.«

»Immer langsam voran, das kommt schon alles wieder in die Reihe. Und Kochtöpfe sind auf jeden Fall besser als Demontage. Außerdem sollen wir bald wieder Schiffsreparaturen kriegen, das hat Mr. David zu mir gesagt.«

»Mit dir redet er wenigstens«, sagte Nana.

»Der hat schon immer mit mir geredet«, sagte Lorenzen.

Im März 1946, als die Eisschollen geschmolzen waren, wurde Nana endlich eingeschult – fünf Monate nach dem offiziellen Termin für ihre Altersgruppe. Zum verordneten Zeitpunkt hatten ihre Eltern einfach nicht dran gedacht – und durch das allgemeine Chaos bei den Behörden war ihre Nachlässigkeit auch nicht weiter aufgefallen.

Nana war die Verzögerung nur recht gewesen, denn so sehr sie sich auch nach Spielgefährten sehnte, so groß war doch ihre Angst vor der fremden Welt gewesen.

Für kurze Zeit tauchte sogar Serena aus ihrer Melancholie und Abgeschiedenheit auf und beschloss, ihre Tochter zur Schule zu bringen, gemeinsam mit Lorenzen, der ihr aus Verdunkelungspapier eine Schultüte gebastelt hatte. »Schultüte muss sein«, hatte er gesagt, »auch wenn es ein paar Monate zu spät ist.«

In der Tüte war unten ziemlich viel Stroh, aber obendrauf hatte Mamsell mindestens zwanzig kleine aus Haferflocken gebackene Plätzchen geschichtet.

Es war das erste Mal, dass Serena wieder nach drüben fuhr. Sie sah sehr elegant aus, und Lorenzen trug zur Feier des Tages seinen Stapellaufanzug und hatte die Werftmütze aufgesetzt.

Als die anderen Kinder Nana mit der Schultüte sahen, fingen sie an zu kichern, einige zeigten mit dem Finger auf sie. In der ersten Bank war ein Platz frei, dorthin wurde sie gesetzt. Sie fühlte sich elend und wusste nicht, was sie mit dem großen Ding in ihrem Arm machen sollte. Hilfe suchend sah sie sich nach ihrer Mutter und Lorenzen um, dabei rutschte ihr die Tüte vom Schoß und die Plätzchen kullerten über den Fußboden. In Sekundenschnelle waren mindestens zehn Kinder aufgesprungen und hatten sich auf die Süßigkeiten gestürzt, es nützte überhaupt nichts, dass die Lehrerin sie ärgerlich zur Ordnung rief.

Nana kamen die Tränen. Nicht etwa, weil sie ihre Plätzchen unbedingt selber essen wollte, sondern weil sie diesen schrecklichen Tumult verursacht hatte. Sie schob sich aus der Bank und nahm Lorenzens Hand. »Ich will hier nicht bleiben«, flüsterte sie.

»Ich glaube, Sie gehen jetzt besser«, sagte die Lehrerin, »damit wir endlich mit dem Unterricht fortfahren können.« Woraufhin Lorenzen Nanas Hand vorsichtig von der seinen löste und hinter Serena das Klassenzimmer verließ.

Er winkte ihr noch kurz zu und sagte leise: »Ich hol dich nachher ab.« Nana schlich auf ihren Platz zurück und schwieg während des gesamten Unterrichts, obgleich die Lehrerin mehrmals das Wort an sie richtete.

Gudrun arbeitete wieder mit ihrem alten Klavierlehrer, einen anderen hatte sie nicht gefunden, und fuhr nun zweimal in der Woche nach drüben zum Unterricht. Durch diesen Lehrer war sie auch an eine Gesangspädagogin gekommen. Ihr Vater und David Finchbury wetteiferten darin, die zur Bezahlung nötigen Naturalien zu besorgen. Den ganzen Tag und auch noch am Abend sang und spielte Gudrun nun. »Ich hab so schrecklich viel aufzuholen«, sagte sie, »in zivilisierteren Ländern singen Frauen meines Alters bereits die schwersten Opernpartien und konzertieren in großen Musikhallen. Ich hingegen sitze hier fest in dieser Kulturprovinz, die außerdem auch noch in Trümmern liegt.«

»Du wirst ja nicht ewig in Hamburg bleiben müssen«, tröstete David. »Vorerst sollst du das Beste aus den hiesigen Möglichkeiten machen, und später dann werden wir uns etwas einfallen lassen.«

»Aber wann, wann?«, jammerte Gudrun. »Wann ist später.«

»Später ist, wenn endlich wieder Normalität eingekehrt ist, wenn man reisen kann, wenn die Menschheit nicht mehr aufgeteilt wird in Sieger und Besiegte«, antwortete David.

»Bis dahin bin ich zu alt!«

David lachte. »Aber nein, Prinzesschen, das alles wird sehr bald geschehen, allein schon dir zuliebe.«

Er nannte sie inzwischen nicht nur Prinzesschen, er behandelte sie auch so.

Im Mai luden die von der Militärregierung eingesetzten Hamburger Bürgermeister Petersen und Schönfelder nebst ihren elf Senatoren die Hamburger Industriellen, die nicht durch eine Nazivergangenheit belastet waren, mitsamt ihren Ehefrauen zu einem Festakt ein. Anlass war das Inkrafttreten der neuen demokratischen Verfassung, Veranstaltungsort war das Rathaus, das den Bombenkrieg einigermaßen heil überstanden hatte. Es war das erste offizielle gesellschaftliche Ereignis nach dem Krieg.

Serena bat Rudolf, nicht mitgehen zu müssen, sie fühle sich dem noch nicht gewachsen.

»Und ich will zu einer derartigen Gelegenheit nicht ohne meine Frau erscheinen«, sagte Rudolf ungehalten, »was sollen die Leute denken.«

»Aber ich bin noch nicht wieder so weit, siehst du das denn nicht«, jammerte Serena und brach in Tränen aus.

Nana, die es nur schwer ertrug, wenn ihre Mutter weinte, mischte sich zaghaft ein: »Warum nimmst du denn nicht einfach Gudrun mit. Die sieht doch genauso aus wie Mama.«

»Unsinn!«, schrie Rudolf und verließ Türen schlagend das Zimmer.

Und dann nahm er doch seine große Tochter mit zu dem Empfang. Gudrun in Mamas hellgrauem Kostüm, mit Mamas Krokodillederhandtasche und mit Mamas kleinem Schleierhütchen. Gudrun mit sorgsam geschminkten Lippen und nachgezogenen Augenbrauen. Gudrun lachend und unbekümmert, Rudolf unverhohlen stolz.

Serena und Nana standen zusammen mit Frau von Irgendwer im ersten Stock am Fenster und sahen den beiden nach, als sie zum Anlieger hinuntergingen. Serena hatte einen Arm um ihre Tochter gelegt.

»Das nächste Mal musst du aber wieder mitgehen«, sagte Nana.

»Warum? Dein Vater wird sich nur allzu gern an Gudruns Begleitung gewöhnen. Jeder Mann hat lieber eine schöne, gesunde, junge Frau neben sich als eine müde, kranke, alte.«

»Wirklich, Frau Magnussen«, dozierte Irgendwer, »Sie wissen doch ganz genau, wie unverzichtbar für Ihre endgültige Gesundung die richtige seelische Einstellung ist.«

»Ja, ja, die Seele …!«, murmelte Serena und zog ihre kleine

Tochter enger an sich. »Der Herr hat uns eine Seele zugemutet. Und manchmal wissen wir nicht, was wir damit anfangen sollen.«

Als Rudolf mit seiner Tochter nach Hause kam, wirkte er zufrieden. »So langsam scheinen die Dinge ins Lot zu kommen«, sagte er. »Zum ersten Mal seit vielen Jahren zeigt die Hamburger Stadtregierung wieder Selbstbewusstsein.«

»Dass Selbstbewusstsein so langweilig sein kann«, sagte Gudrun, »das hab ich auch nicht gewusst.«

Sie lief ins Wohnzimmer. Dort saß David auf dem halbrunden Sofa und las. Er blickte auf, lächelte: »Na, Prinzesschen, hast du dich gut amüsiert?«

»Von wegen amüsiert!«

Gudrun riss sich den Hut vom Kopf, warf ihn in eine Ecke und ließ sich auf den Klavierhocker fallen.

Ihr Vater war an der Tür stehen geblieben. Als Gudrun zu spielen begann, stieß er zwischen den Zähnen ein wütendes »Herr Gott noch mal!« hervor und verließ den Raum.

Gudrun spielte lange und sehr konzentriert. Manchmal wiederholte sie eine Passage zehn- oder fünfzehnmal. Unter dem Flügel saß Nana, blieb unsichtbar und hörte zu. Nach einer Weile schlief sie ein und wachte erst wieder auf, als es plötzlich ganz still wurde im Raum. Gudrun gähnte und reckte sich und setzte sich dann zu David aufs Sofa.

»War's denn gar so anstrengend?«, fragte er.

Wie ein ungebärdiges kleines Kind drängelte sie ihren Oberkörper unter seinem angewinkelten Arm hindurch, stieß dabei sein Buch herunter und bettete ihren Kopf auf seinen Schoß. Er hinderte sie nicht, schien sich aber nicht sehr wohl zu fühlen.

»Du liebst mich«, sagte Gudrun.

»Natürlich tu ich das. Ich war bei deiner Geburt dabei.«

»Anders«, sagte Gudrun und räkelte sich behaglich.

»Steh jetzt bitte auf, es könnte jemand hereinkommen und die Situation missverstehen.«

»Was gibt's denn da misszuverstehen.«

Eine Weile schwiegen sie, dann sagte Gudrun: »Früher habt ihr euch alle drei geliebt, Mama und Papa und du. Und dann ist etwas zwischen euch gekommen, nicht nur der Krieg. Sag mir endlich, was es war.«

»Ich kann es dir nicht sagen, ich weiß es selbst nicht genau.«

»Dann erzähl mir wenigstens das, was du weißt.«

Er sah sie nachdenklich an, strich ihr die Haare aus der Stirn und sagte: »Nein.«

Da schlang Gudrun die Arme um ihn, zog seinen Kopf zu sich und küsste ihn.

Nana hielt sich die Augen zu.

Während der folgenden Monate bis zum Einbruch des Winters gab es noch eine Reihe von Veranstaltungen, zu denen Rudolf Max Magnussen seine Tochter Gudrun mitnahm: Empfang in der Handelskammer, Einführung des neuen Bürgermeisters Max Brauer im Rathaus, die Wiedereröffnung der Kunsthalle mit einer Romantikerausstellung, eine Feier anlässlich der Gründung der neuen Wochenzeitung »Die Zeit«.

Wenn die beiden von ihren Ausflügen nach Hause kamen, wünschte Gudrun ihrem Vater wohl erzogen eine gute Nacht, küsste ihn flüchtig auf die Wange und verließ das Wohnzimmer – verließ auch das Haus, wie Nana, die das mehrmals gesehen hatte, wusste.

Die kleine Schwester machte sich Sorgen. Sie hätte gern mit jemandem darüber gesprochen, wollte aber nicht petzen.

»Wann kommt denn der Johannes endlich zurück?«, fragte sie Gudrun.

»Der kommt überhaupt nicht mehr zurück. Die Bauerstochter erwartet nämlich ein Baby. Schon ziemlich bald.«

»Aber sie sind doch … sie sind doch überhaupt nicht verheiratet, das geht doch nicht!«

Gudrun lachte. »Sie hätten ja gar nichts dagegen, verheiratet zu sein. Aber Johannes ist noch nicht mündig, er braucht die Erlaubnis seines Vaters. Und der hat an Johannes geschrieben, er solle gefälligst zurückkommen, denn sein Platz wäre hier auf der Werft an der Seite seines Vaters, aber Johannes hat geantwortet, sein Platz wäre inzwischen auf einem Bauernhof, an der Seite seiner zukünftigen Frau. Und in zwei Jahren wäre er einundzwanzig, und dann würde er sie sowieso heiraten.«

»Find ich ziemlich tapfer von Johannes«, sagte Nana nachdenklich. »Ich meine, ich könnte das nicht, so gegen Papas Willen …«

»Ich find's vor allem unpraktisch«, sagte Gudrun. »Besser ist es, wenn man Papa dazu bringt, seinen Willen zu ändern.«

»Dazu bringst du ihn nie!«

»Dazu bring ich ihn doch, wirst schon sehen.«

An einem Spätnachmittag im November, als Rudolf und Gudrun in die Stadt gefahren waren, hielt Nana es nicht mehr aus. Sie ging nach oben zu ihrer Mutter.

»Ich weiß ein Geheimnis«, sagte sie.

»Ach ja? Wenn's wirklich ein Geheimnis ist, dann behältst du es besser für dich.«

»Das hab ich ja schon eine ganze Zeit lang getan, aber nun geht's nicht mehr. Es muss nämlich was gemacht werden – glaube ich jedenfalls.«

»Worum geht es denn?«

»Um Gudrun.« Seufzend nahm Serena die Kleine bei der Hand, zog sie in ihr Schlafzimmer und setzte sich mit ihr aufs Bett. »Also dann erzähl mir mal dein Geheimnis.«

»Du musst aber versprechen, dass du's nicht Papa sagst und nicht Gudrun und nicht David.«

»Versprochen.«

Nana legte sich den Arm ihrer Mutter um die Schultern, versteckte das Gesicht in ihrem Kleid und dann haspelte sie ganz schnell ihre Mitteilung herunter: »Erst hat Gudrun David geküsst und jetzt besucht sie ihn jede Nacht in seinem Zimmer drüben im Gästehaus. Und ich glaube, sie will mit ihm ein Kind machen, so wie Johannes mit seiner Bauerstochter.«

Serena schwieg und saß ganz still. Ihr Arm lastete schwer auf Nanas Schulter. Schließlich stand sie auf und ging mit merkwürdig kleinen steifen Schritten zur Tür. Ohne das Wort an ihre Tochter zu richten oder sich auch nur umzuschauen, verließ sie das Zimmer.

Mama hat mich mal wieder vergessen, dachte Nana.

Als an diesem Abend Rudolf Max Magnussen und seine Tochter Gudrun nach Hause kamen, saß Serena im Wohnzimmer auf dem halbrunden Sofa und las. Sie trug einen dunkelblauen weiten Glockenrock in der neuen Länge und eine weiße Bluse mit hochgestelltem Kragen. Ein breiter Ledergürtel betonte ihre schmale Taille.

»Was machst du denn hier?«, fragte Rudolf verwundert.

»Ich lese«, antwortete Serena. »Und wie war der Empfang? Habt ihr diese neue Zeitung ordentlich auf den Weg gebracht?«

»Langweilig«, sagte Gudrun. »Eigentlich hätte ich überhaupt nicht mitgehen sollen, aber Papa hat drauf bestanden.« Gudrun lachte. »Er tut inzwischen, als sei ich seine Sekretärin und lässt mich seine Mappe tragen. Und prompt behandeln mich die Engländer auch wie eine Sekretärin.«

»Auch David?«

»Wieso David?« Gudruns Blick wurde scharf. »David ist ja kein normaler Engländer, und sowieso war er nicht anwesend.«

»Wie schade. Dabei hast du dich so hübsch gemacht. Übrigens möchte ich nicht mehr, dass du dich so freiweg an meiner Garderobe bedienst und die Sachen sogar ändern lässt. Du wirst mich von jetzt ab bei jedem Stück um Erlaubnis bitten, und ich nehme an, dass ich sie dir ziemlich oft verweigern werde.«

»Wieso denn das?!«

»Ich hab dir oben in deinem Zimmer zwei Bezugscheine, die ich noch für dich hatte, auf den Schreibtisch gelegt. Dafür bekommst du ein Kleid und ein paar Schuhe.«

»Aber du hast den ganzen Schrank voll Sachen. Was willst du denn damit?«

»Zu Madame Louisa bringen und für mich zurechtmachen lassen«, sagte Serena und wandte sich wieder ihrem Buch zu.

Mit einem wütenden Knall öffnete Gudrun den Flügel und begann zu spielen – Tonleitern, Kadenzen, Fingerübungen. Serena beachtete sie nicht. Rudolf goss sich aus Davids Bestand einen großen Whisky ein und setzte sich zu Serena aufs Sofa.

»Was ist los?«, fragte er leise.

»Was soll denn los sein. Ich versuche endlich mich wieder normal zu benehmen. Das wolltest du doch immer, oder?«

»Wenn du so unfreundlich bist zu unserer Tochter, ist das nicht normal.«

»Sie kriegt ja genug Freundlichkeit von dir. Und von David natürlich. Das reicht doch. Wo ist David übrigens?«

»Woher soll ich denn das wissen. Und es interessiert mich auch nicht.«

»Das sollte es aber. Einer von uns muss sich um ihn kümmern. Und da du mir ja den Kontakt ausdrücklich verboten hast …«

»Wieso muss sich einer von uns kümmern? Er ist ein Besatzungsoffizier wie andere auch. Und er hat sich hier eingenistet und spielt auf der Werft den Chef. Bloß, weil er nichts Eiligeres zu tun hatte, als sich bei der Treuhandschaft mit alten Ansprüchen zu brüsten. Dabei geht es nur um ein Fünftel von diesem maroden Laden, stillgelegt von seinen eigenen Leuten. Und der große Rest von achtzig Prozent gehört immer noch ausschließlich mir. Aber das scheint ihm nicht einzuleuchten. Und dann ist da ja auch noch die andere Sache. Je weniger ich von ihm sehe, umso besser.«

»Hoffentlich denkt deine Tochter ebenso.«

»Was soll denn das heißen?«

Serena zuckte die Schultern. »Frag sie doch selber.«

Als Gudrun endlich aufstand und den Flügel schloss, sagte sie: »Ich geh noch ein wenig an die frische Luft.«

»Das wirst du nicht tun«, sagte Serena. »Es ist sehr frisch heute Abend, und ich möchte nicht, dass du dich erkältest. Entweder du bleibst hier bei uns oder du gehst in dein Zimmer.«

»Mama«, sagte Gudrun wütend, »ich bin fast neunzehn!«

»Eben. Und mündig wird man erst mit einundzwanzig.«

Gudrun wollte patzig antworten, doch sie besann sich, ließ sich neben ihre Mutter aufs Sofa fallen und fragte in vertraulich-sanftem Ton: »Also nun sag schon, Mama, welche Laus ist dir über die Leber gelaufen? Du willst mich doch nicht im Ernst in ein Bezugscheinkleid stecken, wo dein Schrank nur so überquillt von schönen Sachen! Und du willst mich auch nicht plötzlich einsperren, nachdem du dich in den letzten Monaten so gut wie überhaupt nicht um mich gekümmert hast und es dir nicht einmal etwas ausgemacht hätte, wenn ich nackt durch die Elbe geschwommen wäre.«

Serena lächelte ironisch. »Sogar nackt?«, sagte sie. »Nun ja, du hast wirklich eine ganz wunderschöne Figur! Leisten könntest du's dir also.«

Nana auf ihrem Platz unter dem Flügel hörte alles, verstand wenig und hatte ein schlechtes Gewissen.

Der zweite Nachkriegswinter wurde noch schlimmer als der erste. Nun gab es auch in der Villa Magnussen nicht mehr genügend Brennmaterial. Die Zentralheizung konnte nicht benutzt werden, deshalb installierten ein paar Leute von der Werft zwei große Öfen im Haus, einen im Wohnzimmer, den anderen zentral im ersten Stock, wo die Türen zu den Schlafzimmern nun tagsüber immer offen blieben und meistens auch nachts, jedenfalls Nanas und das von Gudrun.

Nana, die einen leichten Schlaf hatte, hörte wie ihre Mutter manchmal mitten in der Nacht in ihre Zimmer kam und nach ihnen sah.

Trotz der beiden Öfen war es im Haus immer noch sehr kalt, wenn auch wärmer als im alten Gästehaus, in dem nur ein kleiner Kanonenofen brannte. So verbrachte David nun doch wieder seine Abende im Wohnzimmer der Villa Magnussen. Er stellte seine Whiskyflasche auf den Tisch, zum allgemeinen Gebrauch, aber außer ihm nahm sich niemand etwas davon.

Viel geredet wurde nicht. Nana malte Buchstaben in ein Heft, Rudolf las Zeitung, Serena hatte ein Buch auf dem Schoß und David und Gudrun sahen nur so vor sich hin, manchmal sahen sie auch einander an. Frau von Irgendwer kraulte ihren Hund.

So ging das Abend für Abend. Die Kälte schien sie alle festgefroren zu haben.

Rudolf hatte verfügt, den Jahreswechsel festlich zu begehen.

»Jedes Jahr, das uns weiter vom Kriegsende entfernt, muss gefeiert werden«, verkündete er.

»Ich bin aber nicht in festlicher Stimmung«, sagte Serena.

In einem Anfall ungewöhnlicher Solidarität sekundierte Gudrun ihrer Mutter: »Und ich erst recht nicht.«

»Dann werdet ihr beiden eben ohne festliche Stimmung feiern«, sagte Rudolf.

Am Silvesterabend dann gab es ein richtiges Festmahl, mit Wein zum Essen und einem Cognac hinterher.

Wie stets an hohen Feiertagen saßen die Hausangestellten mit am Tisch. Das war eine alte Sitte, die vermutlich niemandem besonders gut gefiel, an die sich die Familie jedoch strikt hielt. Mamsell war anstatt in ihre übliche blauweiß gestreifte Köchinnenuniform in etwas Strenges, Schwarzes gekleidet, und Lorenzen trug seinen Stapellaufanzug. Trotz der Kälte wirkten beide erhitzt, und Mamsell schien sich nur dann wohl zu fühlen, wenn sie wieder mal aufspringen und in die Küche stürzen konnte, um etwas wegzutragen oder zu holen. Rudolf, korrekt in Smoking mit schwarz seidenem Kummerbund, gab sich mitmenschlich und nötigte alle immer wieder zum Trinken. »Wir spülen das alte Jahr weg«, sagte er, »das neue kann nur besser werden.«

Serena hatte ein tief ausgeschnittenes kornblumenblaues Satinkleid angezogen. Um den Hals trug sie ein zartes Collier aus Saphiren und Brillanten und um ihre nackten Schultern ein Nerzcape.

»Ist das nicht etwas übertrieben?«, hatte Rudolf ihren Aufzug kommentiert.

»Du warst es doch, der ein richtiges Fest wollte.«

Serenas Augen glitzerten unnatürlich. Sie lachte dauernd, ohne dass irgendjemand einen Witz gemacht hatte, und trank ihr Glas immer sehr schnell aus.

Zum ersten Mal seit seiner Rückkehr war David in Zivil erschienen. Der nachtblaue Nadelstreifenanzug hatte, laut Mamsell, seit vor dem Krieg in seinem Zimmer gehangen, gelegentlich ausgebürstet, ansonsten unberührt.

»Steht ihm doch fabelhaft«, flüsterte Gudrun ihrer kleinen Schwester zu. »Findest du nicht auch, dass wir ein schönes Paar abgeben?«

»Wieso Paar?«, sagte Nana schlecht gelaunt. Für sie war leider kein passendes Kleid zu finden gewesen, so hatte Mamsell ihr zur Feier des Tages einzig eine alberne rosa Schleife ins Haar gebunden. Gudrun dagegen sah tatsächlich wunderschön aus. Das gab Nana neidlos zu. Zum ersten Mal seit Monaten hatte Gudrun sich wieder am mütterlichen Kleiderschrank bedienen dürfen. Das Chiffonkleid von Chanel, das Serena sich damals zur Stapellauffeier der »Robert Ley« hatte machen lassen, stand ihr mindestens so gut wie ihrer Mutter.

Nach dem Essen wünschte Serena sich plötzlich, dass Gudrun etwas spielen solle, einen Walzer oder Tango oder einen Foxtrott, damit getanzt werden könne.

Gudrun reagierte unfreundlich. »Wieso brauchst du mich dafür, leg doch eine Platte auf«, sagte sie.

»Es ist aber so viel schöner, wenn du spielst«, sagte Serena, »bitte, Gudrun. Du darfst dann auch das Kleid behalten, ich schenk es dir. Und … und die Schuhe dazu.«

»Das Einzige, was ich wirklich gern hätte, ist deine wunderhübsche Halskette«, antwortete Gudrun.

Serena riss ihre Augen auf, als hätte sie sich erschrocken.

»Nein … nein, die Halskette nicht.«

»Ich habe sie noch nie an dir gesehen.«

»Ich auch nicht«, sagte Rudolf.

»Du erinnerst dich nur nicht, weil ich sie kaum getragen habe. Keins von den Stücken, die ich gerne herzeige.«

»Dann kannst du sie ja auch mir geben«, sagte Gudrun.

Rudolf wurde ungeduldig. »Nun spiel schon, Gudrun. Du wirst von deiner Mutter nicht etwa verlangen wollen, dass sie dich dafür mit Schmuck bezahlt!«

Gudrun zuckte die Schultern. Dann strich sie sich in Besitzerstolz über das Kleid und setzte sich an den Flügel.

Nach den ersten Takten verbeugte sich Rudolf, der offenbar auch nicht mehr nüchtern war, tief vor Mamsell. »Darf ich die junge Dame um den ersten Tanz bitten?«

Mamsell errötete über und über, es sah so aus, als wollte sie die Flucht ergreifen, doch dann fasste sie sich, machte einen Knicks und sagte. »Es ist mir eine Ehre.«

Rudolf schlang einen Arm um ihre Taille und legte ihre Hand in seine. Als sie die ersten Tanzschritte machten, stieß Nana Lorenzen an: »Und du mit mir«, bat sie.

Lorenzen sah auf sie herunter. In seinen Augen glitzerte es verdächtig.

»Bloß, dass ich nicht tanzen kann«, sagte er, »wegen meinem Fuß. Und sowieso. Und ich muss jetzt auch in die Küche.«

»Warum?«, fragte sie.

»Weil es gleich zwölf ist.«

Frau von Irgendwer war die Einzige, die sich auf das Sofa setzte. Sie zog ihren Hund Hektor, dem sonst Sofas und Sessel strikt verboten waren, zu sich und legte ihren Arm um ihn. »Uns Flüchtlingen ist nicht nach Tanzen zumute, was, Hektor?«, sagte sie. Der Hund jaulte zustimmend.

Serena tanzte eine Weile ganz allein. Sie hatte die Augen halb geschlossen und lächelte.

David, der etwas abseits in dem Durchgang zwischen Esszimmer und Herrenzimmer lehnte, beobachtete sie. Als sie schwankend gegen ihn stieß, griff er nach ihren Armen und hielt sie fest, damit sie nicht stürzte.

»Warum trägst du die Kette?«, fragte er leise.

»Weil ich dich an etwas erinnern wollte.«

»Es ist vorbei, Serena, endgültig vorbei, Erinnerung kann ich nicht brauchen. Gib mir die Kette zurück.«

Serena griff sich an den Hals. »Nein!«

»Sei vernünftig, Serena.«

»So vernünftig, wie wir beide in Paris waren?«

»Das war, bevor du alles zerstört hast.«

»Aber du warst tot. David …«, sagte sie hilflos.

»Nicht einmal einen Toten darf man betrügen.«

»Ich dachte, du würdest mich verstehen.«

»Da hast du dich geirrt. Der Einzige, den ich verstehe, ist dein Mann in seiner tiefen Enttäuschung und seinem Zorn. Und ich kann ihm nicht einmal helfen, weil ein Verrat den anderen nicht rechtfertigt.«

In diesem Moment erschütterte eine ohrenbetäubende Explosion die Villa. Serena schrie laut auf, riss sich von David los und rannte in Panik quer durch den Raum zu Rudolf, der sie in seinen Armen auffing. David stürzte zu Gudrun. Frau von Irgendwer verbarg ihr Gesicht in Hektors Fell. Und als dann Lorenzen rußgeschwärzt zur Tür hereingeschwankt kam, empfing Mamsell ihn an ihrem großen Busen.

Der ersten Explosion folgte noch eine zweite, weniger starke, danach ein scharfes kurzes, an Gewehrschüsse erinnerndes Nachklappern, und dann war Ruhe.

Nana, als Einzige ohne schützende Umarmung, sah nur Gudrun mit David. Die beiden umklammerten einander, als ob es ihnen vollkommen unmöglich wäre, sich je wieder voneinander zu lösen.

Lorenzen hatte durch sein unkontrolliertes Hantieren mit selbstgebastelten Feuerwerkskörpern nicht nur das alte Jahr lautstark abgefackelt und dabei einen Teil der Küche zerstört, er hatte, wenn auch versehentlich, das Leben in der Villa Magnussen aus seiner Erstarrung gelöst und eine rigorose Neuordnung eingeleitet.

Rudolf sprach mit David, und zwar an mehreren Tagen hintereinander, stundenlang. Aus dem Arbeitszimmer drangen laute Worte und Nana, die sich neugierig vor der Tür herumdrückte, sagte zu Gudrun: »Der Papa schreit immer und David ist ganz still. Dabei waren sie doch früher die besten Freunde – sagt jedenfalls Lorenzen.«

»Ja früher! Da ging es ja auch noch nicht um mich.«

»Wieso um dich? Was hast du denn damit zu tun?«

Gudrun strahlte – seit Silvester strahlte sie fast immer – und sagte: »Sehr viel. Aber mach dir keine Sorgen. Es wird alles gut enden.«

Gudrun ging nun wieder jeden Abend hinüber ins Gästehaus, keiner hinderte sie daran.

Mamsell strickte für Lorenzen dicke Ohrenschützer, die er auch tatsächlich, allerdings unter der Werftmütze, trug.

Und Serena zog sich wieder ganz zurück. Sie blieb in ihrem Zimmer, meistens verließ sie nicht einmal das Bett, sie sagte, sie könne die Kälte nicht ertragen. Mehrmals am Tag musste Mamsell ihr heißen Kräutertee bringen.

»Und dann kippt sie sich immer irgendein Pulver rein, Baldrian oder so, ich möcht bloß mal wissen, was die arme Frau so aufregt.«

»Der Krieg«, sagte Lorenzen, »bei manchen dauert's eben länger.«

Einmal beobachtete Nana Gudrun, als die gerade auf Zehenspitzen aus Serenas Zimmer schlich. In der Hand hielt sie das blaue Collier.

»Hat Mama dir das etwa gegeben?«

»Schrei nicht so, Mama schläft. Natürlich hat sie's mir nicht gegeben.«

»Aber du kannst es dir doch nicht einfach so nehmen!«

Gudrun zuckte die Schultern. »Kann ich doch. Vor allem, weil ich es überhaupt nicht tragen werde.«

»Warum hast du's denn dann gestohlen?«

»Damit Mama es nie wieder trägt. Es macht David nervös. Ich werde es vergraben oder besser noch versenken. Nicht in der Elbe, das ist zu nah. Irgendwo ganz weit weg, wo es nie wieder auftauchen kann.«

»Versteh ich nicht.«

»Ich auch nicht. Aber wehe, wenn du mich verrätst!«

Als der Frost endlich nachließ und die Elbe wieder befahrbar war, ließ Gudrun sich eines frühen Morgens von Lorenzen aufs Festland bringen und kam erst sehr spät am Abend zurück. Nana hatte ungeduldig auf sie gewartet.

»Du hast Mamas Schmuck verschwinden lassen, oder?«

»Wenn du's sowieso schon weißt, kann ich es dir ja auch erzählen. Ich hab ihn heimlich in einen Bombenkrater geworfen, der gerade zugeschüttet wurde. Über kurz oder lang wird ein Haus darauf gebaut sein. Für Mama jedenfalls ist er endgültig verloren.«

»Aber sie wird ihn vermissen.«

»Mir doch egal. Hauptsache, du hältst den Mund.«

»Ich bin doch keine Petze«, sagte Nana.

Frau von Irgendwer verließ mit ihrem Hund die Insel. Eine neue Flüchtlingsdame kam, eine von mächtiger Größe und Körperfülle, dazu aber erstaunlich flink auf kleinen Füßen. Auch sie sprach viel von den verlorenen Gütern und sang gern traurig-schöne Heimatlieder, zu denen sie sich gelegentlich auf dem Flügel begleitete. Gudrun war empört.

»Das ist ausschließlich mein Instrument!«, sagte sie.

Die Neue wich nicht vom Klavierhocker. »Du hast nichts verloren und ich alles.«

Gudrun rannte zu ihrer Mutter. »Ich will nicht, dass diese Frau auf meinem Instrument spielt.«

»Das ist nicht dein, sondern mein Instrument«, sagte Serena. »Ich habe es von meinem Schwiegervater zur Hochzeit bekommen.«

»Aber ich war's, die es zum Leben erweckt hat, darum gehört es jetzt mir. Die Frau soll gefälligst ihre ostpreußischen Pranken davon lassen.«

»Das Instrument ist stark genug, um diesem Ansturm zu trotzen. Ich werde einer Flüchtlingsfrau nicht das Klavierspielen verbieten.«

»Dann geh ich eben zu Papa. Und wenn das nicht hilft, zu David.«

»Tu das, mein Kind. David wird sich sicher gern daran erinnern, wie glücklich wir beide früher darauf musiziert haben.«

»Ihr beide?!«

»Ich habe gesungen, David hat mich begleitet, und Papa hat zugehört.«

»Dich singen zu hören, musste ja die wahre Wonne sein«, sagte Gudrun giftig.

Serena lächelte zurückhaltend, als wäre Gudruns Bemerkung tatsächlich ein Kompliment gewesen.

»Davids liebevolle Begleitung hätte damals sogar einen Stein zum Singen bringen können.«

»Wie gut, dass er bei mir seine Energien anderweitig einsetzen darf. Und Mama, ehrlich gesagt, ich genieße diese Energien sehr.«

Später sagte sie zu Nana: »Wenn Mama tatsächlich so unmusikalisch ist, dass sie Irgendwers Geklimper als eine Art Lastenausgleich empfindet, dann ist ihr eben nicht zu helfen. Und ich geh ja sowieso bald fort von hier.«

»Das behauptest du schon lange.«

»David und ich warten nur noch auf ein paar Kleinigkeiten, die geregelt werden müssen.«

»Was für Kleinigkeiten?«

»Na ja, wegen der Hochzeit. Ich bin doch leider noch nicht einundzwanzig. Und die Engländer finden es auch total überflüssig, dass einer der ihren ausgerechnet eine Deutsche heiraten will. Also Papiere, Papas Einverständnis und so weiter.«

»Und das nennst du Kleinigkeiten?«

»Gemessen an dem, was ich schon geschafft habe, ist es gar nichts.«

»Für mich wäre das mit Papa immer noch das Größte«, sagte Nana nachdenklich.

»Ist es aber nicht, Schwesterchen, wirst schon sehen.«

Nana sah es dann zwar leider nicht, doch erfuhr sie wenigstens aus dem Mund der großen Schwester, wie alles abgelaufen war.

An einem Spätnachmittag im April stürmte Gudrun lachend in Nanas Zimmer, ließ sich auf das Bett fallen und schleuderte Serenas hochhackige Schuhe von ihren Füßen.

»Das wäre geschafft«, sagte sie, »und eigentlich war das Ganze ein großer Witz, total unfeierlich. Was hat denn auch so ein Standesbeamter mit mir und David zu tun? Und als es dann endlich zur Unterschrift kam – also du glaubst es nicht, Schwesterchen, da hat sich mein David plötzlich geweigert.«

»Kann nicht sein!«, stöhnte Nana.

»War aber doch so. Weil es sich nämlich bei dem vorgedruckten Trauschein um so ein altes Nazi-Papier gehandelt hat, mit Anmerkungen zur rassischen Zugehörigkeit und so weiter. Daraufhin hat mein lieber friedlicher David einen Wutanfall gekriegt – ich hab ihn überhaupt nicht wiedererkannt. Und der Beamte hat sich furchtbar entschuldigt – die Behörde sei leider noch nicht in der Lage gewesen, sich neue Formulare anzuschaffen, und ob es dem Herrn Offizier nicht vielleicht reichen würde, wenn gewisse Stellen ausgeschwärzt würden? Nur auf meine flehentliche Bitte und ein paar ehrliche Tränen hin hat David sich schließlich dazu bereit gefunden. Und das war's dann. Meine Unterschrift ›Gudrun Serena Louise Magnussen-Finchbury‹ hat fast eine ganze Zeile eingenommen.«

»Und was haben Mama und Papa dazu gesagt?«

»Die waren überhaupt nicht dabei. Papa hatte sein Einverständnis schon vorher notariell beglaubigen lassen. Keine Ahnung, womit David ihm das abgerungen hat. Ist mir auch egal, Hauptsache ich bin jetzt verheiratet.«

»Und ich dachte immer, man braucht zu so was einen Trauzeugen.«

»Hatten wir auch. Der nette junge Leutnant mit der Brille, du weißt schon, und einer, den ich nicht kannte. Die haben während der ganzen Zeit kein einziges Wort gesagt.«

»Was sollten sie denn auch sagen, wenn David so einen Wutanfall bekommen hat. Wo ist er denn überhaupt jetzt, wieso lässt er dich an deinem Hochzeitstag allein?«

»Ach was Hochzeitstag, alles bloß eine Formalität. So richtig heiraten mit Kranz und Schleier werden wir ja erst in Liverpool. Und heute, nach dem Standesamt, war mein David plötzlich doch sehr niedergeschlagen. Er sagte, er müsse sich jetzt mit den Trauzeugen betrinken, das wäre so üblich. Stag Party nannte er das. Die ganze Angelegenheit hat ihn wohl doch ziemlich mitgenommen.«

Am 14. April 1947, einem der ersten Frühlingstage, packte Gudrun ihr rotes Kinderköfferchen, füllte außerdem den größten Koffer ihrer Eltern mit Serenas Kleidern und machte sich gemeinsam mit David Finchbury auf in ihr neues Leben.

Gudrun war fortgegangen. Rudolf Max Magnussen trauerte.

Er trauerte nicht nur, er wütete. Gegen David Finchbury, der ihm die Tochter weggenommen hatte. Gegen Serena, die ihm in den entscheidenden Fragen absolut keine Hilfe gewesen war. Gegen die Umstände, die ihn zu einem feigen Kompromiss getrieben hatten. Und letztendlich wütete er vor allem gegen sich selbst.

Immer wieder musste er an jenen Besuch in Liverpool zurückdenken, bei dem er von seiner schwangeren Frau verlangt hatte, sie möge die göttliche Louise für sich einnehmen, zum Wohl des Babys und damit zum Wohl der Magnussen-Werft. Wortwörtlich erinnerte er sich an Serenas Reaktion: »Ist das nicht ein wenig so, als ob du unser Kind an die Finchburys verkaufst?«

Damals hatte er darüber gelacht, es war ja kein echter Handel gewesen, nur ein etwas nachdrückliches Werben um Sympathie.

Jetzt, achtzehn Jahre später, musste er sich eingestehen, dass er sein Kind tatsächlich verkauft hatte – wenn auch mit dessen jubelnder Zustimmung.

Im Namen der Familie Finchbury hatte David sich bereit erklärt, von einer Anzeige gegen Rudolf wegen unrechtmäßiger Bereicherung und schwerem Vertrauensbruch abzusehen. Louise Finchbury würde »die unrechtmäßige Aneignung« umwandeln in einen zinslosen Kredit auf weitere drei Jahre, danach zügige Zurückzahlung in zwölf monatlichen Raten. Da mit starken Währungsschwankungen zu rechnen war, sollte dem Kreditabkommen der Kurswert der Schweizer Franken vom 1. 3. 1939 zugrunde gelegt werden. Falls jedoch während der kommenden drei Jahre Gudrun Magnussen ein Kind zur Welt bringen würde, sollten Louise Finchburys Ansprüche auf dieses Kind übergehen oder auch, entsprechend dem Willen der Mutter, ganz gelöscht werden.

Rudolfs einzige Hoffnung, sich von der erdrückenden Schuldenlast zu befreien, bestand also in einem Enkelkind, denn dass Gudrun auf Rückzahlung bestehen würde, hielt er für ausgeschlossen.

Gudrun war fortgegangen. Strahlend, optimistisch und wunderschön war sie zum Anlieger hinuntergelaufen, war in die Barkasse gesprungen und hatte sich nicht ein einziges Mal umgesehen. David hingegen war der Aufbruch nicht ganz so leicht gefallen. Er hatte am Heck gestanden und zurückgeschaut, mit ernstem Gesicht, die Augen von seiner Sonnenbrille verdeckt, und er hatte sogar die Hand zu einem Abschiedsgruß gehoben. Es war Rudolf so vorgekommen, als könnte und wollte David sich nicht losreißen von jenem Ort und von jenen Menschen, die ihm jahrelang die liebsten gewesen waren. Doch dann hatte Gudrun lachend ihre Hände um seinen Nacken gelegt und ihn geküsst, eine erwachsene, liebevolle, durchaus entscheidungsfähige Frau, und er hatte sie mit der selbstbewussten Geste des Besitzenden an sich gezogen.

Das Schlimmste während der ersten Tage nach dem Abschied war für Rudolf, dass sich ihm immer wieder Bilder von David und Gudrun aufdrängten: Seine Tochter nackt in den Armen seines ehemals besten Freundes, eines Mannes in seinem Alter, der sie nun besitzen würde. Dabei vergaß er ganz, dass Gudrun von Anfang an die treibende Kraft gewesen war und dass es ohne ihre Verliebtheit nie zu dem Handel gekommen wäre.

Niemals hätte Rudolf dem sanften, zurückhaltenden, nachgiebigen David Finchbury einen derart perfiden Schachzug, der dem Gegner kaum eine Chance ließ, zugetraut. Er hasste ihn dafür noch mehr als für den Betrug mit Serena. Zwar hatte er, Rudolf, das Resultat dieses Betrugs dem leiblichen Vater weggenommen, dass der sich dafür jedoch mit dem Raub Gudruns rächen könnte, war Rudolf nicht mal als Möglichkeit in den Kopf gekommen.

Und Serena? Jawohl, er besaß diese Frau immer noch, und er würde sie jetzt dazu bringen, sein Leben wieder mit ihm zu teilen.

Seitdem David und Gudrun weg waren, kam sie immer häufiger in die unteren Wohnräume. Abends saß sie mit Rudolf und Nana auf dem halbrunden Sofa im Herrenzimmer und trank ihren Tee.

»Jetzt spielt niemand mehr für uns Klavier«, sagte sie.

»Ich werde dir einen Lehrer besorgen«, sagte Rudolf. »Auch in deinem Alter sollte es doch noch möglich sein, ein wenig Klavierspielen zu erlernen.«

»Wenn du meinst«, sagte sie. »Ich kann's ja versuchen.«

Er betrachtete sie nachdenklich. Letzte Nacht hatte er sie geschlagen, ohne jeden Anlass, wohl nur als ein Experiment, um auszuprobieren, wie sie reagieren würde. Und als er dann die Angst in ihren Augen gesehen hatte, da war er plötzlich von einer unbeschreiblichen Gier befallen worden. Er hatte sich auf sie gestürzt, sie bei den Schultern gepackt und hin und her geworfen, so als müsste er ihr endlich beibringen, wer der Herr im Haus wäre.

Danach war er auf ihr liegen geblieben, bleischwer und hilflos, und dann hatte er Gudrun vor sich gesehen, seine Tochter, und ihm waren die Tränen gekommen.

Serena hatte sich nicht gerührt und war auch mit keinem Wort auf seine Tränen, die ihr über den Hals flossen, eingegangen. Später dann hatte er ihr in sachlichem Ton mitgeteilt, dass er offenbar nicht ganz bei Sinnen gewesen sei und dass derlei gewiss nicht wieder vorkommen werde, worauf ihre müde, desinteressierte Antwort gewesen war: »Vielleicht hat's dir ja gut getan.«

Ein paar Tage später bemerkte er, dass ihre Röcke doch reichlich kurz seien. »Das sieht ja aus, als wolltest du unbedingt unmodisch wirken. Und wenn du schon dabei bist, deine Röcke zu ändern, dann könntest du dir auch gleich deine langen Haare abschneiden lassen. So eine Frisur wie Gudrun sie trägt, die würde dir gut stehen. Und sie macht dich gewiss auch jünger.«

»Wenn du meinst«, sagte sie.

Also fuhr sie mit der neuen Irgendwer, die Friederike von Bödekau hieß und Serena wesentlich angenehmer war als die Damen vorher, hinüber aufs Festland – Rudolf bestand nach wie vor darauf, dass sie die Insel nie ohne Begleitung verließ – und ging zu ihrem alten Friseur, Dieter Meier.

Den schien ihr Anblick zu erschüttern. »So lange sind Sie nicht bei mir gewesen, verehrte Frau Magnussen, ich dachte schon, Sie wären mir untreu geworden.«

»Es war Krieg, Herr Meier.«

»Das entbindet Sie nicht von der Pflicht, ihre gottgegebene Schönheit zu pflegen.«

»Mir war nicht danach.«

Er nickte. »Man sieht es. Also was machen wir?«

»Mein Mann möchte, dass ich die Haare kurz trage.«

»Interessant. Früher war er strikt gegen Abschneiden.«

»Jetzt nicht mehr.«

»Also ein Bubikopf wie das schöne Fräulein Tochter?«

»Woher wissen Sie denn, wie meine Tochter …?«

»Sie war ein paar Mal bei mir, stets in Begleitung eines hohen englischen Offiziers. Etwas alt für die junge Dame, fand ich, aber was soll's. Jedenfalls zahlte er immer mit Ami-Zigaretten. Im Gegensatz zu Ihnen war Ihre Tochter sehr an ihrer Schönheit interessiert. Der Offizier übrigens auch.«

Serena antwortete nicht. Sie wandte sich um nach Frau von Bödekau, die in einer Zeitung blätterte. »Die ganze Prozedur wird sicher zwei oder drei Stunden dauern. Sie brauchen hier wirklich nicht auf mich zu warten. Warum machen Sie nicht einen Spaziergang oder setzen sich in irgendein Café. Das Wetter ist heute so schön.«

»Gute Idee«, sagte ihre Begleiterin, erhob sich und ging zur Tür. »In zwei Stunden dann.«

»Fangen wir an?«, fragte Herr Meier. »Bringen wir endlich Ihren Kopf wieder in Ordnung. Am besten machen wir das im hinteren Raum, da haben wir Ruhe.«

»Gleich«, sagte Serena. »Zuvor möchte ich gern Ihr Telefon benutzen. Übrigens zahle auch ich mit Zigaretten.«

Sie führte ein kurzes Gespräch und sagte dann zu dem jungen Mädchen am Empfang: »Wenn jemand nach mir fragt, Sie wissen ja, wo ich bin.«

Serena ging nun regelmäßig einmal wöchentlich zum Friseur, und ihre Besuche dort dauerten immer länger. Frau von Bödekau begleitete sie inzwischen nicht einmal mehr bis zum Salon. Die beiden Frauen trennten sich an der Anlegestelle und trafen sich dort zum verabredeten Zeitpunkt wieder. Sie hatten ein neues Verhältnis zueinander entwickelt und nannten sich sogar beim Vornamen. Augenzwinkernd hatte Friederike zu Serena gesagt: »Wir Frauen müssen doch zusammenhalten! Wenn ich einen so possessiven Ehemann hätte wie Sie, dann würde auch ich das dringende Bedürfnis nach etwas Eigenleben haben.«

»Das hat mir vor vielen Jahren schon mein Schwiegervater verordnet und auch verschafft. Aber später hat mein Mann es mir wieder weggenommen.«

»Na, dann holen wir's uns eben jetzt zurück.«

Serena bezahlte auch Friederike mit Zigaretten.

Nana hatte ihre Mutter mehrmals gebeten, zu dem Friseur mitgehen zu dürfen. Aber Serena hatte immer abgelehnt. »Du würdest dich dort nur langweilen.«

»Und Irgendwer langweilt sich nicht?«

»Nenn sie nicht immer Irgendwer. Schließlich hat sie einen Namen. Sie heißt Friederike von Bödekau.«

»Die Irgendwers bleiben ja immer nur so kurz, da lohnt es sich doch nicht, ihre Namen zu lernen.«

»Diese bleibt länger«, sagte Serena.

»Weil du sie so gerne magst?«

»Weil wir inzwischen so gut aufeinander eingespielt sind.«

Außer in kurzen Mitteilungen – gut angekommen, herzliche Glückwünsche zum Geburtstag und so weiter – äußerte Gudrun sich erst nach einem Jahr, im Frühling 1948, in einem langen Brief. Sie erzählte ganz unbekümmert, so als wäre sie nur zu einem kurzen Urlaub unterwegs: Man habe David und ihr einen großartigen Empfang bereitet in Liverpool. Der halbe Ort sei auf den Beinen gewesen, und der Bürgermeister habe eine lange Rede gehalten.

»Anscheinend hat David während des Krieges lauter Heldentaten vollbracht, ich weiß nicht, was genau es war, und er mag nicht drüber reden. Er sagt nur: ›Bei dreißig Millionen Gefallenen scheint es leicht zu sein, die hundert Toten von der »Clio« zu vergessen.‹« Man habe auch sie, Gudrun, sehr herzlich empfangen, aber das sei ja normal, denn die Finchbury-Lodge sei doch immer schon ihr zweites Zuhause gewesen. Großmama Louise, inzwischen achtundsiebzig Jahre alt, sei zwar physisch noch in Ordnung, im Kopf jedoch ein wenig wirr – auf nette Weise. »Sie hat eine Pflegerin, so eine wie ›die schreckliche Nanny Burnes‹, deretwegen ich als Zwölfjährige den Krieg sehr begrüßt habe, weil sie deshalb von uns fortgehen musste. Übrigens nennt Großmama mich meistens Serena, was weder David noch mich stört, und sie scheint tatsächlich anzunehmen, dass ich Mama bin. Und dann fragt sie mich zum Beispiel, ob ich denn nun die rechten Erinnerungen hätte, solche, von denen ich mein Leben lang zehren könne, und wenn ich die Frage möglichst enthusiastisch bejahe – (obgleich ich nicht die geringste Ahnung habe, was sie meint) –, dann ist sie froh und sagt: ›Na, siehst du, Kindchen, ich hab's ja vorausgesagt.‹

Großpapa John Finchbury sitzt mit seinen vierundachtzig Jahren in einem motorisierten Rollstuhl, mit dem er über die Werft braust, als wär's ein Rennwagen. ›Isn't it great!‹, sagt er, ›I can move around even faster without using my legs.‹ Er weiß, dass ich nicht Mama bin, aber seiner göttlichen Louise zuliebe nennt er mich meistens auch Serena. Inzwischen bin ich so daran gewöhnt, dass ich beschlossen habe, diesen Namen wirklich zu benutzen. Serena ist ja auch einer meiner Taufnamen, und Gudrun klingt irgendwie nach Nazi, finde ich. Und besonders hier, wo man mich als Deutsche doch sehr skeptisch beobachtet, täte mir ein solcher Name nicht gut. Also Serena Magnussen – das ist dir doch recht, Mama?«

Und David habe als Erstes einen Flügel für sie angeschafft – leider keinen Steinway, und auch die Lehrerin sei nicht direkt von Steinway-Qualität, aber besser als gar nichts. Wenigstens habe sie hier ausgezeichneten Gesangsunterricht, viel besser als zu Hause, und ihr neuer Lehrer habe ihr klargemacht, dass ihre größte Begabung doch auf dem Gebiet des Gesanges liege. Und daran würde sie jetzt vor allem arbeiten. Auf die Dauer könne sie natürlich sowieso nicht in Liverpool bleiben, denn für das, was sie anstrebe, kämen nur die großen Metropolen infrage. »Ich bin nämlich äußerst ehrgeizig, und das hab ich von dir, liebster Papa, geerbt. David meint, ich sei eine vollkommene Mischung aus meinen beiden Elternteilen, und da er euch beide so sehr geliebt hat, liebt er jetzt euch beide in mir. So ist das. Eine perfekte Lösung, findet ihr nicht auch?

Natürlich nehme ich auch mit David an Festen und Veranstaltungen teil. Das ist zwar ziemlich langweilig, aber ich gebe mir große Mühe, Lust hab ich allerdings überhaupt nicht zu so was. Der einzige Spaß ist, dass ich mich schön anziehen kann und dass Großmama Louise mich dafür mit ihrem Schmuck behängt. Wenn wir allerdings selbst hier einen Stapellauf haben, dann fühl ich mich doch ganz schön stolz, dass ich dazugehöre. Neulich haben wir bereits einen Tanker von über zehntausend Bruttoregistertonnen vom Stapel gelassen und im letzten Jahr zwei große Küstenmotorschiffe.«

Ganz zum Schluss noch die Mitteilung: »Ach übrigens, fast hätte ich's vergessen, ich bin schwanger. Es hat uns einige Mühe gekostet, aber David wollte es unbedingt.

Eure euch liebende Tochter Gudrun-Serena Magnussen-Finchbury.«

P. S.: »Es wär doch nett, wenn ihr zur Taufe kommt.«

Nachdem Serena den Brief gelesen hatte, sagte sie nur: »Nun stiehlt sie mir auch noch meine Identität.«

Rudolf lachte böse. »Deine Identität? Ich hab schon immer daran gezweifelt, dass du überhaupt eine hast!«

»Falls du mich provozieren und etwa zornig machen willst, damit du dann deinen Zorn an meinem abreagieren kannst, wird dir das nicht gelingen. Außerdem glaube ich tatsächlich, dass ich in deinen Augen nie eine Identität gehabt habe. Deshalb konntest du sie mir auch nicht nehmen.«

Rudolf beachtete sie nicht. Der Brief hatte ihn tief getroffen.

»Da hat sie sich also von ihm schwängern lassen! Weil er's ja unbedingt wollte! Seine Ansprüche, seinen Besitz sichern, den doppelten Diebstahl biologisch untermauern. Bravo, bravo, David Finchbury, Blutsbruder und bester Freund, der uns beide ja ach so sehr geliebt hat. Und weil er nicht mit uns beiden ins Bett gehen konnte, hat er's eben mit unserer Tochter getan. Eine fabelhaft clevere Lösung. Vermutlich ist sie ihm auch noch dankbar dafür, fühlt sich geehrt, dass sie neben ihm stehen darf, wenn die Finchburys ihren ersten dicken Nachkriegstanker vom Stapel lassen.«

Zu ihrer eigenen Überraschung empfand Serena plötzlich Mitleid mit Rudolf. »Irgendwann wirst auch du wieder Schiffe bauen«, sagte sie.

»Irgendwann, irgendwann! Und bis dahin ist die ausländische Konkurrenz uns uneinholbar davongelaufen. Na ja – wenigstens mein Enkelkind wird großzügigerweise in den Genuss der Siegerpolitik kommen. Mit dem gleichen Stolz wie seine Mama wird es die Schiffe vom Stapel laufen sehen und vermutlich zu den Tönen der Werftkapelle ›Rule Britannia‹ und ›God Safe the King‹ singen, während wir hier immer noch die Kochtopfdeckel gegeneinander schlagen.«

Gudrun hatte ihrem Brief ein Foto beigefügt, darauf stand sie neben David auf der Taufkanzel vor dem haushohen Bug eines Schiffes. In der Hand hielt sie die bunt bebänderte Champagnerflasche, gekleidet war sie in das alte »Schubladenkostüm« von Sciaparelli, mit dem Serena vor zehn Jahren während des Stapellaufs der »Robert Ley« fotografiert worden war. Sogar das winzige Schleierhütchen hatte sie sich aufgesetzt.

Rudolf starrte auf das Foto. »Das bist doch du!«, murmelte er verwirrt.

»Das ist nur mein Kostüm.«

»Hast du es ihr etwa geschenkt?«

»Sie hat es sich genommen.«

»Du wirst sofort veranlassen, dass sie es dir zurückgibt.«

»Warum? Gudrun ist zweiundzwanzig Jahre jünger als ich, inzwischen steht es ihr sehr viel besser als mir.«

»Ausgeschlossen, das lasse ich nicht zu! Sieh doch nur diesen Besitzerstolz in Davids Blick.«

»Sie ist seine Frau.«

»Aber du warst zuerst da, und du bist meine Frau.«

»Wenn's dich tröstet – auf die Dauer wird David Gudrun nicht halten können.«

Rudolf betrachtete Serena mit zusammengekniffenen Augen. »Ach ja? So wie ich dich nicht halten konnte?«

»Ich bin bei dir, Rudolf, und das Kind ist auch bei dir.«

»Ich weiß, ich weiß. Du bist bei mir, lebst mit mir, isst und trinkst mit mir, schläfst mit mir, lässt dich von mir beschützen und versorgen, erfüllst auch schlecht und recht deine gesellschaftlichen Aufgaben an meiner Seite, so wie unsere uns liebende Tochter Gudrun an der Seite des Betrügers, aber bei dir ist eben auch alles Betrug, eine bewundernswert gut gemachte Fälschung, von dem Original kaum zu unterscheiden.«

»Ja, ja«, sagte Serena, »eben genau das, was du bereits erwähnt hast, eine Frau ohne Identität. Ich frage mich nur, warum du mich dann unbedingt behalten wolltest.«

Rudolf brach plötzlich in Tränen aus. »Weil ich dich liebe, verdammt noch mal. Und ich werde dir das falsche Spiel schon noch austreiben, darauf kannst du dich verlassen. Ich werde dir eine Identität einbläuen und dich dazu zwingen, die Fälschung zum Original zu machen. Und wenn wir beide daran zugrunde gehen.«

Serena lächelte. »Ich kann mir nicht vorstellen, dass jemand wie du an jemandem wie mir zugrunde geht.«

Im Juli 1948 brachte Gudrun einen Sohn zur Welt, John William Finchbury, so genannt nach seinem Großvater väterlicherseits und Urgroßvater mütterlicherseits, wie Gudrun handschriftlich auf der Rückseite der gedruckten Anzeige vermerkt hatte.

»William …!«, knirschte Rudolf böse. »Mein Vater hieß Wilhelm, aber so viel Deutschtum kann sich meine Tochter wohl nicht mehr leisten! Und wenn sie sich einbildet, dass ich zur Taufe antanze, dann hat sie sich schwer geirrt.« Er starrte vor sich hin und dann wurden ihm die Augen feucht, seine Mundwinkel zitterten. »Ich hab jetzt also einen Enkelsohn.«

Serena, der seine Sentimentalität noch weniger behagte als seine Härte, wandte sich ab.

»Du vergisst mal wieder, dass du bereits einen hast.«

»Ein bayerisches Bauernkind, das man mir überdies auch noch vorenthält.«

»Weil du es dir selbst vorenthältst.«

»Mein Sohn weigert sich, nach Hause zu kommen!«

»Und du weigerst dich, wenigstens deinem Enkel zuliebe, dorthin zu fahren.«

»Was soll ich denn in Bayern«, sagte Rudolf.

Als im Oktober die Einladung zur Taufe kam, war Rudolf längst entschlossen, nach Liverpool zu fahren, selbstverständlich ohne Serena. Schließlich wollten sie Louise nicht verwirren.

»Mein Besuch gilt ja auch keineswegs David, sondern meinem Enkelsohn«, sagte er. »Und vor allem dem alten John. Nach wie vor hat er im Schiffbau großen Einfluss. Und ich durfte mich immer seiner besonderen Wertschätzung erfreuen.«

Am 20. Oktober 1948, sechzehn Tage nachdem durch das Vierte Neuordnungsgesetz zur Währungsreform die Werftguthaben bei den Banken von 10 : 0,65 abgewertet worden waren, begab sich Rudolf Max Magnussen auf seine erste Auslandsreise nach dem Krieg. Wider Erwarten hatte er problemlos sein Visum bekommen.

Er war voller Energie, ungewöhnlich heiter und sogar ein wenig aufgeregt. Serena begleitete ihn zum Anlieger. Als er schon in die Barkasse springen wollte, hielt sie ihn noch einen Augenblick zurück und teilte ihm mit, dass sie entschlossen sei, ebenfalls zu verreisen.

»Wieso denn das? Und wohin willst du?«

»Du besuchst das eine Enkelkind und ich das andere. Mir scheint das nur recht und billig.«

»Du willst nach Bayern?«

»Aus deinem Mund klingt Bayern wie Sibirien oder die Sahara.

Ja, ich will nach Bayern. Und zu deiner Beruhigung: Selbstverständlich kommt Frau von Bödekau mit mir. Ich würde doch nie wagen, ohne meine Aufpasserin zu fahren.«

»Lass die Ironie. Du weißt, dass ich mir Sorgen um dich mache. Aber gut denn, fahr nach Bayern.«

In seiner Stimme schwang Ungeduld. Serena spürte, dass sie die schnelle Einwilligung vor allem seiner optimistischen Reisestimmung verdankte.

»Und sag meinem Sohn, wenn er zu mir zurückkommt mit dem Kind und – in Gottes Namen – auch mit der Bayerin, dann werde ich ihn aufnehmen. Wenn nicht, interessiert er mich nicht mehr. Also frag ihn, was er will.«

Er sprang in das Boot. »Dann mal los, Lorenzen. Wir haben wieder richtiges Geld in der Hand, und ich habe sogar ein Visum. Könnte doch sein, dass der Krieg wirklich zu Ende ist.«

Lorenzen grinste, als bezöge er die optimistische Stimmung seines Chefs direkt auf sich selber.

»Jedenfalls viel mehr zu Ende als vor drei Jahren«, sagte er.

Rudolf war überrascht, wie wenig sich in Liverpool auf der Werft verändert hatte. Auch in der Finchbury-Lodge war fast alles beim Alten geblieben, nur dass er diesmal allein unter dem großen Federbett im Gästezimmer liegen musste.

Der Gedanke, dass seine Tochter im anderen Teil des Hauses bei David schlief, quälte ihn.

»Ach mein junger Freund«, sagte die göttliche Louise, deren Geist inzwischen tatsächlich verwirrt zu sein schien, »warum haben Sie sich denn so lange nicht bei uns blicken lassen? Unsere kleine Serena hat sich ja inzwischen etwas mehr auf Davids Seite geschlagen, das dürfen Sie ihr nicht verübeln, eigentlich war's doch sowieso längst fällig. Aber was tut das schon, Hauptsache, Sie sind nun wieder alle drei zusammen.«

Gudrun legte ihrem Vater das Baby in die Arme und machte ein Foto. »Für Mama. Übrigens hättest du sie getrost mitbringen können.«

»Wie die Dinge hier liegen, bin ich nur froh, dass ich's nicht getan habe. Dadurch wäre womöglich Louises fabelhaftes System der Augenwischerei ins Wanken geraten.«

»Glaub ich nicht. Großmama Louise ist äußerst praktisch veranlagt. Es wäre ihr ganz gewiss gelungen, Mama irgendwie in ihr System einzubauen. Und ich habe sowieso kaum Zeit für sie. Ich muss üben, üben, üben, sonst wird es nichts mit meiner Karriere. Inzwischen habe ich zwar bessere Lehrer, aber es reicht immer noch nicht. Deshalb werde ich auch so bald wie möglich von hier fortgehen.«

»Und was sagt David dazu?«

»Wieso David. Der liebt mich. Daraus ergibt sich alles Weitere.«

»Und du? Liebst du ihn auch?«

»Gott Papa, was für blöde Fragen. David ist mein Mann, der Vater meines Kindes. Und dazu ist er auch noch überaus liebenswert. Das solltest du doch am besten wissen!«

»Ich hab's inzwischen leider vergessen«, sagte Rudolf.

»Er hingegen hat eure Freundschaft nicht vergessen. Und es bedrückt ihn, dass du nichts mehr davon wissen willst.«

»Er kennt die Gründe.«

»Ja, ja, die Gründe. Obgleich er sie mir nicht verraten will, kann ich mir ausmalen, dass es mit dem Krieg zu tun hat. Diese wahnwitzige Politik hat sicher aus manchen Freunden Feinde gemacht. Aber der Krieg ist zu Ende, Vater, schon seit drei Jahren!«

»Kann ja sein, dass das für David zutrifft. Für mich jedenfalls hält er immer noch an. Und David, der Sieger, der ist schließlich mit verantwortlich, dass ...«

Gudrun unterbrach ihn: »Papa ...«, sagte sie ruhig, »warum bist du hierher gekommen?«

»Um dich zu sehen.«

»Ja, schon. Aber das reicht nicht. Was noch?«

»Um dein Kind zu sehen – ein echtes Schiffbauerkind, von Vaters und Mutters Seite her.«

Gudrun lächelte. »Das reicht immer noch nicht.«

»Also gut. Ich will den alten John auf meine Seite ziehen.«

»Dazu brauchst du David.«

»Glaube ich nicht. Ich hatte immer eine Sonderbeziehung zu dem Alten. Wenn ich tatsächlich David dazu bräuchte, dann würde ich es gar nicht erst versuchen.«

»Mein Gott«, sagte Gudrun, »dein Hass auf ihn sitzt wirklich tief. Also was willst du von dem Alten?«

»Männersache«, sagte Rudolf.

»Willst du Geld von John? Oder besser noch von Louise? Ich glaube nicht, dass da noch viel Reserven sind, es sei denn, du denkst an diese alten Kredite von Louise.«

Rudolf fühlte sich plötzlich sehr unbehaglich. »Louises Kredite? Die hab ich schon 1944 an die Deutsche Gold- und Diskontobank zurückgezahlt. Und inzwischen sind sie natürlich abgewertet worden, genau wie meine eigenen Werftguthaben. Entscheidungen darüber liegen nicht mehr in meinen Händen. Dafür haben wir ja unsere schlauen Besatzungsmächte.«

»Von den legalen Krediten rede ich nicht. Ich meine Louises Schweizer Konten, die du unautorisiert beliehen hast. David sagt, dass Louise mir diese Kredite zu Williams Geburt schenken will und dass ich die Ansprüche entweder löschen kann oder aber auf meinen Sohn übertragen.«

»Ja, ja, das war die Verabredung. Wie du weißt, hat der Krieg mich bettelarm gemacht, und wenn man mich heute pfänden würde, müsste man sich mit Schutt und Asche begnügen.«

Gudrun lachte. »Ganz so schlimm ist es nicht, schließlich produzierst du Kochtöpfe.«

»Mach dich nicht lustig über mich. Jedenfalls wirst du nicht zurückfordern, was ich nicht zurückzahlen kann. Also vergessen wir doch die ganze Angelegenheit – es bleibt ja in der Familie.« Rudolf wandte sich ab.

»Moment mal, Papa, ich habe inzwischen einen Sohn.«

»Ist der etwa nicht Familie?«

»Doch, doch. Aber ich muss seine Rechte wahren. Ich kann Williams Ansprüche nicht so einfach wegschenken, nur weil du mein Vater bist.«

»Eines Tages, wenn ich sterbe, beerbst du mich doch sowieso.«

»Du hast aber drei Kinder, Vater. Das heißt also, Johannes und Nana würden dann an meinem beziehungsweise Williams Geld, das in der Werft aufgegangen ist, partizipieren. Damit bin ich nicht einverstanden.«

»Aha. Damit bist du nicht einverstanden!«, Rudolf starrte seine Tochter an. »Was hat er nur mit dir gemacht.«

»Wer, David? Du irrst dich sehr, wenn du meinst, dass er gegen dich ist. David hat bekommen, was er haben wollte, nämlich mich. Jetzt kann er großzügig sein. ›Erlass deinem Vater die Schulden‹, hat er gesagt, ›im Moment kann er ja sowieso nichts zurückzahlen.‹ – ›Im Moment nicht‹, hab ich geantwortet, ›aber in ein paar Jahren. Mein Vater wird wieder auf die Beine kommen, schneller als alle anderen, davon bin ich überzeugt.‹«

»Immerhin!«, sagte Rudolf.

»Also Papa, ich mach dir einen Vorschlag: Ich erlass dir im Namen meines Sohnes die Schulden, dafür überträgst du William zwanzig Prozent der Magnussen-Werft.«

»Zwanzig Prozent für Davids Sohn? Das ist viel!«

»Für Davids und meinen Sohn. Und es ist ja sowieso alles nur Schutt und Asche«, sagte Gudrun lachend. »Außerdem bleibt es doch in der Familie.«

»Früher einmal hat es eine gegenseitige Beteiligung von Magnussen und Finchbury gegeben. Das waren gute Zeiten.«

»Und soviel ich weiß, warst du es, der die Verbindung 1939 gelöst hat. Weil du dich Liebkind machen wolltest bei der deutschen Marineleitung.«

»Hat David das gesagt?«

»Nein, das weiß ich von Großpapa John. Rede mit ihm, so wie früher! Sein Gewissen dir gegenüber ist ja auch nicht so ganz rein. Er hat nämlich von Anfang an gewusst, dass David noch lebt, er konnte es dir nur nicht erzählen und musste dich in deinem Kummer allein lassen. Der alte Mann hängt an dir. Ich glaube, er würde nichts lieber tun, als diese guten alten Zeiten wieder aufleben lassen.«

»Du meinst eine gegenseitige Beteiligung? Das wäre wohl unzumutbar«, sagte Rudolf bitter. »Wer würde schon ohne Not ein Stück von einer Kochtopfwerkstatt gegen Anteile an einer funktionsfähigen Werft eintauschen?«

»Gott Papa, hör endlich auf von diesen dämlichen Kochtöpfen zu reden. Das Ganze ist doch nur ein Übergang.«

»Das Ganze ist ein Symbol für meine Niederlage.«

»Und ich hab immer gedacht, dass so etwas wie Selbstmitleid für meinen Vater nicht infrage kommt.«

»Nicht Mitleid, nur Wut auf meine erzwungene Tatenlosigkeit.«

»Rede mit John«, sagte Gudrun eindringlich. »Der weiß genau, dass du mehr Wert bist als deine kaputte Werft. Aber verkauf dich nicht zu billig und lass dich nicht von dem Alten in irgendeinen Schabernack reinziehen. Seine Neigung zu vergnügtem Zynismus hat sich im Alter noch verstärkt.«

John Finchbury machte es Rudolf nicht schwer. Gleich bei ihrer ersten Unterredung wischte er Rudolfs gequälte Versuche, seine Übergriffe auf Louises Schweizer Konten zu erklären, beiseite.

»Ich habe nie daran gezweifelt, dass du das Geld zurückzahlen wolltest. Leider ist dir dann ja der Krieg dazwischen gekommen. Aber jetzt hat deine kluge Tochter eine vernünftige Lösung gefunden: Umwandlung dieser unrechtmäßigen Kredite in den rechtmäßigen zwanzigprozentigen Anteil eines jungen Mannes namens William Finchbury an der Magnussen-Werft.« Vergnügt rieb sich John die Hände. »Ist doch fast schon wieder so wie früher.«

»Außer dass die Beteiligung nun einseitig ist«, sagte Rudolf.

»Heißt das, dir wäre schon wieder an Gegenseitigkeit gelegen?«

»Was für eine Frage! Ihr seid die Sieger, bei euch wird produziert. Und was habe ich schon dagegenzusetzen.«

»Dich selbst.«

Von jetzt an redeten John und Rudolf täglich viele Stunden miteinander. Und von Tag zu Tag spürte Rudolf mehr, wie sehr es der Alte auf ihn abgesehen hatte. Sein Selbstbewusstsein wuchs.

»Für mich wird die Zeit langsam knapp«, sagte John. »Ich kann nicht warten, bis mein Enkelsohn erwachsen ist. Was ich brauche, ist eine echte Partnerschaft. Darum also mein Vorschlag: Du kommst bereits jetzt in den Genuss von zwanzig Prozent unseres Gewinnes, wenn wir denn welchen machen. Unsere Finanzexperten werden den Wert der Finchbury-Werft und also auch den Wert deines Anteils festlegen. Dein Gewinn bleibt hier stehen, bis die Diskrepanz zwischen deinem und meinem Anteil gedeckt ist. Danach kannst du dann mit deinem Verdienst machen, was du willst.«

Rudolf bemühte sich, seine Begeisterung über diesen Vorschlag nicht allzu offensichtlich werden zu lassen. »Aber … die Zinsen?«, sagte er betont zurückhaltend. »Allein schon die Zinsen für die von dir gestundeten Zahlungen würden mich umbringen.«

Der Alte grinste. »Die Zinsen könnten wir aufrechnen gegen dein Gehalt als Manager meiner Firma.«

»Und wovon soll ich dann leben?«

»Von deinen Kochtöpfen.«

Rudolf unterzog Johns Angebot, das sich nach und nach in einem Vertragsentwurf niederschlug, immer wieder seiner misstrauischen Kontrolle. Bis John ihm eines Morgens sagte: »Ohne das Vermögen meiner Frau wäre ich schon in den dreißiger Jahren Bankrott gegangen. Die Göttliche hat immer wieder nachgeschossen. Sie vertraut mir. Und sowieso gibt es bei uns keine Gütertrennung. Allerdings hat sie ein Einspruchsrecht.«

»Aber Louise ist doch, sie kann doch gar nicht mehr …«, wunderte sich Rudolf.

»Du meinst, sie kann nicht mehr denken? Sie denkt klarer und logischer als du und ich«, sagte John. »Und ich würde nie etwas unternehmen, was sie nicht billigt.«

Louise? War Davids Mutter nun etwa der zerbrechliche Haken, an dem Rudolfs neues Glück aufgehängt werden sollte?

Rudolf beobachtete die alte Frau, wie sie ihr Enkelkind spazieren trug, wie sie sich in alles einmischte und nichts begriff und die Dinge auf eine liebenswürdige Weise durcheinander brachte.

Unverdrossen bat sie Gudrun-Serena, nun doch endlich mit einem letzten Porträt von ihr zu beginnen: Louise Finchbury als Dame mit Hut und Federboa.

Gudrun reagierte darauf ebenso unverdrossen mit dem Vorschlag, stattdessen ein Lied für Louise zu komponieren, ein passender Text zum Thema Hutträgerin würde ihr bestimmt einfallen.

»Ich will aber kein Lied«, greinte Louise, »ich will ein Porträt.«

»Du hast doch schon so viele.«

»Aber keines mit Hut. Und sowieso bin ich jetzt alt, und ich will nicht sterben in dem Wissen, dass meine geliebte Schwiegertochter Serena mir meinen letzten Wunsch nicht erfüllt hat. Das könnte sich auch sehr nachteilig auf mein Testament auswirken.«

Lachend gab Gudrun Louisens Drohung an ihren Vater weiter.

»Jetzt versucht sie, mich doch tatsächlich mit ihrem Testament zu erpressen«, sagte sie, »damit ich ihr etwas liefere, was ich überhaupt nicht liefern kann. Findest du das nicht komisch?«

Rudolf fand das überhaupt nicht komisch. Er dachte viel mehr ernsthaft nach. Und so fiel ihm schließlich die einzig plausible Lösung ein. »Dann müssen wir deine Mutter bitten, für dich einzuspringen«, sagte er.

»Das wird sie nicht wollen«, antwortete Gudrun.

»Man muss sie nur zu überzeugen wissen.«

Serena war mit Nana und Bödekau bei Johannes.

Der Sohn war ihr so fremd geworden, dass sie nicht einmal mehr die ersten Jahre seines Lebens mit ihm und Gudrun in ihrem Gedächtnis finden konnte, ruhige Jahre, die sie damals immer als glücklich bezeichnet hatte.

Er war stämmig geworden, muskulös, größer als sein Vater, und er hatte sich einen Bart wachsen lassen, der, blondlockig, die Gesichtskonturen verwischte. Seine blauen Augen blickten zwar immer noch freundlich, auch wenn er Sätze sagte wie: »So viele Jahre bin ich jetzt von zu Hause fort. Am Anfang hab ich noch auf dich gewartet, Mutter, danach nicht mehr.«

Er kleidete sich ähnlich wie der Bauer, und er hatte auch – in leicht abgeminderter Form – dessen Sprache und Gesten übernommen.

Regula, die Bauerstochter, war fünf Jahre älter als Johannes, dunkelhaarig, zartgliederig, mit hohen Backenknochen, einer kleinen Nase und einem großen Mund, und sie sah mit ihrer hellen Haut und den schmalen Händen und Füßen sehr viel weniger bäuerisch aus als Johannes. Ihre Mutter, so hieß es, sei Italienerin gewesen oder vielleicht auch eine von den durchziehenden Zigeunern, man wusste das nicht mehr so genau, denn die Frau war kurz nach der Geburt gestorben oder vielleicht auch fortgelaufen, das entzog sich ebenfalls der genauen Kenntnis der ohnehin nicht sehr gesprächigen Wirtin des Dorfgasthofs, in dem Serena, Nana und Bödekau logierten.

Die junge Regula war Serena gegenüber verschlossen und schüchtern, zu Nana jedoch entwickelte sie vom ersten Moment an ein herzlich entspanntes Verhältnis. »Regula ist nicht nur meine Schwägerin«, sagte das Kind stolz, »sie ist auch meine Freundin.« Und sie bat ihre Mutter, doch ein Bild von der Familie zu malen, damit sie es zu Hause ihrem Vater zeigen könnten.

Serena hatte schon nach zwei Tagen begriffen, dass sie hier weder in der Rolle der Mutter noch der Schwiegermutter erfolgreich sein würde. Also fügte sie sich in die nächste Rolle, die sie gut beherrschte und die ihr ohne große Anstrengung einen attraktiven Part sicherte in diesem ländlichen Familientheater: Serena Magnussen, die Malerin. Sie arrangierte energisch, arbeitete still und konzentriert und genoss kommentarlos den Respekt, der ihr als Künstlerin entgegengebracht wurde. Zum ersten Mal nach fast zehn Jahren stand sie hier nun wieder hinter einer Staffelei.

Nach einer Woche war das Bild fertig und die Ferienzeit abgelaufen.

Der Abschied war höflich und undramatisch. Nur Nana vergoss ein paar Tränen.

Daheim auf der Elbinsel dann versank Serena in ihrer alten Lethargie. Sie lag auf der Couch im Wohnzimmer, den Rücken in die Rundung geschmiegt, schaute vor sich hin und schwieg.

»Soll ich Ihnen nicht einen Termin beim Friseur machen, liebe Serena?«, erbot sich Bödekau. »Ihr Mann kommt in ein paar Tagen zurück und Sie wollen ihn doch sicher gern wohl frisiert empfangen.«

»Ja, ja«, sagte Serena, »ich hätte so viel zu erzählen.«

Bödekau wunderte sich. »Meinen Sie wirklich, Sie könnten Ihren Mann für das Leben in Oberbayern interessieren?«

»Meinen Mann? Nein, das glaube ich eigentlich nicht.«

Als Rudolf zurückkam, war das Erste, was er zu Serena sagte: »Ich brauche ein letztes Bild von Louise Finchbury.«

»Du meinst, ich soll sie noch einmal porträtieren?«

»Genau, das meine ich. Allerdings gibt's da gewisse Schwierigkeiten. Die alte Dame ist inzwischen etwas konfus. Sie hält nämlich deine Tochter für dich.«

»Ich weiß, das ging ja aus Gudruns Brief hervor.«

»Für unsere Tochter ist das nicht weiter schlimm, sie hat sich inzwischen gut daran gewöhnt. Das Dumme ist nur, dass sie nicht malen kann. Aber Gott sei Dank haben wir ja dich, meine Liebe, und du wirst uns aus der Patsche helfen.«

Serena betrachtete ihren Mann nachdenklich. Wieder einmal wollte er einen Handel abschließen, er wollte sich etwas erkaufen und dafür auch anständig zahlen. Allerdings konnte sie sich nicht recht vorstellen, welche Rolle er ihr bei diesem Geschäft zugedacht hatte.

Sie erfuhr es spät am Abend, nachdem Rudolf nahezu beängstigend liebevoll mit ihr geschlafen und ihr mehrfach beteuert hatte, wie leer und kalt seine Nächte in Finchbury-Lodge ohne sie gewesen seien.

»Ich wünschte mir so sehr, die Zeit zurückdrehen zu können!«, sagte er.

»Und dann?«, fragte sie.

»Noch einmal von vorne anfangen und alles besser machen.«

Er richtete sich auf, küsste sie zärtlich auf die Wange und fuhr beschwörend fort: »Nur du kannst dieses Bild malen, Louise als Dame mit Hut und Boa, scheint sich wieder einmal um ein Bild von Klimt zu handeln. Das also ist es, was sie sich so dringend wünscht.«

»Dame mit Hut und Federboa von 1910«, sagte Serena nachdenklich, »es hängt in der österreichischen Galerie im Belvedere. Meiner Meinung nach eines der schönsten Klimt-Bilder überhaupt. Sehr elegant, sehr geheimnisvoll. Von unten verdeckt die Federboa den größten Teil des Gesichtes, von oben der Hut. Nur Augen und Nase sind zu sehen, und ein Stück vom Mund. In so einem Bild kann man sich sehr gut verstecken – Louise ist eben doch nicht so verrückt, wie ihr oft meint.«

»Verrückt oder nicht, wir müssen ihr den Wunsch erfüllen.«

»Also soll ich doch nach Liverpool fahren? Und soll die göttliche Schwiegermutter deiner Tochter für dich vereinnahmen so wie damals, als sie sich noch für meine Schwiegermutter gehalten hat?«

»So weit wollen wir doch nicht gleich gehen. Nein, Gudrun hat eine sehr viel bessere Idee: Du malst das Bild hier, und in Liverpool stellt sich Gudrun täglich ein paar Stunden hinter die Leinwand. Louise darf das Bild nicht anschauen, bevor es fertig ist – so habt ihr's doch früher auch immer gehalten. Und wenn es so weit ist, tauschen wir die Bilder einfach aus.«

»Das ist eine perfide, dumme, kindische Idee!«

»Absolut nicht, es ist ein fairer Handel, Louise bekommt, was sie sich wünscht, und ich – hoffentlich! – ebenfalls. Unsere Gudrun ist sehr angetan von der Aussicht auf ein kleines Abenteuer. Wenn sie schon für ihre Mutter gehalten wird, sagte sie, dann könnte sie doch auch deren Tätigkeit ausüben. Sie hat sowieso schon immer gerne wissen wollen, wie es ist, hinter der Staffelei zu stehen und sich ohne Diskretion und Hemmung an dem Äußeren eines Modells bedienen zu dürfen.«

»So sieht sie das also«, murmelte Serena. »Aber leider wird unsere neugierige Tochter auf diese Erfahrung verzichten müssen. Ich mach da nicht mit.«

»Aber warum denn nicht?«

»Weil ich Louise Finchbury immer sehr gern gehabt habe und weil ich nicht zulassen kann, dass ihr euer Spiel mit ihr treibt.«

»Aber das tun wir doch überhaupt nicht, ganz im Gegenteil. Sie war's, die sich das Spiel ausgedacht hat, und wir machen ihr nur die

Freude mitzuspielen. Dazu gehört, dass du von ihr ein weiteres Porträt malst, und weil du Louise ja so gern hast, wirst du's auch tun.«

»Das glaube ich nicht. Außerdem erinnerst du dich vielleicht, dass ich kein Atelier mehr habe. Du hast es damals zugesperrt, hast dir sogar die Mühe gemacht, zwei Sicherheitsschlösser einzubauen, und hast mir strikt verboten, je wieder einen Fuß dahin zu setzen.«

»Aus Angst, dich zu verlieren«, sagte Rudolf. »Aber inzwischen ...«

»Inzwischen hast du keine Angst mehr? Wieso eigentlich nicht? Ich sag's dir: weil dir irgendwelche undurchsichtigen Arrangements mit Finchburys wichtiger sind als alle deine Ängste.«

»Mein Gott, Serena!«

»Mein Gott, Rudolf!« Sie lachte. »Ist doch alles in Ordnung, mein Lieber. Du hast mich ja längst überzeugt. Ein fairer Handel: Porträt gegen Atelier, die Zukunft der Magnussen-Werft gegen Rudolf Max Magnussens alte Ängste. Ich bin einverstanden.«

Rudolf war sehr beeindruckt. »Dass du Forderungen stellst, will ich als Zeichen deiner Genesung sehen. Also gut, geh in dein altes Atelier und mal mir dort eine Dame mit Hut. Aber ein wenig musst du mir schon noch entgegenkommen. Nimm Frau von Bödekau mit, damit ich beruhigt bin.«

»Gegen Bödekau hab ich nicht das Geringste einzuwenden«, sagte Serena.

Rudolf ging zu Lorenzen und fragte ihn, ob er eine Ahnung habe, was damals mit den überschüssigen Metallbuchstaben »& Co.« geschehen wäre.

»Hab ich, Chef.«

»Na und?«

»Stehen bei mir hinterm Bett.«

»Na, dann rücken Sie doch endlich raus damit. Wir brauchen sie wieder.«

»Soll mir ein Vergnügen sein, Chef.«

Und so hieß die Werft wieder Magnussen & Co.

Rudolf Max Magnussen beobachtete die schulische Entwicklung seiner jüngeren Tochter mit strengem Blick. Jede einzelne Klassenarbeit ließ er sich vorlegen, und so sehr Nana sich bemühte und so befriedigend ihre Ergebnisse auch ausfielen, sagte er doch jedes Mal nach Einsicht in ihre Noten: »Könnte besser sein, Tochter, könnte noch sehr viel besser sein.«

Als Nana ihm das Abschlusszeugnis der Sexta zur Begutachtung vorgelegt hatte – »könnte besser sein, Tochter …« –, beschloss er zum ersten und einzigen Mal, ihrer Schule, dem Bertha-Lyzeum, einen Besuch abzustatten, um Rücksprache mit der Direktorin zu halten. Das Ergebnis war, dass Nana direkt von der Sexta in die Quarta versetzt wurde, woraufhin sie die zaghaften Kontakte, die sie in der alten Klasse angeknüpft hatte, wieder verlor und in der neuen von Anfang an als Streberin galt.

Immerhin machte Rudolf ihr aus Anlass des eingesparten Schuljahres ein Geschenk. Sie bekam, was sie sich schon lange gewünscht hatte: ein Segelboot, eine H-Jolle. Es war ein gebrauchtes Boot – »Für den Anfang reicht's« –, und es hatte bereits einen Namen: Biene Maja. Nana fand den Namen dämlich, aber Lorenzen war der Ansicht, dass Umtaufen Unglück bedeute, und so änderte sie den Namen nicht.

»Das ist zu früh«, sagte Serena besorgt, »die Kleine kann das Boot doch noch gar nicht halten.«

»Ich versuch's erst mal auf der Alster«, schlug Nana vor, »da ist es überhaupt nicht gefährlich.«

»Dein Fluss ist bekanntlich die Elbe«, sagte Rudolf streng, »also wirst du von Anfang an hier segeln. Und um deine Mutter nicht zu beunruhigen: Lorenzen wird sich für dich umsehen und dir einen kräftigen Vorschotmann besorgen.«

Lorenzen besorgte Horst Linowski, genannt Hotte, den sechzehnjährigen Sohn eines im Krieg gefallenen Magnussen-Schweißers. Er war groß und kräftig und redete grundsätzlich nur zur Sache. Die Seglersprache mit ihren kurzen Kommandos, die man auch gegen den Wind verstehen kann, kam seiner Wortkargheit entgegen. Hotte erklärte nicht, er befahl und gab notfalls Anschauungsunterricht.

Nachdem Nana mehrfach der Baum an den Kopf geknallt und sie sogar bei einer Halse über Bord gegangen war, begriff sie ohne jede Theorie den Unterschied zwischen Wende und Halse und Luv und Lee. Auch verzichtete sie schnell auf ihre schönen neuen Gummistiefel, denn wenn Hotte sie nicht mit einem gekonnten Mann-über-Bord-Manöver schnellstens wieder ins Boot gehievt hätte, wäre sie vermutlich durch das Gewicht ihrer voll gesogenen Stiefel auf Tiefe gegangen.

Rudolf, der von Lorenzen auf dem Laufenden gehalten wurde, nannte das alles zufrieden: »Learning by doing.«

Zweimal brachte sie ihre Jolle zum Kentern, zweimal musste sie mitsamt Boot und Hotte von Lorenzen an Land geschleppt werden.

»Kannst du denn nicht besser aufpassen!«, fuhr Lorenzen den Jungen an.

Der zuckte die Schultern, machte ein grimmiges Gesicht und deutete mit seinem Kinn auf Nana.

Die anderen Mädchen in Nanas Schulklasse, die alle mindestens ein Jahr älter waren als sie, tuschelten hinter ihrem Rücken: »Die Kleine hat nicht nur einen Chauffeur, die hat auch noch ihren eigenen Bootsmann.«

Nana ließ die Mädchen reden, sie fand, dass es immer noch besser wäre, einen bezahlten Freund zu haben als gar keinen.

Am 4. April 1951 hoben die Siegermächte alle Beschränkungen auf, mit denen sie den zivilen deutschen Schiffbau belegt hatten. Auf sämtlichen Werften, Schiffen und Hafenanlagen wurde über die Toppen geflaggt. Die Kinder hatten schulfrei. In Bürgerschaft und Senat, in Kirchen und Schulen wurde bei vielen offiziellen Reden Dankbarkeit bekundet den Siegern gegenüber.

Wenn Rudolf Max Magnussen an die Sieger dachte, stieg ihm vor Zorn immer noch das Blut in den Kopf.

Trotzdem freute er sich über das von Lorenzen liebevoll geputzte »& Co.« über dem Werfttor, versuchte, alte Kontakte neu zu beleben und sich überall nachdrücklich in Erinnerung zu bringen. Wenn irgend möglich, nahm er seine Frau auf diese Reisen mit – es sei denn, er fuhr nach Liverpool.

Serena gab sich größte Mühe, ihrem Mann keinen Anlass zu Beschwerden zu geben. Sie kleidete sich jugendlich-elegant, achtete auf die Länge ihrer Röcke und Haare, hatte auch auf die banalsten Fragen stets eine höfliche Antwort bereit, und begleitete sich selbst auf dem Flügel, wenn sie auf speziellen Wunsch ein Lied vortrug. Sie hatte auch nichts dagegen, sich in Zürich bei einem Arzt, der angeblich Wunder vollbrachte, liften zu lassen. Als die Narben verheilt und ihr Gesicht abgeschwollen war, sah sie um mindestens zehn Jahre jünger aus.

Serena Magnussen funktionierte perfekt – und wurde dabei ihrem Mann immer fremder. Wenn er sie gelegentlich ansprach, auf ihre Glätte und Unberührbarkeit, reagierte sie verständnislos. »Hab ich irgendetwas falsch gemacht?«

»Nicht direkt falsch …«

»Was denn sonst?«

Er zuckte die Schultern. »Ich weiß nicht. Es ist nur … du fehlst mir so sehr.«

Darauf schenkte sie ihm ihr immer gleiches charmantes Lächeln und sagte: »Mehr als mich selber kann ich dir leider nicht geben.«

Immer häufiger musste er an seine ersten Ehemonate denken, als er trotz Besitzerstolz und Gattenglückseligkeit so sorgenvoll nach ihrem wahren Wesen gesucht hatte. Sein flatterhafter Engel – eine Ansammlung schönster Details, die sich für ihn doch nie zu einem greifbaren Ganzen zusammenfügen wollten.

Seitdem er ihr so widerwillig das Atelier zurückgegeben hatte, war er noch misstrauischer als zuvor.

An einem frühen Nachmittag stand Nana auf dem Anlieger von Teufelsbrück und wartete auf Lorenzen, der sie nach der Schule zurück auf die Elbinsel bringen sollte. Es war ein klarer, kühler Tag, von Westen kam ein kräftiger Wind und schob die ohnehin abfließende Elbe noch schneller in Richtung Meer. Nana trug ihren leuchtend roten Lieblingsschal, den Johannes' Frau ihr gestrickt hatte. Der Schal war so lang, dass Nana ihn einmal um den Kopf und zweimal um den Hals wickeln konnte, und dass die Enden ihr dann noch bis zu den Knien herunterhingen.

In dem halb offenen Unterstand auf dem Ponton wartete außer den Männern in Overalls auch noch ein Pulk von fünf Herren in Trenchcoats mit hochgeschlagenen Kragen und dezentfarbenen Schals. Alle trugen mehr oder weniger elegante Köfferchen, die sie nicht aus den Händen ließen. Bis auf einen, der etwas abseits stand und jünger als die anderen wirkte. Statt des Köfferchens hatte er nur eine prall gefüllte Aktenmappe, die er, genau wie Nana ihre, zwischen den Füßen abgestellt hatte.

Entweder zu uns oder zu Blohm & Voss, dachte Nana.

Die Magnussen-Barkasse näherte sich dem Anlieger. Nana trat an die Reling, winkte und sah Rüdiger Lauterbach, das bedeutete, dass die Herren zur Magnussen-Werft wollten. Lauterbach war ein Student der Maschinentechnik, der mehrere Jahre lang während der Semesterferien auf der Werft hospitiert hatte und nun sein erstes praktisches Jahr bei Magnussen absolvierte. Und weil er sich, wie Rudolf sagte, »benehmen konnte«, wurde er manchmal als eine Art Privatsekretär oder Abgeordneter benutzt. Nana mochte ihn nicht besonders, obgleich sie ihn imposant fand, er war baumlang, kräftig gebaut und blond. Für ein Mädchen wie sie schien er sich aber überhaupt nicht zu interessieren, und sie war davon überzeugt, dass er sie auf der Straße nicht einmal erkennen würde.

Hoffentlich lassen sie auf der Barkasse noch ein Plätzchen frei für mich, dachte sie grimmig.

Lorenzen warf ihr den Festmacher zu, den sie geschickt um den Poller legte. »Hallo Frolleinchen«, rief er.

»Ach so«, sagte Lauterbach, »die Kleine ist auch grad da. Dann nehmen wir sie doch mit, den Herren wird's ja wohl nichts ausmachen.«

Nana brummte: »Und wenn schon!«, und sprang als Erste an Bord. Lauterbach stieg aus, um die Gäste zu begrüßen. Offenbar handelte es sich um Skandinavier, und Nana erinnerte sich auch wieder, dass ihr Vater beim gestrigen Abendessen etwas erwähnt hatte von den Mitarbeitern einer skandinavischen Großreederei, die sich in Deutschland umtaten auf der Suche nach den günstigsten Bedingungen für den Bau mehrerer Kühlschiffe. »Wenn wir den Auftrag kriegen oder auch nur einen Teil davon«, hatte er gesagt, »dann wäre das für uns ein riesiger Sprung nach vorn!«

Die Herren kamen an Bord. Lauterbach stellte Nana vor als »die kleine Tochter von unserem Chef« und fragte, ob sie wohl etwas dagegen hätten, wenn das Mädchen mitkäme, dies wäre nämlich sozusagen ihr Schulbus.

Schulbus, aha. Die Herren lachten, wie sollten sie denn etwas dagegen haben.

»Roter Schal mit hübscher junger Dame«, sagte der Aktentaschenmann, der – Nana bemerkte es erst jetzt – einen Schal trug, der die gleiche Farbe hatte wie ihrer.

»Wie wär's, wenn du die Herren begrüßen würdest?«, forderte Lauterbach sie auf. »Im Namen der Familie und der Magnussen-Werft.«

Nana warf ihm einen bitterbösen Blick zu, doch dann reichte sie nacheinander jedem die Hand und garnierte ihre Begrüßung jeweils mit einem kleinen Knicks, wie man es ihr beigebracht hatte. Alle Finger, die sie berührte, waren hart und kalt, bis auf die von dem Aktentaschenmann – klar, der hatte ja auch als Einziger die Hände in den Manteltaschen gehabt. Als sie fertig war, wandte sie sich abrupt um, löste den Festmacher und sagte zu Knut Lorenzen: »Wir können.« Das klang fast so, als hätte Rudolf es gesagt.

Lorenzen grinste, schnarrte militärisch »ay, ay, Madam« und legte ab.

Die Herren wandten sich wieder einander und Lauterbach zu. Er sprach englisch mit ihnen, obgleich die Skandinavier offenbar deutsch konnten.

Angeber, befand Nana.

Sie stieß Lorenzen an. »Lass mich mal ans Ruder«, sagte sie.

»Wirklich? Wir haben Ebbe und Ostwind, zieht kräftig flussabwärts.«

»Das sehe ich doch.«

Nana konnte schon sehr gut mit der Barkasse umgehen, allerdings hatte Lorenzen sie noch nie so ganz selbstständig rübersteuern lassen. Und normalerweise waren ja auch keine Gäste an Bord.

Jetzt warf er einen Blick auf die Herren, die im Cockpit beieinander standen und murmelte: »Ich weiß nicht.«

»Du lässt mich doch sonst auch immer mal ran«, sagte Nana.

»Aber nicht, wenn wir solche offizielle Fracht haben. Das würde der Chef sicher nicht richtig finden.«

»Der Chef ist nicht da. Und wenn er da wäre, dann würde er vielleicht sogar ausnahmsweise mal stolz auf mich sein.«

Sie schob Lorenzen so energisch beiseite, als wäre er Hotte. Widerwillig überließ er ihr das Steuerrad, blieb aber hinter ihr stehen.

»Nu sei bloß vorsichtig, Frolleinchen. Immer schön gegen an halten!«

»Als ob ich das nicht selber wüsste.«

Da stand sie nun am Steuer, dünn, hoch aufgeschossen, dreizehn Jahre alt, und die Enden ihres roten Schals flatterten hinter ihr her. Sie fühlte sich gut, und sie fühlte sich mindestens wie siebzehn. Als Lauterbach den Wachtwechsel bemerkte, rief er ärgerlich: »Was soll denn das, Lorenzen. Müssen Sie dem Kind unbedingt heute Fahrstunden geben?«

Dieser Lauterbach könnte auch ruhig Herr Lorenzen sagen, dachte Nana.

»Das muss ich nicht, Herr Lauterbach«, antwortete Lorenzen

patzig, »weil Nana nämlich keine Fahrstunden mehr nötig hat. Sie kann das inzwischen genauso gut wie ich.«

Und bestimmt besser als du Blödmann, dachte Nana.

»Ein dicker roter Wollschal«, feixte der Aktentäschler freundlich, »der nicht nur eine junge Dame beherbergt, sondern auch noch eine Barkasse steuern kann. Bei Ebbe und Ostwind Stärke vier!«

Nana drehte sich zu ihm um. Ihre Schüchternheit war plötzlich verflogen. »Und was kann denn Ihr dicker roter Wollschal?«, rief sie.

Alle lachten. Nur Lorenzen langte schnell um Nana herum und griff ihr ins Ruder, um einem Motorboot auszuweichen. »Hab ich dir doch beigebracht, Frolleinchen«, schimpfte er leise, »musst jede Sekunde aufpassen. Mal eben so aus Spaß nach hinten gucken, das geht nicht. Dazu sind wir viel zu schnell.«

Nana fühlte sich nicht im Geringsten gemaßregelt. »Ich wusste doch, dass du da stehst«, sagte sie und drehte sich noch einmal zurück, um den Aktentaschenmann fragend anzusehen. Der sagte: »Meiner kann leider überhaupt nichts anderes als mir den Hals wärmen.«

Keine sehr witzige Antwort, und sowieso sah der Mann nicht so aus, als wäre er etwas Besonderes. Er hatte kein sehr einprägsames Gesicht, war keineswegs baumlang und breit, eher mittelgroß und mittelkräftig und nicht einmal richtig blond, sondern irgendetwas zwischen dunkelblond und hellbraun, eine ganz ähnlich undefinierbare Haarfarbe wie ihre – und sie überlegte, ob sie sich nicht vielleicht in ihn verlieben sollte. Schließlich wurde es langsam Zeit. Die Mädchen in ihrer Klasse hatten alle entweder eine Busenfreundin oder waren in einen Jungen verliebt, meistens sogar beides. Eine Freundin zu gewinnen hatte Nana nach mehreren entmutigenden Versuchen aufgegeben, aber jemand zum Verlieben müsste sich doch finden lassen, die Beziehung konnte ja notfalls einseitig sein.

Die Barkasse näherte sich der Elbinsel. Nana war jetzt sehr aufmerksam, sie wollte die Gelegenheit, dem Mann zu imponieren, in den sie sich vielleicht verlieben wollte, nicht verpatzen.

Als Lorenzen seinen Chef am Anlieger stehen sah, sagte er besorgt zu Nana: »Nun lass mich mal lieber wieder ran, Frolleinchen.«

»Nein!«, sagte Nana und hielt das Steuer fest umklammert. »Ich mach das schon. Und ich übernehm auch die Verantwortung, keine Bange.«

Die Elbinsel sah prächtig aus in der Sonne. Neben dem großen Tor zum Werftgebäude, über dem in riesigen Metallbuchstaben das Werftsignum Magnussen & Co. prangte, wehten an drei hohen Masten die Werftflagge, die Hamburger und die neue deutsche schwarz-rot-goldene Flagge. An der Tür zum Garten stand Serena. Sie sah aus wie ein Bild aus der Illustrierten »Film und Frau«.

Gekonnt legte Nana an – besser hätte auch Lorenzen es nicht machen können. Sie warf ihrem Vater den Festmacher zu, der ihn verblüfft auffing und über den kleinen Poller legte. Nana holte dicht und sprang als Erste an Land. »Gut gemacht, Skipper«, sagte der Aktentäschler.

»Tochter …?!«, Rudolfs Stimme klang tatsächlich ein bisschen stolz.

»Hier kommt dein Geschäftsbesuch, Papa«, sagte Nana, woraufhin er ihr kurz die Wange tätschelte, bevor er sich den Herren zuwandte.

Am Abend, als die Skandinavier wieder abgereist waren, saß Rudolf Max Magnussen einsam im Wohnzimmer am Kamin. Vor ihm auf dem Sofatisch stand eine halb leere Champagnerflasche. Er wollte sich freuen, hätte auch allen Grund dazu gehabt. Stattdessen schien er von trüben Gedanken niedergedrückt. Als Nana versuchte, unbemerkt hinter ihm vorbeizukommen, hielt er sie auf. »Bleib du wenigstens bei mir, Tochter«, sagte er.

Nana setzte sich steif auf die Kante eines Sessels, so weit wie möglich von ihm entfernt.

»Wo ist Mama?«, fragte sie.

»Hat sich zurückgezogen, total erschöpft«, murmelte er, »nützt alles nichts. Sie ist erschöpft, alles hat sich erschöpft, ausgeschöpft, leere Hülle.« Er nahm einen großen Schluck und richtete sich wieder auf. »Willst du auch ein Glas?«

»Besser nicht«, sagte Nana.

»Ach was. Alle sind weggegangen. Du bist hier. Und trinkst jetzt mit mir.«

Er stand auf, ging mit schweren Schritten zum Barschrank und holte ein Glas. Als er zurückkam, setzte er sich näher zu Nana. Beim Einschenken floss ein Teil des Champagners am Glas vorbei.

»Ist nämlich schon meine zweite Flasche«, sagte er, »weil ich ja heute was zu feiern habe. Wenn David doch hier wäre.«

»Wer?!«

»Nur so eine Redensart, haben wir früher immer gesagt. Längst überholt. Früher, das waren gute Zeiten!«

»Lorenzen sagt das auch immer.«

»Ja, ja, Lorenzen! Nun trink schon. Hilf mir beim Feiern.«

Nana nahm einen zaghaften Schluck.

»Mehr, sonst merkst du's ja nicht.«

»Was soll ich denn merken?«, flüsterte Nana.

»Das ganze Glas!«, befahl er.

Nana gehorchte – und dann merkte sie's. Nicht nur, dass es angenehm kribbelte und den Magen erwärmte, sie fühlte sich auch plötzlich ganz leicht, und sie hatte keine Angst mehr.

»Krieg ich noch etwas?«, fragte sie und hielt Rudolf ihr Glas hin.

»Aha«, sagte er, grinste und schenkte nach. »Hast einen guten Zug, Tochter, das gefällt mir. Wer ein Boot steuern kann, darf auch trinken.«

»Lorenzen meint, ich bin ein echtes Schiffbauerkind«, sagte Nana stolz. »Tut mir wirklich Leid, dass ich bloß ein Mädchen bin, aber ich könnte ja einen Schiffbauer heiraten.«

Er starrte sie an. »Gudrun war mit zwölf auch schon sehr verständig. Ich wollte, dass sie bei mir bleibt.«

»Ich bin dreizehn, Papa.«

Er nickte traurig. »Schon so lange her das alles. Also Prost, Tochter.«

»Was wolltest du eigentlich feiern, Papa?«

»Feiern? Ja, ich wollte feiern, dass ich nun wieder ein Schiffbauer bin. Keine Kochtöpfe mehr. Die Skandinavier haben ein Kühlschiff bestellt, und wenn's gut geht, kommt noch ein zweites hinterher.«

»O Papa, wie schön!«

»Aber deine Mutter war ja leider so furchtbar erschöpft. Gudrun hätte sich da natürlich ganz anders verhalten.«

»Ich auch, Papa.«

»Ja ja«, brummte er.

Eine Weile saß er vornüber gebeugt tief in Gedanken, bis er endlich einen Entschluss fasste: »Ich geh dann wohl besser mal ins Bett.«

Als er fort war, trank Nana den Rest aus der Champagnerflasche. Sie fragte sich, wann sie wohl endlich alt und selbstständig genug sein würde – so wie Gudrun damals –, um nicht mehr über ihre Eltern nachdenken zu müssen.

Wenn Rudolf verreist war, ging Serena am Sonntagmorgen in die Kunsthalle. Meist durfte Nana sie begleiten. Sie tat das gerne, obgleich ihre Mutter oft sehr schweigsam war. Als die Kokoschka-Ausstellung nach Hamburg kam, und Serena wohl eine halbe Stunde lang stumm vor dem Bild »Die Windsbraut« stand, wurde es Nana aber doch langweilig. Sie rannte herum, fand mehr Interesse an den Besuchern als an den Bildern, und als sie zurückkam, sah sie, dass ihre Mutter weinte.

»Mama, was ist denn, das ist doch ein schönes Bild, überhaupt nicht traurig.«

»Mir ist aber grad etwas Trauriges eingefallen«, murmelte Serena.

Nana ergriff ihre Hand. Man darf sie eben nicht alleine lassen, dachte sie. Papa hat ganz Recht.

Ein Mann kam auf sie zu, ältlich, graugesichtig, dunkel gekleidet. Hinter ihm ging ein jüngerer mit spitzen Schuhen und einer Mappe aus Reptilleder. Der Ältere, den Nana irgendwie zu kennen glaubte, blieb vor Serena stehen und betrachtete sie mit einem merkwürdig spöttischen Gesichtsausdruck.

»Frau Magnussen, gnädige Frau, solch ein Zufall, Sie ausgerechnet vor diesem Bild wieder zu treffen!«

Er streckte ihr die Hand entgegen, die Serena jedoch nicht nahm. Wortlos starrte sie ihn an.

»Die wunderbare ›Windsbraut‹«, sagte er und steckte die ausgeschlagene Hand in die Tasche. »Sie hat alle Fährnisse heil überstanden.«

Serena murmelte: »Sie offenbar auch.«

»Ach wissen Sie, ich hatte schlechte Zeiten, habe mich tot gestellt, wie mancher andere auch, aber nun geht's wieder. Ein solides Kunstwissen ist immer verkäuflich.«

»Tot gestellt ...«, flüsterte Serena. »Oder auch zum Schein gemordet?«

Nana spürte, dass ihre Mutter zitterte.

»Komm Mama«, sagte sie und zerrte an Serenas Hand, »lass uns nach Hause gehen.«

Serena schüttelte sie ab, was den Mann ermutigte, näher zu rücken. »Für mich gilt unser Pakt von damals immer noch«, sagte er, »ich habe nichts vergessen! Einmal Hannover hin und zurück, Betriebsunfall auf der Magnussen-Werft. Die ecstatic nightmare der träumenden Mrs. Rossetti und Ihre speziellen Tröstungen, die gar nicht immer so leicht zu beschaffen waren. Ich dachte eigentlich, ich hätte mich während der schlimmen Jahre gut bewährt, und Sie könnten mir gegenüber trotz allem etwas Dankbarkeit empfinden.«

Er griff nach Serenas schlaff herunterhängender Hand und umschloss sie wie ein Verliebter.

»Wollen wir nicht wieder Freunde sein?«

Da endlich kam Leben in Serena. Sie entriss ihm ihre Hand und wich ein paar Schritte zurück. »Mörder«, fauchte sie, und dann noch einmal lauter, sodass es im ganzen Raum zu hören war: »Mörder!«

»Ich doch nicht«, sagte der Mann sehr ruhig. »Und wer weiß, vielleicht war es ja alles nur ein Irrtum. In Zeiten des Krieges verliert man so leicht den Überblick.«

Entsetzt hängte Nana sich an den Arm ihrer Mutter. »Bitte, Mama, bitte. Komm weg von hier.«

Serena wandte sich um. Ihr Gesicht war kreidebleich. »Ein Irrtum ...«, flüsterte sie.

»Mama ...!«

»Ich komme ja schon«, sagte Serena und verließ, die Tochter an der Hand, den Raum.

Auf Nanas spätere Fragen reagierte sie nicht, und Nana gab auf. Aus Erfahrung wusste sie, dass jeder Versuch, das Schweigen ihrer Mutter aufzubrechen, sinnlos war.

Der Aktentäschler hieß Arne Norderup. Das fand Nana über die Sekretärin ihres Vaters ziemlich leicht heraus.

Arne Norderup, dreiundzwanzig Jahre alt, wohnhaft in Ballrup bei Kopenhagen, Vater Seemann, Mutter Schneiderin, drei Jahre Hochschule für Ingenieurswesen, ein Jahr zur See gefahren, unverheiratet, Direktionsassistent bei der Transit-Reederei. Das reichte Nana vollkommen. Den Rest wollte sie sich passend zusammenphantasieren. Zu viel Information hätte ihre Vorstellungskraft nur behindert.

Sie begann, ihn in ihr Leben zu holen, und vom ersten Tag an half ihr der Traumliebste in vielen Situationen. Wenn die anderen Mädchen über ihre Schwierigkeiten mit irgendeinem Jüngling tuschelten, versteckte Nana sich jetzt immer seltener hinter einem Buch, stattdessen setzte sie sich still dazu und gönnte sich manchmal als Kommentar ein ganz kleines ironisches Lächeln.

Auf die Frage, was es denn da zu grinsen gebe, sagt sie nur: »Mein Freund ist eben schon etwas älter.«

»Tatsächlich? Wie alt ist er denn?«

»Ach, grad dreiundzwanzig geworden«, sagte Nana.

Da wurde ihr mit einem Schlag die geballte Aufmerksamkeit ihrer Mitschülerinnen zuteil.

Um sich ein Bild machen zu können von dem, was sie so sehr beschäftigte, blätterte sie immer häufiger in den Kunstbüchern ihrer Mutter. Besonders eine Mappe mit Originalzeichnungen verblüffte sie, fast alles wunderschöne Darstellungen sehr junger Mädchen, einige leicht verhüllt, andere nackt, die einander oder sich selbst liebkosten.

Auf einigen der Blätter waren auch Männer abgebildet, aber die standen immer nur so dabei und sahen zu. Anscheinend kamen die Frauen ganz gut ohne die Männer aus.

Immer wieder fiel ihr ein, wie sie einmal ihre nackte Mutter gesehen hatte, die hilflos weinend eingezwängt lag in den Armen ihres schnarchenden Ehemannes.

Während der nächsten Monate erschien Arne Norderup mehrmals auf der Werft, um im Auftrag seiner Reederei den Fortgang der Arbeit an dem Kühlschiff zu inspizieren. Er war stets nett und freundschaftlich zu Nana, nannte sie Skipper und fragte sie nach ihren Segel- und Schul- und Ferienerlebnissen. Immer die gleichen Fragen, wohl weil er ihre Antworten immer wieder vergaß. Einmal ergab es sich zufällig, dass sie gemeinsam mit ihm nach Teufelsbrück fuhr. Und als sie drüben anlegten, standen da zwei Mädchen aus ihrer Klasse. Welch eine Gelegenheit!, dachte Nana, überwand alle Schüchternheit und flüsterte Arne zu: »Könnten Sie mich wohl mal eben ganz schnell sehr innig umarmen? Bitte, bitte, es ist schrecklich wichtig! Ich erzähle Ihnen dann auch nachher, warum.«

Er lachte. »Na klar kann ich das, und wie!«

Und er zog sie mit übertriebener Geste an sich, hielt sie eng umschlungen und wollte sie gar nicht wieder loslassen. Er roch nach Tabak und Schmieröl und auch ein wenig nach Kaffee. Lorenzen guckte zu und die beiden Mädchen guckten zu. Nana wurde ganz schwindelig, aber dann bekam sie doch Angst. Sie zog ihn hinter den Unterstand und machte sich vorsichtig von ihm los. »Verzeihung«, flüsterte sie.

»Aber ich bitte dich! Es war mir ein ausgesprochenes Vergnügen.«

»Die halten mich nämlich alle noch für ein Kind. Weil ich ein Jahr jünger bin als die anderen.«

»Wer?«

»Die in meiner Klasse. Da standen zwei und haben zugeschaut. Nun wissen sie wenigstens Bescheid.«

»Aber was ist mit Lorenzen? Der hält mich jetzt sicher für einen Kinderverführer.«

»Ach was. Lorenzen ist mein Freund. Dem kann ich alles erklären, und er ist grundsätzlich auf meiner Seite, nur nicht, wenn Papa auf der Gegenseite steht. Der ist der Chef.«

Arne sah sie an und streichelte ihr mit dem Handrücken über die heißen Wangen. »Muss ziemlich schwierig sein mit solch einem Vater«, sagte er.

»Er meint's nicht so«, sagte Nana. »Und mit Mama ist es auch nicht leicht.«

»Ach ja? Wieso denn das?«

Nana überlegte, wie sie es in wenigen Worten erklären könnte. Schließlich sagte sie: »Mama hat immer kalte Hände. Papas sind wenigstens warm.«

»Verstehe«, sagte Arne. »Aber sie ist so wunderschön.«

»Das ist meine Schwester Gudrun auch. Und die ist zweiundzwanzig Jahre jünger als Mama.«

»Da hat deine Mama natürlich ein Problem«, sagte Arne ernsthaft. »Aber was ist jetzt, Skipper, sollen wir gemeinsam die Elbchaussee hochgehen, so richtig wie Verliebte, Arm in Arm? Um den Eindruck bei deinen Klassenkameradinnen noch zu verstärken?«

Nana wurde rot. »Vielen Dank, nein, ich glaube, nun reicht's. Entweder die werden mich jetzt anerkennen oder aber sie werden mich anschwärzen, weil ich mich unanständig aufgeführt habe.«

Lorenzen wurde auf der Rückfahrt zur Elbinsel umständlich von ihr aufgeklärt über die Beweggründe der Umarmung. Er war keineswegs befriedigt, zuckte nur grimmig die Schultern und brummte: »Wenn so was noch mal passiert, ich meine, wenn du jemals wieder mit jemandem von der Werft in aller Öffentlichkeit rumknutschst, dann werde ich es deinem Vater sagen.«

Darüber musste Nana sehr lachen. Sie wusste zu genau, dass Lorenzen sie niemals verraten würde.

»Und er nennt mich Skipper«, sagte sie, »darauf ist sonst noch nie jemand gekommen.«

»Wenn du willst, kann ich dich ja auch so nennen.«

»Bloß nicht! Du bleib mal lieber bei Frolleinchen.«

Am nächsten Tag rief eine empörte Mutter bei Serena Magnussen an, um sich über Nana zu beschweren – sie sei frühreif, unmoralisch und zügellos, und dies sogar unter den Augen des Barkassenführers. Serena hörte unbeteiligt zu, bedankte sich dann höflich für die Information und sagte später zu Nana: »Du solltest aber Lorenzen mit so etwas nicht in Schwierigkeiten bringen.«

Nana begriff, dass sie von nun an leider wieder ohne die Zugehörigkeit zu der führenden Clique in ihrer Klasse auskommen musste.

Im September 1953 starb Louise Finchbury, geborene Rosenzweig, im Alter von zweiundachtzig Jahren. John, mit seinen Fünfundachtzig immer noch sehr aktiv, war untröstlich, ein Leben ohne seine Göttliche schien ihm sinnlos. Tatsächlich sollte er dann noch zehn Jahre lang weitermachen, bevor er ihr endlich folgen durfte.

Louises Testament überraschte alle. Aufgesetzt 1951 und kurz vor ihrem Tod noch einmal von ihrem langjährigen Finanzberater bestätigt, hatte sie dem Dokument der Vollständigkeit halber das Attest eines namhaften Psychiaters beigefügt, demzufolge sich die alte Dame zum Zeitpunkt der Bestätigung im Vollbesitz ihrer geistigen Kräfte befunden hätte.

In dem Vermächtnis stand kurz und bündig: »Was ich besitze oder worauf ich noch Anspruch habe, gehört meinem Ehemann John Finchbury, von dem es nach seinem Tod übergehen soll auf unseren Sohn David. Ausgeschlossen hiervon ist der zwanzigprozentige Anteil an der Magnussen-Werft in Hamburg. Gleichfalls ausgeschlossen ist mein Depot bei der Schweizerischen Kreditbank Zürich, Paradeplatz. Dieses geht, ebenso wie meine dort deponierten Bilder und der Magnussen-Anteil, an meine geliebte erste Schwiegertochter Albertine-Serena Magnussen, geborene Schwarzbach, und soll nach deren Tod auf Serena Magnussens Tochter Renate übergehen. Ich wünsche, dass Serena Magnussen mit diesem Erbe ihre Erinnerung pflegt. Meine zweite Schwiegertochter Gudrun Magnussen-Finchbury braucht nicht gesondert bedacht zu werden, da sie durch meinen Sohn David ohnehin an allem Übrigen beteiligt sein wird.«

Serena war verwirrt, Gudrun empört, Rudolf begeistert und David lächelte.

Gudrun versuchte das Testament anzufechten – Serena sei nie Louise Finchburys Schwiegertochter gewesen –, doch kam sie damit nicht durch, vor allem, weil David ihr jede Hilfe verweigerte.

Rudolf fuhr mit Serena nach Zürich. Der Wert der im Depot befindlichen Papiere belief sich auf knapp eine Million Schweizer Franken. Der Wert der Bilder war schwer abzuschätzen. Einige waren Serena wohl bekannt, weil sie auf der »Entarteten«-Auktion der Luzerner Galerie Fischer am 30. Juli 1939 versteigert worden waren. Inzwischen forderten Sammler und Museen diese Bilder zurück, doch im Fall der Louise-Bilder war der Verbleib unbekannt, weil Louise stets über einen anonymen Mittelsmann gekauft hatte. Dabei lag ein Brief Louises an Serena, in dem es unter anderem hieß: »Ich bin dir so dankbar für die Vermittlung deines jungen Mannes, der mir den Weg gewiesen hat zur neueren Kunst, die zu fördern und zu sammeln zu den großen Freuden meines Alters gehörte. Wenn dir auch die Umstände den dauerhaften Besitz des jungen Mannes verweigert haben, so sollen dir doch wenigstens die von ihm vermittelten Bilder für immer gehören. Dank auch für dein letztes Porträt von mir, die wunderbare Dame mit dem Hut, deretwegen ihr alle so viel Umstände auf euch genommen habt. Meinem David ist es am schwersten gefallen, obgleich er ja im Krieg perfekt gelernt hat, sich selbst und andere zu belügen. Eine dieser Selbstlügen ist die Liebe zu deiner Tochter Gudrun – aber das weißt du ja wohl.«

Es gelang Serena, den Brief vor Rudolf zu verbergen. Der war auch viel zu beglückt über den Vermögenszuwachs, um sich noch mit persönlichen Details auseinander zu setzen.

»Großartig«, sagte Rudolf, »die Verhältnisse klären sich. Endlich gehören mir wieder achtzig Prozent von Magnussen.«

»Sechzig Prozent nach wie vor«, sagte Serena. »Zwanzig Prozent gehören jetzt mir.«

Rudolf lachte. »Na gut, meine Kleine, wenn dir diese Formulierung lieber ist. Und ganz besonders froh bin ich über Louises Geld

– auch wenn wir hohe Erbschaftssteuern zahlen müssen, weil du ja nicht wirklich Louises Schwiegertochter warst. Aber – wenn man das so recht bedenkt«, Rudolf kaute nachdenklich am Knöchel seines Zeigefingers, »schließlich handelt es sich um eine Menge Geld. Das muss sich doch irgendwie zu unseren Gunsten arrangieren lassen? Aber wie auch immer, es wird schon was übrig bleiben, damit können wir einen Teil meiner Kredite abdecken. Die hohen Zinsen fressen mir die Gewinne auf.«

»Nein«, sagte Serena.

»Nein … was?«

»Das Geld bleibt in der Schweiz. Es ist Nanas Erbe. Und wir, du und ich, leben in Gütertrennung. Auf deinen Wunsch.«

»Was verstehst denn du davon?«

»Nur so viel, dass du immer in Sorge warst, ich könnte etwa Ansprüche an dein Vermögen stellen.«

»Du irrst dich, Serena. Gütertrennung verabredet man, um als persönlich haftender Gesellschafter im Falle einer Pleite nicht alles zu verlieren.«

»Ich weiß. Aber das funktioniert doch nur, wenn der Haftende nicht alles persönlich besitzt. Soweit ich mich erinnere, hast du mir nie irgendetwas übertragen.«

Rudolfs Stimme wurde hart. »Misch dich nicht in Dinge ein, von denen du nichts verstehst.«

»Gut, gut. Jedenfalls bleibt Louises Geld bis nach meinem Tod in der Schweiz und geht dann über auf Nana – das war Louises Wunsch. Den Finchbury-Magnussen-Anteil wirst du ja sowieso weiterhin mitverwalten, und ich werde dir gewiss nicht reinreden.«

»Wieso hat sich Louise überhaupt um meine Nana geschert, sie kennt sie ja nicht einmal. Und Nana braucht Louises Geld nicht, aber ich brauche es – jetzt!«

»Nein«, sagte Serena noch einmal. Und dabei blieb es.

Als Nana Ostern 1954 konfirmiert wurde, bekam sie von ihrem Vater eine Leica, von Lorenzen die originalgetreue Nachbildung der Familienbarkasse, in der ein winzig kleines Mädchen mit rotem

Schal am Steuer steht, und von Arne Norderup ein Silberkettchen mit einem Anker.

Am Tag der Konfirmation lief das erste Kühlschiff, das die Magnussen-Werft je gebaut hatte, vom Stapel. Serena taufte und Rudolf strahlte vor Stolz und Energie. Nana jedoch war enttäuscht, dass die Feier anlässlich ihrer Konfirmation zu einem Werftfest umfunktioniert wurde.

»Denen ist es doch völlig egal, ob das meine Konfirmation ist«, beschwerte sie sich bei Lorenzen, »die wollen bloß sich selbst und ihren idiotischen Stapellauf feiern.«

»Stapelläufe sind niemals idiotisch«, sagte Lorenzen streng. »Als Schiffbauerkind solltest du das eigentlich begreifen.«

»Will ich aber nicht. Und ich sage dir, heute lasse ich mir zum letzten Mal so etwas gefallen!«

Lorenzen grinste. »In Ordnung, Frolleinchen. Und inzwischen nimm mal deine neue Kamera und mach ein paar schöne Fotos von dem Schiff und der Taufpatin und von der Stapellaufgesellschaft. Und die schenkst du dann deinem Vater und dem netten Dänen, sie werden sich beide freuen.«

Nana erkannte die Nützlichkeit einer Kamera ziemlich schnell – damit konnte sie sich nicht nur ein Geschehen aneignen, sondern es auch relativieren und auf Abstand halten. Sie gewöhnte sich an, ihre Leica immer bei sich zu haben, schräg umgehängt oder tief unten in ihrer Schulmappe, und in ein Stück Ölzeug gewickelt, im Vorschiff der »Biene Maja«, auf der sie von Ostern bis zu den Herbstferien ihre freie Zeit verbrachte. Die Mädchen in ihrer Klasse hatten Tanzstunde, spielten Tennis oder Hockey – Nana hatte ihr Boot. Das bewahrte sie davor, sich irgendwo zur Wahl stellen zu müssen, sei es als Tanz- oder Tennispartnerin oder als Mannschaftsmitglied. Sie konnte sich nicht vorstellen, dass jemand ausgerechnet sie freiwillig wählen würde. Auf Hotte als Partner und Mitsegler aber war Verlass, schließlich wurde er dafür bezahlt.

Inzwischen war er fest angestellt bei Magnussen. Lorenzen baute ihn auf als Ersatzmann im Fährdienst. »Es kommen immer mehr Gäste zu uns«, sagte er, »Geschäftsleute, denen wir nicht den Werftdampfer zumuten wollen, darum brauchen wir eine zweite Barkasse und einen zweiten Mann.«

Rudolf Magnussen stimmte zu. Vorläufig war es jedoch noch ziemlich ruhig, also konnte Hotte weiterhin zum Segeln freigestellt werden.

Als Nana und Hotte dann 1956 die Pfingstregatta von Blankenese nach Glücksstadt gewonnen hatten, zeigte Rudolf Max Magnussen sogar seinen Stolz auf die Tochter und schenkte ihr ein Kielboot, einen Drachen.

»Damit du bei schlechtem Wetter auch mal unter Deck gehen kannst«, sagte er.

»Bei schlechtem Wetter kann ich sowieso nicht unter Deck gehen«, antwortete Nana. »Aber es ist ein wunderbares Schiff, ich werde es ›Windsbraut‹ nennen.«

»Wie kommst du denn auf *den* Namen?«, fragte Rudolf.

»Der Name ist mir im Kopf hängen geblieben, weil ich mal ein Bild gesehen habe, das so heißt.«

»Für mich bedeutet Windsbraut etwas Unstabiles, Unzuverlässiges, Ungreifbares, etwas, das einen vom Kurs abbringt.«

»Nicht, wenn man die Pinne fest in der Hand hält«, sagte Nana selbstsicher.

Gedankenverloren betrachtete Rudolf seine Tochter. »Du traust dir ja einiges zu.«

Auch Lorenzen war der Name nicht geheuer.

»Wirklich, Frolleinchen«, sagte er, »solche Namen benutzt man nicht, direkt gefährlich find ich das. Windsbraut nennen die Seeleute einen kleinen Wirbelwind, und vor dem haben sie Angst.«

»Ich aber nicht«, sagte Nana.

»Du musst es ja wissen.«

Im Hochsommer 1956 zeigte Arne Norderup seine bevorstehende Heirat mit Susanna Enquist an.

Als Nana die Anzeige sah, sagte sie zu Lorenzen: »Mein netter Däne heiratet. Schade, er wird mir fehlen.«

»Hättest dich vielleicht doch noch mal von ihm umarmen lassen sollen«, sagte Lorenzen.

»Hätte ich auch getan, wenn er bloß nicht so langweilig wäre. Ein netter Onkel, der immer die gleichen Sprüche macht: ›Na, wie geht's denn in der Schule?‹ und so.«

»Langweilig ist der nicht, bloß ruhig und freundlich. Muss ja einer nicht immer gleich so explosiv sein wie dein Vater. Aber der Däne kann was. Und er ist zuverlässig.«

»Ach Gott, Lorenzen, Zuverlässigkeit ist doch nicht alles.«

»Aber ziemlich viel.«

Vom achten bis fünfzehnten Juli sollten die Segelwochen auf der Schlei stattfinden, und Nana meldete die »Windsbraut« an. »Ich muss mal weg von der Elbe«, sagte sie.

Rudolf sagte zu Lorenzen: »Nana will auf der Ostsee segeln. Was halten Sie davon?«

»Nana kann inzwischen überall segeln. Sie beherrscht ihr Boot.«

»Und was ist mit dem Jungen, dem Linowski?«

»Der beherrscht das Boot auch.«

»Und sonst? Sie haben mir für seine Zuverlässigkeit garantiert.«

»Klar, Chef, tu ich immer noch. Aber Zuverlässigkeit ist ja nicht alles.«

»Was soll denn das heißen?«

»Weiß nicht genau, ist mir nur grad so eingefallen.«

Eine starke Barkasse von der Magnussen-Werft zog die teilnehmenden Hamburger Boote in gemächlicher Fahrt durch den Nord-Ostsee-Kanal von Brunsbüttel nach Kiel. Das Wetter war gut. Hotte döste an der Pinne, Nana lag an Deck in der Sonne. Sie war das einzige Mädchen auf einem Drachen, und sie hatte einen neuen himmelblauen Badeanzug. Als einer der Segler versuchte, mit ihr anzubandeln, machte sie nur ein hochmütiges Gesicht und stellte sich blind und taub. »Von wegen Windsbraut«, hieß es da, »die ist wohl eher ein Kühlschiff.«

Von Kiel aus segelten die Boote gen Norden, vorbei an Strande, überquerten die Eckernförder Bucht, trödelten bei leichtem Südwest die Küste aufwärts bis hin zur Schlei, die sich wie ein liebliches Binnengewässer zwischen Maasholm und Schleswig mehr als zwanzig Meilen weit ins Land schnitt.

Die erste Regatta fand vor Arnis statt. Nana, die auf der Elbe an so viel härtere Bedingungen gewöhnt war, manövrierte unaufmerksam und ging als Drittletzte durchs Ziel.

Hotte war wütend. »Scheiße«, sagte er.

»Aber es ist doch so schön hier!«, sagte Nana.

Nachdem sie geankert hatten, saß sie an Deck und beäugte misstrauisch den Betrieb auf den Booten und an Land.

»Ich glaub, die wollen feiern«, sagte sie, hängte sich ihre Leica um und ließ das kleine Gummiboot ins Wasser.

»Was soll denn das werden?«, fragte Hotte misstrauisch.

»Was wohl!«

»Ich hab nämlich die Verantwortung.«

»Das ist mir neu«, sagte Nana und stieß sich ab.

Sie setzte sich abseits von den anderen Seglern auf einen Gartenstuhl, machte ein grimmiges Gesicht und bestellte eine Cola. Jegliche Annäherungsversuche blockte sie ab, indem sie sofort die Kamera zückte und ein Foto von dem Aggressor machte. Das zeigte Wirkung. Nun war sie nicht nur das Kühlschiff, sie war auch noch verrückt.

Als die Bemühungen der Mitsegler durch den steigenden Alkoholspiegel immer aggressiver wurden und die Kamera als Abwehrmittel nicht mehr reichte, ließ sie den Rest ihrer Cola stehen, stieg in das Dingi und ruderte zur »Windsbraut« zurück.

Hotte schlief schon. Er hatte die Ankerleuchte gesetzt und Nanas Luftmatratze aufgepumpt. Auf der Matratze lag ihr Schlafsack. Ein wirklich guter Bootsmann, dachte sie zufrieden.

Langsam zog sie sich aus und weil es so warm und schön war, beschloss sie, noch einmal zu baden. Sie schwamm ein weites Stück in die Bucht hinaus, den immer noch hellen Himmelsstreifen der untergegangenen Sonne vor Augen. Dann langsam zurück auf das Ankerlicht zu.

Als sie schon fast wieder bei der »Windsbraut« war, stieß sie plötzlich gegen einen Körper, ein lachender Kopf tauchte auf und kräftige Arme umschlangen sie. Nana schrie auf vor Schreck.

»Lass das Geschrei«, zischte eine fremde Stimme, »es macht mir nämlich überhaupt keine Mühe, dich unter Wasser zu drücken.«

Nana wehrte sich verzweifelt.

»Kühlschiff!«, feixte der Kerl, stemmte sie hoch und ließ sie wieder ins Wasser plumpsen. »Dich krieg ich schon rum, Gegenwehr zwecklos. Ich hab nämlich gewettet.«

Als er sie das zweite Mal hochstemmte, versuchte sie im Fallen unter ihm wegzutauchen. Doch das half ihr nichts, er packte sie bei den Schultern und drückte sie nun tatsächlich unter Wasser, bis ihr fast die Luft wegblieb. Prustend und spuckend kam sie schließlich wieder hoch. »Hör schon auf mit dem Quatsch«, warnte er, »ich fick nicht gern 'ne Wasserleiche.«

Und dann war da plötzlich noch ein anderer Körper. Das Gerangel wurde erbitterter, dabei schluckte Nana so viel Wasser, dass ihr bunte Bilder vor den Augen flimmerten. Voller Angst ruderte sie mit den Armen, wollte schreien und schluckte dabei nur noch mehr Wasser. Sie schaffte es noch einmal bis zur Oberfläche, stieß dabei gegen irgendetwas, klammerte sich fest und verlor das Bewusstsein.

Als sie wieder zu sich kam, hing sie, den Kopf nach unten, über den Deckplanken der »Windsbraut«. Hotte hielt sie an den Beinen gepackt und schüttelte sie hin und her. Ein dicker Wasserstrahl quoll aus ihrem Mund, sie würgte und gurgelte und spuckte.

»Lass mich runter«, schrie sie.

»Erst wenn alles raus ist«, sagte er.

Sie hatte keine Kraft, sich zu wehren. Als er sie endlich losließ, rollte sie sich erschöpft an Deck zusammen und blieb da liegen.

»Du spinnst doch!«, sagte Hotte wütend.

»Was kann ich denn dafür?«

»Kannst du wohl!«

»Und was war mit dem Kerl?«

»Der ist weg. War besoffen. Ich meld das morgen.«

»Tust du nicht. Hol mir einen Schnaps. Und ein Handtuch.«

»Na ja«, sagte Hotte und brachte ihr mitsamt dem Bademantel die Bommerlunderflasche.

Nach den ersten Schlucken klärte sich ihr Bewusstsein.

»Ohne dich wär ich ertrunken«, sagte sie.

Er grinste. »Ich hab ja die Verantwortung.«

»Und wie hast du mich überhaupt hier an Bord gekriegt?«

»Hab schon schwerere Brocken geschleppt. Bist doch ein Leichtgewicht. Gib mir auch mal die Flasche.«

Nana sah ihm beim Trinken zu. Er sagte: »Hast dich ja ganz schön festgeklammert an mir.«

»Gut, dass du's warst und nicht der andere.«

»Ja, gut! Ich geh dann mal nach unten.«

Eine Weile noch saß Nana allein an Deck und trank. Sie wiederholte bei sich selbst immer diesen einen Satz: »Ich könnte jetzt tot sein«, bis die Worte in ihrem Kopf ausgeleiert waren und keinen Sinn mehr ergaben. Da drehte sie die Flasche zu, sagte: »Aber Hotte hatte ja die Verantwortung!«, und stieg den Niedergang hinunter.

Unruhig wälzte sie sich auf der Luftmatratze. Nur eine Armlänge von ihr entfernt schlief Hotte. Er schnarchte nicht – Gott sei Dank –, sogar im Schlaf wirkte er noch zuverlässig. Sie hatte sich an ihn geklammert, er hatte sie gerettet. Und außerdem hatte er soeben ein paar fast vollständige Sätze von sich gegeben. Sie richtete sich auf und berührte mit vorsichtigen Fingern sein Gesicht.

Während der verbleibenden Tage auf der lieblichen Schlei war Hotte noch grimmiger und schweigsamer als sonst. Die »Windsbraut« gewann keine einzige Regatta. Hotte schlief nun an Deck, und als das Wetter schlechter wurde, breitete er des Nachts eine Persenning über sich.

Nana beschloss, das Schiff in Travemünde liegen zu lassen. »Ich muss fürs Abitur arbeiten«, erklärte sie. Überraschend formte Hotte wieder einen Satz. »Na, das war's dann«, sagte er.

Am Ende des Sommers teilte Nana ihrem Vater mit, dass sie Fotografin werden wolle.

»Das wirst du nicht tun«, sagte er.

»Und wieso nicht?«

»Weil ein Schiffbauerkind keinen so windigen Beruf ergreift.«

»Gudrun und Johannes sind auch Schiffbauerkinder«, begehrte Nana auf. »Der eine ist Bauer, die andere Sängerin, hat ja wohl auch nichts mit Schiffbau zu tun.«

»Das hatte mit dem Krieg zu tun«, antwortete Rudolf. »Der Krieg hat alles durcheinander gebracht. Er hat mir meine Kinder fortgenommen.«

»Vielleicht will ich ja auch einmal fortgehen«, sagte Nana mutig.

Rudolf ging darauf erstaunlich ernsthaft ein.

»Du bist nicht so«, sagte er, »dein Wesen würde sich dagegen sträuben. Du bist auf der Magnussen-Werft geboren worden, hier lebst du und hier wirst du auch arbeiten. Aber bestimmt nicht als Fotografin.«

»Soll ich stattdessen vielleicht Kranführer werden? Oder Schweißer? Oder Schlosser?«

»Ich hätte nichts dagegen, zweifle jedoch daran, dass deine Kräfte das aushalten würden. Ein paar Semester Schiffsingenieurschule wären allerdings ganz vernünftig. Damit du weißt, um was es geht. Aber dann wirst du dich auf die Innenausstattung konzentrieren.«

»Davon verstehe ich nun aber wirklich nichts. Ich habe nicht mal einen ausgeprägt guten Geschmack.«

»Wenn man dich so reden hört«, sagte Rudolf nicht unfreundlich, »dann stellt man sich die Frage, ob bei dir überhaupt irgendetwas besonders ausgeprägt ist.«

»Nein«, sagte Nana spontan, »ist es nicht. Nirgendwo mehr als Mittelmaß.«

»Genies werden nicht geboren, sondern gemacht«, sagte Rudolf, »und sowieso verlangt niemand hier Geniales von dir, das wäre wohl eher störend. Mit deinem Fleiß und deinem guten Willen wirst du genau das leisten, was ich mir von dir wünsche. Das hast du bisher getan, und du wirst mich auch in Zukunft nicht enttäuschen.«

Nana sah ihren Vater an. Fleiß und guter Wille, das war wohl das Äußerste an Lob, das ihm zu ihr einfiel.

»Ich will aber fotografieren«, sagte sie, obgleich ihr das schon gar nicht mehr so wichtig war.

»Niemand hindert dich daran, es ist doch ein nettes Hobby, das du auch gelegentlich in den Dienst der Werft stellen könntest«, sagte Rudolf und kehrte sich ab. Die Unterhaltung war beendet.

Nach dem Abendessen jedoch, kurz bevor Rudolf sich in sein Arbeitszimmer zurückzog, sagte er: »Ach übrigens, eh ich es vergesse. Ich hab dich in dieser Fotoschule in der Johnsallee angemeldet, für einen halbjährigen Kursus. Geht von September bis Februar. Während der Herbst- und Weihnachtsferien kannst du auch tagsüber am theoretischen Unterricht teilnehmen. In der Schulzeit kommen natürlich nur die Spätnachmittage und Abende infrage, aber man hat mir bei Bedarf Sonderunterricht zugesagt und vor allem die Benutzung des Ateliers und der Dunkelkammer. In Ordnung?«

Der Mann war zwar ein Mitstudent, doch mehr als doppelt so alt wie Nana, Familienvater, leitender Richter beim Oberlandesgericht, aktives Mitglied der SPD, häufig präsent in den Medien als einflussreicher Kommentator. Er hieß Alexander Gernhard, und der Ruf, streng, aber gerecht zu sein, umhüllte ihn wie ein enger Mantel, der zwar wärmte, ihm jedoch nicht sehr viel Bewegungsfreiheit ließ.

In der Schule wurde über ihn getuschelt.

»Was macht denn dieser sture Alte hier«, hieß es, »hat wohl sonst nicht genug zu tun!«

Nana, die ihn genauso wenig kannte wie die anderen Schüler, verteidigte ihn. »Wenn er stur wäre, würde er sich nicht für die Fotografie begeistern. So alt ist er auch noch nicht, grad Anfang vierzig, und dass er sonst noch genug zu tun hat, kann man alle paar Tage in der Zeitung nachlesen.«

Die meisten Studenten hatten Tageskurse belegt, nur Nana und der Richter machten Gebrauch von dem Lehrangebot am Abend – zweimal wöchentlich drei intensive Stunden. An den übrigen Abenden benutzten sie die große Dunkelkammer und das Atelier.

So war Nana oft mit dem Richter in den leeren Räumen der Fotoschule allein.

Ernst und still saß sie vor dem Vergrößerungsapparat, legte Negative ein, blendete auf und ab, probierte Ausschnitte, zählte Sekunden. Der größeren Genauigkeit halber hatte sie sich ein Metronom mitgebracht, das ihr die Belichtungszeit schlug, klack, klack, klack.

Das Fastdunkel und die chemischen Gerüche, die um sie herum waberten, gaben ihr ein Gefühl von ungewohnter Anonymität.

Hinter sich, auf der anderen Seite des Raumes, wusste sie den Richter. An den leisen Geräuschen konnte sie seine verschiedenen Tätigkeiten erkennen – meistens saß er wie Nana vor einem Vergrößerungsapparat, zischte durch die Zähne, wenn sich etwas nicht fügen wollte, räusperte sich ärgerlich oder machte zufrieden »hm hm«. Er schob das belichtete Blatt in den Entwickler, stand abwartend neben dem Becken und zog schließlich mit einem Ruck das Blatt heraus, um es ins Fixierbad zu werfen. Wenn er dafür den genau richtigen Moment erwischt hatte, atmete er langsam und erleichtert aus. Wenn nicht, knurrte er enttäuscht.

Nana hatte Mühe, sich auf ihre eigene Beschäftigung zu konzentrieren, sie fühlte sich ein wenig wie unter Wasser, ihre Bewegungen wurden schwebend und langsam, in ihrem Kopf rauschte es. Ihr war, als ob von seinen Händen sanfte Wellen ausgingen, die gegen sie schwappten und wieder zu ihm zurückliefen.

Manchmal stellte sie das Metronom ab, weil ihr das Geräusch zu hart erschien oder auch, weil sie das dringende Bedürfnis hatte, das Wort – irgendein Wort – an ihn zu richten.

Er bemerkte das sofort, sagte: »Ja?«, trocknete die Hände und kam vom Becken oder von seinem Vergrößerungsapparat zu ihr hinüber. Nana jedoch hatte schon wieder vergessen, was sie eigentlich sagen wollte, so brachte nur ein »Ach nichts«, heraus. Oder: »Ich dachte, das Geräusch könnte Sie stören.«

Dann sagte er: »Nichts könnte mich hier stören.«

Hinter ihr stehend, schaute er über ihre Schulter auf das Belichtungsbrett, griff nach dem Objektiv und probierte Einstellungen aus.

Das Bewusstsein seines Körpers in ihrem Rücken ließ Nana schneller atmen, sie wünschte sich, von ihm umarmt zu werden, sich in seiner Wärme versinken zu lassen. Instinktiv richtete sie sich dann ein wenig auf, und er beugte sich noch tiefer über sie, kam ihr jedoch nie so nahe, dass sie es als bewusste Intimität hätte deuten können. Wenn er dann zurückging an seinen eigenen Platz, war sie enttäuscht.

Eines Tages fragte er sie, ob sie ihm wohl bei einer Arbeit behilflich sein könne.

»Wie denn?«, fragte Nana schüchtern.

Er habe sich mit dem Arrangieren und Fotografieren von Stillleben beschäftigt, sagte er, und sei nun an seine Grenzen gestoßen. Plötzlich erscheine ihm alles tot und leer, eben leblose Materie, und er habe sich überlegt, ob man diese an sich ja sehr ausgewogenen, harmonischen Gebilde nicht vielleicht durch etwas Lebendiges aus der Erstarrung lösen könnte.

»Ach so«, flüsterte Nana.

»Sie wären also bereit?«

Fast hätte Nana »wozu?« gefragt, doch lächelte sie nur verschwommen und nickte. »Natürlich.«

»Sie strahlen so viel Lebendigkeit aus«, sagte er, »das muss wohl an Ihrer Jugend liegen. Nur eine kleine Prise davon könnte Steine zum Fliegen bringen! Wenn Sie mir also ein wenig von Ihrer Zeit schenken – ich habe drüben im Atelier schon alles arrangiert.«

Er nahm sie beim Arm und schob sie aus der Dunkelkammer durch die Lichtschleuse über den Flur ins Atelier.

Es war ein großer Raum, in dem auf Stativen Kameras und Lampen herumstanden. Daneben stapelten sich farbige Papierrollen und zusammengelegte Stoffbahnen. Es gab Tische in verschiedenen Höhen und Größen und auch ein paar wacklige Stühle. Auf einem dieser Tische hing in einem schiefen, brüchigen Gestell ein Globus, davor lag ein vergilbtes Buch, mit aufgeschlagenen Seiten, die von einer schweren, vollen Weintraube heruntergedrückt wurden. Eine rote Hummerschere, aufgesperrt wie ein bedrohliches Maul, hielt eine einzelne angerissene Traube zwischen den Zacken, und davor befand sich ein besticktes Kissen, eng bestückt mit spitzen, rostigen Haarnadeln.

Die Deckenlampen waren ausgeschaltet, einzig zwei grelle Scheinwerfer bestrahlten das Arrangement, das auf Nana unheimlich und bizarr wirkte.

Ungefähr zwei Meter von dem Tisch entfernt war auf einem Stativ eine große Plattenkamera in Position gebracht.

»Ja …«, sagte Nana leise, »das sieht nicht sehr lebendig aus. Aber man ist schon fast froh darüber. Denn wenn es lebendig wäre, dann würde es einem noch mehr Angst machen.«

»Noch mehr Angst? Es macht Ihnen Angst, tatsächlich, jetzt schon?« Der Richter seufzte begeistert. »Angst ist bekanntlich das stärkste Gefühl, dessen wir Menschen fähig sind.«

»Und was …«, fragte Nana vorsichtig, »was wollen Sie jetzt von mir?« Eine blödsinnige Frage, dachte sie, und kam sich entsetzlich ungeschickt vor. »Zum Angstmachen bin ich nämlich nicht sehr gut geeignet.«

Er lachte. »So simpel ist das ja alles nicht. Natürlich sind Sie keine Angst einflößende Person, ganz im Gegenteil. Aber ein alter Globus und eine Hummerschere und eine saftige Weintraube sind ja auch an sich nicht ängstigend. Und doch haben Sie selbst gerade bemerkt, dass dieses kleine Arrangement ein großes Angstpotenzial in sich trägt, dass es vorerst aber noch etwas unlebendig wirkt. Nicht wahr, das haben Sie doch bemerkt.«

»Ja, ja«, flüsterte Nana und hielt sich am Tisch fest.

»Fräulein Magnussen …!«

»Ja?«

»Haben Sie mir überhaupt zugehört?«

»Natürlich. Ich überlegte nur gerade, auf welche Weise ich Ihnen denn nun behilflich sein kann?«

Sie senkte den Kopf und wartete ergeben auf seine Anordnungen.

»Was ich hier brauche, ist etwas warm Durchblutetes, Verletzliches, was dann vielleicht – hoffentlich – in dem Betrachter das Gefühl großer Gefährdung weckt. Verstehen Sie, was ich meine?«

Nana nickte. Sie hatte ihn aber keineswegs verstanden.

»Es geht mir also um eine kleine Beigabe«, redete er weiter, »um etwas Lebendiges, eben etwas von Ihnen.«

»Ach so«, sagte Nana. Endlich hob sie den Kopf und sah ihn an. Energisches Kinn, befehlsgewohnter Mund mit leichten Einkerbungen rechts und links, glatt rasierte Wangen, sehr helle Augen mit buschigen Brauen.

»Und welchen Körperteil von mir wollen Sie denn benutzen?«, fragte sie und errötete.

»Wenn's Ihnen recht ist«, antwortete er ohne jede Ironie, »versuchen wir's erst mal mit einer Hand. Mir ist aufgefallen, dass Sie sehr kleine, zarte Hände haben. Also setzen Sie sich bitte hinter den Tisch, stecken Sie die rechte Hand durch das Gestell und probieren Sie verschiedene Positionen aus.«

Er schob ihr einen Stuhl zurecht. Nana ließ sich darauf nieder, ruckte mit der Hand hin und her, stieß gegen den Globus, das Buch, die Traube – und war den Tränen nahe.

Nur wenige Meter von ihr entfernt stand der große Mann hinter der großen Kamera und beobachtete das Geschehen.

»Aber nicht doch, nicht so grob«, murmelte er, »nicht so hölzern und abrupt. Und viel langsamer, sozusagen in Zeitlupe, damit ich mir ein Urteil bilden kann. Nein, nein so geht das nicht. Versuchen Sie, Ihren Fingern mehr Seele zu geben, streicheln Sie, liebkosen Sie, wenn Ihnen danach ist, können Sie sich auch wehren, können wegstoßen oder zurückschrecken.«

Nana schloss die Augen, sie spürte nur noch ihre Hand, ließ die Finger tanzen zu einer Musik, die nur sie zu hören meinte, schwingende, sichere Bewegungen, so wie sie Mondsüchtige machen, ganz nahe am Rand des Abgrunds, aber nie darüber hinaus.

Der Richter gab seine Position hinter der Kamera auf, näherte sich ihr mit geräuschlosen Schritten, stellte sich hinter sie und wartete, bis sie mit einem kleinen Seufzer den Kopf gegen ihn lehnte.

Während der nächsten Tage und Wochen wurden ihre Beigaben zu seinen Kreationen wichtiger und vielfältiger, ein nackter Fuß, eine Wade, ein Knie, über dem der Rocksaum zu sehen war, dann auch ihr hochgereckter Hals mit dem Kettchen samt silbernem Anker in der Halsgrube, eine bloße, abweisend wirkende Schulter, und schließlich sogar ein nackter Busen. Ihren Kopf verhüllte sie stets mit einem dünnen Tuch. Der Richter hatte nichts dagegen einzuwenden, versicherte sie aber seiner strikten Diskretion: »Sie brauchen wirklich keine Angst zu haben, dass das Fotomaterial etwa in falsche Hände gerät. Ich habe die Möglichkeit, alles gut und sicher zu verwahren. Nicht zu Hause natürlich. Aber bei meiner Schwester, sie ist Witwe und lebt allein. In ihrer Wohnung befindet sich auch meine Dunkelkammer, und nur Elisabeth hat einen Schlüssel zu meinem Archiv. Auf sie ist absoluter Verlass.«

Nana vertraute ihm. Scham und Schüchternheit verloren sich schließlich vollkommen. Zwischen ihm und ihr befand sich ja stets die Kamera, die dem Geschehen die Unmittelbarkeit nahm.

In der Dunkelkammer berührte er sie schon mal, legte ihr, wenn sie am Vergrößerungsapparat saß, seine Hände auf die Schultern, strich behutsam über ihren bloßen Hals und lehnte seinen Kopf an ihren, sodass sie seinen Atem in ihrem Haar spüren konnte.

Am vorletzten Abend des Kurses beschäftigte Nana sich mit der Vergrößerung eines Fotos aus ihrem ersten gemeinsamen Arrangement. Gestell, Globus, Traube, Buch und so weiter, und dazwischen, durch die Bewegung leicht verwischt und gespenstergleich, ihre Hand.

»Wieso hat uns das eigentlich Angst gemacht?«, fragte sie.

Er kam heran, beugte sich über sie. »Weil es beängstigend war und immer noch ist.«

Plötzlich hielt sie es nicht mehr aus. Sie sprang auf, drehte sich um und warf ihm die Arme um den Hals.

»Morgen ist alles zu Ende!« Sie küsste ihn, er hatte keine Möglichkeit ihr auszuweichen, wollte es wohl auch nicht, und schon drückte er sie gegen das Spülbecken, schob ihren Rock hoch und drängte sein Knie zwischen ihre Beine.

Als er ihr die Bluse aufriss, sprang ein Knopf auf den Boden. Das Geräusch erschien ihr wie ein Donnerschlag. Sie zuckte zusammen, kam zu sich, wand sich aus seinen Armen und sagte: »Nicht hier.«

Sie standen sich gegenüber. »Was hast du gesagt?«, fragte er.

»Ich hab gesagt, dass wir einen anderen Ort finden müssen, dass wir uns hier nicht lieben können, dass morgen unser letzter Tag ist, dass wir etwas Richtiges tun müssen, etwas für unsere Erinnerung. Nicht hier am Wasserbecken oder auf dem Fußboden. Das habe ich gesagt, und ich meine das auch so.«

Vor lauter Aufregung klang ihre Stimme schrill. Er kehrte sich ab, tauchte beide Hände tief ins große Wasserbecken und rührte darin herum.

»Das hast du also gesagt«, murmelte er, »du willst eine Erinnerung. Gut, gut, ich will es ja auch. Also werde ich mir etwas einfallen lassen.«

Als sie die Bluse zuknöpfte und ihr Finger an dem eingerissenen Knopfloch hängen blieb, lächelte sie. »Der Knopf muss hier irgendwo auf dem Boden liegen. Wenn du nachher Licht anmachst, kannst du ihn suchen. Ich muss jetzt gehen, Lorenzen ist immer sehr pünktlich. Und du denkst dir bestimmt etwas aus?«

»Bestimmt. Kann ich dich anrufen?«

Sie überlegte sekundenlang. »Besser nicht. Ruf Lorenzen an, sag ihm Ort und Zeit. Er wird es an mich weitergeben.«

»Wohnt er bei euch auf der Insel?«

»Ja, er hat da sein eigenes kleines Haus.«

»Und du vertraust ihm?«

»Natürlich. Er ist mein Freund. Ich werde dann morgen früh ganz normal aufbrechen, wie zur Schule, werde dort aber nicht ankommen. Lorenzen wird mich krankmelden, alle akzeptieren ihn als meinen Aufpasser.«

Sie notierte die Nummer für ihn. Als sie ihn zum Abschied leicht auf die Wange küsste, hatte sie das merkwürdige Gefühl, soeben eine gesellschaftliche Verabredung getroffen zu haben. Kleiner winterlicher Ausflug mit einem seriösen Herrn, der seinem jungen Schützling zu ein wenig netter Erinnerung verhelfen will.

»Also bis morgen«, sagte sie.

Sie trafen sich um zehn Uhr in einer stillen Seitenstraße nahe dem Bertha-Lyceum, wo der Richter im Auto auf sie wartete. Noch nie war sie ihm außerhalb der Fotoschule oder bei Tageslicht begegnet, und als sie ihn dort sitzen sah, Zeitung lesend, wäre sie am liebsten umgekehrt.

Er öffnete ihr die Tür, im Wagen lief die Heizung. Sie überlegte kurz, ob sie ihn wieder auf die Wange küssen sollte, tat es dann aber nicht und schob sich wortlos auf den Sitz neben ihn.

»Und der Mann ist zuverlässig?«, fragte der Richter.

»Welcher Mann?«

»Euer Chauffeur.«

»Er ist nicht unser Chauffeur, er ist mein Freund.«

»Aber du hast ihm nicht gesagt, wer ich bin?«

»Er würde weder mich noch Sie je verraten.«

»Es tut mir Leid, aber ich bin nun mal eine öffentliche Person. Und könntest du bitte aufhören mich zu siezen.«

»Ja gut«, sagte Nana, »ich werd's versuchen.«

Sie lehnte sich zurück und schluckte gegen ihre Tränen an.

»Lorenzen kommt wie immer um zehn Uhr abends zur Fotoschule, um mich abzuholen.«

»Das wird ein langer Tag«, murmelte er, es klang nicht sehr glücklich.

Sie sah ihn von der Seite an. Sein Gesicht wirkte grau, er hatte Schatten unter den Augen.

»Geht's dir nicht gut?«, fragte sie.

»Ich hab letzte Nacht kaum geschlafen.«

»Dann tut es dir vielleicht jetzt schon Leid?«

Er blickte kurz zu ihr hin. »Ich bin hier, ich bin bei dir, und es tut mir nicht Leid. Das sollte vorerst reichen.«

»Es ist bloß so«, sagte sie leise, »dass ich weinen muss.«

»Dann wein doch.«

Die Tränen entspannten sie. Er nahm eine Hand vom Steuer und strich ihr über die Wange.

Auf Seitenstraßen fuhren sie durch die Elbvororte, Kleinflottbek, Nienstedten, Blankenese. Am Falkenstein lenkte er den Wagen in einen schmalen Weg, hielt an, stellte den Motor ab und nahm sie in die Arme.

»Wir werden's schon schaffen«, sagte er tröstend.

Sie wünschte sich, dass er sie küssen würde, so wie gestern Abend, aber er hielt sie nur fest und streichelte ihren Rücken.

»Wohin fahren wir überhaupt?«, fragte sie.

»In unser Landhaus.«

Er ließ den Motor wieder an. »Mir ist nichts anderes eingefallen, und dort sind wir wenigstens sicher. Ich wollte nicht mit dir in ein Hotel gehen.«

Ein Schatten legte sich auf Nanas Seele. Das Ferienhaus der Familie! Jedes einzelne Möbelstück, jedes Geräusch und jeder Geruch barg sein eigentliches Leben in sich und würde aus ihr, Nana, einen Eindringling machen.

»Vielleicht sollten wir doch besser zurückfahren«, sagte sie verzagt. »Wenn wir bis fünf Uhr warten, können wir in der Dunkelkammer alleine sein.«

»Ich will aber nicht bis fünf Uhr warten. Ich will jetzt mit dir sein.«

Das Haus, eine umgebaute Fischerkate, lag an einem schmalen Nebenarm der Elbe. Der Richter parkte den Wagen ein Stück entfernt. »Dies ist zwar ein Leihauto«, sagte er, »aber man muss es dennoch nicht vor dem Gartentor stehen sehen.«

Er nahm seine Tasche, ging energisch vor ihr her auf das Haus zu und schloss die Tür auf. Feuchte Kälte schlug ihnen entgegen.

»Leider können wir die Heizung nicht anwerfen, das würde auffallen. Aber irgendwo müssen hier ein paar Heizöfen sein. Komm, setzt dich aufs Sofa und ruh dich aus.«

»Wovon soll ich mich denn ausruhen?«

»Ich weiß nicht. Jedenfalls sollst du nicht herumstehen wie ein ungebetener Gast. Das macht mich nervös.«

Aber ich bin doch ungebeten, dachte Nana, und langweilig bin ich auch. Er kann's nur nicht zugeben. Das Ganze war ein Irrtum. Dennoch hockte sie sich folgsam aufs Sofa.

»Als Erstes wirst du jetzt einen Cognac trinken«, beschloss er. »Dann bist du wenigstens schon mal von innen angewärmt.«

Er goss ihr ein großes Glas voll. »Aber langsam trinken, hörst du. Und ich suche inzwischen die Öfen.«

Sie trank in kleinen Schlucken und sah sich um. Viel konnte sie nicht erkennen, denn überall waren die Vorhänge zugezogen.

»Könnte man nicht wenigstens etwas Licht machen?«, fragte sie.

»Da scheint's ein Problem zu geben, offenbar ist der Strom abgestellt. Der Sicherungskasten muss irgendwo in der Küche sein. Oder in der Speisekammer. Ich werde ihn schon finden.«

»Das wäre gut.«

»Trink deinen Cognac. Und werd jetzt bitte nicht ungeduldig. Wir haben doch den ganzen Tag.«

Er riss Schränke auf, lief in die Küche, kam wieder zurück. »In der Küche ist nichts. Sollte ich wohl mal im Keller nachsehen. Aber ohne Taschenlampe ist das schlecht möglich.«

»Dass du dein eigenes Haus so wenig kennst …«, wunderte Nana sich.

»Ich verlass mich eben immer auf meine Frau, das ist es. Willst du noch einen Cognac?«

»Ich habe erst die Hälfte getrunken.«

»Trink, Kindchen, trink. Es wird dir gut tun.«

»Wenn du zu mir Kindchen sagst, klingt das ungefähr so, als wenn mein Vater mich Tochter nennt.«

Er kam zu ihr, setzte sich und legte seinen Arm um sie. »Verzeih, ich werd's nie wieder sagen.« Eine Weile saßen sie steif nebeneinander. Nana wagte nicht sich zu rühren.

»Irgendwo muss doch dieser verdammte Sicherungskasten sein«, sagte er schließlich.

Nana seufzte. »Vermutlich ist er im Flur, ganz nahe bei der Haustür. Das wäre doch logisch, oder?«

»Ja vielleicht. Ich schau mal nach.«

Als er hinausgegangen war, schenkte sie sich doch ein weiteres Glas Cognac ein und trank es in einem Zug leer.

Und da gingen plötzlich die beiden Leselampen neben dem Sofa an, und der Richter erschien in der Wohnzimmertür.

»Wie du da hockst in deinem dicken Mantel, siehst du aus wie ein kleines Mädchen, das sich im Wald verirrt hat«, sagte er.

Nana wurde mutiger. »Warum kommst du nicht zu mir und bringst mich auf den richtigen Weg?«

Er schüttelte den Kopf. »Später. Erst einmal werd ich in den Keller gehen. Wegen der Heizöfen. Irgendwo muss sie sie doch verstaut haben.«

Nana wartete. Sich selber fremd werden, sich verlieren, das wollte sie. Ein einziger losgelöster Tag sollte es werden, den sie gegen ein ganzes Leben setzen wollten.

Als er ins Zimmer zurückkam, hielt er zwei Heizöfen unter den Armen. Den einen Ofen stellte er neben Nanas Sofa, den anderen vor den großen Lehnstuhl beim Fenster, auf dem er sich nun mit übergeschlagenen Beinen niederließ.

»Jetzt wird es schnell warm«, sagte er und betrachtete erwartungsvoll das Öfchen zu seinen Füßen.

Nana zog ihren dicken Mantel aus und lehnte sich zurück. Ein paar Mal sah sie zu ihm hin, nur kurz.

Sie dachte an die Abende im Fotostudio – wie leicht war da alles gewesen, die Linse zwischen ihnen hatte sie geschützt. Plötzlich richtete sie sich auf, sah ihn an und fragte: »Hast du eigentlich deinen Fotoapparat bei dir?«

»Natürlich«, sagte er. »Seit einiger Zeit gehe ich nie mehr ohne die Kamera aus dem Haus. Es könnte mir ja plötzlich etwas Aufregendes, Unwiederbringliches begegnen.«

»Eben«, sagte Nana. »Wo ist sie jetzt?«

»In meiner Tasche draußen im Vorraum.«

»Hol sie.«

Er sah sie überrascht an, erhob sich und ging auf den Flur. Als er zurückkam, die Kamera im Anschlag, hatte Nana bereits ihre Bluse ausgezogen. Sie achtete nicht mehr auf ihn, sondern holte aus ihrer Erinnerung die Bilder hervor, die sie in Serenas Büchern gesehen hatte, jene Zeichnungen, von denen sie inzwischen wusste, dass sie aus dem Klimtschen Atelier stammten. Frauen, mit sich selbst beschäftigt. Frauen, die trotzig lächelnd und selbstbewusst demonstrieren, dass sie Männer nicht nötig haben. Frauen, die – widerwillig oder getrieben, jedoch allemal überzeugend – beschlossen haben, nichts mehr zu brauchen als sich selbst und ihre Phantasie, hochmütig und arrogant, wenn auch immer noch verführerisch lächelnd. Nana hörte das Klicken seiner Kamera, das Geräusch seiner Füße, die um sie herumtanzten, seinen aufgeregten Atem.

Sie hatte sich am Morgen sehr sorgfältig angezogen, ein Spitzenhemd ihrer Mutter, dazu passend das winzig kleine bestickte Höschen und den Büstenhalter, dünne schwarze Strümpfe. Ihr war jetzt sehr warm. Sie dehnte und räkelte sich, begann sich zu streicheln. Alles war neu, auch die Bewegungen, die ihr plötzlich zur Verfügung standen, das Heben und Senken und Spreizen und Dehnen, nichts zuvor geübt, alles im Dienst der Lust, ihrer Lust natürlich, und seiner, sie hörte es an seinem Atem, an seinem Stöhnen und schließlich an einem Schrei, der von ihm kam, oder doch von ihr, oder von ihnen beiden gleichzeitig.

Dann lag sie ruhig, die eine Hand schützend und fast wohlerzogen über die Scham gebreitet, die andere auf der Brust. Schließlich richtete sie sich auf, sah zu ihm hin, lächelte, weil er wie ein abgestürzter Ikarus im Sessel hing, und sagte: »Na, was ist? Jetzt könntest du doch gefahrlos zu mir kommen.«

Den Rest ihres Erinnerungstages verbrachten sie dann eng umschlungen auf dem Sofa. Die Lust kam nicht zurück. Sie hatte der Zärtlichkeit das Feld überlassen. Eine warme Decke über sich gebreitet, schliefen sie ein wenig, flüsterten miteinander, streichelten, küssten, erforschten einander, nur das, mehr wollten sie nicht. Am frühen Abend räumten sie gemeinsam auf und betteten das Haus erneut in seinen Winterschlaf. Dann fuhren sie zurück nach Hamburg, um einen letzten Abend in der Fotoschule zu verbringen.

Nanas Abitur fiel weniger brillant aus, als man es von ihr erwartet hatte. Rudolf Magnussen jedoch war inzwischen nicht mehr an ihren Zeugnissen interessiert. Seine Tochter hatte die Schule mit der als notwendig erachteten unverbindlichen Wissensanhäufung hinter sich gebracht, von nun an würde sie nur noch gezielt lernen und arbeiten. Für ihn, für die Magnussen-Werft.

Nana war fast einundzwanzig Jahre alt, als sie die Schiffsingenieurschule in Bremerhaven beendete, als einziges Mädchen ihres Jahrgangs. Mit ihren Bemühungen, sich so zu geben wie alle anderen, war sie kläglich gescheitert, ihre Anpassung wurde als Anbiederung verlacht, und manche warfen ihr sogar Arroganz vor: »Wenn sie meint, sie könnte so sein wie wir, dann wollen wir ihr mal zeigen, wie wir wirklich sind!« Vermutlich wäre sie mit echter Arroganz sehr viel weiter gekommen.

Als sie dann 1960 zur Flender-Werft nach Lübeck ging, um eine Lehre bei den Inneneinrichtern zu machen, versuchte sie es gar nicht erst, sondern akzeptierte von vornherein ihren Sonderstatus, der ihr dann auch zu einer Sonderlehre verhalf. Handwerkliches und Theoretisches wohl ausgewogen – man gab sich Mühe mir ihr. Dabei wurde ihr sehr bald klar, dass sie dem Umgang mit Holz und Metall und Textilien tatsächlich Geschmack abgewinnen konnte.

Alles in allem keine schlechte Zeit. An Einsamkeit gewöhnt, zog sie nach Feierabend fast jeder menschlichen Gesellschaft die der »Windsbraut« vor, wo, wie sie behauptete, auch im Winter ständig etwas Unaufschiebbares zu tun wäre – schmirgeln, malen, reparieren.

Und dann im Sommer 1960 tauchte Rüdiger Lauterbach bei ihr auf. Dass er seit kurzem fest bei Magnussen angestellt war, wusste sie; was ihn, den so viel älteren, dem dazu noch der Ruf eines Weiberhelden anhing, ausgerechnet zu ihr trieb, war ihr unklar.

Schließlich konnte sie sich die Sache nur so erklären, dass er, inzwischen promovierter Schiffsingenieur, Konstrukteur und Maschinenbauer, von ihrem Vater auf sie angesetzt worden war, weil er sich so passend als Magnussen-Schwiegersohn machen würde.

Also brachte Nana es im Laufe des Sommers tatsächlich fertig, sich in ihn zu verlieben oder jedenfalls etwas zu empfinden, das sie für Verliebtheit und also für ehetauglich hielt. Dass kein Gefühl jemals wieder an das, was sie für den Richter empfand, heranreichen würde, stand für sie zweifelsfrei fest.

Unmittelbar nach Abschluss ihrer Lehrzeit – sie war jetzt dreiundzwanzig – konnte sie ihrem Vater die frohe Botschaft überbringen, dass sie Rüdiger Lauterbach heiraten wolle. Durch seine schroffe Reaktion hätte der Vater ihr dann fast die Freude verdorben.

»Dass du dir nur ja nicht einbildest, tu tätest es für mich! Und wenn es dann schief geht, wirst du mich zur Verantwortung ziehen.«

»Bestimmt nicht, Vater. Ich tue es, weil ich glaube, dass er der richtige Mann für mich ist.«

Der Vater saß mit grimmiger Miene da, kaute auf seiner Unterlippe und mied ihren Blick.

»Eine gewisse Skepsis ist ja wohl gestattet. Wollen wir mal abwarten, ob er sich als Schwiegersohn bewährt.«

Nana konnte sich sein Verhalten nur aus väterlicher Rührung erklären, und sie nahm es ihm nicht übel. Sie war das Kind, das er am meisten liebte, das bei ihm geblieben und bereit war, sich seinen Lebensplänen zu fügen. Allzu großen Beifall hätte er sich selbst wohl als Schwäche ausgelegt.

Rudolfs Zustimmung drückte sich dann nicht nur darin aus, dass er seiner Tochter eine große Hochzeit ausrichten wollte, er beschloss, ihr ein Haus auf der Elbinsel zu bauen, einen separaten Anbau an die alte Magnussen-Villa, mit dieser durch einen unterirdischen Gang verbunden.

»Wäre es nicht angemessener, zuerst einmal in Othmarschen eine kleine Wohnung zu beziehen?«, wandte Nana vorsichtig ein. Schon immer hatte sie davon geträumt, durch die Ehe ein Stück mehr Eigenleben zu erlangen, trotz oder sogar wegen ihrer engen Verbundenheit mit Familie und Werft.

Rüdiger jedoch hatte kein Verständnis dafür.

»Das kommt mir vor wie Spießerromantik«, sagte er verächtlich, »eine kuschlige Mietwohnung in einem Kapitänshäuschen am gegenüberliegenden Ufer im Tausch gegen ein geräumiges eigenes Haus, direkt neben dem Arbeitsplatz gelegen. Außerdem könntest du dich natürlich von hier aus auch nach Feierabend und an den Wochenenden sehr viel leichter um deine Mutter kümmern.«

»Meine Mutter hat Frau von Bödekau.«

»Ja, schon. Aber dein Vater findet, du müsstest mehr für sie tun. Er macht sich Sorgen.«

So gingen Nana die Argumente gegen ein eigenes Haus sehr schnell aus. Sie war die Tochter Rudolf Max Magnussens, und ihr Ehemann durfte zu Recht einen gewissen, vom Vater finanzierten Luxus erwarten.

Auch Nanas Geschwister hatten bereits ein üppiges Vorerbe erhalten, um sich, wie der Vater es ausdrückte, von ihren Ehepartnern unabhängig fühlen zu können. Gudrun hatte sich ein Haus in London gekauft und Johannes einen eigenen Hof. Im Gegenzug hatten sie einen Erbverzichtsvertrag unterschreiben müssen. Das Gleiche wurde nun auch Nana abverlangt. Ohne zu zögern und auch ohne sich noch extra mit ihrem zukünftigen Ehemann zu besprechen, willigte sie ein. Es war eine Magnussen-Angelegenheit, und sie sah keine Notwendigkeit, Rüdiger darüber zu informieren.

Anfangs war Nana erschrocken über den Aufwand, den ihr Vater mit ihrer Hochzeit zu treiben gedachte – offenbar sollte sie hier als Demonstrationsobjekt für seinen Wohlstand herhalten. Doch schließlich freute sie sich darauf. Einmal im Mittelpunkt stehen – das war etwas völlig Neues, Aufregendes für sie, und sie war ja auch nicht alleine, sie würde einen Mann zur Seite haben, der beschlossen hatte, sein Leben mit ihr zu verbringen, sie zu lieben und zu beschützen »bis dass der Tod euch scheidet«.

Dass sie dann doch während der Hochzeitsfeier an die Peripherie geriet, lag nicht etwa an Rüdiger und nicht einmal an Rudolf, sondern an Gudrun, die gerade ein Engagement an der Staatsoper angenommen hatte, wo sie als Carmen brillierte.

Gudrun, inzwischen unter ihrem Künstlernamen Serena Magnussen international bekannt und gefeiert, war jetzt vierunddreißig Jahre alt und von strahlender Schönheit. Und ähnlich wie ihre Mutter verfügte sie über die Fähigkeit, Menschen zu bezaubern. Nana bewunderte sie sehr, ihre Eleganz, ihr Selbstbewusstsein, ihre Energie. Als Gudrun dann jedoch sang – ein Geschenk für das Brautpaar – während der Hochzeitsfeier, wurde die große, nicht die kleine Schwester zum absoluten Mittelpunkt des Abends.

Nana fand das zwar gerechtfertigt, doch vor allem war sie enttäuscht. Zwischen Nachtisch und Mokka nahm sie ihr Abendtäschchen und zog sich schnell in den eleganten Waschraum zurück, wo sie sich von der Toilettenfrau einen großen Cognac besorgen ließ. Während sie trank, begann die Frau ihr von den beiden wunderschönen Damen vorzuschwärmen, die einander zum Verwechseln ähnlich sähen und auch noch den gleichen Namen trügen.

»Nur, dass die eine die Mutter der anderen ist.«

Ja, das habe sie sich auch schon gedacht, obgleich man's ja nicht sehen könne.

Nana nahm aus ihrem Abendtäschchen eine winzig kleine Kamera, eine Minox, die ihr am Tag vor der Hochzeit anonym zugeschickt worden war. Natürlich wusste sie, von wem sie kam. Sie trank noch einen zweiten Cognac und machte per Selbstauslöser ein Foto von sich und der Toilettenfrau.

Als sie zurückging in den Festsaal, fühlte sie sich sehr viel besser. Sie wusste, dass seine Blicke und seine Fotolinse sie beschützen und liebevoll begleiten würden.

Und dann die Hochzeitsnacht.

Es war ja nicht das erste Mal, dass sie mit ihm schlief, doch zuvor hatte es nur diskrete kleine Besuche gegeben in ihrem Zimmer in Lübeck oder auch einmal in seiner Hamburger Wohnung, immer sehr kurz bemessen und aufregend alleine schon dadurch, dass sie selbst das Gefühl hatte, unsittlich zu handeln. Dieser Mann war keineswegs irgendein Liebhaber, sondern ihr zukünftiger Ehemann, das machte für sie einen großen Unterschied.

Nun also hatten sie ihr eigenes Haus, ihr eigenes großes Bett, so viel Zeit, wie sie wollten, und alles erschien ihr so entmutigend legitim. Nana wurde von dem Gefühl gepeinigt, der Hochzeitsprediger stünde neben dem Ehebett, um kritisch ihre leiblichen Exerzitien zu begutachten – eine Art Examen in Ehetauglichkeit.

Die Heizungen im Schlafzimmer waren abgestellt, in der Wärme zu schlafen sei ihm absolut unmöglich, hatte Rüdiger verkündet. Nana wollte alles tun, um diese Nacht der Nächte für sie beide auf die schönste Weise erinnerlich zu machen. Übereifrig und verkrampft bemühte sie sich um den Körper ihres Mannes. Leider jedoch zeigte Rüdiger sich weder beeindruckt noch kooperativ, er fragte sie nur, ob sie sehr viel getrunken hätte und vergaß anschließend sogar, ihr Gute Nacht zu sagen. Im Schlaf dann rutschte er ein Stück von ihr weg und nahm die Bettdecke mit, und obgleich sie vor Kälte zitterte, war es ihr vollkommen unmöglich, sich zu ihm hinüber und erneut unter die Decke zu schieben, um sich an ihm zu wärmen. Also verließ sie, wenn auch mit schlechtem Gewissen, das Ehebett, das sie nun bis ans Ende ihrer Tage mit diesem Fremden teilen sollte, und schlich ins Bad. Unter der heißen Dusche dann war sie immerhin ehrlich genug, sich einzugestehen, dass es nicht nur die Kälte war, die sie aus dem Schlafzimmer vertrieben hatte.

Schließlich kam Rüdiger ins Bad, riss die Tür zur Duschkabine auf und drehte die Hähne zu. »Was um alles in der Welt musst du dir denn abwaschen?«, rief er und warf ihr eines der dicken neuen Handtücher zu.

Nana wusste, dass sie ihn enttäuscht hatte.

Vor vielen Jahren, als Nana sich noch brennend für Eheratgeber interessiert hatte, für Titel wie »Von der Hochzeit zur Hochehe« und so weiter, hatte sie einmal gelesen, dass, rein statistisch gesehen, zwei Menschen, die nicht nur daheim, sondern auch beruflich in einer Interessengemeinschaft und in ausgeglichener Partnerschaft leben – etwa zwei Ärzte in einer Praxis, zwei Architekten in einem Büro und so weiter –, die größten Chancen für eine gute Ehe hätten.

Nur allzu gern wollte sie diese Statistik bestätigen, doch schien es nicht recht zu klappen.

Zwar arbeiteten Rüdiger und sie im gleichen Betrieb, oft sogar an den gleichen Objekten, doch ergab sich dadurch keineswegs die versprochene ausgeglichene Partnerschaft. Rüdiger empfand das, wofür er verantwortlich war, nämlich Technik und Wirtschaftlichkeit eines Schiffes, als das einzig Ausschlaggebende. Alles andere war sekundär und hatte sich der Technik unterzuordnen. Nana hingegen interessierte sich für technische Details nur, um sie möglichst effektiv zu überspielen und vergessen zu machen.

»Ohne meine Arbeit wäre deine überhaupt nicht möglich«, sagte Rüdiger einmal.

»Stimmt«, sagte Nana, »aber ohne meine Arbeit würde deine seelenlos bleiben.«

Er hatte darüber gelacht. »Du glaubst doch nicht im Ernst, dass sich in ein paar schicken Sesseln und bunten Gardinen die Seele eines Schiffes verbirgt?«

»Nein, aber in der Atmosphäre, die das Leben an Bord erträglich macht.«

Nana arbeitete viel und sie arbeitete gern.

Als sie schwanger wurde, verlangte Rüdiger kategorisch von ihr, die Arbeit vorerst aufzugeben.

»Du kannst doch unmöglich in deinem Zustand auf den halbfertigen Schiffen herumklettern«, sagte er. »Außerdem täte es uns beiden sehr gut, wenn du dich endlich etwas mehr um deinen Haushalt kümmern würdest.«

Nana fand das absolut lächerlich, doch musste sie feststellen, dass auch ihr Vater Rüdigers Meinung war.

»Du selbst hast doch gewollt, dass ich auf der Werft arbeite!«, sagte sie wütend zu ihm.

»Stimmt, Tochter. Und du kannst ja auch später zu deiner Arbeit zurückkehren. Aber momentan hast du Wichtigeres zu tun. Und du solltest stolz darauf sein, ein Kind zu bekommen. Schließlich ist es das Einzige im Leben, das wir Männer nicht können.«

Das Einzige im Leben. Nana dachte, dass sie gut drauf verzichten könnte. Sie wurde sehr schnell dicker und unbeweglicher, ihre Beine schwollen an, sie bekam rote Flecken im Gesicht und strähnige, fettige Haare. Am peinvollsten war, dass Rüdigers Berührungen ihr inzwischen Brechreiz verursachten, was sie sich selbst, nicht etwa ihm, übel nahm. Er konnte ja nichts dafür.

Manchmal verbrachte sie ganze Tage im Bett, es schien ihr so sinnlos aufzustehen.

»Na, siehst du«, sagte Rüdiger, »in diesem Zustand hättest du sowieso nicht arbeiten können.«

Nana hasste »diesen Zustand«. Rüdiger hingegen genoss ihn und schmückte sich gern in Gesellschaft mit seiner schwangeren Frau. Wenigstens kam er durch das gemeinsame familiäre Interesse seinem Schwiegervater wieder etwas näher. Ihre berufliche Zusammenarbeit hatte seit der Heirat nicht mehr so gut funktioniert.

Um ihren Haushalt kümmerte Nana sich weiterhin kaum, wozu auch. Es gab immer irgendwelche Magnussen-Arbeiter, die ihre Töchter oder Schwestern nur allzu gerne an die Privathaushalte der Cheffamilie vermittelten. Nanas Haushaltshilfe hatte Serena schon vor der Hochzeit für die Tochter eingestellt. Sie hieß Emmi, war dreißig Jahre alt, erfahren, tüchtig, dickköpfig und besserwisserisch – allerdings wusste sie tatsächlich im Haushalt fast alles besser. Schon lange vor der Geburt redete sie von »meinem Baby« und dabei blieb es auch.

Natürlich freute sie sich auf ihr Kind, mehr noch freute sie sich aber auf das Ende der Schwangerschaft. Sie würde sofort wieder arbeiten.

Das Baby kam am 18. März 1962 zur Welt, Hans Rudolf Lauterbach, eine schwere, lange Geburt, ein zartes Kind. Nana fühlte sich schlecht, sie war deprimiert und energielos, und der Gedanke, sich bald wieder den Herausforderungen ihres Berufes stellen zu müssen, bereitete ihr plötzlich Angst. Sowieso hatte sie ja nun erst einmal das Bübchen hochzupäppeln. Sie stillte es alle drei Stunden, kam auch zwischendrin kaum zur Ruhe, weil der Kleine viel schrie und die Milch oft wieder erbrach. Um Rüdiger nicht zu stören und möglichst nahe bei dem Kind zu sein, schlief sie im Babyzimmer.

»Wieso hast du eigentlich keine Säuglingsschwester?«, fragte Serena.

»Andere Mütter werden damit auch alleine fertig.«

»Du offenbar nicht. Du musst doch nur mal in den Spiegel schauen!«

So kam, durch Bödekau vermittelt, eine Kinderschwester ins Haus, ein adliges Fräulein um die fünfzig, robust, gutmütig und offenbar schwerhörig, denn obgleich sie nun statt Nana bei dem Baby schlief, erfreute sie sich, so sagte sie, einer ungestörten Nachtruhe.

»Sie können das Baby doch nicht einfach schreien lassen!«

»Doch, kann ich. Je eher man mit der Erziehung beginnt, umso besser für das Kind.«

Wenn Nana aber ihr Baby durch alle Türen hindurch weinen hörte, musste sie auch weinen. So lag sie fast die ganze Nacht lang wach.

Am dritten Abend machte die Schwester der Schlaflosigkeit von Mutter und Kind ein Ende. In einem großen Glas schlug sie Eigelb mit viel Zucker schaumig, füllte den Schaum mit vorgewärmtem Rotwein auf und reichte das Getränk der jungen Mutter, die es schnell austrank. Schon beim anschließenden Mitternachtsstillen fielen ihr die Augen zu. Sie kam kaum noch ins Bett und schlief dann durch bis zum nächsten Morgen. Als die Schwester ihr um sechs das Baby brachte, sagte Nana: »Mein armes Hänschen, niemand hat heute Nacht auf dein Weinen geachtet.«

»Wozu auch?«, sagte die Schwester. »Er hat überhaupt nicht geweint. Alles, was die Mutter zu sich nimmt, geht auf schnellstem Wege in die Milch über.«

Nana begann sich auf den abendlichen Rotwein zu freuen. Und dem Baby schien er auch zu bekommen, es gedieh prächtig.

Als Nana nach acht Wochen abstillte und die Säuglingsschwester zu ihrer nächsten Stellung überwechselte, trank Nana bereits jeden Abend eine halbe Flasche.

Einmal in der Woche, oft auch zweimal ging Nana hinüber zu ihrer Mutter zum Tee. Neben Kanne und Zuckerschale stand die Rumflasche, und Nana nahm reichlich davon.

»Übertreibst du das mit dem Rum nicht etwas?«, fragte Serena.

»Seitdem ich nicht mehr stille, bin ich ja nur noch für mich selbst verantwortlich. Und mir tut's gut.«

»Und was sagt Rüdiger dazu?«

»Wieso Rüdiger? Dem ist es auch angenehm, dass ich nicht mehr stille, dann braucht er keine Rücksicht mehr zu nehmen. Er will nämlich mindestens fünf Kinder haben. Und wenn ich etwas getrunken habe, bin ich doch so viel zugänglicher.«

»Die Liebe scheint dir keinen Spaß zu machen.«

»Wieso Liebe«, sagte Nana.

Als sie das erste Mal wieder ins Konstruktionsbüro ging, um das Baby ihren Mitarbeitern vorzuführen, gefiel ihr die Arbeit, die in ihrer Abwesenheit geleistet worden war, überhaupt nicht. Es würde viel Mühe machen, die Leute wieder auf den alten Kurs zu bringen.

Der »hinreißende kleine Junior« wurde aus dem Wagen genommen und ging von Arm zu Arm. Ungeteilter Beifall für Nanas »Leistung«, die sie doch nicht als eine solche empfinden konnte. Was war denn schon ihr Beitrag zu diesem reizenden Produkt gewesen – sie hatte hingenommen, gewartet und gelitten, das war alles. Dennoch hatte sie noch nie für etwas so viel Lob einheimsen können – von Vater, Ehemann, Mitarbeitern, die ganze Welt schien ihr zu applaudieren.

»Ich komme bald zurück!«, sagte sie zu ihren Leuten.

»Aber, aber, Frau Lauterbach, hier läuft doch alles auch ohne Sie. Ihr Baby braucht Sie jetzt so viel dringender.«

Fünf Monate nach der Geburt von Hans wurde Nana wieder schwanger.

»Und dabei wollte ich doch gerade zurück zur Arbeit«, jammerte sie.

Wenn sie jetzt bei ihrer Mutter Tee trank, schob Serena jedes Mal die Rumflasche ostentativ zur Seite. »In diesem Zustand solltest du wirklich nicht trinken.«

In diesem Zustand! Also noch einmal das gleiche Spiel, diesmal ging es ihr zwar besser, sie war aktiver, dennoch blieb sie gefangen in ihrem Hausfrauendasein. Welchen Sinn hätte es auch gehabt, das Ruder wieder in die Hand zu nehmen und die Mitarbeiter auf ihren Kurs zu bringen, wenn sie sich nach ein paar Monaten doch wieder zurückziehen müsste.

Gegen Ende der Schwangerschaft wurde sie diesmal so dick, dass sie schon meinte, Zwillinge auszutragen. Nachdem sie fast zwanzig Kilo zugenommen hatte, stieg sie nicht mehr auf die Waage – sowieso hinderte ihr vorstehender Bauch sie daran, ohne Verrenkungen die Zahlen auf der Skala zu sehen.

Wieder sehnte sie sich intensiv nach dem Ende der Schwangerschaft, nach der körperlichen Erleichterung, nach dem Baby in ihrem Arm. Diesmal jedoch kam ein weiteres Verlangen hinzu: Das nach dem entspannenden Abendrotwein mit – oder besser noch ohne – schaumig gerührtem Eigelb.

Nanas zweiter Sohn, Max Rüdiger, wurde im Herbst 1964 geboren, vierzehn Tage nach der berechneten Zeit. Die Geburt hatte eingeleitet werden müssen. Das Baby wog fast zehn Pfund, Nana erlitt einen Gebärmutterriss und verlor sehr viel Blut.

Die Säuglingsschwester kam erneut ins Haus, verordnete Bettruhe und strikte Schonung und verquirlte Zuckerei mit Rotwein.

Statt Nana machte nun der Kindsvater mit dem Baby die stolze Runde durch die Werftbüros. Dabei setzte er den knapp einjährigen Hans zu dem Baby in den Wagen – Nana wunderte sich, diese Väterlichkeit passte eigentlich nicht zu Rüdiger. Aber sie hatte wohl doch seinen Stolz unterschätzt: Auch vor den Werftangehörigen wollte er nun den Beitrag zur Zukunft der Magnussen-Familie demonstrieren. Denn die Unstimmigkeiten zwischen Rudolf Max Magnussen und seinem Schwiegersohn waren kaum mehr zu übersehen.

Rücksichtslos griff Rudolf in Rüdigers Kompetenzbereiche ein und beschwerte sich ständig bei seiner Tochter: »Dein Mann bildet sich wohl ein, dass …!«

Rüdiger wiederum empörte sich über Rudolfs selbstherrliche Entschlüsse: »Dein Vater hat mal wieder …!«

Nana fand das quälend, zumal keiner der beiden an ihrer Meinung interessiert war, sondern in ihr stets nur Spiegel und Rechtfertigung der eigenen Ansichten sehen wollte. Sie hatte inzwischen längst begriffen, wie sehr die Harmonie zwischen ihr und ihrem Mann abhängig war von seiner Beziehung zu Rudolf. Fühlte Rüdiger sich von dem Firmenchef anerkannt, eingeweiht und als Nachfolger bestätigt, zeigte er auch wieder optimistisches Interesse an seiner Frau. Wurde er durch Rudolfs beißende Kritik und einsame Entschlüsse ausgegrenzt, übertrug er seine Enttäuschung ungefiltert auf Nana.

Dennoch wollte er dringend immer mehr Kinder haben, und Nana fühlte sich, je weniger sie arbeiten konnte, umso überforderter. Sie kränkelte, wurde launisch und missmutig und konnte sich selbst nicht mehr leiden.

Von ihrer Rückkehr ins Büro war kaum mehr die Rede. Inzwischen trank sie auch heimlich.

Während der nächsten Jahre wurde sie noch zweimal schwanger und erlitt beide Male Fehlgeburten.

Am Samstagnachmittag trank Nana nach wie vor mit ihrer Mutter Tee. Serena erkundigte sich dann wohl nach Nanas Befinden, nach ihrer Ehe und ihrer Arbeit – doch so wie die Tochter anhob zu einer längeren Erzählung, spürte sie, dass Serenas Gedanken abschweiften, dass sie sich nicht mehr konzentrierte. Sie behielt zwar den höflich-aufmerksamen Gesichtsausdruck, doch ihr Blick wurde leer, sie nahm nichts mehr wahr. Meist ging Nana dann an die

Hausbar und holte sich die Cognacflasche. Nach zwei Stunden beendete sie den Besuch.

»Ich geh dann mal wieder, könnte ja sein, dass Rüdiger schon zu Hause ist.«

»Wie schade«, sagte Serena, »du hast mir ja noch gar nicht erzählt, wie's dir geht.«

Immer noch dachte Nana viel an den Richter, der ihr als Beweis dafür galt, dass sie doch nicht ganz so liebesunfähig war, wie sie sich jetzt oft fühlte.

Sie wusste – hatte immer gewusst –, dass er bei ihr geblieben war, dass er sie beobachtete, und oft meinte sie sogar, das Klicken seiner Kamera zu hören. Sie hatte sich darauf eingestellt und immer versucht, ihn mit ihrer äußeren Erscheinung nicht zu enttäuschen. Aus diesem Grund war sie während der Schwangerschaften und wenn sie aus ihrem schlechten Befinden heraus ihr Äußeres zu sehr vernachlässigt hatte, kaum hinüber aufs Festland gefahren. Sie traf ihn nie, doch ließ er ihr gelegentlich kleine verschlüsselte Nachrichten zukommen, meist über Lorenzen, der nicht nachfragte. Und manchmal, wenn Rüdiger auf Geschäftsreise oder auf einen Segeltörn mit Männerfreunden ging, kamen sogar Blumen von dem Traumgeliebten.

Nana sehnte sich nach der »Windsbraut«, die ihr damals so viel Freiheit und Lebensmut gegeben hatte. Aber Rüdiger mochte keine kleinen Boote – »Ich würde mir doch auch nie einen hysterischen Zwergpudel zulegen!« –, und die einzige gemeinsame Segelei, zu der sie ihn vor ihrer Hochzeit hatte überreden können, war ihr in beschämender Erinnerung geblieben. Selbstverständlich hatte sie ihm die Pinne überlassen, und er hatte prompt versucht, ihren Zwergpudel wie einen Bernhardiner zu handhaben und ihn grob an die Leine genommen. Als er bei der Rückkehr dann auch noch den Anlieger rammte, war ihr das so peinlich gewesen, dass sie beschlossen hatte, die »Windsbraut« nach Hause zurückzubringen und im Werkschuppen aufzubocken.

Anfangs war sie dann manchmal heimlich über die Leiter in das

Boot gestiegen, hatte still unter Deck gesessen und versucht, sich den wahren Liebsten in ihren Tagtraum zu holen. Leider war auch dies fehlgeschlagen, sie konnte sich den Richter mit seinem schmalen, dunklen Mantel, seinem korrekten Anzug und den steifen Bewegungen einfach nicht an Bord ihrer »Windsbraut« vorstellen.

Am leichtesten fand sie seine Nähe immer noch über die Kamera, die ihm, wie ihr, so wichtig war.

Im Keller hatte sie sich eine Dunkelkammer eingerichtet. Dort verträumte sie halbe Nächte mit dem Richter, und wenn sie dann am folgenden Tag matt und müde war, wusste sie wenigstens warum.

Die beiden Söhne Hans und Max, die auf der Elbinsel ja keine Spielgefährten hatten, klammerten sich eng aneinander und wirkten fast wie Zwillinge. Max, der Jüngere, begann schon sehr früh den zarten, oft kränklichen großen Bruder zu beschützen.

Der Einfachheit halber und um sie nicht zu trennen, kamen sie dann auch gemeinsam zur Schule. Genau wie Nana damals wurden sie nun täglich von Lorenzen nach Teufelsbrück gefahren – bis vors Schultor wollten sie sich jedoch nicht bringen lassen. »Was sollen denn die anderen denken, und schließlich sind wir ja zu zweit!«

Der Schulweg war nicht lang, doch hatten sie die inzwischen sehr viel befahrene Elbchaussee zu überqueren, und anfangs folgte Lorenzen ihnen oftmals heimlich, weil er seinem Frolleinchen die Sorge um die Söhne abnehmen wollte.

»Die beiden machen das ganz prima«, sagte er zu Nana, »immer nur beim Zebrastreifen und auch immer Hand in Hand.«

Dass die beiden nur so vernünftig waren, weil sie sich beobachtet wussten, zog er nicht in Betracht, und er ließ ihnen beruhigt ihre Selbstständigkeit. Bis dann eines Tages Hans einen Unfall hatte, Beinbruch und Gehirnerschütterung, ein überholendes Motorrad hatte ihn erwischt und zur Seite geschleudert. Natürlich nicht am Zebrastreifen. Nana ließ ihren Schrecken an Rüdiger aus. »Es ist ja auch vollkommen blödsinnig, dass wir hier auf der Elbinsel wohnen«, schrie sie, »ich hab das sowieso nie gewollt!«

Rüdiger, vor lauter Sorge ganz bleich, schrie zurück: »Wenn's nach dir ginge, würden wir immer noch in einer kuschligen Dreizimmerwohnung in Othmarschen wohnen.«

»Das ist nun mal so«, sagte Emmi, »auf dieser Seite von der Elbchaussee wohnt man einfach nicht, wenn man Kinder hat.«

Nana, die Emmis Lebensweisheiten absolut nicht leiden konnte, fuhr sie an: »Sie müssen's ja wissen! Und wissen Sie vielleicht auch, was wir dagegen tun sollen?«

Emmi zuckte gelassen die Schultern: »Einer muss eben umziehen – entweder wir alle oder die Kinder.«

Zum ersten Mal erlebte Nana ihren Mann tief verwirrt und unglücklich.

»Ich kann mich nicht von den Kindern trennen«, sagte er. »Ich brauche ihre Nähe. Immer wenn mir Zweifel kommen an mir selbst, an meinen Zielen hier, an meiner Arbeit, immer wenn ich wieder mal Krach mit deinem Vater hab, dann brauch ich nur die Jungen anzuschauen, und weiß, warum ich es tun muss.«

»Na gut«, sagte Nana, »ziehen wir also aufs Festland.«

»Das ist vorerst unmöglich. Ich kenne doch den Alten – aus den Augen, aus dem Sinn. Ich muss unser Verhältnis so gut wie möglich stabilisieren, brauch sichere Verträge, und das wird mir nur gelingen, wenn ich vierundzwanzig Stunden lang im Dienst bin. Du weißt doch selbst am besten, wie oft ich nachts raus bin, weil mir irgendetwas eingefallen ist und weil ich noch etwas auf der Werft kontrollieren will. Und der Alte weiß das auch. Ich hab schließlich ein paar Freunde auf der Werft, die sind von meinem Engagement sehr beeindruckt und geben es an den Chef weiter. Außerdem wüsste ich nicht, wie ich ein Haus drüben bezahlen sollte. Deine Mitgift ist ja schon für das Inselhaus draufgegangen.«

»Internate sind auch nicht billig.«

Er nickte bedrückt. »Eben.«

»Also was machen wir?«

»Keine Ahnung. Wie ist das denn damals bei dir gelaufen?«

»Da gab's noch nicht so viel Verkehr, und ich als Mädchen hatte ja auch nichts dagegen, von Lorenzen zur Schule gebracht zu werden. Aber ich war sehr einsam, war immer ›die andere‹, die ›von drüben‹, auch noch ›die Reiche, die mit der eigenen Wasserkutsche‹. Alles in allem war meine Schulzeit ziemlich unglücklich.«

Der Konflikt brachte sie einander näher. Einmal hörte sie Rüdiger während der Nacht laut aufstöhnen. Sie legte ihm die Hand auf die Schulter und fragte: »Was ist, Rüdiger, hast du geträumt?«

Er fuhr hoch. »Ja, ja, geträumt«, sagte er. Sie knipste das Licht an und sah, dass er verweinte Augen hatte.

»Ich mach dir ein Glas warme Milch mit Honig«, sagte sie, »das beruhigt.«

»Und kipp mir einen großen Whisky rein«, rief er hinter ihr her.

Nana lief in die Küche, schenkte sich zuerst einmal selbst einen großen Drink ein, wärmte dann Milch und Honig, und nachdem sie, wie verlangt, Rüdigers Beruhigungstrank mit Whisky verstärkt hatte, nahm sie selbst noch einen weiteren Schluck aus der Flasche.

Rüdiger trank hastig. »Schmeckt scheußlich, macht müde und hilft uns auch nicht weiter.«

Nana zog ihn an sich. »Uns wird bestimmt etwas einfallen«, flüsterte sie, »wir machen das schon.«

»Was ist denn nun?«, fragte Großvater Rudolf. »Wir müssen endlich zu einer Entscheidung kommen. Es sind meine Enkelkinder, und ich habe keine Lust, einen weiteren Beinbruch oder Schlimmeres zu riskieren. Die Elbchaussee ist ja inzwischen gefährlicher als die Autobahn.«

»Ich glaube, wir werden nach drüben umziehen«, sagte Nana.

»Kommt nicht infrage. Deine Mutter braucht dich hier. Und wenn dein Mann sich tatsächlich zur Familie gehörig fühlen will, dann muss er auch hier wohnen. So ist das immer gewesen, die Magnussens wohnen am Arbeitsplatz. Ein Internat ist für die Jungen auf jeden Fall das Beste. Und ich werd's bezahlen.«

»Sie sind doch noch so klein.«

»Aber sie sind zu zweit. Und man sollte ihnen ruhig für eine begrenzte Zeit die Zugehörigkeit zu einer großen Gemeinschaft gönnen. In der Jugend ist es sehr gesund und schützt natürlich auch vor Einsamkeit.«

»Mich hat damals auch kein Gemeinschaftsgefühl beschützt.«

»Dich? Bei Mädchen ist das anders«, sagte Rudolf. »Man sollte sie nicht von ihren Müttern trennen.«

»Und jetzt will ich mich eben nicht von meinen Söhnen trennen!«, sagte Nana aufgebracht. »Kinder in diesem Alter gehören zur Mutter.«

Überraschend mischte sich Serena, die still auf dem Sofa gesessen hatte, in die Diskussion. »Auch, wenn die Mutter Alkoholikerin ist?«

»Mama! Was redest du denn da.«

Nana warf ihrem Vater einen ängstlichen Blick zu, der jedoch sah grimmig vor sich hin und tat, als hätte er nichts gehört.

»Ich wollte das ja nur mal erwähnen«, sagte Serena.

Nana war wütend auf ihre Mutter, sie fand es taktlos und indiskret, eine solche Bemerkung zu machen, und das auch noch in Gegenwart von Rudolf.

Zugegeben, sie hatte während der letzten Zeit etwas zu viel getrunken, aber sie konnte das jederzeit drosseln, kein Problem! Das hatte sie doch auch schon oft genug bewiesen.

Den Anstoß gab dann schließlich etwas ganz anderes: Nana stellte fest, dass sie wieder schwanger war. Das Kind musste in der Honigmilchnacht gezeugt worden sein, denn seit ihrer letzten Fehlgeburt hatte sie immer, wenn sie befürchten musste, dass Rüdiger mit ihr schlafen wollte, ein Pessar benutzt.

Nanas Schreck über die Schwangerschaft wurde gemildert durch ihre Erinnerung an die Zärtlichkeit, die sie für Rüdiger in jener Nacht empfunden hatte, für den unglücklichen Vater ihrer Söhne, den die Umstände zu einer Entscheidung zwingen wollten, die – so oder so – nicht die richtige sein konnte.

»Vielleicht wird's ja diesmal ein Mädchen!«, sagte sie, und Rüdiger reagierte enthusiastisch. Nicht, weil die Aussicht auf ein Mädchen ihn etwa mehr begeistert hätte als die auf einen dritten Jungen, sondern weil er nun endlich einen Ausweg aus seinem Dilemma sah: Er würde sich konzentrieren auf das neue Kind, würde der beste aller Väter sein, und er würde wieder mit dem Kinderwagen durch die Büros schieben, so wie damals mit Max und Hans.

Nana fügte sich. Sie dachte an die Argumente ihres Vaters, dachte an ihre eigene unglückliche Schulzeit, und vor allem dachte sie, dass sie's für Rüdiger tun müsste – er war ihr Mann.

Den Söhnen versprach sie, dass sie nur eine sechswöchige Probezeit im Internat ableisten müssten und sich danach frei entscheiden dürften. »Und ich komme euch mindestens zweimal die Woche besuchen!«, sagte sie.

»Das geht nicht, Mama«, sagte der Große, der schon acht war und sehr verständig, »das ist viel zu weit. Ich habe es mit Lorenzen auf der Karte nachgesehen.«

»Dann eben zweimal im Monat«, sagte Nana leichthin.

»Ach, Mama! Und sowieso wollen wir lieber hier bleiben.«

»Probier's doch mal aus! Das ist ein Abenteuer, und du bist ja kein Feigling.«

Nana hatte nicht den Mut, die Kinder selbst fortzubringen. Das musste Rüdiger tun, und schließlich war ja auch er derjenige, der die Nähe seiner Kinder aufgab für seinen Beruf. Trotz ihrer Schwangerschaft hatte Nana an diesem Abschiedstag schon am Morgen getrunken. »Also bis in sechs Wochen«, sagte sie. Und wieder kam von dem Großen nur ein »Ach, Mama« als Antwort. Der Kleine weinte.

Nach sechs Wochen – Nana war nun im vierten Monat – überwand sie ihre Ängste und fuhr mit Rüdiger zu den Söhnen. Bei dem letzten Telefonat hatten beide sehr fröhlich geklungen.

Und das waren sie auch, so fröhlich und ausgelassen und bereits so gut in die allgemeine Atmosphäre und in ihre jeweiligen Gruppen eingepasst, dass sie kaum mehr Zeit für die Eltern hatten.

Nicht einmal einander schienen sie noch so dringend zu brauchen, sie hatten nun jeder für sich schon Freunde gefunden.

Auf dem Rückweg im Auto bekam Nana Blutungen. Rüdiger brachte sie ins Krankenhaus, sie verlor das Baby.

»Ist ja auch klar, wenn du so viel trinkst!«, sagte er bitter.

Schließlich überwies Nanas Hausarzt sie zu einem Psychotherapeuten. Dieser, selbst ein trockener Alkoholiker, sah nur zwei Möglichkeiten: sechs Monate Sanatorium oder, falls Nana sich nicht von ihrem normalen Umfeld trennen wollte, die Anonymen Alkoholiker – neunzig Meetings in neunzig Tagen.

»Wer nimmt an solchen Meetings teil?«, fragte Nana.

»Mehr Männer als Frauen, mehr untere als mittlere Einkommensstufe. Viele Arbeitslose. Jedenfalls alles Leute, die im gleichen Boot sitzen.«

»Auch Arbeiter von unserer Werft?«, fragte Nana.

»Könnte sehr wohl sein«, sagte der Therapeut.

Nana entschloss sich für ein abgelegenes Sanatorium in Süddeutschland. Sie ging nicht ungern und hatte schon nach wenigen Tagen keinen Alkoholdruck mehr.

»Ist denn Ihre Realität daheim so unerträglich?«, fragte der Therapeut.

»Nein, o nein!«, sagte Nana erschrocken. »Ich hab sie mir doch selbst ausgesucht.«

»Arbeiten Sie an dieser Frage, Frau Lauterbach. Und vor allem provozieren Sie Ihre Realität nicht mehr durch Tagträume. Stoffliche Süchte bedienen sich meist sehr erfolgreich der unstofflichen.«

Die Lösung von ihren Träumen machte Nana sehr viel mehr Mühe als die vom Alkohol.

Rüdiger besuchte sie zweimal. Er sagte, dass er sie sehr vermisse. Sie vermisste ihn nicht.

»Wenn ich zurückkomme, will ich wieder arbeiten!«, sagte Nana.

»Das hat Zeit. Nun werd doch erst mal wieder gesund.«

Das Eingewöhnen in ihr altes Leben fiel Nana dann ziemlich schwer. Sie hatte Angst vor den Herausforderungen einer geregelten Arbeit und lebte nur von einem Kinderbesuch zum nächsten.

Probeweise begann sie im Garten zu arbeiten, ihre Mutter sah ihr zu.

»Das ist nichts für dich«, sagte Serena. »Dein Vater hat's auch schon mal umsonst versucht, vor vielen Jahren. Ihr seid beide zu ungeduldig. Warum gehst du nicht wieder zurück ins Büro?«

»Das tue ich bestimmt, ziemlich bald sogar. Ich brauch nur noch etwas Zeit.«

»Ich dachte, du hättest dir schon ziemlich viel Zeit genommen.«

Wegen irgendwelcher gesellschaftlicher Verpflichtungen fuhr Rüdiger oft noch am Abend nach drüben und kam dann meist sehr spät nach Hause. »Du hast bestimmt keine Lust dazu«, sagte er zu Nana, »zumal da ja immer sehr viel getrunken wird.«

»Wenn du möchtest, komme ich dennoch mit.«

»Ach lass mal, ist schon in Ordnung so.«

Dann saß Nana ganz zufrieden in ihrem Zimmer und entwarf Phantasieeinrichtungen für Schiffe – luxuriöse Suiten, sportliche Einzelkabinen, gigantische Gesellschaftsräume. Sie wusste, dass Magnussen so etwas nie bauen würde, aber je utopischer ihre Entwürfe wurden, desto mehr Freude fand sie daran.

Als sie schon ein Jahr wieder zu Hause war, erhielt sie zum ersten Mal wieder eine Nachricht vom Richter.

»Ich soll dir ausrichten, dass es in Spanien nicht regnet«, sagte Lorenzen.

»Was?!«, fragte Nana.

»Irgendwas mit …«, Lorenzen sah auf einen Notizzettel und buchstabierte dann: »My fair Lady.«

Nana lachte. Sie hatte das Musical gesehen. »The rain in Spain stays mainly in the plain!«, sagte sie.

»Versteh ich nicht«, sagte Lorenzen.

»Brauchst du ja auch nicht. Und was noch?«

»Ja, dann hat er noch gesagt: Cordoba, in der dritten Woche im Mai.«

Eine große Unruhe erfasste Nana. Sie sagte zu Rüdiger, dass sie verreisen wolle.

»Warum nicht«, sagte Rüdiger, »ich muss sowieso nach Südafrika. Komm doch mit.«

»Nein«, sagte Nana, »ich will nach Spanien.«

»Nach Spanien? Dahin fährt doch jetzt jeder. Unerfreulicher Massentourismus.«

»Cordoba«, sagte Nana seufzend, »das soll so schön sein.«

»Schön ist es in Südafrika auch.«

»Nein«, sagte Nana, »für mich kommt momentan nur Cordoba infrage.«

Sie kaufte und las einen Reiseführer, buchte ein Zimmer im Amistad Cordoba, redete begeistert von der Mezquita, der Juderia del Torre de La Calahorra, organisierte ihren Flug. Rüdiger schüttelte nur den Kopf. »Wenn ich dich nicht besser kennen würde, könnte ich meinen, es ginge um ein heimliches Treffen mit deinem Liebhaber.«

Als es dann endlich so weit war, brach alles in sich zusammen. Sie schaffte den Absprung nicht, betrank sich bis zu Bewusstlosigkeit und legte sich für zwei Tage ins Bett.

Das Entsetzen über diesen Rückfall quälte sie dann nicht ganz so sehr wie das über ihr feiges Versagen. Sie stellte sich den Richter vor, in der Mezquita von einer Säule zur nächsten eilend, in jede Nische spähend, die Kamera immer im Anschlag. Seine Schritte wurden langsamer, seine Augen wurden müder, die Tore der Mezquita wurden geschlossen. Dann der Weg zurück ins Hotel, das leere Bett. Die endgültige Enttäuschung.

Voller Schuldgefühle etablierte sie ihn nun wieder fest in ihren Träumen. Mehr noch als zuvor passte sie ihr Leben seinem Urteil an, sie dachte, las, kleidete sich so, wie er es mochte – und schließlich ging sie auch seinetwegen wieder ins Büro.

Die ersten Tage und Wochen dort waren mühsam und entmutigend. Zwar hatten die Mitarbeiter angeblich nie an ihrer Rückkehr gezweifelt, doch waren sie mit ihren Zwischenlösungen bestens zurechtgekommen. Und Nana musste die Erfahrung machen, dass die Mühsal, Provisorien durch Beständiges zu ersetzen, mindestens ebenso groß ist wie der umgekehrte Weg.

Nach und nach eroberte sie sich ihre alte Position zurück. Mit der beruflichen Anerkennung kam dann auch ihr altes Selbstbewusstsein wieder. Niemand außer ihr konnte ahnen, wie sehr sich dieses Selbstbewusstsein inzwischen abhängig gemacht hatte von strengen richterlichen Beschlüssen.

Die Arbeit wurde für sie immer wichtiger. Sie war die einzige Frau auf den Hamburger Werften, die eine große Abteilung leitete, das gab ihr eine Sonderstellung, die sie ausnutzte. Sie galt als ebenso praktische wie phantasievolle und innovative Einrichterin, und da auch in Industriebetrieben das Weibliche in Mode kam, wurde sie sogar manchmal von Kollegen der anderen Hamburger Werften um Rat und Meinung gefragt.

Dass ihr Vater ihren Erfolg nicht zu bemerken schien, ihn jedenfalls nie kommentierte, schob sie auf sein grundsätzliches Desinteresse an der Inneneinrichtung, er fand die Beschäftigung damit lästig, wenn auch leider nötig. Ein gelungenes Schiff war für ihn eine gelungene äußere Form, die gewiss nicht vorrangig als Umhüllung nett dekorierter Räume, sondern als kraft- und energiefördernd erdacht worden war. In diesem Punkt war Rüdiger ihm sehr ähnlich.

Die Söhne fühlten sich inzwischen so wohl in ihrer Internatswelt, dass sie nicht einmal mehr ihre Ferien gern auf der Elbinsel verbrachten.

»Ich versteh euch wirklich nicht«, sagte Hans zu seiner Mutter, »dass ihr euch nicht auf dem Festland eingerichtet habt. Hier ist es doch so eng.«

»Ich hab das auch lange Zeit nicht verstanden«, antwortete Nana, »aber dein Vater wollte das unbedingt. Inzwischen geht ihm die Enge hier wohl auch etwas auf die Nerven, und er würde ganz gern drüben wohnen. Jetzt kann nun leider ich nicht mehr weg von hier.«

»Wegen Großmama?«

»Ja. Du siehst ja selbst, wie sie ist. Immer abwesend, immer müde, nie ganz bei der Sache. Euer Großvater macht sich Sorgen.«

»Aber sie tut doch alles, was er will, sie verreist sogar noch mit ihm.«

»Das schon. Aber ich glaube nicht, dass sie noch wirklich teilhat an ihrem eigenen Leben.«

Hans lachte. »Manchmal sagst du echt komische Sachen, Mama!«

Eines Tages – Serena war gerade mit Bödekau von ihrem wöchentlichen Friseurbesuch zurückgekommen – ging sie in ihr Zimmer, entkleidete sich, zog ein schlichtes, durchgeknöpftes Baumwollnachthemd an und legte sich ins Bett.

»Sind Sie krank?«, fragte Bödekau.

»Ich glaube nicht. Ich habe nur beschlossen, ein oder zwei Wochen im Bett zu bleiben.«

»Aber morgen sollen Sie mit Ihrem Mann nach Zürich fahren.«

»Ich fahre nicht nach Zürich«, sagte Serena.

»Und heute Nachmittag haben Sie Ihre Teilnahme an der Sitzung im Hilfsverein für Seemannswitwen zugesagt.«

»Die müssen ihre Sitzung ohne mich abhalten.«

»Also sind Sie doch krank«, sagte Bödekau, »ich werde einen Arzt kommen lassen.«

»Tun Sie das. Aber er wird nichts finden.«

Der Arzt, ein erfahrener Internist, frisch pensioniert vom Altonaer Krankenhaus, fand wirklich nichts und diagnostizierte Überanstrengung, seelische Ermattung, Stress und so weiter. »Ist es denn wirklich nötig«, fragte er Serena, »dass Sie Ihren Mann immer begleiten?«

»Nein, das ist nicht nötig«, sagte Serena.

Nach zwei Wochen Bettruhe, während derer Serena meist still vor sich hin träumte oder auch – immerhin ein Zeichen von Aktivität

– in ihren alten Kunstbüchern blätterte, sagte sie zu Bödekau, dass sie sich gerne frisieren lassen wolle.

»Wunderbar«, sagte Bödekau, »dann stehen Sie jetzt auf, und ich telefoniere mit dem Friseur. Und dann fahren wir nach drüben.«

»Nicht nach drüben«, antwortete Serena. »Der Meier soll hierher kommen. Das hat er damals in der schlimmen Zeit, als mein Mann mich nicht von der Insel lassen wollte, auch gemacht. Wir kennen uns schon sehr lange, er akzeptiert meine speziellen Bedürfnisse.«

»Aber … Sie brauchen doch auch mal wieder frische Luft.«

»Sicher. Dann öffnen Sie doch bitte die Fenster. Und lassen Sie die alte Trockenhaube aus dem Keller nach oben bringen, gut möglich, dass sie nicht mehr in Ordnung ist. Dann soll Lorenzen mir eine neue besorgen.«

»Das lohnt doch nicht.«

»Aber natürlich lohnt es. Oder glauben Sie etwa, mein Mann würde es während der kommenden Jahre klaglos akzeptieren, wenn seine bettlägerige Frau sich nicht mehr pflegt?«

So zart, verhalten und unaufdringlich der Ruf auch klang, so durchdringend und fordernd wirkte er auf Nana. »René … René.« Ihre Mutter war am Abend sehr unruhig gewesen, darum hatte Nana sich ein Bett im Gästezimmer bezogen, direkt neben dem Krankenzimmer. Sie war sofort wach, richtete sich auf, knipste die Nachttischlampe an und sah auf die Uhr. Viertel vor vier, zu früh noch, um sich einzubilden, bereits ausgeschlafen zu sein, zu spät, um gleich wieder einzuschlafen.

»René … René …«

Seit ein paar Wochen schon tönte immer wieder dieser zarte, durchdringende, klagende, flehende, fordernde Sehnsuchtsruf durch den abgeschiedenen Teil des Hauses, in dem Serena Magnussen lebte: René … René…

Es klang, als ob die Kranke phantasierte oder sich an etwas erinnerte und nun tief aus dem Dunkel ihres Unbewussten eine Chimäre ans Licht holte. Eine Gestalt namens René.

Der Arzt hatte erklärt, dass sich in diesem fortgeschrittenen Zustand der Alzheimer-Krankheit eher alles reduziere. Tag für Tag fresse die Krankheit ein weiteres Stück Erinnerung weg, und wenn dann alles aufgebraucht sei, dann würde der Patient endlich sterben können. »Stellen Sie sich eine gefüllte Wasserschale vor, die in der glühenden Sonne steht. Das Wasser kann nicht anders, es muss verdampfen. Hat ein Mensch viel Bewusstsein in die Schale zu werfen, so wie Ihre Mutter, dann dauert es vielleicht etwas länger. Aber der Verdampfungsprozess bleibt der gleiche.«

»Aber seit einigen Wochen benutzt sie immer wieder den mir

vollkommen fremden Namen René«, hatte Nana gesagt, »das müsste doch dann mal aufhören.«

»Wen bezeichnet sie denn mit diesem Namen?«

»Menschen, die ihr helfen. Die Pflegerin, die Masseurin, den Friseur und am häufigsten mich.«

»Soviel ich weiß, ist Ihr Vorname Renate?«

»Ja. Aber alle nennen mich Nana.«

»Ihre Mutter auch, schon immer?«

»Ja doch, soweit ich mich erinnere.«

»Und bevor Ihre Erinnerung einsetzt, da war's vielleicht Renée. Ein sanfter, liebevoller Klang, viel weicher als Renate. Ich kann mir Ihre Mutter gut vorstellen, als blühende junge Frau mit einem Baby auf dem Arm, dem sie Kosenamen zuflüstert.«

»Das war vor bald vierzig Jahren!«, hatte Nana ärgerlich geantwortet. »Und Sie haben mir doch grad erst erklärt, dass sich die Erinnerung mehr und mehr reduziere.«

Daraufhin war der Doktor noch einmal zu seinem blödsinnigen Wasserschüsselbild zurückgekehrt: »Sehen Sie, da gibt es eben in dem Wasser auch ein paar Brocken, die irgendwann mal hineingefallen sind und sich, im Gegensatz zu allen anderen, nicht aufgelöst haben. Lange Jahre waren sie bedeckt, nun, bei sinkendem Wasserspiegel kommen sie zum Vorschein – für kurze Zeit –, bis sie dann auch weggefressen werden. So ist das – ich meine, so müssen Sie es sich vorstellen, Frau Nana … äh, hm, Madame Renée.«

Er hatte ihr verschwörerisch zugeblinzelt, so als würde sie beide nun ein Geheimnis verbinden. Und Nana hatte beschlossen, den Arzt zu wechseln.

»René … René …«

Nana rutschte in die Pantoffeln, zog den alten Morgenrock über und ging nach nebenan. Serena lag flach ausgestreckt in ihrem Krankenhausbett mit den hochstellten Seitenteilen. Sie hatte ihre Augen weit geöffnet.

»Mutter …?«

»René«, flüsterte Serena. Es klang jetzt zufrieden, fast ein wenig auftrumpfend. Als ob René nun tatsächlich da wäre.

»Wer ist diese Renée? Mutter?«

Serena antwortete nicht. Plötzlich füllten sich ihre Augen mit Tränen, sie begann leise zu wimmern.

Nana beugte sich über ihre Mutter, nahm die langen, schmalen, eiskalten Hände in die ihren und rieb und knetete und küsste sie. »Wieso sind denn deine Hände wieder so kalt?«, fragte sie. »Es ist doch ganz warm hier im Zimmer. Komm, wir legen sie unter die Decke.«

Doch Serena wehrte sich. Offenbar wollte sie ihre Hände nicht unter die Decke verbannen. Die zuvor noch schlaffen Finger klammerten sich mit verzweifelter Kraft an die der Tochter. Sie stöhnte.

»Ist ja gut, Mutter, ist ja gut«, sagte Nana. »Du musst nichts tun, was du nicht willst.«

Das ist wohl das Schlimmste an dieser Krankheit, dachte Nana, Gefühle, die nicht verstanden, nicht mehr eingeordnet werden können, Gefühle pur, denen der Patient ohne jeden Filter ausgeliefert ist. Sie fühlte sich vollkommen hilflos und war doch ganz ausgefüllt von Mitleid, von dem Willen, es der Mutter wenigstens ein wenig leichter zu machen.

Sie beugte sich dicht zu ihr. »Wie wär's, wenn ich dich zur Toilette bringe«, flüsterte sie, »das tut dir doch immer gut. Danach kannst du bestimmt wieder einschlafen.«

Vorsichtig ließ sie ein Seitenteil des Bettes hinunter und schlug die Decke zurück. »Komm, Mutter, wir gehen ein paar Schritte.«

Und tatsächlich richtete sich die Kranke hoch, schob ihre Beine über den Bettrand und stand erstaunlich schwungvoll auf. Mit eiligen Schritten ging sie barfuß vor Nana her über den Flur. Doch als Nana ihrer Mutter ins Badezimmer folgen wollte, wurde ihr die Tür vor der Nase zugemacht. Nervös wartete sie ein paar Minuten draußen, hin und her gerissen zwischen dem Gefühl, rücksichtsvoll sein zu wollen, das Schamgefühl der Mutter zu achten und dem, rücksichtslos aufpassen zu müssen, damit nichts passiert. Als sie schließlich nachschaute, saß Serena zusammengesunken auf dem Becken. Ihr Nachthemd war nass, sie hatte vergessen, es hochzuziehen. Nana wusch ihre Mutter und kleidete sie in frische Wäsche. Widerstandslos ließ die Kranke es geschehen.

Als sie endlich eingeschlafen war, dämmerte es bereits. Nana stand am Fenster und sah zwischen den Bäumen die Lichter an den Docks und Kränen blinken, hörte auch die Werftgeräusche, die ihr so vertraut waren, dass sie sie nur wahrnahm, wenn sie es wollte. Auch das Rauschen der Elbe konnte sie hören, das Scheppern der Wellen gegen den Anlieger, obgleich der Fluss von hier aus nicht zu sehen war. Ihr Großvater oder Urgroßvater hatte dieses düstere alte Haus schon von einer Mauer und zusätzlich von hohen Bäumen umgeben lassen. »Ich werde mir doch nicht von den Werftarbeitern in den Suppenteller sehen lassen!«, lautete der Spruch dazu, der sich von Generation zu Generation vererbt hatte.

Wenn Mutter nicht mehr lebt, werd ich von hier fortgehen, dachte Nana – wieder einmal. Sie dachte es, weil sie es denken wollte, und glaubte doch nicht ernsthaft daran.

Hinter ihr bewegte sich etwas, die Tür zum Krankenzimmer wurde geöffnet. Nana fuhr herum. Da stand ihr Vater, korrekt gekleidet im seidenen Morgenmantel, auf seinen Stock gestützt. Er starrte sie an.

»Vater …!«

Rudolf Max Magnussen herrschte seine Tochter an: »Was machst du hier?«

»Ich kümmere mich um Mutter. Sie ist augenblicklich etwas unruhig.«

»Soviel mir bekannt ist, bezahle ich für die Pflege deiner Mutter zwei ausgebildete Fachkräfte«, sagte er grimmig. »Einen Mann für die Knochenarbeit und eine Frau für das Intimere. Außerdem haben wir ja immer noch Bödekau.«

»Bödekau ist inzwischen achtzig, Vater, sie hat mit sich selbst genug zu tun.«

»Und die beiden anderen?«

»Frau Lübbe hat frei und Thomas hat … ich meine er ist, er ist …«, Nana geriet in Verteidigungshaltung, »er hat mich gebeten, diese Nacht nicht hier bleiben zu müssen. Sein Bruder hat gestern geheiratet. Und mir macht es doch nichts aus, ihn zu vertreten.«

»Aha, dir macht es nichts aus. Gut, gut. Aber eine junge Frau gehört des Nachts nicht zu ihrer Mutter, sondern zu ihrem Mann.«

»Rüdiger muss morgen mit der ersten Maschine nach London. Er schläft drüben.«

»Drüben?«

»In der kleinen Firmenwohnung in Eppendorf, du weißt doch.«

Siedend heiß fiel ihr ein, dass er vielleicht nicht wusste, dass Rüdiger seit einiger Zeit »drüben« eine kleine Wohnung unterhielt, nur zehn Minuten vom Flugplatz entfernt. Zur Zeitersparnis, wie er sagte. Doch wohl nicht nur allein dafür. Denn so viele frühmorgendliche Reiseverpflichtungen konnte es gar nicht geben, wie er neuerdings dort Nächte zubrachte.

Und da sagte ihr Vater auch schon: »Ich wüsste nicht, was dein Mann morgen in London zu suchen haben sollte.«

»Vielleicht war es auch Brüssel … oder Frankfurt?«, sagte Nana hastig. »Ich hab nicht so genau hingehört.«

»Das solltest du aber«, fuhr ihr Vater sie an. »Diese Art Unordnung kann ich nicht ausstehen. Und natürlich geht das auf dein Konto, mindestens so viel wie auf seins. Du kümmerst dich nicht genug um ihn. Er ist mein Nachfolger, wie du weißt, mein Ersatzsohn – da sich mein echter Sohn ja verweigert hat. Und du, die du mit ihm verheiratet bist, garantierst mir für ihn!«

»Bitte, Vater, sei nicht so laut. Mutter ist grad eben erst eingeschlafen.«

»Dann soll sie doch wieder aufwachen, was schert's mich. Sie selbst merkt ja sowieso nicht mehr, ob sie wach ist oder schläft.«

Aber Serena schien doch etwas gemerkt zu haben. Sie schreckte zusammen, setzte sich ruckartig auf und starrte ihren Mann und Nana an.

»Nein …«, stöhnte sie, »nein, nein«, und begann zu weinen.

»Na, da hast du's«, sagte Nana wütend. Ihre Knie zitterten. Sie hatte das dringende Bedürfnis, ihre Mutter zu beschützen.

Der Vater zerrte einen Stuhl ans Krankenbett und ließ sich darauf fallen. »Geh jetzt, lass uns endlich allein«, sagte er. »Und komm mir nicht wieder auf die Idee, beiden Pflegepersonen gleichzeitig freizugeben. Auch nicht, wenn du noch so dringend eine Ausrede brauchst, die Nacht nicht in deinem Ehebett verbringen zu müssen. Ob dein Mann nun zu Hause ist oder nicht. Außerdem wirst du jetzt sofort deinen Mann in seinem … in seinem Außenquartier anrufen und ihm sagen, ich will ihn morgen früh in meinem Büro sehen. Pünktlich um acht Uhr. Die Menschen, die mir nahe stehen, haben sich, verdammt noch mal, nach meinen Prinzipien zu richten.«

Gelähmt von einer unbegreiflichen Angst stand Nana gegen die Fensterbank gelehnt. Sie würde die fünf, sechs Schritte, die sie von der Tür trennten, nicht gehen können, und sie würde ihre hilflose Mutter jetzt ganz sicher nicht mit dem aufgebrachten Mann alleine lassen. Was hatte er eben von ihr verlangt, sie solle Rüdiger anrufen? Sie kannte die Nummer ja gar nicht, wusste nicht einmal, wo genau diese Wohnung lag. Es war ihr einfach nicht wichtig genug, und sie hatte schlichtweg vergessen, Rüdiger danach zu fragen. Sie tastete nach der Fensterbank hinter sich und hielt sich tief atmend daran fest.

Rudolf Max Magnussen, der am Bett seiner Frau saß, schien die Tochter vergessen zu haben. Er beugte sich über Serena und strich ihr mit dem Handrücken die Tränen aus dem Gesicht. Langsam beruhigte sich die Kranke, seufzte tief und murmelte: »René …«

»Ach hör schon auf damit«, brummte er und zog plötzlich die Bettdecke zur Seite. Mit seinen ungelenken alten Fingern begann er Serenas Nachthemd aufzuknöpfen.

Ihr Gesicht wirkte stumpf und leer, nur die Augäpfel unter den geschlossenen Lidern glitten nervös hin und her.

Rudolf Max Magnussen beugte sich tief über den Körper seiner Frau und begann ihn sorgfältig und systematisch abzutasten, Hals, Schultern, Arme, Bauch und schließlich die Füße. Der Vorgang hatte etwas seltsam Technisches, so mochte er wohl auch ein Maschinenteil befühlen oder das Modell eines Schiffsrumpfes.

Und plötzlich umarmte er seine Frau mit großer Zärtlichkeit, zog ihren Oberkörper in seine Arme und küsste sie.

Nana wurde übel. Sie umfasste das Fensterbrett noch fester, aus Angst, in die Knie zu sacken. Schlaff hing Serena in Rudolfs Armen. Doch plötzlich straffte sich ihr Rücken, sie öffnete die Augen. Ein Strahlen ging über ihr Gesicht und sie flüsterte: »David …? David …!«

Wie von einem heimtückischen Angreifer getroffen, zuckte Rudolf zurück. Serenas Körper entglitt seinen Armen.

Er richtete sich auf und stieß ein grimmiges Lachen aus. »Nein, nein«, zischte er, »damit erreichst du nichts bei mir. Nach wie vor bist du einzig und allein *meine* Frau. Du kommst von mir nicht los, auch nicht, wenn du abtauchst in die totale Verblödung. Ich stöbere dich überall auf.«

Als er sie erneut in seine Arme zog, nun ohne jede Zärtlichkeit, fand Nana endlich die Kraft, hinter dem Rücken ihres Vaters zur Tür zu gehen.

Bevor sie das Zimmer verließ, drehte sie sich noch einmal um. Und als der Blick ihrer Mutter aus den weit geöffneten Augen auf den ihren traf, wurde er noch einmal klar, und etwas Unerwartetes, das keineswegs zu ihrer Hilflosigkeit passte, regte sich darin – Zorn, Hohn, vielleicht sogar Triumph. Nana war unfähig, diesem Blick, der ihr noch aggressiver erschien als der körperliche Zugriff ihres Vaters, standzuhalten.

Ohne sich noch weiter um Diskretion zu bemühen, warf sie die Tür hinter sich zu, stolperte die Treppe hinunter und über den langen, spärlich beleuchteten Flur hinüber in ihren Teil des Hauses. Dort trank sie einen doppelten Whisky und zog sich an. Sie wusste genau, dass der Alkohol so früh am Morgen ihr den ganzen Tag verderben würde, aber notfalls musste sie eben nachgießen, alle zwei, drei Stunden einen großen Schluck. Und am Abend wäre dann die Flasche leer, sie hätte die nötige Bettschwere und das Bild, das sich in ihr Hirn eingebrannt hatte, würde zerfließen.

Sie zog eine korrekte Kostümjacke an, hängte sich die dicke, schwarze Cashmere-Stola, die eigentlich ihrer Mutter gehörte, um die Schultern und sah auf ihren Tagesplan. Am Morgen zwei Termine, am Nachmittag drei. Sie würde sich bemühen, keine einzige Minute des Tages mit ihrem Vater allein zu sein. In Gegenwart anderer würde er sich zurückhalten. Aber als Erstes müsste sie jetzt etwas für Rüdiger tun. Er war ihr Mann, sie war ihm verpflichtet. Nana sah auf die Uhr. Zehn Minuten nach fünf, Gott sei Dank, eine ruhige Zeit, Schichtwechsel war erst um sechs.

Sie ging hinunter zum Anlieger, wo wie immer die Barkasse wartete. Inzwischen gab es längst eine zweite, die drüben in Teufelsbrück lag. Zwar kam es selten vor, dass die Barkassen nachts benutzt wurden, doch ihr Vater bestand immer noch darauf, dass sie vierundzwanzig Stunden startklar waren.

Nana war erleichtert zu sehen, dass heute Morgen Knut Lorenzen Dienst hatte. Er hätte längst pensioniert sein müssen, doch als er fünfundsechzig geworden war, hatte er sich schlichtweg geweigert, mit der Arbeit aufzuhören, und Rudolf war nichts anderes übrig geblieben, als ihn weiter zu beschäftigen.

»Das ist ja auch gar keine Arbeit, Chef«, hatte Lorenzen gesagt, »das ist mein Leben. Und das wollen Sie mir ja schließlich nicht wegnehmen.«

Eingewickelt in eine dicke wattierte Jacke hockte er im Niedergang und döste vor sich hin.

»Hallo Lorenzen«, rief sie leise. Er fuhr zusammen und sprang auf die Füße. Verwirrt betrachtete er sie, schien sie sekundenlang nicht zu erkennen, kam dann aber zu sich und sagte: »O Frolleinchen, was machst du denn hier?«

Er nannte sie immer noch Frolleinchen, genau wie früher. Allerdings nur, wenn sie alleine waren.

»Ich möchte, dass du etwas für mich tust«, sagte sie.

»Na klar, mach ich doch. Jederzeit.«

»Es geht um meinen Mann. Der hat heute Nacht drüben geschlafen, weil er sehr früh nach London fliegen muss. Und nun will ihn der Chef dringend sprechen, um acht in seinem Büro.«

»Drüben geschlafen?«, murmelte Lorenzen.

»In der Firmenwohnung. Aber leider weiß ich die Adresse nicht, hab auch keine Telefonnummer. Und bis die Sekretärinnen kommen, ist es längst zu spät und mein Mann sitzt bereits im Flugzeug.«

»Firmenwohnung«, murmelte Lorenzen.

»Und weil du ihn doch bestimmt schon mal hingefahren hast und deshalb … also du könntest ihn doch sicher erreichen und ihm ausrichten …«

»Nee«, sagte Lorenzen jetzt energisch, »da misch ich mich besser nicht ein.«

»Aber es ist doch alles ganz in Ordnung. Er hat mir gesagt, dass er drüben übernachtet. Nur, dass ich die Adresse nicht weiß.«

»Ganz in Ordnung find'st du das?«

Nana seufzte. »Bitte, Lorenzen, tu's mir zuliebe. Sonst gibt es nachher wieder Krach.«

»Du kannst ja nichts dafür.«

»Aber bei mir wird's landen. Das weißt du doch.«

»Du bist mir wirklich 'n Rätsel«, sagte Lorenzen kopfschüttelnd. »Musst immer alles auf dich nehmen.«

»Bitte!«

»Also gut.« Er ließ den Motor anspringen. »Ich fahr dann hin. Reincke hat drüben Dienst, soll ich ihn herschicken?«

»Wie lange wird's denn dauern?«

»'ne Stunde oder so.«

»Ja, schick ihn. Und beeil dich.«

»Der Doktor wird stocksauer sein.«

»Das lässt sich nicht ändern.«

Das Boot legte ab. Lorenzen drehte sich noch einmal zu Nana um. »Ich tu's aber wirklich bloß dir zuliebe!«

»Ich weiß«, rief sie, »und vielen Dank auch.«

»Und er hat's nämlich nicht verdient!«, schrie Lorenzen.

Das Boot entfernte sich schnell.

Tatsächlich schaffte Rüdiger es, um halb acht Uhr zu Hause zu sein. Statt einer Begrüßung sagte er zu Nana: »Ich hasse dieses Ghetto hier!«

»Ja, ja, ich weiß.«

»Wir werden umziehen.«

»Du vielleicht, ich nicht. Ich kann Mutter nicht alleine lassen.«

»Und nachher kannst du deinen Vater nicht alleine lassen.«

»Schon möglich«, sagte Nana. »Außerdem habe ich das Gefühl, dass du bereits umgezogen bist, halbwegs gewissermaßen.«

Er warf ihr einen scharfen Blick zu. »Hast du getrunken?«, fragte er.

»Was geht's dich an. Aber ich würde dir raten, dich jetzt zu duschen. Sonst kommst du doch noch zu spät zu deiner Audienz.«

»Duschen, warum denn duschen?«

Sie zuckte die Schultern: »Warum wohl?«

Als Rüdiger pünktlich zehn vor acht das Haus verließ, nach Rasierwasser duftend, die Haare mit Wasser zurückgekämmt, den wunderbar abgegriffenen ledernen Aktenkoffer in der Hand, dachte sie: Vermutlich ist er ein gut aussehender Mann. Und er kann sehr charmant sein. Hoffentlich ist seine Freundin keine von den Sekretärinnen hier.

Als Nana abends um sieben Uhr ihr Büro abschloss, war sie todmüde. Falsche oder verzögerte Lieferungen, der übliche Kleinkrieg mit dem Konstruktionsbüro, und dann diese grauenvoll prätentiöse junge Ehefrau des griechischen Reeders Sinides, die beschlossen hatte, dass die Aufenthaltsräume des neuen Tankers ihres Mannes eingerichtet werden sollten im Stil der alten Titanic, mit Säulen und Palmen und so weiter. »Die Titanic ist untergegangen, Frau Sinides«, hatte Nana müde gesagt. »Aber doch nicht wegen der Inneneinrichtung«, war die unwiderlegbare Antwort gewesen.

Nana wusste nicht, wie viel sie getrunken hatte – seit geraumer Zeit schon verbarg sie ihre Flaschen stets in einer braunen Papiertüte, um sich nicht mit dem absinkenden Pegel des Inhalts konfrontieren zu müssen. So trank sie, meist im Waschraum, blind aus der Flasche und schloss auch noch die Augen dabei. Kam nichts mehr, wurde die Tüte mitsamt Flasche versenkt in einer ledernen Umhängetasche, die auch meistens eine Ersatzflasche enthielt. Heute jedoch leider nicht.

Nana wagte nie, die leere Flasche in den Hausmüll zu werfen.

So machte sie auch heute noch einen längeren Weg über das Werftgelände, um an irgendeiner verborgenen Stelle die leere Flasche abzulegen, diesmal nicht allzu weit von ihrem Haus entfernt hinter einer heruntergebrochenen Mauer. Als sie das Glas gegen den Stein klicken hörte, kamen ihr vor Scham die Tränen. Und weil sie nicht mit verheultem Gesicht nach Hause kommen wollte, setzte sie sich eine Weile auf die Mauer und hielt es in den Abendwind. Sie kramte ihre Kamera hervor und machte ein paar Aufnahmen: die Elbe, der Himmel, die alten Eichen.

Sie dachte an den Richter, aber seit einiger Zeit erschien es ihr oft, als weiche er vor ihr zurück. Der Alkohol hatte sich inzwischen als der zuverlässigere Fluchthelfer erwiesen.

Als ihre Augen nicht mehr brannten, ging sie den Rest des Weges. In der Küche saß Emmi Schurich, ihre Haushälterin, groß, hager, mit hochblondierter Dauerwelle, und blätterte in einer Frauenzeitschrift. Sie teilte Nana mit, dass der Chef schon zweimal nach ihr gefragt habe.

»So, was wollte er?«

»Wo die Abzüge der letzten Stapellauffotos blieben, die Reederei habe sie angemahnt.«

»O Gott!«, stöhnte Nana.

»Und dass morgen früh jemand vorbeikomme, um sie abzuholen.«

Nana schloss kurz die Augen.

»Ist Ihnen nicht gut?«, fragte Emmi.

»Nur müde.«

»Ich mach einen Kaffee. Oder wollen Sie lieber Whisky?«

»Nur Wasser«, sagte sie. »Wo ist mein Mann?«

»Der Doktor ist heute Mittag weggefahren. Nach Athen, hat er gesagt.«

»Wer ist bei meiner Mutter?«

»Momentan beide. Sie haben sie grad gebadet. Zuerst hat sie

laut gejammert, die arme Frau. Aber dann war's still. Das war dann wohl, als Thomas sich eingemischt hat. Bei Thomas hat sie keine Angst. Nur bei der Lübbe, die ist grob und unvorsichtig.«

»Frau Lübbe ist sehr kompetent«, sagte Nana automatisch. Dann ging sie hinunter in die Dunkelkammer.

Der vertraute Geruch umfing sie wie eine leichte, freundliche Umarmung. Sie knipste das rote Licht an, setzte sich vor den Vergrößerungsapparat, legte das erste Negativ ein, öffnete die Objektivblende und schaltete die Vergrößerungslampe an. Auf dem Grundbrett erschien ein Bild ihres Vater, der sich über die Hand der umwerfend eleganten und jungen Mrs. Sinides beugte. Im Hintergrund wohlwollend lächelnd Sokrates Sinides, einer der reichsten Männer Griechenlands. Die Elbwerft baute bereits den dritten Großtanker für seine Reederei. Mrs. Sinides schien beeindruckt von der galanten Geste. Wenn er will, dachte Nana, macht er mit seinen siebenundsiebzig Jahren immer noch eine ausgezeichnete Figur, wirkt entgegenkommend und durchaus bereit, sich verführen zu lassen.

Nana vergrößerte das Gesicht ihres Vaters, bis sie jede einzelne Falte sehen konnte. Den Mund nur zentimeterweit entfernt von der hübschen kleinen Hand, die Augen halb geschlossen, wirkte er nahezu andächtig. Sie stellte das Metronom ein und belichtete einen Probestreifen.

Es klopfte an der Dunkelkammertür.

»Wer ist da?«

»Thomas. Kann ich reinkommen?«

»Aber machen Sie draußen das Licht aus, bevor Sie die Tür öffnen.«

Er schloss die Tür hinter sich so schnell, als hätte er Angst, dass irgendetwas aus dem Raum entwischen könnte. Aufatmend tastete er sich an dem Becken entlang.

»Ziemlich trübsinnige Beleuchtung«, sagte er, »daran muss ich meine Augen erst mal gewöhnen. Emmi hat mir gesagt, dass Sie hier sind.«

»Was gibt's, Thomas? Ist etwas mit meiner Mutter?«

»Nicht direkt. Lübbe ist jetzt bei ihr. Da ist ihre Mutter natürlich immer etwas unruhig. Aber was soll man machen, ich kann ja nicht vierundzwanzig Stunden neben ihr sitzen. Aber ich würde gern ein paar Beschäftigungsspiele für sie kaufen und wollte das mit Ihnen absprechen.«

»Beschäftigungsspiele?«

»Na ja, so Kinderzeug. Hölzerne Formen, die in dafür vorgesehene Öffnungen gesteckt werden, vielleicht ein Angelspiel, auch etwas zum Bauen.«

Nana seufzte. »Für Dreijährige, meinen Sie?«

»Der Geruch hier, das wär nichts für mich«, sagte Thomas.

»Man gewöhnt sich dran. Also besorgen Sie, was Ihnen sinnvoll erscheint. Und Sie glauben, meine Mutter würde wirklich gern spielen?«

»Klar. Das will doch eigentlich jeder Mensch. Auf unterschiedlichem Niveau natürlich. Was Sie hier so treiben, ist doch auch eine Art Spiel, oder?«

Er trat hinter sie und schaute über ihre Schulter auf die Belichtungsplatte, wo der leicht gespitzte Mund ihres Vaters über der kleinen Frauenhand schwebte.

»Was ist denn das?«, fragte er.

Plötzlich fiel die Erinnerung über Nana her, und sie war unfähig zu antworten. Seit den Zeiten des Richters hatte nie wieder in der Dunkelkammer ein Mann hinter ihr gestanden. Ihr kamen die Tränen, und sie schluchzte laut auf vor Erschöpfung und Scham und Verwirrung.

»Na, na, na«, sagte Thomas gutmütig und klopfte ihr auf den Rücken, als hätte sie sich verschluckt. »Da könnt man ja direkt vor Mitleid vergehen. Aber nur, wenn man nicht wüsste, dass das keine echten Tränen sind. Was Ihnen da aus den Augen tropft, das ist der pure Whisky.«

Er zog sie von ihrem Stuhl hoch und lehnte sie gegen das Wasserbecken.

»Also wirklich, Frau Lauterbach, so geht das nicht mehr weiter. Wir müssen etwas dagegen unternehmen. Ich bringe Sie jetzt nach oben und ins Bett. Morgen sehen wir dann weiter.«

»Ich muss aber noch …«

»Sie müssen gar nichts.«

»Aber mein Vater will die Fotos«, flüsterte sie.

»Na und?«

Er schob sie zur Tür, brachte sie hinauf in ihr Schlafzimmer und half ihr beim Ausziehen, ebenso unbekümmert professionell, wie er es bei ihrer Mutter zu tun pflegte.

»Ich leg Ihnen noch ein paar Schlaftabletten auf den Nachttisch«, sagte er. »Eine nehmen Sie jetzt, die beiden anderen, wenn Sie nachher aufwachen. Dann reicht's bis morgen früh.«

Die erste Schlaftablette reichte fast genau vier Stunden.

Als Nana hochfuhr und selbstanklägerische Gedanken auf sie zustürmten wie ein Hornissenschwarm, hatte sie nur noch eines im Sinn, sich ihr Bewusstsein so schnell wie möglich mit einer neuen Ladung Alkohol zuzuschütten.

Barfuß lief sie nach unten ins Wohnzimmer. Obgleich sie sich unbeobachtet wusste, vermied sie es Licht zu machen und steuerte im Dunkeln auf den Barschrank zu, wo sie in verspiegelten offenen Borden an die vierzig Flaschen mit den verschiedensten alkoholischen Getränken dekorativ arrangiert hatte. Heute allerdings war dort überhaupt nichts arrangiert. Nana stutzte, hatte plötzlich das Gefühl, irgendeinem irren Trugbild aufzusitzen und drückte heftig auf mehrere Lichtschalter gleichzeitig. Bis auf ein Fläschchen Angostura war der Schrank leer, die Borde sauber ausgewischt.

Der Schreck fuhr ihr in die Glieder. Wer hatte das gemacht, hier in ihrem eigenen Wohnzimmer? Wer hatte sich angemaßt, unbeauftragt in ihre hausfrauliche Verantwortung einzugreifen? Die Flaschen hatten immer hier gestanden, seitdem das Haus eingeweiht worden war. »Weil es so einladend und großzügig wirkt«, hatte Rüdiger gesagt, »und weil man den Gästen das Gefühl geben sollte, eine breite Auswahl zu haben.«

Nana riss die Tür des eingebauten Kühlschranks auf, in dem klare Schnäpse und der Champagner aufbewahrt wurden. Auch hier nichts als saubere, leere Borde.

Also der Weinkeller. Sie lief nach oben, um aus ihrer Nachttischschublade den Schlüssel zu holen. Aber auch der Schlüssel war verschwunden.

Sie setzte sich auf ihr Bett und ließ die Arme hängen. Noch nie in ihrem Leben hatte sie sich so hilflos gefühlt, so beschämt und so ausgeliefert.

Jemand wollte ihr seinen Willen aufzwingen und hatte es gewagt, sich in ihr Leben zu drängen. Jemand, der sie für eine Alkoholikerin hielt.

Ihr Vater konnte damit nichts zu tun haben, ganz gewiss nicht. Der würde es nie wahrhaben wollen, dass seine Tochter Alkoholikerin ist.

Und Rüdiger? Nein, der auch nicht, Rüdiger war ein pedantischer Traditionalist und hasste jede Veränderung. Wahrscheinlich würde er seine Frau ganz gerne für eine Weile wieder ins Sanatorium stecken, möglichst im Ausland. Die komfortable Gästebewirtung würde er dafür aber nicht aufgeben wollen, und ein ausgeräumter Barschrank müsste ihm vollkommen absurd erscheinen.

Blieben also nur die Angestellten – Emmi, die Lübbe, die Putzfrauen und Thomas.

In ihrem Zorn beschloss Nana, sie allesamt zu entlassen, jawohl, auch Emmi, die schon seit fünfzehn Jahren für sie arbeitete.

Plötzlich fiel ihr ein, dass sie nach ihrer letzten Reise zu den Söhnen noch eine halbe Flasche Whisky im Koffer gelassen hatte für das nächste Mal. Sie riss den kleinen Koffer aus dem Schrank – da war sie, die rettende Flasche, immer noch halb voll.

Die Wirkung setzte schnell ein. Nanas Hände hörten auf zu zittern, sie wurde munter, fast schon euphorisch.

Ihr fiel ein, dass sie ihre Fotoarbeiten nicht zu Ende gebracht hatte. Da war irgendetwas mit Thomas gewesen, so ganz genau konnte sie sich nicht erinnern, jedenfalls hatte er sie davon abgehalten weiterzumachen. Sie nahm noch einen tiefen Schluck und ging nach unten in die Dunkelkammer.

Sie arbeitete unkonzentriert und gab sich keine Mühe, aus den

Fotos irgendetwas Besonderes herauszuholen. Schlichte Abzüge in Postkartengröße, jeder Fotolehrling hätte das machen können, wahrscheinlich sogar besser. Nach einer Stunde verließ sie die Dunkelkammer. Inzwischen fühlte sie sich todmüde, die Schlaftabletten würde sie gewiss nicht brauchen. Im Nachthemd auf dem Bettrand hockend, trank sie den Whisky direkt aus der Flasche. Als die Wirkung einsetzte, hatte sie plötzlich das dringende Bedürfnis, noch einmal nach ihrer Mutter zu sehen. Also zog sie den Bademantel über, stieg die Treppe hinunter und schlich lautlos und eilig durch den langen Gang zum anderen Teil des Hauses.

Sie schaute kurz durch die halb geöffnete Tür ins Zimmer der Pflegerin. Elisabeth Lübbe saß in ihrem Sessel vor dem kleinen Fernseher und war eingenickt.

Auch die Tür zum Zimmer ihrer Mutter stand offen, das Nachtlicht brannte. Serena Magnussen lag bewegungslos auf dem Rücken. Sie hatte die Hände über der Brust gefaltet. Die Bettdecke war sorgsam glatt gestrichen. Als Nana sich über sie beugte und ihr in die weit geöffneten Augen sah, begriff sie sofort, dass ihre Mutter tot war.

Allein gestorben, still und heimlich davongegangen, ohne den Beistand von irgendwem. Ihr Gesicht sah friedlich aus und schön, der Mund war leicht geöffnet wie zum Lächeln oder auch zu einem letzten leisen Ruf: René …

Vorsichtig ließ Nana das Seitengitter des Krankenbettes hinunter und setzte sich auf den Bettrand. Sie war ganz ruhig. Sie küsste ihre Mutter auf die Stirn, die schon kalt war, und dann ganz flüchtig auf den Mund. Serena hatte ihr Geheimnis mit in den Tod genommen.

Als Nana schließlich nach einer oder auch zwei Stunden aufstand und automatisch das Gitter des Krankenbettes wieder hochzog, stieß sie mit ihrem Pantoffel gegen etwas Leichtes, Scheppperndes, das vor ihren Füßen davon rollte, ein gläsernes Tablettenröhrchen. Nana hob es auf und drehte es zwischen ihren Fingern hin und her. Sie wusste genau, dass Emmi das Krankenzimmer gründlich putzte und dass sie ihre ganze auftrumpfende Fürsorge dem

Parkettfußboden widmete. Das Röhrchen wäre Emmis Blick nicht entgangen, es konnte also erst sehr kurze Zeit hier liegen.

Gift …, dachte sie, meine Mutter hat Gift genommen. Und je mehr sie sich gegen den Gedanken wehrte, je absurder er ihr erschien – Serena war doch nicht einmal in der Lage gewesen, einen Löffel Suppe alleine zu essen, wie hätte sie sich denn die Tod bringenden Tabletten besorgen und einverleiben können?! –, umso sicherer wurde sie.

Mit zitternden Händen verbarg Nana das Röhrchen in der Tasche ihres Bademantels. Dann sah sie sich vorsichtig im Zimmer um, so als fürchtete sie, etwas zu entdecken, das ihre Mutter verraten könnte. Das Wasserglas, das stets gefüllt auf dem Nachttisch stand, aus dem Serena jedoch nie ohne Hilfe getrunken hatte, war leer. Nana schlich ins Badezimmer, füllte frisches Wasser ein und stellte das Glas zurück.

»So, Mama«, flüsterte sie, »ich will nicht diejenige sein, die dir dein Spiel verdirbt!«

Sie verließ das Zimmer. Lautlos bewegte sie sich über den Flur, sah kurz in Lübbes Zimmer hinein, vergewisserte sich, dass die Pflegerin immer noch in ihrem Fernsehsessel schlief, und huschte dann durch den langen, kühlen Gang hinüber in ihren Teil des Hauses. Im Bad zertrümmerte sie das Glasröhrchen mit einem Schuh und spülte die Splitter das Toilettenbecken hinunter. Sie wusch sich Gesicht und Hände, nahm eine weitere halbe Schlaftablette und legte sich ins Bett. Der nächste Tag würde einer der mühseligsten ihres Lebens werden, sie musste versuchen, zuvor noch etwas Kraft zu sammeln.

Als sie am Morgen durch lautes Türklopfen wach wurde, hatte sie zwar Kopfschmerzen, war jedoch einigermaßen ausgeruht. Sie setzte sich im Bett auf und sah Lübbe entgegen, die mit würdiger Trauermiene ins Zimmer trat.

»Was gibt's, Frau Lübbe, geht es meiner Mutter schlechter?«

»Ich bin gekommen, Ihnen zu sagen, dass Ihre Frau Mutter heute Morgen verstorben ist.«

Es gelang Nana nicht, in Tränen auszubrechen. Sie schwenkte ihre Füße über die Bettkante und tastete nach den Pantoffeln.

»Wann?«, fragte sie.

»Vor einer Stunde.«

»Warum haben Sie mich nicht gerufen? Ich wollte dabei sein, wenn sie stirbt. Das wussten Sie doch.«

»Es ist zu schnell gegangen. Ich habe wie immer an ihrem Bett Wache gehalten, sie war ganz ruhig, kein Todeskampf. Sie hat einfach aufgehört zu atmen. Und dann habe ich gedacht, ich sollte unsere liebe Verstorbene doch erst ein wenig zurechtmachen, bevor ich die Angehörigen zu ihr lasse. Ich tue das aus Erfahrung, wissen Sie, Ihre Mutter ist ja nicht die erste Sterbende, die ich auf ihrem Weg begleite. Und ich weiß, wie sehr Frau Magnussen früher immer auf ihr Äußeres geachtet hat. Warum soll man die Angehörigen mit einem letzten Eindruck belasten, der doch gar nicht dem entspricht, wie die Tote wirklich war?«

»Sie sagten, da war kein Todeskampf.«

»Nun ja … so ganz freiwillig verlässt das Leben nie den Körper. Aber inzwischen sieht die Tote schön aus und friedlich, ich habe ihr die Augen geschlossen und sie gewaschen, und das ganze Zimmer duftet frisch und sauber. Jetzt ist sie bereit, ihre Lieben zu empfangen.«

»Haben Sie meinen Vater schon informiert?«, fragte Nana.

»Ich dachte, das wollten Sie lieber tun.«

Mit schwerfälligen Schritten bewegte Nana sich in Richtung Bad. »Nein, nein, das überlasse ich Ihnen. Sie mit Ihrer Erfahrung können das viel besser als ich, und Sie werden schon den richtigen Ton finden. Vermutlich möchte mein Vater gern allein Abschied nehmen von seiner Frau. Ich komme dann etwas später dazu.«

Sie schloss die Badezimmertür hinter sich.

Die folgenden zwölf Stunden funktionierte Nana tadellos, ganz im Sinne ihres Vaters, der jedoch nichts wahrnahm. Wie betäubt saß er Stunde um Stunde in dem alten Eheschlafzimmer, das er fast vierzig Jahre lang mit Serena geteilt hatte, starrte vor sich hin und weigerte sich, an den Aktivitäten im Haus teilzunehmen.

»Der Mann steht unter Schock«, sagte Frau Lübbe, zog sich Mantel und Hut an und machte sich bereit, die Todesnachricht hinüber in die Werftbüros zu tragen. Schließlich war sie diejenige, in deren Hände man die Verantwortung für die Sterbende gelegt hatte, also würde sie es sich auch nicht nehmen lassen, die Todesnachricht zu verbreiten – mit vielen schönen Details. Unterdessen würde die alte Bödekau abwechselnd mit dem jungen Thomas Totenwache halten.

Unter dem Vorwand zu vieler organisatorischer Pflichten lehnte Nana eine stille Abschiedsstunde mit ihrer Mutter ab. Keine weiteren Fragen an dich, Mama, ich hab schon jetzt mehr Antworten, als ich verkraften kann.

Sie ging, ein Tablett mit Kaffee in der Hand, zu ihrem Vater ins Schlafzimmer. Apathisch hockte er auf dem kleinen Sessel vor Serenas Frisierspiegel. Er war im Pyjama, hatte nicht einmal einen Morgenrock übergezogen. Die Hose stand offen. So hatte Nana ihren Vater noch nie gesehen. Ekel erfasste sie. Es bedurfte ihrer ganzen Beherrschung, den Blick von dem haarigen Bauch ihres Vaters zu nehmen und mit neutraler Stimme zu sagen: »Wie Frau Lübbe dir bereits mitgeteilt hat, ist Mutter letzte Nacht gestorben.«

Sie setzte das Tablett auf den Frisiertisch und wartete. Rudolf Max Magnussen reagierte nicht.

»Willst du sie noch einmal sehen?«

Er hob den Kopf und sah sie böse an: »Lass mich in Ruhe.«

»Du kannst es dir ja noch überlegen. Wir dürfen sie bis heute Abend um achtzehn Uhr hier behalten. Dann wird sie abgeholt.«

»Meine Frau wird nicht abgeholt.«

»Das ist das Gesetz, Vater. Man darf keine Toten im Haus behalten.«

Wie ein elektrischer Stoß durchfuhr ein Zornesanfall seinen Körper. Er sprang auf, wobei er das Tablett von dem Frisiertisch stieß. »Erzähl mir nicht, was ich hier darf und nicht darf«, fauchte er. »Dies ist meine Insel und meine Frau und mein Haus. Hier wird gemacht, was ich sage.«

»Du irrst, Vater«, sagte Nana ruhig.

»Das musst ausgerechnet du mir erzählen.«

»Warum nicht ich? Wäre jemand anderer überzeugender?«

Er starrte sie an, als nähme er sie erst jetzt wahr. »Was habt ihr mit meiner Frau gemacht?«

»Deine Frau ist tot«, sagte Nana mitleidlos.

»Das glaube ich nicht.«

»Dann geh und überzeug dich selbst. Wir haben sie in ihrem Zimmer aufgebahrt mit Kerzen und Blumen. Um achtzehn Uhr wird sie abgeholt.«

Mit diesen Worten verließ Nana das Zimmer. Sie hatte keine Angst mehr vor dem alten Mann, und sie spürte auch kein Mitleid.

Den ganzen Tag über tat sie nur, was getan werden musste: Sie schickte den Kantinenfahrer nach drüben, um auf dem Blumenmarkt sämtliche verfügbaren weißen Lilien aufzutreiben. Sie wies Emma an, sämtliche Flaschen ins Wohnzimmer zurückzubringen. Sie telegrafierte ihren Geschwistern, telefonierte mit ihren Söhnen und sorgte dafür, dass ihr Ehemann in seinem Athener Hotel benachrichtigt wurde. Sie arrangierte die weißen Lilien im ganzen Haus, nicht nur im Totenzimmer. Sie bestellte den Arzt, damit er den Totenschein ausschreibe. Sie verabredete sich mit dem Pastor der Nienstedtener Kirche. Sie begrüßte höflich den Bestatter, nahm seine Beileidsbekundungen entgegen und entdeckte in seinen Augen echte Tränen. Sie hörte den Arzt sagen: »Wie gut, dass dann schließlich das Herz ein Einsehen hat und nicht mehr mitmacht.« Sie ging mit Rudolf Max Magnussens Privatsekretärin die Adressenlisten für die Todesanzeigen durch. Sie nahm aus Serenas Kleiderschrank einen großen schwarzen Chiffonschal und verhängte damit den Spiegel in der Eingangshalle.

Zum ersten Mal seit langer Zeit war es nicht der Richter, an dessen strengem Blick sie ihr Tun und Lassen ausrichtete. Er hielt sich fern – wohl möglich, dass sie ihn überhaupt nicht gerufen hatte. So musste sie selbst handeln, und sie fand, dass sie sehr effektiv war. Gleichzeitig war sie jedoch entschlossen, diese aktive Ich-Person nicht zu nah an sich herankommen zu lassen. Einzig als Knut Lorenzen sie bat,

»der Chefin doch die letzte Ehre erweisen und von ihr Abschied nehmen zu dürfen«, wurde sie unsicher. Er missverstand ihr Zögern und sagte: »Ich will bestimmt nicht aufdringlich erscheinen, und es ist ja nur, weil ich sie doch das allererste Mal rüber gefahren habe und nun auch das letzte Mal, und dann all die Male dazwischen, da wächst man zusammen, irgendwie. Es war ja auch mein Leben.«

»Na gut«, sagte Nana, »dann geh nach oben, du weißt ja, wo das Zimmer ist.«

»Aber allein kann ich das nicht schaffen«, sagte Lorenzen, dessen Stimme vor lauter Trauer und Unsicherheit einen grob fordernden Ton angenommen hatte. »Du musst schon mit mir kommen.«

»Bödekau ist bei ihr.«

»Nein, du. Schick die Frau weg.«

Nana betrachtete ihren alten Freund und dachte, dass er nun wohl auch nicht mehr lange leben würde.

Dann stand sie allein mit ihm am Fußende von Serenas Bett. Er weinte. »Was sollen denn all die weißen Lilien hier, die hätte sie nicht gewollt. Sie mochte bunte Blumen.«

Nana hätte gerne mit ihm geweint und das trockene Brennen mit einer großen Tränenflut gelöscht, aber es gelang ihr nicht.

»Lilien sind passender«, sagte sie.

»Hat der Chef das angeordnet?«

»Mein Vater ist noch gar nicht hier gewesen.«

»Na, siehst du«, sagte Lorenzen. »Du hättest getrost unpassend sein können, der Chef hätte es nicht mal gemerkt.«

Gegen Abend kam Gudrun aus Wien, wo sie in dieser Saison an der Staatsoper gastierte. Das Erste, was sie zu Nana – im Anblick des verhängten Spiegels – sagte, war: »O Gott, wie dramatisch!«

Dann ging sie ins Wohnzimmer und goss sich einen großen Cognac ein.

Nana, die ihr gefolgt war, sagte: »Ich hab dich noch nie Cognac trinken sehen.«

»Ich musste mich ja auch noch nie von meiner toten Mutter verabschieden.«

»Willst du allein nach oben gehen?«

»Ich weiß nicht.«

»Du brauchst keine Angst zu haben, sie sieht sehr schön aus.«

»Sitzt Vater bei ihr?«

»Nein, er ist den ganzen Tag noch nicht aus seinem Schlafzimmer gekommen.«

»Aber er hat begriffen, dass sie tot ist?«

»Jedenfalls haben wir es ihm gesagt, zuerst Lübbe, dann ich.«

»Und wie hat er reagiert?«

»Wütend.«

»Verständlich«, sagte Gudrun. »Er hat ja ihre Krankheit schon immer als gegen sich gerichtet empfunden. Nun hat sie sich endgültig entzogen, da kann er nicht mal mehr kämpfen.«

»Mama wollte sich nie entziehen. Sie war … sie hat für Papa gelebt, das weißt du doch.«

Gudrun stieß einen zischenden Ton aus. »Mama wollte sich immer entziehen. Ich hab nie begriffen, warum und mit welchem Ziel. Vielleicht hatte sie überhaupt keines. Aber Serena Magnussen wollte sie jedenfalls schon seit langer Zeit nicht mehr sein. Deshalb war es ja auch so leicht für mich, mir ihren Namen und ihr Äußeres anzueignen.«

»Du bist verrückt«, sagte Nana.

»Aber nicht so verrückt, wie sie es war. Ich spiele meine Rolle wenigstens bloß auf der Bühne.«

Sie leerte ihr Glas. Nana sah ihr zu und hätte liebend gern auch etwas getrunken, aber sie hielt sich zurück. »Wird David zur Beerdigung kommen?«

»Das denke ich doch. Jetzt, wo sie tot ist, muss er sich ja nicht mehr zurückhalten.« Sie setzte ihr Glas auf den Barschrank. »Also ich geh dann mal.«

»Zu Mama?«

»Nein, zu Papa. Der braucht mich jetzt dringender. Und sag deiner Haushälterin bitte, sie soll für David und mich die Zimmer im alten Gästebungalow richten. Hier im Totenhaus mag ich nicht bleiben.«

»Du könntest zu mir nach drüben kommen. Ich hab genug Platz.«

»Nein, nein, das kleine Haus ist schon recht. Es wird David daran erinnern, wie es zwischen ihm und mir angefangen hat.«

»In einer Stunde wird der Sarg abgeholt.«

»Und was dann?«

»Er wird drüben neben der Friedhofskapelle im Kühlraum verwahrt. Falls noch jemand von der Toten Abschied nehmen will, kann er das dort tun. Die Beerdigung ist in sieben Tagen.«

»Na gut. Ich muss aber inzwischen wieder nach Wien zurück. Schließlich kann man nicht bloß wegen eines Todesfalles das ganze Opernprogramm umstellen.«

Plötzlich umarmte Gudrun ihre kleine Schwester mit ungewohnter Herzlichkeit. »Das Ganze ist eine gottverdammte Scheiße«, schluchzte sie, »und das nicht erst seit heute.«

Nana hielt still. Noch eine Person, die ihre Gefühle ungehemmt rauslassen kann, dachte sie neidisch. Gut, dass Gudrun so schnell gekommen ist, vielleicht wird sie mir helfen.

»Gudrun …«, flüsterte sie.

»Hm?«

»Du kannst ja jetzt zu Papa gehen. Aber wenn sie den Sarg wegholen, dann lass mich hier bitte nicht alleine stehen.«

»In Ordnung«, sagte Gudrun.

So standen die beiden nebeneinander am Anlieger, als der Sarg von der Villa heruntergetragen und auf die Barkasse gewuchtet wurde. Lorenzen, mit starrer Miene und schweren Bewegungen, breitete ein schwarzes Tuch darüber und legte einen bunten Blumenstrauß obendrauf. In letzter Minute, als der Motor schon lief, kam dann doch noch Rudolf Max Magnussen dazu. Er sah blass aus und sehr alt, doch er war in korrektes Schwarz gekleidet und durchmaß mit festen Schritten den Weg von der Villa hinunter zum Wasser.

»Das war's dann wohl«, murmelte er.

Sehr langsam entfernte sich die Barkasse von der Elbinsel. Die linke Hand auf Gudruns Schulter gestützt, hob Rudolf grüßend die rechte. So standen sie eine Weile, bis die durchziehenden Schiffe den Blick auf die kleine Barkasse verdeckten.

»Ich geh zurück ins Haus«, sagte Gudrun, »mir ist kalt.«

Rudolf wandte sich an seine jüngere Tochter: »Du hättest dafür sorgen sollen, dass der Sarg mit der Werftflagge bedeckt wird. Und diese bunten Sommerblumen wären wohl auch eher für eine Lustfahrt geeignet gewesen als für eine Totenreise.«

Nana antwortete nicht.

Rüdiger kam sehr spät in der Nacht aus Athen nach Hause, seine Frau schlief bereits seit Stunden. Gudrun war bei ihr geblieben, bis Nana sich vor lauter Müdigkeit kaum noch aufrecht halten konnte. Der erste Tag seit langem, den sie nüchtern durchgestanden hatte. Ohne Gudrun wäre es ihr wohl nicht gelungen.

Als Rüdiger sich neben sie legte, wachte sie wieder auf.

»Es tut mir sehr Leid«, sagte er. »Nicht für deine Mutter natürlich, sondern für dich.« Eine Höflichkeitsformel, gleich würde er sie dann hoffentlich weiter schlafen lassen. Doch er drängte seinen großen, knochigen Körper gegen sie und zog sie an sich. Und da kamen ihr nun endlich die Tränen.

»Aber es war doch besser so«, flüsterte er, »es war eine Erlösung. Für uns alle.«

Das Schluchzen schüttelte sie und machte sie schwach und hilflos, aus ihrer Kehle drangen fremde, fast tierische Laute.

»Ist ja gut«, sagte er, »ich bin jetzt bei dir. Wein dich ruhig aus.«

Nana hatte das Gefühl, allen Halt zu verlieren, wegzufließen und sich aufzulösen. Instinktiv klammerte sie sich an ihn.

»Nana!«, sagte er nur und schob sich hastig über sie.

Als sie früh am nächsten Morgen erwachte, lag er mit ausgebreiteten Armen neben ihr auf dem Rücken und schlief.

Nana betrachtete ihn kurz. Sie nahm ihre Kamera und machte ein Foto.

Nachdem Rudolf Max Magnussen sich aufgerafft hatte, den Sarg seiner Frau am Steg zu verabschieden, war er erneut in seinem

Schlafzimmer verschwunden. Einzig Gudrun gestattete er, ihn mit Essen zu versorgen und täglich sein Bett frisch zu beziehen. Als sie dann für zwei Tage zurück nach Wien musste, übernahm Nana diese Aufgabe. Er bemerkte sie, und das Einzige, was er zu ihr sagte, war: »Wo ist Gudrun?«

»Sie musste zurück nach Wien, Vater. In zwei Tagen ist sie wieder hier.«

Darauf bedachte er seine jüngere Tochter mit einem Zornesblick und verfiel in Schweigen. Nana hatte noch am Morgen Gudrun gefragt, wie sich der Alte verhalte, wenn sie bei ihm sitze.

»Er redet.«

»Worüber?«

»Über Mutter. Er bemüht sich, sie in meinen Augen als den Engel erscheinen zu lassen, als den er selbst sie zu sehen versucht.«

»Mit mir hat er noch nie über Mutter geredet.«

»Dir gegenüber muss er sie ja auch nicht verteidigen.«

Erst einen Tag vor der Beerdigung kam der Witwer wieder aus seinem Zimmer. Dabei wirkte er so abwesend und reaktionslos, als müsste er die Krankheit seiner Frau nachspielen.

Rüdiger fühlte sich seltsam inspiriert durch die Abkehr seines Schwiegervaters vom Tagesgeschehen. »Inhaber kann man ja leider nicht pensionieren«, sagte er zu Nana, »aber es wäre schon gut, wenn er sich endgültig zurückziehen würde, am besten in so eine amerikanische Sun City, wo jeder einen wichtigen Job hat, aber alles nur fiktiv ist.«

»Das Problem dabei ist nur«, sagte Nana wütend, »dass er keinen adäquaten Nachfolger hat.«

Rüdigers Miene, gekränkt und aufgebracht, verursachte ihr sogleich ein schlechtes Gewissen. »Ich meine, dass er glaubt, keinen zu haben«, fügte sie versöhnlich hinzu.

»Wir werden sehen«, sagte Rüdiger. »Und als Erstes sollten wir endlich versuchen, ein wenig mehr Distanz zwischen ihn und uns zu bringen, damit wir für ihn nicht mehr so selbstverständlich sind, du und ich. Ich war heute Mittag kurz drüben bei Herz & Co.«

»Wer ist das?«

»Der Grundstücksmakler, du weißt doch. Spezialisiert auf die Elbvororte. Er hatte ein paar sehr nette Objekte in seinem Angebot. Angenehme Größe, Garten, nicht weit zu Fuß von Teufelsbrück. Aber die Preise, mein Gott, die Preise! Nur gut, dass deine Geschwister auch schon ihren Batzen gekriegt haben, da kann der Alte dich nicht auslassen. Bekanntlich hält er's ja mit der Gerechtigkeit.«

»Mir hat er doch auch längst mein Haus bezahlt.«

»Ach das!« Rüdiger lachte. »Das hat er letztlich für sich selbst gebaut und es uns dann aufgedrängt. Jetzt geben wir's ihm einfach zurück.«

»Morgen kommen die Jungs«, sagte sie.

Es kam tatsächlich die ganze Familie. Johannes kam mit Regula, die noch nie auf der Insel gewesen war, und sie brachten ihre beiden Söhne mit, Alois und Matthias und deren Frauen und Kinder. Und es kam David mit seinem Sohn William, der inzwischen neunundzwanzig Jahre alt war und unverheiratet in Liverpool lebte. Alle wirkten sie gelassen und selbstbewusst, keiner zeigte unangemessene Neugier oder verstieg sich zu sonstigen falschen Emotionen. Johannes hatte offenbar noch nicht vergessen, wie man sich in seiner Heimatstadt bei derlei Gelegenheiten kleidet, er und seine beiden Söhne trugen korrekte dunkle Anzüge, Regula und die beiden jungen Frauen schlichte Kostüme.

Inzwischen ging es Nana etwas besser. Als sie sich in dem allgemeinen Trubel am Morgen der Beerdigung ein paar Minuten allein mit ihrem großen Bruder erkämpfen konnte und ihm ein Kompliment über seine Familie machte, sagte er – und es war ihm anzumerken, dass er lange darüber nachgedacht hatte: »Für unsere Mutter war doch immer die äußere Erscheinung so wichtig, der angemessene Auftritt und so weiter. Und ich habe mir gedacht, dass ich doch versuchen sollte, ihr wenigstens nach ihrem Tode noch einmal etwas näher zu kommen, indem ich ihr mit meiner Familie Ehre mache.« Er lächelte unsicher. »Und glaub bloß nicht, dass es so einfach war, sie alle dazu zu bringen, sich meinen Wünschen zu fügen. Aber letztlich bin ich unbestreitbar der Familienchef, und darin wohl doch unserem Vater ähnlich.«

Der Empfang nach der Zeremonie würde nicht in der Villa stattfinden, sondern im traditionellen Restaurant Jakob, das der Nienstedtener Kirche direkt gegenüberliegt. Nana hatte Rüdiger erklärt, dass sie es für nötig halte, schon eine Stunde vor den übrigen Familienmitgliedern nach drüben zu fahren, um zu überprüfen, ob im Restaurant und in der Kirche alles den Anweisungen entsprechend arrangiert worden wäre. Zu ihrem schwarzen Kostüm trug sie einen flachen schwarzen Hut mit dem das Gesicht verbergenden schulterlangen Schleier. Sie überquerte die Elbchaussee und ging den Kies bestreuten Weg zur Kirche hinauf.

Rechts und links von den noch geschlossenen Flügeltüren waren Unmengen von Kränzen mit Schärpen arrangiert, daneben hatte man die beiden Ständer mit den Kondolenzbüchern aufgerichtet. Der Beerdigungsunternehmer, in einen seltsam militärisch wirkenden, hochgeschlossenen schwarzen Mantel gekleidet, inspizierte gerade mit strengem Blick den kleinen Vorplatz. Er beugte sich hinunter und hob zwei Zigarettenstummel auf. Dann sah er Nana, richtete sich stramm auf und sagte: »Ich bitte um Verzeihung, Frau Lauterbach, aber alles muss seine Ordnung haben.«

»Natürlich. Kann ich hineingehen?«

Schwungvoll riss er die Flügeltüren auf. »Ich werde dafür sorgen, dass man sie noch ein wenig in Ruhe lässt für ein stilles, würdiges Abschiednehmen. Allgemeiner Eintritt erst Viertel vor elf.«

Geräuschvoll fielen die Türen hinter ihr ins Schloss.

Hier hatte Nana geheiratet, hier waren ihre beiden Söhne getauft worden, und hier stand jetzt neben dem Taufbecken der Sarg, über und über mit bunten Blumen geschmückt.

»Der Sarg meiner Frau wird selbstverständlich mit der Werftflagge bedeckt«, hatte Rudolf Max Magnussen verfügt.

»Selbstverständlich, Vater.«

Dass es außerdem noch üppigen Blumenschmuck geben könnte, der jetzt die Flagge vollkommen unsichtbar machte, war dem Witwer offenbar nicht in den Sinn gekommen.

Nana ging langsam den Mittelgang entlang nach vorn. Aufrecht stehend sprach sie ein kurzes Gebet. Es war ihr Kindergebet, das Serena Abend für Abend mit ihr gebetet hatte und das in keinem Zusammenhang zum Tod stand. Dann setzte sie sich in die erste Bankreihe an den Gang, direkt gegenüber dem Sarg.

Was nun? Das würdige, stille Abschiednehmen? Deshalb war sie ja wohl so früh gekommen. Der aussichtslose Versuch, dieses Leben, von dem sie so wenig wusste, zu rekapitulieren.

Wie so oft während der letzten Tage, sah sie ihre Mutter still im Bett liegen, sah das unerwartete Aufstrahlen ihrer Augen, als sie nach David rief, und sie sah das Tablettenröhrchen unter dem Bett.

Um sich von ihren quälenden Gedanken abzulenken, griff sie in ihre Tasche, wo sie die handliche kleine Minox wusste. Doch bevor sie noch die Kamera vors Auge bringen konnte, hörte sie ein störendes Rumpeln an den Türen, die anscheinend unerlaubt geöffnet worden waren. Ärgerliche laute Stimmen, dann fielen die Türen wieder zu. Ein leises Surren kam den Gang entlang und machte direkt neben Nana Halt.

Eine weibliche Stimme forderte: »Nun zieh doch mal den Schleier vom Gesicht.«

Nana zuckte zusammen, gehorchte jedoch und wandte ihr unverhülltes Gesicht zur Seite. Neben ihr saß in einem hochmodernen mechanischen Rollstuhl, bis zur Taille unter einer bunt karierten Decke verborgen, eine kleine alte Dame. Das runde, fast faltenlose Gesicht, dem man dennoch sein hohes Alter ansah, war gekrönt von einem sorgsam geschichteten Nest weißer Kringellöckchen, darüber schwebte ein feiner schwarzer Schleier, wie er gelegentlich noch in katholischen Kirchen getragen wird. Nana hatte die kleine Alte, deren unbebrillte Augen jetzt neugierig auf sie gerichtet waren, noch nie gesehen.

»So, so«, sagte die Dame und nickte befriedigt. »Ähnlichkeit ist immerhin vorhanden, obgleich sie natürlich schöner war, aber das ist nicht weiter verwunderlich, weil sie ja die Schönste im ganzen Land war – Spieglein, Spieglein an der Wand –, jedenfalls sorgte sie dafür, dass die Leute sie dafür hielten. Und du, Mädelchen? Bist wohl nicht sehr interessiert an dir selbst, was? Machst nichts aus deinem Erbe, würdest am liebsten tagtäglich solchen Schleier wie heute tragen und dir dazu auch noch Asche aufs Haupt streuen. Eine Art weltliche Nonne. Warum denn bloß, Kind, wem hast du Unscheinbarkeit gelobt? Steh mal auf, ich will deine Figur sehen.«

Nana hatte es die Sprache verschlagen. Wie unter Zwang erhob sie sich, trat auf den Gang hinaus und stand nun vor dem Rollstuhl.

»Dreh dich um, geh ein paar Schritte, gut so, und komm wieder her. Ist doch alles in Ordnung bei dir, nette Beine, schmale Taille, kein Hinkefuß, kein Buckel, kein Fettarsch. Wieso hat deine Mutter nicht dafür gesorgt, dass du dein Erbe aktivierst?«

»Das hat doch Gudrun schon getan«, flüsterte Nana.

»Gudrun? Ach ja, die Ältere, ich weiß, die hat sich mit Leib und Seele reingehängt. Die wollte alles für sich, und du hast daraus geschlossen, dass für dich nichts mehr übrig ist. Und deine Mutter hat das akzeptiert. Jetzt ist sie tot – und bei mir kann's ja auch nicht mehr lange dauern. Ich glaube, es wird langsam Zeit, dass ich dich aufkläre.«

In diesem Moment begann die Orgel leise zu spielen, die Kirchentüren wurden geöffnet und die Magnussen-Familie hielt ihren Einzug. Die Alte griff unter die karierte Decke und brachte einen Zettel hervor, den sie Nana mit dürren weißen Fingerchen reichte. »Komm mich doch einfach besuchen, Mädelchen, dann werden wir reden.«

Geschickt setzte sie ihren Rollstuhl in Bewegung und verschwand in einem der Seitenschiffe. Nana hatte keine Zeit ihr nachzusehen. Sie ließ den Schleier wieder herunter und erwartete aufrecht neben der Bank stehend ihren Vater, der am Arm von Gudrun den Gang entlang schritt. Dahinter ging David mit seinem Sohn, gefolgt von Johannes samt Familie und von Rüdiger mit seinen Söhnen Max und Hans.

Sie nahmen Platz in korrekter Ordnung, Nana nun neben ihrem Vater, während Gudrun über die seitliche Treppe zur Orgelempore stieg. Rüdiger setzte sich an Nanas andere Seite und umklammerte ihren Arm so fest, als hätte er Angst, sie könnte davonlaufen.

»Wer war das eben?«, flüsterte er.

»Wer denn?«

»Die Frau im Rollstuhl.«

»Keine Ahnung. Jedenfalls niemand, den ich kenne. Eine Neugierige.«

»Wozu haben wir eigentlich diese Aufpasser an der Tür?«

»Sei jetzt bitte still, Rüdiger!«

Er ließ ihren Arm los und faltete ungeschickt die Hände im Schoß.

Nana hörte, wie hinter ihr die Menschen in die Kirche strömten, sie hörte das Scharren vieler Füße auf dem gefliesten Mittelgang, das Geschiebe in den Bankreihen und das Getrappel auf der hölzernen Treppe zur Empore. Offenbar war Serena, obwohl sie die gesellschaftliche Bühne schon seit drei Jahren verlassen hatte, noch nicht vergessen. Was sie selbst wohl über ihr makabres Comeback gedacht hätte? Wahrscheinlich hätte sie gesagt, dass die meisten Neugierigen doch einzig aus Interesse an Rudolf Max Magnussen gekommen waren, aus Interesse an diesem Durchhaltekünstler und Boss eines Tausendmannbetriebes in einer mal wieder im Abwind befindlichen Branche.

Als es endlich ruhig wurde in der Kirche, griff Rüdiger demonstrativ nach Nanas Hand, was sie irritierte und daran hinderte, sich auf das Gedenken an ihre Mutter zu konzentrieren. Choräle, Bibelworte, eine kurze Predigt, weder besonders erleuchtet noch etwa peinlich, Nana hatte den Pastor sehr sorgfältig informiert. Ein Lob auf die verehrte Verstorbene, auf die Gattin, Mutter, Kunstmäzenin und Förderin mehrerer wohltätiger Vereine. Und dann füllte Gudruns kraftvoller Mezzosopran die kleine Kirche, und sogar die Unmusikalischen unter den Gästen spürten einen

Hauch großer Kunst, und sie bewunderten diese Familie, die ihr Leben so gut im Griff hatte.

Nach dem Gottesdienst dann schob sich der lange Trauerzug über die extra dafür gesperrte Elbchaussee zum nahen Nienstedtener Friedhof. Voran schritt der Beerdigungsunternehmer in seinem schwarzen Militärmantel, ein geübter Zeremonienmeister, ihm folgte der Sarg auf einem verhängten Räderkarren, flankiert und geschoben von acht Trägern in der operettenhaften Uniform der Hamburger Senatsreiter. Hinter dem Sarg, wiederum in vorbestimmter Reihenfolge, der starrgesichtige Witwer, nun rechts und links gestützt von beiden Töchtern, David und William, Johannes und die Seinen und Rüdiger mit den beiden Knaben.

Die unnatürliche Stille einer sonst so lärmigen Hauptverkehrsstraße wurde nur unterbrochen von den schlurfenden Schritten der großen Trauergemeinde. Nana überlegte, wie viele der Menschen, die hier mit betretenen Gesichtern dem Sarg folgten, ihre Mutter wohl gekannt hatten.

An der Familiengruft der Magnussens angekommen, hoben die Träger den Sarg vom Karren und ließen ihn langsam in die Grube hinunter. Erde zu Erde, Asche zu Asche, Staub zu Staub. Der Witwer warf seine drei Schaufeln Erde und ließ noch eine weiße Rose, die Nana ihm in die Hand gedrückt hatte, folgen. Beide Töchter sorgten mit kräftigen Armen dafür, dass er nicht selbst hinterherfiel. Nachdem auch Gudrun ihrer Schaufelpflicht genügt hatte, flüsterte sie Nana zu: »David und ich bringen Vater jetzt zum Auto. Mehr können wir ihm wirklich nicht zumuten.«

»David kannst du ihm erst recht nicht zumuten«, flüsterte Nana zurück.

»Doch, das kann ich. Zur Gegenwehr ist Vater sowieso zu schwach, und die beiden haben noch etwas zu bereden.«

»Heute?«

»David sagt, je eher, je besser.«

Das langwierige, mühsame Zeremoniell am Grabe blieb also an Nana hängen – sie hatte es kaum anders erwartet. So viele Hände griffen nach der ihren, so viele todernste Gesichter, so viel Beileid.

Nana bemühte sich, jeden Einzelnen wenigstens kurz anzusehen – wenn ihr schon keine persönlicheren Worte als »Danke, vielen Dank, sehr freundlich« und so weiter einfielen. Arne Norderup, der seine Frau mitgebracht hatte, war einer der wenigen, bei dem Nana Wärme spürte und sogar Kummer. Er hatte Tränen in den Augen. »War schließlich besser so«, flüsterte sie, als müsste sie ihn trösten. Er umarmte Nana kurz und murmelte: »Du schaffst das schon, Skipper.«

Immer meinten alle, dass sie es schon schaffen würde.

Unter den letzten Kondolierenden waren zwei Männer, die Nana zwar bekannt vorkamen, die sie jedoch in ihrem Gedächtnis nicht unterbringen konnte. Der eine schon sehr alt, korrekt gekleidet, mit militärisch steifen Schritten. Der andere leicht heruntergekommen, mit unsicheren Bewegungen, aber auf altmodische Weise elegant. Der Alte beugte sich tief über ihre Hand und sagte: »Wir waren nämlich sehr befreundet.« Nana, die das peinliche Gefühl hatte, diese angebliche Freundschaft sollte nun sie zu irgendetwas verpflichten, wandte sich abrupt seinem Begleiter zu. Der schlurfte heran und nahm mit überraschend kräftigem Druck ihre Rechte. Er roch stark nach Alkohol. »Tut mir Leid, schönes Kind«, murmelte er, »tut mir wirklich alles sehr Leid.«

Bevor noch der Nächste aufrücken konnte, verharrte der Fremde sekundenlang vor Nana und griff sich mit gespreizten Fingern in die vollen weißen Haare am Hinterkopf, während er vergeblich versuchte, ihr durch den dünnen Schleier ins Gesicht zu blicken. Dann zog ihn der Alte energisch davon.

Als endlich der Letzte abgezogen war und Nana, nun am Arm ihres Mannes, dem Grab den Rücken kehren konnte, fühlte sie keine Trauer, nur Erschöpfung.

Am Friedhofstor angekommen, wurde ihr plötzlich bewusst, dass sie nicht einmal einen letzten Blick in die Grube geworfen hatte. War das, was die Erde nun bedecken würde, wirklich der Sarg ihrer Mutter, waren das die von Lorenzen so liebevoll aufgeschichteten Blumen, war das unter den Blumen die rot-weiß-blaue Werftflagge?

Sie machte sich los von Rüdiger. »Ich muss noch einmal zurück«, flüsterte sie.

»Wieso denn das?«

»Ich … ich brauch noch einen letzten Blick.«

»Aber der Empfang, wer soll denn die Gäste begrüßen?«

»Gudrun ist doch da. Sie kann das sowieso viel besser als ich. Und es dauert ja nicht lange.«

Ohne auf seine Antwort zu warten, kehrte sie um und lief, nun mit leichten, schnellen Schritten, zurück. Rüdigers missbilligender Blick in ihrem Nacken störte sie nicht.

Schon von weitem sah sie, dass die Friedhofsarbeiter noch nicht wiedergekommen waren. Das offene, mit künstlichen Grasmatten ausgekleidete Grab lag einsam da, nur ein einzelner Mann war wohl von der großen Trauergemeinde übrig geblieben und umrundete mit langen, fast hüpfenden Schritten die Grube, Als Nana angekommen war, stand er auf der gegenüberliegenden Seite der Grube, leicht vornüber gebeugt. Sein Hut war weit in die Stirn gezogen, der Schal bedeckte das Kinn bis zum Mund, vor die Augen hielt er einen Fotoapparat. Er richtete sich auf, senkte die Kamera ein wenig und sah Nana an. So standen sie einander eine Weile gegenüber, bis er schließlich bat: »Nimm doch den Schleier vom Gesicht.«

Widerstandslos folgte Nana der Aufforderung, äußerte jedoch eine Gegenbitte: »Und du, lass endlich einmal die Kamera weg. Warum bist du hier?«

»Das siehst du doch, ich fotografiere.«

»Hast du denn nichts Wichtigeres zu tun?«

Er antwortete nicht, sah sie nur an. »Du hast dich kaum verändert«, sagte er nach einer Weile.

»Du dich auch nicht. Ein paar mehr Falten.«

»Zwanzig Jahre«, sagte er, »viel Leben dazwischen.«

»Und so viel Erfolg. Ich hab dir aus der Entfernung zugeschaut.«

»Ich dir auch. Eine glückliche Ehe, ein guter Beruf und zwei halbwüchsige Söhne. Meine Kinder sind inzwischen erwachsen. Und meine Frau hat mich vor zwei Jahren verlassen.«

»Das tut mir Leid.«

»Ja«, sagte er, »sie wollte lieber alleine leben.«

»Und du, fühlst du dich einsam ohne sie?«

»Warum sollte ich. Es gibt doch so viel Wichtigeres als eine Ehe, die ohnehin keine Ehe mehr war. Meine Arbeit natürlich, und die Fotografie. Und jedes Jahr eine große Reise. Am aufregendsten war es damals in Cordoba.« Er betrachtete sie mit zusammengekniffenen Augen. »Was ist los, du bist plötzlich ganz blass geworden, geht's dir nicht gut?«

Mit zittrigen Fingern zog Nana ihren Schleier wieder vors Gesicht.

»Meine Mutter ist gestorben«, sagte sie.

Er nickte. »Und was machen wir jetzt?«

Sie nahm sich zusammen. »Jetzt? Man vermisst mich bestimmt schon, ich muss gehen. Falls du vielleicht zum Empfang kommen willst – niemand würde Anstoß daran nehmen.«

»Ich aber«, sagte er.

Da drehte sie sich um und lief davon. Hinter sich hörte sie das Klicken einer Kamera.

Erst am Friedhofstor fiel ihr ein, dass sie es wieder versäumt hatte, einen letzten Blick mit den dazugehörigen Gedanken auf den Sarg ihrer Mutter zu tun.

»Was wollte David mit Vater besprechen?«, fragte Nana ihre Schwester am nächsten Tag. »Ich weiß es nicht. Im Auto hat er ihn plötzlich umarmt – Vater war zu überrascht, um sich wehren zu können, und er wollte es wohl auch gar nicht. Stattdessen ist er in Tränen ausgebrochen, in Gegenwart von Lorenzen! Daheim hat Mamas Pflegerin ihn dann ins Bett gebracht, und David hat noch stundenlang bei ihm gesessen. Ich selbst musste ja auf dem Empfang sein und die Honeurs machen, nachdem du es vorgezogen hast, zum Grab zurückzulaufen. Was wolltest du da eigentlich? Jedenfalls hast du mich in eine mir sehr peinliche Situation gebracht. Du hast ja wohl das Foto im Abendblatt gesehen mit der Unterschrift: ›Kammersängerin Serena Magnussen begrüßt gemeinsam mit ihrem Schwager Dr. Ing. Rüdiger Lauterbach die Trauergäste‹. Wirklich sehr unerfreulich.«

»Er verehrt dich und hat es vermutlich genossen.«

»Ich aber nicht.«

»Na, so schlimm kann's doch nicht gewesen sein. Und David? Hat er dir denn nichts erzählt von dem, was er mit Papa besprochen hat?«

»Kein Wort. ›Es geht dich nichts an‹, hat er gesagt, und als ich versucht habe, zu insistieren, ist er regelrecht wütend geworden. So hab ich David noch nie erlebt.«

Am dritten Tag fuhren alle wieder ab. Max und Hans mussten zurück ins Internat, und Rüdiger hatte beschlossen, sie hinzubringen. Die Johannes-Familie musste zurück zur Scholle – wie Rüdiger spöttisch bemerkte –, und Gudrun musste zurück nach Wien. Nur David und sein Sohn William blieben.

»Und ich sag dir was, Frolleinchen«, bemerkte Lorenzen, »wenn Mister David sich nicht gekümmert hätte, dann wär der Chef nach der Beerdigung zusammengeklappt. Jetzt wird alles wieder so wie früher.«

»Nur dass meine Mutter nicht mehr da ist«, sagte Nana. Aber Lorenzen hörte nicht zu, er war ganz in seine Harmoniewünsche vertieft. »Und der junge Mister David, der gefällt mir ja auch immer besser.«

»Er heißt William«, sagte Nana.

»Weiß ich doch. Aber der Chef sagt, dass der Name nicht stimmt. Er heißt nämlich eigentlich Wilhelm, nach unserem Senior selig.«

»Was der Chef immer so redet!«

Lorenzen wies sein Frolleinchen streng zur Ordnung: »Der Chef ist der Chef! Und wenn der den Namen William ablehnt, kann ich ihn nicht benutzen. Aber ich würd ja doch gerne mal wissen, wie das nun so ist mit dem jungen Mr. David.«

»Wie was ist?«

»Ich meine wegen dem Gerede, dass ihm ein Stück von unserer

Werft gehört. Irgendwie hätte er das geerbt, sagen die Leute. Er ist nämlich ein echtes Schiffbauerkind, das merkt man schon daran, wie er über die Werft geht.«

Nana lachte. »Wieso interessierst du dich eigentlich neuerdings für Besitzverhältnisse?«

»Und wieso nicht?«, antwortete Lorenzen würdevoll. »Schließlich bin ich hier der älteste Mitarbeiter. Fünfzig Jahre nämlich, rund gerechnet. Und ich mach mir Sorgen um die Nachfolge, wenn der Chef mal aufhört.«

»Es ist doch allgemein bekannt, dass dafür mein Mann vorgesehen ist.«

»Das glaubst du doch wohl selber nicht! Und hier auf der Werft glaubt es auch niemand. Also, was ist nun mit dem jungen Mr. David, wie viel gehört ihm?«

»Nichts. Er hat zwar etwas geerbt, aber sowie er mündig geworden war, hat er's zurückgetauscht gegen Vaters Finchbury-Anteile.«

»Schade. Was wird denn nun bloß?«

»Ich bin ja auch noch da.«

»Aber du bist ein Mädchen.«

William Finchbury, der junge Mr. David, hatte viele Internatsferien bei den Verwandten auf der Elbinsel verbringen müssen – »schließlich habe ich ihn nur in die Welt gesetzt, um Magnussen vor der Pleite zu bewahren«, hatte Gudrun gespottet.

Anfangs hatte er sich nur dem massiven Druck seiner Mutter gebeugt. Diese deutschen Großeltern mitsamt ihrer Insel waren ihm unheimlich. Erst als er Freundschaft geschlossen hatte mit seiner jungen Tante Nana, war er freiwillig und schließlich sogar gerne gekommen.

Nana, nur neun Jahre älter als er, nannte ihn liebevoll »mein ältester Sohn«, und William sagte dazu »meine erste Liebe«. Als Nana heiratete, war William gerade dreizehn geworden, gewiss nicht das beste Alter, um eine frühe Liebe teilen zu müssen. Natürlich hatte er Rüdiger blindwütig abgelehnt.

Als er dann mit seiner Volljährigkeit Louises Anteile an Magnussen geerbt hatte, war er voller Ideen und optimistischem Schaffensdrang nach Hamburg gefahren, um sich als Partner einzubringen, In seiner jugendlichen Unsicherheit gab er sich aber so auftrumpfend und fordernd, dass schon die erste Besprechung zwischen dem jungen Erben und seinem Partner/Großvater mit einem großen Gebrüll seitens des Alten und einer tiefen Kränkung für den Jungen endete.

Wütend hatte William sich bei Nana beklagt. »Falls der sich etwa einbildet, ich würde vor ihm zu Kreuze kriechen, irrt er sich. Mit so jemandem kann ich nicht zusammenarbeiten, ich werde meine Anteile verkaufen! Wir bei Finchbury können das Geld weiß Gott gut gebrauchen.«

»Bevor du das Kind mit dem Bade ausschüttest, solltest du vielleicht den Erbvertrag lesen«, sagte Nana.

»Wozu? Das Badewasser hat der Alte ja bereits ausgeschüttet, mitsamt Kind, und das bin ich. Also was meinst du, wie viel sind meine zwanzig Prozent wert?«

»Überhaupt nichts. Weil du nämlich nicht verkaufen kannst ohne sein Einverständnis, so steht es im Vertrag. Und der einzige Käufer, mit dem er einverstanden wäre, ist er selbst. Aber er selbst wird's nicht kaufen wollen, warum sollte er denn auch Geld für etwas ausgeben, das er sowieso schon hat, vor allem jetzt, nachdem er dich erfolgreich weggebissen hat.«

In seiner hilflosen Wut war William dann die einzige praktikable Lösung eingefallen: Über seinen Anwalt machte er Rudolf Max Magnussen den Vorschlag, den ererbten Magnussen-Anteil zurückzutauschen gegen den zwanzigprozentigen Finchbury-Anteil, den Rudolf seit 1948 hielt. Er wolle reinen Tisch machen, ließ er sagen, und in Zukunft auf Magnussens Mitarbeit in Liverpool, die sich ohnehin nur nachteilig ausgewirkt habe, verzichten.

»Meinst du, dass das im Sinne deines Großvaters ist?«, hatte Nana ihn vorsichtig gefragt.

»Mein Großvater John ist tot, mein Vater will sich nicht einmischen, und deinem Vater kann es doch nur recht sein. Die Magnussen-Anteil sind inzwischen sehr viel mehr wert als die von Finchbury – leider.«

Es war Rudolf Max Magnussen sogar sehr recht gewesen. »Wieder einmal hatte er die Demontage des »und Co.« persönlich beaufsichtigt, hatte sich dann jedoch schnell zurückgezogen, vermutlich um Lorenzen nicht bei dem Abtransport der Buchstaben zu behindern.

Das war vor acht Jahren gewesen. Inzwischen war William neunundzwanzig Jahre alt und kämpfte allein um das Überleben seines hoch verschuldeten Betriebes. Sein Verhältnis zu Rudolf hatte sich kaum geändert, dennoch bedauerte er den damaligen Rücktausch zutiefst. »Die Anteile an Magnussen waren das einzige sichere Investment, das wir hatten«, sagte er. »Man muss ja nicht unbedingt mit seinem Partner das Büro teilen, um an den Firmeneinnahmen zu partizipieren.«

Rüdiger Lauterbach lehnte er immer noch ab – nun nicht mehr blindwütig, sondern mit sachlichen Argumenten, die Nana nicht alle widerlegen konnte.

»Hättest eben doch auf mich warten sollen!«, sagte er. »Je älter wir werden, desto geringer wird der Altersunterschied.«

»Deshalb bleibst du doch immer mein ältester Sohn. Nur in grauer Vorzeit haben Mütter sich gelegentlich mit ihren Söhnen eingelassen, und es ist immer schief gegangen.«

»Die grauen Vorzeiten sind endgültig vorüber«, sagte William, »und wir beiden zusammen hätten eine rosarote Zukunft gehabt.«

In Liverpool galt William als Frauenheld. Er hatte eine ständige Verlobte zum Vorzeigen und, dem Vernehmen nach, daneben noch zwei oder drei weitere nicht ganz so vorzeigbare.

Am Tag nach der Beerdigung machten Nana und William einen langen Spaziergang am Elbufer entlang.

»Lorenzen findet, du solltest Vaters Nachfolger werden«, sagte Nana.

William lachte. »Also wenn Lorenzen das findet, dann übernehm ich hier die Geschäfte, klar.«

»Amüsier dich ruhig. Lorenzen ist eine Institution und mein Freund, und er macht sich Sorgen.«

»Wie hat er es bloß so lange mit deinem Alten ausgehalten?«

»Ganz einfach: Er liebt ihn, und er weiß ihn zu nehmen.«

»Beides kann ich von mir leider nicht sagen.«

»Du hast es ja noch nicht einmal versucht.«

»Wozu auch. Ich hab genug am Hals mit unserem eigenen Laden.«

»Ja, ich weiß. Und dein Vater ist dir keine große Hilfe. Wie geht's denn überhaupt bei euch?«

»Schlecht. Und wie läuft es hier?«

»Auch nicht viel besser. Die fetten Jahre im Schiffbau sind wohl endgültig vorüber. Der Markt ist hoffnungslos überbesetzt, Frachter, Tanker, Kühlschiffe – da ist kaum mehr etwas zu holen. Momentan geht's ja noch, aber die Auftragslage ist verheerend bei uns.«

»Wir müssen eben umdenken.«

Nana lächelte. »Nach dem Krieg haben wir Kochtöpfe produziert.«

»So weit wollen wir doch nicht gleich gehen.«

»Wie weit denn?«

»Ich weiß noch nicht. Aber ich arbeite dran.«

»Ich auch«, sagte Nana. »Du kennst doch Arne Norderup?«

»Der von Transit, klar, netter Mann.«

»Nett … wer will schon immer nett sein. Irgendwie reicht das doch nicht.«

»Bei ihm hat's jedenfalls bis in den Vorstand gereicht«, sagte William. »Mit all seiner Nettigkeit ist er stetig aufwärts gestiegen.«

»Er hat Vater einen interessanten Vorschlag unterbreitet. Schon vor ein paar Monaten. Aber Vater will nicht.«

»Ach ja?« William war jetzt sehr aufmerksam. »Wieso interessant, und wieso wollte dein Vater nicht?«

»Die Transit-Leute überlegen, ein großes Passagierschiff in Auftrag zu geben. Sie sind der Meinung, dass die Zukunft im Tourismus liegt. Aber Vater glaubt das leider nicht, das sei alles nichts als luxuriöser Firlefanz, sagt er, eine vorübergehende Modeerscheinung, für die sich das Engagement nicht lohnt.«

»Er soll sich ja nicht engagieren, er soll doch bloß ein Schiff bauen. In der augenblicklichen Flaute ist das ein wahres Gottesgeschenk.«

»Er soll sich eben doch engagieren. Transit will das Risiko nicht alleine tragen.«

»Verständlich«, sagte William. »Und nun suchen sie einen Partner. Und weil Rudolf Max Magnussen ja für seine Risikofreudigkeit bekannt ist ...«

»Behannt war«, korrigierte Nana. »Inzwischen ist er unbeweglich geworden.«

»Unbeweglich? Dabei ist er doch noch gar nicht so alt, achtundsiebzig, oder?«

»Mutters Krankheit war auch seine Krankheit, irgendwie.«

»Und nun ist sie tot und nun stirbt er auch?«, fragte William mit ungewohnter Direktheit. »Wer hätte das je zu denken gewagt, dem alten Haudegen ist die Klinge stumpf geworden, und das ausgerechnet durch seine Frau, an der er doch sonst seine Klinge immer gewetzt hat. Ehrlich gesagt, ich finde das sehr befriedigend.«

»Ach halt den Mund, Willy.«

»Wieso? Bekanntlich hat mich der Alte nie gemocht. Also was ist nun mit Transit?«

»Nichts ist, jedenfalls nichts für Magnussen, sehr enttäuschend vor allem für mich. So ein Passagierschiff wäre doch eine wunderbare Herausforderung! Ich habe sogar schon Entwürfe gemacht, nur so zum Spaß. Nun suchen die Transit-Leute eben einen anderen Partner. Es gibt ja auch noch die Möglichkeit, so was über Kleinaktionäre zu finanzieren – dann wird's eben ein Zahnarztschiff, du weißt schon, aber das behagt ihnen nicht, sagt Norderup. Die wollen eine andere Großreederei oder eben eine Werft. Das jedoch scheint nicht zu klappen. Was ist denn zum Beispiel mit Finchbury?«

William schüttelte den Kopf. »Dafür reicht unsere Kapazität nicht aus.«

»Die könnte man schließlich steigern.«

»Und die einzige Sicherheit läge dann in der eigenen Risikofreudigkeit? Welche Bank würde sich denn darauf einlassen? Dein Vater ist ein reicher Mann, mein Vater ist es leider nicht. Außerdem, um es klipp und klar zu sagen, Finchbury geht es wirklich schlecht, du weißt ja, dass mein Vater sich nie richtig gekümmert hat, und ich selbst war in den ersten Jahren vollkommen überfordert und habe Fehler gemacht. Du kannst dir nicht vorstellen, wie oft ich es verflucht habe, in einem Anfall von Trotz und Selbstüberschätzung meine ererbten Anteile an der gesunden Magnussen-Werft herzugeben im Tausch gegen eure zwanzig Prozent an unserem heruntergewirtschafteten Laden. Aber ich werde schon wieder auf die Beine kommen – garantiert! Und sei es mit Kochtöpfen.«

Erst nachdem auch William abgefahren war, erinnerte sich Nana an den Zettel der kleinen Rollstuhldame und kramte ihn aus der Tasche ihres schwarzen Trauermantels heraus.

In zittriger, aber klar lesbarer Handschrift stand da: Caroline Griesbauer, dazu eine Adresse irgendwo in Hamburg-Ottensen. Keine Telefonnummer.

Nana fuhr hin, klingelte und hörte fast sofort das schon bekannte helle Stimmchen mit einem »Hallo, wer ist da?« Sie nannte ihren Namen.

»Hast dir Zeit gelassen, Mädelchen. Also komm rein, fahr mit dem Lift in den fünften Stock, da wohne ich.«

Ein modernes Haus, unten wie oben alles glatt und ohne Stufen, praktisch für einen Rollstuhl. Die Wohnungstür stand offen. Das Stimmchen befahl ihr: »Hereinspaziert, den Flur entlang, zweite Tür links.«

Der Anblick des großen Zimmers, in dessen Mitte die Dame in ihrem Rollstuhl thronte, wirkte auf Nana wie ein physischer Schock. Hier, in diesem spärlich möblierten Raum, der außer durch das hereinflutende Nachmittagslicht auch noch von mehreren Lampen grell beleuchtet war, hingen zehn oder zwölf wunderbare Gemälde, wie ihre Mutter sie geliebt und der Tochter immer wieder in Ausstellungen und Büchern gezeigt hatte. Eine Verkündigung von Dante Gabriel Rossetti, zwei Gouachen von Schiele, mehrere Noldes, zwei Frauenbildnisse von Klimt, dazu Picasso, Braque, Vuillard und Mondrian.

Nana war so verwirrt, dass sie es nicht einmal zu dem kurzen Satz brachte, den sie sich für die Begrüßung zurechtgelegt hatte und der lauten sollte: »Sie wissen offenbar, wer ich bin, und darum würde ich nun sehr gerne wissen, wer Sie sind.«

Schweigend stand sie da und betrachtete die Bilder. Keines davon hatte sie zuvor gesehen, dessen war sie sich ziemlich sicher, und doch schienen sie ihr alle wohl bekannt. Bis auf zwei alte Niederländer, die waren ihr fremd und wirkten hier auch seltsam deplatziert.

»Sieh dich ruhig um, Mädelchen«, sagte die Rollstuhldame, »wir haben ja Zeit.«

Magisch angezogen, näherte Nana sich den beiden Klimt-Bildern.

Die Dame hinter ihr stieß einen klirrenden Lacher aus. »Angeblich war er ihr Vater«, sagte sie.

»Wer?«

»Na, der Klimt doch. Jedenfalls hat Herma das behauptet. Bloß, dass man ihr nicht so recht trauen konnte, und der Meister hat's sowieso abgestritten, wie bei all den anderen auch. Aber er hat die Kleine wenigstens im Atelier geduldet und immer, wenn er mal ein Kindmodell brauchte, dann hat er das Albertinchen genommen.«

»Albertinchen?«

»Das war doch ihr Taufname, Albertine, weil der Ehemann von der Herma Albert hieß. Serena hat sie sich dann selbst genannt, nach der schönen Serena Lederer. Deine Schwester Gudrun wusste das, darum hat sie sich ja auch kein Gewissen daraus gemacht, deiner Mutter den Namen Serena wieder wegzunehmen, ist doch ein sehr hübscher Name, klingt irgendwie musikalisch.«

Nana dachte, dass es wohl das Beste wäre, sich nicht mehr zu wehren gegen diese Traumwelt, in die sie hier unversehens geraten war. Sie öffnete eine Mappe mit Zeichnungen, die auf einem hohen schmalen Pult lag. Und es wunderte sie kaum noch, dass es sich um genau jene Zeichnungen handelte, die sie als Heranwachsende so sehr erregt hatten. Um jene lasziven und dabei doch so zärtlichen Bilder, die sie selbst dann im Landhaus des Richters nachgestellt hatte.

Nana errötete, als wäre plötzlich jemand in ihre intimsten Gedanken eingedrungen.

»Woher haben Sie das?«, fragte sie.

»Was?«

»Diese Mappe, diese Zeichnungen. Das sind doch Originale.«

»Alles, was du hier siehst, sind Originale. Mit Kopien halte ich mich nicht auf. Das wäre ja auch sofort nachweisbar. Nun komm schon, Mädelchen, hast genug herumgeschaut. Nimm dir einen Stuhl, setz dich nahe zu mir, damit ich nicht so laut reden muss. Ich hab dir nämlich eine ganze Menge zu erzählen. Es wird schon ein paar Stunden dauern, und ich wäre dir ehrlich verbunden, wenn du mich nicht andauernd unterbrechen würdest.«

Deine Mutter hat dir wohl nie was von mir erzählt, stimmt's?«, sagte die alte Caroline zu Nana, »von ihrer Kindheit, ihrer Jugend?«

»Nicht viel. Nur, dass die Eltern früh gestorben sind, bei einer großen Grippeepidemie. Da war sie zwölf. Eine Freundin ihrer Mutter hat sie zu sich genommen. Sie hat Zeichenstunden gehabt bei Gustav Klimt und Nähen und Sticken gelernt bei seiner Freundin Emilie Flöge. Und als sie zwanzig war, hat sie meinen Vater kennen gelernt, der hat sie dann von Wien nach Hamburg geholt.«

»Und das war alles?«

»Ich glaube, mein Vater hatte es nicht gern, wenn sie von ihrer Jugend redete. Alles sollte erst mit ihrer Heirat beginnen. Und Mutter hat immer gemacht, was Vater von ihr verlangte.«

Caroline nickte lächelnd. »Deine Mutter war die beste Lügnerin, die ich je erlebt habe. Dabei hatte sie meistens nicht einmal Grund zum Lügen. Es gehörte ganz einfach zu ihr, so wie die Form der Hände oder die Farbe der Haare. Deshalb habe ich es ihr auch nie übel genommen. Sie hatte sehr schöne Haare, findest du nicht auch?«

»Aber sie ist früh grau geworden.«

»Das war, als deine Schwester Gudrun sich in den Kopf gesetzt hat, eurer Mutter ihre Identität zu stehlen. Da wurde Serena plötzlich grau und Gudruns Haar begann zu leuchten.«

»Unsinn«, sagte Nana und war froh, dass ihr ein ärgerlicher Ton gelang. »Gudrun hatte schon immer diese wunderbaren Haare, ganz im Gegensatz zu meinen kaninchenfarbenen.«

»Es gibt sehr hübsche Kaninchen«, sagte Caroline.

»Wen interessiert es schon, ob ein Kaninchen hübsch ist oder nicht. Und Mutter hat dann eben ihre Haare gefärbt. Vater hat größten Wert darauf gelegt, dass sie jung und gepflegt aussieht. Selbst in den schlechten Zeiten kam der Friseur ins Haus, später dann ist sie jede Woche freitags zu ihm gegangen. Leider hat sie mich nie mitgenommen.«

»Natürlich nicht. Die Friseurbesuche waren doch die einzige Möglichkeit, mit mir in Kontakt zu kommen, jede Woche freitags. Es ging ihr nicht um die Haare, es ging ihr um das, was ihr der Friseur besorgte, und es ging ihr um ihre Erinnerung. Die konnte sie nämlich nur mit mir teilen oder mit dem Mitwisser ihrer Untreue. Sie hat ihn immer den Mörder genannt, obgleich er tatsächlich gar kein Mörder war. Wahrscheinlich ist Serenas überdrehte Leidenschaft ihrem Liebsten ganz einfach zu viel geworden, und er hat sich abgesetzt, ist spurlos verschwunden. Im Krieg war ja manches möglich, die ideale Situation für Zyniker seines Schlages. Später hat sich ›der Mörder‹ dann auch als sehr nützlich erwiesen, jedenfalls für mich. Und ich glaube sogar, dass er meistens fair abgerechnet hat – in jeder Beziehung. Aber deine Mutter wollte nichts davon wissen, sie war erinnerungssüchtig, und dabei musste sich jedes Detail mit den Einkerbungen in ihrem Gedächtnis decken, sie erlaubte keine Korrektur: Hier das unschuldige Opfer, das durch die Liebe zu ihr zu einem Risiko für seine Auftraggeber wurde, dort der kaltblütig-teuflische Mörder. Wieso sie dennoch bis zum Schluss auf diesen René gewartet hat, war sogar für mich schwer zu verstehen. Sie spielte eben auch in der Phantasie verschiedene Rollen.«

Nana spürte ein seltsames Ziehen im Bauch, Hitze stieg in ihr hoch, und es flimmerte ihr vor den Augen. »Könnte ich mir vielleicht ein Glas Wasser holen?«

»Natürlich. Die Küche befindet sich schräg gegenüber. Im Kühlschrank ist auch Wein, wenn du magst. Und Whisky gibt's ebenfalls.«

»Nein danke, Wasser reicht mir.«

Sie stolperte in die Küche und schenkte sich einen großen Whisky ein, den ersten seit Serenas Tod. Das Gefühl der Niederlage hielt nur so lange an, bis der Whisky im Magen gelandet war und wurde dann durch Trotz ersetzt.

Als sie zu Caroline zurückkam, sagte sie: »Und sie hat Ihrer Meinung nach immerfort gelogen, meine Mutter?«

»Lügen ist vielleicht nicht das richtige Wort. Sie hat verfälscht oder auch gefälscht und damit neue Wahrheiten entstehen lassen.«

»Das, was Sie für Wahrheit gehalten haben.«

»Genau – das, was ich von Fall zu Fall für Wahrheit halten wollte.«

»Aber … wenn Sie meiner Mutter so nahe standen, wieso lerne ich Sie erst jetzt kennen, ich meine, wieso waren Sie nie bei uns auf der Elbinsel oder wir hier bei Ihnen?«

Caroline lachte gutmütig. »Ich war Teil von Serenas Vergangenheit, die Magnussen leider missfiel. Also musste ich beiseite geräumt werden, er verlangte das so. Und meine Kleine hat sich selbstverständlich gefügt, es machte ja auch nicht allzu viel Mühe, dennoch mit mir in Kontakt zu bleiben. Übrigens, Mädelchen, dein Vater hat deine Mutter wirklich geliebt, ausschließlich und über alle Widrigkeiten hinweg, und als er sie dann des Betrugs überführt hatte, da hat ihm der Besitzerstolz die Liebe ersetzt. Serena hat sich sehr geschickt eingestellt auf beide Dramen, auf das Geliebt- und auf das Besessenwerden. Aber schließlich ist sie des Ganzen einfach überdrüssig geworden – und dann hat sie Schluss gemacht.«

»Haben Sie ihr die Tabletten gegeben?«

»Aha, die Tablettensache hast du immerhin herausgefunden. Ja, das war ich. Aber schon vor Jahren, noch bevor sie den genialen Einfall mit dem Alzheimer hatte. Über den Friseur bin ich an einen Apotheker gekommen, der zufällig ein Kunstsammler war. Eine kleine Klimt-Zeichnung, und schon bekam ich, was ich wollte.«

Caroline kippte mit einem Knopfdruck die Rücklehne ihres Rollstuhls etwas herunter, sodass sie jetzt fast lag. Entspannt lächelnd, schloss sie die Augen.

»Sie war doch wie mein eigen Fleisch und Blut, als hätte ich sie selbst geboren – Gott sei Dank ohne den ganzen Tinnef von Zeugung und Schwangerschaft und Geburt. Jedenfalls konnte ich meiner lieben Kleinen nie etwas abschlagen.«

»Auch nicht die Hilfe zum Selbstmord?«

»Natürlich nicht. Ich wusste doch, dass sie es nicht tun würde ohne reifliche Überlegung. Und dann sollte sie es wenigstens auf angenehme Weise tun können,«

Nana sagte, dass sie sich gern noch ein Glas Wasser holen wolle, ging ruhigen Schrittes in die Küche und trank einen weiteren Whisky. Als sie zurückkam, sagte die alte Frau: »Warum bringst du die Flasche nicht gleich mit, dann ersparst du dir das Hin- und Hergerenne.«

»Seit Mutters Tod habe ich nicht mehr getrunken.«

»Gut, Mädelchen, sehr gut. Dann halt dich auch weiterhin daran. Du hast ja gesehen, was aus deiner Mutter geworden ist.«

»Alkohol war nie ein Problem für sie.«

»Wieso Alkohol? Es gib so viel angenehmere Mittel.«

»Wahrscheinlich sollte ich jetzt besser nach Hause gehen«, sagte Nana.

»Warum denn? Du hast doch Zeit, niemand drängt dich. Magnussen ist noch immer benebelt von seiner Trauer, dein Mann ist mit den beiden Knaben unterwegs und deine Mitarbeiter auf der Werft sind mal ganz froh, wenn du ihnen nicht auf die Finger siehst.«

»Woher wissen Sie das alles?«

»Es gibt immer Möglichkeiten, Spione oder Zuträger zu finden. Der eine tut's aus Liebe, der andere gegen eine gute Bezahlung.«

»Und wer tut es warum in meinem Fall?«

»Das wäre doch nicht fair von mir, wenn ich dir das sagen würde, oder?«

Nana, der inzwischen unbegreiflich war, wieso sie es neun Tage lang ohne die beruhigende und gleichzeitig belebende Wirkung des Whiskys ausgehalten hatte, fragte: »Warum haben Sie mich denn überhaupt herbestellt?«

»Ich dachte, das hättest du bereits begriffen. Ich will dir das Leben deiner Mutter erzählen, also das, was ich von ihrem Leben weiß.«

Die geschwätzige Alte nahm sich Zeit. Zwischendrin fiel sie immer mal wieder in einen kurzen Schlaf, um anschließend genau dort wieder anzusetzen, wo sie aufgehört hatte.

Nana ging nicht noch einmal an den Kühlschrank, auch nicht, als die Wirkung des Alkohols nachließ.

Am späten Nachmittag, die Erzählerin war noch nicht bei der Geburt des Kindes Nana angekommen, erschien ein magerer, zarter Jüngling mit schulterlangen goldblonden Haaren und ringbestücktem Ohr. Nana meinte, ihn irgendwie zu kennen, sie wusste allerdings nicht, woher.

»Hi Oma«, sagte er, applizierte einen Kuss auf die Wange der alten Frau, schüttelte mit geübtem Griff ihre Kopfkissen auf, schob dann ihren linken Ärmel hoch und befestigte die Gummimanschette des Blutdruckmessgerätes am Oberarm. Ohne Nana anzusehen, sagte er: »Da sind Sie ja endlich. Sie haben sich ziemlich viel Zeit gelassen, was? Das sollte man aber nicht tun bei einer so alten Frau. Bei unserer Oma kann es nämlich jeden Tag zu Ende gehen.«

»Halt die Klappe, Johnny«, sagte Caroline.

»Aber es stimmt doch. Zweihundert zu hundertzehn – der Blutdruck ist viel zu hoch. Und das Warten auf diese Dame hier hat ihn nicht gerade gesenkt.«

»Könnte es sein, dass ich Sie schon mal irgendwo gesehen habe?«, fragte Nana.

»Aber gewiss doch, Gnädigste. Allerdings weniger gesehen als übersehen. Die untergeordneten Hilfskräfte im Dienste der verehrten Frau Mama waren Ihnen keinen genaueren Blick wert.«

»O ja, jetzt weiß ich's«, sagte Nana. »Sie sind der Mann für Hände und Füße.«

»Genau. Maniküre, Pediküre und alle vierzehn Tage die neuesten Nachrichten vom fernen Festland. Der übrige Hofstaat versagte in diesem Punkt völlig.«

»Meine Mutter war schon lange nicht mehr in der Lage, irgendwelche Nachrichten zu begreifen.«

Die Antwort schien den Jüngling zu amüsieren. Er lachte herzlich. »Es kann doch nicht sein, dass Sie's immer noch nicht begriffen haben.«

»Wie wär's, wenn du uns jetzt wieder alleine ließest?«, sagte Caroline. »Wir haben noch einiges zu bereden, zumal es, wie du festgestellt hast, jeden Tag mit mir zu Ende gehen kann.«

»Na, dann redet doch. Ich stör mich nicht dran.«

»Aber wir stören uns an dir.«

»Dabei ist mir nichts Menschliches fremd.« Johnny grinste fröhlich. »Also gut, ich überlasse dich eurem Weibergeschwätz. Aber zuvor gehen wir beide noch mal ordentlich zum Klo. Oder hat das die Dame hier schon zuvor mit dir erledigt?«

Caroline rollte in komischer Irritation die Augen gen Himmel. »Sie ist mein Gast!«, sagte sie.

»Und ich bin deine Krankenschwester. Also los.«

Er drehte den Rollstuhl um und sah über die Schulter kurz zu Nana hin. »Also bis gleich, Frau Lauterbach, gnä' Frau«, sagte er grinsend, »eine kräftige Entleerung, danach kann's weitergehen mit der Lebensgeschichte.«

Der Badezimmerausflug dauerte länger als eine halbe Stunde, und als der Rollstuhl samt Caroline wieder erschien, nun ohne ihren Pfleger, wirkte sie heiter und sehr zufrieden. Mund und Augenbrauen waren sorgfältig nachgezogen, die Wangen mit Rouge betupft und überpudert und die schlohweißen Haare frisch zurechtgezupft. Ein silbriger Lidschatten ließ die Augenlider fast durchsichtig erscheinen.

»Er schminkt mich so gerne«, sagte sie mit kokettem Lächeln, »er ist ein Meister auf dem Gebiet.«

»Ist er denn auch in der Lage, all die anderen Pflegedienste zu verrichten? Ich meine, er wirkt sehr schmächtig.«

»Du meinst, mich aufs Klo zu heben und so weiter? Der Knabe ist kräftiger als man denkt. Und er hat eine Seele aus Gold.«

»Wie gut«, sagte Nana. »Und Sie haben offenbar beschlossen, sich dieser goldenen Seele anzuvertrauen.«

»Warum nicht. Bei mir ist ja nicht viel zu holen.«

»Und die Bilder?«

»Die Bilder? Kein Problem. Ich habe ihm gesagt, dass sie alle falsch sind.«

»Ach so. Sehr praktisch – falls er es glaubt.«

»Natürlich glaubt er's nicht. Und bekanntlich findet man auch für alles, was man glauben oder nicht glauben will, einen entsprechenden Zeugen. In Johnnys Fall ist es ein vielseitig erfahrener alter Kunstexperte, der über exzellente Beziehungen verfügt, zu alten Nazis ebenso wie zu neuen Reichen. Und was glaubst du, Mädelchen?«

»Was glauben Sie denn?«

»Ich *weiß*, Mädelchen, ich hab's nicht nötig zu glauben. Und Johnny bin ich einfach dankbar. Seit Serena nicht mehr von der Insel runtergekommen ist, war er der Einzige, der mir gelegentlich zugehört hat.«

»Schließlich konnte ich nicht wissen, dass es Sie gibt«, verteidigte Nana sich gegen den unausgesprochenen Vorwurf.

»Konntest du nicht? Das ist die Frage. Jedenfalls ist euch Kindern das Leben eurer Mutter ziemlich egal gewesen. Am neugierigsten war noch die Kammersängerin. Die ist immerhin einmal bei mir aufgetaucht.«

»Gudrun war hier, sie kennt Sie?«

»Soweit man sich an einem einzigen Nachmittag kennen lernen kann.«

»Wann war denn das?«

»Hm ..., lass mich überlegen. Das muss Anfang des Krieges gewesen sein. Da tauchte dieses dreizehn- oder vierzehnjährige Mädelchen hier eines Tages auf – schön wie Aphrodite. Sie sah meiner Serena, die ich damals verloren glaubte, so entsetzlich ähnlich, dass ich ihren Anblick kaum ertragen konnte. ›Was habt ihr mit ihr gemacht‹, hab ich sie angeschrien, ›dass sie sich von mir abgekehrt hat!‹ Und dieses kleine superkluge Ding hat mir erklärt: ›Sie hat sich von uns allen abgekehrt, und ich weiß nicht mal, wieso und wohin.‹ Und die Tränen sind ihr über die Backen gelaufen. ›Dabei waren wir doch die perfekte Familie‹, hat sie geschluchzt,

›Vater, Mutter, Johannes und ich. Und allesamt beschützt von Onkel David. Aber Mama hat alles kaputtgemacht.‹ Das hat sie also hier gesagt, deine große Schwester. Und ich wusste nicht, womit ich sie trösten sollte. Aber eigentlich wollte sie wohl gar keinen Trost, sie wollte nur wütend sein, und sie wollte jemanden, der die Wut mit ihr teilt. Aber dafür war ich nicht die Richtige. ›Wenn sie mich nicht mehr will, dann will ich sie schon gar nicht mehr!‹, hat das Kind gesagt. Ich selbst habe da ja sehr anders reagiert. Ich liebte Serena, ohne je Bedingungen daran zu knüpfen. Sie tat, was sie tun musste, und wenn sie auch manchmal versuchte, mich aus ihrem Leben zu streichen, so war ich mir doch immer absolut sicher, dass sie, wenn die Zeit für sie reif wäre, zu mir zurückkehren würde. So ist es dann auch geschehen. Das Warten auf sie, das Zuschauen und Registrieren hat mich am Leben erhalten. Nachdem ich sie nun endgültig in dieser Welt verloren habe, spüre ich plötzlich mein Alter und finde keinen Grund, alleine weiterzumachen.«

»Aber Sie werden doch nicht …«, sagte Nana erschrocken.

»Mich auch umbringen? Nicht nötig, das erledigt die Natur für mich. Sie wird sogar meinen Goldjungen Johnny überlisten.«

»Wohnt Johnny bei Ihnen?«

»Na klar, er muss doch Wache halten. Er rollt sich zusammen wie ein Hündchen und schläft auf dem Teppich neben meinem Bett.«

»Das stimmt doch nicht!«, sagte Nana.

»Nein? Also gut, es stimmt nicht. Er schläft in einem Klappbett vor der Wohnungstür, damit niemand reinkommt und die Bilder stiehlt.«

Nana lachte. »Das glaube ich auch nicht. Und wo ist er jetzt?«

»Er weiß mich bei dir in guten Händen, darum nimmt er sich die Zeit, uns ein anständiges Mahl zu bereiten. Vom Kochen versteht er nämlich fast ebenso viel wie von Schönheitspflege.«

Schwungvoll öffnete Johnny die Zimmertür, rief: »Meine Damen, es ist angerichtet«, und schob den Rollstuhl über den Flur in die große Küche, an den sorgfältig gedeckten Küchentisch.

»Ein lang erwarteter Gast hat uns endlich beehrt«, flötete er,

»wir sind uns der besonderen Gelegenheit bewusst und haben uns große Mühe beim Kochen gegeben. Weiß oder rot, gnä' Frau?«

»Keinen Alkohol«, sagte Nana.

Johnny stutzte. »Da waren wir ja offenbar nicht richtig informiert, was Oma?« Mit großer Geste füllte er ihr Weinglas mit Wasser.

Also blieb Nana zum Essen. Sie wunderte sich, wie leichtfertig sie sich dieser fremden Planung überließ: Einem sich vertraulich gebenden alten Weib, das offenbar ihr Leben umkrempeln wollte, und dazu einem jungen Mann, der außer einem guten Abendessen für sie auch noch sein eigenes Süppchen kochen wollte.

Aber was konnte sie schon dagegensetzen? Einen schweigsamen Ehemann, eine besserwisserische Haushälterin, zwei Teller bunter Schnittchen, Wurst, Schinken, Käse mit Petersilie garniert? Danach die Abendnachrichten und dann irgendeine Alibibeschäftigung, bis Rüdiger ins Bett ging? Erst wenn er schlief, konnte Nana sich ungeniert neben ihn legen. Wenigstens hatte sie seit geraumer Zeit ihre eigene Bettdecke. Dort fühlte sie sich wie in einem alten eingefahrenen schweren Vehikel, das immer auf der gleichen Route fährt, während sie hier in einem Luftschiff war, unterwegs mit unbekanntem Ziel.

Johnny bestritt den größten Teil der Unterhaltung: »Wir sind wirklich froh, dass Sie endlich den Weg zu uns gefunden haben«, sagte er, »vor allem, weil man Erbschaftsdinge doch besser vor dem Tod regeln sollte, finden Sie nicht auch?«

»Ja natürlich«, sagte Nana.

»Aber besser erst nach dem Essen, wir sind ja nicht in Eile. Ich habe Ihnen auch schon im kleinen Wohnzimmer ein wunderbares Bett aufgeschlagen. Und weil sie darum vermutlich einen Anruf tätigen möchten, sind wir hoch erfreut, Ihnen auch hierbei behilflich sein zu dürfen.«

Er wählte eine Nummer und reichte Nana den Hörer. »Zu Ihren Diensten, gnä' Frau.«

Inzwischen hatte sich in Nana jene seltene Trunkenheit ausgebreitet, die man mit Alkohol kaum je erreichen kann.

Rüdigers empörte Vorwurfsstimme war laut und er sprach lange. Als er sich endlich ausgetobt hatte und eine kurze Pause einlegte, sagte Nana nur: »Es ist mir eben etwas dazwischen gekommen.«

»Was, um alles in der Welt«, schrie der Ehemann.

»Ich habe eine alte Freundin meiner Mutter getroffen.«

»Die Frau im Rollstuhl?«

»Genau«, sagte Nana. »Und nun bin ich eben bei ihr und höre ihr zu. Und ich werde hier auch übernachten.«

»Das wirst du nicht!«, schrie Rüdiger. »Dein Vater hat auch schon nach dir verlangt, und morgen früh um neun hast du eine Verabredung mit Mrs. Sinides!«

»Du bist falsch informiert, Rüdiger, die Verabredung ist erst um elf, und ich werde selbstverständlich da sein, das heißt, wenn nichts dazwischen kommt.«

Am anderen Ende herrschte eine Weile Stille, dann kam Rüdigers Stimme wieder, jetzt ruhig und beherrscht: »Dann gib mir jetzt bitte die Adresse, damit Lorenzen dich abholen kann.«

»Gut, dass du Lorenzen erwähnst. Wahrscheinlich wartet er immer noch auf mich in Teufelsbrück. Lass ihm doch bitte Bescheid geben, dass ich vor morgen früh halb elf nicht zurückfahren werde. Das wär's dann also, gute Nacht Rüdiger, schlaf gut.«

Nana beendete das Gespräch, ihre Wangen waren gerötet, sie verschluckte sich beim Luftholen. Sie war wohl doch sehr viel aufgeregter, als sie wahrhaben wollte.

»Bring sie ins Bett, Johnny«, brummte Caroline, »gib ihr noch eine gute Massage, das wird sie beruhigen und schläfrig machen.«

»Na klar«, sagte Johnny, zog Nana vom Stuhl hoch und schob sie zu ihrem Nachtlager.

Seine Massage war dann für Nana tatsächlich ein wunderbar einschläferndes Labsal. Sie lag auf dem Bauch und träumte.

Zum Abschluss spürte sie verwundert, wie der leichtgewichtige Goldjunge mit bloßen Füßen rechts und links an ihrem Rückgrat auf und ab trippelte. »Das hab ich in Thailand gelernt«, flüsterte er, »das löst alle unguten Gedanken und lässt nur noch die übrig, die man auch wirklich denken will. Gute Nacht, Frau Lauterbach, schlaf gut, und über die Erbschaftsangelegenheit können wir ja auch morgen früh noch reden.«

Nana schlief tief und fest. Als sie gegen sechs Uhr früh aufwachte, voller ungewohntem Optimismus und Tatendrang, konnte sie sich nicht an den Inhalt ihrer Träume erinnern. Sie schaute sich im Zimmer um. In einer Ecke stand eine altmodische Kleiderpuppe, angetan mit einer lila-türkisen Bluse, der Stoff kam ihr bekannt vor.

Im Bad probierte sie ein paar von Carolines Cremes aus und schlüpfte in den leichten japanischen Kimono, den Johnny ihr bereitgelegt hatte. Dann ging sie in die Küche.

Johnny stand am Herd, Caroline las Zeitung. »Na endlich«, sagte sie. »Ich bin schon seit zwei Stunden wach.«

»Sie hätten mich ja wecken können.«

Nana setzte sich an den Küchentisch und schenkte sich Kaffee ein. »Also, was wollten Sie mit mir besprechen, Johnny?«

Der klatschte ihr einen Armen Ritter auf den Teller, ließ Honig darüber fließen und bestäubte das Ganze mit Zucker und Zimt.

»Erbschaftsangelegenheiten. Wir sollten das besser vor Omas Tod erledigen, damit wir uns nachher nicht in die Haare kriegen.«

»Reden Sie doch nicht andauernd von ihrem Tod«, wehrte Nana ihn ab.

»Wieso denn nicht? Der kann jeden Moment eintreten, und Oma sagt, sie freut sich drauf. Das ist ja auch vernünftig, in ihrem Alter!«

Caroline lächelte. »Na gut, Johnny. Dir zuliebe freue ich mich auch noch auf meinen Tod.«

Er strahlte. »Wäre ja auch zu dumm, ich meine, für jemanden wie dich total unpassend, wenn du dich nicht freuen würdest. Nach fast neunzig langen Lebensjahren.«

»Nun lass mich mal reden, Junge, dann geht's schneller, ist klarer und hat auch mehr Gewicht.«

»Aber ich will keine Änderungen«, quängelte Johnny, »bloß

weil sie hier jetzt endlich in Fleisch und Blut und dazu noch in deinem Kimono vor dir sitzt.«

»Der ihr ganz ausgezeichnet steht. Also, um es kurz zu machen: Ich habe keine Verwandten und meine Freunde sind inzwischen alle tot. Bleibt nur noch ihr beiden. Die Bilder sollt ihr nach Lust und Laune aufteilen. Die sind ja bekanntlich sowieso falsch – aber doch recht dekorativ. Die Grafik beansprucht etwas mehr Kunstverstand, als Johnny ihn aufbieten kann, darum geht sie geschlossen an Nana. Mein Bankkonto wird ebenfalls zwischen euch aufgeteilt, halbe-halbe. In der Deutschen Bank, Filiale Ottensen, liegt bereits ein diesbezügliches notariell beglaubigtes Testament. Die Wohnung erbt Nana. Eine Lebensversicherung gibt es nicht. Das wär's, fertig aus, zufrieden?«

»Aber die genaue Aufteilung der Bilder«, sagte Johnny, »sollten wir das nicht schon jetzt machen? Warum rufen wir nicht einfach einen Experten und lassen sie schätzen.«

»Wirklich, Johnny, mach dich nicht dümmer als du bist. Fälschungen lässt man nicht schätzen, weil man sich den Wert ja selber ausrechnen kann. Leinwand, Rahmen, Farbe und, zugegeben, ganz hübsche Arbeiten. Ich würde sagen, großzügig berechnet, zweitausend pro Bild.«

»Könnte ja sein, dass jemand mehr dafür bezahlt.«

Caroline warf Johnny einen strengen Blick zu und räusperte sich. »Komm mir nur nicht auf dumme Gedanken – und schon gar nicht in Gegenwart von Serenas Mädelchen!«

Johnny grinste. »Ich bitte sehr um Entschuldigung, Frau Lauterbach.«

»Also, Mädelchen«, sagte Caroline, »mal abgesehen von den Bildern – das kannst du mit Johnny klären –, was hältst du von meinem Testament?«

»Woher stammen eigentlich alle diese Bilder?«, fragte Nana.

»Die stammen von Serena, Schluss, aus, mehr weiß ich nicht.«

Aber Johnny gab sich nicht zufrieden. »Stimmt ja gar nicht, du weißt doch mehr, zum Beispiel über die Zürcher Bilder, die Serena von Louise Finchbury geerbt hat.«

Nana horchte auf. »Meine Mutter hat gefälschte Bilder von Louise Finchbury geerbt?«

»Langsam, Mädelchen, langsam, dazu kommen wir noch. Nur nichts überstürzen. Und jetzt bin ich sehr müde.«

»Es ist früher Morgen!«, beschwerte sich Johnny.

»Na und?«, sie klappte die Rückenlehne ihres Rollstuhls nach hinten, schloss die Augen und drehte den Kopf zur Seite.

Liebevoll betrachtete Nana die Alte. »Nichts zu machen, Johnny«, sagte sie, »und über die Bilder werden wir uns schon einigen. Mir kommt das alles sowieso zu verrückt vor. Also verschieben wir's auf später.«

»Sie haben gut reden! Schließlich arbeite ich schon seit Jahren an dem Problem.«

»Wirklich?«

»Oder was glauben Sie, wovon wir leben, Oma und ich?«

»Von lauter Fälschungen?«, Nana lächelte. »Aber ich habe eine Bitte an Sie, Johnny, jetzt, nicht später.«

»Nur zu, meine Dame, tu dir keinen Zwang an.«

»Würdest du mich vielleicht etwas frisieren und zurechtmachen? Caroline hat gesagt, dass du ein Meister auf dem Gebiet der Damenverschönerung bist, und mir ist es wichtig, dass ich nachher, wenn ich nach Hause komme, gut aussehe.«

»Ich wüsste nicht, was ich lieber täte«, sagte Johnny und machte sich umgehend an die Arbeit.

Um zehn Uhr dreißig legte die Barkasse mit Nana und Lorenzen an dem Magnussen-Steg an. Rüdiger, der offenbar auf sie gewartet hatte, reichte Nana die Hand zum Aussteigen. »Was ist denn mit dir passiert?«, fragte er. »Wieso hast du plötzlich rote Haare?«

»Nicht rot, höchstens rötlich«, korrigierte Nana. »Damit aktiviere ich das Erbteil meiner Mutter. Und wieso stehst du hier mitten am Vormittag müßig herum? Wartest du auf irgendjemanden?«

»Auf meine Frau. Und das schon seit gestern Abend.«

Nana lachte. »Die ganze Nacht hast du hier gestanden, du Armer. Etwa im Auftrag von Vater?«

»Dein Vater erteilt momentan keine Aufträge. Er ist ausschließlich mit sich selbst beschäftigt und mit David Finchbury.«

»Die beiden haben wohl einiges aufzuarbeiten.«

»Wenn's nur nichts Geschäftliches ist! Ich hasse seine einsamen Entschlüsse.«

»Verständlich. Aber jetzt geht's wohl eher um etwas Persönliches.«

»Weißt du was darüber?«, fragte Rüdiger neugierig.

»All diese blinden Flecken in Mutters Biografie«, sagte Nana nachdenklich. »Inzwischen kann ich mir kaum noch vorstellen, warum ich nie danach gefragt habe.«

»Weil dir sowieso niemand geantwortet hätte.«

Als sie den Weg zur Villa hinaufgingen, nahm Rüdiger ihren Arm. Nana wunderte sich. Sie hatte Vorwürfe erwartet und Streit, stattdessen erlebte sie jetzt seinen Versuch, sich über ihren Alleingang mit ehelicher Vertrautheit hinwegzuhelfen.

»Ein Notar hat angerufen«, sagte Rüdiger, »einer, den ich nicht kenne, ein Beerendorf oder so, und er sagt, er müsse dich dringend sprechen, am besten noch heute. In Sachen Testament.«

»Hat er dir gesagt, wann das Testament aufgesetzt worden ist?«

»Im Mai vor drei Jahren.«

Nana überlegte. »Ende Mai ist dann ihre Krankheit ausgebrochen. Ganz plötzlich. Mutter kam nach Hause, von ihrem Friseurbesuch, mit Bödekau, und da ...«

»Ich weiß, ich weiß«, unterbrach Rüdiger, »es war schwer für dich. Aber nun ist es vorüber.«

»Wirklich schwer war's nur für Vater. Er hat es immer als gegen sich gerichtet empfunden.«

»Der Alte ist stark genug, er kommt schon drüber weg.«

»Eben nicht«, sagte Nana.

»Also was ist nun, soll ich dir heute Nachmittag einen Termin machen bei diesem Notar? Vielleicht könnten wir danach bei Jakob essen und vorher noch schnell ein Haus ansehen, sehr günstig gelegen, in der Baron-Voight-Straße.«

»Wieso willst du mich denn plötzlich ausführen? Und was für ein Haus, wovon redest du überhaupt?«

»Na, du weißt doch, Elbnähe, netter Garten, sechs Zimmer. Genau das, was dir schon immer vorgeschwebt hat. Eigentlich wolltest du doch nie auf der Elbinsel wohnen. Jetzt haben wir die Gelegenheit.«

»Jetzt ist es aber zu spät – jedenfalls für mich.«

»Wieso, versteh ich nicht.«

»Weil ich Vaters Schwäche nicht ausnutzen will. Aber wenn das Haus dir so gut gefällt, warum kaufst du's nicht einfach. Ich meine, sofern du das Geld dafür auftreiben kannst.«

»Ohne dass du es gesehen hast?«

»Letztendlich triffst doch du hier die Entscheidungen.«

»Was ist bloß mit dir los, Nana«, sagte Rüdiger kopfschüttelnd.

»Wenn ich das doch selber wüsste. Heute Nachmittag jedenfalls habe ich absolut keine Zeit, weder für deine noch für meine Entscheidungen. Ich bin voll ausgebucht.«

»Deine Sinides-Verabredung habe ich bereits verschoben.«

»Was hast du? Meine Verabredung verschoben, ohne mich zu fragen?!«

»Ich konnte dich nicht fragen, du hast dich ja unerreichbar gemacht.«

Nana war wütend – und sie war froh, dass sie einen Anlass zur Wut gefunden hatte. Abrupt drehte sie sich um, lief den Weg wieder zurück. Und bevor ihr Mann noch reagieren konnte, sprang sie schon in die Barkasse.

»Also dann mache ich mich eben auch weiterhin unerreichbar«, rief sie. »Ab geht's, Lorenzen, zurück nach Teufelsbrück.«

»Und was ist mit dem Notar?«, schrie Rüdiger hinter ihr her.

»Keine Ahnung, red du doch mit ihm.«

Lorenzen strahlte. »Steht dir aber gut, die neue Frisur«, sagte er.

Mit geschlossenen Augen saß Nana an Carolines Küchentisch und stützte den Kopf in die Hände, während Caroline ihr unbekümmert vom Beginn der Beziehung zwischen Serena und Rudolf erzählte, einschließlich der Defloration im Hotel Sacher.

»Ein wenig Blut, was ist das schon«, wiederholte sie mit erhobener Stimme ihren letzten Satz. »Nun schlaf mir hier bitte nicht ein, Mädelchen!«

Nana schreckte hoch. »Dass sie Ihnen das alles erzählt hat, diese intimen Details«, murmelte sie.

»Serena brauchte das. Ich war für sie so eine Art Topf, sie hat ihre Erlebnisse hineingeworfen und so lange umgerührt, bis sie eine Suppe hatte, die sie mochte.«

»Meinen Sie, sie hat sich ihr Leben nachträglich zurechtgekocht?«

»Nenn es, wie du willst. Aber die Zutaten waren immer Tatsachen.«

»So wie sie sie sehen wollte. Und mein Vater hat vermutlich etwas ganz anderes gesehen.«

»So ist das eben. Oder glaubst du etwa, dass dein Ehemann euer Zusammenleben genauso sieht wie du? Serena hat sich viele Gedanken darüber gemacht. Und sie war von Anfang an gegen diese Ehe. Du hast ihr sehr Leid getan. ›Der Mann ist nicht gut für die Kleine‹, hat sie gesagt.«

»Ach ja?! Wenn das für sie so klar gewesen ist, warum hat sie's dann nicht verhindert?«

»Weil Rudolf ihn für den Richtigen hielt, und weil sie keine Kraft hatte, sich gegen Rudolf zu wehren.«

»Aber wo ist denn all ihre Kraft geblieben, ihr Lachen, ihre Überlegenheit? Und wenn es stimmt, dass er sie so viel mehr geliebt hat als sie ihn, dann muss ihn das doch sehr verletzlich gemacht haben.«

»Sicher. Und er ist dann ja ganz grausam verletzt worden. Manche Menschen brechen unter einer Verletzung zusammen, andere werden stärker und kämpfen und schlagen um sich. Dein Vater gehört zu den Letzteren. Und deine Mutter hat die Schläge hingenommen, hat sich geduckt und gefügt, und dabei über Jahre heimlich wieder Kräfte angesammelt für ihren letzten, für den eigentlichen Gegenschlag. Eine geniale Idee! Sie hat sich ihm entzogen, hat sich fühllos gemacht, hat ihn schließlich nicht nur um die Liebe, sondern auch noch um seinen Besitz gebracht und ist dadurch aus diesem Ehedrama als Siegerin hervorgegangen.« Caroline lachte zufrieden. »So eine kluge, geduldige Person war meine Serena.«

Nana sprang auf. »Ich glaube, ich will das alles gar nicht wissen«, sagte sie. »Mama ist tot und hat ihre Geheimnisse mit ins Grab genommen. Wenn sie gewollt hätte, dass ich davon weiß, hätte sie ja mit mir reden können.«

»Sie konnte nicht mit dir reden«, sagte Caroline, »weil sie genau wusste, dass deine Gefühle für Rudolf Max Magnussen stärker waren als das, was dich mit ihr verband.«

»Aber das stimmt nicht! Vor ihm hab ich Angst, sie aber hab ich geliebt.«

»Na und? Es soll ja schon vorgekommen sein, dass man aus Angst die Liebe verrät.«

Nana schwieg. Sie fühlte sich plötzlich sehr müde. Caroline beobachtete sie. »Hast du denn nie darüber nachgedacht«, fragte sie, »warum er immer den Starken mimen musste und sie sich butterweich gemacht hat und die Härte seiner Forderungen in Willfährigkeit auflaufen ließ?«

Nana stand unschlüssig vor Carolines Rollstuhl. Am liebsten wäre sie fortgelaufen, zurück in ihr altes Nichtwissen, in ihr Haus, das ihr doch nie so anheimelnd erschienen war wie in diesem Moment.

»Ist noch Whisky draußen?«, fragte sie.

»Natürlich. Aber ich fänd's gut, wenn du die paar Einsichten, die ich dir hier bieten kann, nicht in Alkohol ertränkst.«

»Ach was, ich kann viel vertragen.«

»Alkohol vielleicht, aber bei den Einsichten scheint's zu hapern.«

Nana goss sich ein Glas Wasser ein, setzte sich wieder hin und sagte ergeben: »Also weiter.«

Und Caroline erzählte, schlief ein, wachte wieder auf, erzählte weiter, bis Johnny kam und sie unterbrach.

»Also die Bilder …«, sagte er.

»Muss das jetzt sein?«

»Nun tu bloß nicht so uninteressiert. Schließlich handelt es sich um unser Erbe.«

»Für mich handelt es sich vor allem um das Leben meiner Mutter.«

»Ja ja ja, weiß ich doch. Aber … ich muss dir das nun mal erklären, damit du's grundsätzlich kapierst. Oma schläft jetzt, und du hörst mir zu. Ist auch alles ganz einfach.«

Johnny schob den Rollstuhl in das kleine Zimmer und begann mit einer langen und ziemlich verworrenen Rede. Nach ein paar Sätzen fragte Nana sich, wie weit er das alles wohl selber begriffen hatte. Zuerst war die Rede von »diesem alten Kunstexperten, einer Autorität, absolut zuverlässig!«, der für die Echtheit der Bilder – *aller* Bilder – garantieren würde; dann von den Sotheby-Leuten, denen der Kunstexperte einige ausgewählte Bilder präsentiert habe – »hingerissen, ist doch klar!« Danach schwadronierte Johnny ausgiebig von Hugo ten Broichs renommierter Sammlung und von den Zürcher Bildern, die eines Tages bei Caroline gelandet seien und die sie mit den anderen Bildern durcheinander gebracht habe, weshalb sie nun nicht mehr wisse, was von wem gekommen sei. Aber das sei ja auch gleichgültig, und mit der Provenienz würden die Sotheby-Leute sehr großzügig verfahren, weil doch in all dem Kriegs- und Nachkriegschaos … »Ich hoffe, du weißt, was mit Provenienz gemeint ist, Frau Lauterbach!«

Nana seufzte. »Ich glaube, Caroline ist wach. Wolltest du sie nicht noch baden?«

»Genau, das wollte ich. Aber die Bilder …«

»Mach eine Liste, Johnny, und kreuz an, was du haben willst.«

Am Abend ging Nana zu Fuß von Carolines Wohnung nach Teufelsbrück. Es dauerte fast eine Stunde. Danach fühlte sie sich in der Lage, nach Hause zu fahren und sich Rüdigers Vorwürfen zu stellen.

Lorenzen lehnte im Niedergang, er sah alt und müde aus. Nana sprang zu ihm ins Cockpit und umarmte ihn.

»Was ist denn mit dir los?«, fragte er.

»Ich hätte dir Bescheid sagen sollen!«

»Ich weiß doch sowieso Bescheid. Fahren wir jetzt?«

»Warte noch. Wie sieht's zu Hause aus?«

»Find ich ja richtig gut, dass du dich mal nach deinem Zuhause erkundigst!«

»Bist du sehr ärgerlich?«

Er zuckte die Schultern. »Dein Mann tobt, der macht uns noch alle verrückt. Sogar zum Chef ist er rübergerannt. War aber nichts. Emmi sagt, dass der Chef nur ganz kurz geschrien hat, und dann ist dein Mann wieder zurückgekommen. Und dass unser Herr Doktor ihr ja so furchtbar Leid tut, das hat die Emmi auch gesagt.«

»Und dir?«

Lorenzen schüttelte energisch den Kopf. »Das nun bestimmt nicht. Aber was ist, fahren wir jetzt endlich?«

»Ich dachte, ich bleib vielleicht noch eine Nacht hier«, sagte Nana vorsichtig.

»Tu, was du nicht lassen kannst. Und was sag ich dann drüben?«

»Gar nichts. Ich ruf Rüdiger an.«

»Na immerhin. Weglaufen und sich verstecken hilft ja nicht.«

Nana zog einen Zettel aus der Tasche und reichte ihn Lorenzen. »Vor dir muss ich mich ja nicht verstecken.«

Der alte Fährmann warf einen kurzen Blick auf den Zettel und ließ ihn dann ins Wasser fallen. »Kenn ich doch längst, diese Adresse.«

»Kennst du? Und wieso hast du mir das nie gesagt?«

»Weil du mir ja auch nie was sagst. Übrigens hab auch ich einen Zettel für dich.«

Umständlich durchsuchte er die vielen Taschen seiner dicken Jacke und förderte ein zerknittertes Stück Butterbrotpapier zum Vorschein. Er reichte es Nana. »Das hat er am Telefon gesagt, und das hab ich notiert.«

Auf dem Papier stand in Lorenzens ungelenker Handschrift: Cordoba, 4. Juli 1977, 16.00 Uhr.

»Cordoba ist eine Stadt in Spanien«, sagte Lorenzen, »ich hab es auf der Karte nachgesehen. Sie liegt aber nicht am Wasser. Was hast du denn da zu suchen?«

Nana umklammerte den Zettel, ihr Herz klopfte wild. »Weiß ich auch nicht, aber es muss wohl mal sein.«

Lorenzen wartete. Dann legte er plötzlich den Arm um sie, was er seit Nanas Heirat nicht mehr getan hatte, und brummte: »Was sein muss, muss sein. Aber pass bloß auf dich auf, Mädchen.«

Als Nana in Carolines Wohnung zurückkam, war der Abendbrottisch für drei Personen gedeckt. Johnny stand am Herd, Caroline schaute ihm beim Kochen zu.

»Wussten wir doch, dass du zurückkommst, Frau Lauterbach«, sagte Johnny. »Komm setz dich, das Essen ist fast fertig.«

»Zuerst muss ich noch telefonieren.«

»Dann stell auf Lautsprecher, damit wir mithören können.«

Rüdiger war sogleich am Apparat. »Was soll das Ganze«, rief er mühsam beherrscht, »ich muss doch wenigstens wissen, wo ich dich erreichen kann und wer diese Freundin deiner Mutter ist.«

»Weiß ich vielleicht, wer deine Freundin ist?«

»Gott Nana, was hat denn das damit zu tun?«

»Nichts, ich weiß.«

»Meine gelegentlichen Nächte außer Haus … ich kann leicht drauf verzichten. Ich bräuchte das alles wirklich nicht, wenn du nur ein wenig entgegenkommender wärst.«

»Tu ich etwa nicht immer alles, was du von mir verlangst?«

»Wie deine Mutter«, sagte er bitter.

Diese Bemerkung traf Nana und sie schlug zurück. »Bloß, dass du leider nicht wie mein Vater bist und es auch nie sein wirst!«

Er schwieg einen Augenblick, dann sagte er: »Was bringt dich nur plötzlich so gegen mich auf, was hab ich dir getan?«

»Es geht hier doch nicht um dich und mich, sondern um mich und meine Mutter.«

»Und wenn es nicht um sie geht, dann um deinen Vater oder deine Schwester oder deinen Bruder, bloß nie um mich.«

Nana wusste genau, dass er Recht hatte. »Hör auf, Rüdiger, Selbstmitleid passt nicht zu dir. Und du hast doch alles, was du brauchst. Übrigens, wie ist dein Gespräch mit dem Notar verlaufen? Was wollte er uns so dringend mitteilen?«

»Nicht uns, nur dir. Er muss dich persönlich sprechen.«

»Trotz Generalvollmacht?«

»Wann kommst du zurück, Nana?«

»Ich weiß noch nicht. Aber ich lass wieder von mir hören. Gute Nacht, Rüdiger.«

Sie legte auf, Caroline sagte: »Ich will deinen Mann ja nicht verteidigen, aber der Vergleich mit deinem Vater war unfair.«

Während der nächsten fünf Tage ging Nana nicht zur Elbinsel zurück. Im Personalbüro hatte sie sich ordnungsgemäß abgemeldet, sie sei erschöpft, habe sich in Therapie begeben und würde vermutlich erst in vierzehn Tagen wieder verfügbar sein.

Das etwas einseitige Gespräch mit Caroline, bei dem Nana fast nur zugehört hatte, wurde mehr und mehr zu einem Dialog. Vorsichtig begann Nana, ihr eigenes Leben in das Leben ihrer Mutter einzubringen. Zuerst ergänzte sie Caroline nur, dann begann sie langsam, eigene Erlebnisse zu erzählen. Das meiste schien Caroline bekannt zu sein, jedenfalls war sie kaum überrascht. Nur, als der Richter die Szene betrat, stutzte sie, und als sich seine diffuse Anwesenheit dann gebieterisch über Nanas weiteres Leben ausbreitete, strahlte sie und nickte zufrieden.

»Na endlich schließt sich der Kreis«, sagte sie. »Du bist eben doch genau so wie deine Mutter.«

Diese letzte Bemerkung traf Nana wie ein Dachziegel auf den Kopf. »Nein!«, sagte sie in wütender Abwehr, »ich bin auf keinen Fall wie Mama, und ich will auch nicht so sein.«

»Aber warum denn nicht, Mädelchen. Sie ist doch gut damit zurechtgekommen, und du kannst immer noch viel von ihr lernen. Sie war so vielseitig, meine Serena, dabei so unerbittlich selbstbezogen. Und sie hatte die Fähigkeit, alles was um sie herum geschah, in ihr System einzubauen.«

»Aber sie war unglücklich.«

»Ach Mädelchen. Sie war ein Wesen ohne Bodenhaftung, ein flatterhafter Engel, immerfort auf der Suche nach menschlichen Gefühlen. Dein Vater wusste das. Er hat sich sehr bemüht um ihre Erdenschwere, mit Liebe und häuslichem Glück und Nachkommenschaft, am liebsten hätte er ihr zehn Kinder gemacht, aber das klappte ja leider nicht. Sie hat auch alles brav hingenommen und schließlich festgestellt, dass einen Menschen nichts so sehr im Diesseits verankert wie ein wenig Tragik. Aber wie schon gesagt, sie konnte damit umgehen. Und du doch auch, was, Mädelchen? Dein Leben bestand nicht aus unvermeidlichen Schicksalsschlägen! Du hättest diesen Lauterbach nicht heiraten müssen, die Kinder nicht ins Internat schicken, dein Leben nicht ausschließlich nach deinem Vater ausrichten müssen – oder? Aber du hast es eben getan. Und zum Trost hast du dir dein Nebenleben erschaffen, deine Illusionen. Nicht etwa ein luxuriöses Traumschloss – dazu bist du wohl zu bescheiden –, eher eine möblierte Wohnung, sehr nett und geschmackvoll, mit vielen Fotos an den Wänden und nie mit dreckigen Füßen zu betreten.«

Carolines Gerede ging Nana mehr und mehr auf die Nerven. Ihr Kopf schmerzte, und sie war den Tränen nahe.

»Das ist doch alles vollkommen falsch«, rief sie, »das hat überhaupt nichts mit mir zu tun.«

»Ganz wie du meinst«, sagte die Alte gekränkt, kippte ihren Stuhl zurück und drehte den Kopf zur Seite. »Deine Uneinsichtigkeit ermüdet mich sehr.«

Johnny kam herein, warf einen Blick auf Caroline und sagte: »Etwas mehr Rücksicht, Frau Lauterbach, die Frau ist über neunzig!«

»Die Frau versucht, mir ihre Wahrheiten aufzudrücken. Das kann ich mir doch nicht bieten lassen.«

»Ach so«, sagte Johnny, »die alte Leier. Aber deine Mutter war nun mal Omas Ein und Alles, und nun auch du. Über wen sonst soll sie denn rumphilosophieren. Und du musst dir den Schuh ja nicht gleich anziehen.«

»Genau«, sagte Nana, »muss ich wirklich nicht.«

Immerhin hatte Caroline bewirkt, dass Nanas schlechtes Gewissen Rüdiger gegenüber wieder erwachte. Sie verabredete sich mit ihm zum Mittagessen im Fährhaus.

Rüdiger gab sich lässig und vertraut und bedrängte Serena nicht mit Fragen nach ihrem augenblicklichen Aufenthaltsort. Vermutlich kannte er ihn inzwischen längst und hatte sich vorgenommen, gute Miene zum bösen Spiel zu machen.

»Findest du eigentlich, dass ich bin wie meine Mutter?«, fragte sie ihn.

»Weiß ich nicht. Ich hab deine Mutter nicht sehr gut gekannt, sie war zu verschlossen. Und das bist du ja neuerdings auch. Also insofern …«

Nachdenklich betrachtete sie ihren Ehemann. »Wie geht's dir eigentlich? «

»Wie soll's einem schon gehen, wenn die Frau einen plötzlich nicht mehr braucht.«

»Also wie denn nun?«

»Man macht weiter, als ob nichts gewesen wäre und versucht, ein paar provisorische Entschlüsse zu treffen.«

»Welche zum Beispiel?«, fragte Nana.

»Ich hab mir die angebotenen Häuser angeschaut und eins gefunden, das ich für sehr passend halte. Und das würde ich dir jetzt gerne zeigen.«

Das Haus lag in der Baron-Voight-Straße, keine fünf Minuten von Teufelsbrück entfernt. Der Makler begleitete sie bei der Besichtigung, Rüdiger hatte offensichtlich bereits intensiv über die Nutzung nachgedacht. »Hier die Söhne, hier du und ich, im zweiten Stock können wir dann noch ein Zimmer für Emmi einbauen.«

»Emmi wird sich weiterhin um Vater kümmern müssen«, sagte Nana.

»Oder wir finden für Vater jemand anderen.«

Da Nana genau wusste, dass sie in dieses Haus nie einziehen

würde, war sie bereit, alles ganz unkritisch zu betrachten: Netter kleiner Garten, angenehme Raumproportionen, viel Südlicht.

»Dann mach doch mal ein Angebot«, sagte sie, »das Geld wirst du schon zusammenbringen.«

»Und was soll ich deinem Vater sagen, wenn er nach dir fragt?«

»Hat er denn schon mal nach mir gefragt?«

»Nein.«

»Na siehst du.«

»Und was sagst du zu mir, wenn ich dich frage? Ich will mich ja nicht aufdrängen, aber ich wüsste doch gerne, was los ist.«

»Momentan kann ich dir nichts anderes sagen, als dass ich Zeit brauche.«

»Wie lange?«

Nana zuckte die Schultern. »Soweit ich mich zurückerinnern kann, hab ich immer nur in eine Richtung gelebt und bin auf festgelegten Schienen gefahren. Nicht mal Weichen waren nötig, weil's ja immer nur geradeaus ging. Und jetzt sind plötzlich die Wegweiser verstellt worden, und ich muss mich erst wieder zurechtfinden.«

»Ehrlich gesagt finde ich es etwas geschmacklos, dass du in dieser Situation versuchst, mich mit netten, unverbindlichen Metaphern abzuspeisen.«

»Ich kann's auch ganz verbindlich ausdrücken«, sagte sie.

Er betrachtete sie, entdeckte offenbar in ihren Augen eine neue Härte und wich zurück. »Nein, nein, ist schon in Ordnung. Vielleicht nützt uns ja diese Verschleierung, weil man unter emotionalem Stress leicht Dinge sagt, die einem später Leid tun.«

An dem Tag, als Caroline in Serenas Geschichte bis zu dem letzten Treffen mit David in Paris gekommen war, raffte Nana sich endlich zu dem fälligen Besuch bei dem Notar ihrer Mutter auf.

Serenas Testament beschränkte sich auf wenige Worte:

»Ich, Albertine-Serena Magnussen, geborene Schwarzbach, nach beigefügtem ärztlichen Attest im Vollbesitz meiner geistigen Kräfte, vermache meinen gesamten Besitz, einschließlich der mir gegebenen Versprechen, an meine Tochter Renate Lauterbach, geborene Magnussen, zur alleinigen uneingeschränkten Verfügung.«

Das war's, keine Erklärung, kein Brief, keine Gebrauchsanweisung.

»Wieso …?«, sagte Nana verblüfft. »Soll das heißen, dass sie mir, ich meine ausschließlich mir, und nicht meinen Geschwistern und auch nicht meinem Vater, ihre Anteile an der Magnussen-Werft vermacht?«

Der Notar nickte. »So hat sie es bestimmt. Und sie hat Wert auf die Feststellung gelegt, dass ihr an Gerechtigkeit nicht gelegen wäre. Selbstverständlich hindert Sie nichts daran, mit ihren Geschwistern zu teilen.«

»O nein!«, sagte Nana spontan.

Der Notar warf ihr einen spöttischen Blick zu. »Zu dem Besitz Ihrer Mutter gehört darüber hinaus auch noch ein Aktiendepot in der Schweiz.«

»Also hat sie doch etwas von Hugo ten Broich geerbt. Ich hab's ja schon immer geahnt.«

»Hugo ten Broich?«, der Notar überlegte. »Doch, ich erinnere mich, dass sie den Namen ein- oder zweimal erwähnt hat. Ein Holländer offenbar, dem sie viel verdankte. Einen Zusammenhang mit Ihrem Erbe kann ich da allerdings nicht sehen. So viel ich weiß, stammt dieses Depot noch aus dem persönlichen Besitz von Louise Finchbury.«

»Nein, nein«, sagte Nana, »das muss ein Irrtum sein. Mit den alten Finchburys hatte meine Mutter schon seit dem Krieg keinen Kontakt mehr.«

»Der Irrtum liegt auf Ihrer Seite, Frau Lauterbach. Der Kontakt war da. Spärlich, aber sehr intensiv.«

»Hat das mit diesem Zusatz im Testament zu tun: ›einschließlich der mir gegebenen Versprechen‹?«

»Genau. Es bezieht sich auf Anteile an der Finchbury-Werft in Liverpool.« Er blätterte in seinen Unterlagen. »John Finchbury ist 1964 im Alter von vierundneunzig Jahren gestorben und hat testamentarisch Ihrer Mutter einen Teil des Finchbury-Unternehmens vererbt. Ihre Mutter jedoch wollte das Erbe nicht antreten. Daraufhin hat David Finchbury im Sinne seines Vaters den Vorschlag gemacht, die Anteile doch direkt auf Sie übergehen zu lassen. Ihre Mutter war einverstanden, allerdings unter dem Vorbehalt, dass der Erbfall erst nach ihrem Tod eintreten und dass es sich dabei nicht um eine festgelegte Verpflichtung handeln sollte, sondern nur um ein Versprechen. Eine äußerst windige Angelegenheit und weiß Gott nicht empfehlenswert, aber inzwischen war Mister David Finchbury bei mir, um die alte Abmachung zu bestätigen. Dazu muss jedoch gesagt werden, dass sich seit dem Tod des Seniors in der Werftindustrie einiges verändert hat. Die Finchbury-Werft, ein traditioneller Familienbetrieb, bei dem die Inhaber persönlich haften, ist stark überschuldet. Aus diesem Grund würde ich Ihnen dringend raten, das Erbe auszuschlagen.«

Nana drehte sich der Kopf. »Ich begreife das alles nicht. Es kann doch wohl kaum möglich sein, dass meine Mutter diese Entscheidungen ohne meinen Vater getroffen hat. Gab es denn noch andere Ratgeber oder Mitwisser?«

»Das entzieht sich meiner Kenntnis.«

»Aber … was ist zum Beispiel mit William, David Finchburys Sohn? War der etwa auch Teil dieser merkwürdigen Verabredungen?«

»Auch das weiß ich nicht.«

Vor lauter Unverständnis wurde Nana wütend. »Mein Gott, was wissen Sie denn überhaupt!«

»Das, was ich wissen musste. Ich habe Ihre Mutter beraten, soweit sie es mir gestattet hat. Mehr und anderes konnte ich nicht tun.«

»Warum hast du mir nichts gesagt von diesem Deal zwischen den Finchburys und meiner Mutter?«, herrschte Nana Caroline an.

»Langsam, Mädelchen, so weit sind wir doch noch gar nicht.«

»Ich muss es aber wissen, jetzt! Den Rest kannst du dann später ergänzen.«

Die alte Frau seufzte. »Ich mag es nicht, wenn man meinen Erzählplan durcheinander bringt.«

»Nur das Nötigste. Und anschließend beuge ich mich wieder in aller Ruhe der Chronologie, versprochen.«

»Also gut. Das Ganze hatte sich der alte John ausgedacht, vermutlich gemeinsam mit Louise. Die beiden haben nämlich meine Serena wirklich geliebt, sie hat sie verzaubert, wie so manchen anderen, die kleine Hexe. Gudrun als Ersatzperson konnte nie an das Original heranreichen, so sehr sie sich auch bemüht hat. Nur David zuliebe haben die Alten zeitweilig mitgespielt. Den konkreten Anlass für seinen Verrat an Serena kannten sie nicht, lagen allerdings mit ihren Vermutungen ziemlich richtig. Jedenfalls war es für sie vorrangig, den Kontakt zu Serena – und damit auch zu Rudolf – nicht abreißen zu lassen. Die Nachkriegspartnerschaft mit Magnussen gingen sie vor allem Serenas wegen ein, obgleich der alte John natürlich hoffte, mit der erneuten Verpflichtung seines Wunschsohnes Rudolf Max Magnussen auch einen guten Griff für die Werft getan zu haben. Das erwies sich im Laufe der Nachkriegsjahre leider als Trugschluss. Denn je intensiver Magnussen an dem deutschen Wirtschaftswunder teilhatte, umso mehr vernachlässigte er Liverpool. Rudolf fühlte sich durch Davids Vertrauensbruch so tief gekränkt, dass er glaubte, nicht mehr loyal sein zu müssen. David hingegen glaubte immer noch an die alte Freundschaft und stellte sich blind gegenüber Rudolfs ›Vernachlässigungen‹, die man eher als gezielte Kundenabwerbung bezeichnen konnte. William, der Junior junior, war damals noch zu jung, um richtig hinzuschauen, nur der Senior senior sah alles. Aktiv eingreifen konnte er nicht mehr, dazu war er mit seinen über neunzig Jahren denn doch zu alt. Aber er konnte sich einen neuen Schachzug ausdenken. Und vermutlich reibt sich der alte Fuchs jetzt im Jenseits vergnügt die Hände und amüsiert sich königlich.«

Verständnislos fragte Nana: »Was gibt's denn da zu amüsieren?«

»Mein Gott, Mädelchen, bist du schwer von Begriff! Geh in die Küche und hol mir einen Whisky.«

»Meinst du wirklich …«

»Nun mach schon, ich bin keine Alkoholikerin, alles, was ich brauche, ist eine kleine Stärkung. Mit Eis und Leitungswasser bitte.«

Zögernd kam Nana Carolines Anweisung nach und wunderte sich, wie widerwärtig ihr der Whiskygeruch war.

Caroline trank, ruhte sich einen Augenblick aus und war dann wieder bereit.

»Magnussen hat das Hin-und-her-Geschiebe von Anteilen, das natürlich immer zu seinem Vorteil geschah, das Bäumchen-wechsle-dich-Spiel genannt. Den ersten heimlichen Gegenangriff hat John Finchbury durch die Vererbung von Louises Magnussen-Anteilen auf Serena und damit auf dich geführt. In dir, diesem Kind, das Rudolf sich ebenfalls angeeignet hatte, sah der alte Finchbury Magnussens Achillesferse. Hier musste er ansetzen. Unabhängig von nicht bewiesener Vaterschaft hielt er Serenas Tochter nämlich für ein echtes Schiffbauerkind, das er für sich einspannen wollte.«

»Aber er kannte mich doch überhaupt nicht.«

»Wozu denn auch. Er hatte seine Informationen, und die waren sehr korrekt. Oder bist du etwa kein echtes Schiffbauerkind?«

»Na ja …«, sagte Nana, »schließlich bin ich zwischen Kränen und Helligen zur Welt gekommen.«

»Der alte John vertraute seinem Instinkt: ›Magnussen wird der jungen Frau immer nur Einfluss auf untergeordnete Bereiche zubilligen‹, sagte er, ›indem ich ihr jedoch einen Teil meines Familienbetriebes übertrage, besteche ich sie mit der Aussicht auf Verantwortung. I make her an offer she can't refuse!‹ Dadurch würde er Rudolf Magnussen die Tochter wieder fortnehmen. Gemeinsam mit seinem Enkelsohn William, der letztlich auch Magnussens Enkel ist, würde sie die Finchbury-Karre aus dem Dreck ziehen. Und weißt du, Mädelchen, was er für die aller perfideste Strafe hielt? Dass die notwendige Sanierung seiner Werft dann finanziert werden würde durch deine Anteile an der Magnussen-Werft. Na, was sagst du dazu? Ich jedenfalls halte Johns Taktik für ziemlich aussichtsreich.«

»Alt-Männer-Phantasien«, sagte Nana ärgerlich. »Du glaubst doch nicht im Ernst, dass ich mich darauf einlasse.«

»Warten wir's ab.«

»Und überhaupt, was hat denn Mutter zu dem Ganzen gesagt, sie kann da doch unmöglich mitgespielt haben.«

»Ihre einzige Bedingung war, dass man warten müsse bis nach ihrem Tod. Sie wollte sich nicht mit Rechtfertigungen herumschlagen müssen.«

»Armer Papa!«, sagte Nana.

»Was?!«

»Na ja, vielleicht doch nicht ganz so arm. Aber auch nicht ganz so böse.« Sie lächelte gedankenverloren. »Übrigens werde ich das Finchbury-Erbe auf gar keinen Fall annehmen. Die Werft ist so gut wie pleite.«

»Das tut mir ehrlich Leid für den alten John. Der hatte sich die Geschichte doch so hübsch ausgedacht.«

Caroline brauchte noch weitere fünf Tage, um zum Ende ihrer Erzählung zu gelangen. Ihre Stimme wurde leiser, und sie schlief immer häufiger zwischendrin ein. Nana saß still neben ihr und bemühte sich, ihre Unruhe und Neugier zu beherrschen. Erst ganz zum Schluss stellte sie dann doch die eine grundsätzliche Frage: »Aber wer ist denn nun mein Vater?«

»Wenn Serena es mit drei Vätern aufgenommen hat«, flüsterte Caroline, »dann wirst du es doch hoffentlich auch können.«

Später empfand Nana diese Worte als eine Art Vermächtnis. Wenige Tage nach diesem Besuch war Caroline tot, sie war, wie Johnny versicherte, ruhig eingeschlafen.

Nana bemühte sich, das große Drama »Magnussen versus Finchbury«, in dem man ihr eine unerwünschte Hauptrolle zugedacht hatte, auch als Komödie zu sehen, und sie malte sich aus, wie sie unter dem Aufprall all dieser konträren Gefühle entkräftet zusammenbrechen würde: Schweres Herzversagen, Notaufnahme, Intensivstation, nicht mehr ansprechbar und schon gar nicht mehr als Spielball fremder Interessen verfügbar. Allein die Idee so einer Totalverweigerung gab ihr genug neue Kräfte, um weiterhin ordentlich einen Schritt vor den anderen setzen zu können.

Also arbeitete sie wieder im Konstruktionsbüro und verbrachte ihre Nächte meist in Carolines Wohnung. Zu Rüdiger sagte sie immer noch, dass sie Zeit brauche und dass die Erbschaftsangelegenheit noch nicht geklärt sei. Er schob ihre Zurückhaltung und Müdigkeit auf den Tod ihrer Mutter und ließ sie weitgehend in Ruhe. Nana erkundigte sich weder nach dem Haus in der Baron-Voight-Straße noch nach Rüdigers Zukunftsplänen. Sie wollte sich die Hoffnung, dass Rüdigers Wünsche die eheliche Gemeinschaft mit ihr nicht mehr einschlössen, nicht verderben.

Als sie David einmal alleine im Garten antraf, sagte sie zu ihm: »Ich hab da noch etwas, das dir gehört. Wenn du einen Augenblick wartest, dann hol ich es.«

Sie lief in ihr altes Kinderzimmer, das sie seit Jahren nicht mehr betreten hatte, und kam mit dem Drogenstöckchen zurück.

David schien nicht sehr überrascht zu sein. Er schob die silberne Deckplatte beiseite und inspizierte das Innere des Stöckchens.

»Halb voll«, sagte er. »Immer noch oder wieder?«

»Alkohol ist leichter zu beschaffen«, antwortete Nana.

»Aber nicht weniger gefährlich.«

Er schob die Platte zurück und befühlte mit seinen langen, dünnen Fingern den glatten Bambusstab. Der Gedanke an Serenas Handstudien schoss Nana durch den Kopf. Ob sie Davids Hände wohl je gezeichnet hatte?

»Damals hab ich mir größte Sorgen gemacht, weil ich befürchtete, dass du es genommen haben könntest«, sagte David. »Ich möchte, dass du das nachträglich weißt. Und meine verzweifelte Suche galt vor allem dir.«

»Gar so verzweifelt kannst du eigentlich nicht gewesen sein, sonst hättest du die Suche nach mir wohl nicht so bald wieder aufgegeben. Aber mach dir deshalb nicht noch nachträglich ein schlechtes Gewissen. Ich bin ja auch ohne dich erwachsen geworden. Und rückblickend hat mir die Sache damals doch etwas eingebracht. Ich hatte ja sonst wenig Gelegenheit, über einen Erwachsenen zu triumphieren.«

David bemühte sich um ein Lächeln. »Immerhin! Nur schade, dass dir später die Lust an solchen Triumphen vergangen zu sein scheint.«

»Kommt Zeit, kommt Gelegenheit. Übrigens, wenn ich es recht bedenke: Ich würde das Stöckchen doch ganz gerne behalten, jetzt, da du weißt, dass ich der Dieb gewesen bin. Als Talisman sozusagen.«

Ohne sie anzusehen, gab er ihr das Stöckchen zurück. »Hoffentlich nützt es dir.«

»Und noch etwas, Schwager David, eine Frage aus purer Neugier: Hältst du selbst dich eigentlich für meinen Vater?«

»Wofür ich selbst mich halte, ist doch vollkommen unwichtig.«

Sein Ausweichen ärgerte Nana. Sie hätte ihn jetzt gerne verletzt, seine glatte Hülle aufgerissen, aber sie wusste nicht wie. Ihr fehlte das passende Instrument. So sagte sie nur: »Recht hast du, es ist unwichtig. Und es wird von Tag zu Tag unwichtiger.«

Schon vor Monaten hatte Rüdiger beschlossen, während der Schulferien mit seinen Söhnen in der Türkei zu segeln. In Bodrum lag eine Charteryacht für sie bereit. Obwohl er wusste, dass Nana große Boote nicht mochte, weil sie darauf seekrank wurde, hatte er vorausgesetzt, dass sie mitkommen würde – schließlich sollte die Familie ihre Ferien gemeinsam verbringen.

Als Nana sich dann weigerte, war Rüdiger gekränkt. »Falls du glaubst, dass ich deshalb das ganze Unternehmen absage, nach all den Unkosten, die ich schon gehabt habe, dann irrst du dich.«

»Nein, das glaube ich nicht«, antwortete Nana freundlich und machte sich daran, alles Nötige für die Ferienreise vorzubereiten. Sie kaufte noch ein paar T-Shirts für die Söhne, schichtete drei Stapel Unterwäsche auf und legte drei Tuben Sonnencreme und drei Deodorantstifte bereit. Sie hätte gern noch sehr viel mehr für ihre Familie getan.

»Und du, Mama?«, fragte Hans, der Ältere, als er sich von ihr verabschiedete.

»Mal sehen. Vielleicht verreise ich auch etwas.«

»Nach Sylt, da kennst du so viele Leute.«

Nana nickte.

Sie fuhr dann nicht nach Sylt, hatte es auch nie beabsichtigt. Sie fuhr nach Cordoba.

Schon im Zug von Madrid meinte sie, den Blick des Richters zu spüren, sie war ungeduldig und ein wenig verärgert, dass er immer noch das alte Versteckspiel spielen musste.

Sie erreichte die Stadt gegen Mittag und checkte ein in dem romantischen Hotel Amistad Cordoba, wo sie ein großes Doppelzimmer gebucht hatte. Ob Dr. Alexander Gernhard aus Hamburg bereits eingetroffen sei? Nein, aber der Señor werde erwartet.

Nana nickte und lächelte. Sie hängte ihre Kleider in den Schrank, dekorierte ein Nachthemd auf dem Doppelbett und stellte die Zahnbürste in das dafür vorgesehene Glas. Dann machte sie sich auf den Weg zur nahe gelegenen Mezquita, dort – wo auch sonst – sollte ihr Treffpunkt sein.

Cordobas herrliche Moschee, die man im 16. Jahrhundert durch einen unpassenden Einbau christianisiert hatte, war ihr von vielen Fotos und Abbildungen vertraut, allerdings hatte sie die gigantischen Ausmaße des Gebäudes unterschätzt. Der schier endlose Wald aus Hunderten von steinernen Säulen und rotweißen Hufeisenbögen verwirrte und entmutigte sie. So viele Möglichkeiten sich zu verlaufen und zu verpassen! Ziellos wanderte sie umher und erhoffte in jeder dämmrigen Ecke, hinter jeder Säule den Richter, der nur darauf wartete, sie endlich in seine Arme schließen zu können. Gut möglich, dass er auch von hinten käme, die Hände zuerst über ihre Augen legte und dann nach unten wandern ließe. Vor lauter Erwartung schmerzten ihr die Glieder. Sie öffnete den oberen Knopf ihrer Bluse, da hörte sie das Klicken der Kamera. Sie öffnete den zweiten, den dritten Knopf – der Richter zeigte sich immer noch nicht. Nanas Gedanken an ihre unschuldig-schamlose Verführung im Ferienhaus vor zwanzig Jahren verfehlten auch diesmal nicht die Wirkung. In großer Erregung sah sie sich um nach der verborgensten, lichtlosesten Nische, in der sie wenigstens andeutungsweise die Szene nachspielen könnten. Dort also stand sie und wartete.

Als kurz vor sieben Uhr die Wärter mit ihren Lampen und Klingeln herumgingen, um die letzten Besucher zu vertreiben, stand Nana immer noch in ihrer Nische. Erschöpft schloss sie die Knöpfe ihrer Bluse und verließ den dunklen Ort.

Im Hotel erkundigte sie sich nicht erneut nach dem Gast aus Hamburg. Er war da, das wusste sie. Und wenn und ob er sich zeigen würde, war seine Sache. Die folgende Nacht war warm, das Bett sehr groß und Nanas Nachthemd das teuerste aus dem bekannten Wäscheladen am Neuen Wall. Sie wartete immer noch, aber nicht mehr so sehnsuchtvoll wie zuvor, und schließlich war sie sogar in der Lage, das Klicken der Kamera als einen tropfenden Wasserhahn zu deuten.

Am nächsten Morgen legte sie ihre Kleider mitsamt Nachthemd und Zahnbürste zurück in den Koffer und nahm den nächsten Zug nach Madrid. Dort logierte sie zwei Tage lang im Tryp Ambassador, wanderte stundenlang durch den Prado, dachte an ihre Mutter, erwiderte das Lächeln eines geschniegelten Spaniers und ließ sich sogar zu einem Kaffee einladen, behielt dabei jedoch ihre Handtasche sicher auf dem Schoß. Zum Schluss verriet sie dem jungen Mann auf sein leidenschaftliches Drängen hin sogar eine fiktive Zimmernummer im falschen Hotel.

Am vierten Morgen fühlte sie sich in der Lage, nach Hause zurückzukehren.

Obgleich es bereits spät am Abend war und sie sich nicht angemeldet hatte, ließ sie sich mit dem Taxi nach Teufelsbrück bringen. Als sie die Barkasse mit dem schlafenden Lorenzen dort liegen sah, fühlte sie einen kurzen Augenblick reiner Freude. Sie warf ihre Reisetasche an Bord und sprang hinterher.

Der Alte schreckte hoch und griff automatisch nach dem Steuerrad. »Passiert immer wieder«, grummelte er, »da kannst du noch so aufpassen!«

»Was passiert immer wieder?«

Er rieb sich die Augen und wurde wach.

»Ich bin's doch nur«, sagte sie.

»Das kann ich sehen. Bei dir wird es ja auch immer später, wenn du dich überhaupt mal an uns erinnerst.«

»Ich war verreist.«

»Aber jetzt kommst du nach Hause.«

Sie kauerte sich neben ihn auf die Bank. »Ich weiß nicht. Hast du hier was zu trinken?«

»Falls du Schnaps meinst, den kriegst du nicht.«

»Ich könnte aber einen brauchen.«

»Nicht von mir.«

»Weißt du noch, wie ich zum ersten Mal die Barkasse selbstständig rübergesteuert hab?«

»Klar weiß ich das noch. Damals warst du sehr nett. Übrigens ist dein Däne heute auf der Werft gewesen. Er hat nach dir gefragt.«

»So? Was wollte er denn?«

»Irgendwas mit neuen Einrichtungsplänen. Er wohnt wie immer im Jakob, hat er gesagt. Muss morgen zurück nach Kopenhagen.«

»Na gut, ich ruf ihn an. Sonst noch was?«

»Was soll denn sonst noch sein. Willst du nun rüber oder nicht?«

Die späte Fähre nach Blankenese legte an. Die Duckdalben knarrten, der Ponton schwankte. Schweigend sahen der alte Bootsmann und sein Frolleinchen den wenigen Passagieren beim Ein- und Aussteigen zu. Als die Fähre wieder abgelegt hatte, sagte Nana: »Ich geh dann mal. Ich schlaf heut hier.«

»Deine Sache.«

»Rüdiger ist ja sowieso nicht da.«

»Was hat der denn damit zu tun?«

Sie stieg an Land und machte die Barkasse los.

»Und du fährst jetzt besser nach Hause. Es ist nach zehn Uhr. Und heute kommt sowieso keiner mehr.«

»Ich hab ja auch bloß auf dich gewartet.«

Ein paar Minuten noch stand sie auf dem Ponton und blickte den Lichtern nach, die im Dunst verschwanden.

Zu Fuß ging sie zum Hotel Jakob. Wenn ihr Däne sie sprechen wollte, dann könnte sie das auch gleich erledigen, Arne Norderup war ihr Freund.

Als sie ihn von der Rezeption aus anrief, klang es, als habe er schon geschlafen.

»Ich muss morgen um fünf Uhr raus«, sagte er entschuldigend.

»Warum schon so früh?«

»Es ist unser zwanzigster Hochzeitstag, den will ich nicht alleine feiern.«

»Klar. Aber Lorenzen sagte, du hättest etwas Dringendes mit mir zu besprechen?«

»So dringend nun auch wieder nicht.«

»Also was ist, schlafen oder reden?«

Ein tiefer Seufzer. »Dann komm mal rauf, Skipper. Aber nicht länger als eine Stunde. Ich will morgen frisch sein.«

Nana kannte das Zimmer, das den Transit-Leuten, die bei Magnussen ihre Kühlschiffe bauten, als ständiges Büro und Refugium diente. Es war riesengroß, ausgestattet mit schönen, etwas ungepflegten Biedermeier-Möbeln, zwei Schreibtischen und einem Konzertflügel, der stets so nachdrücklich geschlossen blieb, dass Nana vermutete, er habe überhaupt keine Tastatur.

Arne war bereits im Pyjama, über den er einen erstaunlich eleganten Morgenrock gezogen hatte.

»Hallo Skipper«, sagte er und küsste sie wie üblich auf beide Wangen. Er roch nach Zahnpasta.

»So elegant hab ich dich ja noch nie gesehen«, sagte Nana.

»Für meine Garderobe ist Susanna verantwortlich. Also was gibt's so Wichtiges? Mitten in der Nacht?«

»Es ist noch nicht mal elf«, sagte sie, »und ich komm gerade von einer Reise zurück.«

Er fragte nicht, wo sie gewesen sei. Er wartete.

Nervös begann Nana im Zimmer auf und ab zu gehen. Arne folgte ihr mit den Augen. Schließlich sagte er: »Also erst mal das Berufliche, vielleicht hilft dir das. Du bist momentan sehr schwer zu erreichen. Aber deine Sekretärin hatte nichts dagegen, dass ich mir deine Überlegungen für das Kreuzfahrtschiff mal etwas näher ansehe.«

»Sehr großzügig von ihr!«, sagte Nana. »Natürlich hat sie kein Recht, unfertige Entwürfe von mir aus der Hand zu geben.«

»Klar. Aber sie kennt mich doch, bei mir sind deine Träume bestens aufgehoben. Und schließlich will ich doch beizeiten wissen, was da auf mich zukommt.«

Er zog sie zum Flügel, wo einige ihrer Skizzen ausgebreitet lagen. Der Anblick war ihr peinlich.

»MS ›Windsbraut‹«, sagte Arne, »hübscher Name. Heißt so nicht dein alter Drachen?«

»Na und, was dagegen?«

»Überhaupt nicht. Ich habe auch nichts Grundsätzliches gegen deine Entwürfe, sehr hübsch, ehrlich, sehr originell. Ein paar Veränderungen, meist technischer Art, musst du dir aber schon noch gefallen lassen.«

Nana betrachtete ihre Pläne, auf denen überall mit dickem Bleistift Korrekturen eingetragen waren. »Das geht nun wirklich zu weit!«, sagte sie wütend. »Ich dachte, du wolltest mir helfen, irgendwie.«

»Bei den Plänen?«

»Ach hör schon auf. Ich weiß überhaupt nicht mehr, warum ich hergekommen bin.«

Er nahm sie bei den Schultern und drehte sie zu sich um. »Ja, warum eigentlich?«

»Ich wollte mit dir reden.«

»Dann rede doch.«

So nahe bei ihm stehend, unter seinem fragenden Blick, fühlte sie sich fast wie das vierzehnjährige Mädchen, das ihn gebeten hatte, für sie den Liebhaber zu mimen. Schon damals war sie sich absolut sicher gewesen, dass er sie nicht zurückweisen würde.

»Hör auf, dich um deine Nachtruhe zu sorgen«, sagte sie jetzt, »als ob es nicht Wichtigeres gäbe!«

Vorsichtig löste sie den Bindegürtel seines Morgenrockes. Er hielt ganz still. Als sie die Pyjamaknöpfe zu öffnen begann, raffte er sich zu einem mahnenden »Skipper, wirklich!« auf. Dann legte sie die Stirn gegen seine breite unbehaarte Brust und murmelte anerkennend: »Riecht verführerisch. Susanna hat wirklich einen guten Geschmack. Und viel Glück hat sie auch.«

Sein ruhiger Atem kam langsam aus dem Rhythmus. »Lass das, Skipper.«

Sie lächelte. »Geht nicht mehr.«

Ein großes Wohlbehagen hatte sie ergriffen wie eine warme Flutwelle, die sie gegen seinen Körper drückte. Als sie ihn dann küsste, vergaß sie sehr schnell den Zahnpastageschmack. Und er gab allen Widerstand auf.

»Wenn's denn sein muss«, sagte er, nahm sie wie einen Seesack unter den Arm und trug sie hinüber zum Bett. Gelassen und nicht allzu ungeduldig zogen sie sich aus, doch als er schließlich auf ihr lag, warm und schwer, da war's für Nana aus mit der Gelassenheit. Es war nicht etwa leidenschaftliches Begehren, das sie verspürte, wohl aber ein körperliches Entzücken, eine Hingabe an die eigene

Lust, die ihr vollkommen neu war. Und Arne war erstaunlich geschickt, ihr diese Lust zu bereiten.

»Ruhig, Skipper«, sagte er, »nicht immer voll voraus, lass doch mal etwas dümpeln.«

»Du hast doch keine Zeit«, stöhnte sie.

Er hob den Kopf, gerade so weit, dass er sie anschauen konnte, und murmelte: »So viel Zeit muss sein.«

Für ein paar Minuten lagen sie dann tatsächlich still.

Nana atmete tief ein und aus. Eine Ewigkeit hätte sie so unter ihm liegen können, liebevoll beschützt und mit sich selbst im Einklang. Doch dann passierte ihm eine kleine Bewegung, die bei Nana als ein inneres Streicheln, als die intimste aller möglichen Liebkosungen ankam, und da war es um ihre Beherrschung geschehen. Sie stieß einen kleinen begeisterten Schrei aus, ließ ihrem Körper seinen Willen und rauschte davon.

Später dann erinnerte Arne sie an seine Existenz, indem er ihr freundlich die Schulter tätschelte. »Sehr gelungene Elbüberquerung«, sagte er.

»Ich hoffe, du bist nicht unterwegs über Bord gefallen«, sagte sie.

»Na ja. Jetzt muss ich aber wirklich schlafen.«

»Klar.« Sie drehte sich auf die Seite und passte ihren Körper mit neuer Selbstsicherheit in seine Fleischpolster ein.

»Hör mal …«, begann er.

»Schlaf jetzt«, sagte sie, »ich stör dich auch nicht mehr.«

Als sie am frühen Morgen erwachte, war er bereits angezogen und sehr in Eile. Der gewohnte zärtliche Freundeskuss: »Bis bald, Skipper.«

Schlaftrunken wälzte sie sich auf die andere Seite. »Fahr vorsichtig und grüß Susanna von mir.«

Am nächsten Tag bestellte Nana sich einen Trupp Arbeiter von der Werft und ließ an ihrer Seite der Villa das gesamte Unterholz, das ihr nach Süden und Westen den Blick auf die Elbe versperrte, ausreißen und wegschneiden. Außerdem fielen den schweren Geräten auch noch die unteren Zweige der Eichen zum Opfer. Für eine derartige Aktion war der Sommer die denkbar ungünstigste Jahreszeit. Doch darauf konnte sie keine Rücksicht nehmen. Und die Leute hatten offenbar Spaß an der ungewohnten Arbeit – als die Feierabendsirene ertönte, war alles erledigt.

Am Morgen darauf ging Nana zum Friedhof. Schon von ferne sah sie ihren Vater am Familiengrab stehen.

Als sie sich neben ihn stellte, sah er kurz auf. »Tochter«, sagte er.

»Guten Morgen, Vater.«

Während der letzten Wochen hatte sie ihn kaum zu Gesicht bekommen. Doch von Lorenzen wusste sie, dass er nur ein einziges Mal zusammen mit David aufs Festland gefahren war.

»Gut, dass du mal rausgegangen bist, Vater.«

»Ich habe gedacht, das gehört dazu, ein Friedhofsbesuch mit tröstlichen Gedanken. Dabei weiß ich genau, dass ich mit Gräbern nichts anfangen kann.« Resigniert schüttelte er den Kopf. »Absolut gar nichts.«

»Wann kommst du wieder ins Büro, Vater?«

»Was interessiert dich das denn noch? Du gehst ja sowieso bald fort. Die Sicht hast du dir schon frei geschlagen. Aber das war bloß der Anfang.«

»Wer sagt das?«

Er wandte sich ihr zu. Sein Blick, eben noch matt und verschleiert, war zornig. »Du verziehst dich und lässt mir als Vermächtnis deinen Mann zurück, mit dem ich noch nie etwas anfangen konnte.«

Nana wurden die Knie weich. Sie fühlte den starken Impuls, fortzulaufen, doch dann kam ihr wieder dieser triumphierende letzte Blick in den Kopf, mit dem die Mutter ihren Mann bedacht hatte, und es gelang ihr, die Angst durch Mitleid zu unterdrücken.

»Es war deine Wahl, Vater. Du selbst hast ihn doch an die Werft gebunden.«

»Ach was, ich binde viele an die Werft. Das heißt ja nicht, dass ich sie alle heiraten will. Und schließlich habe ich dir damals ausdrücklich gesagt ...«, er räusperte sich, »jetzt ist es zu spät.«

»Ich weiß, was du mir gesagt hast, Vater. Aber deine Worte waren nichts wert. Du wolltest dir nur den Rücken freihalten, für den Fall, dass es mit mir und Rüdiger nicht klappen würde.«

Rudolf Max Magnussen atmete schwer. »Wenn du das so siehst ...«, stieß er hervor, wandte sich ab und stapfte davon.

Nana sah hinter ihm her. Ihr war etwas schwindelig, dabei fühlte sie sich seltsam erleichtert, so als hätte man ihr gerade gesagt, dass dieses Schwere, Fremde in ihrem Körper vielleicht doch nicht bösartig wäre.

Ihr Vater war vor ihr davongelaufen.

Als Arne Norderup vierzehn Tage später wieder auf der Werft erschien und Nana im Verwaltungsgebäude über den Weg lief, war zwischen ihnen alles wie immer. Freundschaftliche Begrüßung, unverbindliche Fragen, ein paar Bemerkungen über die Arbeit. Schließlich jedoch: »Wolltest du nicht irgendetwas mit mir bereden, Skipper?«

»Genau. Treffen wir uns doch zum Mittagessen in der Kantine.«

Als sie sich dann an einem Zweiertisch gegenüber saßen, umgeben von neutralisierendem Gesprächslärm, fiel ihr das Reden leicht, sie konnte ihren Wortschwall kaum bremsen und erzählte ihm viel mehr, als sie ursprünglich beabsichtigt hatte. Vor allem vom Leben ihrer Mutter, aus dem sich alles Folgenschwere für sie ergeben hätte. Arne unterbrach sie weder durch Bemerkungen noch durch Blicke. Gelassen hielt er seine Augen auf den Teller vor ihm gerichtet, wo die Königsberger Klopse langsam kalt wurden. Als Nana von Caroline berichtete, von Johnny und der Bilderverteilung, begann er die Kapern aus der Soße zu fischen und am Tellerrand in zwei gleichmäßigen Gruppen zusammenzuschieben.

Schließlich war Nana still. Arne steckte sich ein Stück Klops in den Mund und verzog angewidert das Gesicht. »In kaltem Zustand schmecken sie genauso wie sie aussehen – wie zusammengepappter Nilschlamm.«

Er winkte dem Kellner und bestellte ein großes Bier. »Und einen doppelten Aquavit können Sie mir auch dazu bringen.«

»Arne …?«, sagte Nana.

»Auf wie viel Prozent beläuft sich denn jetzt dein Anteil bei Finchbury?«

»Auf die Hälfte, glaube ich. Die andere Hälfte geht an William.«

»*Glaubst* du?«

»Ich … ich hab noch nicht wieder mit dem Notar gesprochen. Er hat doch alles so viel früher gewusst als ich.«

»Dafür sind Notare da. Und anscheinend haben sowieso immer alle alles früher gewusst oder neben dir oder über deinen Kopf hinweg. Außer deinem Mann natürlich. Was sagt denn der dazu?«

»Der segelt in der Türkei.«

»Hast du etwa noch nicht mit ihm geredet?«

»Wozu. Ich muss doch endlich mal eine Entscheidung alleine fällen.«

»Nur, dass du deine fünfzehn Ehejahre nicht so einfach wegfällen kannst wie das Unterholz vor deinen Fenstern. Mir ist ja bloß schleierhaft, warum du dich jetzt noch mit der Umweltbehörde anlegen musst, wo du doch sowieso weggehen willst. Scheint mir ziemlich unvernünftig.«

»Mit Vernunft hatte das nichts zu tun.«

»Also wann fährst du nach Liverpool?«

»Kommst du mit mir?«

»Ich dachte, du wolltest dich in unabhängiger Entscheidung üben.«

»Komm mit mir, Arne!«

Freundlich ruhte sein Blick auf ihr, der nette, zuverlässige Arne Norderup, nun wieder in Schlips und Kragen und Sportjackett.

»Ganz bestimmt nicht!«

Sein onkelhaftes Gehabe machte Nana wütend.

»Schon gut, schon gut. Eigentlich wollte ich dir ja sowieso nur von meinen Problemen mit Rüdiger und von den Jungen erzählen. All das andere vergisst du besser wieder, ebenso wie unsere Nacht neulich.«

»Deine Nacht, Skipper, nicht unsere, deine Elbüberquerung. Ich hab bloß daneben gestanden, so wie damals. Dein Mann hat dich schon immer betrogen, und deinen Söhnen geht es gut. Kein unmittelbarer Entscheidungsdruck. Den beiden Werften allerdings geht's nicht so gut. Da kracht es ganz gehörig im Gebälk, und wenn nicht bald etwas passiert, dann werden wir die ›Windsbraut‹ nie bauen können.«

»Und was soll passieren, bitte schön?«

»Das fragst du noch? John Finchbury hat dich, aus welchem Grund auch immer, mit Verantwortung betraut. Und statt nun deine neuen Möglichkeiten zu nutzen und endlich selbst aktiv mitzuspielen, stellst du dich tot.«

»John Finchbury wollte mich doch auch nur benutzen, genau wie die anderen. Nämlich um meinen Vater zu bestrafen.«

»Soweit ich die Geschichte kenne, hat dein Vater auch Strafe verdient. Aber ob und wie du damit umgehst, ist deine Sache. Und falls du's überhaupt nicht willst, dann kann ich es auch verstehen.«

»Verdammt noch mal, Arne! Es kotzt mich wirklich an, dass du immer alles verstehst!«

Arne lachte. »Ich finde, es wird langsam Zeit, dass du deine Energien nicht mehr an Nebensächlichkeiten verschwendest. Sonst hackst du noch so viel Äste ab, dass die stolzen Magnussen-Eichen zugrunde gehen müssen. Übrigens, wieso hast du heute eigentlich deinen Fotoapparat nicht bei dir? Sonst liegt er doch immer griffbereit neben deinem Teller.«

»Das ist eine andere Geschichte. Und die erzähl ich dir unter Garantie nicht.«

Sechs Wochen nach Serenas Tod wagte Nana sich zum ersten Mal wieder in die Zimmer ihrer Mutter. Weder ihr Vater noch David waren im Haus.

Nichts war verändert, alles peinlich sauber aufgeräumt und gut gelüftet. Wie ein Eindringling schlich Nana auf leisen Sohlen durch das Sterbezimmer, berührte das kühle Messinggestänge des Krankenbettes, strich über die frisch bezogene Bettdecke, öffnete und schloss die leere Nachttischschublade. Sie suchte etwas und wusste nicht einmal was.

»Solch eine geduldige, kluge Person ist meine Serena gewesen«, hatte Caroline gesagt. Klug genug wohl, um auch noch nach dem Tod anderen Menschen den Zugriff auf ihr Leben zu verweigern.

Serena hatte immer größten Wert auf ihre Garderobe gelegt und sich nur sehr ungern von teuren Stücken getrennt, auch wenn sie sie nicht mehr trug. Als Nana jetzt vor den übervollen Schränken stand, dachte sie, dass ihre Mutter die Kleider vermutlich als wirksame Erinnerungsträger geordnet und benutzt hätte. Da hing der grauweiß gestreifte seidene Entjungferungsrock neben Emilie Flöges Gartenkleid. Das Hochzeitskleid aus vergilbter Spitze, zwei Trauerkleider, elegant und züchtig, und gleich drei hellgelbe Osterkleider in verschiedenen Schnitten und Längen. Und ein paar Bügel weiter das Pfirsichfarbene zusammen mit dem blau-weiß-roten Bekenntniskleid.

Einem verrückten Impuls folgend, entledigte Nana sich ihres Hosenanzugs, streifte die Unterwäsche herunter und zog das Band, das ihre Haare hinten zusammenhielt, heraus. Als sie sich dann im Spiegel sah, nackt und ohne Anmut, erfasste sie Verzweiflung. Nie im Leben würde sie dem Vergleich mit ihrer Mutter standhalten. Ihre Haut war nicht so weiß wie Serenas, ihre Beine nicht so lang, ihr Busen nicht so hoch und voll, ihre Schultern zu knochig, ihr Hals zu lang und dünn. So war's nun mal, nichts zu machen. Nur ein Masochist lässt sich auf einen Vergleich mit dem Unvergleichlichen ein, dachte sie.

Aber sie war am Leben, und Serena war tot.

Mit bloßen Füßen schlüpfte sie in sehr hochhackige Schuhe, setzte den pfirsichfarbenen Hut auf und hängte sich die beiden norwegischen Weißfüchse über die nackte Haut. Sie knipste die grellen Spotlights an und stellte sich mit geschlossenen Augen zwischen die beiden Spiegel.

Als sie die Augen öffnete, sah sie in unendlicher Widerspiegelung eine Person auf wackligen Beinen, nackt bis auf die vergilbten Füchse, mit einem albernen Hut auf wirren Haaren und hektisch geröteten Wangen. Sieh mal einer an, dachte sie, es ist gar nicht so schwierig, jemand anderer zu sein, und sei es ein abgetakeltes Revuegirl. Und anstatt sich zu schämen und schleunigst zurückzubewegen in die Wirklichkeit, blieb sie stehen und fühlte es heiß in sich aufsteigen. Sie brauchte kaum noch nachzuhelfen, es passierte einfach. Sie sackte in die Knie und rollte sich auf dem Boden zusammen.

Ohne Vorwarnung war ihr plötzlich nach Lachen zumute, und es platzte aus ihr heraus, mit Glucksen und Prusten, das umso explosiver wurde, je mehr sie es zu unterdrücken suchte. Hin und her rollte sie und hielt sich den Bauch.

Bis Emmi von draußen rief: »Frau Lauterbach, Telefon …«

»Ich will nicht, gehen Sie weg.«

»Aber es ist Ihr Mann. Aus der Türkei!«

»Ich hab doch gesagt, ich will nicht.«

»Ein Ferngespräch!!«

»Gehen Sie, gehen Sie endlich!«

Vermutlich brachte nur der Respekt vor den hohen Telefonkosten Emmi dazu, wieder nach unten zu laufen. Nana lag jetzt flach auf dem Boden und lachte und weinte gleichzeitig. Schließlich rettete sie sich in einen kräftigen Fluch, kam auf die Beine und zog sich an. Sie sah, jetzt wieder in ihrem ordentlichen Anzug, noch einmal in den Spiegel. Carolines Behauptung, die Tochter spiele das Leben ihrer Mutter nach, fiel ihr ein, und sie kramte alle möglichen Argumente zusammen, um das Gegenteil zu beweisen. Hatte Serena etwa ein Alkoholproblem gehabt? Nein! War Nana eine Fälscherin? Absolut nicht – obwohl sie, zugegeben, ziemlich gut zeichnen konnte. Zum ersten Mal empfand sie beim Blick in den Spiegel eine große Befriedigung darin, dass sie ihrer schönen Mutter ganz und gar nicht ähnelte. Auf der Suche nach weiteren Beweisen stellte sie wieder einmal fest, wie wenig sie ihre Mutter kannte. Und sie begriff, dass sie Serena erst einmal näher kommen musste, bevor sie sich wirkungsvoll von ihr distanzieren könnte. Sie stopfte ein paar der Erinnerungskleider in eine große Tasche und floh aus dem elterlichen Schlafzimmer.

Ohne sich um Emmis Gezeter zu kümmern, ging sie an ihr vorbei zum Anlieger.

»Aber Ihr Mann und die Kinder ...!«, schrie Emmi hinter ihr her. »Aus der Türkei ...«

Nana reiste nach Wien. Sie wohnte im Sacher, wickelte sich in Serenas gestreiften Seidenrock, saß wartend in einem weichen blauen Sessel im Foyer und fuhr dann mit dem Lift nach oben. Ein stickiges Doppelzimmer, das dringend der Restaurierung bedurfte. Auf den Kopfkissen zwei Päckchen mit eingewickelter Sachertorte. Der hohe Standspiegel. Nana setzte sich auf das Bett, schloss die Augen, öffnete einen Blusenknopf und schlug den Rock auseinander.

Außer Scham und dem Bedürfnis davonzulaufen, fühlte sie nichts. Also fuhr sie weiter nach München. Das Pfirsichfarbene stand ihr überraschend gut, wenngleich die Rocklänge altmodisch wirkte und sie dummerweise vergessen hatte, die passenden Stöckelschuhe mitzunehmen. Mit ihren praktischen Alltagspumps und dem zu langen Rock fehlte ihrer Erscheinung das Fragile, Beschützenswerte, niemand würde wohl das Bedürfnis haben, neben ihr parat zu stehen, um sie vor dem Hinfallen zu bewahren.

Die Räume in den Hofgartenarkaden, in denen damals die »Entartete« präsentiert worden war, beherbergten nun den Kunstverein. Angesichts des ausgestellten zeitgenössischen Künstlers, dessen Namen Nana noch nie gehört hatte und dessen Bilder ihr auch nichts sagten, gelang es ihr nicht, die konspirative Atmosphäre, die Serena und René zusammengebracht hatte, nachzufühlen. Es brachte Nana auch nicht weiter, dass sie sich im Englischen Garten die Strümpfe kaputt lief, dass sie im Hotel eine Seezunge aß und am folgenden Morgen unbekleidet frühstückte.

Alles, was sie begriff, war, dass es sich um einen ganz normalen Ehebruch gehandelt hatte, allerdings um einen mit katastrophalen Folgen.

Je intensiver sie sich selbst davon zu überzeugen suchte, die Vergangenheit ruhen zu lassen und nun endlich die Zukunft in Angriff zu nehmen, nach Liverpool zu fahren, um die Katze weder im Sack zu kaufen noch ungesehen zu ersäufen, umso zwingender meldete sich die Sorge, etwas Wichtiges übersehen zu haben. Sie dachte an Carolines Zeichnungen, unter denen sich ein El-Greco-Porträt befand, das »Hugo« betitelt war: Hugo ten Broich. Ein schmalgesichtiger Mann mit tief liegenden Augen, langer Nase, einem Spitzbart und abfallenden Schultern – nicht gerade ein sehr holländisches Gesicht.

Nana hätte Caroline noch so viel fragen wollen.

Vielleicht erinnerte sich der Hamburger Notar an den Zusammenhang, in dem Serena den Namen ten Broich erwähnt hatte.

Nana rief ihn an – der Notar erinnerte sich nicht. Also beauftragte sie ihn, für sie ein paar Recherchen machen zu lassen. »Ihr Detektiv soll es erst einmal in Amsterdam versuchen.«

»Wieso Amsterdam?«

»Die Stadt muss für Hugo ten Broich eine besondere Bedeutung gehabt haben, weil er nämlich trotz der Kunstschätze nie mit meiner Mutter dort gewesen ist.«

Tatsächlich konnte der Notar ihr bereits nach zwei Tagen eine Erfolgsmeldung machen: Auf dem Zentralfriedhof befindet sich ein Grab mit der sterblichen Hülle eines Hugo Garcia ten Broich, geboren am 3. April 1855 in Porto Allegre, gestorben am 21. Juni 1927 in Wien.

Als Nana sich in Amsterdam auf den Weg zum Friedhof machte, nun nicht mehr wie ihre Mutter, sondern wie sie selbst gekleidet, vermisste sie zum ersten Mal seit Cordoba ihre Kamera. Das Bedürfnis nach einem mechanischen Schutzabstand zwischen sich und ihrer Umwelt war nicht geringer geworden.

Sie ging in den nächsten Fotoladen und kaufte eine billige Canon.

Die Grabstelle war ungewöhnlich groß und wirkte auf eine etwas chaotische Weise liebevoll gepflegt. Ein Vogelhäuschen stand da, eine Plastikschüssel mit Wasser, mehrere kleine Blumenbeete verschiedener Größe waren angelegt und direkt vor dem Grabstein prangte, aus bunten Holzperlen gebastelt, der Schriftzug

MAMA. Auf der rechten Begrenzung eine schöne hohe Trauerweide, darunter eine aus Ziegeln und Brettern provisorisch zusammengebaute Bank. In den breiten, klobigen Granitstein, auf dem kaum genug Platz gewesen wäre für eine lange Ahnenreihe, waren nur zwei Namen gemeißelt: Isabella Ruiz de Garcia, 1860 bis 1915 und Hugo Garcia ten Broich 1855 bis 1927.

Vorsichtig, als erwarte sie eine lauernde Gefahr, ging Nana näher heran, und als plötzlich hinter dem Stein ein kleines Mädchen hervorsprang, riss sie erschrocken die Kamera hoch und betätigte den Auslöser wie einen Abzug. Die Kleine, vielleicht vier oder fünf Jahre alt, erstarrte in ihrer Hüpfbewegung und sah Nana feindselig an. »Ich hab aber nichts gemacht«, sagte sie.

Nana senkte den Arm mit dem Fotoapparat und atmete langsam aus. »Du hast mich bloß erschreckt.«

»Dies ist mein Garten.«

»Natürlich, ich will ihn dir ja auch nicht wegnehmen.«

»Und fotografieren ist hier auch nicht erlaubt.«

»In Ordnung.« Nana steckte die Kamera in die Tasche. »Hast du etwas dagegen, wenn ich mich hinsetze?«

»Ja«, sagte die Kleine.

»Vielen Dank«, sagte Nana lächelnd und setzte sich.

Das Mädchen ging kurz hinter den Grabstein und kam mit Schaufel und Harke zurück. Drohend baute sie sich vor Nana auf.

»Ich sag's meinem Papa!«

»Dein Papa, wie heißt der eigentlich?«

»Federico Benedict Maria Garcia«, deklamierte die Kleine.

»Und deine Mama?«

»Die ist weg. Aber sie hat mir Schwimmen beigebracht. Und ich kann auch schon Rad fahren.«

»Schön! Bist du mit dem Fahrrad hierher gekommen?«

Die Kleine schüttelte den Kopf. »Zu viel Verkehr, sagt mein Papa. Der hat immer Angst.«

»Und deine Mama hat keine Angst?«

»Nicht mehr.«

»Wieso sprichst du so gut deutsch?«

»Mama hat immer mit mir deutsch gesprochen. Aber jetzt will ich Unkraut hacken.«

Nana beobachtete das Kind, das sich Mühe gab, so zu tun, als wäre sie nicht mehr da. Sie erinnerte sich, dass sie selbst als Kind Friedhöfe unheimlich gefunden hatte und nie freiwillig dort hingegangen wäre – und dieser hier war groß, abgelegen und hatte viele hohe düstere Hecken.

»Wenn du willst, könnte ich dich später nach Hause bringen«, sagte sie.

»Will ich aber nicht. Mein Papa mag keinen Besuch.«

»Und warum nicht?«

»Weil er für so was keine Zeit hat. Und sitzen bleiben können Sie hier leider auch nicht.«

»Doch«, sagte Nana, »das kann ich. Weil ich mich nämlich etwas ausruhen muss.«

Sie dachte, dass sie eine Tochter wahrscheinlich anders geliebt hätte als ihre beiden Söhne. Auf gar keinen Fall hätte sie sich das Mädchen wegnehmen lassen, weder von den Umständen noch von irgendeinem Vater.

Über diesen Gedanken musste sie wohl eingenickt sein, denn als plötzlich jemand an ihrem Arm rüttelte, fuhr sie erschrocken hoch und wusste nicht gleich, wo sie sich befand.

Ein Friedhof, ein Grabstein, ein Kind. Dieses Kind stand nun neben Nana und forderte Aufmerksamkeit.

»Wenn du nicht gleich aufwachst«, sagte es, »dann geh ich allein, und dann hast du Schuld, wenn ich mich verlaufe.«

Nana blinzelte. »Ach so«, sagte sie, »du bist fertig mit der Gartenarbeit. Konnte ich ja nicht wissen.«

»Du hast furchtbar lange geschlafen. Komm doch jetzt endlich.«

»Natürlich«, sagte Nana, nahm die Kleine bei der Hand und wanderte mit ihr zum Friedhofstor hinaus.

Der Weg war ziemlich weit. Sie fuhren mit der Straßenbahn und mussten sogar einmal umsteigen. Die Kleine wusste erstaunlich gut Bescheid. Dennoch, wie konnte ein Vater einem so kleinen Kind gestatten, sich allein durch die Stadt zu bewegen. Inzwischen wusste Nana auch den Namen des Kindes: Elisabeth Josephine Alberta Isabella Garcia. »Du kannst mich Lilly nennen.«

Lillys kleine sandige Hand blieb in der Nanas, und sie ließen einander auch nicht beim Ein- und Aussteigen los. Vor einem Haus in der schmalen Spiegelgracht machten sie Halt.

»Hier«, sagte Lilly. Unten befand sich ein großes Schaufenster, in dem vor einem Samtvorhang ein einsames Bild auf kostbar geschnitzter Staffelei präsentiert wurde, ein Prunkstillleben mit Früchten, silbernem Gerät, Kristall und Delfter Geschirr. Über dem Laden drei schmale Stockwerke mit jeweils drei Fenstern ohne Gardinen, in die das Licht von den gegenüberliegenden Fenstern schien. Zwei Türen, die eine führte in den Laden, die andere zum Treppenaufgang. An der Ladentür hing ein Schild: closed.

»Wir sind jetzt meistens geschlossen«, sagte Lilly und drückte auf eine niedrig angebrachte Klingel, über der »Lilly« stand.

Ein dunkles Treppenhaus, knarrende Stufen, das Kind zog die Frau hinter sich her. Oben im Gegenlicht stand ein Mann.

»Ich war ja bloß im Garten, Papa«, sagte Lilly entschuldigend.

»Speek alstjeblieft Nederlands met je vader!«, fuhr der Mann die Kleine an.

»Aber die Frau ist doch Deutsche!« Dann rannte Lilly die Treppe ganz hoch und sprang ihrem Vater so heftig in die Arme, dass er einen Schritt nach rückwärts stolperte, bevor er sie auffangen konnte.

»Ich heb me veel sorgen over jou gemaaht«, sagte der Mann, drückte das Kind an sich und trug es in die Wohnung. Entschlossen ging Nana hinterher. Bei der Tür blieb sie jedoch stehen, betätigte kurz ihre Kamera und wartete. Vater und Tochter redeten in schnellem Holländisch miteinander, es schien sich vor allem um seine Sorge und ihre Beschwichtigung zu handeln. Schließlich drehte sich der Mann zu Nana um. »Sie hätte ihren Weg auch allein gefunden!«, sagte er streng.

»Aber es ist sehr weit.«

Nana starrte ihn an. Das war's also, das El-Greco-Gesicht – zwar ohne Spitzbart, dafür mit dicker Brille, hinter der die tief liegenden Augen übermäßig groß wirkten. Dunkle zurückgestrichene Haare mit hohem Ansatz, eine breite Stirn, fragile Schläfenknochen, die die Augen an Ort und Stelle hielten, eine schmale Nase mit geschwungenen Flügeln, ein voller Mund über einem spitz zulaufenden Kinn.

»Sie sind der Sohn von Hugo ten Broich!«, stellte Nana fest.

»Der Enkelsohn. Und wer sind Sie?«

»Die Tochter von Serena Schwarzbach.«

»Höchstens die Enkeltochter«, sagte der Mann, »Sie bringen die Generationen durcheinander.«

Nana blieb eine ganze Woche in Amsterdam. Nach zwei Tagen schon war sie vom Amstel Hotel umgezogen in die Spiegelgracht. Er verabscheue überflüssige Ausgaben, hatte Federico Garcia gesagt, in seinem Haus könne er ihr ein ganzes Stockwerk zur Verfügung stellen, und außerdem sei es in seiner Familie nicht üblich, Verwandte im Hotel wohnen zu lassen.

»Quasi-Verwandte«, hatte Nana ihn korrigiert.

Darauf hatte er ihr tief in die Augen gesehen und »Wahlverwandte« gesagt. Und hinzugefügt, dass er es sich gewiss nicht hätte träumen lassen, die in seiner Familie so heftig abgelehnte Wahl seines Großvaters je nachvollziehen zu müssen.

Der Enkel Federico, ein Mann von vierzig Jahren, hatte Hugo nicht gekannt, wohl aber von Vater und Mutter und einem Onkel wilde Geschichten über ihn gehört.

Ein Abenteurer sei er gewesen, ein Mann aus Porto Allegre mit einer holländischen Mutter und einem brasilianischen Vater, schlau, ehrgeizig, ein rücksichtsloser Aufsteiger und Geschäftemacher. Er habe die Tochter eines der reichsten Männer Brasiliens verführt und in der Folge geheiratet, eine zarte, romantische, leicht verwachsene Person, das Familienvermögen habe er dann noch um einiges vermehrt, bevor er sich mit seiner Frau und den zwei

Söhnen nach Europa begeben und dort das Geld gewissenlos ausgegeben habe. Zuerst in London, dann in Paris. Schließlich sei er in Amsterdam kurzzeitig zur Ruhe gekommen. Dort habe er sich nach der Familie seiner Großmutter ten Broich genannt und ein vollkommen neues Leben begonnen. Er habe Interesse für die Kunst entdeckt – zuerst wohl vor allem kaufmännisches Interesse, das dann jedoch bald in Faszination umgeschlagen sei. Ein ganzes Jahr lang habe er täglich viele Stunden im Amsterdamer Rijks-Museum zugebracht, und als er die Bestände dort auswendig kannte und keine wahre Befriedigung gefunden habe, sei er wie auf Freiersfüßen um die ganze Welt gereist, von Sammlung zu Sammlung, von Museum zu Museum, von Atelier zu Atelier. Die Ergebnisse, die für ihn wohl weiterhin frustrierend, für seine Erben jedoch lohnend gewesen seien, habe er dann kistenweise nach Hause verfrachtet, wo sie im Keller gelagert worden seien.

Unterdessen sei seine Frau in Amsterdam unglücklich und einsam gewesen und habe nur noch von einem Besuch ihres reisenden Gatten zum nächsten gelebt.

Federico, den seine Familiengeschichte eher zu amüsieren als zu belasten schien, strahlte Nana an. »Es gibt Frauen, die kann man noch so sehr betrügen, die wollen's einfach nicht wahrhaben. Und es gibt Männer, die rennen mit immer neuen Beweisen Sturm gegen dieses blinde Vertrauen und können es doch nicht zum Einstürzen bringen.«

»Bist du so einer?«, fragte Nana.

»Ich?! Bei mir fehlt dafür jede Voraussetzung. Ich bin vom Charakter her ehrlich und treu. Und du? Bist du eine ewig Verzeihende?«

»Nur, wenn mich der Mann nicht wirklich interessiert.«

»Aha. Ich werd's mir merken, bei dir könnte es also gefährlich werden. Meine Großmutter jedenfalls muss wohl von ihrer eigenen Güte ganz besessen gewesen sein. Denn sogar als Hugo ihr schließlich gestanden hat, dass nun leider auch noch ein weibliches Wesen das schmerzliche Feuer der Leidenschaft in ihm schüre, ein wahrer Engel an Schönheit, Intelligenz und Kunstverstand, da hat sie ihn mit dem Hinweis getröstet, dass jedem Feuer schon das Verlöschen innewohne, und hat ihm versichert, dass sie ewig auf ihn warten werde. Wie findest du das?«

»Sie hat ihre Geduld mehr geliebt als ihn«, sagte Nana.

»Na ja, für eine Weile mag das so gewesen sein. Aber irgendwann muss sie der Geschichte doch wohl überdrüssig geworden sein. Die weltliche Ewigkeit wurde ihr zu lang, deshalb hat sie sich ohne große Umstände in die himmlische begeben. Mit Tabletten und unter Hinterlassung eines einzigen, sehr hübsch auf altem Pergament kalligraphierten Satzes: ›Gegen Engel kämpft der Mensch vergebens.‹«

Zuvor habe sie noch dafür gesorgt, dass dem überlebenden Ehemann die weitere Nutzung ihres Vermögens untersagt würde.

»Geh und hol mir den Engelsspruch«, bat Federico Garcia seine kleine Tochter, die sogleich das fein gerahmte Dokument anbrachte. »Papa sagt, es gibt auch böse Engel.«

»Teufelsengel«, bestätigte Federico, »das sind die gefallenen, die sich in Ermangelung Gottes um den Teufel scharen müssen. Die haben mich immer eher gerührt als empört. Aber wenn sich, wie in unserem Fall, ein Engel in eine Banalität verwandelt, dann ist das doch eine herbe Enttäuschung.«

»Falls damit meine Mutter gemeint ist«, sagte Nana, »der kann man gewiss manches vorwerfen, aber banal war sie nicht.«

Federico lachte. »Eben doch. Und wir haben die Banalität geschluckt und sie nachträglich in die Familiengeschichte integriert. Daran ist nun nichts mehr zu ändern. Außerdem war es nicht deine Mutter, sondern deine Großmutter. Mein Vater hat sie selbst in Augenschein genommen, als er nach Hugos Tod in Wien war, um die Überführung des Sarges zu veranlassen. Damals sei sie eine kleine dicke Person in ihren Fünfzigern gewesen, mit einem etwas vulgären Äußeren, platinblonden Haaren und höchst indezenter Kleidung. Wie echt ihre Trauer war, konnte mein Vater nicht beurteilen, jedenfalls hätten die Tränen dunkle Spuren auf ihrem geschminkten Gesicht hinterlassen.«

Klein und dick und aufgetakelt? Nana begriff. Statt jedoch Federico über die Verwechslung aufzuklären, sagte sie nur lachend: »Aber sie hatte eine goldene Seele.«

»Auch nicht. Sie muss ziemlich raffgierig gewesen sein. Und das meiste Geld, das er für sie ausgegeben hat, stammte schließlich aus dem Vermögen meiner Großmutter. Aber ich kann mir absolut nicht vorstellen, dass du ihr ähnlich bist.«

»Meiner Mutter sehe ich auch nicht ähnlich«, sagte Nana, »leider, denn sie war eine wunderschöne Frau.«

»Ich kann deine Mutter in dir sehen!«, sagte Federico, bedachte Nana mit einem weiteren intensiven Blick und bat sie, sich doch ein wenig um seinen verlotterten Haushalt zu kümmern – als Verwandte seiner Wahl.

Nana amüsierte sich über diesen neuen Wahlcousin und seine bärbeißige Ironie. Anfangs hatte sie noch das Bedürfnis gehabt, ihn über seine biografischen Irrtümer aufzuklären, doch dann war ihr klar geworden, dass Hugo seine eigene Wahrheit gehabt hatte, die man ihm ebenso wie Serena und Caroline zubilligen sollte.

So kümmerte sie sich also um den Haushalt, spülte Berge von Geschirr und ließ die Waschmaschine Tag und Nacht laufen.

»Wie viele Hemden hast du eigentlich?«, fragte sie Federico.

»So an die dreißig«, sagte er. »Ich bin gerade beim vorletzten angekommen.«

»Was hättest du denn ohne mich gemacht?«

»Kein Problem, irgendwo gibt's immer einen Ausverkauf.«

Federico sah ihr zu und erzählte ihr von seiner Ehefrau, die vor fast einem Jahr Amsterdam verlassen hatte, um mit einem neuen Mann zurück nach Deutschland zu gehen. Anfangs seien er und Lilly sehr verwirrt und desorientiert gewesen. Lilly habe sich dann als Erste gefasst, habe ihre Tränen getrocknet und die Mutter im Familiengrab untergebracht, wo sie sie nun versorgen und besuchen könne.

»Ein sehr vernünftiges Kind«, sagte Nana.

Vater und Tochter akzeptierten Nanas ordnende Hand mit größter Selbstverständlichkeit.

»Wurde ja auch langsam Zeit, dass sich unser Leben wieder in geordneten Bahnen bewegt«, sagte Federico.

»Was du so ›geordnet‹ nennst«, Nana lachte. Sie hatte schnell herausgefunden, dass, gemessen an ihrem gewohnten Leben, sich dieses hier fast jeder Ordnung verweigerte. Dazu lebten die beiden zu unbekümmert, zu sprunghaft und zu leicht.

Nana hatte Spaß an ihrem sinnlosen Herumräumen und genoss das Familienleben. Sie amüsierte sich über Lillys Phantastereien und sie wusch und bügelte, weil Federico ihr so begeistert beim Bügeln zusah. Und ein wenig auch, um ihn von weiteren Hemdenkäufen abzuhalten.

Er zeigte ihr seine Kunstschätze. Sein Hauptinteresse galt dem 17. Jahrhundert. »Ein paar von meinen Bildern stammen noch aus Großvater Hugos Besitz, aus besagten Kisten im Keller. Die waren alle fest zugenagelt und mit schweren Schlössern versehen. Er hat die Inhalte nie wieder betrachtet, aber er muss wohl alles im Kopf gehabt haben. Kurz vor seinem Tod hat er noch exakte Listen aufgestellt. Mein Vater sagt, er habe sich kein einziges Mal geirrt. Nur zwei der Kisten hatte er für seinen Engel bestimmt, und im Gegenzug erhielt mein Vater aus Wien eine größere Sendung mit Objekten aus Hugos späterer Sammlung.«

»Ist von diesem Wiener Erbe noch etwas übrig?«, fragte Nana.

»Doch, doch, es handelte sich um Arbeiten des ausgehenden neunzehnten und frühen zwanzigsten Jahrhunderts, nicht direkt mein Gebiet. Aber es verkauft sich gut – und wenn ich mal dringend Geld brauchte, dann habe ich darauf zurückgegriffen.«

»Zeig es mir«, bat Nana.

Als sie die Bilder und Zeichnungen sah, kamen ihr plötzlich die Tränen. Was für eine geniale Fälscherin ihre Mutter doch gewesen war!

»Die erotischen Zeichnungen sind am leichtesten verkäuflich«, sagte Federico. »Großvater Hugo scheint davon besonders angetan gewesen zu sein, das muss wohl auch an seinem Engel gelegen haben.«

»Ja sicher«, sagte Nana mit belegter Stimme, »sie war eine hoch erotische Person.«

»Was ist los, sind diese reizenden Pornos dir etwa unangenehm?«

»Gib mir mal dein Taschentuch«, bat sie.

Er umarmte sie. »Gönnen wir doch den Altvorderen ihre Gelüste, wir müssen ihnen ja nicht gleich nacheifern. Jedenfalls nicht heute oder morgen.«

So weit wollte Nana es nicht kommen lassen.

Trotz Federicos und Lillys Protest beschloss sie nach sieben Tagen, den Amsterdamer Aufenthalt abzubrechen. Sie gehörte nicht hierher, und sie wollte ihre Gefühle für diese kleine Familie möglichst im Keim ersticken.

»Aber das kannst du doch nicht machen!«, sagte Federico gekränkt. »Ich dachte, du hättest inzwischen gemerkt, wie sehr wir dich hier brauchen.«

»Meine Söhne und ihr Vater kommen in ein paar Tagen vom Segeln zurück, und außerdem habe ich berufliche Verpflichtungen.«

»Und was ist mit deinen Verpflichtungen uns gegenüber? Immerhin hat deine Großmutter meiner Großmutter den Mann weggenommen! Und jetzt nehmen wir eben zur Abwechslung dich mal deinem Mann weg.«

»Mein Mann hat nichts damit zu tun.«

»Hat er nicht? Na, umso besser. Ich würde dich so gerne beschützen!«

»Wovor denn?«

»Das werden wir ja dann sehen. Auf jeden Fall brauchst du dringend einen Beschützer.«

»Und du?«

»Ich noch viel mehr! Aber vor allem brauche ich dich. Wie deutlich soll ich es denn noch machen?«

Nana lachte. »Ja, wenn das so ist. Aber etwas deutlicher könntest du's schon noch machen.«

Als Nana am nächsten Tag dennoch aufbrach, fehlte Federico jegliches Verständnis dafür. Nur auf Lillys intensive Bitte fand er sich bereit, Nana zum Flugplatz zu bringen. Das Kind nahm ihre Hand.

»Und passt mir nur ja auf, dass der Haushalt nicht wieder so verkommt«, sagte sie.

Federico nahm die Brille ab, zog Nana an sich und küsste sie zärtlich, während Lilly geduldig abwartend daneben stand, Nanas Hand in der ihren.

Als Federico Nana freigab, sagte er siegesgewiss, so als habe dieser eine Kuss die Lage nun endgültig geklärt: »Da es uns beiden offenbar um dasselbe geht, kannst du ja jetzt auf gar keinen Fall wegfahren.«

»Doch«, sagte Nana, »das kann ich. Und zwar jetzt sofort. Meine Maschine ist schon aufgerufen worden.«

»Aber du weißt doch, was du hier zurücklässt. Und dass du das Leben verpasst!«

Nana lächelte etwas unsicher. »Tut's dir Leid um deine verschwendete Energie?«

Da zog er Lillys Hand energisch aus Nanas, wandte sich ab und ging mit seinem Töchterchen davon. Lilly drehte sich noch einmal kurz um und rief mit zornblitzenden Augen: »Auf deutsche Frauen kann man sich eben nicht verlassen.«

Auf der Werft im Konstruktionsbüro wartete Arne Norderup auf Nana.

»Du bist ja mehr hier als in Kopenhagen«, sagte sie.

»Einer muss sich schließlich kümmern. Du reist in der Gegend herum, dein Vater ist nicht zu sprechen, nicht mal dein Mann ist verfügbar.«

»Um was kümmern?«

»Um die Finanzierung der ›Windsbraut‹.«

»Meine Güte, Arne. Du gibst wohl nie auf. Ehrlich gesagt, ich glaube nicht, dass ich das überhaupt alles noch will.«

»Natürlich willst du das noch, du bist bloß gerade etwas verwirrt. Welches Gespenst ist dir denn in Liverpool über den Weg gelaufen?«

»Ich war überhaupt nicht in Liverpool.«

»Ach so.«

»Es gibt nämlich auch noch Leben außerhalb unserer Schiffbauerwelt.«

»O Gott«, stöhnte er, »solch einen dämlichen Satz hatte ich wirklich nicht von dir erwartet! Es gibt Leben in Slums und in Schlössern und sogar in Reihenhäusern. Und dein Leben ist hier auf der Werft. Basta.«

»Überhaupt nicht basta«, sagte sie.

»Also raus damit, wo wohnt er, was tut er, wie heißt er?«

»Er wohnt in Amsterdam, ist Kunsthändler und er braucht mich.«

»Natürlich! Alle brauchen dich immer, dein Vater, dein Mann, David Finchbury. Die brauchen dich, um ihre eigenen Ziele zu verwirklichen. Und nun auch noch dieser Kunsthändler. Wozu braucht der dich denn?«

»Er … er hat eine kleine Tochter.«

»Und seine Frau ist letztes Jahr an Krebs gestorben?«

»Hör auf, Arne. Du wolltest mir doch was von der ›Windsbraut‹ erzählen.«

Arne grinste. »Wozu? Die Amsterdamer Grachten sind viel zu klein für so ein großes Schiff.«

»Also was ist mit der Finanzierung, erzähl schon.«

»Während der letzten Wochen hat es Verhandlungen mit dem Senat gegeben. Und inzwischen zeigt sich die Stadt tatsächlich interessiert. Ich habe ihnen unser Konzept erläutert: Die Hälfte der Gesamtkosten kann die Transit-Reederei aufbringen, und selbstverständlich würden wir das Schiff bereedern. Die andere Hälfte muss von der Werftseite kommen – und der Senator hat mir vorsichtig signalisiert, dass sie bereit wären, sich mit fünfzehn Millionen zu engagieren. Natürlich passt es ihnen nicht, dass das Schiff unter dänischer Flagge fahren würde, aber andererseits sind sie dringend daran interessiert, die Hamburger Arbeitsplätze zu erhalten. Und sie haben nach wie vor großes Vertrauen in Rudolf Max Magnussen. Ich ja auch, wenn er bloß endlich wieder aus seiner Trauerhöhle zum Vorschein kommen würde.«

»Du weißt doch, dass er sowieso nicht an den Kreuzfahrttourismus glaubt. Außerdem ist die Idee ja auch gar nicht so brandneu. Es sind schon andere vor uns da – zum Beispiel die ›Hamburg‹.«

»Die ›Hamburg‹ ist jetzt acht Jahre alt und war ursprünglich nur für die Nordatlantikroute geplant – Hamburg, Southampton, New York und zurück. So wie die ›Queen Elisabeth‹. Das sind doch keine Ferienschiffe, nicht in erster Linie auf Vergnügen und Entspannung ausgerichtet, sondern auf den Transport. Und den erledigt man heutzutage per Flugzeug. Aber ich garantiere dir, die Zukunft des Edeltourismus liegt auf dem Wasser. Wer will schon jeden Morgen beim Aufwachen immer ein und dieselben Berggipfel oder denselben Kirchturm sehen.«

»Oder dasselbe Wasser!«

»Genau das werden wir vermeiden: Jeden Tag ein neuer Hafen.«

»War das jetzt eine Propagandarede oder was?«

»Nur eine Klarstellung, eine Zusammenfassung. Damit du auch weißt, was du Rudolf Max Magnussen erzählen sollst.«

»Ich will ihm überhaupt nichts erzählen.«

»Doch, mein lieber Skipper, das willst du. Weil er nämlich immer noch der einzige Vater ist, der überhaupt das Recht hat, sich dein Vater zu nennen. Und der dich liebt – auf seine Weise.«

»Ziemlich mühsame Weise«, sagte Nana. »Er hat mich manipuliert – das ist alles.«

»Zur Manipulation gehören immer zwei – oder etwa nicht? Einer, der es macht, und einer, der es mit sich machen lässt.«

»Als Kind kann man sich schließlich nicht wehren.«

»Seit ungefähr zwanzig Jahren bist du kein Kind mehr«, sagte Arne.

Rüdiger und die beiden Jungs kamen nach Hause. Nana sagte, dass diesmal sie die Söhne ins Internat bringen würde – allein. Sie hatte sich auf Rüdigers Widerspruch gefasst gemacht, aber der sagte nur: »Wenn du unbedingt willst ...«, und er habe sowieso viel zu tun, jetzt nach den Ferien, da sei doch manches aufzuarbeiten.

Nana blieb zwei Tage an der Nordsee. Für die Abende erbat sie die Sondergenehmigung, mit ihren Söhnen essen gehen zu dürfen.

»Wie war's denn beim Segeln?«, fragte sie.

»Gut«, sagte der Große.
»Und wo wart ihr überall?«
»Die türkische Küste rauf und runter.«
»Wo genau, erzähl doch mal.«
»Gott Mama!«, sagte der Kleine. »Wer kann sich schon all diese komischen Namen merken.«

Vergeblich bemühte Nana sich um eine etwas ergiebigere Unterhaltung. Sie wollte ihren Söhnen so gerne nahe sein, aber sie hatte keine Ahnung, wie sie das anstellen sollte.

Einem Impuls folgend fragte sie: »Hättet ihr eigentlich gern eine kleine Schwester?«

»Bist du etwa schwanger?«, fragte der Große.

Nana lächelte. »Nein, nein. Und es handelt sich ja auch gar nicht um ein Baby. Diese ist schon fünf Jahre alt.«

»Also ich weiß nicht …«, sagte der Große. »Wie kommst du denn plötzlich an ein fünfjähriges Mädchen?«

»Ihre Mutter hat sie im Stich gelassen.«
»Und was sagt Papa dazu?«
»Papa? Ja mit dem müsste ich das wohl auch mal besprechen.«

Nana war froh, dass Rüdiger bei ihrer Rückkehr von der Nordsee nicht in Hamburg war. So konnte sie das Gespräch noch etwas aufschieben.

Sie packte ihre Reisetasche, legte ganz zuunterst Davids Drogenstöckchen hinein und machte sich auf den Weg nach Liverpool. Ein paar Dinge mussten zu Ende gebracht werden, bevor sie versuchen könnte, ihr Leben neu zu ordnen.

Dann stand sie vor der Finchbury-Lodge. Staunend betrachtete sie das riesengroße, verwinkelte, inzwischen unbewohnte Bauwerk, das da pompös auf einer Anhöhe thronte und aus halbblinden Fenstern auf die Werftanlagen hinunterstarrte. Davor die breite Rasenfläche mit einem Kiesweg, der zu dem schmiedeeisernen Tor führte.

Die alten Finchburys in ihren Korbsesseln, Serena auf dem Rasen zwischen den Osterglocken, René, der den weißen Kiesweg heraufkommt. Noch ist nichts entschieden, noch hat René sich nicht in Louises Vertrauen eingeschmeichelt, noch stellt David die Unschuld seiner Angebeteten nicht infrage, noch sind hundert Menschen auf dem Unterseeboot »Clio« nicht einem grässlichen Tod geweiht. Aber ihre Mutter, die all dies verhindern könnte, denkt nicht an das Vertrauen der Finchburys und an mögliches Unheil. Alles, was sie in diesem Moment bedenken und fühlen kann, ist René, René, der Unfassbare, der mit abwesendem Blick ihre Bedürfnisse erfüllt, der selbst keine Bedürfnisse zu haben scheint, der sie verachtet, der ihr wehtut, der ihr wieder und wieder beweist, dass sie ihm nichts, aber auch gar nichts bedeutet. Dem überhaupt niemand irgendetwas bedeutet, für den nur die Gebote des Augenblicks gelten, der sich zwanglos anpasst an das gerade Verlangte und sich molluskenhaft einschmiegen kann in jede Situation.

Mag sein, dass Serena ihm ähnlich war, dass der eigene Stallgeruch sie benebelt hat. Doch René war ihr von Anfang an haushoch überlegen, und so war es auch geblieben.

Nana hatte große Mühe, sich von ihren Gedanken loszureißen. Sie wanderte um die Lodge herum, sah im Hintergrund das neue Haus, das David für seine junge Frau gebaut hatte, in das Gudrun jedoch nie wirklich eingezogen war. William hatte sich inzwischen eine Junggesellenwohnung in der Stadt genommen.

In der Verwaltungszentrale erfuhr Nana, dass William Finchbury erst im Laufe des Spätnachmittags von einer Reise zurück erwartet würde. So hatte sie Zeit, über die Werft zu wandern. Es sah bei weitem nicht so schlimm aus, wie sie es nach des Notars und Arnes Schilderungen erwartet hatte.

Sie fragte einen Arbeiter, wo denn früher wohl die Boote für die Kriegsmarine ausgerüstet worden wären.

Der sah sie misstrauisch an, bequemte sich dann aber doch zu einer vagen Handbewegung. »Dahinten. Und ausgerüstet wird da schon längst nicht mehr.«

Nana nickte und ging zu der Stelle, wo am Rand eines großen

Tauchbeckens Moos und Unkraut zwischen Betonplatten wuchsen. Aus den Tiefen ihrer Reisetasche fischte sie das Drogenstöckchen, verhakte es sicher mit einem Stück Eisenkette, das sie schon zuvor aufgehoben hatte, und ließ es ins Wasser fallen.

William war nicht überrascht, Nana hier zu sehen. Erfreut war er allerdings auch nicht.

»Willst dir wohl deine fünfzig Prozent abholen, was?! Aber da ist nichts zu holen, jedenfalls nicht bei mir. Wenn du auf deinem Anteil bestehst, kann ich die Werft jederzeit Pleite gehen lassen.«

»Und dich mit ihr?«

»Wenn's denn sein muss. Aber keine Sorge, ich komme schon wieder auf die Beine. Jedenfalls werde ich mich nicht diesen perversen Spielereien unserer Altvorderen fügen.«

Es stellte sich heraus, dass William gerade erst von den Erbschaftsbestimmungen seines Großvaters, die mit Serenas Tod wirksam werden sollten, erfahren hatte.

»Wir müssen reden, William!«

»Deshalb bist du ja wohl hier. Nimm dir ein Zimmer im Horse and Rider. Da hast du's einigermaßen bequem. In einer Stunde treffe ich dich dann unten im Pub.«

Als sie einander gegenüber saßen, er mit einem Glas Bier, sie mit Wasser, war das Erste, was er sagte: »Warum hat mein Großvater das getan?«

»Keine Ahnung«, log Nana. »Liebe, Rache, Spott und Ironie. Jedenfalls hat er einen Plan gehabt und versucht, uns posthum für seine Sache einzuspannen. Aber du könntest doch mal deinen Vater fragen. Der weiß bestimmt mehr als wir.«

»Ich bin überzeugt, dass er sogar alles weiß. Allerdings wird er uns nichts sagen. Als ehemaligem Secret-Service-Mann ist ihm die Geheimhaltung zur Lebensform geworden. Der ganze Mann ist doch ein einziges melancholisches weltabgewandtes Rätsel.«

»Das klingt bitter.«

»Hab ich etwa keinen Grund für Bitterkeit? Der alte John ist vor dreizehn Jahren gestorben. Seitdem kennt mein Vater dessen letzten Willen. Aber er sagt mir nichts, macht nicht mal die leiseste Andeutung. Er sitzt in seinem leeren Haus, brütet über Konstruktionszeichnungen von Schiffen, die wir nie bauen werden – besonders über U-Boot-Plänen aus dem letzten Krieg, das scheint sein Hobby zu sein –, und wenn er den Kopf mal hebt, dann kann er sehen, wie sich sein Sohn unten auf der Werft abrackert – für nichts und wieder nichts. Ist doch wohl klar, dass ich immer davon ausgegangen bin, diesen ganzen Laden hier inklusive der Schulden zu erben, schließlich bin ich der einzige Nachkomme. Und ich habe bereits meine Arrangements getroffen. Nach langer Suche bin ich endlich auf eine Firma gestoßen, die uns einen Großteil des Werftgeländes abkaufen will – für den Bau von Wasserflugzeugen. Der verbleibende Teil wird immer noch groß genug sein für das, was ich vorhabe: Einerseits weg von den Großprojekten und Konzentration auf Binnen- und Küstenschiffe und vielleicht später, wenn man die richtigen Leute dafür findet, auch auf Yachten. Und andererseits etwas ganz Neues, nämlich die Produktion von preisgünstigen Fertighäusern. Dafür habe ich bereits meiner zukünftigen Konkurrenz zwei Leute abgeworben – einen Konstrukteur und einen Verkaufsmann. Mein Vater wusste von alldem, aber statt mich zu warnen, dass von der Verkaufssumme aller Wahrscheinlichkeit nach die Hälfte sogleich in Richtung Hamburg abschwimmen wird, statt mir also klarzumachen, dass uns der Deal mit den Flugzeugleuten, wenn er denn wirklich zustande käme, keineswegs aus der Misere herausbringen würde, hindert er mich nicht mal daran, mich in weitere Schulden zu stürzen. Als ob er sich seinem verrückten Vater mehr verpflichtet fühlt als seinem Sohn.«

»Könnte es nicht sein, dass sich dein Großvater John die ganze Angelegenheit eher anders herum vorgestellt hat? Nämlich dass ich meinen Magnussen-Anteil nehme und damit die Finchbury-Werft saniere?«

»Blödsinn. Schließlich bist du eine Magnussen.«

»Ich glaube tatsächlich, der Alte hat sich gewünscht und eingeredet, dass ich eben das nicht bin.«

»Was soll denn das heißen?«

»Ach vergiss es. Je mehr ich von dem Leben meiner Eltern begreife, umso weniger will ich wissen. Deine Mutter hat schon mit siebzehn oder achtzehn beschlossen, nicht mehr darüber nachzudenken. Von uns drei Geschwistern war sie immer die Stärkste und Vernünftigste, und sie hat's ja auch am weitesten gebracht.«

William zuckte die Schultern. »Sie ist ein Star geworden, das stimmt. Na und? Sie hat niemanden glücklich gemacht, nichts aufgebaut, außer sich selbst. Und falls sie sich irgendwann doch noch mal auf meinen Vater zurückbesinnen sollte, ist der vermutlich längst gestorben. Du hingegen …«

»Was ich? Glücklich gemacht hab ich auch niemanden. Und statt etwas aus meinem Leben zu machen, habe ich die andern machen lassen.«

»Wenn du das so siehst … Aber vielleicht war es eben das, was der alte John im Auge hatte: Er wollte dir Macht geben und dich herausfordern, damit du endlich deine eigene Stärke begreifst.«

»Klingt ja großartig. Und wodurch, bitte sehr, soll ich meine Stärke begreifen? Indem ich Johns Intrigen mitspiele und dadurch meinem Vater einen bösartigen Schlag versetze? Das ist doch wirklich eine perverse Idee. Und weißt du, Willy, mich ödet dieser ganze Familienkram an, diese Altherrenspiele – eure Werft und unsere Werft, eure Tricks und unsere Lügen – oder auch umgekehrt, und wenn ich es recht bedenke, so wäre es das Vernünftigste, ganz einfach abzuhauen, Hamburg mitsamt unserer verknöcherten Werft und meinem tyrannischen Vater ein für alle Mal den Rücken zuzukehren.«

»Du? Das glaubst du wohl selber nicht!«

»Und warum nicht? Es könnte doch sein, dass es mir irgendwo anders gelingt, einen Menschen glücklich zu machen.«

»Ach du meine Güte!« William sah plötzlich seinem Vater sehr ähnlich – ein liebevoller, nahezu weiser Blick aus seinen jungen Augen. »Meine Tante Nana ist verliebt.«

Nana errötete. »Unsinn. Aber mal abgesehen von dem ganzen Finchbury-Komplex, der Draufgänger Rudolf Magnussen ist alt und unbeweglich geworden, keine Ideen und keine Risikobereitschaft mehr, die Werft dümpelt so vor sich hin, meine Söhne sind noch zu jung – wer weiß, ob sie's überhaupt mal auf sich nehmen wollen –, uns fehlt ganz einfach die Zwischengeneration. Und von meinem Mann trenne ich mich gerade. Also was soll's!«

»Ich kann dir sagen, was es soll: Du folgst den Ideen des verrückten alten John und kommst nach Liverpool.«

»Tut mir Leid, Willy, daraus wird nichts. Aber was hältst du von der umgekehrten Version: Du kommst nach Hamburg?«

»Wie stellst du dir denn das vor?«

»Ja also ...«, Nana zögerte, weil sie wusste, dass sie im Begriff war, Weichen zu stellen, denen sie sich späterhin fügen müsste. »Ich meine, das ist ja nur so eine Idee, also wie wär's zum Beispiel, wenn ich mein Finchbury-Erbe ausschlage, und du im Gegenzug bei uns in Hamburg Geschäftsführer wirst?«

William sprang auf, wobei er heftig gegen den Tisch stieß, ging mit großen Schritten zur Bar und holte sich ein neues Bier. Als er zurückkam, sagte er: »Ich kann mit dem Alten nicht zusammenarbeiten.«

»Ich bin ja auch noch da, um dir den Rücken zu stärken.«

»Ich denke, du willst weg?«

Nana lachte. »Wenn du kämst, würde ich mich vielleicht zum Bleiben überreden lassen.«

»Deine zwanzig Prozent reichen aber leider nicht aus als Rückenstütze. Der Alte würde uns schlichtweg über den Haufen rennen.«

»Mein Vater rennt überhaupt nicht mehr. Er ist müde und traurig und einsam.«

»Dafür ist mein Vater doch jetzt bei ihm und hält ihm das Händchen!«

»Spar dir deine Witze. Lorenzen sagt, der Chef hätte ohne Mister David den Tod der Chefin nicht überlebt. Also was ist, Willy?«

»Die Neuorientierung von Finchbury erfordert meine ganze Kraft.«

»Und eine weitere Aufgabe wird deine Kraft verdoppeln. Dein Großvater Magnussen hat früher auch zwei Betriebe im Griff gehabt – einen englischen und einen deutschen.«

»Sehr zum Nachteil des englischen.«

»Mag sein – aber das könnte umgekehrt nicht passieren. Weil ich nämlich als Kontrollinstanz dazwischen stehen würde.«

»Na, sieh mal einer an!« William hielt sein Bierglas so fest umklammert, dass seine Knöchel weiß geworden waren.

»Also, um es dir klipp und klar zu sagen«, brachte er mühsam beherrscht hervor, »ich will nämlich nicht.«

»Na gut, dann will ich auch nicht auf mein Erbe verzichten.«

Wütend starrte William Nana an. Doch dann musste er plötzlich lachen, er entspannte sich und atmete langsam aus.

»Das ist Erpressung«, sagte er.

»Genau«, sagte Nana, »so war's auch gemeint.«

»Und deine neue Liebe?«, fragte William.

»Die … also der wird sich damit abfinden müssen«, sagte Nana. »Sowieso sind die Amsterdamer Grachten viel zu schmal für ein Schiff unserer Größe – das behauptet jedenfalls Arne Norderup.«

»Dem würde ich ohne weiteres zustimmen«, sagte William. »Also wie ist das nun, gemütlicher holländischer Käsehändler in einem gemütlichen Häuschen an einem gemütlichen Kanälchen? Wie bist du bloß an den geraten?«

»Er ist alles andere als gemütlich, er handelt mit Kunst statt mit Käse, und außerdem sieht er aus wie El Greco.«

Kurz entschlossen zog Nana die beiden Fotos, die sie von Lilly und Federico gemacht hatte, aus der Tasche und hielt sie William hin.

»Hier«, sagte sie, »damit du wenigstens weißt, was ich aufgebe.«

William schaute erst die Fotos an, dann Nana und bekam wieder seinen David-Blick: »Ja, was machen wir denn da bloß?«

»Nichts«, sagte Nana.

»Natürlich könntest du immer noch mich heiraten«, sagte William. »Bekanntlich eignet sich die Ehe bestens zur Gütervereinigung.«

»Und was wird dann aus all deinen Liebschaften?«

»Kein Problem, die behalte ich bei.«

Sie saßen im Pub, bis das letzte Bier ausgeschenkt wurde, dann gingen sie nach oben in Nanas Zimmer und redeten weiter. Sie redeten sich in einen Rausch hinein, planten und verstiegen sich zu den hoffnungsvollsten Prognosen. Sie versuchten, ihre Träume in die Wirklichkeit herüberzureden und sich selbst zu beweisen, dass ja alles nur an ihnen, an ihrer Phantasie, Entschlusskraft und Ausdauer liege. Besonders Williams Optimismus war plötzlich unbegrenzt. Er wurde zum Himmelsstürmer, und er zog Nana mit sich. Glücklich entkamen die beiden allen Zwängen und Begrenzungen und verloren die Erde langsam aus den Augen.

Es war sehr spät in der Nacht oder auch schon früh am Morgen, als William plötzlich zusammenhanglos sagte: »Bloß das mit El Greco will mir nicht einleuchten.« Im selben Moment sackte sein Kopf auf die Brust, und er schlief ein.

Der Anblick eines schlafenden Mannes hatte Nana schon immer gerührt. Sie zog sich die Schuhe aus, legte sich auf ihr Bett und beschloss, an den schlafenden Federico zu denken. Bevor es jedoch dazu kam, war sie schon selber in einen unruhigen Schlaf gefallen.

Als sie nach ein paar Stunden wieder hochschreckte, hatte sie Mühe, sich zu orientieren. Sie sah das Tageslicht zwischen den Vorhängen, sah William in seinem Sessel liegen und fühlte sich sofort schuldig, so als hätte sie während der vergangenen Nacht die Kontrolle über sich selbst verloren und dazu noch ihren Neffen verführt.

Nur gut, dass William so fest schlief, so konnte sie unbemerkt ihre Tasche packen und leise das Zimmer verlassen.

In einem Mietwagen fuhr sie nach Manchester, von wo aus sie ihren Rückflug nach Hamburg gebucht hatte. Sie war zwei Stunden zu früh am Airport. Einen Pappbecher mit Kaffee vor sich, saß sie in einer Ecke des Wartesaals und zergrübelte ihr Leben.

Schließlich sprang sie auf, ging zum Postamt und ließ sich eine Verbindung nach Amsterdam herstellen. Lilly war am Apparat.

»Du bist schon seit einer Woche weg und hast noch nicht mal angerufen«, sagte die Kleine vorwurfsvoll.

»Und du hast mir nicht mal auf Wiedersehen gesagt.«

»Weil du so ungerecht mit Papa warst. Und der ist jetzt traurig. Alle laufen immer von uns weg.«

»Ja, ich weiß. Was macht dein Garten auf dem großen Friedhof?«

»Vorgestern bin ich zusammen mit Papa hingegangen, ich wollte dich neben Mama begraben. Aber Papa hat gesagt, dass ich noch etwas warten soll.«

»Sehr nett von ihm. Kann ich den Papa mal sprechen?«

Dann Federico: »Wirklich ungeschickt von mir«, sagte er, »dass ich dich nicht schon am ersten Abend verführt habe. Schließlich kann man mit einem Abschiedskuss keinen Anfang machen.«

Nana lachte. »Spar dir deine Selbstvorwürfe, mein Lieber. Ich hätte auf jeden Fall fahren müssen, allerdings wär's mir dann vielleicht noch etwas schwerer gefallen.«

»Es ist dir schwer gefallen?«

»Ich vermisse euch beide sehr.«

»Gut, gut. Wann kommst du also zurück?«

»Ich muss mal nachfragen, ob heute noch eine Maschine geht.«

Lilly rannte Nana entgegen und klammerte sich an sie. Überwältigt von einem großen Glücksgefühl, nahm Nana die Kleine auf den Arm.

»Papa hat gesagt, dass man dich bloß überzeugen muss«, sagte das Kind.

»Zu was denn überzeugen?«

»Weiß ich nicht so genau. Ist doch auch egal, jetzt, wo du da bist.«

Später am Abend dauerte es ungewöhnlich lange, bis die Kleine sich endlich zum Einschlafen bequemte. Nana musste mit ihr singen und ihr erzählen und vorlesen.

Hinter ihrem Rücken wanderte Federico auf und ab. Im Vorbeigehen strich er ihr manchmal leicht über den Hals. Als seine Berührungen intensiver wurden, begann Nana sich beim Vorlesen zu verhaspeln.

Die Kleine griff nach ihrer Hand. »Du musst mir ja gar nicht vorlesen. Hauptsache, du bist ganz nahe bei mir. Du könntest auch bei mir im Bett schlafen.«

»Kommt überhaupt nicht infrage«, protestierte Federico. »Nana ist müde von der Reise, sie braucht ihr eigenes Bett.«

»Ich mach mich auch ganz klein!«

Nana beugte sich zu ihr. Sie dachte, wie schön es wäre, diesen kleinen Körper während der Nacht in ihren Armen zu halten.

Sie spürte Federicos lange, warme Finger auf ihrem Hals.

»Das Ärgerliche ist nur«, sagte sie zu Lilly, »dass ich so schreckliche Kopfschmerzen habe. Letzte Nacht bin ich nämlich kaum zur Ruhe gekommen … also da in Liverpool mit William …«

»Mein Vater kann Kopfschmerzen wegmassieren, das macht er immer. Die sagen alle, dass er besser ist als ein Arzt.«

»Wer sind ›die alle‹?«, fragte Nana.

»Und wer ist William?«, fragte Federico und begann Nanas Kopf und Hals zu massieren.

»Bloß mein Neffe«, sagte Nana. »Ich will ihn … also ich brauch ihn dringend … wir müssen zusammen …«

Sie seufzte tief auf, lehnte sich gegen Federico und schloss die Augen. »Eigentlich müssen wir überhaupt nichts«, flüsterte sie.

»Na, siehst du«, sagte die Kleine, »dir geht's sofort viel besser.«

»Hmhm, mir geht's schon fast gut.«

Nach einer Weile sagte Federico etwas auf Holländisch zu dem Kind. Lilly grummelte: »Kann ich doch nicht wissen!«, und kehrte sich brav zur Seite, während sich die Hände ihres Vaters unter Nanas Bluse verloren.

»Bis morgen, Schätzchen, schlaf gut.«

Das Kind, schon fast eingeschlafen, murmelte: »Aber du darfst nicht weggehen.«

Federico zog Nana von der Bettkante hoch und legte von hinten die Arme um sie. Zwei, drei Minuten nahmen sie sich noch die

Zeit, das schlafende Kind zu betrachten. Dann dirigierte Federico Nana entschlossen hinüber in sein Schlafzimmer.

Stunden später, als ihr Rausch sich langsam auflöste in friedliche Müdigkeit, sagte Federico anerkennend: »Bei dir hat man das Gefühl, du erlebst das alles zum ersten Mal.«

Nana lächelte glücklich. »Aber ich bin sehr lernfähig.«

»Das hab ich gemerkt! Und ich kann jetzt auch endlich meinen Großvater verstehen, ja ich fühle mich ihm tatsächlich sehr nahe.«

Er lag neben Nana auf dem Bauch und berührte beim Sprechen mit den Lippen ihre Schulter. Den linken Arm hatte er Besitz ergreifend über ihre Brust gelegt.

»Alles ganz vorzüglich«, murmelte er, »von jetzt ab werde ich dich bis in alle Ewigkeit lieben müssen.«

»Besser nicht«, sagte Nana. »Du hast mir doch selbst erzählt, dass deine Großmutter an der Ewigkeit gestorben ist. Mir reicht die Liebe von heute auf morgen.«

»Und danach?«

»Danach immer, wenn wir uns sehen.«

»Also dann jeden Tag.«

Nana lächelte und verschob seinen Arm ein wenig, weil er ihr wehtat. »Heißt das, dass du nach Hamburg umziehen willst?«

»Natürlich nicht. Mein Geschäft ist in Amsterdam. Ich kann hier nicht weg.«

»Und mein Geschäft ist in Hamburg. Da kann ich erst recht nicht weg. Außer natürlich zu gelegentlichen Besuchen.«

»Und was mach ich in der Zwischenzeit?«

»Weiß nicht. Wenn du es gar nicht aushältst, wirst du eben wieder anderen Damen die Köpfe massieren.«

»Nie wieder!«, sagte Federico.

»Dann wirst du mich wohl oder übel in Hamburg besuchen müssen«, sagte Nana. »Immer abwechselnd, mal komm ich zu dir, mal du zu mir.«

»Ausgeschlossen. Schließlich habe ich ein Kind.«

»Dein Kind will ich mindestens so gerne sehen wie dich. Also bringst du's mit.«

»Ich sag dir doch, es geht nicht. Ich kann meinen Laden nicht unbeaufsichtigt lassen. Und schließlich hast du mir versprochen, dass du mich beschützen willst.«

»Aber doch nicht im Laden! Außerdem hast du dich zuerst als Beschützer angeboten.«

»Aber doch nicht auf der Werft!«

Vor Nanas Augen tauchte plötzlich William mit dem David-Blick auf. Da lächelte sie und sagte: »Ja, was machen wir denn da bloß?«

»Das Ganze scheint dich ja eher zu amüsieren!«, sagte Federico gekränkt.

Nana drehte ihr Gesicht zu ihm und sah ihn an. Seine Augen waren von einem merkwürdig weichen Dunkelgrau. »Wer so gut massieren kann«, flüsterte sie, »wird nie lange schutzlos bleiben.«

Als Nana zwei Tage später in Hamburg landete, stand Lorenzen nicht wie gewohnt am Flugplatz.

Sie rief auf der Werft an. Die Stimme ihrer Sekretärin war schrill vor Nervosität: »Wo waren Sie denn nur, wir haben überall nach Ihnen gesucht.«

»Ich war in Liverpool, das wissen Sie doch.«

»Aber dann waren Sie zwei Tage lang verschwunden.«

»Jetzt bin ich ja wieder da. Warum haben Sie Lorenzen nicht zum Flugplatz geschickt?«

»Lorenzen ist krank. Und Ihr Vater hat mehrfach nach Ihnen gefragt. Mr. Finchbury junior ist vorgestern hier angekommen und hat eine lange Unterredung mit dem Chef und Mr. Finchbury senior geführt, anschließend ist Mr. Finchbury senior abgereist.«

»Was ist mit Lorenzen? Der ist doch noch nie in seinem Leben krank gewesen.«

»Ach so, ja, Lorenzen. Der hat einen Unfall gehabt, ist zwischen Anlieger und Barkasse gefallen, in Teufelsbrück, und als ihm endlich jemand zu Hilfe kommen konnte, war er schon fast hinüber, ich meine ertrunken. Und dann ist eine Lungenentzündung hinzugekommen, sieht ziemlich schlecht aus, sagt der Arzt.«

»Aber Lorenzen kann doch schwimmen!«, sagte Nana hilflos.

»Anscheinend nicht. Und vielleicht war's ja auch ein kleiner Schlaganfall. Oder das Herz – weiß man nicht. Er ist doch schon sechsundsiebzig. Jedenfalls hat er immer wieder nach dem Frolleinchen gefragt, und der Arzt hat hier angerufen, er wusste ja nicht, wer damit gemeint ist.«

»Welches Krankenhaus?«, fragte Nana.

»Das Altonaer.«

Als Nana sich über Lorenzen beugte, stieß er einen tiefen Seufzer aus. »Wo gehst du denn bloß immer hin?«, murmelte er, schloss die Augen und ließ seinen Kopf zur Seite sinken. Erschrocken sah Nana die Schwester an. Die drehte Lorenzens Kopf resolut zurück, zog sein rechtes Lid vom Auge und leuchtete mit einer Taschenlampe hinein. »Noch nicht ganz«, sagte sie.

»Fühlt er noch etwas, kann er mich hören?«

»Keine Ahnung. Aber Sie sollten es auf jeden Fall versuchen. Schon möglich, dass einiges zu ihm durchdringt, und sei es nur der Klang Ihrer Stimme. Ich lass Sie jetzt allein, klingeln Sie, wenn Sie mich brauchen.«

»Ich war nämlich in Liverpool«, flüsterte Nana, als sie Lorenzens Hand in die ihre nahm. »Mama hat im gelben Kleid auf dem Rasen gehockt und Osterglocken gepflückt. Sie hat auf René gewartet, vierzig Jahre lang Tag für Tag gewartet. So eine schreckliche Verschwendung. Ich selbst hab ja auch gewartet, du weißt das. Ich muss wohl gedacht haben, das Warten gehört zum Leben. Wie die Mutter, so die Tochter. Stimmt aber nicht mehr so. Worauf soll ich denn heute noch warten, ich hab doch alles. Und was ich nicht habe, das hol ich mir.«

Nana streichelte Lorenzens Hand und legte sie gegen ihre Wange. »Von mir hast du auch immer alles gewusst, sogar die Sache mit dem Richter. Aber die ist vorbei, mach dir keine Sorgen. Ich bin zurückgekommen, um bei meinem Vater zu bleiben. Er hat mich als sein Kind akzeptiert, und jetzt akzeptiere ich ihn als meinen einzigen Vater.«

Die ganze Nacht über saß Nana am Bett ihres Freundes und sah ihm beim Sterben zu. Sein Atem rasselte, seine Miene war friedlich. Nana erzählte ihm von der neuen »Windsbraut«, die so viel größer werden würde als die alte, sie erzählte von Arne und von William, die hoffentlich gut zusammenarbeiten würden, von einem kleinen Mädchen in Amsterdam und von deren Vater, der leider nicht reisen mochte. Sie erzählte von Rüdiger, der sich über seinen Verlust schon trösten würde, und sie redete über die alten Magnussen-Eichen, von denen einige nun leider dran glauben müssten, denn die begrenzte freie Sicht unter den Baumkronen hindurch würde ihr inzwischen nicht mehr ausreichen.

In den frühen Morgenstunden schlief Nana ein. Das war nun schon die zweite Nacht des langen Redens, und trotz der unbequemen Haltung war ihr Schlaf tief und traumlos. Als sie erwachte, war Lorenzens Hand in der ihren kalt geworden, sein röchelnder Atem war zur Ruhe gekommen. Ein letztes Mal rieb Nana ihre Wange an seinen rauen Fingern und legte dann die Hand vorsichtig zurück auf seinen Körper.

»Was mach ich bloß ohne dich?«, flüsterte sie, während ihr die Tränen übers Gesicht liefen. »Wer wird mich von jetzt ab nach drüben fahren?«

Da blickte sie auf und sah, dass ihr Vater am Fußende des Bettes stand.

»Ich dachte, du willst nicht mehr nach drüben fahren«, sagte Rudolf Magnussen.

»Wie kommst du denn darauf?« Nana erhob sich und ging zum Waschbecken, um ihr Gesicht zu kühlen. »Schön, dass du gekommen bist, Vater.«

»Zu spät«, murmelte Rudolf. »Es gibt noch so viel, was ich ihm erklären wollte.«

»Wozu. Er hat doch sowieso immer alles verstanden.«

Eine Schwester steckte den Kopf zur Tür herein.

»Wenn Sie vielleicht jetzt das Zimmer verlassen würden. Wir haben noch einiges zu erledigen.«

Unten im Auto wartete ein neuer Fahrer. »Nach Teufelsbrück?«, fragte der. Rudolf Magnussen sah seine Tochter fragend an. Nana nickte. »Nach Teufelsbrück.«

Sie hatte das Gefühl, sehr lange fort gewesen zu sein.

Als sie neben ihrem Vater im Auto saß, fragte sie ihn: »Warum ist David nicht mehr bei dir? Ich dachte, er würde für immer hier bleiben.«

»Das geht nicht. Er müsste dringend zurück nach Liverpool, hat er gesagt, wegen irgendwelcher U-Boot-Pläne, und weil sich ja sonst niemand mehr darum kümmern würde. Aber vor allem wohl wegen Gudrun. Damit er da ist, wenn sie nach Hause kommt.«

»Gudrun ist in Wien und singt die Marschallin im ›Rosenkavalier‹.«

»Ja, meine Gudrun ist ein Star geworden. Ich bin sehr stolz auf sie.«

»Das sind wir doch alle, Vater. Und was ist nun mit David, kommt er zurück?«

»Ich weiß nicht. Aber jetzt ist ja sein Sohn bei uns.«

Nana lächelte. »Lorenzen hat ihn immer den jungen Mister David genannt.«

»Er ist ein echter Magnussen«, sagte Rudolf und legte seine Hand auf Nanas. »So wie du.«

Nana unterdrückte den Impuls, ihre Hand wegzuziehen. »Er ist ein Magnussen und ein Finchbury, so wie ich.«

»Du bist keine Finchbury, Tochter, das habe ich zu verhindern gewusst. Da kann der alte Zyniker John dir noch so viel von seiner bankrotten Werft auflasten wollen.«

»Lass gut sein, Vater, ich weiß inzwischen, wer oder was ich bin. Und das hat wenig damit zu tun, was der alte John gewollt hat oder was du nicht verhindern konntest.«

»Hauptsache, du bist und bleibst meine Tochter. Ist dir eigentlich klar, was du alles von mir geerbt hast? Deine Art, ein Stück Material zu befühlen, deinen neugierigen Blick, wenn du Pläne betrachtest, deinen schnellen energischen Schritt, wenn du über die Werft läufst.«

Nana lächelte. »Was ist denn bloß aus deinem erzieherischen Motto geworden: Könnte besser sein, Tochter, könnte sehr viel besser sein?«

»Das soll mein Motto gewesen sein? Ich kann mich nicht erinnern.«

»Na, umso besser. Ich bin ja froh, einiges von die geerbt zu haben. Das für mich Wichtigste allerdings stammt von meiner Mutter. Und das ist ihre Liebe zur Kunst.«

»Meinetwegen«, brummte der Alte. »Norderup behauptet, dass deine Entwürfe für das Kreuzfahrtschiff sehr gut sind.«

»Ich meinte eigentlich eine andere Art von Kunst«, sagte Nana, »zum Beispiel die alten Niederländer. Grad hab ich Lorenzen davon erzählt – er fand das in Ordnung so.«

»Lorenzen ist tot.«

Nana nickte. »Und ich bin wirklich froh, dass er zum Schluss doch wieder mit mir einverstanden war.«

Ich danke
Reinhard Baumgart für den ersten Satz,
Mike Allan für die Clio,
Ulrich Walter für juristische Rechtfertigungen,
Claus Braun für ein Sprungtuch

und den üblichen Verdächtigen Ingrid und Mel.